TEMERAIRE
6

Tongues of Serpents

by Naomi Novik

Copyright © 2010 by Temeraire LLC
This translation published by arrangement with Ballantine Books, an imprint of
Random House Publishing Group, a division of Random House, Inc.
All rights reserved.

Korean translation copyright © 2010 by Woongjin Thinkbig Co., Ltd.
Korean translation rights arranged with Ballantine Books through EYA(Eric Yang Agency).

TEMERAIRE
테메레르
Tongues of Serpents 6

큰바다뱀들의 땅

나오미 노빅 장편소설 | 공보경 옮김

노블마인

CONTENTS

- 등장인물과 용 · 6
- 1809년 오스트레일리아 지도 · 8

제1부 · 11
제2부 · 183
제3부 · 353

지은이의 말 · 525
옮긴이의 말 · 527
연대표 · 530

※ 등장인물과 용

인물

윌리엄 로렌스 1774년생. 영국 공군 소속이었으나 프랑스군에 전염병 치료약을 전해주었다는 이유로 반역죄를 선고받고 뉴사우스웨일스 주로 유배를 떠난다.

존 그랜비 1780년생. 영국 공군 소속. 사치스럽고 변덕스러운 이스키에르카의 취향에 맞춰 사느라 고생이 많다.

디마니 1796년생. 코사 족이며 시포의 형. 영국 공군 소속. 다른 공군들이 거들떠보지도 않고 심지어 죽이려고 한 쿠링길레를 거두어 비행사가 된다. 동생을 챙기고 살아남아야 한다는 일념으로 위험한 일도 마다하지 않는다.

시포 1799년생. 코사 족이며 디마니의 동생. 영국 공군 소속. 거칠고 용감한 형과는 달리 조용하고 책을 좋아하는 성격이다.

제레미 랜킨 백작의 셋째 아들. 레비타스의 비행사였다가 레비타스가 사망한 후 시저를 배정받는다. 레비타스의 일로 로렌스와 사이가 좋지 않다. 자신은 시저를 마음대로 부린다고 생각하는데 실은 교활한 시저의 뜻대로 움직인다.

텐징 타르케 영국인 아버지와 네팔인 어머니 사이에서 태어난 혼혈. 세계 곳곳을 방랑하며 살아간다. 로렌스 일행과 함께 오지 탐사 여행에 동참하게 된다.

톰 라일리 얼리전스 호의 함장. 캐서린 하코트 공군 대령과 결혼하여 슬하에 아들 하나를 두고 있다.

윌리엄 블라이 1754년생. 해군 장교 출신이며 뉴사우스웨일스 총독. 반란군에게 축출되어 반디멘스랜드에 버려지는 수모를 당한다.

래클런 매콰리 1761년생. 블라이를 대신해서 뉴사우스웨일스 식민지에 부임해 온 총독.

존 매카서 1767년생. 윌리엄 블라이 총독에게 대항해 뉴사우스웨일스 군대를 이끌고 반란을 일으킨다.

조지 존스턴 1764년생. 존 매카서와 함께 윌리엄 블라이 총독에게 대항해 반란을 일으킨다.

네스빗 윌러비 1777년생. 네리아이드 호의 함장. 큰바다뱀들과 벌어진 전투에서 큰 부상을 입는다.

지아 전 1779년생. 중국이 라라키아 족의 땅에 만든 무역항의 수장. 나이는 젊지만 똑똑하고 활기가 넘친다.

용

테메레르 1805년 1월생. 셀레스티얼 품종. 수컷. (비행사 : 윌리엄 로렌스. 특기 : 신의 바람)

이스키에르카 1806년생. 카지리크 품종. 암컷. (비행사 : 존 그랜비. 특기 : 화염 방사)

시저 1808년생. 야생용 아르카디와 린지 사이에서 태어난 용. 수컷 (비행사 : 제레미 랜킨)

쿠링길레 1809년생. 파르나소스와 체커드 네틀 사이에서 만들어진 용. 수컷 (비행사 : 디마니)

타룬카 1809년생. 옐로 리퍼 품종. 암컷 (특기 : 영어, 오스트레일리아 원주민 언어, 중국어 구사 가능)

룽셴리 중국에서 교배로 만들어진 용. 암컷 (특기 : 거대한 날개로 장시간 착륙 없이 비행 가능)

✤ 1809년 오스트레일리아 지도

시포 출루카 들라미니의
《1809년 남방대륙 탐험기》 서문

1819년 런던

인베스티게이터 호의 선장 겸 탐험가였던 고(故) 매튜 플린더스 씨의 저서 《테라오스트랄리스 항해기》에 수록된 대단히 훌륭하고 아름다운 남방대륙 지도를 바탕으로 하되, 철저한 조사를 토대로 작성된 그 지도의 수심 측량 정보 및 해안의 지리 정보는 제외하고, 윤곽만 표시된 축약판 지도에 우리의 여정을 표시하는 무례를 범했음을 여기 밝혀두는 바이다.

소작지에 관한 주석, 부족들의 종류 및 수에 관한 주석이 불완전하고 불확실하다는 점에 대해서도 독자 여러분에게 양해를 구하고 싶다. 어린 시절 통역이나 안내원 없이 여행하며 관찰한 기억을 토대로 쓴 글인 데다, 당시 연구 조사를 나갈 기회가 제한되어 있어서 관찰에 한계가 있었고, 그후로도 별반 상황이 나아지지 않았던 탓이다······.

이와 같은 어리석음이 내륙에 관한 설명 전반에 걸쳐 드러날 것이다. 그러나 민물인지 소금물인지 불확실하나 농사에 편리하게 끌어다 쓸 수 있는 거대한 호수가 대륙 중앙에 존재한다는 사실만은 이 지면에서 확실하게 말할 수 있다. 여행 중 목격한 그 호수의 위치는 본 지도에 표시되어 있으며, 면적이 상당히 넓고 계절에 따라 식수로 사용할 수 있었던 것으로 기억한다.

우리가 내륙을 여행하는 동안 날씨는 극도로 건조했고 잠깐의 폭풍우도 스쳐 지나가지 않았다. 직접 대화를 나눈 원주민들의 증언뿐 아니라, 그 날씨에 적응한 그곳 동물들의 행동 양식을 보더라도 이것이 그 지역에서 흔한 날씨임을 알 수 있었다. 이 주장을 입증할 만한 다른 기록들도 차차 소개하고자 한다.

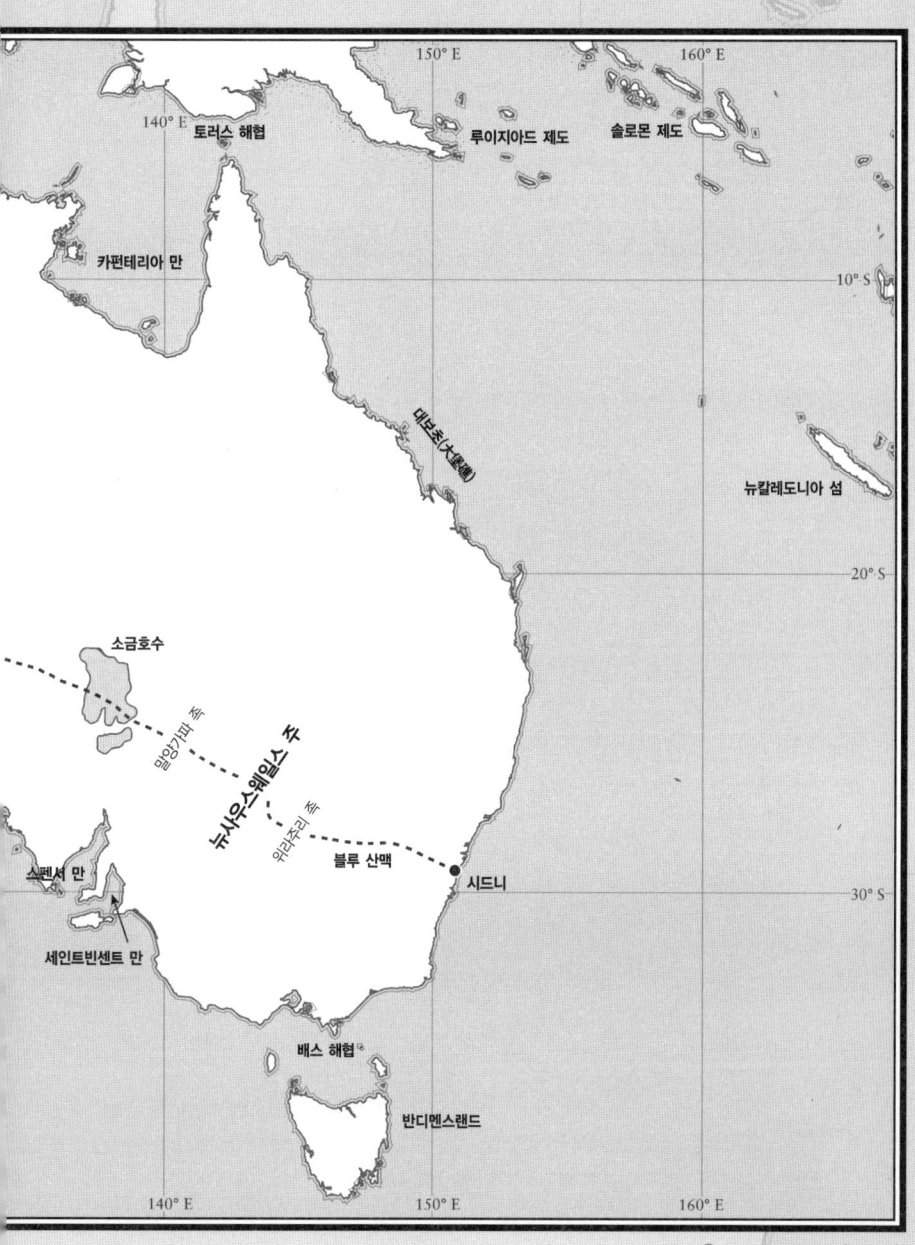

[일러두기]
호주의 4계절은 다음과 같습니다.
봄(9월~11월), 여름(12월~2월), 가을(3월~5월), 겨울(6월~8월).

제1부

1

 시드니의 주요 항구에는 몇몇 거리가 있기는 했으나, 주요 직통로를 제외하고는 딱히 그 이름을 기억할 만한 제대로 된 길은 없었다. 직통로도 제대로 포장된 길이 아니라 헐벗은 흙길에 불과했고 길 주변에는 작고 초라한 건물 몇 채가 서 있을 뿐이었다. 그것이 이 식민지에 조성된 마을의 전부였다. 직통로를 따라 걸어오던 타르케는 목조 슬레이트 건물들 사이의 비좁고 비뚤비뚤한 골목길로 접어들었다가, 잠시 후 술집으로 쓰이는 어느 안마당으로 들어섰다. 방수포 천막이 지붕 구실을 하는 그 안마당에는 거칠고 무례한 남자들이 자리를 가득 메우고 앉아 술을 퍼마시고 있었다.
 안마당의 한쪽 옆, 주방에서 약간 떨어진 곳에는 칙칙하고 색 바랜 면바지를 입은 죄수들이 앉아 있었다. 종일 들판과 채석장에서 노역을 하고 와서인지 먼지투성이인 데다 피로에 찌든 모습들이었다. 안마당의 다른 쪽 옆자리에 앉은 뉴사우스웨일스 군대 소속의 군인들은 로렌스와 그의 동행들이 안마당 가장자리의 작은 탁자에 자리를 잡고 앉자 대놓고 적의를 드러냈다.

로렌스 일행이 이곳에서 이방인이기도 했지만, 무엇보다 그랜비의 암녹색 외투가 시선을 끄는 탓이 컸다. 이곳에서 암녹색은 흔한 색이 아니었다. 화려한 금몰과 단추를 따로 떼어놓고 오기는 했지만 소맷동과 윗옷 깃의 자수 장식은 쉽게 떼어낼 수가 없어 그냥 붙여둔 채였다. 이스키에르카는 그랜비에게 장식들을 꼭 착용하고 다니라고 고집을 부렸다. 반면, 로렌스는 평범한 갈색 외투 차림이었다. 공군 소속의 군인인 척하려고 그 외투를 입고 나온 것은 아니었다. 지금 그의 처지에 이 외투를 착용한 것이 문제가 될 수 있겠지만, 남의 눈을 속이기 위해서가 아니라 현재 마땅히 걸칠 만한 다른 외투가 없어서였다.

"저 친구가 곧 우리 자리로 올 것 같은데요."

그랜비가 울적한 표정으로 말했다. 그들 주변에 있던 한 군인이 로렌스 일행이 앉아 있는 쪽으로 오려고 들썩이고 있었다. 물론 호의적인 뜻으로 오려는 것은 아니었다.

"여섯 시 방향에 있는 놈 말이군요."

타르케가 대꾸하며 옆으로 고개를 돌렸다. 몸을 일으킨 그 군인이 비틀거리며 다가왔다.

딱히 맡은 직무 없이, 선원들의 경멸 어린 시선을 받으며 8개월간 용 수송선을 타고 이리로 오는 동안 로렌스는 그런 적대적인 분위기에 익숙해져 있었다. 지금도 그와 비슷하게 피곤한 상황이 펼쳐지려 하고 있었다. 상대가 아무리 모욕적인 말을 해도 로렌스는 대거리를 하며 싸울 수 없기에 짜증이 치밀 뿐이었다. 저 거칠고 천박한 젊은 군인의 럼주 냄새 풍기는 입에서 나오는 말들은 로렌스의 마음에 상처를 낼 만큼 새롭지도 않았다. 럼주를 퍼마시고 살아서 별칭이 '럼주 군대'인 저 초라한 군인들의 모욕에 딱히 대꾸할 필요도 느끼지 않았다. 로렌스는 가까이 다가온 애그로이스 대위라는 자를 혐오스러운 시선으로 쳐다보다가 간단히 말했다.

"많이 취한 것 같은데 그냥 자네 자리로 돌아가게."

그러나 이곳 분위기는 용 수송선과는 달랐다. 애그로이스는 혀 꼬부라진 소리로 주절거렸다.

"내가 왜 그뤠야 하는데……."

발음이 엉망임을 알았는지 애그로이스는 혀에 힘을 줘가며 다시 입을 열었다.

"내가 왜 더러운 창녀의 아들이자 역적 놈의 빌어먹을 주둥이에서 나오는 말을 들어야 하는데……."

로렌스는 그자를 가만히 쳐다보았다. 그리고 그자가 쏟아내는 장황한 비난의 말을 고스란히 들었다. 들으면 들을수록 의아했다. 부둣가의 소매치기 입에서나 나올 법한 시궁창처럼 더러운 표현들이 소위 장교라는 자의 입에서 나오고 있었다. 보다 못해 그랜비가 벌떡 일어서며 나지막하게 경고했다.

"이런 놈을 봤나. 당장 사과해라. 안 그러면 거리에서 채찍형을 받게 될 거다."

"어디 한번 해보시든가."

애그로이스는 상체를 앞으로 기울이며 그랜비의 술잔에 침을 뱉었다. 로렌스가 일어나 말리기도 전에 그랜비의 팔이 뻗어나가 애그로이스의 얼굴에 주먹을 날렸다.

품위를 지키며 술을 마실 수 있으리라는 기대는 그것으로 접어야 했다. 애그로이스가 거칠게 주먹을 내질렀고, 로렌스는 그랜비가 그 주먹에 맞지 않도록 그랜비의 팔을 잡아당긴 후 손을 그대로 뻗어 애그로이스의 얼굴을 강타했다.

더는 물러설 수 없었다. 어쩔 수 없이 시작된 싸움이긴 하지만 더 심해지기 전에 일찌감치 끝내려면 자신이 나서는 수밖에 없다고 판단했다. 어린 시절부터 밧줄과 장비에 몸을 싣고 훈련해 온 로렌스인지라, 그 주먹에 턱을 맞은 애그로이스는 몸이 1.5센티쯤 공중으로 떴다. 고개를 뒤로 젖히며 비틀비틀 몇 발자국 물러나던 애그로이스는 옆의 탁자로 쓰러지면서 바닥에 얼굴을 박고 나뒹굴었다. 와장창 술잔 깨지는 소리와 함께 싸구려 럼주 냄새가 번져나갔다.

그 정도면 그만둘 법도 한데, 애그로이스의 동료들이 곧장 몸을 날려 싸움판에 끼어들었다. 전부 장교들인 데다 그중 일부는 애그로이스보다 나이도 많고 술도 덜 취해 보였지만 이 술집을 아수라장으로 만드는 데 전혀 주저함이 없었다. 옆으로 쓰러진 탁자에 앉아 있던 자들은 동인도회사의 상선 선원들이었다. 술 마시다 방해를 받자 성이 난 선원들도 마구 주먹을 휘둘렀다. 선원들과 부두 노동자들, 군인들이 뒤섞여 싸움을 벌였고 그들은 대부분 거의 꼭지까지 술이 차오른 상태였다. 게다가 여느 부두 술집들과는 달리 이곳에는 여자들이 별로 없어서 여차하면 언제든 크고 작은 싸움이 벌어질 만한 분위기였다. 깨진 술잔에서 쏟아진 럼주가 포장용 돌 사이로 스며들기도 전에 손님들 대부분이 의자를 박차며 일어난 것도 그런 분위기 때문일 것이다.

뉴사우스웨일스 군대 소속의 또 다른 장교가 로렌스에게 덤벼들었다. 애그로이스보다 몸집이 큰 자였는데 술에 잔뜩 취해서 움직임이 둔했다. 로렌스는 몸을 비틀어 공격을 피한 후, 탁자 아래 몸을 웅크렸다가 그자를 밀어 바닥으로 쓰러뜨렸다. 럼주 술병의 모가지를 잡고 있던 타르케는 자신에게 달려드는 자의 관자놀이를 술병으로 후려쳐 물리치고 있었다. 분위기를 보아하니 로렌스에게 덤벼든 장교는 애그로이스와 아무 관계도 없는데 순전히 아무나 붙잡고 싸우고 싶어서 달려든 듯했다.

그랜비는 순식간에 세 남자에게 붙잡혔다. 그중 두 명은 애그로이스의 동료들이었는데 악에 받쳐 그랜비를 움켜잡았다. 그리고 나머지 한 명은 그랜비의 허리춤에 달린 보석 박힌 칼과 벨트를 빼앗으려고 다가온 것이었다. 로렌스는 그 도둑놈의 손목을 내려치고 꾀죄죄한 옷깃을 잡아 안마당 저쪽으로 밀어냈다. 그때 그랜비가 악을 쓰는 소리가 들려 로렌스는 얼른 뒤를 돌아보았다. 그랜비가 칼을 피해 몸을 수그리고 있었다. 그와 싸움이 붙은 자들이, 지저분하고 군데군데 녹이 슨 칼로 그랜비의 눈을 찌르려 한 것이다.

"이런, 정신들이 나갔군!"

로렌스는 소리치며 달려 나갔다. 칼을 휘두른 자의 손목을 양

손으로 잡아 꺾어 칼날의 방향을 옆으로 틀었다. 그랜비는 세 번째로 달려드는 놈을 발로 차 쓰러뜨린 후 돌아서서 로렌스를 도왔다. 이리저리 의자를 집어던지고 탁자를 쓰러뜨리는 타르케 덕분에 난투극은 빠르게 번져나가고 있었다. 격분해 일어서는 다른 손님들의 얼굴을 향해 타르케는 럼주가 담긴 술잔을 던졌다.

로렌스, 그랜비, 타르케를 도와주는 이는 없었지만, 뉴사우스웨일스 군대의 장교들이 다른 손님들과 뒤엉켜 싸우면서 저희끼리 치고받는 통에 그들 세 사람은 싸움의 중심에서 비켜났다. 특히 죄수들은 평소에 쌓인 분노를 표출할 수 있는 기회를 놓치지 않고 거침없이 장교들에게 달려들었다. 누군가를 대상으로 삼아 일관되게 몰아가는 싸움이 아니었다. 로렌스 앞에 있던 장교가 묵직한 의자에 맞아 쓰러지면서, 그 뒤에 있던 몸집 큰 죄수가 그 의자를 주워 로렌스에게 던졌다.

로렌스는 럼주로 축축해진 나무 바닥에 미끄러졌지만 얼굴로 날아오는 의자를 간신히 손으로 쳐냈다. 럼주가 고인 곳에 로렌스의 한쪽 무릎이 잠겼다. 로렌스는 그 죄수의 다리를 잡아 밀어냈으나, 그자는 육중한 무게로 달려들며 로렌스의 어깨에 의자를 내리꽂았다. 그리고 로렌스와 함께 바닥으로 널브러졌다.

반바지 위에 입은 셔츠가 말려 올라가면서 로렌스의 옆구리가 드러났고 그 자리에 의자 파편이 날아와 박혔다. 죄수가 욕을 퍼부으며 로렌스의 뺨에 주먹질을 했다. 입술이 이에 씹히며 찢어져 피가 났고, 시야가 뿌옇게 흐려지면서 현기증이 났다. 그들은 한데 뒤엉켜 바닥을 굴렀는데, 그다음 몇 분간이 어땠는지 로렌스는 나중에도 또렷하게 기억나지 않았다. 로렌스는 방향을 바꿔가며 주먹을 날렸고 상대의 머리를 잡아 바닥에 수차례 찧었다. 감정이나 생각이 배제된 짐승들의 싸움과 다를 바 없었다. 상대에게 걷어차이고 벽이라든가 뒤집힌 의자, 탁자 등에 부딪치는 것을 몸으로 어렴풋이 느낄 뿐이었다.

상대방이 의식을 잃고 축 늘어지면서 로렌스는 마침내 정신 나간 싸움에서 벗어날 수 있었다. 로렌스는 움켜쥐었던 손을 벌리고 상대방의 머리채를 놓은 후, 비틀거리며 일어섰다. 어느새 주방 앞 나무 카운터까지 밀려가 있었다. 로렌스는 카운터 가장자리를 잡고 몸을 일으켜 세웠다. 그 순간, 옆구리의 상처가 생각보다 깊은지 심하게 욱신거렸고, 뺨과 손도 이리저리 베여서 따끔거렸다. 얼굴을 손으로 더듬어 기다란 유리 조각 하나를 빼내서 카운터 위로 던졌다.

로렌스는 본능적으로 싸움이 진정 국면에 접어들었음을 알 수 있었다. 딱히 득 될 게 없는 싸움인지라 다들 더는 심각하게 주먹질할 의욕을 느끼지 못하는 듯했다. 로렌스는 절름거리며 안마당을 가로질러 그랜비에게 걸어갔다. 그때 애그로이스와 그의 동료 중 하나가 무릎을 바닥에 대고 악착같이 일어서더니 구석에 서 있는 그랜비를 붙잡고 멱살잡이를 했다. 하지만 이미 기운이 쭉 빠진 상태라 제대로 된 몸싸움이라기보다는 그저 다 함께 휘청거릴 뿐이었다.

가까이 다가간 로렌스는 그자들의 손아귀에서 그랜비를 풀어냈다. 그리고 서로의 어깨에 기대어 비틀거리며 술집을 나와 냄새나는 좁은 골목길로 들어섰다. 방수포로 천장을 올린 술집에서 빠져나오자 악취가 진동을 할 망정 골목의 공기가 신선하게 느껴졌다. 하늘에서 가늘게 빗발이 날렸다. 로렌스는 이슬이 맺혀 시원하게 반짝이는 건물 벽에 기대섰다. 몇 걸음 떨어진 곳에서 어떤 남자가 위장 속 내용물을 시궁창에 게우고 있었으나, 그 정도는 단련돼 있어서 비위가 상할 것도 없었다. 두 여자가 토사물이 튀지 않게 치맛자락을 살짝 들어 올리더니, 시끌벅적한 천막 술집 쪽으로는 시선 한번 주지 않고 망설임 없이 그들 옆으로 지나갔다.

그랜비가 울적하게 말했다.

"세상에, 섬뜩한 몰골이 되셨네요."

로렌스는 조심스럽게 자신의 얼굴을 만져보았다.

"그래. 갈비뼈 두 개에 금이 간 것 같아. 이런 말을 하긴 그렇지만, 자네 몰골도 그다지 훌륭하진 않군."

"물론 그렇겠죠. 어디든 좀 들어가서 씻어야겠습니다. 이런 꼴을 이스키에르카가 보면 무슨 짓을 할지 상상도 안 됩니다."

로렌스는 이스키에르카뿐만 아니라 테메레르가 무슨 짓을 저지를지 상상이 되고도 남았다. 그 두 용이 나섰다간 이 식민지에 남아나는 것이 하나도 없을 것이다.

잠시 후 타르케가 피투성이가 된 손을 목도리로 감으며 다가왔다.

"조금 전에 우리 쪽 사람 하나가 술집 안을 들여다보는 걸 봤습니다. 그런데 끼어들지 않는 게 좋겠다고 판단했는지 들어오지 않더군요. 나중에 그 친구를 찾아서 이유나 들어봐야겠습니다."

로렌스는 입술과 뺨에 묻은 피를 손수건으로 닦아내며 타르케를 말렸다.

"아니, 고맙지만 그럴 필요 없습니다. 굳이 그자의 생각이 어떤지 알 필요도 없을 것 같고, 이 식민지와 이곳 군대의 규율이 어느 정도인지 파악할 만큼 충분히 목격했으니까요."

테메레르는 한숨을 푹 쉬며 캥거루 스튜 부스러기를 발톱 끝으로 만지작거렸다. 오랜 항해 기간 동안 줄곧 물고기로만 배를 채운 터라, 사슴 비슷하게 고소한 맛이 풍기는 캥거루 고기를 테메레르도 처음에는 좋아라했다. 하지만 양념을 하지 않고 구워 먹기만 해야 하니 상당히 지루했다. 향신료 공급이 제대로 되지 않아서, 스튜로 만들어 먹을 때도 양념을 제대로 치지 못해 텁텁하고 지긋지긋한 맛이 나기 일쑤였다.

테메레르가 머물고 있는 항구 부근의 곳에서는 소 우리가 내다보였다. 우리 안에 먹음직스러운 소 몇 마리가 돌아다니고 있었다. 그러나 소 값이 워낙 비싸서 이곳 부대에서는 테메레르에게 소를 공급해주지 않았다. 그렇다고 로렌스에게 그 비용을 부담하게 하고 싶진 않았다. 가뜩이나 자기 때문에 재산을 많이 잃었는데 소까지 사달라고 할 수는 없었다. 그래서 테메레르는 지긋지긋하게 캥거루 고기만 먹으면서도 불만을 속으로 삭이고 있었다. 애석하게도 꿍쑤는 입맛에 잘 맞아서 그런가 보다 하고는 아침저녁, 사흘 연속으로 캥거루 고기만 내놓았다. 중간에 다랑어 한 마리도 없이 말이다.

"왜 우리가 멀리 사냥을 나가지 못하게 하는지 모르겠어. 여긴 넓은 나라니까 찾아보면 먹을 만한 게 있을 텐데 말이야. 네가 전에 실컷 먹어봤던 코끼리 비슷한 짐승들도 있을지 몰라. 나도 하나 먹고 싶다."

이스키에르카가 보기 흉하게 먹이 사발을 혀로 핥으며 투덜거렸다. 아무리 옆에서 잔소리를 해도 예의 비슷한 것조차 배우려 들지 않았다.

후추를 잔뜩 뿌리고 샐비어를 조금 넣어 양념한 맛있는 코끼리 고기를 생각하니 테메레르는 입 안에 침이 절로 고였다. 하지만 이스키에르카를 부추겨 멋대로 자리를 뜨게 해서는 안 되었다.

"어디 멋대로 멀리 날아가보든지. 분명 길을 잃고 말 거다. 저 산맥 너머 내륙이 어떤 곳인지 아는 이는 아무도 없어. 내륙으로 들어갔다간 나중에 돌아오려 해도 방향을 물어볼 이도 없을 것이고. 듣자하니 내륙엔 사람도 용도 없다던데."

"멍청한 소리 한다. 이 캥거루 고기가 맛있다는 소리는 내 입에서 차마 안 나오거든. 그게 사실이니까. 맛도 별로인 게, 양도 충분치 않아. 우리가 마지막 전투 때 스코틀랜드에서 먹었던 먹이만큼 형편없어. 내륙에 아무도 살지 않는다는 것도 말이 안 돼. 왜 아무도 없겠어? 아마 수많은 용이 저 산맥 너머 어딘가에서 우리보다 훨씬 잘 먹고 잘 살고 있을걸."

 그럴듯한 논리라고 여겨져서, 테메레르는 나중에 로렌스와 논의하려고 머릿속에 따로 그 내용을 저장해두었다. 문득, 저녁식사 시간이 다 되어가는데 로렌스가 아직 돌아오지 않고 있다는 데 생각이 미쳤다. 초조해진 테메레르는 에밀리 롤랜드를 불렀다.

 "롤랜드, 오후 다섯 시 넘지 않았어?"

 로렌스를 어린아이처럼 돌볼 필요는 없지만 신경이 계속 쓰였다. 저녁 시간 전에는 돌아와 그저께 마을에서 구해 온 소설을 더 읽어주기로 약속했었다.

 "이런, 그러게, 거의 여섯 시쯤 되었을 거 같아."

 디마니와 마당에서 펜싱 연습을 하던 에밀리가 칼을 내려놓으며 대답했다. 에밀리는 셔츠 끝자락을 당겨 얼굴의 땀을 닦은 후, 곶 가장자리로 달려가 아래쪽에 있는 선원들에게 시간을 물어보고 돌아왔다.

 "아니, 내가 틀렸어. 일곱 시 십오 분이래. 크리스마스가 가까워오는데 낮이 너무 길어서 기분이 이상해!"

 그러자 디마니가 말했다.

 "이상할 것 없어. 무조건 영국을 기준으로 생각하니까 크리스마스 무렵엔 여기도 겨울이어야 한다고 보는 거잖아. 그게 더 이상하지."

 옆에서 듣고 있던 이스키에르카가 머리를 곤두세우며 물었다.

 "시간이 이렇게 늦었는데 그랜비는 대체 어디 있는 거지? 깨끗하고 좋은 곳에 가는 건 아니라고 했었는데. 안 그랬으면 그렇게 허름한 꼴로 나가게 두지 않았을 거야."

그 말이 가슴에 콕 박혀서 테메레르는 얼굴 주변의 막을 살짝 곤두세웠다. 로렌스가 장식용 수술이나 금단추 하나 달리지 않은 수수한 외투를 입고 나가 돌아다니는 것이 테메레르는 못내 가슴이 아팠다. 어떻게든 로렌스의 행색을 좋게 해주고 싶어서 발톱씌우개를 내다 팔자고 제안했으나 로렌스는 거절했다. 하긴 발톱씌우개를 팔아도 이곳에서는 로렌스에게 어울릴 만한 외투며 장신구를 구할 수 없을 것이다.

"내려가서 로렌스를 찾아봐야겠어. 이렇게 오랫동안 나가 있을 이유가 없잖아."

이스키에르카도 나섰다.

"나도 그랜비를 찾으러 갈래."

테메레르는 짜증이 났다.

"우리 둘 다 가면 안 되지. 누구 하나는 알을 지키고 있어야 해."

테메레르는 담요로 만든 둥지에 담긴 용알 세 개를 힐끔 내려다보았다. 둥지 위에는 범포로 만든 작은 덮개가 얹혀 있었다. 이 둥지는 그다지 마음에 들지 않았다. 이곳 날씨가 따뜻하기는 해도 멋진 석탄 난로 하나쯤은 옆에 두는 편이 좋고, 알에 직접 닿는 천은 좀더 부드러운 게 나을 것 같아서였다. 덮개의 높이가 너무 낮아서 그 밑으로 머리를 넣어 용알 냄새를 맡고 껍데기가 어느 정도 딱딱해졌는지 확인하기도 힘들었다.

이곳에 상륙한 후, 용알들과 관련해 약간의 문제가 발생했었다. 함께 용 수송선을 타고 온 공군 장교들 중 일부가 테메레르가 알들을 돌보는 것에 반대하고 나섰다. 자기네가 용알들을 더 잘 보호할 수 있을 거라고 주장했는데 한마디로 말도 안 되는 소리였다. 게다가 그들은 로렌스가 용알들을 훔쳐 도망칠 수도 있다며 소란을 떨었다. 테메레르는 콧방귀를 뀌었다.

"로렌스한테는 내가 있으니 다른 용은 필요 없어. 용알을 훔쳐 달아날 거라니, 도대체 누구 머리에서 나온 생각인지 궁금하네. 곳곳에 폭풍우가 치고 큰바다뱀이 득실거리는 바다를 건너서 세상을 절반이나 가로지른 끝에, 나라 같지도 않고 용 한 마리 없는 이 오지까지 왔어. 그런데 여기서 용알을 훔쳐 달아난다고? 나 같으면 절대 못 할 짓인데 말이야."

멍청하게도 포싱 대위가 나섰다.

"로렌스 씨는 다른 죄수들과 마찬가지로 곧 강제 노역을 하러 갈 거야."

그런 일이 일어나게 테메레르가 가만히 두고 볼 줄 아는 모양이었다.

근처에서 듣고 있던 그랜비가 다가와 말했다.

"그만해, 포싱. 어디서 그런 헛소리를 듣고 와서 지껄이는 거냐. 테메레르, 방금 전 포싱이 한 말은 전혀 신경 쓸 필요 없어."

"아! 전혀 신경 안 써. 이자들이 지껄이는 불만도 신경 안 써. 다 헛소리거든."

이어서 테메레르는 포싱과 동료 장교들을 쳐다보며 말했다.

"너희가 알들을 차지하고 있으면, 새끼 용들이 부화했을 때 다른 생각 못 하고 곧장 안장을 찰 테니까 지금 이런 수작을 부리는 거 다 알아. 일단 알을 차지하고 있으면 새끼 용은 너희 중에서 비행사를 선택하게 될 거라는 계산을 하고 있겠지. 어젯밤에 너희가 하급 장교실에서 제비를 뽑으며 하는 얘기 다 들었어. 아니라고 발뺌할 생각 마. 난 너희가 마음대로 하게 내버려두지 않을 거야. 이 용알에서 태어날 새끼 용들은 너희 중 그 누구의 차지도 되지 않을 거다."

그때 테메레르는 의지를 분명히 밝혔고 지금은 용알들을 비교적 안전하고 편안하게 돌보고 있었다. 하지만 장교들이 끝까지 그 뜻에 따라주리라는 환상 따윈 품고 있지 않았다. 사람들은 언제든 악의적인 거짓말을 할 수 있는 존재였다. 약간만 방심해도 언제든 살그머니 접근해 용알을 훔쳐가고도 남을 것이었다. 그래서 테메레르는 밤에도 용알 둥지가 있는 천막을 몸으로 감싼 채 잠을 잤고, 로렌스는 에밀리 롤랜드, 디마니, 시포에게 번갈아가며 보초를 서게 했다.

그동안 이스키에르카에게도 맡기지 않고 홀로 용알들을 돌봐왔는데, 지금은 오히려 그 책임감이 테메레르의 발목을 잡고 있었다. 다행히 마을의 규모가 상당히 작고, 목을 길게 뻗으면 곳에서도 마을이 훤히 보이기 때문에 로렌스를 찾아서 데려올 동안만 약간의 위험을 감수하면 될 것 같았다. 누구든 감히 로렌스를 무례하게 대하지는 않을 거라 확신했지만, 사람들은 가끔 이해할 수 없는 짓거리를 하기 때문에 안심이 되지 않았다. 포싱이 한 말도 테메레르의 머릿속에서 불안하게 메아리쳤다.

　엄밀히 따지면 로렌스는 유죄를 선고받은 죄인이었다. 그것도 반역 죄인. 다만, 영국에서 참가한 마지막 전투 후 웰링턴 경의 요청으로 유배형으로 감형을 받은 것이다. 하지만 테메레르의 생각에 로렌스는 이미 벌을 충분히 받았다. 로렌스가 오지로 유배된 것은 누구도 부정할 수 없는 사실이고, 그것은 로렌스에게 무엇보다 가혹한 벌이었다.

　그들을 이곳으로 데려온 용 수송선 얼리전스 호에는 한층 불행한 모습을 한 죄수들이 잔뜩 타고 있었다. 그들은 종일 손목과 발목에 족쇄를 찼고 운동 시간에 갑판 위로 올라올 때마다 짤그락거리는 소리를 냈다. 죄수들의 몸에서는 끔찍한 악취가 풍겼다. 그중 일부는 기운 없이 축 늘어져 있기도 했다. 테메레르가 보기엔 노예나 다름없었다.

　로렌스에게 설명을 듣기는 했지만 테메레르는 잘 이해가 되지 않았다. 저들이 물건을 좀 훔쳤기로서니 법원의 판결로 저런 생활까지 해야 한단 말인가. 주인이 제대로 감시하지 않고 있는데 양이나 소를 좀 가져가는 게 뭐 그리 큰 잘못이란 말인가.

　죄수들 때문에 얼리전스 호는 노예선과 비슷한 역한 냄새를 풍겼다. 갑판의 판자 사이로 올라오는 죄수들의 끔찍한 체취가 바람을 타고 용갑판으로 줄곧 번져왔다. 아무리 용갑판 아래 조리실에서 소금 간을 한 돼지고기를 끓여도 죄수들의 악취를 지워내지는 못했다. 영국을 출발한 지 한 달쯤 되었을 때 테메레르는 로렌스가 쓰는 선실이 죄수들이 갇혀 있는 감방 바로 옆이라는 사실을 알게 되었다. 다른 선실에 비해 열악하기 짝이 없는 조건이었다.

그러나 로렌스는 그것에 대해 불만을 제기할 마음이 없다고 했다.

"난 잘 지내, 테메레르. 낮에는 이렇게 용갑판에 올라와 마음대로 돌아다닐 수 있는 데다가 밤에도 네 곁에서 자는 게 더 편안하거든. 다른 장교들은 이런 호사를 누리지 못하잖아. 같은 죄수인데도 나만 노역에서 제외되었는데, 여기서 더 나은 대우를 요구한다는 건 말이 안 돼. 내가 노역에서 빠지는 대신 다른 누군가가 그 자리를 채워야 할 테니까."

몹시 불쾌한 기분으로 항해를 한 끝에 뉴사우스웨일스에 도착했는데, 여기서도 즐겁지 않기는 마찬가지였다. 캥거루 문제는 차치하고라도, 이곳엔 사람이 많지 않고 변변한 마을도 없었다. 이곳 사람들이 잠을 자는 곳은 영국 공군 기지에서 용들이 머무는 초라한 공터보다 나을 것이 없었다. 대부분 천막 혹은 임시로 얼기설기 지은 작은 건물에서 생활했는데, 용이 그 위로 날아가기라도 하면 천막이며 건물이 옆으로 휙 넘어가서 그 안에서 사람들이 악을 쓰며 쏟아져 나왔다. 그다지 낮게 비행한 것도 아닌데 말이다.

게다가 전투 비슷한 걸 해볼 기회도 없었다. 큰 몸집으로 육중하게 움직이는 얼리전스 호를 타고 오는 동안, 그보다 훨씬 빠른 프리깃함이 실어다주는 편지와 신문을 받아볼 수 있었다. 로렌스가 그 내용을 읽어주었다. 나폴레옹이 이번에는 스페인에서 다시 전투를 재개했고 해안을 따라 도시들을 약탈하고 다닌다는 소식에 테메레르는 크게 낙심했다. 로렌스와 자신은 세상 반대편으로 와 하릴없이 틀어박혀 있는데 리엔은 나폴레옹과 함께 전투에 참여하고 있다니, 전혀 공평하지가 않았다. 셀레스티얼 품종의 용은 전투를 해서는 안 된다는 생각을 고수하던 리엔은 전쟁을 온통 독차지하고 있는데 자신은 여기서 용알이나 돌보고 있어야 한다니 부아가 치밀었다.

작은 싸움이라도 하면 마음이 좀 풀렸을 텐데, 뉴사우스웨일스까지 오는 동안 바다에서는 사소한 교전도 일어나지 않았다. 딱 한 번 멀리 지나가는 프랑스 측 사나포선(민간 소유이지만 교전국 정부에서 적선을 공격하고 나포할 권리를 인정받은 배—옮긴이) 한 척을 본 적이 있었다. 그런데 그 작은 배는 얼리전스 호를 보자마자 돛을 있는 대로 펼치고는 꽁지가 빠지게 달아났다. 쓸데없는 모험에 나서느라 용알들을 방치하지 말라는 로렌스의 지시로 테메레르는 배에 남았고, 이스키에르카 혼자 그 사나포선을 쫓아갔다. 몇 시간 후 이스키에르카가 아무 소득 없이 돌아오자 테메레르는 은근히 고소해했다.

앞으로도 프랑스군이 시드니를 공격할 가능성은 별로 없었다. 이곳에서 얻을 거라고는 캥거루, 그리고 가축우리와 다름없는 허름한 집들뿐이니까. 테메레르는 여기서 앞으로 무슨 일을 하며 살지 감이 오지 않았다. 지금은 용알들을 돌보고 있다 해도 머지않아 모두 부화할 텐데, 그후에는 여기 앉아 바다를 내다보는 것 외에 딱히 할 일이 없는 것이다.

이곳 사람들은 모두 지루하기 짝이 없는 농사일에 전념했다. 죄수들도 재미없게 살기는 마찬가지여서 아침부터 행군을 시작해 어딘가로 갔다가 밤이면 숙소로 돌아오는 생활을 반복했다. 어느 날 테메레르는 행군하는 죄수들을 한번 따라가보았다. 죄수들은 채석장으로 들어가 돌을 작게 쪼갠 후 그 돌조각들을 사륜 수레에 담아 마을로 운반하는 일을 하고 있었다. 어처구니없을 만큼 비효율적이었다. 테메레르 같으면 10분 만에 수레 다섯 대 분량의 돌들을 싣고 단번에 날아서 마을로 이동할 수 있었다. 그런데 도움을 주려고 채석장 근처에 내려앉자마자 죄수들은 놀라 사방으로 달아났다. 그 일로 나중에 군인들이 로렌스를 찾아와 딱딱거리며 불평을 해댔다.

그 군인들은 로렌스를 좋아하지 않았다. 그들 중 하나는 무례하게도 이런 말까지 했다.

"누가 나한테 오 펜스만 주면 잡아다가 아주 채석장에 처박을 텐데."

테메레르는 그 말을 듣고 머리를 숙여 그자를 노려보며 대꾸했다.

"누가 나한테 이 펜스만 주면 널 바다에 처넣고 말 거다. 로렌스가 나와 함께 숱하게 위대한 전투를 치르는 동안 넌 뭘 했는지 알고 싶군. 우리가 나폴레옹을 내쫓을 때 넌 여기서 빈둥거리기만 했잖아. 그동안 소들의 숫자도 늘려놓지 못했고 말이지."

돌이켜 생각해보니 그때 괜히 그 군인들에게 모욕을 줬다 싶었다. 로렌스를 채석장에 처박으려는 자들이 저 마을에 있을 텐데, 로렌스를 그리로 가게 내버려두는 게 아니었다.
"가서 로렌스와 그랜비를 찾아볼 테니까 넌 여기 있어. 널 보냈다간 아무 집에나 불을 지를 게 뻔해."

테메레르의 말에 이스키에르카가 받아쳤다.
"아무 데나 불 지르는 짓 안 해! 그랜비를 끄집어내기 위해 어쩔 수 없는 상황이 아니면."

"내가 하고 싶은 말이 바로 그거야. 걸핏하면 불을 내뿜는 게 무슨 보탬이 되겠어?"

"그랜비가 어디 있는지 아무도 말을 안 해주면 일단 아무 집에나 불을 뿜은 다음, 나머지 집들도 싹 다 태워버리겠다고 위협을 해야지. 그럼 겁을 먹고 술술 불게 돼 있어."

"그래, 만약 네가 불을 지른 그 집에 그랜비가 들어가 있으면 어쩔래. 그랜비는 불길에 화상을 입고 말겠지. 그게 아니더라도 한 집에 불이 붙으면 근처의 다른 건물로 옮아붙을 거고, 그랜비는 그중 어느 건물에 들어가 있든 피해를 받게 되어 있어. 하지만 나는 바람을 뿜어 건물 지붕만 걷어내고 내부를 들여다볼 거야. 만약 로렌스와 그랜비가 그 안에 있으면 꺼내면 돼. 굳이 그렇게 하지 않더라도 사람들한테 물어보면 알려줄 테고."

"나도 건물 지붕만 떼어낼 수 있어! 넌 지금 질투가 난 거야. 그랜비가 로렌스보다 금장식도 많이 갖고 있고 더 잘생겼으니 누구든 로렌스보다는 그랜비를 탐낼 것 같으니까."

테메레르는 분해서 숨을 훅 들이마셨다. 그 숨을 확 내뿜으려는데 에밀리가 다급히 끼어들었다.

"아, 싸우지들 마! 저기, 건강한 모습으로 돌아오고 계시잖아. 저기 봐봐."

테메레르는 고개를 홱 돌려 길 쪽을 바라보았다. 마을을 이루는 몇 되지 않는 건물들 사이에서 조그맣게 모습을 드러낸 세 사람이 소들이 다니는 좁은 길을 따라 곶을 향해 오고 있었다.

테메레르와 이스키에르카는 머리를 높이 들고 그들 세 사람을 내려다보았다. 로렌스는 옆구리에 통증을 느끼면서도 손을 들어 힘차게 흔들어 보였다. 목욕을 하고 상처 부위에 대충 붕대를 감았지만 통증은 크게 완화되지 않았다. 그래도 이만하면 다친 티는 나지 않을 것이다. 로렌스와 마찬가지로 손을 흔들어 보이던 그랜비는 팔을 내리다가 약간 움찔하고는 조심스럽게 자신의 어깨를 만져보았다. 그랜비가 말했다.

"이만하면 저 녀석들이 거리로 내려오지는 않을 겁니다."

다들 몸 상태가 좋지 않았으나 용들의 의심을 사지 않으려고 잰걸음으로 가고 있었다. 로렌스는 자꾸만 후들거리는 다리를 추스르며 곶을 향해 올라갔다. 마침내 세 사람은 곶 정상에 이르러, 임시로 만들어놓은 긴 의자에 걸터앉았다. 코를 킁킁거리던 테메레르가 갑자기 머리를 낮추고는 초조해하는 투로 로렌스에게 말했다.

"다쳤구나. 피를 흘리고 있어."

"걱정할 만한 상처는 아니야. 마을에서 작은 사고가 좀 있었어."

테메레르가 분노하여 날뛰면 상황이 복잡해질 것 같아 미안하지만 어쩔 수 없이 거짓말을 하고 말았다.

그랜비도 이스키에르카를 안심시켰다.

"자, 봐봐, 예쁜아. 낡은 외투를 입고 가길 잘했지? 이렇게 지저분해지고 찢어지기까지 했다고. 더 좋은 외투를 입고 갔다가 이렇게 됐으면 네 마음이 더 많이 상했을 거 아니냐."

그 말에 이스키에르카는 그랜비의 몸에 난 찰과상보다 옷으로 관심을 돌렸다. 그리고 이곳 환경에 대한 불만을 쏟아냈다.

"저 초라하고 별볼일없는 마을로 들어갈 때는 앞으로도 좋은 옷을 입고 가면 안 되겠다. 그나저나 우리가 왜 이곳에 머물러야 하는지 모르겠어. 차라리 영국으로 돌아가는 편이 낫겠어."

2

그날 저녁, 라일리가 주최한 만찬을 마치고 커피와 담배를 즐기러 뒷갑판으로 올라온 로렌스에게 윌리엄 블라이 총독이 말했다.

"전혀 놀라울 것도 없네. 전혀. 그 개놈들, 메리노 양(羊) 같은 잡놈들이 설치는 식민지 꼬락서니가 어떤지 이제 자네도 정확히 알겠구먼, 로렌스 대령."

블라이의 말투는 그 개놈들과 별 차이가 없었고, 로렌스는 블라이와 나누는 대화가 편치 않았다. 국왕의 임명을 받아 뉴사우스웨일스에 부임했던 총독이자, 해군 장교 출신이며 대단한 뱃사람인 블라이에 대해 나쁘게 생각하고 싶지는 않았다. 바운티 호의 선장으로 있던 당시 반란이 일어나면서 블라이는 바다로 쫓겨나 대형 보트를 타고 4,800킬로미터를 표류한 놀라운 업적을 갖고 있었다.

그래서 로렌스는 블라이에게서 조금이라도 존경할 만한 구석을 찾아보려 애썼다. 얼리전스 호가 시드니 근처의 반디멘스랜드(지금의 태즈메이니아. 1855년에 개칭되었다—옮긴이)라는 섬에 정박했을 때, 시드니에서 그들을 맞이했어야 할 블라이 총독이 그 섬에 와 있음을 알게 되었다. 반란군인 럼주 군대에게 추방된 블라이는 그 섬에서 분노를 씹으며 하루하루 버티고 있었다. 얇고 냉소가 흐르는 블라이의 입술은 그가 얼마나 힘겨운 삶을 살아왔는지를 보여주었다. 대머리 기가 있어 머리가 많이 빠져 이마가 훤히 드러났고, 그 아래 얼굴은 허약하고 불안해 보이는 인상이었다. 그의 외모는 그가 좌절감을 느낄 때마다 불쑥불쑥 내뱉는 거친 욕설과 묘한 부조화를 이루었다.

블라이는 이곳을 지나가는 해군 장교들마다 붙잡고 앉아 장광설을 늘어놓는 방법으로 자신의 직위를 되찾으려 했었다. 그러나 그와 대면한 신사들은 모두 신중한 이들이라 뉴사우스웨일스에서 일어난 반란에 관여하기를 꺼렸다. 게다가 반란이 일어났다는 소식이 뱃길을 통해 영국으로 전해지고 블라이가 공식적인 답변을 받기까지는 무척 오랜 시일이 걸릴 터였다.

나폴레옹의 침략이 거세지면서 그 여파가 상당해서인지 영국 정부는 뉴사우스웨일스 군대의 반란 사건에 관심을 쏟을 여유가 없는 듯했다. 아니면 이토록 답변이 늦어질 이유가 없었다. 영국 정부가 새로운 명령서를 보내지도, 블라이를 대신할 다른 총독을 파견하지도 않고 있는 동안, 뉴사우스웨일스 군인들과 토지를 부여받은 정착민들은 세력을 더욱 공고히 하며 나름 안정적으로 자리를 잡아가고 있었다.

얼리전스 호가 반디멘스랜드의 항구로 진입하던 날 밤, 블라이는 라일리 함장과 얘기를 나누겠다며 손수 보트를 타고 노를 저어 얼리전스 호로 건너왔다. 그러고는 라일리가 저녁식사 초대를 할 수밖에 없게 분위기를 조성하더니, 막상 식사 자리에서는 주최자인 라일리를 제쳐두고 자신이 대화를 주도해갔다. 한때 해군에 몸담았던 사람인 만큼 주최자를 무시하는 태도가 예의에 어긋난다는 것을 알 텐데도 전혀 거침이 없었다.

블라이는 침을 튀기며 열변을 토하는 한편, 라일리의 시중을 드는 이에게 손짓해 술병을 다시 자신 쪽으로 가져오게 했다.

"지금까지 일 년째 답변이 없다네. 그동안 시드니에서는 그 천박한 버러지 새끼들이 이주민들을 꼬드겨 방탕한 생활을 하게 만들고 폭동을 지지하도록 부추겼어. 해안 마을에 사는 여자들이 아무 놈하고나 놀아나며 사생아나 낳나니, 술 취한 거머리 같은 애들을 뽑아놔도 그놈들은 눈 하나 꿈쩍 안 해. 자기네 농장에 데려다가 군소리 없이 일할 노동력만 확보되면 그만이다 이거야. 놈들은 '럼주로 다스려라'는 말을 격언으로 삼아서 럼주를 화폐처럼 유통시키고 있어."

열변을 토하는 와중에도 블라이는 식초처럼 신맛이 도는 와인을 계속해서 들이켰고, 라일리가 따로 보관해둔 술도 마셔치웠다. 건빵과 가끔 생기는 사냥 고기로 배를 채우며 살아온 뱃사람답게 식욕이 대단했다.

로렌스는 손가락 사이에 술잔 손잡이를 끼우고 이리저리 돌리며 조용히 듣고만 있었다. 블라이의 주장에는 그다지 공감이 되지 않았다. 로렌스가 자제력이 조금만 더 부족했어도, 테메레르를 이곳으로 유배 보낸 영국 정부의 소심하고 한심한 결정에 대해 블라이 못지않게 소리 높여 비난했을 것이다. 로렌스도 공군으로의 복직과 사교계의 지위 회복, 능력이 유용하게 쓰일 수 있는 곳으로의 복귀를 소망했다. 세상 끝자락의 척박한 바위에 넋 놓고 앉아, 하늘을 향해 푸념이나 늘어놓으며 살고 싶지는 않았다.

그러나 이대로라면 블라이의 몰락이 남의 일만은 아니었다. 영국으로 돌아가려면 로렌스와 테메레르 모두 식민지 총독에게 사면을 받아야 했다. 혹은 두려움과 속 좁은 이해관계로 로렌스와 테메레르를 유배 보낸 영국 정부 측이 마음을 풀고 그들을 다시 받아들이도록, 식민지 총독이 우호적인 보고서를 올려주어야 했다.

로렌스와 테메레르의 영국 귀환은 실현될 가능성이 희박했으나, 리엔을 적군으로 두고 있는 지금 제인 롤랜드는 영국에 하나뿐인 셀레스티얼 용의 복귀를 분명히 바라고 있었다. 슈베리니스 전투 때 리엔이 영국 해군을 공격해 끔찍한 대학살을 저지른 후, 영국 내에는 셀레스티얼 품종의 용에 대한 거의 미신적인 두려움이 팽배했다. 시간이 흐르면 그 두려움은 차츰 가라앉을 것이고, 영국 정부가 냉정을 되찾으면 테메레르처럼 귀한 무기를 유배지로 보낸 충동적인 결정을 후회할 거라고 로렌스는 생각했다.

용기를 주기 위해서인지는 몰라도 제인의 편지에도 그런 취지의 조언이 담겨 있었다.

수리가 완료되는 대로 바이스로이 호를 보내 자네를 고향으로 데려올 수 있기를 희망하고 있어. 그러니 어지간하면 그곳 식민지 총독의 뜻에 복종하며 지내. 어떤 종류의 잡음도 일어나지 않게 해주면 고맙겠어. 식민지 총독이 보내올 다음번 보고서에 자네가 유순하게 살고 있다는 내용 외에는, 좋은 쪽이든 나쁜 쪽이든 쓸데없는 소리가 나오지 않게 해.

　하지만 블라이가 입가를 닦은 냅킨을 식탁에 내려놓으며 다시 입을 여는 순간, 로렌스의 희망은 이루어질 수 없는 꿈이 되고 말았다.
　"돌려 말하지 않겠네, 라일리 함장. 지금 이 상황에서 자네의 의무가 무엇인지 굳이 자세히 말 안 해도 잘 알 거야. 그랜비 대령 자네도."
　자신을 얼리전스 호에 태우고 시드니로 가서, 반란 주동자인 매카서와 존스턴을 넘겨받아 재판에 회부할 수 있도록 포격을 비롯한 각종 공격으로 뉴사우스웨일스 식민지를 위협하라는 뜻이었다.
　"그리고 반란을 일으킨 악당 놈들은 즉결심판으로 교수형에 처해야 마땅해. 그들이 식민지에 끼친 해악을 청산하려면 그 수밖에 없어. 놈들을 따르던 자들을 교화하려면, 놈들의 시체를 길에 내놓고 벌레들이 파먹어 들어가는 꼴을 일 년 이상 전시해야겠지. 그렇게 해야 식민지의 규율을 조금이나마 다시 바로 세울 수 있을 걸세."

와인을 과도하게 마신 그랜비가 조심성 없이 퉁명스러운 투로 나섰다.

"글쎄요, 전 그렇게 생각 안 하는데요."

그랜비는 로렌스와 라일리를 돌아보며 덧붙였다.

"우리가 나서서 저 식민지 사람들한테 총독님을 다시 받아들이라고 강요할 필요는 없다고 봅니다. 총독님은 선장이던 시절부터 반란 사태를 서너 번은 겪으셨는데, 그 정도면 단순히 운이 나빠서였다고 할 수만은 없겠죠."

이어서 좀더 정중한 말투이기는 했지만 라일리마저 거절의 뜻을 밝히자 블라이는 눈에 쌍심지를 켰다.

"그럼 나를 일단 이 배에 태워주게. 자네와 함께 영국으로 돌아가 이 사건을 상부에 직접 보고해야겠어. 이것마저 거절하진 않겠지."

그랬다. 블라이를 이 배에 태우는 것마저 거절했다가는 라일리의 정치적인 입지가 아주 위험해질 수 있었다. 지금도 정치적 이해관계 속에서 라일리는 그다지 보호를 받지 못하고 있었다. 사실상 라일리의 정치적 입지는 그랜비보다도 위태로웠다. 그러나 블라이의 진짜 의도는 이 배를 타고 영국으로 돌아가는 것이 아니라 라일리의 보호를 받으며 뉴사우스웨일스 식민지로 향하는 것이었다. 이 배가 시드니의 항구에 머무는 동안 라일리를 줄기차게 설득해 반란군을 치게 할 심산이었다.

만약 블라이를 도와 반란군을 치는 데 일조하면 로렌스는 블라이의 사면을 받아 공군에 복귀하고 테메레르도 반역자라는 오명을 벗게 될 것이다. 그러나 그것은 로렌스 자신과 테메레르의 개인적인 안위를 도모하고자 하는 것이기에 선뜻 내키지가 않았다. 예전에 프랑스군이 영국으로 쳐들어왔을 때, 로렌스와 테메레르는 그런 식으로 전투에 참여해 웰링턴 경에게 이용당했었다. 지금도 그 일은 씁쓸한 기억으로 남아 있었고 두 번 다시 그런 일을 되풀이하고 싶지 않았다.

반대로 로렌스가 뉴사우스웨일스 군대의 편에 선다면 반란 세력의 조력자가 되는 것이니, 굳이 대단한 정치적 혜안을 동원하지 않더라도 본국에서 비난의 대상이 될 것은 자명했다. 적들은 그 일을 빌미 삼아 로렌스와 테메레르를 완벽한 반역자로 몰면서 영국으로 귀환하는 것은 꿈도 꾸지 못하게 할 것이다.

반디멘스랜드에서 시드니로 가는 도중에 얼리전스 호에서 로렌스는 그 문제로 테메레르와 얘기를 나눈 적이 있었다. 걱정스러워하는 로렌스에게 테메레르는 단언했다.

"어렵게 생각할 것 없어. 우리가 누구 말에 복종해야 할 이유는 없잖아. 우린 이번 항해도 완벽하게 해냈어. 피곤하고 무례하게 구는 사람들이 일부 있기는 하지만 잘해낼 수 있을 거야."

반디멘스랜드에서 시드니까지는 이 오랜 항해의 마지막 구간이니 기쁜 마음으로 어서 도착하기를 기대할 법도 하건만, 블라이의 방문 이후로 로렌스는 마음이 착잡해져서 차라리 가급적 천천히 시드니에 도착했으면 하고 바랐다.

"지금 라일리 함장이 법적으로 나를 책임지고 있고 얼마간은 더 그럴 테지만, 줄곧 그렇지는 않을 거야. 얼마 후에는 라일리가 나머지 죄수들과 함께 나를 이곳 식민지 총독에게 넘겨야 해."

"왜 그래야 하는데? 라일리는 분별 있는 사람이니까 당신이 누구에게든 복종하고 지내야 한다면 블라이보다는 라일리가 낫잖아. 우리가 책을 읽는 동안 네 번이나 끼어들어 방해를 해대는 블라이 같은 사람은 딱 질색이야. 하는 얘기라고는 그저 식민지 정착민들이 얼마나 사악하고 얼마나 많은 럼주를 퍼마셔대는지에 대한 것뿐이니 이젠 아주 진절머리가 난다고. 누가 재미있어 한다고 그런 얘길 계속 해대는지 모르겠어."

"라일리는 우리 옆에 오래 머물지는 않을 거야. 용 수송선을 항구에 오래 정박해둘 수가 없거든. 이 정도 규모의 용 수송선이 여기까지 항해해 온 것도 전례가 없는 일이야. 그것도 순전히 우릴 이리로 실어오기 위해서였잖아. 항구에 도착해 배를 청소하고 윗돛대와 중간돛대를 교체하고 나면, 곶 가까이에서 부는 바람을 타고 출항할 거야. 우리 뒤를 따라 시드니 항구로 들어오는 다음 배에 라일리에게 전달되는 명령서가 실려 있을 테니 그 명령서에 따라 움직이겠지."

테메레르는 약간 풀이 죽었다.

"아, 그럼 우리만 여기 남겠네."

로렌스도 목소리에 힘이 빠졌다.

"그래…… 유감스럽게도."

용 수송선이 없으면 이 새로운 땅에서 테메레르는 고립되어 그야말로 완전한 죄수 노릇을 하게 될 것이다. 이곳에는 배도 몇 척 없고, 테메레르 정도 크기의 용을 태울 만한 상선은 단 한 척도 없었다. 배에 의지하지 않고 순전히 비행만으로 바다를 건너 또 다른 육지에 안전하게 착륙하는 것은 불가능했다. 참을성 강한 라이트급의 우편배달 용들도 박식한 조종사, 맑은 날씨, 행운이라는 삼박자가 갖춰져야만 고된 비행을 겨우 견뎌내고 인적 없는 환상(環狀) 산호섬에라도 착륙이 가능했다. 영국 공군은 우편배달 용들을 정기적으로 뉴사우스웨일스 식민지로 보내는 위험천만한 짓은 하지 않았다. 테메레르도 극도의 위험을 무릅써 가며 위험한 비행을 할 의향은 없었다.

　얼리전스 호가 출항할 때, 그랜비와 이스키에르카도 여길 떠나게 될 것이다. 그러지 않으면 이곳에 갇히고 말 테니까. 용알 세 개가 전부 무사히 부화한다는 보장도 없지만, 어쨌든 이스키에르카마저 떠나면 알에서 깨어날 새끼 용 세 마리를 제외하고 테메레르는 동족 하나 없이 이곳에 홀로 고립될 것이다.

　"흠, 전혀 아쉽지 않아. 내가 뭐 다른 용과 교유하는 걸 싫어하는 건 아니야. 막시무스랑 릴리는 다시 만나고 싶어. 페르사이티아가 누각 공사를 어떻게 진행하고 있는지도 궁금하고. 우리가 뉴사우스웨일스에서 자리를 잡으면 친구들이 보내는 편지를 받을 수 있겠지. 이스키에르카는 아무 때나 저 좋을 때 떠나도 상관없어."

　테메레르는 이스키에르카를 노려보며 이 말을 했다. 이스키에르카는 옆구리의 뾰족뾰족한 돌기에서 습기를 잔뜩 뿜어내며 자고 있었다. 습기가 커다란 물방울이 되어 갑판으로 축축하게 흘러내렸다.

시간이 지나면 식민지에서 다른 용 한 마리 없이 혼자 지낸다는 게 생각보다 훨씬 힘들다는 걸 테메레르도 알게 될 것이다. 항해 내내 로렌스는 그 걱정이 머리에서 떠나지 않았는데, 앞으로 닥칠 재앙과 비교해보니 그건 걱정거리도 아니었다. 이곳에서 로렌스는 죄수인 동시에, 총독과 반란군 사이에 낀 실력자이기도 했다. 여기서 탈출할 길은 없으니, 사람들과 왕래를 전부 끊고 야생 지역에 틀어박혀 살지 않는 한 그런 처지에서 벗어날 수도 없었다.

테메레르가 단호하게 말했다.

"걱정하지 마, 로렌스. 식민지에서도 우린 재미있게 지낼 수 있을 거야. 지금보다 괜찮은 먹이만 찾을 수 있으면."

얼리전스 호를 맞아들이는 뉴사우스웨일스 군대의 태도가 블라이가 설명한 대로여서 로렌스는 걱정하지 않을 수 없었다. 반란군 지도부는 얼리전스 호 측에 식민지 안쪽으로 올라오라는 말도 해주지 않았다. 눈부시게 맑은 날 아침 11시, 얼리전스 호는 기다리다 못해 약간의 바람을 타고 항구 입구로 들어섰다. 8개월에 걸친 항해를 끝낸 참이라 너나없이 서둘러 땅을 밟고 싶어 안달이 났는데, 거대한 항구로 들어선 순간 모두 충격적일 만큼 아름다운 풍경에 압도되고 말았다. 만(灣)들이 주요 수로를 따라 곡선을 그리며 배치되어 있고, 바닷가로 이어지는 경사지의 짙은 초목 사이사이로 황금빛 모래사장이 펼쳐져 있었다.

라일리는 보트를 내리고 노를 저어 상륙하자거나 돛을 더 펼치라는 명령을 내리는 대신 느긋하게 주변 풍경을 감상했다. 미끼용 어류들 사이를 유유히 헤엄쳐 지나는 거대한 긴수염고래처럼, 얼리전스 호는 작은 배들 사이로 장엄하게 나아갔다. 사람들은 얼리전스 호의 난간에 붙어 서서 눈앞에 펼쳐진 아름다운 풍경에 넋을 놓고 빠져들었다. 약 세 시간 정도 그렇게 천천히 물길을 따라 평화롭게 나아간 후 마침내 닻을 내렸다. 그러나 그들을 마중 나온 환영단은 없었다.

라일리는 뭔가 이상하다는 투로 말했다.

"도착을 알리려면 예포라도 쏴야겠군."

라일리의 명령에 따라 대포들이 발사되었다. 먼지투성이 거리를 지나던 식민지 정착민들은 그 소리에 놀라 돌아보기는 했지만 누구도 다가와 묻는 말에 대답하려 하지 않았다. 두 시간쯤 흐른 후, 라일리는 얼리전스 호의 선체 옆으로 보트 한 척을 내리게 하고 퍼벡 대위를 해안으로 보냈다.

잠시 후 돌아온 퍼벡은 뉴사우스웨일스 군대의 현 사령관인 존스턴 소령과 얘기를 나누고 왔다며 라일리에게 보고했다. 존스턴 소령은 블라이가 이 배에 타고 있는 한 배로 올라올 의향이 없다고 전해왔다. 블라이가 돌아왔다는 소식이 이미 시드니에 닿은 모양이었다. 아마도 반디멘스랜드를 지나는 다른 작고 빠른 배들이 그 소식을 물어다주었을 것이다.

그랜비가 말했다.

"우리가 먼저 존스턴이라는 자를 찾아가 만나는 게 좋겠습니다."

해군 대령인 라일리가 일개 육군 소령에게, 그것도 예의 없고 신사답지 못한 행동을 하고 있는 자에게 먼저 찾아가 인사를 하라는 것이다. 로렌스와 라일리는 아연실색했으나 그랜비는 별로 의식하지 않고 덧붙였다.

"존스턴을 두둔하자는 것은 아닙니다. 이렇게 손 놓고 있다가 블라이 총독이 먼저 나서서 우리가 자기를 총독 자리에 복귀시키려고 여기 왔다는 등 소문이라도 퍼뜨리면 곤란한 건 우리잖습니까."

언짢지만 이치에 맞는 말이었다. 달리 뾰족한 대안도 없었다. 배에는 식료품 재고가 거의 바닥난 상태인데 화물칸에는 죄수들이 잔뜩 타고 있고, 갑판은 용들의 무게에 짓눌리고 있었다.

라일리는 해병대를 전부 데리고 존스턴을 만나러 가면서 로렌스와 그랜비에게도 동행을 요청했다. 라일리가 로렌스에게 말했다.

"정상적인 상황은 아니지만, 이곳 사정이 워낙 엉망이니 하는 수 없군요. 우리가 떠난 후에 테메레르와 여기 남으셔야 하니, 존스턴이라는 자의 됨됨이를 파악해두실 필요가 있을 겁니다."

잠시 후 라일리 등과 만난 자리에서 존스턴이 입을 열었다.

"웅크린 뱀 같은 블라이를 다시 우리 머리 위에 두실 작정이라면, 상관없으니 어디 마음대로 해보시죠. 여러분이 여길 떠나는 즉시 우린 블라이를 또 섬으로 추방해버릴 겁니다. 그 이유에 대해서는 심문할 권리가 있는 사람에게 답변할 것이고, 당신들한테 설명하고 싶지는 않습니다."

아직 정식 인사도 나누기 전인데 존스턴은 다짜고짜 그 말부터 했다. 사무실 안에 들어가서도 아니고, 막사 겸 본부로 사용되는 옆으로 길게 뻗은 건물의 대기실에서 그런 말을 내뱉은 것이다.

기분이 상한 그랜비가 응수했다.

"그게 항구로 들어온 국왕 폐하의 배를 맞이하면서 할 소리입니까? 블라이나 맥이 무슨 짓을 하건 전혀 관심 없고, 내 용에게 먹일 식량만 제대로 공급받으면 그만입니다. 내 용이 직접 나서서 먹이를 찾게 둘 생각이 아니라면 신경을 써주는 게 좋을 겁니다."

처음 만난 자리에서 이런 대화가 오가니 분위기는 냉랭하기만 했다.

얼리전스 호가 블라이를 돕고 있을지 모른다는 의심을 품고 있던 존스턴은 그랜비의 엄포에 불안해하는 기색이 역력했다. 따지고 보면 총독을 내쫓고 불법으로 식민지를 점거한 만큼, 그래야 마땅한 것이기는 했다. 영국 정부가 오랫동안 아무런 조치도 취하지 않고 있으니 불안하기도 할 것이다.

다른 때 같으면 로렌스도 존스턴에게 일말의 동정심을 느꼈을지 모른다. 이 식민지의 기존 질서를 뒤흔들 만한 군사력을 지닌 얼리전스 호와 용들이 식민지의 항구로 들어왔는데, 존스턴으로서는 얼리전스 호와 용들이 앞으로 이곳에서 어떤 요소로 작용할지 알 수가 없으니까.

이 식민지에 처음 발을 들여놓고 주변을 살펴보면서 로렌스는 충격을 받은 상태였다. 이 아름답고 멋진 땅에 불만과 무질서가 팽배해 있고, 해가 저물기도 전인데 술 취한 남녀들이 거리에서 비틀거리며 돌아다니고 있었다. 주민들 대부분은 금방이라도 무너질 것 같은 오두막과 천막을 집으로 삼아 살고 있었는데, 어찌나 열악한지 집이라고 부르기도 민망할 정도였다. 존스턴과의 탐탁지 않은 만남을 위해 보트에서 내려 군 본부로 걸어가는 동안, 그들은 문짝도 없는 어느 집을 지나갔다. 집 안쪽을 언뜻 들여다본 로렌스는 경악했다. 남녀가 뒤엉켜 잠자리를 갖는 중이었는데 남자는 군복을 반쯤 걸친 모습이었다. 그 옆 바닥에는 또 다른 남자가 술에 취해 코를 골며 자고 있고, 구석에는 지저분한 몰골의 어린애 하나가 코를 훌쩍이고 있었다.

군 본부에 도착해서는 피투성이인 채로 여기저기 쓰러져 있는 사람들을 보고 한층 강한 충격을 받았다. 여기서는 채찍형이 끝없이 이어지는 듯했는데, 라일리 등의 방문 때문에 잠시 처벌이 중단된 분위기였다. 족쇄를 차고 뚱한 얼굴로 서 있는 남자들이 50대 내지 백 대의 채찍형을 기다리고 있었다. 표정들이 심각하지 않은 것으로 보아 여기서 그 정도는 가벼운 벌인 모양이었다.

나중에 얼리전스 호로 돌아가면서 라일리는 로렌스에게 낮은 목소리로 말했다.

"내 배에서 반란이 일어나지 않게 하려면, 부하들을 해변으로 내려 보내지 말아야겠습니다. 소돔과 고모라가 따로 없군요."

과거와 현재에 이곳 식민지가 어떤 식으로 관리되어왔는가에 대한 로렌스의 견해는 그후 3주 동안 크게 바뀌지 않았다. 이런 사태가 초래된 데는 블라이 탓도 있으니, 블라이에겐 동정의 여지가 없었다. 게다가 블라이는 입심이 사납고 태도가 퉁명스러워 호감을 사지 못했다. 총독의 권위를 내세워 라일리를 한편으로 끌어들이려 했으나 통하지 않자, 온갖 감언이설과 아첨, 혹은 벌컥 화를 내는 식으로 자신의 주장을 관철하려 했다. 그럴수록 독선적인 그의 성격만 드러나 보일 뿐이었다.

뉴사우스웨일스 군대의 반란은 여타 반란들보다 심각했다. 블라이는 엄연히 왕실의 임명을 받은 이곳 식민지 총독인데, 그의 명령을 수행할 책임이 있는 군인들이 그를 배신한 것이다. 그럼에도 라일리와 그랜비는 관여하지 않겠다는 고집을 꺾지 않았다. 조만간 이곳을 떠날 라일리와 그랜비보다는 로렌스를 같은 편으로 만드는 게 낫겠다 싶었는지 블라이는 로렌스에게 집중하기 시작했다. 반란군이 식민지를 얼마나 잘못 관리하고 있는지에 대해, 반란군이 불법적인 행위를 묵인함으로써 얼마나 다양한 악행들이 지속적으로 발생하고 있는지에 대해 매일같이 로렌스에게 장황하게 늘어놓았다.

결국 로렌스는 피켓 카드놀이를 해야 한다며 블라이를 피해 선실로 도망쳤다. 갑판 아래 선실은 숨 막힐 듯 덥고 창문을 열어놔도 후덥지근한 바람밖에 들어오지 않았지만 블라이의 열변을 듣고 있는 것보다는 나았다. 보다 못해 타르케가 한마디했다.

"테메레르한테 블라이를 난간 너머 바다로 던져버리라고 하세요."

그러고는 말이 좀 심했다 싶었는지 이렇게 덧붙였다.

"잠시 후에 물 밖으로 꺼내주라고 하면 되지 않겠습니까."

"겨우 바다에 빠지는 정도로는 그 신사의 속에 가득한 화를 오랫동안 식혀주지는 못할 겁니다."

로렌스는 살짝 빈정대는 말로 치미는 화를 삭였다. 오늘 블라이는 식민지 총독으로 복귀하면 로렌스와 테메레르를 완전히 사면해주겠노라며 로렌스를 매수하려 들었다. 더 듣고 있다가는 모욕감을 참기 어려울 것 같아 블라이의 말을 끊고 갑판 아래로 내려온 것이다.

잠시 후 화가 가라앉자 로렌스는 지친 얼굴로 덧붙였다.

"반란군에 대한 블라이의 비난이 부당하기라도 하면 차라리 마음이 편하겠습니다."

배에서 내다보고 있을 뿐이지만, 식민지의 부정부패가 심각한 지경임은 느낄 수 있었다. 원래 이곳에서 노역형을 사는 죄수들은 말썽 없이 형기를 채우면 죄수 신분에서 해방되어 경작지를 부여받고 정착민으로 살 수 있었다. 이는 초기 총독이 고안한 정책으로, 죄수의 정착과 식민지 안정을 동시에 도모할 수 있는 사려 깊은 관리 방식이었다. 그런데 그후 20년의 세월이 흐르면서 그 정책은 명목만 남았고, 실제로 경작지 대부분은 뉴사우스웨일스 군대 소속 장교라든가 전역 장교들의 소유였다.

죄수들은 기껏해야 값싼 노동력으로 취급되거나, 아예 개인 소유물로 다뤄지기도 했다. 미래에 대한 희망이나 기대도 없고 자신의 행동에 대한 부끄러움을 느낄 필요도 없이, 노동력을 제공하는 대가로 싸구려 럼주를 받아 마시며 그들은 벽 없는 감옥과도 같은 이 땅에 갇혀 하루하루를 살아가고 있었다. 죄수들의 노동으로 발생한 이익은 전부 군인들 차지였다. 식민지의 질서를 확립해야 할 군인들이 부패를 일삼고 무질서와 자기 파괴적인 악행을 방조해온 것이다.

로렌스가 말했다.

"블라이가 끝없이 주장하는 게 이런 내용인데, 나도 눈으로 본 게 있으니 그 말이 거짓이라고는 못 하겠더군요. 하지만 문제는 나 자신을 믿지 못하겠다는 겁니다. 실상을 확실히 파악한 후에 블라이의 주장이 사실임을 인정하는 게 아니라, 나와 테메레르의 안위를 위해 블라이의 주장이 사실이기를 바라게 될까 봐, 블라이에게 총독 지위를 회복시켜주고 나 나름의 이득을 보기 위한 구실로 삼게 될까 봐 걱정이 됩니다."

타르케는 마지막 카드를 내려놓았다.

"이런, 내가 또 이겼네요. 자신의 안위가 아니라 정의를 추구할 생각이라면, 이곳에 정착한 주민들과 직접 얘기를 나눠보면 어떨까 싶습니다만. 그쪽 얘기도 들어보면 블라이의 주장에 대한 판단도 공정하게 할 수 있겠죠."

"정착한 주민을 찾아가 물어본다고 해도, 워낙 예민한 사안이라 솔직한 의견을 들려줄지 모르겠군요."

로렌스는 가진 패를 던지고 카드들을 모아 새로 분류했다.

"이 지역 주요 인사들 몇 명에게 통할 수 있는 소개서를 갖고 있습니다."

타르케가 제안했다.

그런 얘기는 처음이라 로렌스는 의아했다. 지금껏 그는 타르케가 뉴사우스웨일스에 온 것이 단순히 뿌리 깊은 방랑벽 때문이라 여겼다. 하지만 타르케의 사생활에 속하는 영역인지라 어디서 어떻게 그런 소개서를 얻었는지 대놓고 물어볼 수가 없었다.

타르케가 말을 이었다.

"필요하시면, 이리저리 물어봐서 알아봐드릴 수 있습니다. 주민들 사이에 반란군에 대한 불만들이 꽤 있다면 얘기를 들려주겠죠. 그걸 바탕으로 판단하시면 될 겁니다."

타르케의 훌륭한 조언을 따르기로 마음먹은 로렌스에게 블라이가 또다시 접근해 반란군에 대한 욕을 퍼부었다. 블라이는 로렌스를 설득할 기회를 잽싸게 붙잡고 늘어지면서 갖은 충동질을 해댔다.

"그것들은 개놈들이고, 겁쟁이 양과 다름없는 잡놈들이네, 로렌스 대령."

'대령'이라는 호칭을 붙이지 말고 '로렌스 씨'로 불러달라고 했지만 블라이는 간단히 무시했다. 로렌스는 못마땅했으나, 블라이로서는 일반 시민이 아닌 공군 장교의 조력으로 총독 직위를 회복하는 편이 훨씬 모양새가 좋으니 그를 줄기차게 '대령'이라 부르는 것이다.

블라이가 계속해서 말했다.

"자네도 내 생각에 동의할 수밖에 없을 걸세. 애초에 내 생각에 동의하지 않는다는 것 자체가 말이 안 되지. 그 고약한 놈들은 국왕 폐하의 권위를 침해했네. 정당성도 없고 법적 근거도 없는 반란군 지도자 밑에서 무슨 존중이며 규율이 있을 수 있겠나. 국가에 대한 충성심이라곤 없는 놈들이니……."

블라이는 멈칫했다. 반역자로 몰려 유배를 온 로렌스에게 복종과 충성의 미덕을 강조하는 것은 어불성설이다 싶었는지, 그는 곧 말을 돌렸다.

"……품위도 없고 말이야. 이런 추악한 행태는 식민지 군인들 사이에 만연해 있네. 그게 다 썩어빠진 반란군 지도자들이 부추겨서 그리 된 것이지만."

이런 얘기를 끝없이 듣다 보니, 심신이 지치고 짜증이 나서 로렌스는 더는 참을 수가 없었다. 저녁 내내 불편한 기분으로 앉아 있었더니 임시로 감아놓은 붕대 안쪽의 상처가 아리고 갈비뼈 부위가 부어오르는 느낌이 들었다. 손도 상당히 욱신거렸다. 쓸데없이 이러고 앉아 있자니 기분이 상했고, 혐오감으로 구역질이 날 지경이었다. 식민지 반란군을 이끄는 존스턴과 매카서에 대해 부정적으로 생각해보려 노력했으나, 그들을 욕하는 블라이도 그리 나은 사람 같지 않았다. 반란군을 욕하면서 만족스러워하는 블라이의 얼굴은 어리석은 기회주의자를 연상시킬 뿐이었다.

로렌스는 시중드는 이의 쟁반에 커피 잔을 소리 나게 내려놓으며 말했다.

"총독 직위를 회복하시면 지금 그렇게 경멸해 마지않는 군인들에게 의지해서 식민지를 통치해야 할 텐데 과연 제대로 될지 의문이군요. 반란군 우두머리들은 휘하의 군인들에게 대접도 잘해주고 사업 허가도 잘 내주면서 인심을 얻은 것 같던데, 나 같은 범법자의 도움으로 총독직에 복귀하시면 그 군인들을 어떻게 회유해서 충성하게 만들 작정이십니까?"

블라이는 별것 아니라는 투로 대답했다.

"아! 자네는 반란군 지도부에 대한 군인들의 충성심이 꽤나 대단한 줄 아는군. 그 군인들도 분별력이라는 게 있으니, 매카서와 존스턴이 조만간 끝장날 것임을 알 걸세. 다만 영국에서 여기까지 배를 타고 오는 데 소요되는 기간이 상당히 길고, 영국 내에 복잡한 문제들이 얽혀 있어서 그 두 놈이 아직까지 득세하고 있을 뿐이야. 얼마 안 있으면 교수형 집행인의 올가미가 그놈들에게 씌워질 걸세. 그때가 가까워올수록 놈들에 대한 군인들의 지지는 약해질 테지. 나는 군인들을 다독이기 위해 땅에 대한 권리는 유지하게 해줄 작정이네. 무상으로 불하받은 토지도 계속 소유하게 하고, 그동안 받은 혜택도 유지하면서……."

블라이는 이런 식으로 진부한 말들을 늘어놓았다. 허울뿐인 규제를 몇 가지 더 만들어 식민지를 통치하겠다는 구상이었다. 자기네가 직접 선택한 것은 아니지만 그래도 생활에 도움을 주던 반란군 지도부를 몰아내고 들어온 블라이가 쓸데없이 이런저런 규제나 가한다면, 그에 대한 군인들의 반감이 한층 커지고 말 것이다.

로렌스는 다소 무뚝뚝하게 대꾸했다.

"지금까지 비난하신 사악한 관행들을 정확히 어떻게 고쳐나갈 작정이신지 모르겠습니다. 섬으로 추방되기 전에도 그런 관행을 바로잡지 못하셨는데 말입니다. 테메레르를 무슨 마법의 대포쯤으로 여기시는 것 같던데, 이런 식이라면 테메레르도 힘을 빌려드리지 않을 겁니다."

블라이의 움푹 팬 뺨이 울긋불긋 상기되었다.

"내 뜻에 따르지 않기 위해 완곡한 말로 반대 논리를 펴가며 빠져나가는구먼, 로렌스. 참으로 실망스럽네. 핑계를 대고 빠져나가려는 자네 성격도 마음에 안 들어."

블라이는 서늘하게 날이 선 말투로 이렇게 내뱉고는 성난 입을 굳게 다문 채 뒷갑판을 떠났다.

평소대로라면 블라이는 경솔한 말을 내뱉었다고 후회하면서 또다시 얘기를 나누자 청할 것이다. 로렌스는 그것을 잘 알고 있었지만, 기분이 무척 상한 터라 블라이에게 사과 비슷한 말도 하고 싶지 않았다. 그래봤자 분명 그 진절머리 나는 열변이 또 시작될 테니까.

원래 로렌스는 선실에서 잠을 잘 생각이었다. 탐탁지는 않지만 식민지 지도부에 죄수들을 넘겨준 후, 라일리는 부하들을 전부 동원해 하갑판을 물로 청소하게 했다. 건강에 필요한 최소한의 운동과 자유만 누리며 배에서 버텨온 수백 명의 남녀 죄수들이 남겨놓은 각종 오물과 악취를 씻어내기 위해서였다. 얼룩들을 깨끗이 지운 후, 펌프로 물을 끌어올려 한 번 더 씻어냈다.

물리적인 오염의 흔적들, 죄수들의 비참하고 고통스러운 흔적들을 지워내고 나자, 감방 옆에 있는 로렌스의 좁은 선실도 그럭저럭 안락한 분위기가 조성되었다. 공동 선실에서 침상 하나만 차지하고 살던 장교 후보생 시절과 비교해도 딱히 고급스러울 정도는 아니지만 전보다는 확실히 나아졌다. 용들이 머무는 곳에 마련된 작은 숙소는 아직 벽도 온전히 세워져 있지 않고 지붕도 없었다. 하지만 배에 남아 있자니 몸도 마음도 지쳐만 갔다. 로렌스는 날씨도 건조하니 밖에 나가 자야겠다고 마음먹고, 갑판 아래로 내려가 소지품 몇 개를 챙겨 들고서 테메레르와 함께 쉬기 위해 배를 떠나 곶으로 올라갔다.

길을 따라 곶으로 올라가는 동안 로렌스는 누가 말을 걸어도 기분 좋게 대꾸할 기분이 아니었다. 그런데 말을 탄 어떤 신사가 그를 불러 세웠다. 매부리코에 식민지 사람치고 세련된 차림인 그 신사는 말에 탄 채 아래로 몸을 기울이며 물었다.

"로렌스 씨입니까?"

"나는 그쪽을 모르는데 나를 아시는가 봅니다."

로렌스는 무뚝뚝하게 대답했다.

"존 매카서라고 합니다. 얘기를 좀 나누고 싶군요."

상대의 이름을 듣자, 방금 전 퉁명스럽게 대답해놓고 미안해하던 감정이 깡그리 사라졌다.

그는 바로 뉴사우스웨일스 군대의 반란 주모자였다.

블라이 총독을 몰아내고 소위 이곳에서 '식민성 비서관' 노릇을 하고 있는 자인데, 아직까지 라일리 함장을 찾아와 인사를 한 적이 없었다.

"이런 곳에서 대화를 청하다니 기분이 묘하군요. 먼지가 풀썩이는 거리에서 대화를 나누고 싶은 생각 없습니다. 괜찮다면 기지 쪽으로 함께 가시죠. 말은 여기 두고 따라오는 게 좋을 겁니다."

매카서가 선선히 고삐를 마부에게 넘기고 말에서 내려 따라오자 로렌스는 약간 놀랐다.

"요즘 마을에서 불미스러운 일을 겪었다고 들었습니다. 그 일은 유감스럽게 생각합니다. 지금 우리는 이곳을 그럭저럭 잘 관리하고 있습니다. 일손이 달리긴 해도 성과는 꽤 좋은 편입니다. 런던에서 온 로렌스 씨가 볼 때는 내세울 것 하나 없는 땅으로 보이겠지만, 우리와 함께 처음 몇 년을 여기서 살았다면 아마 달리 생각했을 겁니다. 내가 여기 처음 온 게 1790년인데, 그때 경작지의 총면적은 사 제곱킬로미터에 불과했습니다. 식료품을 공급받지도 못해서, 세 번이나 굶어 죽을 위기를 넘겼지요."

매카서는 걸음을 멈추고 한 손을 뻗어 보였다. 그 손은 부르르 떨리고 있었다.

"여기서 첫해 겨울을 나면서 굶어 죽을 위기에 처했을 때부터 이 모양이 됐습니다."

매카서는 다시 걷기 시작했다.

로렌스가 말했다.

"귀하의 인내심은 우러름을 받을 만하군요. 동료들의 인내심도요."

"다른 건 몰라도 그것만은 확실하지요. 우리가 성공적으로 살아남은 건 요행도 아니었고 쉽게 이뤄낸 결과도 아닙니다. 현명한 지도자의 선견지명과 모든 이의 단호한 의지가 있었기에 가능한 일이었습니다. 여기는 단호한 의지를 가진 사람에게는 기회의 땅입니다, 로렌스 씨. 나는 이곳에 중위로 부임했는데 부임 당시엔 내 이름으로 된 땅 한 뼘 없었습니다. 자랑은 아닙니다만, 지금은 사십 제곱킬로미터의 땅을 보유하고 있지요. 여기서는 누구나 그렇게 될 수 있습니다. 그래서 여기가 멋진 나라인 겁니다."

그가 '누구나'라는 말을 강조했기에 로렌스는 비위가 거슬렸다. 번지르르한 말을 늘어놓으며 은근히 매수하려는 뜻을 내비쳤기 때문이다. 블라이가 내미는 '사면'이라는 미끼와 크게 다르지 않게 느껴졌다. 불쾌해진 로렌스는 입을 굳게 다물고 성큼성큼 속도를 높여 걸었다.

매카서는 자신의 실수를 깨닫고는 보조를 맞추기 위해 걸음을 빨리하며 화제를 돌렸다.

"그런 우리에게 영국 정부는 무엇을 보내주고 있습니까? 죄수들이죠. 해군 장교셨으니 아실 겁니다, 로렌스 씨. 게다가 죄수들과 한 배를 타고 유배지인 이곳으로 오셨으니 제 말뜻을 더 잘 아시리라 봅니다. 죄수들은 존경할 만한 일을 해서 이곳으로 보내지는 게 아닙니다. 우리로서는 그들을 이용하고 관리하는 수밖에 없고 그러기 위해서는 럼주와 채찍이 필요합니다. 그게

다 노동력 동원을 위해서지요. 이렇게 살다 보니 우리가 다소 거칠어진 것도 사실입니다. 하지만 우리는 죄수들에 비해 수적으로 열세이고, 럼주와 채찍이 없으면 관리가 안 됩니다. 가령 선원 백 명을 데리고 항해 중인데, 그중 구십오 명은 죄수들이고 로렌스 씨를 따르는 유능한 선원은 다섯 명도 채 안 된다고 생각을 해보십시오."

"말씀 잘 들었습니다. 오늘 내가 힘든 일을 좀 겪어서, 에두르지 않고 솔직히 말씀드리죠. 이렇게 불쑥 나를 찾아오기 전에, 지난 삼 주 동안 한 번이라도 나나 라일리 함장, 그랜비 대령이 머무는 곳을 예의를 갖춰 방문하셨으면 좋았을 겁니다. 지금은 대화를 짧게 끝내주시면 좋겠군요."

"정당한 비난입니다. 나도 오늘 밤엔 더는 피곤하게 해드리지 않을 생각입니다. 내일 아침에 우리 쪽 막사로 들러주시는 게 어떻겠습니까?"

로렌스는 냉담하게 대답했다.

"죄송하지만, 아직은 그쪽 사교계를 방문할 뜻이 없습니다. 지금 같은 아무런 예고도 없는 방문에 대해 답방을 가서 인사한다는 것 자체가 예의가 아니라고 봅니다."

"그럼 다음에 제대로 다시 찾아뵙지요."

이 말을 하면서 매카서의 입매가 약간 굳어졌다. 로렌스는 고개를 살짝 기울이는 것으로 인사를 대신했다.

"그자가 또 찾아오겠다는데 달갑지 않아. 그래도 찾아오면 맞이할 수밖에 없어."

로렌스의 말에 테메레르는 침착하게 대답했다.

"그 사람이 당신을 모욕하려 들지 않는 한, 당신을 채석장 노역에 동원하려고 하지 않는 한, 찾아와도 난 상관없어."

테메레르는 그 매카서라는 자를 주의 깊게 봐둘 생각이었다. 무례하기 짝이 없는 작자들과 한패인 데다 이곳 식민지를 엉망으로 관리하고 있는 반란군 지도자이니 예의를 갖춰 대하지는 않을 작정이었다. 블라이 총독은 그리 유쾌한 사람은 아니었지만, 적어도 신사가 길을 지나다가 불의의 습격을 받는 게 일반적인 일이라 여기지는 않았다.

다음 날, 로렌스와 테메레르가 아침식사를 마쳤을 때 매카서가 찾아왔다. 로렌스는 미처 보지 못했지만 마을 쪽을 내려다보던 테메레르는 곶의 정상을 향해 올라오고 있는 남자를 발견했다. 매카서는 맛있게 생긴 양 열여섯 마리를 우리 안으로 몰아넣은 후, 그 자리에 섰다. 이대로 돌아갈까 말까 망설이는 것 같았다.

그가 돌아가게 내버려둔다면 책을 읽으며 조용한 아침을 보낼 수 있을 테지만, 아침으로 나온 먹이가 별로 마음에 들지 않았던 테메레르는 빈정대며 말을 걸었다.

"남의 숙소에 와서 인사도 없이 구경만 하다가, 상대방이 무슨 괴상한 존재라도 되는 듯이 얼굴이 창백해져서 돌아가는 건 예의가 아니죠. 참으로 어처구니없는 짓이기도 하고요. 그런 겁쟁이라면 뭐 하러 굳이 이 언덕을 올라왔는지 모르겠네요. 내가 여기 머문다는 걸 모르고 온 것도 아닐 테고."

매카서는 울컥하는 목소리로 대꾸했다.

"아, 그래, 참 고약한 놈이구나. 숨이 가빠서 좀 쉬고 있는데 사람을 겁쟁이로 몰아세우다니."

"웃기시네. 오금이 저려 못 올라오는 거면서."

"프리깃함만 한 크기의 짐승이 잡아먹으려고 기다리는데 그 앞에서 잠시라도 당황하지 않을 사람 있으면 나와보라고 해. 겁쟁이라는 말은 받아들일 수 없어. 내가 도망치는 모습을 보인 것도 아니잖아?"

"난 사람을 잡아먹지 않아요. 아무리 예의가 없어도 그렇지 그렇게 기분 나쁜 소리는 하는 게 아닙니다."

테메레르가 투덜거렸다.

그때 로렌스가 테메레르 앞으로 돌아가서 매카서를 내려다보며 냉랭하게 말했다.

"그럼 겁쟁이가 아니라는 걸 보여주든가요. 이리로 올라와서 앉으세요, 매카서 씨. 유감스럽게도 대접할 거라곤 커피나 코코아밖에 없습니다. 커피는 별로 맛이 없으니 추천하고 싶지 않군요."

그제야 테메레르는 이 불쾌한 방문객을 쫓아버릴 기회를 놓쳤음을 깨달았다.

정상으로 올라온 매카서가 테메레르를 올려다보며 말했다.

"밑에서 봤을 땐 이렇게 커 보이지 않았는데."

매카서는 테메레르를 보는 데 정신이 팔려, 로렌스가 건넨 코코아 잔을 차갑게 식을 때까지 계속 젓기만 했다. 테메레르는 코코아를 무척 좋아했지만 먹을 수가 없었다. 코코아는 우유를 섞어 먹어야 하는데 그만한 양의 우유를 구하기가 어렵고 가격도 무척 비쌌기 때문이다. 소량이라도 맛을 봤다간 감질만 날 테니 아예 입에 대지 않는 편이 나았다. 테메레르는 절로 한숨이 나왔다.

매카서가 테메레르를 올려다보며 말했다.

"굉장한 크기네요. 먹이도 꽤 많이 들겠어요."

로렌스는 정중하게 대답했다.

"그럭저럭 잘 찾아 먹고 있습니다. 야생동물이 많더군요. 공중에서 사냥당하는 데 익숙하지 않아서 그런지 멀리 도망가지 않아서 잡기도 편하고요."

테메레르는 이왕 매카서를 이리로 받아들였으니 유용한 정보라도 얻자 싶어서 물었다.

"근처에 사냥할 만한 다른 짐승이 있나요?"

그러고는 마음에도 없는 말을 덧붙였다.

"물론 캥거루 고기에 불만이 있어서 묻는 건 아니고요."

"반경 삼십 킬로 내에서 캥거루를 찾았다는 게 더 놀라워. 여기 와서 몇 년간 거의 보질 못했는데."

"뭐, 네피언 강 근처랑 산맥에서 찾았죠."

찻잔을 내려다보고 있던 매카서가 그 말에 고개를 번쩍 들었다. 그 바람에 잔에 담긴 스푼이 튕겨 나와 그의 흰색 반바지에 코코아가 튀고 말았다.

매카서는 옷이 더럽혀진 건 아랑곳하지 않고 생각에 잠긴 표정으로 물었다.

"블루 산맥? 그 산맥을 넘어서 날아갈 수도 있는 건가?"

테메레르는 우울하게 대답했다.

"산맥 너머로 날아가봤는데 캥거루밖에 없고, 그 귀 없는 토끼같이 생긴 짐승은 너무 작아서 요깃거리도 안 됐어요."

"웜뱃을 말하나 보군. 웜뱃을 한 마리나 한 무리 정도만 볼 수 있어도 좋겠어. 이 나라에서는 제대로 된 사냥 고기를 얻기가 쉽지 않아. 나도 먹어봐서 아는데 기름기가 너무 없어. 그런 것만 먹고는 체중 유지를 할 수 없을 거다. 게다가 여기는 소들을 키우기 위한 방목지도 충분치 않아. 우리는 아직 산맥 너머로 갈 수 있는 방법을 찾지 못했기 때문에 이곳 뉴사우스웨일스 지역에 꼼짝없이 갇혀 살고 있지."

"여기 사람들이 코끼리 기를 생각을 하지 않는 게 참 유감이네요."

매카서는 테메레르가 농담을 하는 줄 아는 모양이었다.

"하하, 코끼리를 기른다라. 좋은 생각이긴 하군. 맛이 괜찮은가 보지?"

"끝내주죠. 아프리카를 떠난 후로는 못 먹어봤지만, 불에 잘 구운 코끼리만큼 맛있는 건 없어요. 물론 중국에서 먹어본 요리는 제외하고요."

테메레르는 출신국인 중국에 대한 애정을 담아 덧붙였다.

"중국의 기후는 코끼리를 키우기에 적합하지 않아요. 하지만 여긴 아프리카만큼 더우니까 기후만큼은 코끼리를 기르기에 완벽하죠. 조만간 새끼 용들이 태어날 거라서 지금보다 더 많은 먹이가 필요합니다."

매카서는 표정이 달라지면서 용알 세 개를 바라보았다.

"흠, 양을 몇 마리 가져오긴 했지만, 코끼리를 가지고 올 생각은 못 했어. 소를 기준으로, 용이 하루에 섭취하는 먹이양이 얼마나 되지?"

"막시무스는 하루에 소 두 마리 정도일걸요. 하지만 그렇게 먹는 건 건강에 별로 좋지 않아요. 나는 전투를 치르는 중이거나 장거리 비행을 할 때, 또는 심하게 허기가 질 때를 제외하면 한 마리 이상은 안 먹어요."

"그럼 일단 하루에 소 두 마리로 계산해야겠군. 곧 용이 다섯 마리가 된다고? 세상에, 신의 가호가 있기를."

그때 로렌스가 다소 날카로운 말투로 나섰다.

"지금 우리한테 필요한 게 무엇인지 잘 이해하셨을 겁니다. 어쨌든 이렇게 찾아와주셔서 고맙습니다. 존스턴 소령 측에서는 먹이 공급에 협조를 하겠다는 얘기가 거의 없더군요."

매카서는 코코아 잔을 내려놓으며 말했다.

"어젯밤에 우리가 만났을 때 나눈 얘기 말인데, 이 나라에서 자수성가하는 법에 관한 얘기 말입니다. 사실 그건 내가 꽤 중요하게 생각하는 주제입니다만, 어제 내가 그 주제에 대해 지나치게 장황하게 떠든 것은 아니었길 바랍니다. 아시다시피 이런 식민지를 관리한다는 건 쉽지 않은 일입니다. 쟁기로 논밭을 갈아야 농사를 지을 수 있는데 일손도 부족하고, 데려다 쓸 수 있는 노동력이라고는 게으른 여자들한테서 태어난, 태생부터가 게을러빠진 놈들뿐이니까요. 그놈들은 하루에 럼주를 반 갤런 이하로 지급받으면 불평을 해대고, 그날 받은 럼주를 다음 날 아침 열 시까지 퍼마셔댑니다. 우리 군인들도 썩 훌륭하지는 않습니다만 그래도 일하는 법은 압니다. 공군에도 일부 게으른 군인들이 있을 테니 이해하실 겁니다. 어쨌든 우리는 사람들을 끌어다가 일하게 만드는 법을 알고 있지요. 이 나라에 조성된 삶의 터전이 보잘것없기는 해도 다 우리 손으로 만든 건데, 난데없이 블라이 총독이 끼어들어서…… 아니, 이 문제에 대해서는 더 말하지 않겠습니다. 블라이 총독과 함께 다정한 동료로서 용 수송선을 타고 시드니에 입항한 것으로 알고 있습니다만?"

블라이와 그런 관계로 얽히고 싶지 않은 테메레르가 나섰다.

"다정한 동료 아니거든요. 그 사람이 멋대로 우리 배에 탔고, 우리 쪽에서는 아무도 그를 달가워하지 않았어요. 예의상 참고 받아줬을 뿐이지."

블라이 얘기가 나오자 로렌스의 표정이 약간 침울해지는 것을 보고 매카서는 미소를 지었다.

"흠, 그분이 우리 방식을 마음에 들어하지 않기는 했지만, 이 자리에서 험담을 하고 싶지는 않습니다. 앞으로 그분과 관계 개선의 여지가 없지는 않을 겁니다. 우리는 여기서 기존 방식대로 잘 살아왔는데, 나중에 들어온 사람이 맛대로 우리 방식을 뜯어고치려 하니 아무도 달가워하지 않는 것이지요."

로렌스가 받아쳤다.

"나중에 들어온 사람이라도 국왕 폐하의 임명을 받고 온 총독인데 싫어도 따라야 하는 것 아닐까요."

"분별력 있는 말씀입니다만, 상황에 따라 그 분별력도 달리 적용되어야겠지요. 명예가 더럽혀질 위기에 처했을 때 용기가 있는 자라면 참지 말아야 한다고 생각합니다. 결과가 어찌 되더라도요."

로렌스는 더는 대꾸하지 않고 침묵을 지켰다.

잠시 후 매카서가 덧붙였다.

"변명을 하자는 건 아닙니다만, 맏아들을 영국으로 보냈습니다. 건강이 좋지 않은 녀석인데도 영국 정부에 내 입장을 전해야 하니 결단을 내렸지요. 정부에서 어떤 대답을 내놓을지는 알 수 없지만 떨리지는 않습니다. 오히려 밤에 푹 잘 잡니다."

테메레르는 누군가 몸을 잡아당기는 느낌이 들어 고개를 돌렸다. 옆구리 쪽에서 에밀리가 날개 끝을 힘껏 잡아당기고 있었다. 테메레르가 돌아보자 에밀리는 목소리를 낮추고 속삭였다.

"테메레르! 방문객이 내가 여자애라는 걸 알아차릴까 봐 직접 나서서 보고를 드릴 수가 없어. 그러니까 대령님한테 전해줘, 영국에서 배가 도착했다고……."

테메레르는 고개를 들어 항구 쪽을 바라보며 대답했다.

"보여!"

대포 25문을 갖춘 깔끔하고 멋진 소형 프리깃함이 얼리전스 호에서 그리 멀지 않은 곳에 자리를 잡고 닻을 내리고 있었다.

테메레르는 옆으로 몸을 기울이며 말했다.

"로렌스, 영국에서 배가 들어왔다고 롤랜드가 보고했어. 내 생각엔 비어트리스 호인 것 같아."

매카서는 하던 얘기를 멈추었다.

에밀리가 다시 날개 끝을 당기며 다급히 말했다.

"그런데 마냥 좋은 소식은 아니야. 랜킨 대령이 저 배를 타고 왔어."

테메레르는 얼굴 주변의 막을 곤두세웠다.

"뭐! 대체 뭐 하러 왔대? 죄수가 된 건가?"

에밀리의 대답을 기다리지 않고 테메레르는 반대쪽으로 고개를 돌려 로렌스에게 말을 전했다.

"롤랜드 말로는, 랜킨이 그 배에 타고 있대. 라간 호수 기지에서 만난 그 끔찍스러운 인간 말이야."

그러고는 매카서에게 당부했다.

"그놈이 오면 꼭 채석장에 처박아주세요. 불쌍한 레비타스를 학대한 걸 생각하면, 그놈은 채석장에서 노역을 살아야 마땅해요."

그러자 에밀리가 외쳤다.

"아, 내 말 끝까지 들어. 그는 죄수로 온 게 아니라, 용알 세 개 중 하나를 차지하러 왔단 말이야."

3

"우리가 마지막으로 보았을 때 분위기가 워낙 살벌해서, 앞으로도 로렌스 씨하고는 친하게 교유하기가 불가능할 거라고 보네. 그런데 내가 알기로 용갑판은 공군 장교들을 위한 공간인데, 로렌스 씨가 선미 쪽 선실을 쓴다니 서로 불편할 수도 있겠군."

랜킨이 그랜비에게 말했다. 딱딱하고 귀족 티를 내는 랜킨의 발음이 얼리전스 호의 갑판에 퍼져나갔다. 랜킨을 태우고 온 비어트리스 호는 이미 시드니 항구를 떠났다. 얼리전스 호가 영국을 출발하고 두 달 후 영국을 떠나왔기 때문에 비어트리스 호에는 식민지에서 기다리는 소식이 실려 있지 않았다. 뉴사우스웨일스에서 일어난 반란 사건 역시 아직 영국 정부에 전해지지 않은 상태였다.

그랜비는 뒷갑판에서 바람이 가려지는 쪽에 서 있는 로렌스 곁으로 다가갔다. 승객들이 나와 쉴 수 있게 할애된 공간이었다. 그랜비가 나지막하게 말했다.

"저 자식 코에 주먹을 날리면 왜 안 된다는 건지 모르겠습니다. 더 기분 나쁜 건 저놈에게 용알을 내주지 않을 도리가 없다는 겁니다. 명령서에 린지의 알을 내주라고 명백히 적혀 있으니. 어디 줄 사람이 없어서 저런 놈한테 줘야 하는지 모르겠네요."

로렌스도 고개를 약간 끄덕였다. 공식적인 것은 아니지만 제인에게 받은 편지에도 '그자가 자네한테 가는 도중에 바다에 빠져버리기를 간절히 바라고 있어'라고 적혀 있었다.

……랜킨의 빌어먹을 가문이 나서서 거의 5년째 정부에 대고 새끼 용을 배정해달라며 짖어대고 있어. 랜킨이 스코틀랜드에서 복무하는 동안 그곳에서 반란이 일어났었어. 그자도 운이 없었고, 나도 운이 없었지. 랜킨은 아르카디가 이끄는 야생용 중 한 마리를 타고 가볍게 전투를 치렀는데 또다시 부상을 입고 말았지.

포상을 해줄 수밖에 없는 상황이라 나는 그에게 새끼 용을 내주기로, 적어도 새끼 용의 주인이 될 기회를 한 번은 주기로 했어. 지금 내가 먹이를 공급해야 할 새끼 용이 스물여섯 마리나 되는 데다가 스페인에서 전쟁이 일어날 가능성이 다분해서, 누구든 나 대신 그자를 곁에 두고 참아줄 사람이 필요했는데, **아무래도 나보다는 자네가 낫겠더라고.**

제인은 마지막 구절을 특별히 강조하고자 굵은 글씨로 쓰고 밑줄까지 그어놓았다.

굳이 변명을 하자면, 린지의 알은 우리가 야생용들 사이에서 얻어낸 최초의 알이고, 랜킨은 야생용들과 함께 전투에 참여한 경험이 있으니 그 새끼 용을 맡아 훈련하는 데 나름으로 장점이 있을 것 같아.

지금까지 잘 몰랐는데 직함이라는 게 참 대단한 것 같아, 로렌스. 이렇게 유용할 줄 알았으면 진즉에 하나 얻어놓을걸 그랬어. 6개월 전까지만 해도 나를 막돼먹은 여자라며 욕하던 신사들이 섭정 왕세자(조지 4세―옮긴이)께서 나한테 내려주신 종이 쪼가리 하나에 갑자기 태도가 돌변해서는 순순히 말도 잘 듣고 고개까지 조아리면서 '예, 맞는 말씀입니다'라고 한다니까. 예전 같으면 내가 무슨 말을 해도 끝까지 물고 늘어지면서 반대를 했을 사람들이 말이야. 그들이 나를 '마님'이라고 불러야 할지 '나리'라고 불러야 할지 몰라 갈팡질팡하는 것도 차라리 잘됐다 싶어. 어차피 그중 하나로 통일해서 부르자고 결정을 하더라도 또다시 바뀔 여지가 있으니까. 다만 그들이 자기네들 편하자고 내게 '여공작' 지위를 주고는 '공작부인'이라고 부르지 않기를 바랄 뿐이야. 나한테 그런 호칭은 영 안 어울려.

자네 어머니한테는 정말 감사하고 있어. 귀족 연감인 《디브렛》에 'J. 롤랜드'라고 내 이름이 실린 것을 보시고는 연줄이 닿는 정부 각료들을 전부 초대해서 나를 위해 사교 모임 성격의 만찬을 열어주셨어. 모두 충격을 받았지만 그래도 부인들을 동반해서 만찬에 왔더라고. 어머님이 버터가 입에 들어가도 녹지 않을 만큼 냉정하고 꼿꼿하게 식탁 끝에 앉아 계시니까, 다들 감히 야유 따윈 할 생각도 못하고 나를 대우해줬어. 각료들과 함께 온 부인들은 내가 복스홀 지

역에서 활동하는 여성 희극배우가 아니라 장교라는 걸 알고도 크게 개의치 않는 분위기더라니까. 하나같이 분별력 있는 숙녀들이었지. 나는 부인들도 남편들과 한통속일 거라 생각했는데 오해였나 봐. 앞으로도 그분들과 교유를 계속할 생각이야. 바지를 입고도 참석할 수만 있으면 사교계 모임에도 나갈 생각을 하고 있어. 모두 친절하게 대해주셨고 나중에는 연락처도 알려주셨어.

    동료들도 다 잘 지내고, 기지도 다시금 체계가 잡혀가고 있어. 용들에게 삶은 곡물 사료와 양고기 스튜를 공급하고 있는데 비용이 많이 들지 않아서 얼마나 다행인지 몰라. 나이 든 용들은 맛없다고 투덜대지만 말이야. 엑시디움은 한숨을 푹푹 쉬면서 신선한 쇠고기 맛이 그립다며 옛날 얘기를 해대고 있어. 곡물 사료와 양고기 스튜를 먹이로 공급하는 기술을 전수해준 게 테메레르라서, 나이 든 용들 사이에서 지금 테메레르는 인기가 별로야.

    테메레르의 귀가 솔깃해질 만한 얘기를 하나 해줄게. 스페인의 상황이 지금 심상치가 않아. 나폴레옹이 바보도 아닌데, 왜 스페인 남부 해안을 따라 십여 개의 도시들을 파괴하고 다니는지 이해할 수가 없어. 멀그레이브 경 말로는 스페인을 차지하고 있으면서 우리가 해로로 스페인에 물자를 공급하지 못하게 막으려는 수작인 것 같다지만, 그런 목적이면 스페인이 아니라 포르투갈의 해안 마을에 불을 지르는 편이 낫겠지.

    이게 리엔의 책략인 것 같은지 테메레르한테 물어봐줘. 그 대답이 내 손에 들어올 때쯤엔 이미 때가 늦을지도 모르지만. 도착하는 데 열 달, 어쩌면 1년 반은 족히 걸릴 대답을 기다리고 있자니 기분이 참 이상해, 로렌스. 지금 우리는 아프리카의 케이프타운 항구를 빼앗긴 상태라 우편배달 용들을 인도로 보낼 수도 없어. 그러니 자네의 편지를 중간에서 받아볼 수 없는 형편이야.

이 말이 위로가 될지 모르겠지만, 화를 잘 누르고 지내던 자네가 우연히 랜킨을 절벽 아래로 떨어뜨린다거나 실수로 그를 칼로 찌른다 해도, 그 소식이 내 귀에 들어오기까지는 무척 오랜 시간이 걸릴 거야. 내가 그 소식을 접할 때쯤 자네는 이미 귀국길에 올랐을 수도 있어. 살인을 저지르기에 꽤 편리한 상황이라는 뜻이야. 야생용들 사이에서 태어나 우리에게 크게 환영받지도 못하고 의붓자식 취급을 받는 불쌍한 용알이긴 하지만 솔직히 그런 자에게 내주는 건 낭비라서 마음이 좋지 않아. 그렇다고 굳이 어떤 암시를 주려고 하는 말은 아니야.

에밀리가 이런저런 말썽에 휘말리지 않게 잘 돌봐줬으면 해. 공식적으로는 이제 자네 휘하의 소위는 아니지만, 그 애가 무모한 행동을 저지르지 않게 잘 단속해줄 거라고 믿어. 그리고 랜킨이 에밀리한테 쓸데없이 접근하지 못하게 막아줘. 그 뻔뻔스러운 작자는 안타까운 처지라면서 동정하는 척 그 아이에게 접근해서는 말도 안 되는 소리를 늘어놓고도 남을 위인이니까.

영국 정부가 시험 삼아 로렌스 일행에 딸려 보낸 용알 세 개는 영국 사육사들의 관점에서 볼 때 그리 대단한 알들이 아니었다. 그중 하나는 흔해빠진 옐로 리퍼의 알인데, 사육장에 대기 중인 옐로 리퍼의 알이 이미 열일곱 개나 있기 때문에 하나 꺼내 준 것이었다. 그리고 두 번째 용알은 헤비급 용인 파르나소스와 체커드 네틀 사이에서 만들어졌으나 실망스러울 정도로 크기가 작아서 버리는 셈 치고 준 것이었다. 그나마 제일 기대를 받고 있는 세 번째 용알은 얼룩덜룩한 점과 줄무늬가 있고 크기도 제법 컸다. 바로 야생용들의 대장 아르카디와 그의 무리 중 최고의 전사인 린지 사이에서 만들어진 알이었다.

영국 내에서는 린지의 알이 엄청나게 환영을 받지는 않았다. 사육사들은 영국 공군에 새로이 합류한 야생용들을 자기네가 세심하게 설계해놓은 사육 방식을 어지럽히고 파괴하는 악마쯤으로 여겼다. 그래서 린지의 알을 뉴사우스웨일스 식민지로 보내기로 한 것이었다. 그러나 그 세 용알들의 주인이 될 수 있는 후보자로 뽑혀 로렌스 일행과 함께 얼리전스 호에 탑승한 공군 장교들 사이에서는 린지의 알에 대한 기대가 높았다. 어느 날 로렌스는 그 장교들이 자기네끼리 쑥덕거리는 소리를 들었다.

"논리적으로 따져보자고. 린지는 야생에서 살았어도 몸집이 그 정도인데, 그 새끼 용한테 먹이 공급을 제대로 해주고 훈련만 잘하면 몸집이 훨씬 커질 거야. 야생용들의 투지가 얼마나 강한지는 두말할 필요도 없지."

그러나 그 젊은 장교들은 지금 위기 상황에 놓여 있었다. 로렌스는 은근히 그것을 즐겼다. 그동안 장교들은 반역 행위를 저지르고 테메레르를 적절히 관리하지 못했다는 이유로 로렌스를 경멸했는데, 이제는 난데없이 끼어들어 자기네 중 한 명을 제치고 용알 세 개 중 제일 좋은 알을 차지하게 된 랜킨을 공공의 적으로 삼고 있었다. 장교들은 테메레르가 끝까지 고집을 부려 랜킨에게 린지의 알을 내주지 않기를 바랐다.

랜킨이 린지의 알을 차지하기로 정해졌다는 얘기를 듣자 테메레르는 인상이 험악해지며 말했다.

"꿈도 꾸지 말라 그래. 가져가고 싶으면 어디 가져가보든가. 그자와 그 일에 관해 기꺼이 토론을 해주겠어."

이런 식이니 제인의 희망이 이뤄질 가능성이 다분했다.

로렌스는 읽고 있던 편지를 내려놓으며 말했다.

"테메레르, 나 역시 랜킨이 그 알을 차지하지 못하기를 바라고 있어. 하지만 랜킨은 이번에 기회를 잃고 좌절해서 영국으로 돌아가더라도 또 다른 알에 배정받을 거야. 결국 다른 새끼 용에게 부담을 떠안기는 것밖에 안 돼. 그 불쌍한 새끼 용은 더더욱 랜킨을 거절하기가 어려운 상황에 놓일 테고. 게다가 그렇게 되면 그랜비가 비난을 받을 거야. 랜킨에게 린지의 알을 배정하라는 명령서는 그랜비 앞으로 온 것이니, 그랜비는 책임지고 그 명령을 수행해야 해."

옆에서 듣고 있던 이스키에르카가 고개를 치켜들며 나섰다.

"난 그랜비가 비난을 받게 내버려두지 않을 거야. 대체 이게 왜 문제가 되는지 모르겠어. 부화만 잘되게 해주면 됐지, 그 알에서 나온 새끼 용이 누구를 비행사로 선택하든 우리가 왜 신경을 써야 해? 랜킨을 비행사로 받아들일지 말지는 새끼 용이 결정할 일이지."

이스키에르카는 알을 깨고 나오자마자 불을 뿜어대면서 비협조적이고 고집 센 성격을 고스란히 드러냈었다. 이스키에르카 같으면 마음에 들지 않는 비행사 후보 따위는 아무 어려움 없이 퇴짜 놓을 수 있겠지만, 대부분의 새끼 용은 부화하자마자 성깔을 부려대는 일이 드물었다. 게다가 공군들은 새끼 용에게 성공적으로 안장을 착용시키기 위한 다양한 기법과 장치를 개발해놓고 있었다. 랜킨은 만반의 준비를 갖추고 비어트리스 호에 올랐다. 개인 소지품이 담긴 상자 두 개 외에, 가죽 안장 한 무더기와 작은 사슬을 엮어 만든 그물망, 묵직한 가죽 두건까지 챙겨 온 것이다.

로렌스가 두건의 용도에 대해 묻자 그랜비가 설명을 해주었다.

"알에서 깨어난 새끼 용의 머리에 두건을 씌워놓으면 당장은 날아가는 게 불가능해집니다. 그러다 잠시 후에 두건을 벗기면 새끼 용은 눈이 부셔서 앞이 잘 보이지 않는 상태가 되죠. 그때 비행사가 앞에 고기를 놓아주면 그걸 먹느라 정신이 팔려서 안장을 착용시켜도 얌전히 따르게 되는 겁니다. 손쉽게 다룰 수 있다는 점 때문에 그런 방식을 선호하는 친구들이 있기는 한데, 새끼 용을 소심하게 만드는 부작용이 있어요. 자신이 왜 그 비행사를 따라야 하는지 확신하지 못하는 상태가 되죠."

그 옆에서 랜킨은 라일리와 퍼벡에게 이렇게 말하고 있었다.

"이곳에서 소를 파는 이들과 접촉할 건데, 말릴 생각들 마. 새끼 용의 첫 식사는 내 개인 돈으로 지불할 생각이니까."

로렌스는 목소리를 낮추며 중얼거렸다.

"저런 행동은 제재를 받아야 마땅하지."

랜킨이 첫 용인 레비타스에게 무관심으로 일관하며 학대하는 장면을 뜻하지 않게 목격한 후로, 로렌스는 수년간 랜킨에 대한 분노를 품어왔다. 그 분노는 아직 완전히 가라앉지 않았다. 그러나 랜킨은 해군위원회에서 환영받는 비행사였다. 용들이 단순한 자원에 불과하며, 줄곧 관리하고 규제하고 최대한 이용해야 하는 위험한 짐승일 뿐이라는 데 생각을 같이하고 있기 때문이었다. 용에 대해 그런 철학을 가진 자들은 해군위원회가 프랑스의 수만 마리 용들에게 비밀리에 전염병을 퍼뜨려 몰살시키려 했던 일을 놓고도 충분히 있을 수 있고 바람직한 시도였다고까지 얘기했었다.

레비타스에게 친절하게 대해도 될 만한 상황에서도 랜킨은 무관심으로 일관했다. 가여운 용의 기를 있는 대로 죽여서 주인이 어떤 요구를 해도 무조건 복종하게 길들인다는 명목으로 일부러 잔인하게 대한 것이다. 1805년, 랜킨과 함께 비행을 나간 레비타스는 나폴레옹이 영국 해협을 건너오려 한다는 정보를 입수하고, 부상을 입은 몸으로 목숨을 걸고 용기 있게 본부로 귀환했다. 그 일로 중상을 입은 레비타스가 비좁고 초라한 공터에서 서서히 죽어가는 동안, 고작해야 경미한 부상을 입은 랜킨은 자신의 용을 거들떠보지도 않고 술로 기분을 풀었다.

지난 백 년간 대부분의 비행사들 사이에서 그런 식의 용 관리법은 차츰 경원시되는 분위기였다. 지금은 용을 파트너로 인정하며 기운을 북돋워주는 방식이 선호되었다. 그러나 영국 정부는 그런 공군들의 태도에 항상 동의하지는 않았다. 더구나 랜킨은 유서 깊은 용 비행사 가문 출신이었다. 랜킨의 가문은 공군에 입대하는 자손에게 자기네만의 용 관리 방법을 전수하여 따르게 했다. 용의 기를 죽이고 엄격히 다뤄야 한다는 가르침을 받고 자란 그 자손들은, 공군에 입대할 나이가 되었을 때쯤엔 머릿속에 그 가르침이 완전히 틀어박혀 어떤 말로도 돌이킬 수 없는 상태가 되고 말았다. 랜킨은 다른 공군들에 비해 우월한 가문 출신이라는 자부심까지 있으니 생각을 고쳐먹기가 더욱 힘들 것이다.

"새끼 용의 기를 죽이지 못하게 해야 해. 두건이라도 사용 못 하게 막아야……."

당황한 그랜비는 곁눈질로 로렌스를 쳐다보며 말했다.

"새끼 용과의 인식 절차를 방해한다고요? 안 됩니다. 랜킨은 자기가 좋아하는 방식대로 최선을 다해볼 권리가 있어요. 십오 분 안에 용에게 주인으로 인정받지 못하면 다른 사람에게 기회가 넘어가겠지만요."

그러고는 위로랍시고 덧붙였다.

"랜킨이 쓸 수 있는 시간은 단 십오 분이에요. 그것까지는 보장해주는 게 제 일입니다."

테메레르는 단호했다.

"내 생각은 달라. 그자가 새끼 용에게 그물망과 두건을 씌우는 꼴을 보고만 있진 않겠어. 새끼 용이 알 밖으로 나온 후에는 더는 내 소관이 아니지만, 알과 거의 다름없는 상태라면 개입할 여지가 있어."

테메레르는 이 상황을 다소 특이하게 해석하고 있었다. 새끼 용이 아직 먹이를 받아먹지 않고 가죽에 커다란 알껍데기가 붙어 있는 상태라면, 혼자 판단할 준비가 되지 않은 것이니 자신이 책임지고 돌봐야 한다는 논리였다.

테메레르가 계속해서 말했다.

"그자가 마음에 안 들어. 다시 용 비행사가 될 권리를 얻었다는 것도 어이없고. 불만이 있으면 어디 찾아와보라고 해. 깔아뭉개버릴 테니까."

그러자 옆에서 이스키에르카가 증기를 뿜어내며 앙칼지게 외쳤다.

"그랜비가 싫어할 짓은 절대 하지 마!"

테메레르는 냉정하게 대꾸했다.

"네가 그런 말 할 처지가 아닐 텐데. 넌 그랜비가 싫어하는 짓을 매일 하잖아."

"특별히 중요한 이유가 있을 때만 그래."

새빨간 거짓말이었다. 이스키에르카는 계속해서 주절거렸다.

"그리고 그건 이번 일과는 별개의 문제야. 넌 내가 그랜비를 제대로 돌보지 못한다고 생각해서 그런 소릴 하는 거겠지만, 난 제대로 잘하고 있어. 너는 알에서 깨어난 새끼 용들을 위한답시고 말도 안 되는 짓거릴 해서 또 로렌스를 곤란하게 만들겠지. 하지만 난 너처럼 그랜비가 대령 지위를 박탈당하게 만들지는 않는다고."

정곡을 찌르는 말이었다. 테메레르는 자기도 모르게 움찔하며 얼굴 주변의 막을 늘어뜨렸다.

이스키에르카의 말이 이어졌다.

"뭐, 나도 그 랜킨이라는 사람을 봤어. 조랑말보다 작더라. 나 같으면 알을 깨고 나오자마자 불을 뿜어 그 사람을 잿더미로 만들 텐데."

"랜킨이 널 마음에 들어해서 네 비행사가 되겠다고 하면, 그야말로 대환영이다."

하지만 이는 시시한 말다툼일 뿐 논쟁이랄 수도 없었다. 테메레르는 고개를 숙이고 우울한 표정으로 알들을 바라보다가 잠시 후 로렌스에게 말했다.

"만약 그 알이 랜킨을 비행사로 받아들이지 않으면, 랜킨은 두 번째, 세 번째 알에게도 시도를 하겠구나. 아무도 자기를 원하지 않는 걸 알면서도 이 먼 길을 왔는데 허탕이나 치고 돌아가고 싶진 않을 테니까."

"그러다 결국 어떤 용이든 차지하겠지. 네 말이 맞아. 하지만 그랜비가 곤란해지지 않게 하려면, 우리는 가만히 있어야 해, 테메레르. 잘못했다간 우리 처지가 지금보다 더 나빠질 수도 있어. 그 알들이 공식적으로 우리 것도 아니고, 기회는 랜킨에게 있는 거야."

"하지만 아르카디가 자식을 잘 돌봐달라고 부탁했고, 나는 그러겠다고 약속했어. 그래서 이렇게 관심을 쏟을 수밖에 없는 거야."

로렌스는 잠시 입을 다물었다가 침통한 얼굴로 동의했다.
"그래. 그게 이 문제의 또 다른 면이겠구나."

랜킨을 짓뭉개 죽이는 것 외에는 달리 대안이 없지만, 테메레르와의 몸집 차이를 감안할 때 그건 해서는 안 될 부당한 짓이었다. 제인 롤랜드 대장의 편지에도 랜킨을 없애도 좋다는 암시의 말이 적혀 있기는 했으나, 로렌스는 절대 실행에 옮기지 않을 생각이었다.

로렌스는 테메레르가 랜킨을 해치지 못하게 열심히 설득하지는 않았다. 사실 랜킨이 다른 무언가에 짓눌려 죽는다면 로렌스는 신경도 쓰지 않을 것이다. 그리고 지금은 랜킨을 손쉽게 죽일 수 있는 상황이었고 많은 이가 그것을 바라고 있었.

다음 날 아침 라일리가 곳으로 찾아왔을 때, 랜킨에 대한 로렌스의 감정은 한층 나빠져 있었다. 랜킨이 있으니 뒷갑판으로 올라가기도 조심스러운 데다가 마음대로 돌아다닐 수도 없었다. 아무튼 얼리전스 호의 선실보다는 곳의 작은 천막에서 자는 게 훨씬 편해서 간밤에 로렌스는 곳에서 잠을 잤다.

남들 눈을 의식해서인지 랜킨은 예의를 거의 완벽하게 지켰고, 따라서 로렌스와 랜킨은 서로의 명예를 모욕하지 않고 조용히 지내고 있었다. 오래전 로렌스와 몸싸움을 했을 당시에도 랜킨은 로렌스에게 예의를 지키라고 요구했었다. 그자의 입에서 나온 말들 중 유일하게 합당한 것이 있다면 바로 '예의'였다. 로렌스는 예전에 랜킨에게 폭력을 휘두른 일을 전혀 후회하지 않았다. 지금 와서 랜킨의 얼굴을 마주보며 지낼 의향도 없고, 굳이 그와 언쟁을 할 만한 상황을 만들고 싶지도 않았다. 이쪽에서 시비를 걸어도 랜킨은 신사다운 예의를 내세우며 대꾸조차 하지 않겠지만 말이다.

라일리가 로렌스에게 말했다.

"옳게 처신하고 계시다고 생각은 합니다만, 덕분에 내 처지가 곤혹스러워졌습니다. 랜킨과 블라이를 만찬에 초대해서 함께 식사를 해야만 했거든요. 안 그랬다간 그들을 부당하게 대우하는 것으로 보일 테니 어쩔 수가 없었습니다. 이런 질문을 해서 미안합니다만, 로렌스, 랜킨 대령이 갖기로 한 그 용알이 그렇게 대단한 알입니까? 식사를 마치고 십 분쯤 후에, 랜킨이 이렇게 말하더군요. 블라이 총독은 개 같은 반란군 놈들한테 철저히 이용당했다고, 도저히 있을 수 없는 일이라고요."

로렌스는 울컥해서 사납게 내뱉었다.

"아, 빌어먹을 자식. 어쨌든 그 용알은 그리 대단한 알이 아닐세, 라일리. 물론 테메레르는 동의하지 않겠지만. 문제는 그 용알이 대단한 알이냐 아니냐가 아니야. 윈체스터만큼 체격이 작은 용이라고 해도 우리는 영국의 용을 상대로 싸울 수는 없어. 그런데 랜킨이 하는 짓을 보면 블라이 편에 서서 우리와 항구에서 접전이라도 할 것같이 굴고 있으니. 도대체 그 작자 속을 알 수가 없어."

"아, 그 부분에 대해서라면 내가 말씀드릴 게 있습니다. 랜킨은 남들이 뭐라고 하건 그 새끼 용을 차지하고 말겠다는 결심이 확고했습니다. 그런데 블라이가 그 점을 이용해 랜킨을 자기편으로 끌어들인 겁니다. 블라이는 용알에 관한 해군본부의 명령을 성실히 수행하는 게 내 임무라고 하더군요. 나중에 정부 측 인사들에게 편지를 써서 자신의 그런 의견을 피력할 생각인데, 그런 견해를 내게 전달했다는 보고도 함께 올리겠다면서 은근히 압박을 가하더라고요."

현 시점에서 라일리가 제일 원치 않는 게 있다면, 정부의 뜻에 불복하는 듯한 인상을 풍기는 것, 범법행위에 연루되었을지 모른다는 의심을 사는 것이었다. 그 불복종과 범법행위가 로렌스에 의해 촉발되었다거나 로렌스의 입김이 작용했다는 의심은 더더욱 사서는 안 되었다. 이미 로렌스와의 친분으로 라일리는 정부 측 인사들 사이에서 신뢰를 많이 잃었다. 로렌스의 예전 동료들과 마찬가지로 라일리 역시 반역자인 로렌스와 한패일지 모른다는 의심까지 받는 상황이었다. 블라이는 라일리에게 자신을 식민지 총독으로 복귀시켜달라는 요구를 하면서도 그 부분까지 들먹이며 심한 소리를 하지는 않았다. 블라이의 잘못된 식민지 경영 방식은 해군본부의 동정을 사기보다는 경멸을 당할 가능성이 높지만, 현 상황에서 블라이가 라일리를 비난하고 나선다면 해군위원회는 결코 라일리의 편을 들어주지 않을 것이다.

지금은 테메레르가 함부로 행동하지 않게 조심시켜야 할 때였다. 테메레르와 관련된 이들도 반역자라는 의심을 받지 않으려면 각별히 주의해야 했다. 로렌스는 비어트리스 호를 통해 배달된 편지를 테메레르에게 읽어주었다. 페르사이티아가 서기를 구해 받아쓰게 한 편지였다.

우리는 누각 공사를 이미 마쳤어…….

테메레르는 울적한 표정으로 말했다.
"아! 나도 가서 보고 싶다."

……그리고 두 번째 누각 공사를 시작했어. 그런데 돈이 어찌나 빨리 줄어드는지, 추가로 자재를 사려면 자금이 더 필요한데 어디서 구할지 막막한 거야. 그래서 잠시 공사를 중단하고 있는데, 정부 측 인사가 와서는 우리더러 누각을 버리고 사육장으로 들어가라지 뭐야. 조금만 더 하면 완성인데. 정부에서 약속한 식량도 제때 공급이 안 돼서 우린 무지 애를 먹었어. 그나마 보내준 소들도 비쩍 마르고 맛이 없어서 어쩔 수 없이 개인 돈으로 사먹어야 했다니까. 요즘 소 값이 정말 비싼데 말이야. 그런데도 레퀴에스캇은 식충이처럼 먹어대고 있어.
하지만 마제스타티스가 좋은 아이디어를 낸 덕분에 방법을 찾아냈어. 우선 로이드를 도버로 보내 물건을 운반하는 일거리가 있는지 알아보게 했지. 일거리를 맡은 우리는 런던을 비롯해 여러 마을로 물건들을 실어 나르는 일을 했고 돈도 꽤 많이 벌었어. 운반하는 일만큼은 우리가 말들보다 더 빨리 잘하잖아. 나는 효율적으로 물건을 나를 수 있게 운반 거리와 경로를 계산하는 법을 고안해냈어. 일부 물품을 먼저 옮긴 후 나머지 물품은 시간차를 두고 옮기는 방법인

데, 대여섯 곳 이상의 장소로 물건을 옮겨달라는 요청을 받으면 계산하기가 좀 복잡하기는 해.

잡음이 전혀 없지는 않았어. 윈체스터나 리퍼 같은 작은 용들이 날아다니며 물건을 운반할 때는 사람들이 별로 신경 쓰지 않았는데, 레퀴에스캇이라든가 발리스타, 마제스타티스 같은 헤비급 용들이 날아다니니까 불안해하더라고. 레퀴에스캇은 게을러서 도버에서 런던을 오가는 일 외에는 하지 않으려고 하지만 그래도 한 번에 운반하는 양이 굉장히 많아. 아무튼 우린 운반 도중에 공군 기지 안에 들어가 쉬면 좋을 것 같아서 시도를 해봤어. 기지 안에 공간은 충분하니까 굳이 안 될 이유도 없을 것 같더라고. 그런데 정부에서 질색을 하는 거야. 애초에 정부가 먹이를 제대로 공급해줬더라면 운반일을 하면서 사서 고생을 할 필요도 없었는데 말이지! 정부는 용들 끼리 견제하게 하는 방법을 쓰더라. 안장을 착용한 용 몇 마리를 동원해서 우리가 기지로 진입하지 못하게 막더라고.

안장을 찬 용들은 스코틀랜드에서 온 용들이었던 것 같아. 우리와 안면이 없는 용들이었어. 그런데 발리스타가 나서서, 별것 아닌 일로 옥신각신하는 것은 어리석다며 그 용들을 설득했어. 정부는 우리가 기지로 들어오지 못하게 하려고 그 용들에게 시켜 기지 내부를 차지하고 있게 했는데, 사실 그 용들의 몸집도 우리만큼 컸어. 기지 안에는 남는 공간도 많았고, 우리는 그저 지나가다가 잠깐씩 쉬려던 것뿐인데 말이야. 발리스타가 그 용들한테 소를 몇 마리 나눠주면서 친하게 지내자고 구슬리니까 말귀를 알아듣더라. 기지 내에서도 소는 아주 귀한 모양이야. 안장을 찬 용들도 자주는 먹지 못하나 봐.

누각 공사와 관련된 내용 외에, 용들 사이의 연애에 관한 소문도 잔뜩 적혀 있었다. 로렌스가 그 부분을 읽어주는 동안 테메레르는 듣는 둥 마는 둥 하면서 페르사이티아의 편지에 담긴 언외의 의미를 곱씹었다. 영국 정부 내에서 어떤 식의 보고서들이 미친 듯이 오갔을지 충분히 짐작이 되었다. 안장을 착용하지 않은 헤비급 용들이 운반 일을 한답시고 영국의 대도시들을 온통 누비는 동안 대중은 공포에 질렸을 것이고, 기존에 운반 일을 도맡아 하던 짐마차꾼들은 일거리가 끊겼을 것이다. 게다가 발리스타를 비롯해 안장을 착용하지 않은 용들이 소를 이용해 안장을 착용한 용들을 포섭하기까지 했다. 안장을 착용한 용들의 비행사들이 나서서 말렸겠지만 소용이 없었을 것이다.

테메레르가 말했다.

"글라디우스랑 칸타렐라가 사귀다가 깨진 건 참 안타까워. 그 둘은 멋진 알을 만들 수 있었을 텐데. 쿠에리토리스는 그다지 마음에 안 들어. 우리가 군인들을 태우고 다닐 때도 그 녀석은 늘 투덜거리기만 했어. 불평해봤자 나아질 게 없는데 계속 그런 식이니 다들 짜증이 났었지. 로렌스, 우리도 여기서 사람들을 위해 물건을 운반해주고 돈을 벌 수 있지 않을까? 아, 안 되겠다."

테메레르는 풀이 죽은 목소리로 덧붙였다.

"여긴 마을이 하나뿐이니, 어디 운반할 곳이 있어야. 영국으로 돌아가고 싶다!"

그것은 로렌스가 바라는 바이기도 했다. 로렌스는 영국 귀환에 대한 희망을 포기하게 만드는 내용이 적힌 페르사이티아의 편지를 말없이 접어 외투 주머니에 넣었다.

라일리를 돌아보는 로렌스의 외투 속에서 그 편지가 바스락댔다.

"블라이에게 불쾌한 위협을 당하게 해서 미안하네, 라일리. 자네가 현 상황에 개입하는 일이 없도록, 자네가 곤란해지지 않게 할 걸세."

"나 편하자고 로렌스 씨한테 언행 조심하라는 식의 말이나 내뱉는 형편없는 놈이 되고 싶진 않습니다. 그동안 벌어놓은 포획 상금도 꽤 있고 하니, 전역 후 상륙하면 어린 아들놈을 데리고 집으로 가서 편안하게 살 작정입니다. 그럼 캐서린이 아이를 데리고 얼마나 말도 안 되는 짓을 하고 다니는지 걱정할 필요도 없을 테고요."

라일리의 얼굴에 씁쓸함이 감돌았다. 그는 아내인 캐서린 하코트 대령에게서 편지 한 통 받아보지 못했다.

라일리가 떠난 후, 로렌스는 테메레르에게 차분히 설명했다.

"이 사태가 단순한 언쟁에서 머물지는 않을 거다. 자신의 명령에 불복종한다며 블라이가 라일리를 비난하고 나서면, 영국 정부는 얼씨구나 하고 라일리를 군법회의에 회부하겠지. 훤히 상상이 되는구나."

"나도 상상이 돼. 블라이가 라일리나 그랜비에게 해를 끼치지 못하게 우리가 막아야겠지. 그런데 랜킨이 린지의 알을 가져가지 못하게 할 방법은 없으니 갑갑해 죽겠어. 로렌스, 아까 롤랜드랑 디마니한테 린지의 알을 꺼내 오라고 해서 살펴봤는데, 아무래도 곧 부화할 것 같아. 우리 그 알을 갖고 멀리 가면 안 될까?"

"멀리?"

하지만 갈 곳이 없었다.

"아, 그냥 야생 지역 아무 데나. 알이 부화할 때까지만. 그후에 다시 여기로 돌아와서 새끼 용이 장교들 중에 마음에 드는 자를 고르게 하면 되잖아. 아니면, 우리가 장교들 중에 괜찮은 사람을 한두 명 뽑아서 야생 지역으로 데려가면 새끼 용이 그중에서 골라도 되고. 두건이나 그물망을 쓰려는 자는 제외하고 말이야."

단번에 안 된다고 해야 함에도 로렌스는 차분하게 그 제안을 고려하는 자신에게 놀랐다. 그 방법은 너무 노골적이고 대담해서 차후에 다른 이들에게 피해를 주는 일 없이 자신과 테메레르만 집중적으로 비난받을 수 있을 것 같았다. 알을 갖고 야생 지역으로 도망친 로렌스와 테메레르를 찾기란 불가능하니, 시드니에 남겨진 그랜비와 라일리가 눈앞에서 벌어진 방해 공작을 멀뚱히 보고만 있었다는 이유로 비난받는 일은 없을 것이다.

블라이는 물론이고 영국 정부에서도 길길이 날뛸 것이었다. 그렇지만 법적으로 더는 빼앗길 것도 없고 희망조차 사라져가는 미당에 용알을 갖고 도망치는 상상이라도 해보니 속이 좀 시원해졌다. 로렌스는 씁쓸한 미소를 지으며 알을 바라보았다. 용알 전문가는 아니지만 확실히 얼리전스 호에 있을 때보다 껍데기가 단단해졌고 곧 깨질 것처럼 얇아져 있었다. 테메레르와 이스키에르카가 부화할 때도 알이 이 정도 상태였던 것으로 기억했다.

로렌스가 말했다.

"동의를 얻지 않고는 어느 누구도 비행사 후보로 데려갈 수 없어. 장교를 납치해 비행사로 만든다는 것도 말이 안 되고. 나중에라도 그 장교는 우리와 사전 모의를 했을 거라는 의심을 받을 거야."

"솔직히 말해서 아무도 데려가고 싶지 않아. 장교들 전부 마음에 안 들어. 배에서도 하는 짓들이 정말 불쾌했어. 알을 만드는 데 일조한 것도 없으면서 용알들에 대해 자기네가 마땅한 권리라도 있는 것처럼 굴었잖아. 게다가 지금까지 알들을 돌봐온 건 바로 나인데 자기네가 뭘 했다고 나서는지 몰라. 그 장교들은 랜킨보다 나을 것도 없어. 아마 새끼 용도 그들 중 아무도 선택하지 않을걸."

"그들 중 일부를 랜킨보다 유리한 입장에 서게 하는 게 명예롭지 못한 일이기는 한데, 그래도 그랜비 얘기를 들어보니 포싱 대위가 꽤 괜찮은 장교라고 하더라. 슈베리니스 전투에서도 용감하게 싸웠다고 하고."

"아, 그중에 최악이 바로 포싱이거든!"

테메레르가 비난조로 외쳤다. 무엇 때문에 그렇게까지 질색하는지 로렌스는 알 수가 없었다. 테메레르가 계속해서 말했다.

"우리 명예가 좀 더럽혀져도 상관없어. 포싱은 정말 형편없단 말이야. 옷차림도 단정하지가 못해. 외투에 실밥이 줄줄이 나와 있고 바지도 기워 입잖아. 랜킨도 그런 누더기는 안 입어."

"랜킨은 백작의 셋째 아들이니 좋은 옷을 사입고도 남을 처지지. 포싱은 도버의 부두 지역에서 고아로 자랐어. 어렸을 때 따뜻한 용들 옆에서 잠을 자려고 기지로 몰래 숨어들었다가 공군이 되었다더구나. 친척도 한 명 없대."

테메레르는 고집을 부렸다.

"그럼 외투에 솔질이라도 해서 입고 다니든가. 어쨌든 안 돼. 포싱 말고 다른 장교도 다 싫어. 그들 중 하나가 알을 갖도록 내가 허락한 걸 알면 아르카디는 날 용으로도 안 볼 거야."

테메레르는 린지의 알을 내려다보며 갈라진 얇은 혀끝을 껍데기에 가져다 댔다.

"아르카디가 그 알을 너한테 맡겼으니, 내가 뭐라고 할 말이 없구나. 네가 알아서 잘 판단해. 어쨌든 해답을 찾기가 난감한 문제야. 어떻게든 알을 보호해야 하는데……."

"아, 아, 안 돼. 지금 뭘 어쩔 작정이야?"

갑자기 테메레르가 외치자 로렌스는 당황하며 물었다.

"무슨 소리냐?"

"아니, 알한테 말한 거야, 로렌스."

테메레르는 실망한 표정으로 고개를 들고는 얼굴 주변의 막을 축 늘어뜨리며 덧붙였다.

"지금 부화하려고 해. 당장 이 알을 어디로든 데려가는 게 가능할까?"

조금씩 흔들거리며 움직이는 알에게 테메레르는 연방 타일렀다.

"이것만 기억해. 알을 깨고 나와서 조금만 그자를 견디면 되는 거야. 그 시간마저 주지 않으면 우리 모두를 끝도 없이 괴롭힐 테니까. 하지만 몇 분이면 끝나. 그 시간만 참으면 넌 다른 사람을 선택하거나 아예 아무도 선택하지 않아도 돼. 그자가 너한테 기분 나쁜 걸 입히려고 해도 일단 가만히 기다려. 내가 금방 벗겨줄게."

테메레르는 화가 치미는 목소리로 덧붙였다.

"우리가 널 안전한 곳으로 데려갈 때까지 알 속에서 조금만 더 기다리지. 네가 내 충고 때문에 나오지 않고 버티는 줄은 아무도 모를 텐데."

그때 랜킨이 장교 한 무리를 이끌고 곶을 향해 올라오며 말했다.

"그랜비 대령, 더는 어떤 방해도 없이 알을 대면할 수 있게 해 주면 고맙겠군. 여기서 새끼 용을 맞이하고 싶네."

랜킨은 곶 정상까지 올라오지 않고 길 한옆에 멈춰 섰다. 곶 가장자리에서 약간 떨어진 곳이었다.

테메레르는 얼굴 주변의 막을 펼쳤다. 로렌스가 말한 대로, 랜킨이 가죽 두건과 묵직한 그물망을 갖고 온 것이다. 예전에 테메레르도 태풍 속에서 부화할 때 저런 장비에 제압을 당했었는데, 무척 기분이 나빴던 기억이 남아 있었다.

"기억해, 조금만 참아."

테메레르는 알에게 이렇게 속삭인 후, 공군들이 그 알을 들고 가도록 마지못해 허락했다. 공군들은 극도로 조심해서 알을 옮졌다.

알이 앞에 놓이자, 랜킨은 나이 어린 장교들과 장교 후보생들에게 그물망을 들고서 알 맞은편에 가 서 있으라고 지시했다. 알을 깨고 나온 가여운 새끼 용이 날아가지 못하게 그물망으로 얽어매려는 것이었다. 모욕적이게도, 어떤 소년이 먹음직스러운 양 한 마리를 줄에 매어 끌고 올라왔다. 알이 갈라지기 시작하자 랜킨이 고개를 끄덕여 신호를 주었고, 대기 중이던 두 장교가 양을 도살해 통에 담아 앞으로 가져왔다. 뜨끈하고 신선한 피 냄새가 물씬 풍겼다. 테메레르가 보기에 이는 심히 부당한 처사였다. 방금 알에서 나와 몹시 배가 고픈 새끼 용이 참고 견디기엔 너무나 큰 유혹인 것이다. 차라리 저 통을 집어서 치워버릴까 하는 생각이 들었다.

양고기가 담긴 통을 쳐다보던 이스키에르카가 돌기를 곤두세우며 말했다.

"그랜비, 우리도 양 한두 마리, 아니면 소 한 마리만 사먹으면 좋겠는데, 왜 안 된다는 거야? 우린 돈도 충분히 있잖아."

"우리 멋대로 먹이를 사서 먹는 건 예의가 아니니까 그래, 예쁜아."

"이해가 안 돼. 테메레르도 나처럼 똑똑하게 전리품을 획득했으면 지금쯤 돈을 꽤 모았을 거 아냐. 테메레르가 앞날에 대한 준비를 제대로 해놓지 않은 게 내 잘못도 아니고, 나까지 캥거루만 먹고 살아야 할 필요는 없다고 봐."

"그 얘긴 나중에 하자. 알이 부화하고 있어."

그랜비가 초조해하며 말했다.

깔끔하게 쪼개지지 않고 잔금이 잔뜩 가고 있는 알을 테메레르는 마땅찮은 눈으로 내려다보았다. 잠시 후 새끼 용은 껍데기를 산산조각내고 나와서는 몸을 훌훌 털었다. 수컷이었다. 테메레르가 보기에 그다지 예쁘지는 않았다. 린지처럼 온통 회색이었다. 다만, 붉은색의 굵은 줄무늬 두 개가 가슴뼈에서 시작해 날갯죽지 아래쪽을 지나면서 점점이 이어지고 등뼈를 따라 가늘고 긴 꼬리로 연결되었다.

그랜비가 나지막한 목소리로 로렌스에게 말했다.

"체형이 양호하네요. 제길! 어깨뼈도 탄탄해 보이고요."

테메레르가 보기에도 새끼 용은 앞쪽 몸통이 잘 발달한 듯했고, 앞발톱은 먹이를 낚아채기에 유용해 보였다. 그런데 새끼 용은 곧장 그 앞발톱을 사용했다. 랜킨이 두건을 들고 두 걸음 앞으로 다가오자, 앞발로 그 두건을 낚아채 빼앗은 것이다. 그 광경에 테메레르는 기분이 좋아졌다.

"아니, 이건 쓰지 않을 거야."

새끼 용은 이렇게 말하며 두건의 반대쪽 끄트머리를 이로 물고 발톱으로 찢었다. 그러고는 찢어진 두건을 바닥에 내던지며 만족스러운 표정으로 말했다.

"자, 이건 가져가고 그 고기나 이리 좀 가져와봐."

랜킨은 계획에 차질이 빚어지자 당황했으나 곧 마음을 추슬렀다.

"안장을 착용하면 바로 먹이를 주마."

그 순간, 테메레르는 공군들의 반감 어린 시선 따윈 아랑곳하지 않고 얼른 끼어들었다.

"굳이 저 고기를 먹지 않아도 돼. 언제든지 끝내주게 맛있는 캥거루 고기를 먹을 수가 있거든."

"흠, 난 캥거루 싫어. 저기 있는 고기에서 풍기는 냄새가 마음에 들어."

새끼 용은 이렇게 대꾸하고는 옆으로 고개를 돌려 랜킨을 빤히 쳐다보며 물었다.

"당신 말인데, 백작 아들이라며? 특별히 대단한 백작 가문이야?"

랜킨은 뜻밖의 질문에 놀랐지만 잠시 후 대답했다.

"우리 가문은 십이 세기에 백작 작위를 받았고 지금은 내 아버지가 작위를 승계해 백작으로 계시지."

"그래, 그런데 아버지가 부자셔?"

"내 부친의 부유함을 자랑할 만큼 난 어리석고 예의 없는 인간이 아니야."

"뭐, 말은 번지르르한데 나한테 쓸모 있는 정보는 없네. 아버지가 소들은 좀 갖고 계셔?"

랜킨은 당황해하며 머뭇거리다가 대답했다.

"아버지의 사유지에 낙농장이 좀 있고, 소가 수백 마리 정도 있는 걸로 알고 있어."

새끼 용은 호감을 드러냈다.

"좋아, 좋아. 흠, 그렇다면 안장을 좀 살펴보지. 예의 차리는 걸 좋아하는 것 같아서 하는 말인데, 내가 생각 좀 해보면서 혀끝을 대볼 테니까 안장 이리 가져와봐. 참, 당신 머리카락 마음에 드네."

랜킨의 머리카락이 꽤 매력적인 노란색이고, 햇빛을 받으면 금처럼 보인다는 건 테메레르도 인정했다. 새끼 용이 계속해서 말했다.

"외투도 멋져 보여. 단추는 저 사람 게 더 좋아 보이지만."

그랜비를 말하는 것이었다.

"그래도 당신 정도면 저거랑 비슷한 단추를 달 수 있겠지?"

듣고 있던 테메레르가 벌컥 화를 냈다.

"하지만 넌 저 사람을 원하지 않잖아! 무지하게 불쾌한 작자라고. 레비타스는 항상 저 사람을 기쁘게 해주려고 했는데 저자는 끔찍할 정도로 레비타스를 무시했어. 결국 레비타스는 죽었고, 그건 다 저 사람 탓이야."

"그래, 내가 알에서 나올 준비를 하는 동안 너는 그 얘기를 끝도 없이 되풀이하더라. 가만 들어보니 그 레비타스라는 녀석 참 따분한 성격인 것 같았어. 어쨌든 난 백작의 아들인 데다 부유한 이를 비행사로 삼고 싶어. 나더러 허구한 날 캥거루만 먹고 살라고 요구하는 거라면, 고맙지만 사양하겠어. 전리품을 얻으려고 헐레벌떡 쫓아다니는 짓도 하고 싶지 않아. 그런데 이건……."

새끼 용은 랜킨이 엉거주춤하게 들고 있는 안장을 쳐다보며 말을 이었다.

"그다지 멋져 보이질 않네. 죔쇠도 더러워 보이고."

테메레르가 다급히 나섰다.

"그래, 엄청 더럽지. 레비타스의 안장도 항상 저렇게 더러웠어. 늘 흙투성이였는데도 랜킨은 레비타스한테 목욕 한번 시켜주지 않았어."

랜킨이 주저하며 새끼 용에게 말했다.

"이건 임시 안장일 뿐이고, 너를 위해 금으로 장식된 더 멋진 안장을 준비해두마."

테메레르의 눈에는 랜킨이 수치스럽게도 새끼 용과 흥정을 하는 것으로 보였다.

"아, 그럼 괜찮겠네."

새끼 용이 말하자 랜킨은 결심을 굳히며 제안했다.

"이제 이름을 지어주마. 우리는 널 '세레니투스'라 부르기로……."

새끼 용이 말허리를 잘랐다.

"원래 '콩키스타도르'로 할 생각이었는데, 생각해보니까 '시저'로 하는 게 좋겠어. 콩키스타도르(정복자)로 하면 그 이름에 어울리게 더 많은 금으로 몸을 장식해야 할 것 같으니까."

못마땅해진 테메레르가 끼어들었다.

"아무도 널 '시저'라고 부르지 않을 거다. 최대한 커봤자 미들급밖에 안 될 텐데. 네 엄마인 린지도 크기가 리퍼 정도밖에 안 됐어."

새끼 용은 개의치 않았다.

"그야 어찌 될지 모르는 거니까 일단은 이름을 잘 지어두면 좋지 뭐. '시저'라는 이름이 나한테 아주 잘 맞을 것 같아. 생각할수록 마음에 드는 이름이야."

시저가 하는 짓을 쳐다보다 부아가 난 테메레르는 로렌스에게 투덜댔다.

"쳇, 난 손 털겠어. 진짜 저럴 줄은 몰랐는데."

하! 어이없게도 시저는 이미 두 번째 양을 목구멍으로 넘기고 있었다. 시저가 양 한 마리를 다 먹고 부스러기까지 핥으면서, 부화하자마자 많이 먹어두면 덩치가 더 커질지 모른다는 식으로 암시를 주자 랜킨이 부하를 시켜 양을 한 마리 더 가져오게 한 것이다.

로렌스는 가라앉은 목소리로 말했다.

"글쎄다, 테메레르, 내가 보기엔 아주 잘 어울리는 한 쌍이야. 앞으로 어떻게 해야 할지 벌써부터 고민이구나."

4

시저는 랜킨이 일주일치 먹이로 마련해둔 가축들을 계속해서 약탈하고 있었다. 그런 시저를 바라보며 그랜비가 나지막하게 말했다.

"로렌스, 저를 용서해주십시오. 랜킨이 저 새끼 용한테 안장을 못 씌웠으면 이런 얘길 꺼내지도 않을 생각이었는데, 이제는 도리가 없네요. 제가 두 사람 사이를 중재해 화해 분위기를 조성하는 걸 허락해주셨으면 합니다."

"그게 무슨 뜻인가?"

로렌스는 잘못 들었나 싶었다. 하지만 그랜비는 고개를 저으며 설명했다.

"이런 상황에 익숙하지 않으시겠지만, 지나치게 완고하게 굴지는 않으셨으면 좋겠습니다. 한 기지 내에서 용비행사 둘이 계속 서로에게 칼을 겨누며 지낼 수는 없는 노릇입니다. 딱히 랜킨과 싸울 생각도 없으시잖습니까. 속으로는 그 말라죽을 자식을 어떻게 생각하시든, 겉으로라도 화해를 하는 게 옳습니다."

중재에 나서겠다는 말과 달리 그랜

비는 끝에 가서는 랜킨에게 적의를 드러냈다.

그랜비의 말처럼 로렌스는 이런 상황에 익숙하지 않았다. 레비타스에 대한 랜킨의 처신은 분명히 잘못된 것이었는데, 이제 와서 자기 쪽에서 먼저 화해를 청하며 나서야 한다니. 레비타스가 죽었을 때, 로렌스는 칼을 빼들고 랜킨에게 결투를 신청하고 싶은 걸 간신히 참았었다.

그랜비가 설득했다.

"부정적으로만 생각하실 것 없습니다. 몸집이 훨씬 큰 용을 가진 사람이 먼저 화해를 제안하는 게 공군들 사이의 불문율이니까요. 작은 용을 가진 랜킨이 먼저 화해를 청하면 상대의 힘에 눌려 비굴하게 구는 것으로 보일 겁니다. 공식적으로 더는 대령 직위를 보유하지 않은 분이니 로렌스 씨가 먼저 화해를 청하시라는 뜻도 아닙니다. 대령 직위는 없지만 여전히 테메레르의 비행사시니까요."

이치에 맞는 말이지만, 로렌스는 그 제안을 쉽게 받아들일 수 없었다. 랜킨에게 먼저 화해를 청한다는 것은 예전에 랜킨의 멱살을 잡으며 펼쳤던 주장을 철회하는 것과 다름없으며, 자기기만에 불과하다고 생각했다.

"그때 내가 랜킨에게 했던 주장을 철회할 생각은 없네. 전혀. 내 행동을 후회한다거나 그 당시의 적대적인 감정이 이제 와서 사라진 것처럼 구는 건 거짓에 불과해. 게다가 지금 상황에서 내가 주장을 철회하는 듯이 군다면, 개인적인 안위를 위해 굴복하는 것으로 여겨질 걸세. 나는 그런 처신을 경멸하네."

그러자 그랜비는 애정과 질책이 섞인 표정으로 말했다.
"맙소사, 그 인간한테 굽실대라는 뜻이 아닙니다! 그런 거 절대 아니에요. 단지, 제가 랜킨과 얘기를 나누도록 허락만 해주시면 됩니다. 그후로는 두 분 모두 이번 화해에 대해 다시는 언급할 필요도 없습니다. 그게 전부예요. 먼저 화해를 청한다고 로렌스 씨를 업신여기는 사람은 없을 겁니다. 오히려 그러지 않으시면 결국 그 새끼 용이 피해를 보겠죠. 지금처럼 두 분이 으르렁대며 지내다가는 필연적으로 그 새끼 용과 테메레르 사이에 다툼이 벌어질 텐데, 어떤 면에서 봐도 그건 공정한 싸움이 아닙니다."

틀린 구석이 없는 주장이라 로렌스도 무시하고 넘길 수가 없었다. 결국 허락하겠다는 뜻으로 고개를 한 번 끄덕여 보였다.

그날 밤, 용 비행사의 지위를 다시금 얻게 된 랜킨을 축하하고자 작은 술집에서 만찬이 열렸다. 잠시 후 그랜비와 로렌스가 앉아 있는 식탁으로 랜킨이 다가와 앉았다. 로렌스는 다른 곳으로 시선을 돌렸다. 그랜비가 걱정스러운 표정으로 슬쩍 로렌스를 곁눈질하고는, 과도하게 사근사근한 투로 랜킨에게 말했다.

"시저 때문에 고생깨나 하시겠습니다, 대령님. 고집이 이만저만한 용이 아니던데요."

정신없이 날뛸 정도는 아니지만 고집 하나는 둘째가라면 서러울 이스키에르카의 비행사인 까닭에 그랜비는 여느 공군 열 명을 합쳐놓은 것보다 고집불통인 용을 다루는 데 일가견이 있었다. 방금 그 말에는 랜킨이 처한 상황을 고소해하는 감정도 약간은 담겨 있었다.

조금 전 그랜비는 로렌스에게 좀더 솔직하게 속내를 드러내며 "이 말이 위로가 될지 모르겠습니다만, 그 작은 용은 랜킨을 무척이나 곤란하게 만들 겁니다. 자기 뜻에 따르라고 강요하는 랜킨을 등에 태우고는 제 맘대로 끌고 다닐 텐데 그 꼴이 정말 우스울걸요. 시저는 총을 맞고 구석진 공터에서 홀로 조용히 죽어갈 놈이 절대 아니에요"라고 말했었다.

로렌스는 랜킨과 한 식탁에 앉아 있자니 즐겁지만은 않았으나, 그래도 랜킨이 앞으로 처하게 될 곤경을 생각하면 약간 기분이 풀리는 느낌이었다. 그런데 놀랍게도, 랜킨은 차분한 말투로 그랜비의 말을 부정했다.

"잘못 알고 있군, 그랜비 대령. 그런 일은 없을 것이네. 그 용이 알에 들어 있는 동안 제대로 관리를 받지 못한 측면이 있기는 하지만, 그걸 지금 와서 따지고 싶지는 않아. 알을 깨고 나와서 보여준 언행이 자네의 그런 걱정을 유발하기에 충분했다는 것도 부정할 수는 없겠지. 하지만 나는 오히려 그 처음 몇 분 동안 시저가 천성적으로 복종하는 성격이라는 걸 파악할 수 있어 흡족했네. 지능도 뛰어나고 고집도 남다른, 대단히 뛰어난 용이라는 게 내 생각이야."

로렌스는 어안이 벙벙해서 불쾌한 감정도 잠시 잊었다. 그랜비도 당황해서 뭐라고 대꾸해야 할지 모르는 표정이었다. 그날 오후 시저가 끝없이 폭식하는 모습을 보고 온 터라 더더욱 무어라 할 말이 없었다. 랜킨이 자신보다 더 지독한 상대를 만났다는 걸 인식하기보다는 현실을 부정하고 자기만족을 하는 쪽으로 마음을 굳힌 게 아닌가 싶었다.

그런데 랜킨은 단순한 희망 사항을 피력하는 게 아니라 현 상황에 무척이나 만족한다는 투로 덧붙였다.

"시저에게 앞으로 지켜야 할 원칙들에 대해 이미 가르치기 시작했네. 주인의 뜻에 늘 신경 쓰고 복종하는 용으로 만들 생각이야. 그건 모든 비행사의 꿈이기도 하지. 시저는 이런 내 생각과 감정을 받아들였고, 내 의견을 제일 중시하는 모습을 보이기 시작했네."

그랜비는 다소 미심쩍어하며 은근슬쩍 대화의 방향을 돌렸다.

"흠, 포싱 대위, 그 술병은 자네 옆에 놔둬."

그런데 다음 날 아침, 시저가 곁에서 아침을 먹는 동안 랜킨이 옆에서 책 한 권을 들고 앉아 있는 모습을 보고 로렌스는 깜짝 놀랐다. 랜킨이 시저에게 책을 읽어주고 있었던 것이다. 지나가면서 언뜻 들으니 비행 안내서인 것 같았는데, 문투가 상당히 특이했다.

그랜비가 넌더리가 난다는 듯 로렌스에게 말했다.

"아, 예전에는 그런 구닥다리 책은 거들떠보지도 않더니만 지금 와서 읽고 난리네요. 튜더왕조 시절에 나온 책인 것으로 알고 있습니다. 용을 관리하는 법에 대한 책이죠. 학교에서 읽으라고 해서 읽기는 했는데, 그 책이 읽을 가치가 있다고 여기는 사람은 제 주변에 아무도 없었습니다."

그러나 시저는 뼈를 잘근잘근 씹으며 주의를 기울여 들었다.

그러더니 잠시 후 성실하게 말했다.

"나의 소중한 대령님, 너무너무 공감이 가. 아주 합리적인 내용이야. 그래서 말인데 대령님도 내가 양 한 마리를 더 먹어야 한다고 생각하지? 책 내용 중에 새끼 시절의 먹이 공급이 중요하다는 구절이 특히 마음에 와닿더라고. 물론 대령님이 어떻게 판단하느냐에 달린 일이지만, 나는 대령님의 소중한 경험이 나를 잘 이끌어줄 거라고 믿어. 먹이를 좀더 먹고 배가 부르면 대령님이 읽어주는 글에도 더 잘 집중할 수 있을 것 같아."

"새끼 용들에 대해 줄기차게 걱정해봤자 결국 이렇게 될 걸 뭐하러 걱정을 해."

이스키에르카가 깐죽거렸다.

테메레르는 꼭 그렇지는 않다고 생각했다. 따지고 보면 자신이 시저에 대해 그렇게 오랫동안 걱정한 것은 아니었다. 지금 기분 같아서는 시저의 건강과 행복을 위해 간 한 조각 내주는 것조차 아까울 것 같기는 했다. 그러나 시저는 먹이를 충분히 잘 공급받고 있어서 테메레르에게 간 한 조각쯤 못 얻어먹는다고 아쉬울 것도 없어 보였다. 일주일 만에 시저는 양 아홉 마리, 소 한 마리, 다랑어 한 마리, 캥거루 세 마리를 먹어치웠다. 시저가 원하는 대로 먹이를 공급해주다 보니, 수중에 있는 돈이 너무 빨리 줄어드는지 랭킨이 고민 끝에 양과 소 외에 다른 고기를 동원하기로 한 것이다.

보란 듯이 비싼 먹이를 공급받아 먹는 것도 얄미운데, 시저는 냠냠 짭짭거리며 게걸스럽게 먹어댔다. 식사 예절도 불쾌하기 짝이 없는 데다가, 으스대고 걸어 다니며 난데없이 큰 소리로 "아, 저기 나의 대령님이 나를 보러 오시네"라고 노래를 불러대서, 한낮의 더위 속에 기분 좋게 낮잠을 자던 테메레르를 깨워놓기 일쑤였다. 가까이 다가온 랜킨에게 시저는 오늘따라 너무너무 멋져 보인다며 발라맞추고, 그의 외투에 달린 금붙이며 장식들을 하나하나 언급해가면서 흡족해했다.

랜킨이 시저를 무시하고 잘 찾아오지 않으면 그나마 좀 위로가 되겠건만 테메레르의 바람은 이루어지지 않았다. 랜킨은 매일 시저를 만나러 곳으로 올라왔고, 덕분에 테메레르는 시저뿐만 아니라 랜킨에게까지 시달리면서 하루종일 시저에게 괴상한 책을 읽어주는 그 짜증나는 목소리를 참아야 했다. 좋은 내용의 책도 아니고, 용은 비행사에게 질문 따윌 해서는 안 되며 모든 시간을 편대비행 연습에 쏟아부어야 한다는 말도 안 되는 헛소리로 가득한 책이었다.

테메레르가 투덜거렸다.

"당최 이해가 안 돼. 예전에 정말 좋은 용을 갖고 있을 땐 코빼기도 보이지 않고 무시하더니, 지금은 저놈 옆에 착 달라붙어서 떨어지려고 하질 않잖아. 오후에는 날씨가 너무 더워서 조용히 잠을 자고 싶으니 적당히 올라오라고 암시를 줬는데도 랜킨은 꺼질 생각을 안 해."

로렌스가 말했다.

"영국에서 랜킨은 자신과 같은 부류의 사람들과 어울릴 기회가 많았어. 가벼운 임무를 수행하는 우편배달 용의 비행사여서, 여유 시간에는 자신과 사회적 지위가 비슷한 사교계 친구들을 만나고 다니기도 쉬웠지. 공군들 사이에서는 그다지 호감을 얻지 못했지만."

"그래, 그러고도 남았을 것 같아."

테메레르는 넌더리를 냈다.

랜킨은 요즘 시저 말고도 블라이 총독하고도 가까이 지내니, 이대로라면 언제든 말썽이 일어날 소지가 있었다. 테메레르는 블라이를 굉장히 불쾌한 인간으로 분류하면서, 그가 정부의 일원이라는 게 놀라운 일도 아니라고 했다. 블라이는 시저의 몸집이 조금만 더 커지면 랜킨의 도움을 얻어 총독 지위를 회복하리라 믿고 있었다. 테메레르는 랜킨이 시저와 그 문제를 놓고 논의하는 소리를 주워들었다.

"아, 물론이지. 나는 언제든 당신 뜻에 기꺼이 복종할 거야, 나의 사랑하는 대령님. 당신이 원하면 블라이 총독을 돕겠어. 우리 식민지에서 제일 중요한 것은……."

'우리 식민지'라는 말에 테메레르는 소리 없이 콧방귀를 뀌었다.

시저가 계속해서 말했다.

"바로 최고의 지도자니까. 그런데 총독이라면 아주 큰 권력을 가진 사람이지? 땅을 지급해줄 권한도 있어?"

랜킨은 잠시 머뭇거리다 대답했다.

"……그래. 주인 없는 땅일 때는 총독이 무상으로 내주기도 하니까."

"좋아, 좋아. 소와 양을 키우려면 땅이 많이 필요하다는데, 블라이 총독도 그걸 잘 알겠구나."

테메레르가 씩씩대며 이 대화를 전해주자 로렌스는 담담하게 말했다.

"그놈 참 영리하구나. 자칫 잘못하면 우리 처지가 꽤 난처해질 수도 있겠어."

테메레르는 충격을 받았다.

"로렌스, 로렌스, 설마 시저가 나랑 싸워 이길 수 있다고 생각하는 건 아니지? 그 녀석이 우릴 괴롭히는 짓을 하면……."

"그래서 네가 신의 바람이라도 썼다간 우리가 곤란해지고 마는 거야. 시저와 충돌하는 건 무슨 일이 있어도 피해야 해. 시저는 싸움에서 지더라도 네게 정치적으로 심한 타격을 가할 수 있어. 결국 너만 범법자가 되고 이 지역 주민들에게 공포를 야기하는 존재로 낙인찍힐 텐데, 그렇게 득 될 것 없는 싸움을 하는 건 합리적이지 못하지. 한 주 한 주 시간이 갈수록 영국에서 소식이 전해질 날이 가까워지고 있다고 생각하렴. 그 소식이 도착하는 날부터 이 식민지에 새로운 질서가 확립될 거라고 나는 믿어."

"새로 오는 총독도 블라이만큼 불쾌한 인간일 가능성이 높다고 봐."

"식민지의 재정비 혹은 식민지의 파괴 어느 쪽에도 관여하지 않는 한, 즉 영국 정부의 적이 되지도 사랑받는 동지가 되지도 않고 가만히만 있으면, 우리 입지는 점차 나아지게 되어 있어."

테메레르는 곰곰이 생각했다. 로렌스의 생각에 완전히 공감할 수가 없었다.

"잘 이해가 안 돼서 말인데, 로렌스, 혹시 우리가 여기 오래 머물러야 하는 거야……?"

로렌스는 바로 대답을 못 하고 망설이다 차분하게 말했다.

"아무래도 그럴 것 같아. 네 능력을 여기서 낭비해야 하니, 이야말로 범죄나 다름없지. 제인이 우리가 복귀할 수 있게 최선을 다해줄 것이기는 하지만, 안장을 착용하지 않은 용들 때문에 영국 내에 문제가 생겨서 아마 지금쯤 정신없을 거야. 우리가 당장 사면을 받으려면 블라이가 우리에 대해 호의적인 보고서를 써서 정부에 전달해야 하는데, 현재로서는 그것도 쉽지가 않아. 그래서 영국 공군에 빠르게 복귀할 수 있으리라는 희망을 가지라는 말은 못 하겠어."

로렌스가 의기소침해하는 걸 눈치 챈 테메레르는 복종의 뜻으로 양 날개를 옆구리에 붙이며 씩씩하게 말했다.

"그런데 생각해보니까 한동안 여기 머무는 것도 재미있을 것 같아."

말투에 실망한 기색이 묻어나지 않게 조심하며 테메레르는 말을 이었다.

"그런 면에서 보면, 시저가 한 말 중 하나는 옳은 소리였네. 이 식민지에 더 나은 지도자가 필요하다고 한 것 말이야. 우리한테 식량도 제대로 보급해주고, 더위를 막을 시원한 그늘과 식수가 공급되는 누각도 지을 수 있게 허락해주면서, 모든 상황을 개선

시킬 지도자가 필요하기는 해. 그럼 중국에서처럼 넓은 도로를 건설하고 마을 안에 용 누각도 지어서 제대로 문명화된 나라를 만들 수 있잖아."

"행정 당국의 지원 없이는 아무리 바람직한 사업 계획이라도 마음대로 진행할 수 없어. 강제로 변화를 이끌어낼 수도 없고."

로렌스는 잠시 입을 다물었다가 나지막하게 덧붙였다.

"어쩌면 블라이와 거래를 해볼 수는 있겠다. 블라이로선 시저보다 월등한 네 힘을 의식하지 않을 수 없어. 랜킨의 지원을 받더라도, 우리까지 자기 뜻에 고분고분 따라주면 훨씬 수월하게 총독 자리에 복귀할 수 있을 테니까."

"하지만 로렌스, 나는 블라이가 싫어. 못 믿을 인간으로 이미 결론을 내렸어. 총독 자리를 되찾기 위해 그자는 말과 행동을 가리지 않고 누구한테나 친하게 들러붙는데, 그게 훌륭한 일을 하기 위해서라거나 타인을 위해 봉사하고자 하는 의도에서 나온 게 아닌 것 같더라고."

"그래, 추방된 총독이라는 오명을 벗고 자신을 내쫓은 이들에게 복수하기 위해서겠지. 나름의 이유가 있을 거야. 어쩌면……."

로렌스는 말을 하다 말고 고개를 젓더니 잠시 후 다시 입을 열었다.

"현 식민지 지도부가 독재를 하고 있을 가능성도 있어. 뉴사우스웨일스 군대는 이곳을 오랫동안 다스려왔는데 그동안 주민들이 불만 하나 제기하지 않은 걸 보면."

그날 오후, 테메레르는 그 문제에 대해 좀더 숙고해보았다. 그라다 잠시 눈 좀 붙이려고 했는데, 시저가 소 농장을 만들 계획을 세운답시고 랜킨과 시끄럽게 떠들어대서 도저히 잘 수가 없었다. 요즘 테메레르는 '거지에게는 선택권이 없다'라는 말의 뜻을 뼈저리게 느끼고 있었다. 까딱하면 곤경에 처할 수도 있는 처지라 찍소리도 못 하고 화를 억눌러야 했다. 이런 곳에 갇혀 살고 싶은 자는 아무도 없으리라. 하지만 이왕 이렇게 되었으니 자신과 로렌스를 위해 최선을 다할 생각이었다.

테메레르는 고약한 해적과 다름없는 이스키에르카가 그랜비를 심할 정도로 화려하게 꾸미는 것을 경멸했었다. 로렌스 같으면 그렇게 화려한 몸치장을 좋아하지 않을 거라 여기며 마음에 위안을 삼았다. 그런데 지금은 랜킨도 금단추가 달린 옷을 입고 돌아다녔다. 더군다나 랜킨은 로렌스와 달리 여전히 대령이었다. 상황이 이러하니 달리 생각할 여지가 없었다. 그동안 자신이 로렌스를 제대로 돌보지 못한 것이다. 모든 게 처신을 잘못한 자기 탓이었다.

"디마니."

테메레르는 고개를 들고 코사 족 언어로 말을 걸었다. 랜킨이나 시저가 몰래 듣지 못하게 하기 위해서였다. 디마니는 에밀리와 산수 공부를 하다 말고 테메레르를 올려다보았다. 엄밀히 말하자면, 산수 문제를 시포에게 떠넘겨 계산을 시켜놓고, 낡은 화승총을 소제하는 중이었다. 최근에 디마니는 마을에서 화승총 네 자루를 구해 왔다.

"디마니, 며칠 전에 여기 찾아왔던 매카서라는 남자 기억하지? 마을에 가서 그 사람이 어디 사는지 알아보고, 내 말 좀 전해 줘."

"예전에도 그랬고 지금도 내가 처신을 잘못한다는 생각이 듭니다."

로렌스는 손으로 탁자를 톡톡 두드리면서 침울하게 말했다. 자신이 초조하고 있음을 깨달았지만 진정하기가 쉽지 않았다.

이 결정이 자기 손에서 이루어지지 않기를 바랐다. 영국 정부의 명령서를 기다리지 않고 반란군 지도부를 포획해 즉결재판으로 처형하는 것이 블라이의 의도임을 간파한 후로, 로렌스는 현 식민지 지도부의 몰락을 마음 편히 지켜보기 어려울 듯했다.

로렌스는 유감스러워하는 투로 말을 이었다.

"랜킨이 블라이를 지원하고 나선다면, 나로서는 결단을 내려야만 할 겁니다. 나와 랜킨 둘 다 한발 뒤로 물러나거나 아니면 둘 다 개입할 수밖에 없는 상황이니까. 나는 블라이보다는 존스턴과 매카서 쪽에 좀더 공감을 하고 있습니다만, 블라이를 지지하는 랜킨에 대한 반감 때문에 옹졸하게 그 반대쪽을 지지하고 나선 것은 아닙니다."

티르케가 말했다.

"그보다 더 내키지 않는 이유도 있을 수 있겠죠. 여하튼 매카서 쪽을 지지하겠다는 그 결정은 적어도 로렌스 씨 자신의 이익을 위해서라고는 할 수 없겠군요. 블라이를 도와 그를 총독으로 복귀시키는 것이 로렌스 씨에게는 더 이익이 될 테니까요."

"블라이를 돕는 일은 하지 않을 겁니다. 정의롭지 못한 처신이니 타협할 생각도 없고요. 블라이를 돕는 것이 이 식민지에 도움이 될 것 같지도 않습니다."

로렌스는 비관적인 투로 말을 이었다.

"나와 테메레르는 어느 쪽을 지지하더라도 의도를 의심받을 수밖에 없는 처지입니다. 양쪽 모두 우리가 잠자코 자기네 뜻에 따라주기만 바라니 실은 어느 쪽도 지원해주고 싶은 마음이 들지 않습니다."

"이렇게 말하면 어떻게 들릴지 모르겠지만, 그 부분에서만큼은 그들을 절대 만족시켜주지 못하실 것 같네요. 로렌스 씨나 테메레르나 무조건적인 복종과는 거리가 머니까요. 차라리 어느 쪽도 지지하지 않는 편이 나을 거라는 생각은 해보셨습니까?"

로렌스는 반박하고 싶었다. 자신은 군대의 규율을 중시하는 사람이고, 여전히 자신을 명령에 복종하는 장교로 여기고 있었다. 군 당국의 뜻을 거슬러야 했을 때도 있었지만, 그야말로 마지못해 한 일이지 처음부터 거스르고 싶었던 것은 아니었다. 하지만 반박의 말은 입 밖으로 나오지 않았다. 정부 측 인사 앞에서나 내세울 만한 변명이지 여기서는 쓸데없는 소리일 뿐이었다.

타르케는 로렌스가 잠시 혼자 고민하게 두다가 제안했다.

"생각해보실 의향이 있는지 모르겠지만, 대안이 있기는 합니다."

로렌스는 지친 목소리로 물었다.

"이 외진 식민지에서 테메레르가 용알 사육에나 시간을 허비하며 다른 용과의 교유도 없이 지긋지긋한 일상을 보내는 모습을 멀거니 쳐다보는 것 말입니까? 이 식민지를 위해 노동력을 제공하는 일은 할 수 있겠죠. 물건을 나른다거나 도로 공사를 지원한다거나……."

"바다로 나갈 수도 있을 겁니다."

뜻밖의 말에 로렌스는 타르케를 쳐다보았다.

타르케가 말을 이었다.

"허무맹랑한 소리가 아닙니다. 아브라암 마덴 씨 기억하시는지?"

로렌스는 다소 놀라며 고개를 끄덕였다. 이스탄불을 떠난 후로 타르케의 입에서 그 상인의 이름은 물론 그 딸의 이름도 들은 적이 없었다. 타르케에게 상처를 줄까 봐 그동안 로렌스는 그 두 사람 이름은 전혀 언급하지 않았다.

"그분께 신세를 많이 졌죠. 잘 지내시길 바라고 있습니다. 우리가 이스탄불에서 탈출한 후, 그분이 우릴 도왔다는 의심은 받지 않으셨습니까?"

"전혀요. 우리가 워낙 아슬아슬하게 탈출을 해서 오스만투르크 왕실에서는 공모자를 찾아볼 생각도 하지 않은 모양입니다."

타르케는 한쪽 입꼬리를 슬쩍 올리며 덧붙였다.

"최근에 첫 외손자를 보셨다더군요."

"아."

로렌스는 타르케의 잔에 술을 채워주었다.

타르케는 말없이 잔을 들고 술을 마셨다. 1분쯤 지나 더는 그 화제로 얘기할 거리가 없다 싶었는데 타르케가 불쑥 털어놓았다.

"나는 사실 마덴 씨의 요청을 받고 동인도회사 이사들을 위해 일을 해주고 있습니다. 그 이사들 중 일부가 태평양에서 프랑스 상선들을 공격하는 데 필요한 사나포선 확보에 관심을 보이고 있고요."

"그래요?"

로렌스는 예의상 대꾸했으나, 그것이 자신의 현 상황과 무슨 관계인지 알 수 없었다. 동인도회사라는 말을 들으니 타르케가 이 식민지까지 동행한 이유는 이해가 되었지만, 동인도회사의 이사라는 자들이 이 작은 항구에서 무슨 일을 진행하겠다는 것인지는 짐작이 되지 않았다. 그러다 문득 그 말이 함께 일해보자는 제안임을 깨닫고 로렌스는 화들짝 놀라 의자에 앉은 채로 움찔했다.

"테메레르를 사나포선처럼 쓰려 하다니 가당치도 않습니다."

그동안 타르케도 테메레르를 보아온 만큼 능력이 어느 정도인지 잘 알 텐데, 어떻게 사나포선 따위로 쓸 생각을 할 수 있단 말인가.

"동인도회사 이사들 얘기가 아니더라도, 현실적인 면들을 고려하시라는 말씀을 드리고 싶군요. 이익이 발생할 여지가 있으니, 로렌스 씨가 허락만 하면 동인도회사에서 용을 실을 배를 만들어 이 항구로 보낼 겁니다. 바다에 떠 있는 어떤 배든 침몰시킬 수 있는 용이 있으니 동인도회사로서는 당연히 관심을 가질 수밖에 없죠."

타르케의 목소리는 확신에 차 있었다. 로렌스는 타르케가 어떤 취지로 이런 제안을 했는지 파악이 되었다. 사나포선 역할을 해줄 용을 구하기란 일반적인 상황에서라면 불가능한데, 지금 로렌스와 테메레르는 이 뉴사우스웨일스 지역에 갇혀 있다시피 한 상태였다. 로렌스와 테메레르는 과거에 1급함 및 용 수송선들과 함께 바다에서 복무한 적이 있지만, 적의 선박을 빠른 속도로 추적하는 일보다는 해상 봉쇄 임무를 수행하거나 해상 전투에 투입될 때가 대부분이었다. 사실상 테메레르를 대적할 수 있는 배는 없으니 테메레르가 사나포 원정에 나선다면 눈에 보이는 족족 적선을 포획할 것이다.

로렌스는 뭐라고 대답해야 할지 알 수 없었다. 사나포 원정이 딱히 불명예스러운 일은 아니었다. 사실 불명예스러운 부분은 전혀 없었다. 로렌스의 해군 시절 지인들 중 일부도 전역 후 사나포 일에 뛰어들었지만, 로렌스는 그들을 여전히 존경하고 있었다.

타르케가 말했다.

"영국 정부에서 로렌스 씨와 테메레르에게 적국 선박 나포 면허를 내주지 않을 리 없습니다."

"그렇겠죠."

적선 나포는 영국 정부의 이득에 더없이 부합하는 것이었다. 뉴사우스웨일스에서 할 일 없이 앉아 있는 것보다는 프랑스 선박들을 대대적으로 파괴하는 일을 하는 편이 테메레르를 위해서 훨씬 나은 선택일 것이다. 테메레르가 전방에서 싸울 때처럼 부상당할 위험도 거의 없고, 남의 말에 잘 휘둘리는 용들을 부추겨서 용권을 향상시키자며 정부에 맞서는 일도 없을 테니 말이다.

타르케가 말했다.

"굳이 강요하지는 않겠습니다. 다만, 동인도회사 이사들과 인사를 나누고 싶다고 하시면 자리를 마련해보죠."

로렌스가 타르케의 제안에 대해 아주 간단하게만 설명해주었을 뿐인데 테메레르는 반색을 했다.

"정말 멋진 일이다. 얼마든지 전리품을 획득할 수 있겠어. 이스키에르카한테는 한 척도 내주지 않을 거야. 동인도회사 쪽에서 우리를 실어 나를 배를 만드는 데 시간이 얼마나 걸린대?"

로렌스는 아직 확정된 사안은 아니라며 테메레르의 들뜬 기분을 가라앉히려 애썼다. 하지만 테메레르는 전리품을 통해 얻게 될 수익을 어디에 쓸지 벌써부터 계획을 세우고 있었다.

"그런데 로렌스, 여기 아주 정착해 살 생각은 아니지? 그건 절대 안 돼. 여기가 딱히 뭐 싫어서는 아니고."

테메레르의 마지막 말에는 그다지 진심이 담겨 있지 않았다.

해가 떠 있는 동안에는 그나마 더위를 견딜 만한 시간이 아침과 늦은 저녁뿐이었다. 날이 갈수록 일출이 빨라지고 일몰은 늦어져서 낮 시간이 점점 늘어나고 있었다. 하늘로 떠오른 태양은 바다를 가로질러 항구의 만 안쪽으로 막대한 빛을 쏟아부었다.

만 안쪽마다 눈부실 정도로 하얗게 빛이 나서, 암녹색을 띤 어둡고 고요한 땅의 굴곡들과 묘한 대조를 이루었다. 테메레르는 이틀째 먹이를 입에 대지 않고 있었다. 요즘 활동 부족이긴 하지만 이 정도 더위에 병이 난 것 같지는 않았다. 먹이가 입맛에 맞지 않는데 티내지 않으려고 아예 먹지 않는 건가 싶어 로렌스는 걱정이 되었다. 테메레르의 입맛이 지나치게 고급이 되어버려서, 군대에 몸담은 용으로서는 큰 위험이 초래될 수도 있다는 생각이 들었다. 그러나 곧 로렌스는 그들이 더는 군대에 소속되어 있지 않음을 자각해야 했다.

군인은 평소에 위장을 단련해놓아야 나중에도 도움이 되었다. 로렌스는 제일 허기가 많이 지던 어린 시절에 배에 실린 식량만으로 버텨낸 적이 있어서 바구미가 끓는 건빵과 소금에 절인 돼지고기만 먹고도 오랫동안 버틸 수 있었다. 그처럼 열악한 식량으로 버텨야 하는 일이 그리 자주 닥쳐오진 않았지만 말이다. 반면에 테메레르는 아주 어렸을 때부터 까다로운 입맛을 발전시켜왔다. 지금도 꿍쑤는 최선을 다해 테메레르의 먹이를 준비했지만, 그가 아무리 대단한 요리사라도 기름기가 적고 텁텁하며 뼈와 힘줄, 해부학적으로 괴상한 부위가 절반이나 차지하는 사냥고기를 비계가 대리석 무늬로 들어간 기름진 쇠고기로 변신시킬 수는 없었다. 로렌스는 사비를 털어 소를 구입해서 테메레르에게 특별식으로 먹일 수 있을지 생각해보았다.

"저기 시저의 아침식사가 오네."

테메레르는 이렇게 말하며 한숨을 쉬었다. 언덕 아래에서 소한 마리가 구슬프게 울며 한 젊은이에게 끌려 올라오고 있었다. 그런데 소를 끌고 올라온 그 젊은이는 그다지 망설이는 기색 없이 시저가 아닌 테메레르 쪽으로 다가왔다. 젊은이는 매카서에 대한 찬양의 말을 늘어놓더니 로렌스에게 만찬 초대장을 건넨 후 언덕을 내려갔다.

로렌스는 당황했다.

"매카서가 왜 이렇게까지 하는지 모르겠구나."

체계 없이 대충 만든 곳이기는 해도 용들이 머무는 곳은 엄연히 영국 공군의 공식적인 전초기지인데, 매카서는 요전에 예고도 없이 이곳을 방문했었다. 그리고 지금 이 초대장을 통해 로렌스를 자신의 집으로 초대한 것이다. 그것도 매카서의 아내가 주관하는, 다양한 부류의 손님들이 모이는 만찬 자리에 말이다.

로렌스는 덧붙여 말했다.

"아무래도 랜킨이 블라이의 편을 들고 있다는 정보를 접한 게 아닐까 싶은데. 그렇다면 이런 행동을 하는 것도 이해가 되는구나."

"으음."

테메레르는 커다란 허벅다리 뼈를 잘근잘근 씹으며 모호하게 대꾸했다. 시선은 열정적으로 요리 준비를 하는 꿍쑤에게 온통가 있었다. 꿍쑤는 소를 도살한 후, 그동안 모아둔 채소 및 빻은 밀과 함께 땅속의 대형 냄비에 집어넣었다. 시저가 한쪽 눈을 슬쩍 뜨며 흥미로워하는 시선으로 냄비를 건너다보았다.

매카서의 집에서 열리는 만찬은 저녁 늦게 시작될 예정이라,

로렌스와 테메레르는 한낮의 열기가 사라지길 기다렸다가 황혼이 깔릴 무렵 곳에서 이륙했다. 매카서가 보내온 소로 맛있게 식사를 마친 테메레르는 로렌스를 태우고 하늘 높이 날아올랐다. 부드럽게 이어지는 푸른 하늘에는 종일 구름 한 점 떠 있지 않았다. 말을 타고 거친 시골길을 달려왔으면 한 시간가량 걸렸겠지만, 용을 타고 날아오니 10분밖에 걸리지 않았다. 매카서의 집 옆에 널찍한 휴한지가 있어서 테메레르는 그곳에 착륙했다.

테메레르는 눈을 좀 붙이겠다며 기분 좋게 엎드렸다.

"소 보내줘서 고맙다고 전해줘. 매카서 정도면 꽤 잘생긴 편이지. 나는 더 이상 그가 겁쟁이라고 생각 안 해."

로렌스는 휴한지를 가로질러 매카서의 집으로 향했다. 현관 앞의 길로 들어서기 전 발을 굴러 장화에 묻은 흙을 털어냈다. 그가 지금 입고 있는 바지, 그리고 술 달린 군용 장화는 지상에서보다는 비행 시에 적합한 것이었다. 그래도 초대를 받고 온 만큼 크라바트도 목에 걸쳤고 외투도 비교적 좋은 것을 입었다. 그런데 집 밖으로 나온 마부는 로렌스가 타고 왔을 법한 말이 보이지 않자 당황하더니 안으로 들어가시라며 손짓을 했다. 집 안은 편안한 분위기이고 특별히 호화롭지는 않았다. 일하기에 편리하도록 실용적으로 지어진 집이었고 다만 가구 등의 배치에서 고상한 취향이 묻어났다.

로렌스는 안내를 받아 응접실로 들어갔다. 먼저 와 있던 손님은 여자 네 명에 남자가 일곱 명으로, 성비의 불균형이 심했다. 남자들 대부분은 장교복 차림이었다. 매카서가 다가와 로렌스

옆에 서자 한 여자가 일어섰다. 매카서는 로렌스에게 그녀를 아내인 엘리자베스라고 소개했다.

로렌스가 손을 잡고 고개 숙여 인사하자 엘리자베스가 말했다.

"우리 모임이 격식을 차리지 않는 분위기인데 기분 나쁘게 여기지 않으셨으면 좋겠어요, 로렌스 씨. 거칠고 더운 나라에서 살다 보니까 일일이 형식을 차리기도 부담스럽고 해서 아쉽지만 격식에 얽매이지 않는 생활을 하고 있답니다. 여기까지 말을 타고 오셨을 텐데 힘들지는 않으셨는지 모르겠어요."

"전혀요. 테메레르가 태워다줬습니다. 지금은 이 댁의 남서쪽 들판에서 쉬고 있습니다. 불편을 끼치는 일은 없을 겁니다."

"불편은요, 무슨."

말은 이렇게 하지만 엘리자베스의 눈은 놀라서 휘둥그레졌다. 장교들 중 한 명이 물었다.

"지금 집 밖에 그 괴물이 있다는 말입니까?"

그러자 매카서가 나섰다.

"그 괴물의 가장 대단한 무기는 바로 예리한 말솜씨라네. 난 이미 그 말솜씨에 만신창이가 되었지."

그러고는 로렌스에게 물었다.

"그런데 보내드린 소는 입에 맞았답니까?"

로렌스는 담담하게 대답했다.

"원하시는 만큼의 효과는 거두셨습니다. 우리의 약점을 정확하게 공략하셨더군요."

집으로 초대한 저의가 무엇인지는 알 수 없으나, 저녁식사는 편안하고 교양 있게 진행되었다. 식민지 사교계의 분위기에 대해서는 로렌스도 아는 바가 없었으나, 매카서 부인은 기개 있는 여성이었고 격식에 얽매이지 않았다. 이곳의 기후와 상황이 사람을 쉽게 지치게 만드는 데다가 격식을 차리는 것이 딱히 어울리는 분위기가 아님에도, 엘리자베스는 모임을 잘 이끌어나갔다. 음식을 한꺼번에 차려낼 수가 없어서 두 번에 나눠서 내왔는데, 식사 중간의 휴식 시간에는 손님들에게 램프를 밝힌 정원을 거닐며 기분을 돋우게 하여, 한결 산뜻해진 기분으로 다시 식탁으로 돌아와 숙녀들 곁에 착석할 수 있었다.

요리는 이곳 기후에 적합한 것이었다. 신선한 오이와 민트로 만든 차가운 수프, 아스픽 젤리 형태의 육류, 덩어리째 구운 뒤 칼로 얇게 썰어낸 쇠고기, 가볍게 끓인 닭고기, 그리고 푸딩 대신 잼을 곁들인 여러 가지 케이크와 향기가 일품인 차가 나왔다. 하나같이 최고급 품질의 도자기 그릇에 담겨 나왔는데 로렌스는 그것들이 꽤 값나가는 사치품임을 알아보았다. 흰색과 섬세한 색감의 푸른색이 조화를 이룬 접시들은 유럽의 도자기 기술로는 만들 수 없는 것이었다.

로렌스는 이 집 안주인에게 감탄의 눈빛을 보냈다. 그런데 뜻밖에도 엘리자베스는 약간 풀이 죽은 얼굴로 말했다.

"아, 내 약점을 찾아내셨네요, 로렌스 씨. 그러면 안 된다는 걸 알면서도 유혹을 이기지 못하고 가지고 있답니다. 실은 밀수입된 도자기들이에요."

매카서가 나섰다.

"그런 말을 그렇게 큰 소리로 하면 안 되지, 여보! 당신이 그런 건 좀 모르고 있어야 당신도 도자기 접시를 갖고, 우린 그걸로 차를 마시고, 밀무역하는 놈들도 번창하는 거잖소."

블라이가 반란군에 대해 쏟아내던 수많은 비난 중 하나가 바로 밀무역 관행이었다. 시드니의 뒷골목과 무역소에는 중국에서 들어온 상품들이 넘쳐났다. 가격만 봐도 동인도회사의 독점 거래를 피해 싼값에 몰래 들여온 것임을 알 수 있었다.

숙녀들이 응접실에서 나가자 매카서는 포트와인이 담긴 잔을 로렌스에게 건네며 말했다.

"내가 이런 맑은 날씨가 한 달 더 계속될 것 같다는 말을 한다고 칩시다. 그 말이 블라이의 귀에 들어가면, 그는 가뭄이 든 게 우리 탓이라고 비난할 겁니다. 우리가 정부 허가를 받지 않은 물건들을 들여온 적이 없다는 말은 하지 않겠습니다. 하지만 그 물건이라 함은 럼주를 말하는 겁니다. 여기서는 술잔에 럼주를 채워주지 않고서는 죄수들을 부릴 수가 없으니, 한 병에 오 실링이나 하는 럼주를 퍼주다시피 해야 합니다. 멍청한 짓거리죠. 간이 술에 전 놈들이니 서인도제도에서 생산된 질 좋은 다크 럼주와 인도의 벵골에서 들여온 싸구려 럼주를 구별하지 못하지요. 싸구려 럼주를 내줘도 되고, 그게 편하기는 합니다. 그런데 요즘은 그마저도 들여오질 못합니다. 영국이 케이프 식민지를 잃은 후로, 아프리카에서 들어오던 럼주도 끊겼습니다.

중국 상품들은 매력이 대단하지요! 시드니에서 한 상자에 이 파운드 가격으로 도자기를 팔아도 이익을 남길 수 있으니, 운송 비용과 위험을 감수하고 영국으로 가는 배에 도자기들을 실어 보낸다면 크로이소스 왕(기원전 6세기에 멸망한 리디아 최후의 왕으로 큰 부자로 유명함—옮긴이)처럼 호사를 누리다가 죽을 수도 있을 겁니다. 한 번에 한 상자씩밖에 못 사는데도 그걸 팔아서 푼돈을 챙기는 친구들까지 있으니 말입니다."

주변에 있던 장교들도 동의하면서, 무역 협정과 관련된 일화 몇 가지를 풀어놓았다. 로렌스가 보기에 이 장교들은 상인처럼 보이기도 했다. 하긴 이곳 상인들은 전부 전역 장교들이고 대부분 정착민으로 살아가고 있었다. 군인들도 본업이 상인인 자들과 딱히 구별되지 않았다. 뉴사우스웨일스 식민지가 상업이 크게 발달해 투자 기회가 많은 곳도 아니고, 이들이 주먹구구로 벌어들이는 수익이 충분히 현금화되지 않는 실정이니 그럴 만도 했다.

다들 시가를 하나씩 받아 들고 불을 붙였다. 매카서는 로렌스를 정원이 내다보이는 열린 문 앞으로 데리고 갔다. 낮 동안 나무에 거꾸로 매달려 자던 작은 박쥐들이 깨어나 나무 주변에 구름처럼 떼 지어 날고 있었다.

"초대에 응해주셔서 고맙습니다. 여기까지 와주셨는데 제대로 대접해드리지도 못하고 미안하군요."

"아뇨, 대접 잘 받았습니다. 이렇게 환대받을 줄은 생각도 못 했습니다."

"블라이 총독이 나를 반역자라고 욕했겠지요. 아마 한두 번 욕한 게 아닐 겁니다. 반역죄를 물어 교수형에 처하게 만들겠다고도 했을 테지요. 그 문제에 흥미 없는 척은 하지 않겠습니다. 전에도 말했듯이, 나는 내가 한 행동에 대해 정당한 판결을 받을 준비가 되어 있습니다. 그렇지만 제대로 된 재판 과정도 없이 즉결심판으로 교수형에 처해지고 싶진 않습니다."

로렌스는 표정이 약간 굳어지며 정원을 내다보았다. 깔끔하게 정돈된 정원의 식물들은 더위에 지쳐 늘어진 채로 평화로운 분위기를 자아냈다. 그 너머로는 넓게 펼쳐진 들판이 보였다. 매카서가 만들어놓은 생활 터전을 보니 아무것도 없는 땅에서 자수성가했다는 그의 주장에 신뢰가 갔다. 매카서는 문명 세계에서 동떨어진 이 거친 지역에서 문명을 건설하는 데 앞장서고 있었고, 술에 취해 비틀거리는 자들로 가득한 이 마을에서 보기 드문 문화적 취향과 품위를 추구하고 있었다. 영국에서 너무도 멀리 떨어져 있고, 품위 있는 생활을 하기 힘든 조건임에도 이 정도로 삶을 가꿔온 매카서의 추진력이 로렌스의 마음에 강렬한 인상을 남겼다.

로렌스가 말했다.

"어떤 뜻을 품고 계신지는 이해됩니다만, 미리 말씀드리지 않을 수 없군요. 나는 물론이고 테메레르도 어느 한쪽 편을 들 생각이 없습니다. 나는 반역자로 이곳에 유배된 사람이라, 가만히 있어도 이곳 반란군과 더 가까운 사이일 거라는 오해를 받기 쉬운 처지입니다. 그리고 바로 그런 이유 때문에, 내 지지가 매카서 씨에게 그리 큰 도움이 되진 않을 겁니다."

"에둘러 말하지 않겠습니다. 로렌스 씨가 우리를 도와 블라이의 총독 복귀를 방해한다면, 앞으로 이 주일 내에 영국에서 프리깃함이 시드니로 입항해서 우리를 이 남부 지역에서 교수형에 처해야 마땅한 악한들로 선언하고 블라이를 총독 자리로 복귀시켰을 때 로렌스 씨는 낭패를 보게 될 겁니다. 그러니 오해는 마세요. 로렌스 씨처럼 나와 크게 상관없는 사람을 괜히 내 편으로 끌어들여 목숨을 내놓게 만들고 싶진 않으니까. 내 얘기를 경청해줄 용의가 있다면 제안을 하나 하지요. 로렌스 씨가 이 상황에서 완전히 벗어나 있을 수 있는 방도가 있습니다."

매카서는 로렌스를 서재로 데려가 책상 위에 식민지 지도를 펼쳤다. 뉴사우스웨일스 주변을 둘러싼 산맥이 그려져 있고 미로처럼 복잡하게 얽힌 협곡과 봉우리 들이 윤곽만 대충 표시되어 있었다.

"나와 로렌스 씨가 추구하는 바가 조화를 이루게 할 수가 있습니다. 로렌스 씨는 지금 이 식민지의 복잡한 상황에서 벗어나고 싶어하고, 나 역시 같은 바람을 갖고 있습니다. 로렌스 씨뿐만 아니라 이곳에 와 있는 다른 용들도 잠시 동안이지만 다 같이 여길 떠나 있었으면 합니다. 우리가 영국 정부에서 답변을 받을 때까지만 그렇게 해주시면 됩니다. 블라이를 몰아내고 나서 한 달 후에 우편물을 실은 프리깃함이 시드니 항구를 출발했으니, 영국에서 답변이 오기까지 그렇게 오래 걸리지는 않을 겁니다."

탐험대를 결성해 블루 산맥을 넘어갈 수 있는 횡단로를 찾고, 뉴사우스웨일스 식민지에서 산맥 너머 내륙으로 소들이 지나다닐 길을 확보하라는 제안이었다.

매카서는 계속해서 말했다.

"내륙에 용들에게 필요한 만큼 널찍하게 기지를 만들어도 좋고, 원하는 만큼 땅을 차지하고 살아도 좋습니다. 산맥을 넘어가는 길을 찾아 기반을 닦아놓으면 아무도 반대하지 않을 겁니다. 지금은 그랜비 대령이 로렌스 씨보다 상급자인 것으로 알고 있는데, 그랜비 대령뿐 아니라 랜킨 대령이라는 분도 이 탐험에 함께 데리고 가주시면 좋겠군요. 이번에 새로 태어난 새끼 용이 지금처럼 먹이를 계속 소비한다고 치면, 앞으로 태어날 새끼 용이 두 마리 더 있으니 여기 계속 있다가는 먹이 공급에 차질이 빚어질 수도 있을 겁니다. 용들에게 먹이 공급을 원활히 하기 위해서라도 산맥 너머 내륙을 개발하는 편이 좋겠지요."

"그 일을 맡게 되면 자네가 여기 더 오래 머물러야 할 것 같아 걱정이네."

로렌스는 그랜비에게 조심스럽게 말을 꺼냈다. 내륙 탐험이 아무리 실용적인 측면에서 합리적인 임무라 하더라도 그랜비에게 합류를 요청하자니 영 내키지가 않았다.

마치 처음 가보는 수로에서 모래톱과 맞바람이 몰아치는 해안 사이에 끼어 옴짝달싹 못하는 느낌이었다. 매카서의 교묘한 책략은 블라이의 책략보다 더 고상할 것도, 덜 고상할 것도 없었다. 다만 표현만은 솔직담백해서 호감이 갔는데, 매카서의 개인적인 매력이 더해져서 긍정적으로 느껴지는지도 몰랐다. 매카서도 그렇고 블라이도 이 식민지 내의 싸움에만 골몰하여 더 넓은 세상에서 벌어지는 거대한 싸움에는 관심이 없었고, 나폴레옹 전쟁에 대해서는 고민하는 기색도 비치지 않았다. 어떻게든 로렌스와 테메레르를 자기네 편으로 끌어들이려 입에 발린 약속들을 하고 있을 뿐, 이 동떨어진 곳에서 테메레르의 재능을 낭비하는 것이 얼마나 어리석은 짓인지는 깨닫지 못하는 것이다.

타르케의 제안을 다시 한 번 생각해보지 않을 수 없었다. 로렌스로서는 바닷바람을 쐬며 너른 바다에 나가 있는 편이 훨씬 좋았다. 그리고 영국과 프랑스가 맞서는 현 상황에서, 대단한 활약은 아닐지라도 조국에 사소한 도움이나마 줄 수 있을 것이었다. 다만 동인도회사의 용병 노릇은 내키지가 않았다. 테메레르를 데리고 절대 해서는 안 될 짓이라는 정도는 아니지만 말이다. 용병 노릇이 명예롭지 않다고 하면, 여기서 하는 어떤 일도 명예롭다고 말할 수 없으리라. 여기 남아봤자 무심한 감독관을 위한 심부름꾼 노릇을 하거나, 이기적인 다툼에 휘말려 이용만 당할 것이다.

매카서의 제안에 따른다면, 달리 골치 아픈 대안을 택할 필요 없이 일시적일망정 이곳에서 떠나 있을 수 있었다. 오랫동안은 아니지만 그래도 잠시라도 여길 떠나는 게 어쩌면 축복일지도 몰랐다.

"하지만 자네한테 강요할 생각은 없어. 자네가 판단하기에 맞지 않는다고 생각되면 굳이 함께하지 않아도 되고……."

로렌스는 '서둘러 결정할 필요도 없고'라고 덧붙이려 했으나 그랜비가 말허리를 자르며 열정적으로 답했다.

"좋습니다. 날이 밝자마자 출발하자고요. 자고 일어났을 때 여기서 백육십 킬로쯤 떨어진 내륙에서 눈을 뜨게 되지 않을까 하는 불안감 때문에 요즘 아주 잠들기가 무서울 지경입니다. 이스키에르카가 코끼리를 찾으러 내륙으로 들어가자고 어찌나 보채는지. 하지만 랜킨이 같이 가지 않겠다고 하면 어찌해야 할지 모르겠습니다. 이스키에르카가 시저보다 월등한 급의 용이기는 하지만, 여기서는 공식적으로 랜킨이 상급자니까. 어이없지만 하는 수 없죠. 수년간 용을 맡지 않았어도 랜킨은 저보다 높은 상급 대령입니다."

타르케가 로렌스에게 말했다.

"아직 일어나지도 않은 일 때문에 괜히 걱정하지는 마세요."

로렌스의 예상과 달리, 랜킨은 내륙 탐험 계획에 대해 그리고 지휘권을 갖게 해달라는 그랜비의 주장에 대해 반대하지 않았다. 타르케는 어깨를 으쓱하며 덧붙여 말했다.

"로렌스 씨가 자기한테 용알을 내주지 않으려 한다고 생각했을 땐 블라이의 지지가 필요했겠지만, 지금은 새끼 용을 차지했으니 블라이에게 등을 돌리려는 겁니다. 블라이를 계속 지지하다가는 얻는 것도 없이 위험부담만 커질 테니까요. 로렌스 씨 덕분에 블라이한테서 편리하게 벗어날 기회가 생겼으니 속으로 쾌재를 부르겠죠. 얼마 후 그랜비가 영국으로 돌아가면 이곳의 공군 지휘권은 자기한테 자연히 넘어올 테고요."

로렌스는 복잡한 상황을 피해 빠져나갈 기회라는 점 외에는 이 탐사가 마냥 달갑지는 않았다. 죄수들을 인부로 데려가야 한다는 것도 내키질 않고, 탐사를 진행하는 한 달간 랜킨과 동행해야 한다는 것도 그랬다. 좁은 야영지에 갇혀 있다시피 하는 생활보다는 덜 갑갑하겠지만 고역이기는 마찬가지일 테니까. 탐사에 함께할 나머지 공군 장교들의 적대적인 태도도 마음에 걸렸다.

"장교들이 죄다 한통속이라는 것은 저도 잘 알지만, 그래도 한 명이라도 골라서 승무원으로 쓰시는 편이 나을 겁니다."

얼리전스 호의 선실에서 그랜비는 로렌스에게 이렇게 말하며 냅킨 뒷면에 장교들의 이름을 휘갈겨 썼다. 그러고는 누구를 테메레르 쪽으로 보내고 누구를 이스키에르카 쪽으로 보낼지 대충 골라냈다. 물론 임시 승무원이었다. 로렌스는 대령 계급을 박탈당하면서 부하들을 잃었고, 이스키에르카는 유배 가는 테메레르를 제멋대로 쫓아오느라 그랜비만 급히 챙기고 승무원들을 전부 팽개쳤기에 지금 승무원이 없는 상태였다.

"포싱을 데려가시는 게 어떻겠어요?"

"테메레르가 그를 좀 싫어하던데."

"예, 압니다. 그래도 포싱에게 테메레르와 잘 지내볼 기회를 주고 싶습니다. 안 그러면 나중에 포싱이 남은 알들 중 하나의 비행사가 되려고 시도할 때 테메레르가 방해할 텐데, 그때 가서 테메레르를 설득하려면 힘들 테니까요. 포싱이 나머지 장교들과 한통속으로 놀고 있기는 해도 유능하기는 합니다. 나머지 장교들은 우리가 받은 용알들만큼이나 잡동사니인 놈들이니. 블링컨 대위는 안장 하나 제대로 벗겨 치우는 데 인력을 여섯 명이나 동원해야 성에 차는 놈이죠. 그래도 안장을 벗길 일은 자주 있지 않으니까 그럭저럭 데리고 있으실 만할 겁니다."

로렌스는 고개를 끄덕였다.

"펠로우스와 도싯은 우리가 데리고 있겠네. 롤랜드와 디마니가 있으니 잡다한 일들을 맡기면 되고. 필요 이상으로 많은 승무원을 데려가진 않으려고 해. 용들에게 부담만 될 테니까."

그때 타르케가 다가와 말했다.

"괜찮다면 나도 테메레르의 승무원으로 끼워주셨으면 합니다."

로렌스와 그랜비는 깜짝 놀라 타르케를 쳐다보았다.

잠시 후 로렌스는 호기심이 이는 것을 억누르며 대답했다.

"물론, 원한다면 같이 가시죠."

그랜비가 끼어들었다.

"아니 뭐 하러요? 한여름 최악의 더위 속에서 한 달 내내 바위산을 넘어가면서 길을 낸다고 곡괭이질이나 할 텐데. 사람 하나 만날 일 없을 겁니다. 원주민 몇 명은 만날 수도 있겠지만, 용을 세 마리나 데려가니 그마저도 힘들걸요."

타르케는 잠시 뜸을 들이다가 차분하게 말했다.

"우선 공중에서 조망을 하실 것 아닙니까. 육로로 쓸 만한 길이 있다면, 공중에서 제일 잘 보일 겁니다."

로렌스가 대꾸했다.

"육로로 쓸 만한 길이 있다면, 우리가 굳이 길을 내러 나설 필요도 없을 겁니다."

"일반적인 용도로 쓸 만한 길을 찾는 건 기대하지도 않습니다. 기껏해야 노새들이 다닐 만한 길 정도겠죠."

로렌스는 "하지만……" 하고 입을 열었다가 자제했다. 그랜비도 반박의 말을 하려다 그만두었다. 잠시 후 그랜비는 로렌스를 쳐다보며 어색하게 말했다.

"아, 좋으실 대로 결정하세요."

로렌스는 목례를 하며 타르케에게 말했다.

"같이 가주시겠다니 우리에겐 기쁜 일입니다."

하지만 잠시 후 로렌스는 테메레르와 둘만 남은 자리에서 타르케 때문에 혼란스럽다고 털어놓았다.

그러자 테메레르가 무심하게 말했다.

"아마 밀수업자들을 찾으려고 같이 가겠다는 걸 거야."

테메레르는 건포도와 곡물로 속을 채운 양고기를 조금씩 뜯어 먹고 있었다. 그날 아침 매카서가 또다시 선물이라며 득달같이 보낸 것이었다. 로렌스가 가만히 쳐다보자 테메레르는 씹던 고기를 꿀꺽 삼키며 말을 이었다.

"누군가 은밀히 길을 만들고 그 길에 대해 발설하지 않았다면, 분명 어떤 이유가 있는 거겠지. 전에 뉴사우스웨일스로 들어오는 중국 상품들에 대해 당신이 얘기해준 적 있잖아. 그거랑 관련이 있는 것 같아."

"항구로 물건을 들여오는 방법치고는 너무 이상하단 말이지."

로렌스는 미심쩍은 투로 말했다. 동인도회사 이사들을 위해

일한다던 타르케의 말이 떠올랐다. 마덴이 요청했으니 그 일을 맡지 않을 수 없었을 것이다. 그렇다 해도 내륙 탐사까지 동행하려는 타르케의 의중이 무엇인지는 쉬이 파악이 되지 않았다.

"하지만 밀수업자들을 잡을 생각이라면 선박이나 조선소를 수색하는 게 빠를 텐데."

테메레르의 말에 로렌스는 조금 더 생각을 해보았다. 밀수업자들의 궁극적인 목표가 중국 상품들을 영국으로 실어 나르는 것이라면 꽤 영리한 방법이기는 했다. 뉴사우스웨일스 식민지의 시장으로 별 의심 받지 않고 중국 물건들을 들여보낸 후, 해군 함장이 정식으로 그 물건들을 구입해 영국으로 싣고 가게 하는 방법 말이다.

"산맥 너머 해안 위쪽 어딘가에 있는 만(灣)으로 배를 댄 후, 육로를 통해 뉴사우스웨일스로 물건들을 들여오는 방법을 쓰고 있겠군. 하지만 곧장 배를 타고 시드니로 오는 것보다 내륙을 통해 빙 돌아오는 건 불안하고 위험할 텐데."

그러자 테메레르가 아무렇지 않게 말했다.

"캥거루밖에 없는데 위험할 게 뭐 있어."

그랜비의 바람대로 그들은 다음 날 꼭두새벽에 출발 준비를 했다. 가벼운 여행을 시작할 때 공군들이 으레 그러듯 빠르고 무질서한 방식으로 짐을 실었다. 큰 짐이래야 폭탄과 화약 대신 곡괭이와 망치, 삽, 그리고 숙소로 쓸 천막 몇 개가 전부였다. 여름이라 멀리서 봐도 산맥은 초목이 무성했다. 물은 많이 싣지 않고 이동 중에 식수를 찾아 보충하기로 하고, 건빵 자루들과 소금에 절인 돼지고기를 담은 통 몇 개를 실었다.

인부들도 대충 서둘러서 모집했다. 이번 탐사에 동행해 노역을 하는 대가로 자유를 약속받은 죄수 십여 명이었다. 감시인들에게 이끌려 곶으로 올라온 죄수들은 곧바로 테메레르의 배 쪽 그물에 탑승해야 했다. 하나같이 괴상하고 추한 몰골들이었다. 그간 고생을 많이 하고 술을 퍼마셔서 그런지 대부분 피부가 바짝 말라 가죽 같았다. 술 때문에 모세혈관이 확장돼서 코끝이 빨갰고 눈도 죄다 빨갛게 충혈돼 있었다.

인부로 일하기에 적합해 보이는 이들도 일부 있기는 했다. 조너스 그린이라는 죄수는 눈에 띄게 말쑥한 모습이었고 어깨와 팔에 근육이 상당했으며 곶으로 올라온 죄수들 중 유일하게 술에 취해 있지 않았다. 로버트 메이너드라는 죄수는 몸집이 크다기보다는 비만에 가까웠는데 식탐을 자제하며 살고 있지는 않은 듯했고, 석공 기술이 있다고 했다. 남들보다 크고 거친 손에 쇠처럼 단단한 못이 박인 데다가 손마디도 굵은 걸 보면 석공 일을 했었다는 말이 사실인 듯했다.

매카서는 죄수 명단을 넘겨주며 로렌스에게 말했다.

"메이너드를 착실하게만 보지는 마세요. 소매치기로 잡혀서 유배된 자입니다. 야생 지역에서는 큰 해를 끼치지 않겠지만 나중에 식민지로 귀환할 때 지갑 간수를 잘하셔야 할 겁니다."

죄수들은 대부분 술에 취한 상태로, 어두운 새벽에 줄을 맞춰 곶으로 올라왔다. 안개 속에서 테메레르의 머리가 자신들 쪽을 향하자 죄수들은 그제야 용을 타고 이동해야 한다는 사실을 알고는 겁을 먹고 일시에 뒤로 물러섰다. 그중 한 죄수가 가늘고 새된 목소리로 따졌다. 슬픈 눈에 실망 가득한 얼굴, 왜소한 몸집에 어울리지 않게 대차게 항의하는 말투였다.

"사람한테 할 짓이 아니잖아. 밤낮으로 곡괭이질을 하라면 얼마든지 하겠지만, 미안하단 말도 없이 용의 배 쪽에 타라는 지시는 못 따르겠수다."

다른 죄수들도 동조하는 분위기였다. 논리적인 설득에는 꿈쩍도 않던 죄수들은 럼주를 실컷 마시게 해주자 술기운에 멍해져서는 감언이설에 넘어가 결국 줄지어 배 쪽 그물에 탑승하기 시작했다. 로렌스가 보기엔 소들을 태워 이동할 때와 비슷한 분위기였다.

조너스 그린은 고개를 저으며 럼주를 거절했다. 그는 최근에 얼리전스 호를 타고 식민지로 온 죄수들 중 하나였다. 용에게 잡아먹힐지도 모르니 그리 유쾌한 기분은 아니었겠지만, 자신감까지는 아니더라도 비교적 차분하게 이 상황을 받아들이고 배 쪽 그물에 올랐다.

테메레르의 험악한 시선 아래 탑승을 효율적으로 관리한 포싱이 말했다.

"준비됐습니다, 로렌스 씨."

경직되어 있긴 하지만 대놓고 무시하는 말투는 아니었다. 그랜비가 포싱에게 날카롭게 몇 마디 한 모양이었다. 계속 무례하게 굴다가는 용알들을 돌보는 테메레르를 자극할 것이고, 결국 진급할 기회를 놓치고 말 거라고 말했을 것이다.

"용알들은 안전하게 잘 실었지?"

테메레르가 용알들을 넣어둔 배 쪽 그물에 코를 대며 물었다.

라일리에게 맡겨놓으면 된다고 했는데도, 테메레르는 용알들을 굳이 가지고 가겠다고 고집을 부렸다. 그리고 못마땅한 투로 이렇게 말했었다.

"싫어. 블라이가 아직 얼리전스 호에 있잖아. 알이 부화할 때 블라이는 온갖 사악한 짓거리를 하고도 남아. 랜킨이 등을 돌렸으니 아마 알을 깨고 나오는 새끼 용을 차지하려고 나설 거야. 다른 때 같으면 나도 걱정 않겠는데, 용알을 배에 두는 게 새끼 용에게 나쁜 영향을 미치는 것 같다는 생각이 들어. 시저만 봐도 그렇고."

그리고 지금 테메레르는 덧붙여 주의를 주었다.

"작은 알이 떨어지지 않게 해야 해. 그물 사이로 빠져서 떨어지는 건 생각만 해도 아찔해."

"그물을 단단히 죄어놨고 충전재로 잘 감싸서 넣었으니 안에서 움직이지 않을 거다."

로렌스는 이렇게 말하며 배 쪽 그물의 굵은 밧줄을 잡고 온몸을 실어 당겨보았다. 밧줄은 별로 움직이지 않았다.

"그리고 이곳은 해가 져도 온도가 크게 떨어질 염려가 없어. 자, 이제 네가 한번 움직여봐."

테메레르는 뒷다리와 궁둥이를 들고 일어나 몸을 흔들었다. 알들이 혹시라도 상할세라 평소처럼 세게 흔들지는 않았지만,

배 쪽 그물에 실은 물건이 굴러떨어지거나 밧줄이 풀릴 가능성은 없는지 확인하기에는 충분했다.

"안장이 잘 채워졌습니다!"

확인을 마친 테메레르가 말하자, 이스키에르카가 재촉했다.

"준비됐으면 더 미적거리지 말고 후딱 출발하자고."

테메레르는 옆을 돌아보며 날카롭게 응수했다.

"우리 중에 누구는 너처럼 아무짝에도 쓸모없이 빈 몸으로 비행하는 게 아니라, 짐과 사람을 싣고 가야 하거든. 넌 용알 따윈 신경도 안 쓰이겠지만 난 쓰여."

이스키에르카는 짐과 사람을 운반하기에 적합하지 않았다. 온몸에 돋아난 돌기에서 끊임없이 증기가 뿜어져 나와 훈련받은 승무원들과 방수포로 완전히 감싼 짐들이 아니면 다치거나 망가질 위험이 있었다. 그래서 이스키에르카는 지금도 그랜비와 최소한의 승무원들만 몸에 태웠고 다른 짐은 싣지 않았다.

빨리 이륙하자고 보채는 이스키에르카와 달리 시저는 여길 뜨고 싶지 않아 울적해하며 투덜거렸다.

"왜 그렇게 서둘러야 하는지 모르겠네. 내일이나 아니면 더위가 좀 가셨을 때 출발해도 되잖아."

시저는 부화한 지 얼마 되지 않은 새끼 용답게 먹고 자는 일 외에는 열의를 보이지 않았다. 이스키에르카는 따분함 때문에 무슨 짓을 저지를지 모를 만큼 위험한 상태였지만 시저는 따분함 같은 건 느끼지도 못했다.

테메레르가 말했다.

"앞으로 삼 개월은 쭉 이런 날씨가 계속될 거니까 그만 투덜거리고 출발하자."

앞으로 어떤 난관이 닥칠지, 얼마나 지루한 여정이 될지 모르지만, 로렌스는 테메레르의 등에 오르며 기쁨을 억누를 수 없었다. 양손에 연결된 금속 카라비너가 안장 고리에 짤깍하고 걸리는 익숙한 소리, 몇 명 되지 않지만 뒤에 자리 잡은 승무원들의 움직임, 그리고 비행 동지가 된 다른 용들이 있어 행복했다. 마침내 그들은 하늘로 날아올랐다. 활짝 펼쳐진 테메레르의 날개가 격하게 밀려드는 뜨거운 공기를 품으며 공중에 몸을 띄웠다. 끝없이 펼쳐진 푸른 하늘과 발아래 반짝이는 바다가 그들을 맞이했다.

얼리전스 호와 시드니 항구가 아름다운 그림처럼 멀어지고, 먼지투성이 도로가 금색 리본처럼 뻗어나갔다. 도시의 경계선 너머로 깔끔한 사각형의 경작지들과 과수원들이 카펫처럼 펼쳐지면서 그 위로 용들의 그림자가 뚜렷한 윤곽을 그렸다. 언덕들을 넘어가자 저 멀리 푸른 안개에 휩싸인 블루 산맥이 조금씩 모습을 드러냈다.

점차 해방감이 느껴졌다. 경작지가 끝없는 황무지로 바뀌고, 특이하고 강렬한 향기를 뿜는 유칼립투스들로 구성된 오래된 삼림이 펼쳐졌다. 사냥로 끝자락이 나뭇잎에 덮여 저만치 사라져 갔다. 네피언 강을 가로지른 로렌스 일행은 산맥을 향해 서쪽으로 구불구불 흐르는 이름 없는 지류를 따라 비행을 계속했다. 블루 산맥을 넘어 내륙으로 이어지는 길이 그 끄트머리에 있기를 바라면서. 하지만 막상 산맥에 도착해 보니 하늘 높이 치솟은 절벽들이 줄줄이 이어질 뿐, 수월하게 내륙으로 넘어갈 만한 길 따윈 없었다. 절벽을 이루는 들쭉날쭉한 사암들은 노란색에 얼룩덜룩한 회색이 섞여 있었고, 자갈과 갈라진 바위 더미를 넘어가자 까마득히 치솟은 절벽 면이 저만치 멀어져갔다.

울타리처럼 복잡하게 세워진 절벽들을 지나자 협곡들이 나타났다. 산맥 안에서는 해가 느지막이 떴다가 가파른 절벽 너머로 일찍 사라졌다. 처음에는 산자락에 깊게 드리워지는 그림자가 반가웠고 지류 주변의 시원한 공기가 좋았으나, 하루하루 시간이 갈수록 로렌스는 불안해졌다. 가다 보면 갈증이 나서 지류를 찾기 위해 왔던 길을 되짚어가기 일쑤였는데 그마저도 수월하지 않았다. 용을 타고 왔음에도, 직선거리만 따지자면 시드니에서 65킬로미터도 채 멀어지지 못했다. 왔던 길로 되돌아가기를 수차례 거듭했으므로 실제 이동 거리는 6백 킬로미터가 넘는데 말이다.

산맥에는 문명의 흔적이 없는 정도가 아니라 아예 사람이 한 명도 없었다. 완전히 버려진 땅이라는 느낌이었다. 한번은 밤에 멀리서 불빛이 보이기에 날이 밝자마자 걸어서 그 불빛이 있던 곳으로 가보았다. 원주민이라도 만나면 길 안내를 요청할 생각이었다. 그러나 빽빽한 잡목 숲에서는 야영의 흔적조차 발견할 수 없었다. 간밤에 그들이 본 불빛이 무엇이었는지, 오늘 하루를 꼬박 날아가도 과연 사람 하나 만날 수 있을지 의문이었다. 타르케가 주변을 꼼꼼히 살폈으나 별다른 흔적을 찾아내지 못했다. 가끔 절벽의 바위에 어떤 표시들이 남아 있기는 했다. 연한 황토색 혹은 붉은색으로 남겨진 손자국들. 하지만 무척 오래되고 수년간 비바람에 풍화된 것이라 오래전에 누군가 이곳에 머물렀음을 말해줄 뿐이었다.

로렌스가 어째서 이곳이 사람들에게 버려졌는지 궁금해하며 바위의 손자국들에 대해 타르케에게 얘기하고 있는데 옆에서 오디가 불쑥 끼어들었다.

"전염병과 매독으로 싹 다 죽은 걸 겁니다. 우리 영국인들이 이 대륙으로 들어온 초창기에 이곳 원주민들에게 병을 옮기고 말았거든요. 나도 시드니의 마을에서 그들의 시신을 봤습니다. 허옇게 불은 시신들이 항구로 둥둥 떠왔어요. 시신들을 태운 불이 꺼졌고 그들의 육신은 사라졌지만 그들의 저주는 이곳에 남아 있는 겁니다."

오디는 나이 지긋한 죄수였다. 머리카락이 희끗희끗한 그는 수년간 힘든 노역을 하며 술에 절어 살았지만 무식한 자는 아니었다. 그는 아일랜드 사람이고 전직 변호사였다. 1798년에 말썽에 휘말려 종신형을 선고받고 이곳으로 유배되었는데 이번 탐험에 참여하는 대가로 자유를 약속받았다. 15년 전 죄수 신분으로 뉴사우스웨일스 식민지에 도착한 이래 처음으로, 어쩌면 유일하게 자유를 얻을 기회를 갖게 된 것이다. 럼주를 위안 삼아 15년 세월을 보내왔음에도 그의 영혼은 술에 잠식당하지 않았고, 듣는 이를 불편하게 만드는 시를 짓는 재능도 잃지 않았다.

식민지에 시를 지을 소재가 넘쳐나서가 아니었을까, 라고 로렌스는 생각했다. 원주민들에 대한 오디의 설명은 과장된 구석이 있기는 해도 거짓은 아닌 듯했다. 시드니의 마을에서 돌아다니거나 카누를 타고 시드니 항구로 들어오는 원주민 몇 명을 로렌스도 보았는데, 그들은 뉴사우스웨일스 식민지에 대해 특별히 친밀감이나 적대감을 드러내지 않았고 그저 무심한 얼굴들이었다. 물론 로렌스가 목격한 원주민의 수는 얼마 되지 않았지만. 이곳에 한때 원주민이 살았다는 것, 사람들이 이 고립된 지역으로 유입되었고 지금은 완전히 버려진 곳이라는 증거가 바로 바위에 난 손자국들이었다. 오래된 자국 위에 최근의 자국들이 겹겹이 남겨진 것으로 보아 외부인들이 이 지역으로 유입된 게 한두 번이 아니었음을 알 수 있었다. 바위에 흐릿하게 남은 손자국에서 우울함과 외로움이 묻어났다. 로렌스 일행이 협곡 아래로 물러나는 동안, 손자국들이 황혼의 어둠에 묻혀 사라져갔다. 손자국은 이 땅이 본래 원주민의 것임을 나타내는 기념물이자, 로렌스 일행의 통과를 거부하겠다는 이 땅의 의지를 보여주는 상징이었다.

그곳을 지날 때부터 일행 사이에서 불안감이 증폭되었다. 산의 정적이 매섭게 그들을 비난하는 것 같았다. 불안하기는 테메레르도 마찬가지였다.

"우리가 왜 아직까지 길을 못 찾아냈는지 모르겠어. 봉우리 위로 날아서 넘어갈 때마다, 이 협곡이랑 저 협곡이 나무 아래에서 만날 것 같은데 막상 내려가 살펴보면 길을 잘못 들었거나 그 협곡들이 전혀 만나지 않고 바위들만 쌓여 있는 식이잖아. 사방 풍경이 똑같아서 분간이 잘 안 돼. 길을 자주 헷갈리는 것도 무리가 아니야."

산에는 덩치 큰 사냥감이 많지 않았고 그나마 잡는 족족 용들에게 먹이로 주어야 했다. 시저는 골라 먹을 수 있는 메뉴가 확연히 줄어든 것에 대해 끝없이 불평하다가, 다들 힘들어하고 있음을 알아챈 후에야 그만두었다. 그러나 여전히 뉴사우스웨일스로 돌아가고 싶어하며 랜킨에게 이렇게 말했다.

"여긴 좋은 게 전혀 없어. 소들도 여기로는 오려고 하지 않을 걸. 나중에 우리는 숲 너머에 뭐가 있는지 보이지도 않는 이런 곳 말고, 도시 근처의 햇빛 잘 들고 쾌적한 지역에 땅을 얻는 게 좋겠어."

매일 물을 찾는 데도 일정 시간을 소비해야 했다. 산맥을 지나 내륙으로 들어가는 길은 찾아내지 못했지만, 전날 머물렀던 강가의 야영지로 되돌아가는 건 그나마 쉬운 편에 속했다. 그런데 닷새째 되던 날, 공중에서 조망을 하던 그들은 더 큰 혼란에 빠지고 말았다. 공중에서 보니 골짜기 두 개가 하나로 합쳐지며 좁은 길로 이어지는 듯해서 얼른 내려가보았는데, 사람이 도보로 지나가려 해도 일렬종대여야 가능할 정도로 좁았다.

일단 근처에 착륙한 후, 그랜비가 말했다.

"저 정도면 괜찮을 것 같은데요. 좁기는 하지만 확장이 가능해 보이고, 일단 길 하나를 찾았으니 반대쪽으로 넘어가서 보면 다른 길도 찾을 수 있을 겁니다."

"더 중요한 건, 우리가 저 길을 살펴보는 동안 죄수들에게 일을 시킬 수 있다는 것이지. 한 시간은 족히 넘게 일을 시킬 수 있겠어. 지금까지 죄수들은 하는 일 없이 빈둥거리면서 럼주나 축냈는데, 이대로 뒀다간 불안과 망상에 사로잡혀 말썽을 부릴지도 몰라."

랜킨이 어깨 너머로 죄수들을 차갑게 넘겨다보며 말했다. 죄수들은 아침이 밝은 지 한참 지났는데도 임시로 대충 만든 야영지에서 일어날 생각들을 않고 있었다.

그 무렵 망상에 사로잡혀 불안해하는 것은 죄수들만이 아니었다. 고지식하고 융통성 없는 성격인 데다 분별력 있는 지상요원 펠로우스까지 로렌스에게 이렇게 말했다.

"아무래도, 그 좁은 길을 걸어서 지나갈 때 조심해야겠습니다. 우리가 제대로 된 횡단로를 못 찾고 헤매는 것도 어쩌면 이유가 있을 거라는 생각이 들어서 말입니다."

테메레르도 말했다.

"나도 마음에 안 들어. 그래서 말인데 당신이 저 길로 내려가 지나가기 전에 내가 미리 좀 넓혀놓고 싶어. 전에 보니까 바위를 깨는 데 신의 바람이 꽤 쓸 만하더라고."

그러자 랜킨이 끼어들며 비꼬았다.

"그랬다간 절벽의 절반이 우리 머리 위로 무너져 내릴 거다."

"댁의 머리 위로 쏟아져 내리면 딱 좋겠어. 그래봤자 아무도 신경 안 쓸 테지만."

테메레르는 이렇게 쏘아붙였지만 랜킨의 지적이 틀린 말은 아니었다. 결국 테메레르는 신의 바람으로 길을 미리 넓히겠다는 생각을 접어야 했다. 절벽이 부드러운 사암 재질이라 가죽 장갑을 낀 손으로 세게 문질러도 조금씩 부서져 내렸다. 나무들이 늘어선 절벽 위쪽만 봐도 온통 예전에 무너져 내린 흔적들이 남아 있었다.

골짜기 사이로 난 좁은 길은 울퉁불퉁한 데다가 퍼석거리기까지 했다. 새로 돋아난 풀과 덤불은 뿌리가 단단하지 못해서 돌들이 이리저리 움직였고, 종아리 높이까지 자란 풀들 때문에 바닥이 잘 보이지 않아 한 발 한 발 내딛기가 쉽지 않았다. 그들은 일렬종대로 좁은 길을 따라 걸어갔다. 양옆으로 바위 절벽이 솟아 있어 고개를 들고 눈을 가늘게 뜨니 검은 절벽 사이로 황량한 하늘이 좁고 길게 펼쳐졌다. 로렌스는 양옆의 절벽이 그들을 향해 몸을 기울이고 있는 것 같은 기분을 느꼈다.

좁은 길로 바람이 불어왔다. 바위의 예리한 모서리와 갈라진 틈으로 흘러들어온 바람이 휘파람을 불었다. 비탈진 곳을 넘어가는 일도 쉽지 않았다. 흙이 워낙 조밀하지 못해서 자갈들이 흩어지는 바람에 로렌스는 발을 헛디뎌 가파른 비탈 너머로 미끄러지고 말았다. 옷 속으로 온통 모래가 흘러들어왔다. 얼른 손을 뻗었으나 자갈들 사이에 손목까지 묻히면서 약간 더 미끄러지다가 겨우 멈추었다.

쏟아져 내리는 돌멩이들 사이에서 멍하니 엎드려 있던 그는 잠시 후 고개를 들었다. 바닥에서 몇 미터 정도 위쪽에 있는 절벽의 튀어나온 바위에 황토색 손자국들과 풍화되어 흐릿해진 그림이 보였다. 좁고 가파른 바위인데 뛰어난 등반가라면 그것을 잡고 절벽 위로 올라갔을 듯했다.

로렌스는 간신히 몸을 일으켰다. 더 이상 길은 없었다. 그들은 또다시 돌파구 없는 협곡의 끝에 다다랐다. 곡선을 그리는 절벽에 둘러싸인 작은 공터가 전부였다. 공터 바닥에는 풀이 돋아나 있고 담쟁이처럼 잎사귀가 비쭉비쭉한 식물들, 어린 나무 몇 그루가 바위 틈새에 뿌리를 박고 거의 수평으로 자라고 있었다. 위쪽에 돌출된 바위는 마치 텅 빈 초소 같았다.

그랜비는 자갈로 뒤덮인 비탈을 좀더 조심스럽게 내려와 로렌스 옆에 섰다. 눈앞의 막다른 길을 보고 그는 아무 말도 하지 않았다. 발에 차인 작은 돌멩이 몇 개가 탁탁 소리를 내며 굴러떨어지다 멈추었다. 그들을 둘러싼 바위, 헐겁게 박힌 돌들로 이루어진 가파른 비탈이 주변 소음을 모조리 빨아들여 사방에 정적이 흘렀다.

"또 실패인 거요?"

비탈 꼭대기에 선 랜킨의 짜증스러운 목소리가 정적을 깼으나 대성당 안에서 느껴지는 것과 같은 기묘한 압박감은 그대로였다. 랜킨도 그런 분위기를 감지했는지, 자신이 내뱉은 말이 허공에서 울림도 없이 잦아든 후에도 더는 말이 없었다.

공터에서 빠져나가는 일은 들어올 때만큼이나 쉽지 않았다. 그랜비는 손바닥에 찰과상을 입어가며 간신히 비탈을 도로 기어올라갔다. 랜킨은 비탈면을 단단히 잡고 올라가서는 아래로 손을 내밀어 로렌스가 잡고 올라오게 도와주었다. 지면이 불안정한데도 랜킨은 수월하게 균형을 잡았다. 로렌스는 랜킨이 뼛속까지 비행사임을 인정하지 않을 수 없었다. 여느 소년들이 일곱 살 때부터 공군 복무를 시작하는 데 반해, 랜킨은 요람에서부터 공군으로서 훈련을 받아왔다고 해도 과언이 아니었다.

그들은 좁은 길을 따라 우울한 얼굴로 돌아왔다. 패배감과 편찮은 마음 때문에 아무도 입을 열지 않았다. 하늘 높이 해가 떠 있어 돌아오는 길은 한층 길고 덥게 느껴졌다. 용들이 기다리는 곳까지 오기도 전에 로렌스는 이미 땀에 흠뻑 젖고 지친 상태였다. 테메레르가 고개를 들며 궁금해하자 로렌스는 간단하게 말했다.

"없어. 지나갈 수가 없게 되어 있더라고. 강가로 다시 돌아가야겠어."

블링컨 대위가 죄수들을 재촉해 테메레르의 배 쪽 그물로 탑승을 유도했다. 죄수들은 힘들다고 끙끙대며 반발했고, 그 와중에 잭 텔리라는 자가 시큰둥하게 말했다.

"여긴 저주받은 땅이라니까. 도대체 왜 이리로 길을 내고 싶어 하는지 알 수가 없네. 십 년쯤 후에 바짝 마른 시체로 발견되고 싶지 않거든 그만 시드니로 돌아가는 게 나을 거유. 아침 내내 물 한 모금 못 마시고 이게 뭐야."

"불평 그만해, 텔리. 네가 꾀병으로 발작하는 척만 하지 않으면, 강가 야영지에 도착하는 대로 물을 마실 수 있을 거다."

이 말을 하며 포싱은 메이너드와 홉 웨식스를 막대기로 찔러 깨웠다. 그 둘은 얼굴에 모자를 덮은 채 계속 잠을 자고 있었다. 포싱은 나무 그늘 아래 웅크리고 누워 있는 조너스 그린도 막대기로 찔렀다. 그린은 죄수들 중에서 제일 미더운 편이었는데 어쩐 일인지 끙끙대며 신음만 할 뿐 일어날 생각을 하지 않았다. 그를 다시 막대기로 찔러보더니 포싱이 로렌스에게 다가와 낮은 목소리로 말했다.

"저기, 좀 와보셔야……."

시저 옆에서 안장 끈을 조정하던 랜킨이 눈살을 찌푸리며 포싱에게 재촉했다.

"거기 뭐 하고 있어? 저놈 어서 깨워."

포싱이 머뭇거리자 다른 이들이 무슨 일인가 싶어 다가왔다. 그린은 꼼짝하지 않고 누워 있었다. 포싱이 로렌스에게 말했다.

"저 친구는 술에 취한 게 아닌데요."

로렌스가 가까이 가서 살펴보았다. 웅크리고 누운 그린의 셔츠는 온통 땀에 젖어 얼룩덜룩했다. 옆으로 몸을 돌려보니, 손에 작고 검은 구멍 두 개가 나 있고 그 부분이 벌겋게 부풀어 있었다.

도싯이 상처 부위를 살펴보았다. 용의사이기는 하지만 일행 중에서는 그래도 의사에 제일 가까운 이였다. 도싯은 고개를 저으며 말했다.

"뱀 아니면 거미한테 물린 것 같은데, 확실하게는 모르겠습니다."

로렌스가 물었다.

"어떻게 해야 하나?"

"증상이 어떤 식으로 진행되는지 최대한 자세히 기록할 겁니다. 이 지역에 맹독을 가진 뱀이나 거미 종류가 있다던데, 왕립학회에서 큰 관심을 보일 만한 사안이죠."

그랜비기 나섰다.

"그래, 그래서 지금 우리가 저 불쌍한 자를 위해 뭘 어떻게 해주면 되는 겁니까?"

"아, 우선 팔을 묶어두긴 하겠지만, 독이 이미 퍼졌을 거야."

도싯은 손가락으로 그린의 맥박을 짚어보며 덧붙였다.

"죽지는 않을 것 같아. 몸에 퍼진 독성이 어느 정도냐, 이자의 자연 내성이 어느 정도냐에 전적으로 달린 문제이긴 하지만."

그러자 타르케가 좀더 실용적인 해답을 내놓았다.

"우선 물이라도 마시게 합시다."

손만 가져다댔는데도 그린은 신음하며 횡설수설했고, 위장에 든 내용물을 모조리 토해냈다. 잠시 후 그들은 그린을 배 쪽 그물에 간신히 실었다. 그린의 상태를 봐서인지 죄수들의 볼멘소리들은 쑥 들어갔으나, 배 쪽 그물로 탑승하는 동안 그들은 나지막하게 웅성거리며 불안해했다. 이 땅이 외부인에게 적의를 드러낸 증거가 아니겠느냐는 것이었다.

그린의 일로 주의가 산만해지고 피로가 겹치면서 그들은 비행 방향을 잘못 잡고 말았다. 한 시간 넘게 비행했지만 야영을 했던 강가의 장소를 찾아갈 수가 없었다. 물 흐르는 소리는 들리는데, 이따금 멀리서 들려오는 소리가 협곡에서 메아리치는 까닭에 실제 강의 흐름을 찾기가 어려웠다. 공중에서 내려다봐도 푸르게 우거진 삼림에 가려져 물줄기는 보이지 않았고 평평한 절벽 꼭대기들, 초목이 숨 막히게 들어찬 골짜기들만 번갈아가며 모습을 나타냈다.

몹시 더운 날이었다. 잠시 쉬려고 착륙했는데 시저가 예고도 없이 별안간 축 늘어져서는 일어날 생각을 하지 않았다. 공터 가장자리에 드리워진 좁은 그늘로 기어들어가 바짝 웅크리고는, 투덜대거나 쫑알대지도 않고 그저 눈을 감고 힘겹게 숨만 몰아쉬었다. 테메레르의 등에서 내려온 도싯이 시저의 상태를 살피는 동안 랜킨은 시저의 머리 옆에 내려서서 미간을 찌푸리며 그 과정을 지켜보았다. 도싯은 시저의 입 안과 콧구멍을 들여다본 후 안경을 벗으며 말했다.

"심각한 상태는 아닙니다만 몸에 열이 과하게 올라 있습니다. 수분을 충분히 섭취하지 못한 탓도 있고요. 아직 부화한 지 얼마 되지 않아서, 이런 궁핍한 식생활을 견뎌내기엔 체력이 따라주질 못하는 겁니다."

이스키에르카가 시저 옆구리를 코끝으로 쿡 찌르며 냉정하게 끼어들었다.

"어쨌든 여기엔 물이 없으니 이렇게 누워만 있어서는 아무 소용 없어. 나도 갈증 난단 말이야. 여기 가만히 앉아 있으면 갈증만 점점 심해질 거라고."

시저는 길고 가느다란 꼬리 끝을 슬쩍 휘저을 뿐 일어나려 하지 않았다.

랜킨이 날카롭게 말했다.

"그랜비 대령, 자네 용한테 더는 시저를 재촉하지 말라고 하게. 이 더위에 시저에게 억지로 비행을 시킬 생각 없어. 어두워질 때까지 기다릴 작정이네."

"그런데 내 용이 틀린 말을 한 게 아니라서요. 이곳엔 물이 없고, 날이 어두워지면 물을 찾기가 더 어려워지겠죠. 시저도 곧 휴식보다는 물을 더 원하게 될 겁니다. 테메레르의 등에라도 태우고 가는 게 어떻겠습니까?"

테메레르는 맥이 빠져 얼굴 주변의 막을 늘어뜨렸으나 다른 도리가 없기에 로렌스에게 말했다.

"알았어, 내 등에 태우고 갈게. 그런데 차라리 다들 여기서 쉬게 하고 우리끼리 강을 찾아보는 게 어떨까? 강을 찾아내면 이리로 돌아와서 모두를 태우고 가면 되잖아. 시저도 여기서 가만히 쉬고 있으면 열도 덜 오를 테고, 죄수들도 배 쪽 그물에 탔다가 내렸다가 하는 것보다 덜 번거로울 거 아냐."

로렌스는 고개를 저었다.

"툭하면 길이 헷갈려서 잘못된 방향으로 날아가는데, 일행이 흩어지게 하면 안 돼. 비행하다가 다시 이리로 돌아와 일행과 합류할 수 있다는 보장도 없어. 지난 십오 분 동안만 해도, 아직 햇빛이 환한데도 세 번이나 같은 곳을 맴돌았잖아."

이스키에르카가 나섰다.

"내 생각엔 사방에서 자라는 이 나무들이 문제인 것 같아. 불 질러서 싹 태우고 나면 강물이 어디 있는지 보일 거야."

그러자 랜킨이 예리하게 비꼬았다.

"나흘간 폭풍처럼 불길이 번져나갈 텐데, 그동안 우리 신세가 참 편안하기도 하겠구나."

이곳 나무들은 불로 태우거나 힘으로 쓰러뜨려 간단히 제압할 수 있는 것이 아니었다. 작은 관목이 아니라, 껍질이 기묘하게 벗겨지기는 하지만 고급 목재로 쓸 만한 오래된 거목들이 들어차 있었다. 로렌스가 보기에 그중 여섯 그루는 얼리전스 호에서 큰 돛대로 쓸 수 있을 만큼 컸다. 테메레르가 신의 바람을 쓴다 해도 뿌리째 뽑기는 어려울 것 같았고, 한 그루 겨우 쓰러뜨려봐야 워낙 숲이 우거져서 별로 도움이 되지 않을 터였다.

결국 그들은 조금만 더 쉬었다 가기로 결정했다. 하늘의 태양이 정점으로 오르며, 하얗게 작열하는 햇빛을 내리쏘았다. 날이 갈수록 해가 떠 있는 시간이 길어지고 있었다. 바람이 약해서 더위를 식혀주지도 못했다. 그런 바람은 피부를 건조하게 하고 입술을 하얗게 갈라지게 만들 뿐이었다.

일행은 테메레르의 배 쪽 그물에 실었던 짐과 죄수 들을 바닥에 내렸다. 랜킨은 죄수들에게 지시하여 어린 나뭇가지를 잘라 모으게 했고, 그것을 덤불과 엮어 가리개를 만들어 시저의 몸에 짙은 그늘이 드리우게 했다. 나뭇가지에 남은 수분이 시저의 열을 식혀줄 것이었다. 죄수들은 성난 표정으로 랜킨의 지시를 따랐다. 그러고는 좀더 세심하게 가리개를 하나 더 만들어 그린에게 덮어주었다. 그늘이 제일 짙게 드리워진 곳에 누워 있는 그린에게 도싯은 작은 컵에 물을 담아 마시게 했다.

나머지 죄수들도 나무 그늘 아래 무기력하게 늘어졌다. 랜킨은 죄수들에게 어떤 노역이든 시켜야 할 것 같아 잠시 서성이며 고민하다가 더위에 지쳐 그만두고는, 시저 맞은편에 서 있는 키 큰 유칼립투스에 기대앉아 눈을 감았다. 그린은 가끔 신음을 내며 움찔거렸고 비 오듯 땀을 흘렸다. 잠깐 정신이 들어 잔뜩 잠긴 목소리로 알아듣지 못할 말을 몇 마디 중얼거리다가 다시 기진해 잠이 들곤 했다.

테메레르는 조그맣게 한숨을 쉬었다. 테메레르와 이스키에르카는 첨탑처럼 높이 솟은 오래된 나무들 사이에 몸을 구겨 넣고 좁은 공터에 겨우 몸을 뉘었다. 그늘이 드문드문 드리워질 뿐이라 그 사이로 강렬한 햇빛이 쏟아져 내렸다. 지독하게 더울 땐 날개를 펼치고 있으면 좀 나은데 좁아서 그럴 수도 없었다. 머리라도 시원하자 싶어서 테메레르는 목을 뒤로 돌려 나무를 살짝 휘감아 그늘 아래 두고 눈을 감았다. 로렌스는 테메레르에게 바짝 기대지 않고 근처에 누워 잠이 들었다. 아니, 편치 않은 기분으로 비몽사몽을 헤매었다. 불안하게 닻을 올린 채 정처 없이 표류하는 기분이었다. 세상은 발아래로 사라지고 햇빛이 나뭇잎 사이로 예리하게 파고들었다.

마침내 태양이 협곡 가장자리 너머로 저물자 더 긴 그림자가 드리워졌다. 그러나 노곤함이 떨쳐지지 않고 오히려 깊어졌다. 로렌스는 억지로 눈을 뜨고 주변을 둘러보았다. 날이 차츰 어두워지는 걸 보니, 6시가 넘은 것 같았다. 로렌스를 불안한 잠에서 끌어낸 것은 고기 굽는 냄새였다. 디마니가 작고 깔끔한 모닥불을 피워놓고 웜뱃 여섯 마리를 꼬챙이에 꿰어 굽고 있었다. 동생 시포에게는 웜뱃의 피가 담긴 작은 컵을 쥐어주었다.

테메레르가 눈을 뜨며 디마니에게 말했다.

"배는 고프지 않은데 물 한 모금만 마셨으면 좋겠어. 지금 가서 강줄기를 찾아보자. 물을 마시고 나면, 먹어봤자 간에 기별도 안 가는 웜뱃이라도 먹을 수 있을 것 같아."

그러자 디마니가 왈칵 성을 냈다.

"그럼 네 건 네가 알아서 찾아 먹어. 나한테는 웜뱃이 간에 충분히 기별이 가거든."

그러고는 피가 담긴 컵을 들고 가만히 있는 시포에게 윽박질 렀다.

"얼른 마셔."

"뜨끈하고 맛도 역하단 말이야."

하지만 시포는 형의 눈빛에 기가 죽어 컵을 비워야 했다. 고기 굽는 냄새에 잠이 깬 죄수 몇 명이 연민보다는 부러움이 담긴 시선으로 두 형제를 바라보았다. 모두 입 안이 모래처럼 바짝 말라 있었다.

"저 녀석을 보내서 웜뱃을 좀더 잡아오게 하면 되겠구먼."

텔리가 디마니를 쳐다보며 말했다. 그러자 디마니는 텔리를 노려보다가 휙 돌아앉았다.

그랜비가 말했다.

"근처에 개울이라도 있는지 한 번 더 찾아보는 게 좋겠습니다. 조금 있으면 더 어두워질 텐데."

약간 남은 햇빛이 빠르게 사라지고 있었다. 다행히 짐을 전부 내려놓은 것이 아니라, 테메레르가 엎드려 잘 수 있게 배 쪽의 짐만 바닥에 부려놓은 상태였다. 다시 이륙할 준비를 하는 데 시간이 그리 많이 걸리지는 않았다. 그들은 짐을 전부 다시 싣고 용알 두 개도 조심스럽게 챙겨 실었다. 그리고 시저를 설득해 테메레르의 등에 올라타게 했다.

그늘에서 충분히 쉬면서 몸의 열기를 식힌 덕에 정신이 든 시저가 투덜거렸다.

"왜 내가 남의 등에 타야 하는지 모르겠네. 덥고 불쾌해. 난 그냥 여기 있을 테니까 테메레르가 가서 물을 길어다주면 좋겠어. 그 물을 마시면 다시 비행할 마음이 날 것 같아."

"나야말로 너를 등에 태우면 덥고 기분 더럽거든. 그러니 그만 투덜거려. 내가 뭐 좋아서 널 등에 태우려는 줄 아냐. 식충이처럼 먹어대니 쓸데없이 살만 쪄서 무거워 죽겠는데. 네가 금방 피곤해하는 것도 다 살이 쪄서 그런 거다."

부화하고 일주일 동안 체중이 다섯 배가 늘어난 전력이 있는 테메레르의 입에서 그런 말이 나오다니 어울리지 않았다. 시저가 발끈해서 대들려는데, 참을성 없고 괄괄한 이스키에르카의 동작이 더 빨랐다. 말로 나무라는 대신 이스키에르카는 시저의 궁둥이에 대고 슬쩍 불을 뿜었다. 백 마디 말보다 효과가 좋아서 시저는 단박에 일어섰다.

시저 옆에 꼬리를 두었던 테메레르가 불에 그슬린 제 꼬리를 치켜들며 "으악!" 하고 소리쳤다. 곧이어 시저가 등으로 올라오면서 발톱으로 가죽을 날카롭게 찍자 테메레르는 날개를 움츠리며 타박했다.

"그런 식으로 올라오는 거 전혀 안 반갑거든. 그만 잡아 뜯을래? 내가 무슨 언덕이냐."

실랑이를 벌이느라 출발이 늦어져서 이륙했을 때쯤엔 남은 햇빛이 거의 없었다. 협곡의 절벽에만 반사된 햇빛이 약간 남아 있고, 그 아래 숲은 어둠이 짙게 드리워져 검은 덩어리처럼 보였다. 어느 방향으로 가야 할지 뚜렷한 확신도 없이 그들은 저무는 해를 등지고 동쪽으로, 협곡을 따라 계속해서 날아갔다. 왔던 길로 되짚어갈 수 있기를 희망하면서. 이따금 들려오는 물 흐르는 소리는 숫제 고문이었다. 그 소리가 하도 또렷하게 들려서 테메레르는 고개를 들고 얼굴 주변의 막을 곤두세우곤 했다.

이스키에르카는 한 번씩 공터가 보일 때마다 지상으로 내려가 잎사귀 무성한 나뭇가지 아래로 머리를 들이밀고 확인했으나, 물이 흐르는 흔적은 보이지 않았다. 하늘에 하나 둘씩 별이 빛나기 시작했다. 하늘을 올려다본 로렌스는 남십자성을 보고는 당황했다. 그들은 동쪽이 아닌 북서쪽으로 날고 있었고, 한 바퀴 빙 돌아 원래 자리로 돌아오고 말았다.

로렌스가 지시했다.

"테메레르, 저 절벽 아래 공터에 착륙해."

랜킨이 근심 섞인 목소리로 날카롭게 물었다.

"뭘 하려고 그러는 거요?"

"또 길을 잃었습니다. 이대로 같은 자리를 빙빙 돌면 용들의 기운만 뺄 뿐이니, 별빛이 좀더 밝아질 때까지 내려가서 쉬는 게 나아요."

테메레르는 온몸에 열이 나고 지쳐 있었다. 착륙 후 로렌스는 맨손으로 테메레르의 가죽을 만져보았다. 열이 절절 끓었다. 날갯죽지부터 이어지는 부푼 혈관을 타고 격하게 흐르는 혈류가 느껴졌다. 테메레르가 말했다.

"아픈 건 아니야. 갈증은 많이 나지만."

시저의 상태는 더 좋지 않았다. 착륙하자마자 지쳐 잠든 시저는 랜킨이 머리를 만져주어도 거의 미동도 하지 않았다. 남은 물은 몇 통이 전부였다. 테메레르는 시저의 머리를 앞발톱으로 조심스럽게 받치고 입 안으로 얼마 남지 않은 물을 흘려보냈다. 혀와 입 안을 적셔주는 정도밖에 되지 않았지만 도움이 되었는지 시저는 누워 있는 모양새가 조금은 편해 보였다.

"럼주라도 좀 돌려요."

잭 텔리가 징징댔다. 로렌스는 마지못해 허락했고, 블링컨이 작은 컵에 럼주를 담아 죄수들에게 나눠주었다. 럼주는 죄수들의 건강에 악영향을 줄 뿐 아니라 이 상황에서 가장 필요한 규율을 흐트러뜨릴 테니 그야말로 최악의 처방이었다. 용들이 기운 빠진 모습을 보이면서 죄수들은 점점 동요하고 있었다. 이대로 허기와 갈증에 시달리게 두었다간 탈출을 감행해 야생의 숲으로 도망치고 말 것이다. 그 숲에서 얼마나 편안하게 물을 찾아 마시며 살 수 있을지는 알 수 없지만 말이다.

그랜비가 제안했다.

"땅이라도 파보면 물이 나올 것 같은데요. 사막은 아니니 우물이라도 파보죠."

그들은 삽을 들었고, 이스키에르카를 설득해 도움을 받았다. 하지만 다공성 토양이라 문제였다. 3미터쯤 파내려가자 물이 몇 센티 정도 차오르긴 했지만 이내 흙 속에 스며들고 말았다. 우물 벽면도 버텨주지 못하고 곧 무너져버렸다. 한 사람당 돌아간 물은 한 줌씩밖에 되지 않았고, 그나마 손수건에 적셔 입에 짜넣어야 했다. 그들은 손수건을 몇 번 더 물에 적셔서 불쌍한 조너스 그린의 얼굴에 얹어 열기를 식혀주었다. 하지만 더는 물을 퍼낼 수 없어 포기해야 했다. 한 컵, 아니 한 통도 채우지 못했다.

하늘을 뒤덮은 구름이 한 번씩 벌어지며 별빛이 드러났다.

로렌스가 나지막하게 말했다.

"처음부터 테메레르의 말을 들었어야 했습니다. 내일 아침에는 테메레르의 몸에서 짐을 내리고 따로 이륙해서 강을 찾아볼 생각입니다. 이대로 하루 더 질기게 모여 있기만 하다가는 용들이 버텨내지 못할 겁니다. 그렇게 하루를 허비하는 대신 테메레르와 이스키에르카를 홀가분하게 이륙시켜 강을 찾아다니게 하는 편이 낫습니다."

랜킨이 반박했다.

"강을 찾는다손 치더라도 어떻게 우리가 있는 곳을 찾아 돌아온다는 거요? 돌아오기만 한다면야, 물론, 달리 문제 될 건 없겠지만."

"아, 그걸 말이라고 합니까."

옆에서 듣고 있던 그랜비가 못 참겠는지 끼어들어 한마디했다. 예의에 벗어나는 말투이기는 해도 꽤 자제하며 말한 것이었다. 테메레르가 시저를 등에 태우고 다니느라 힘쓴 걸 생각하면 로렌스의 입에서도 좋은 소리가 나올 수 없는 상황이었다. 로렌스는 꾹 참고 아무 말도 하지 않았다. 랜킨도 입을 다물고는 사과의 말 한마디 하지 않았고, 계속 따지고 들지도 않았다. 대신 랜킨은 몹시 걱정스러운 표정으로 시저를 바라보았다. 로렌스가 알기로, 이 용마저 잃으면 랜킨은 용을 다시 얻을 기회가 없을 터였다. 레비타스가 죽은 후로 용 없이 혼자 지내보니 용 비행사의 특권이 새삼 소중하게 여겨졌는지도 모를 일이었다.

그랜비가 말했다.

"내일 아침에 이스키에르카에게 말해서 협곡에서 약간 올라간 숲에 불을 지르게 하겠습니다. 괴물처럼 커다란 늙은 나무 한 그루를 쪼개서 봉홧불로 쓰면 시드니에서도 볼 것이고, 그럼 시드니로 돌아갈 수 있습니다. 그리고 강을 찾는 문제는, 협곡을 따라가는 대신에 산등성이들을 가로질러 가보는 게 어떨까 싶습니다. 우리가 야영했던 강가로 최대한 가까이 돌아가려면 산등성이를 따라 옆으로 이동하는 편이 낫겠다는 생각이 들어서요. 우리가 본 것과 빌어먹게 똑같은 개울은 아니더라도 아무 지류든 발견할 수 있겠죠."

랜킨이 차갑게 응수했다.

"그 부분에 관해서라면 내가 무슨 할 말이 있겠나. 자네들이 돌아오기 전까지 우리끼리 여기 남아 있는 동안 죄수들에게 죽임이나 당하지 않길 바라야지. 분위기가 심상찮다 싶으면 죄수들에게 럼주를 돌리면 될 테고."

일어서서 시저의 머리 쪽으로 걸어간 랜킨은 그 옆에 누워 잠을 청했다.

그랜비가 로렌스에게 말했다.

"거친 행동을 하고 싶진 않은데, 지금은 정말 주먹이 우네요."

로렌스도 공감하는 바였다. 랜킨을 상급 대령으로 모시고 앞으로 수년간 뉴사우스웨일스 식민지에 갇혀 살 생각을 하니 벌써부터 암담해졌다. 영국으로 돌아가서도 랜킨은 로렌스보다 군

계급상 상급자이고 가문의 영향력도 대단하니, 이래저래 로렌스의 미래는 편안하고 조용할 수 없을 것이었다.

테메레르와 이스키에르카가 돌아오기 전에 죄수들에게 잔인하게 죽임을 당할지 모른다는 랜킨의 망상은 현재 그들이 처한 문제를 해결하는 데 전혀 도움이 되지 않았다. 내일 아침에 물을 찾아 나서지 않으면 용들은 죽고 말 것이다. 해가 정점에 올랐을 때 그 더위를 견디며 비행하려면 용들은 남은 힘을 쥐어짜야만 하리라.

로렌스가 말했다.

"내일 정오까지 강을 못 찾으면 다시 우물을 파보기로 하지. 측면을 나무껍질로 막고 구덩이를 넓힌 후 우리가 그 안에 직접 들어가서 더 깊게 파보자고."

그랜비는 고개를 살짝 끄덕였다. 그들은 달리 대안을 논할 처지가 아니었다.

로렌스와 그랜비는 각자의 용 곁으로 다가가 잠을 청했다. 로렌스는 쉽사리 잠이 올 것 같지 않았다. 낮에 더위 때문에 어쩔 수 없이 비행을 접고 장시간 낮잠을 잔 탓이었다. 그는 테메레르의 몸에서 열이 제일 약하게 나오는 턱 근처에 자리를 잡고 앉았다. 밤이 되었는데도 공기는 여전히 갑갑하고 후텁지근했다. 마침내 달이 떠올라, 얇은 막처럼 깔린 구름 뒤에서 빛났다. 흐릿한 진주색과 흰색의 달무리가 졌다.

키 큰 나무들이 빽빽이 들어찬 숲 한가운데 들어와 앉아, 보드랍고 비옥한 땅에 손을 대고 있자니 기분이 묘했다. 이렇게 초목이 울창한 것은 근처에 물이 풍부하기 때문일 텐데 그들은 죽을 만큼 갈증이 나는 것이다. 실로 지독한 고문이었다. 로렌스는 미신을 믿지 않고 지금도 미신 따위에 굴복하고 싶지 않았지만, 자신들이 이 땅에 얼마나 부적합한 존재들이며 이 땅에 대한 이해가 얼마나 부족한지를 의식하지 않을 수 없었다.

잭 텔리가 다른 죄수들에게 소곤거리는 소리가 들렸다.

"듣자니까, 이 산맥을 넘어가면 중국까지 쭉 이어져 있다는구먼. 중국에서 상선을 타다가 언제든 원할 때 영국으로 돌아갈 수 있다더라고. 일 년 전쯤인가 중국에 갔다가 돌아온 녀석한테 들은 얘기야."

어느새 옆으로 다가와 앉은 타르케가 죄수들 쪽을 눈짓하며 로렌스에게 물었다.

"참 재미있는 생각 아닙니까?"

"저런 얘기 들어본 적 있습니까?"

타르케는 고개를 끄덕였다.

"시드니 항구에 널리 퍼져 있는 얘깁니다. 중국 상품들이 유입되면서 그 소문이 한층 힘을 받았죠. 시드니 사람들은 광둥(廣東) 항구가 무슨 무릉도원이라도 되는 줄 알더군요."

그린의 상태에 대해 비관적인 전망을 하면서도 죄수들은 번갈아가며 젖은 손수건을 짜서 그린의 입에 물을 몇 방울씩 넣어주고 부채질을 해주었다.

오디가 그린의 이마에 맺힌 땀을 다정하게 닦아주며 죄수들에게 말했다.

"이 친구 얼마 못 가 죽을 거야. 이런 식으로 죽는 사람이 이 친구 이후로 없으리라고 착각들은 마."

로렌스는 몸을 죽 뻗고 누웠다. 잠이 와서라기보다는 죄수들의 동요를 막아야 한다는 책임감 때문이었다. 머리 위에서 나뭇잎들이 진하고 얼룩덜룩한 무늬를 만들었다. 칠흑같이 까맣고 맑은 밤하늘 대신 창백한 구름이 깔린 하늘. 그 하늘을 가득 채운 짙은 뭉게구름 속으로 달이 깊게 잠겨 있었다. 정적과 더위는 밤에도 여전했다. 로렌스는 살짝 잠이 들었다가 눈을 떴다. 시간이 얼마나 흘렀는지 감이 오지 않았다. 나지막하고 괴상한 신음이 은은히 들려왔으나 조너스 그린의 입에서 나오는 소리는 아니었다. 어딘지 모를 먼 곳에서 들려오는 노랫소리 같았다.

잠시 그대로 누워 있던 로렌스는 노랫소리가 머릿속으로 또렷이 들어오는 순간, 정신이 들면서 벌떡 일어나 앉았다. 이미 몇 사람이 일어나 앉아 잔뜩 긴장한 채로 귀를 기울이고 있었다. 그들 눈의 흰자위가 어둠 속에서 도드라졌다. 가사는 알아들을 수 없었지만 높아졌다 낮아졌다 다시 높아지는 북소리가 명확히 반복되고 있었고, 바람에 마른 잎사귀가 바스락대듯 인위적이고 반복적으로 퍼석대는 소리가 보태졌다. 로렌스 일행이 귀를 기울이는 동안 그 소리는 차츰 잦아들었다가 또다시 시작되었다.

테메레르가 눈도 뜨지 않은 채 잠에 취한 목소리로 말했다.

"괴상한 소리가 들려. 누가 저런 소릴 내는 거야? 어디 몸이 아프거나 화가 난 사람의 소리 같아."

테메레르의 해석은 귀를 쫑긋 세운 죄수들에게 그다지 위안이 되지 못했다. 로렌스는 모두에게 들으라는 듯이 일부러 큰 소리로 말했다.

"괜히 신경 쓸 것 없어. 네가 있으니 우린 걱정할 거 하나 없지. 최대한 푹 자둬."

테메레르는 대답 없이 조그맣게 한숨을 쉬고는 다시 잠들었다. 로렌스는 테메레르의 주둥이에 손을 얹어 안정시켰다. 옆을 보니 타르케의 자리가 비어 있고, 타르케의 작은 짐 가방도 보이지 않았다.

죄수들을 안심시키고 본을 보이기 위해 로렌스는 다시 자리에 누웠다. 인간의 목소리 같지 않은 괴이한 노랫소리가 계속 들리니 잠을 잘 수 있을 것 같지가 않았다. 그 소리는 이 땅의 일부였다. 낯선 땅의 낯선 울음이었다.

죄수들 사이에 불안정한 수군거림이 퍼져나가고 있는데, 돌연 랭킨이 느릿하게 비꼬는 말투로 내뱉었다.

"당장 난리치고 싶은 마음 누르고 내일 아침까지는 얌전히들 있어줘야겠어. 밤에 푹 자고 아침에 진한 커피를 마시기 전까진 너희들 히스테리를 참아낼 자신이 없거든."

죄수들에게 동조하는 말보다 차가운 경멸의 말이 더 효과적으로 분위기를 가라앉혔다. 신음 같은 괴상한 노랫소리도 건조한 공기 속으로 흩어지며 잦아들었다. 로렌스는 머리 위에서 나뭇잎들이 흔들리는 것을 보며 다시 스르르 잠이 들었다. 얼마 후 누군가 어깨를 잡는 느낌이 들어 눈을 떠보니 타르케였다. 타르케는 물이 가득 담겨 밑으로 물방울이 뚝뚝 떨어지는 물통을 조용히 내밀었다.

"이런 고마울 데가."

로렌스는 왜 다른 이들을 깨워 물을 발견했다고 알리지 않는지 궁금해하며 타르케를 쳐다보았다.

타르케가 말했다.

"노래를 부르던 자들은 잡지 못했지만 그들이 남긴 발자국은 확인했습니다. 산등성이 너머 강으로 이어지는 길이 있는데 강둑으로 지나다닐 만하더군요. 통행로로 사용된 흔적은 별로 없지만 아예 사용되지 않는 길도 아니었습니다. 로렌스 씨가 찾는 것에 대한 해답이 될 듯합니다. 어쩌면 내가 찾는 답일 수도 있고."

타르케가 이번 탐험에 동참한 이유에 대한 테메레르의 추측이 생각나, 로렌스는 조심스럽게 물어보았다.

"밀수업자들…… 말입니까?"

타르케는 잠시 생각하다가 대답했다.

"거의 그렇다고 할 수 있죠. 아직 만족스러울 만큼 가까이 접근한 것은 아닙니다만."

"그래도 이만큼 알아낸 게 어딥니까. 자축할 만한 성과예요. 그리고…… 밀수업자 얘긴 내가 알아낸 것이 아니라, 테메레르가 추측해서 한 말입니다. 타르케 씨의 사생활이니 그자들에 대해서 허심탄회하게 말해달라고 청할 권리는 내게 없는 것이고요. 나는 그쪽한테 신세진 것도 많으니 보답할 기회가 생긴다면 더없이 기쁘겠지만, 굳이 자세히 설명해주지 않아도 됩니다."

타르케는 웃음을 지었다. 어둠 속에서 그의 하얀 치아가 빛났다.

"그렇게 말해주시니 고맙습니다. 그렇지만 남의 일에 맹목적으로 힘을 보태주는 분이 아니라는 건 나도 잘 압니다."

그 말에는 뭐라 반박하기 힘들었다.

"그렇기는 하지만 방금 한 말을 철회하진 않을 겁니다. 그리고 자세히 설명해주지 않는다고 댁을 압박할 생각도 없습니다."

"내가 나 혼자서만 재미를 보는 놈은 아니거든요. 진즉부터 로렌스 씨에게 이 일을 같이 하자고 할 생각이었는데, 얼리전스 호에서 자세한 설명을 하지 않은 건 나무 칸막이 너머에 수백 개의 듣는 귀가 있어 비밀 보장이 힘들 것 같아서였습니다. 그건 이 숲에서도 마찬가지고요. 지금 얘길 하면 잠든 척 누워만 있는 이들이 다 들을 겁니다."

6

"예, 나는 밀수업자들을 찾고 있습니다."

타르케가 말했다. 로렌스와 타르케는 야영지를 떠나 숲으로 걸어 들어가고 있었다. 덤불이 발에 밟히고 자갈이 차이는 소리, 나뭇가지들이 그들 손에 밀려나는 소리가 났다. 등 뒤에서는 이런 소리가 나지 않으니 따라오는 자가 없는 것은 확실했다.

타르케의 말이 이어졌다.

"동인도회사가 근래에 연간 오만 파운드를 손해 보고 있는데, 상황이 훨씬 악화될 것 같다며 걱정들을 하고 있습니다. 지금까지의 불법적인 거래는 규모가 아주 작았는데 그것도 꾸준히 계속되다 보니 규모가 걷잡을 수 없이 커지고 있는 겁니다."

로렌스는 고개를 끄덕이며 물었다.

"상품들을 해로를 통해서만 이동시키는 게 아닌가 보군요?"

"더 중요한 건, 그 상품들이 광둥의 항구를 통해 나가고 있지 않다는 겁니다. 그러니 동인도회사가 얼마나 근심이 크겠습니까."

로렌스는 그를 가만히 쳐다보며 물었다.

"광둥을 통하지 않는다고 어떻게 그렇게 확신한답니까? 광둥 항구는 눈코뜰새없이 바쁜 곳인데, 일부 화물이 동인도회사의 독점 망을 피해 유통될 수 있는 것 아닙니까?"

"일 년쯤 전인가 밀수가 처음 발각되었을 때 광둥에 있는 동인도회사 사무실로 지시가 내려왔습니다. 광둥 항구로 들어오는 모든 배에 관해 기록하라는 지시였는데, 밀수업자들 정체를 파악하기 위해서였죠. 전에도 이런 일이 몇 번 있었습니다. 그런데 밀수업자들이 영국으로 직접 물품을 실어 나르는 게 아니라 시드니 항구를 거치는 간접적인 경로를 쓰고 있으니 동인도회사로서는 당황스러웠고……."

"시드니를 거쳐 영국까지 가는 비용이 상당하니 그 비용을 제하면 이윤이라고 남길 것도 없겠군요."

"동인도회사에서도 그렇게 생각해서 처음엔 대수롭지 않게 넘겼습니다. 일 파운드를 들여 육 펜스의 이익을 보려는 일부 정신 나간 자들의 소행이라 생각한 거죠. 정부 관세도 그렇고 수출입 허가에 드는 비용만도 상당하니까요. 그런데 광둥을 드나드는 선박들과 화물들을 빠짐없이 조사한 결과, 그중 일부가 밀수품임을 잡아내긴 했지만……."

타르케는 어깨를 으쓱하고는 말을 이었다.

"그 정도로는 밀수출되는 상품의 양이 꾸준히 늘어나는 이유에 대한 답이 되지 않았습니다."

"그래서 동인도회사에서는 중국인들이 광둥 말고 다른 항구를 열어 타국에 수출을 하고 있을지 모른다고 의심했겠군요."

"중국이 공식적으로 다른 항구를 개항한 것은 아니지만, 일부 항구 도시의 관리들이 외국 선박이 빈번하게 드나드는 걸 알고도 모르는 척할 수는 있습니다. 그 관리들이 영국이 아닌 다른 나라에 동조해 그 나라를 돕고 있다면……."

로렌스는 감이 왔다.

"리엔과 나폴레옹은 우리 영국에 해악을 끼칠 수만 있다면 굳이 이윤을 남기지 않아도 좋으니 밀무역을 하겠다는 입장이겠죠."

타르케가 고개를 끄덕였다.

"그렇습니다. 그들이 관여했다고 하면 앞뒤가 딱딱 맞아떨어집니다. 프랑스가 뒤에서 조종해 싼값에 중국 상품을 우리 시장에 유통시키면 동인도회사는 그만큼 손해를 보게 되니까……."

무역은 영국의 생명선이었다. 무역으로 발생하는 수익은 선원들의 훈련 비용과 선박회사의 운영비 등 전체 상선을 유지하는 데 필요한 비용으로 쓰였다. 무역을 통해 영국으로 들어오는 금과 은은 동맹국들의 재정을 지원하는 데 쓰이고, 나폴레옹의 지배를 막기 위해 유럽 대륙에 군대를 주둔시키는 비용으로도 사용되었다.

로렌스가 말했다.

"시장가격을 폭락시키면 우리 쪽 상품 거래소에 공황이 유발되겠군요. 그런데 중국에서 대체 누가 위험을 무릅쓰고 리엔을 도와주는 겁니까?"

이전 비행사인 용싱 왕자의 사망으로 리엔은 중국에서 치욕을 당했다. 용싱은 서방 국가와는 상업이든 정치든 어떤 관계도 맺지 않으려는 보수파의 수장이었고, 개인적으로 왕실 내 진보파에 동조하던 미엔닝 황태자를 축출할 계획까지 세운 자였다. 용싱과 그 패거리의 계략이 발각되고 용싱이 사고로 죽은 후, 프랑스 망명을 선택한 리엔은 고향인 중국을 떠나 나폴레옹과 함께하면서 테메레르에 대한 복수의 칼날을 갈아왔다.

타르케가 어깨를 으쓱하며 대답했다.

"셀레스티얼이 대단히 숭배받는 품종이라는 건 로렌스 씨도 나만큼이나 잘 알 겁니다. 중국 내에서 용싱의 정치적 동맹들은 그 뿌리가 완전히 뽑힌 것이 아니라 한시적으로 숨을 죽이고 있을 뿐이었고, 그동안 파벌을 재정비해온 겁니다."

테메레르는 덩굴손 모양의 수염에 묻은 물기를 털어내며 실컷 물을 마시는 한편, 리엔에 대한 경멸을 쏟아냈다.

"리엔이라면 그러고도 남지. 리엔이랑 용싱은 중국이 서방 국가와 무역하는 걸 극도로 싫어해서 그걸 막는다는 명분으로 온갖 사악한 짓을 다 저질렀잖아. 지금 리엔은 전략을 달리해서 더 많은 걸 노리는 거야."

로렌스는 잠시 생각하다가 미심쩍어하며 말했다.

"나는 리엔이 중국의 항구를 개방하는 일에 원칙적으로 반대하는 입장이었다고는 생각하지 않아. 그랬으면 지금처럼 광둥 외에 다른 항구를 열게 하고 우리 쪽 무역을 방해하는 일조차 하지 않았을 거다."

"그건 내가 잘 알아. 리엔은 우리가 하는 일은 뭐든 망쳐놔야 직성이 풀리는 용이라 그런 거야. 우리에게 악감정을 품고 있으니까. 그런데 로렌스, 불평하려는 건 아닌데, 이 물은 정말 맑고 깨끗하고 좋아! 그런데 배고파 죽겠어."

그들은 타르케가 발견한 작은 개울을 따라 30분 정도 비행한 끝에 이 강을 찾아냈다. 폭이 넓고 맑은 강이었다. 양옆의 둑에는 키 큰 소나무들이 줄지어 서 있었다. 다만, 물줄기가 북쪽 내륙으로 흐르면 좋을 텐데 아쉽게도 시드니가 있는 남쪽으로 흐르고 있었다. 강 안팎으로 바위가 많고 군데군데 수심이 얕기는 했지만, 둑을 따라 걷는 데는 불편이 없었다. 타르케는 이 강을 따라 상류로 가다 보면 산맥 너머 내륙으로 통하는 길이 있을 거라는 의견을 내놓았다.

테메레르는 강을 따라 이동하자는 타르케의 제안을 몹시 반겼다. 날씨 탓인지 비행을 하다 보면 예상보다 빨리 목이 말랐고 이미 심한 갈증을 겪은 탓에 또 그런 일이 생길까 봐 걱정도 되었다. 게다가 시저를 고려하지 않을 수 없었다.

테메레르는 한심스럽다는 눈으로 시저를 쳐다보았다. 이 강가로 오기 전, 사람들은 타르케가 발견한 개울에서 물통 두 개를 채워다가 시저에게 마시게 한 다음, 조금만 날아가면 시원하고 신선한 강물을 마실 수 있다며 시저를 설득했다. 그러나 시저는 야영지에 엎드린 채 스스로 비행할 생각은 않고 당연하다는 듯 말했다.

"아직은 날고 싶지 않아. 테메레르한테 업혀서 갈래."

결국 테메레르는 등을 내주었다. 등에 올라타면서도 시저는 힘들어 죽겠다는 듯이 한숨을 푹푹 쉬었다. 그런데 강가에 도착하자마자, 누가 막아설세라 테메레르의 등에서 후다닥 내려오더니 둑에서 강물로 뛰어들어 몸을 흠뻑 담갔다. 덕분에 물을 마시거나 물통을 채우려던 이들은 좀더 상류 쪽으로 옮아가야 했다.

몸에 독이 퍼져 앓고 있는 죄수 조너스 그린도 그렇게 막무가내로 굴지는 않았다. 한 컵 가득 물을 가져다주자 그린은 그것을 받아 마신 후 최대한 힘을 내서 몸을 일으켰다.

"죽을 때 죽더라도 내 힘으로 물을 더 마셔야겠습니다!"

그린은 몸을 심하게 떨면서도 일어섰고, 다른 두 죄수의 부축을 받아 절뚝거리며 강으로 걸어가 둑에 앉았다. 그는 물을 마신 후 스스로 몸을 씻었고, 끔찍한 악취가 풍기는 옷을 벗어 빤 후 햇볕이 내리쬐는 평평한 바위에 널어 말렸다.

반면에 시저는 물장난 그만하고 물을 마시라고 일깨워줘야 물을 마셨고, 너무 많이 마시지 말라고 주의를 줘야 물 마시는 것을 그만두었으며, 다른 이들도 몸을 씻을 수 있게 그만 물 밖으로 나오라고 원망조로 채근해야 겨우 말을 들었다. 시저는 아직 몸집이 작아서 강에 들어가 누워 있기만 해도 충분히 몸을 씻을 수 있었다. 납작 엎드려서 스스로 등짝에 물을 끼얹기만 하면 되는 것이다. 그런데도 시저는 한숨을 푹 쉬며 누가 몸을 문질러 씻어주면 좋겠다고 구시렁댔다. 그러자 랜킨은 곧 죄수 몇 명에게 시저를 씻겨주라고 지시했다. 결국 시저를 씻겨주느라 지친 죄수들은 정작 몸집이 커서 누가 물을 길어다가 등에 끼얹어줘야 하는 테메레르에게는 아무런 도움을 주지 못했다.

테메레르는 한숨을 쉬었고, 디마니와 롤랜드의 도움을 받는 정도로 만족해야 했다. 강에서 수심이 제일 깊은 곳에 주둥이를 담갔다가 머리 위로 물을 퍼올려 목덜미를 적시는 게 고작이었다. 그 와중에도 테메레르는 알들을 챙기며 장교들에게 말했다.

"용알들도 부드러운 천으로 씻어줘. 너무 세게 문지르지 말고, 껍데기가 깨끗해질 정도로만."

포싱 대위가 재빨리 그 일을 거들겠다며 나섰다. 테메레르는 못마땅해하면서 그 모습을 예의 주시했고, 포싱이 행여나 알들에게 부적절한 약속을 한다든가 자기 자랑을 늘어놓지 못하게 감시했다.

포싱이 작은 알을 대충 닦은 후 옐로 리퍼 품종의 큰 알에 묻은 먼지를 열심히 닦고 있자 테메레르가 말했다.

"그만하면 깨끗해졌으니 됐어."

해가 정점을 지날 무렵, 모두 실컷 목을 축이고 그늘로 돌아와 편안히 쉬고 있었다.

타르케가 말했다.

"테메레르, 강가에 모닥불을 피운 흔적이 있는지 최대한 멀리까지 보고 올 수 있어?"

갈증을 해소한 터라 잠시 비행하는 것은 문제가 되지 않았다. 테메레르는 이륙해 정지비행을 하면서 사방을 자세히 살폈다.

강물은 곡선을 그리며 굽이쳐 흘러 협곡으로 떨어져 내렸다. 그러나 사람 흔적은 보이지 않았다. 지상으로 내려온 테메레르가 말했다.

"사냥해 먹을 만한 짐승 한 마리도 안 보여. 그동안 캥거루 고기를 고맙게 여기지 않은 게 후회되네."

"당장 먹을 걸 구할 수 없으니 약간 불편하기는 하지만, 그래도 짐승들이 용들에게 놀라 도망친 게 우리한테는 다행한 일이지."

타르케는 이렇게 말하며 야영지 쪽을 돌아보았다.

랜킨이 로렌스에게 얘기하고 있었다.

"강을 따라 길을 만들 계획이라고? 구불구불한 길이 될 텐데, 팔십 킬로미터 중 삼십 킬로미터는 쓸데없이 낭비하는 구간이 되겠군. 게다가 한여름에 그 길을 만들어봤자 첫 장마 때 강이 범람하면 아무 소용이 없소. 아마 그 길을 따라 끝까지 가보기도 전에 강물에 잠겨버릴 거요."

"랜킨 대령, 지난밤에 당신이 더 나은 경로를 발견했다면 당신이 하자는 대로 따랐을 겁니다. 하지만 그게 아니잖습니까. 우린 내륙으로 통하는 길을 만들라는 임무를 맡았고……."

로렌스는 대단히 차분하고 절제된 목소리로 말했다. 그만큼 화가 나 있다는 뜻이기도 했다.

그런데 랜킨이 말허리를 잘랐다.

"아무런 성과도 없이 고생만 하며 야생 지역을 헤매고 돌아다니는 게 우리 임무는 아니지 않소. 지금도 하는 일 없이 빈둥거리고 앉아 저 죄수들이나 챙기고 있으니 하는 말이오. 그리고 지난밤에 나는 잠만 잔 게 아니라 심사숙고를 해봤소. 어제 비행을 하면서 상식이 있는 사람이라면 충분히 알아차리고도 남았을 사실에 대해서 말이오. 이 협곡들을 따라 내륙으로 길을 낸다는 건 말도 안 되는 짓이오. 설령 내륙으로 통하는 길을 찾아낸다 해도, 약간의 외부 자극만으로도 절벽이 무너져 내려 그 길을 쓰지 못하게 되고 말 테니, 오랜 기간 사용할 만한 길은 절대 아니라는 뜻이오. 지금 우린 출구가 없는 미로 안에서 헤매고 있소. 차라리 고지대로 올라가서, 산등성이를 따라 내륙으로 넘어가는 길을 찾는 편이 낫겠소."

그때 그랜비가 끼어들어 비꼬았다.

"그 말씀대로라면, 향후에 내륙에서 소들을 키운다고 가정할 때, 그 소들을 몰고 산등성이를 따라 까마득히 높은 곳까지 올라갔다가 그 너머로 데리고 내려가야 시장에 내다 팔 수 있겠네요. 아주 바람직한 이동 경로가 되겠어요."

해가 뜨겁게 내리쬐어서 공기가 숨 막히게 갑갑했다. 모두 배가 고파 예민해진 상태라 언쟁이 나기 쉬운 분위기였다. 당장은 도보로 이동하지는 않을 예정이고 딱히 할 일도 없었지만 너무 더워서 잠도 오지 않았다.

잭 텔리가 거리낌 없이 나섰다.

"내 생각에도 강가를 따라가는 게 편할 거 같수다."

그러자 랜킨이 날카롭게 응수했다.

"네놈이 그런 말 하는 게 놀라운 일도 아니지. 하루에 두 시간만 일하고 나머지 시간엔 빈둥거리며 술이나 퍼마시고 싶을 테니까."

테메레르는 산등성이로 다니는 편이 지대가 높아 시원하고 쾌적할 것 같았다. 산등성이에는 선선한 바람이 부니까. 강가를 따라 이동하면 양옆으로 절벽밖에 보이지 않으니 갑갑할 것이다. 그렇지만 랜킨의 의견에 힘을 실어주는 말은 하고 싶지 않았다. 동조해줄 가치도 없는 인간이니까. 랜킨의 입에서 나왔다는 이유만으로 그 제안은 무용지물이 되는 셈이었다.

타르케가 말했다.

"햇빛이 좀 약해지면 이 강을 따라 상류 끝까지 가보는 게 어떨까 합니다. 이 길을 개척한다면 어떤 장점이 있는지도 알아볼 수 있고. 지금 당장 도로 공사를 시작할 필요는 없으니까요."

타당한 의견이었다. 그러나 랜킨은 대꾸도 하지 않고 등을 돌리더니 시저 옆으로 가서 앉았다. 고개를 살짝 끄덕이지도 않았다. 타르케가 무례한 말을 한 것도 아닌데, 그 말을 들었다는 표시도 내지 않은 것이다. 나중에 다시 이륙하기 위해 짐을 꾸리는 동안 테메레르가 로렌스에게 말했다.

"랜킨이 타르케한테 왜 그렇게 예의 없이 구는지 모르겠어."

"나도 잘은 몰라. 어쩌면 타르케의 혈통을 문제 삼아 무시하는지도 모르지."

로렌스는 강이 흘러가는 방향을 바라보며 말을 이었다.

"그런데 강둑에 아무도 없었던 거 확실해? 원주민이라도 좋고, 어젯밤에 노래를 부르던 자들이라도 괜찮으니 말이라도 건

네보고 싶은데. 우리가 길을 제대로 찾아가고 있는지 알려줄 수 있을지도 모르잖아."

"아니, 없었어. 이륙한 후에 다시 살펴볼게."

어젯밤에 들은 기묘한 노랫소리가 테메레르의 머릿속을 스쳤다. 어제는 열이 많이 나고 피곤해서 그 노래가 꿈속에서 아련히 들려오는 소리처럼 느껴졌었다.

"꽤 흥미로운 노래이긴 했어. 그런 노래, 그런 언어는 들어본 적이 없어. 그나저나 타르케의 혈통이 뭐 어때서 랜킨이 싫어하는 건데? 타르케가 알에 들어 있고, 아직 부화하기 전이라 어떤 품종의 인간일지 몰라서 꺼려하는 것도 아니고 말이야."

"타르케의 어머니는 네팔 사람이고 아버지는 영국인이라 결혼하기까지 그리 순탄치 않았다고 들었어. 그런데 랜킨은 사람 자체보다는 가문을 중시하는 사람이니 타르케를 꺼려하는 것일 테지."

로렌스는 굳이 침묵을 지키지 않고 생각을 드러냈다. 랜킨이 타르케를 모욕한 것에 대해 로렌스와 그랜비는 화가 났고, 테메레르도 마찬가지였다. 결국 짐을 챙기는 동안 모두 표정이 굳어서는 어색하게 움직였다. 다시 비행을 해야 한다고 하자 시저는 땅이 꺼져라 한숨을 쉬면서 불평을 늘어놓더니 머리와 꼬리, 날개를 바닥에 질질 끌면서 마지못해 일어나 앉았다. 도싯이 다가와 진찰한 후 랜킨에게 말했다.

"비행은 해도 되는데 무게는 더하면 안 되니 시저에게 탑승하지 마세요, 랜킨 대령."

그러자 궁둥이를 바닥에 대고 주저앉아 있던 시저가 왈칵 성을 냈다.

"랜킨은 태울 수 있어! 내 비행사란 말이야!"

무기력하게 늘어져 있던 모습은 온데간데없었다. 하지만 도싯은 완강했다. 결국 테메레르가 다시 랜킨을 태워야 했고 로렌스의 표정도 그리 좋지 않았다.

로렌스는 뭔가 낌새를 채고 도싯을 따로 조용히 불러 물었다. 도싯이 대답했다.

"사실 시저는 랜킨을 태우고 비행해도 됩니다. 충분히 가능해요. 다만 앞으로 또 꾀병을 부릴 가능성이 농후한 녀석이라, 꾀병을 부리면 어떻게 되는지 이번 기회에 가르쳐주려고 그런 겁니다."

그러나 테메레르의 생각은 달랐다. 시저의 못된 꾀병 습관을 고치는 건 일찌감치 물 건너갔으니 이건 시간 낭비였다. 결국 아무 죄 없는 로렌스만 불쾌한 비행을 하게 되는 셈이었다.

하지만 로렌스는 용의사의 말에 반박하고 싶지 않았다. 결국 랜킨은 테메레르의 등으로 올라와 로렌스와 함께 목 뒤쪽에 탑승했다. 상급 대령인 데다 손님이니 끝 쪽 자리를 내주어야 했다. 그리고 원래 로렌스와 함께 탑승하던 타르케는 마땅한 자리가 없어 이스키에르카를 타야 했다. 엄밀히 따지면 타르케는 테메레르의 승무원이 아니지만 늘 몸에 태우고 다닌 터라 테메레르는 타르케에게 책임감을 느꼈고 관심을 쏟고 있었다. 테메레르는 타르케가 이스키에르카를 타게 돼서 기분 좋을 리 없다고 생각했다. 이스키에르카는 몸이 심하게 뜨끈하고 축축한 데다 믿음직하지도 않은 용이니까.

뜨거운 햇빛이 쏟아지는 동안에는 비행이 힘들었기 때문에, 해가 협곡의 절벽 너머로 저물기 시작하는 시간을 이용해 단번에 멀리까지 날아가기로 했다. 해가 직접 내리쬐지는 않았지만 유쾌한 비행은 아니었다. 양옆에 절벽을 끼고 좁은 틈에서 비행하는 것도 고역이었고, 바짝 마른 키 작은 풀들과 관목들로 뒤덮인 절벽만 쳐다보며 날아가자니 무료했다.

바위 위로 흐르는 강은 낯설지만 안정적인 소음을 자아냈다. 포효라 부를 만큼은 아니었고, 협곡을 뒤덮은 기묘한 정적의 일부로 느껴졌다. 귀를 기울여서 들을 수 있는 소리도 아니었다. 그것은 자신의 소리 외에 모든 소음을 집어삼키고 있었기에 테메레르는 자신의 날갯짓 소리도 거의 들을 수가 없었다.

시저는 랜킨에게서 시선을 떼지 못하고 자꾸만 테메레르에게 붙어 비행하려 했다. 비행사를 제 몸에 태우지 못한 것은 다 제 탓인데도, 행여 누가 랜킨을 채가기라도 할까 봐 그러는지 안절부절못했다. 시저는 번번이 지나치게 가까이 날아와 테메레르에게 부딪쳤고 한번은 발톱 끝으로 테메레르의 날갯죽지를 할퀴기까지 했다.

꾸벅꾸벅 졸면서 바람을 타고 날아가던 테메레르는 시저의 발톱에 긁히자 깜짝 놀라 잠이 깼다. 옆을 돌아보니 시저가 또 바짝 가까이서 날고 있었다.

"아욱! 그만 좀 해. 발톱 조심하지 않으려면 저만치 떨어져서와."

그러고는 경고의 뜻으로 시저의 꼬리를 내리쳤다. 시저는 재빨리 날개를 뒤로 젖히며 꼬리를 치워 맞지는 않았다. 하지만 교훈을 얻었는지 그때부터는 안전하게 거리를 두고 따라왔다.

테메레르는 다시 길고 따분한 비행을 계속했다. 그런데 지상에서 색깔 있는 물건이 반짝거리는 것이 보였다. 테메레르는 정지비행을 하며 어깨 너머로 말했다.

"로렌스, 내가 잘못 본 게 아니라면 저 아래 깨진 접시가 있는 것 같아."

랜킨이 끼어들었다.

"깨진 접시 같은 잡동사니가 뭐 볼 게 있다고?"

하지만 로렌스는 테메레르에게 착륙을 지시했다. 이스키에르카가 따라 내려왔을 때쯤, 로렌스와 타르케는 테메레르가 말한 반짝이는 파편을 들여다보고 있었다. 대단히 아름다운 청백자 파편이었다. 테메레르는 깨진 청백자가 안타까워서, 밀수업자들이 조심해서 운반했으면 좋았을걸 싶었다.

잠시 후 그들은 다시 이륙했다. 햇빛을 피해 그늘로 다니려다 보니 고도를 많이 낮춘 채 날아가야 했다. 강물이 굽이치며 그들을 상류로 이끌었고 협곡들이 연이어 모습을 드러냈다. 그런데 이대로 밤이 올 때까지 비행을 하겠구나 생각하며 강물이 굽이치는 마지막 지점을 돌아가던 테메레르는, 눈앞에 보이는 광경에 놀라 그대로 멈추고 말았다. 정지비행을 못 하는 이스키에르카와 시저는 계속 날아오다가 테메레르에게 부딪칠 뻔했다.

"뭐 하는 거야?"

이스키에르카는 그렇게 물으며 좀더 위쪽으로 날아오르더니 "아, 저거" 하며 무척 만족스러운 투로 말했다. 마치 자기가 일행을 이곳까지 이끌었다는 듯이.

저 아래 나무 사이로 강물이 세차게 흘러내렸다. 그리고 나무들 수가 점점 줄어들면서 초록 들판이 드러났다. 골짜기 바닥에 펼쳐진 들판은 사방이 치솟은 산맥으로 둘러싸여 있었지만 비좁지는 않아 보였다.

모두 기쁘고 만족해서 왁자지껄 떠들었다. 로렌스가 테메레르에게 말했다.

"저렇게 멋진 농경지는 본 적이 없구나. 분명 농경지 같은데."

테메레르는 누군가 이미 블루 산맥을 타고 올라와 이곳에 살았음을 보여주는 증거를 목격하며 한층 강한 놀라움을 느꼈다. 들판에는 털이 텁수룩하고 지저분한 소 몇 마리가 한가로이 모여서 풀을 뜯고 있었다.

"아! 쇠고기 수프보다 맛있는 건 생각할 수도 없어. 어쩌면 이 소가 특별히 맛이 좋은 것인지도 모르겠다."

테메레르는 요리 중인 쇠고기를 들여다보며 피어오르는 김을 코로 한껏 빨아들였다. 꿍쑤는 테메레르의 도움으로 강에서 약간 떨어진 곳에 있는 큰 바위를 파낸 다음 강물을 담았다. 그리고 이스키에르카가 달궈놓은 돌들을 집어넣은 후, 질 좋고 기름기 많은 소 한 마리를 넣어 끓이는 중이었다. 용들의 저녁식사였다. 용들이 식사하기에 앞서, 사람들은 수프를 한 사발씩 받아 소금에 절인 돼지고기와 건빵과 함께 먹었다.

로렌스는 수프가 담긴 컵과 건빵을 챙겨 들고 일행에게서 떨어져 골짜기 쪽으로 걸어갔다. 돌멩이나 나무뿌리 따위가 섞이지 않아 흙이 부드럽고 생기가 흘렀다. 쇠가죽 냄새가 익숙하게 코에 와닿아, 노팅엄셔에 있는 부친의 사유지로 돌아와 있는 기분이었다. 노란색, 회색, 붉은색이 섞인 사암 소재의 장엄한 산비탈에 둘러싸여 있다는 점만 빼면, 사방을 둘러싼 비탈 때문에 크고 아늑한 사발에 들어와 있는 듯 느껴졌다.

테메레르가 식사를 마치자 로렌스는 함께 날아올라 고지대 쪽으로 올라가보았다. 초목이 자라는 곳 한가운데에 작은 공터가 있었다. 울창한 나무 비탈은 펼쳐놓은 초록색 치마처럼 골짜기 바닥으로 이어졌고, 풀이 우거진 평원으로 연결되었다. 목재로 쓸 만한 나무들과 방목지도 갖추어져 있었다. 골짜기가 상당히 길게 뻗어나가고 있으니 유용하게 쓸 수 있을 것 같았다. 강둑은 좀더 넓게 확장해야겠지만, 골짜기 입구를 터놓으면 신선한 물을 편하게 공급받을 수 있으니 소들을 키우는 데도 도움이 될 것이다.

테메레르는 꿈꾸듯 말했다.

"여기에 용 누각을 지으면 더할 나위 없이 아름다운 경치를 볼 수 있겠지. 저기 폭포들이 내려다보이잖아. 소들도 한눈에 보일 테고."

그 계획을 실현하자면 상당한 노동력이 동원되어야 할 터였다. 하지만 용이 힘을 보탠다면 수월하게 공사를 진행할 수 있었다. 테메레르가 용 누각을 짓는 데 필요한 만큼 목재를 쓰러뜨리고 돌을 캐내는 동안, 한옆에서 사람들이 시드니까지 이어지는 길을 만드는 것이다. 길이 완성되면 소떼를 이리로 몰고 오는 데도 큰 어려움이 없을 것이다. 이 골짜기는 지금보다 세 배는 더 많은 소들을 수용할 수 있었다. 소 외에 사냥 고기도 섞어 먹인다는 전제하에 최대한 용 네 마리까지는 수용할 수 있을 것 같았다.

로렌스는 망원경을 아래로 내렸다. 가정적이고 안정된 삶에 이끌리는 자신에게 약간 놀라는 중이었다. 소년 시절 그는 안정적인 생활에서 도망치려 안간힘을 썼다. 집안 사유지를 관리하는 일 따위는 경멸했고, 조용하고 모험심을 자극하지 않는 안락한 삶은 질색이었다. 아버지가 안정적인 삶을 살라는 뜻을 밀어붙이며 체벌을 가하기까지 해서 더더욱 그런 삶을 혐오했었다. 이런 들판에서 평화롭게 사는 삶이 명예로울 리 없다고 여겼는데, 지금은 세상에 더없는 깨끗한 곳으로 보였다.

로렌스와 테메레르는 다시 골짜기 바닥으로 내려왔다. 타르케가 다가와 로렌스에게 말했다.

"발자국을 발견했는데 서쪽으로 이어지고 있었습니다. 그 끝이 어디인지는 아직 알 수 없지만, 분명 어느 해안으로 연결될 겁니다. 그 해안에서 중국 상품들을 하역한 후 이곳을 경유해 시드니로 가져갔겠죠. 이보다는 좀더 빠르게 돌아가는 길이 있을 거라고 예상했었는데."

"중국 상품들이 이곳을 지난다고 확신하시니 하는 말입니다만, 애초에 배를 타고 해안을 따라 이동하면서 상선이 들어갈 만한 곳을 찾아보았다면 더 큰 성과를 얻지 않았을까요? 뭐 어차피 우리와 함께 이동했으니, 그 발자국 근처에 보초를 남겨두면 밀수업자를 잡을 수도 있겠군요."

"아뇨. 아무도 이쪽으로 접근하지 않을 겁니다. 용 세 마리와 함께 이 골짜기로 들어왔으니, 정의의 기사들처럼 나팔을 불며 요란하게 등장한 것과 마찬가집니다. 그건 그렇고 계속 이곳에서 살고 싶다는 생각이 들지는 않는지 궁금하군요."

로렌스는 잠시 생각해보다가 대답했다.

"은신처로 삼기엔 이상적인 곳이죠."

그러고는 테메레르를 돌아보며 물었다.

"이곳에 집을 짓고 살면 행복하겠니? 발전된 문명 지역에서의 혜택 같은 건 기대할 수 없을 거다."

"아! 그런 거라면 우리 힘으로 만들면 돼. 남은 알들이 부화하면 지금보다 훨씬 나은 환경을 만들 수 있어. 이곳의 나무와 돌은 어느 누구의 소유도 아니니까, 돈을 지불하지 않고도 사용할 수 있어. 그런데 여기 다른 용이 살지 않는다는 게 정말 이상해. 이 땅에는 주인도 없으니, 저 소들 중 한 마리를 가져다 먹어도 아무도 뭐라 하지 않는데 말이야."

테메레르는 사나포 일을 해보면 어떻겠느냐는 말을 들었을 때만큼이나 기뻐했다.

잠시 후, 가파른 비탈 너머로 해가 넘어가고 그들은 취침 준비를 했다. 테메레르는 꾸벅꾸벅 졸면서도 이곳에서의 미래를 주절거렸다.

"여기 있는 향기로운 나무들이랑 저 노란 바위들로 멋진 용 누각을 지을 수 있을 거야. 그리고 있잖아 로렌스, 용 누각을 완성하고 소들의 수를 늘리면, 세상 어느 곳도 부럽지 않을 것 같아. ……준비를 다 해놓고 막시무스나 릴리를 불러 구경시켜줬으면 좋겠어. 아니면 화가를 불러다가 그림을 그리게 해서 영국에 있는 친구들에게 보내든가. 한 장 더 그리게 해서 중국에 계신 어머니에게도 보내야지. 어머니는 흥미로워하시면서 무척 기뻐하실 거야. 중국에서는 이런 골짜기를 본 적이 없거든. 물론 중국에는 다른 흥미로운 장소가 많고, 중국의 도시는 이곳과 비교할 수 없을 정도로 멋지지만. 그래도 여기도 잘 꾸며놓으면 정말 만족스러울 거야."

다른 용들을 이곳에 손님으로 초대하기는 어려울 것이라는 말을 로렌스는 차마 할 수 없었다. 그래도 테메레르가 이토록 흡족해하는 모습을 보니 기분이 좋았다. 불빛을 위안 삼기 위해 장교들은 죄수들에게 지시해 작은 모닥불을 피워놓았다. 어두워지고 기온이 떨어지면서 더위가 조금 가셨다. 테메레르 앞발에 기대앉은 로렌스는 어깨에서 무거운 짐이 어느 정도 덜어지는 기분이었다. 정치 상황으로 이곳에 유배되어 나폴레옹과의 전쟁에서 국가에 보탬이 될 수 없다면, 차라리 테메레르와 함께 여기서 경멸스럽지 않은 일을 하며 사는 것도 나쁘지 않을 것 같았다. 건물이며 시설을 무익하게 파괴하는 게 아니라 지어 올리며 살아가고 싶은 희망이 싹트기 시작했다.

테메레르의 고른 숨소리가 뱃전을 어루만지는 대양의 파도처럼 로렌스에게 안정감을 주었다. 나뭇가지 사이로 바람이 불었다. 로렌스는 지금까지 살아오면서 다시없었던 곤한 잠에 빠져들었다. 그런데 얼마 후 테메레르가 짜증스레 콧김을 내뿜으며 고개를 드는 바람에 잠이 깼다. 이스키에르카가 테메레르의 목덜미를 꼬집은 것이다.

테메레르가 화를 내며 물었다.

"뭐야? 재미있는 꿈을 꾸는데 훼방을 놓다니."

"지금이 잠이나 퍼질러 잘 때인 줄 알아! 용알이 없어졌단 말이야."

제2부

7

 로렌스는 테메레르의 앞발에 손을 얹고 어떻게든 달래고 진정시키려 안간힘을 썼다.
 "테메레르, 안내자도 없이 무작정 숲으로 들어간다고 찾을 수 있는 게 아니야. 공중에서는 발자국을 따라갈 수 없어. 이곳은 숲이 무성하니 아무리 어설픈 도둑이라도 낮에는 몸을 숨기고 밤에만 이동하면 얼마든지 우리를 피해 도망칠 수 있어."
 "도둑놈들이 알을 훔쳐 달아나는데 여기 가만히 앉아 있을 수만은 없잖아. 어떤 놈이 가져갔는지도 모른 채로."
 테메레르가 안절부절못하며 꼬리를 세차게 휘저었다. 로렌스는 그러다 누가 다치기라도 할까 걱정되었다. 이미 그 꼬리에 맞은 초목들이 우수수 쓰러져 있었다.
 마른 잎사귀와 나뭇가지를 엮어 만든 둥지에는 제일 작은 용알 하나만 달랑 남아 있고, 그 옆의 빈자리가 원망하듯 그들을 바라보고 있었다. 용알을 하나밖에 못 가져가는 상황이라 도둑들은 커다란 옐로 리퍼의 알을 훔치고 작은 알은 남겨둔 모양이었다.

로렌스는 테메레르와 이스키에르카가 이토록 흥분한 모습은 거의 본 적이 없었다. 비행사인 로렌스나 그랜비에게 위협이 가해졌을 때나 드러내는 모습인데, 어쩌면 그보다 더한 분노일 수도 있다는 생각이 들었다. 두 용을 진정시키고 당장 날아오르지 못하게 하기 위해 온갖 노력을 기울여야 했다. 이스키에르카는 이미 분풀이로 나무 세 그루에 불을 뿜어 태워버렸다.

그랜비가 다급히 용들을 설득했다.

"도둑들이 알을 아주 잘 돌보고 있을 테니까 그 점은 걱정 마. 알에게 해를 끼치려고 훔쳐갔을 리 없어. 분명 용이 필요해서 가져간 걸 거야."

타르케는 도둑들의 발자국을 살피기 시작했다. 잠시 후 로렌스와 함께 타르케 쪽으로 다가가며 그랜비가 속삭였다.

"도무지 이해가 되지 않습니다. 공군도 아닌 일반인이 용과 관련된 물건을 갖고 싶어한다는 얘긴 들어본 적이 없어요."

"타르케의 추측대로라면 그들은 평범한 밀수업자가 아닐 걸세. 나폴레옹이 영국의 무역에 해를 가하려고 작정하고 나선 거라면 밀수업자는 단순히 소소한 이익이나 취하려는 상인이 아니라 프랑스 군인일 가능성이 높아."

"그렇다 해도 왜 여기서 용알을 가져간 걸까요? 여기다가 프랑스 공군 기지를 만들 것도 아니고요. 프랑스가 이 땅으로 쳐들어와 식민지를 건설할 가능성도 없지 않습니까. 프랑스 해군과 영국 해군의 사정은 뻔한데 말이죠."

바닥을 살피던 타르케가 고개도 들지 않고 말했다.

"해적들이 왜 배를 훔칠까요? 용알 도둑들이 그 알에서 태어날 용을 이용하기 위해 기지까지 만들 필요는 없을 겁니다. 그들은 여러분을 피해 다니면서 짐승들을 충분히 사냥해 그 용에게 먹이면 되는 겁니다. 순하고 믿음직한 미들급 용이 생기면 그들로선 이익이죠. 노새가 끄는 짐수레보다 상품 이송에 편리하고 무엇보다 땅에 수레 자국이 남지 않으니 추적당할 염려도 없고요."

타르케가 발견한 얼마 되지 않는 발자국들은 북서쪽으로 이어졌다. 그것만으로 도둑들을 잡을 가능성은 희박했지만, 테메레르는 당장 추적에 나설 기세였다.

"당장 출발하자. 놈들이 알을 가지고 해안으로 가서 배에 실어 버리면 어떡해? 어쩌면 알을 떨어뜨려서 다치게 만들 수도 있어. 그들은 제대로 훈련받은 공군도 아니고 다른 용을 데리고 있는 것도 아니니 새끼 용이 알을 깨고 나와도 어떻게 해야 하는지 모를 수도 있잖아. 새끼 용이 태어났는데 먹이는 주지 않고 사슬로 묶어놓기만 하면 어쩔 거야. 아! 지금도 그 알에게 온갖 무시무시한 일이 일어나고 있을지 몰라."

이스키에르카도 거들고 나섰다.

"그러니까 여기 이렇게 죽치고 앉아 있기만 해서는 용알을 못 찾는다고."

그 말은 사실이었다. 하지만 어떻게 추적할지에 대한 합리적인 대책 없이 무작정 쫓아가자는 주장일 뿐이었다. 테메레르와 이스키에르카는 당장 출발하자고 안달복달이었지만, 시저는 자신과 같은 해에 부화할 예정인 친구를 보호해줘야 한다는 생각은커녕 귀찮게 여기고 있었다. 보다 못한 이스키에르카는 시저의 목에 붙은 주름을 앞발톱으로 잡고 흔들면서 당장 테메레르의 등에 업히라고 채근했다. 어지간히 세게 잡고 흔들었는지 시저는 악을 쓰고 울면서 테메레르의 등으로 기어 올라갔다. 테메레르와 이스키에르카는 시저의 느린 비행 속도 때문에 발목을 잡힐 생각이 없다는 뜻을 분명히 했다.

로렌스는 랭킨도 시저처럼 용알 도둑 추적에 미온적인 태도를 보일 것이라 예상했는데 의외로 랭킨은 별다른 말을 하지 않았다. 그랜비는 고개를 절레절레 흔들며 몇 안 되는 승무원들에게 탑승을 지시했다.

"로렌스 씨."

포싱이 다소 예를 갖춰 부르는 소리에 로렌스는 뒤를 돌아보았다.

"테메레르가 갖고 다니기 편하게 용알을 잘 싸서 실을 준비를 해놓았습니다. 충전재를 더 많이 대고 감쌌는데, 그 상태로 테메레르의 가슴 쪽에 해먹처럼 매달아놓으면 도둑을 쫓는 동안에도 크게 흔들리지 않아 알이 다치지 않을 겁니다. 펠로우스한테도 확인을 받았습니다."

"좋은 생각이네."

테메레르는 이렇게 말하고는 고개를 돌려 작은 알을 포장한 충전재를 살펴보았다. 포싱이 한 일에 테메레르가 처음으로 동의한 것이다. 테메레르는 포장이 잘된 용알에 코를 대고 상태를 확인한 후 바닥에 엎드렸다. 포싱은 용알이 담긴 그물을 약식 안장의 가슴띠와 날개 뒤쪽의 좀더 넓은 띠에 밧줄로 단단히 묶었다. 작은 용알은 요람에 고이 넣어둔 것처럼 테메레르의 가슴팍에 안정적으로 자리를 잡았다.

그랜비와 함께 이스키에르카 쪽에 탑승한 몇몇 장교는 포싱을 적대적인 시선으로 노려보았다. 전에도 그들은 포싱이 용알들을 가까이에서 챙기는 일을 맡은 만큼 옐로 리퍼의 알을 차지할 가능성이 높으리라 여기며 질시했는데, 지금은 마지막 남은 자그마한 용알마저 포싱이 돌보니 기분이 무척 언짢을 것이다. 로렌스는 그 심정이 상상이 되었다. 그 장교들이 이 먼 유배지까지 별로 달갑지 않은 여정을 함께한 데 유일한 위안이라면, 혹시라도 있을지 모를 진급의 기회였다. 식민지에 와 있으면 중요한 전투에 참여해 공을 세워 진급하는 일 따윈 꿈도 꿀 수 없지만 새끼 용의 비행사가 된다면 진급을 할 수 있었다.

로렌스는 도둑맞은 용알을 찾을 수 있으리라는 기대는 하지 않았다. 도둑들이 남긴 흔적을 살펴보는 타르케의 표정도 그리 낙관적이지 않았다. 그러나 용알의 행방에 신경을 곤두세우고 있는 용들이 듣고 있어서 타르케는 특별히 비관적인 말은 하지 않았다. 밀수업자들은 길을 잘 알고, 로렌스 일행의 추적도 짐작할 터였다. 야생 지역에서 이 길을 찾아내 사용하고 있다면 다른 길도 알 가능성이 있었다.

장교들로서는 남아 있는 왜소한 알이 유일한 진급 기회였다. 옐로 리퍼의 알이 있었을 땐 왜소한 알이 그다지 매력이 없었으나, 지금은 더할 나위 없이 가치 있는 알이었다. 무엇보다 뉴사우스웨일스 식민지에 용들을 번식시키려는 계획에 차질이 빚어진 것이 큰 문제였다. 로렌스가 알기로 제인은 추후에 더 많은 용알을 이곳으로 보낼 계획인데, 용알 세 개가 그 시초가 될 것이었다. 그중에서도 옐로 리퍼의 알은 제일 중요했다. 그 알에서 부화한 용이 괜찮은 수컷이면, 여러 품종의 암컷과 교배시키기 위해 제인은 다양하고 좀더 우수한 품종의 용알들을 이곳으로 보내줄 것이다. 그렇게 되면 미리 이곳에서 자리를 잡은 장교들이 우선적으로 비행사가 될 기회를 얻게 되어 있었다. 만약 옐로 리퍼의 알에서 태어난 새끼 용이 암컷이라면 테메레르와 교미를 하고 알을 낳을 가능성이 있다고 장교들은 생각했다. 이스키에르카가 얼마 후 영국으로 돌아가면 테메레르도 유일한 암컷인 옐로 리퍼에게 애정을 쏟으리라 여긴 것이다.

 테메레르가 자유사상가적인 면이 있는 용이라는 건 그들도 알지만, 그런 특징이 그 자식에게까지 이어지지는 않으리라 보는 것이다. 하지만 로렌스가 알기로 테메레르의 사상은 그 자식에게 이어지고도 남을 것이기에 그는 장교들이 어떤 망상을 하든 담담하게 지켜볼 뿐이었다. 테메레르의 뛰어난 전투력에 대해서는 어떤 이견도 없었다.

 로렌스는 지나가다가 몇 번 장교들이 하는 얘기를 들었다.

 "리퍼와 교배하면 꽤 괜찮은 새끼 용이 태어날걸."

리퍼 품종은 비행사에게 순종하고 쾌활한 성격이라 공군에서 복무하기에 적합하므로 리퍼의 특성에 테메레르의 장점까지 갖춘 새끼 용이 나오길 기대하는 것이었다.

그러나 옐로 리퍼의 알을 도둑맞은 지금, 남아 있는 왜소한 알에서 태어날 새끼 용과 테메레르가 교미해 알을 낳을 가능성은 거의 없다고 보아야 했다. 알이 저렇게 작으니 부화해서 자라더라도 체격이 커지는 데 한계가 있을 것이고, 따라서 테메레르와 교미하기는 어려웠다. 그리고 왜소한 알에서 부화한 용이 암컷이 아니라면, 영국에서 다른 알들을 보내줄 때까지 어떤 교미도 이루어지지 못할 것이다. 혹시 암컷이라 해도 시저와 교미하는 데 관심을 보이지 않으면 다른 알들은 만들어질 수 없었다. 그런데 시저의 부화를 지켜본 장교들은 시저의 품성을 그리 높게 평가하지 않고 있어서, 시저와 교미해서 나올 알들에도 별로 기대를 품지 않는 분위기였다.

지금으로서는 달리 도리가 없었다. 리퍼의 알은 사라졌고, 추적에 나선다 해도 되찾아올 수 있으리라는 보장이 없었다. 테메레르와 이스키에르카는 몹시 흥분한 상태라 진정시키기가 쉽지 않았다. 시간이 흐르고 실패를 냉정하게 받아들여야 슬픔과 낙담이 조금씩 덜어져 이성적으로 감당할 수 있게 될 것이다.

각자 용에게 탑승하기에 앞서 로렌스는 타르케에게 나지막하게 말했다.

"용알 도둑을 추적하는 일이 그쪽이 진행하는 밀수업자 조사에 도움이 되겠군요. 우리가 밀수업자들을 추적하다가 그들보다 앞서 날아가더라도, 그자들이 이 대륙의 어느 해안에서 물건을 받아 유통하는지 대충은 파악할 수 있을 테니까요. 정기적인 순찰을 통해 놈들이 항구로 쓰는 지점을 막아버리면, 놈들도 쉽게 다른 곳을 개발하긴 힘들 것이니 밀무역을 어느 정도 근절할 수 있겠어요."

"나로선 지금보다 더 좋을 수 없을 정도입니다. 원래 의뢰받은 일은 밀수업자들이 시드니 항구로 중국 상품을 유통시킨 방법을 추적하는 것인데, 어쩌다 보니 용들에 공군에 죄수들까지 동원해서 밀수업자들을 추적하게 되었고, 잘하면 그들을 소탕할 수도 있게 되었네요. 테메레르와 이스키에르카가 설치는 모습을 보니 아무래도 놈들을 소탕하는 일까지 하게 되지 않을까 싶습니다."

타르케는 그랜비와 함께 이스키에르카의 등에 자리를 잡았다. 로렌스는 별도의 이륙 절차 없이 곧장 테메레르의 등으로 올라가 안장에 카라비너 고리를 걸었다. 랜킨은 이미 테메레르의 등에 착석해서 안장에 카라비너를 걸었고, 뿌루퉁한 표정인 시저와 조용히 얘기를 나누고 있었다.

시저가 랜킨에게 소곤거렸다.

"소중한 내령님, 왜 다들 이렇게 난리를 피우는지도 모르겠고 우리가 왜 떼 지어 그 알을 찾으러 다녀야 하는지도 이해가 안 되지만, 대령님 뜻이라면 복종할게. 물론 여기서 편안하게 머물면서 저 소들을 구경하는 게 더 좋겠지만."

테메레르는 못 들은 척하면서 고개를 옆으로 돌리고 말했다.

"로렌스, 준비됐어?"

그러고는 눈을 빛내며 다른 탑승자들을 돌아보았다. 테메레르의 세로로 찢어진 눈동자는 이상하게 확장되어 있었다. 저물어가는 태양의 타오르는 붉은빛이 그 눈동자에 언뜻 비쳤다.

"그래."

로렌스의 대답이 떨어지기 무섭게 그들은 하늘로 날아올랐다. 골짜기, 그리고 초목이 우거진 곡선들이 저만치 멀어져갔다. 사암 절벽들과 그 고요함도 아득히 멀어졌다. 캡스턴을 돌려 닻을 끌어올릴 때처럼, 일정한 간격을 두고 퍼덕이는 날갯짓 소리만 들릴 뿐이었다.

분노가 끓어오르는 와중에도 테메레르는 깨닫고 있었다. 속도를 너무 내서 앞서나가버리면 도둑들을 놓칠 위험이 크다는 것을. 짐마차도 없이 용알을 운반하는 게 쉬운 일은 아닐 것이다. 발자국을 살펴본 타르케가 도둑들은 짐마차로 이동하지 않고 있다고 했다. 그렇다면 도보로 이동한다는 것인데 덤불을 헤치고 한 발 한 발 나아가려면 걸음이 더딜 수밖에 없었다.

잠시 착륙해 있는 동안, 테메레르는 이스키에르카에게 주의를 주었다.

"그들이 남겨놓은 발자국을 따라서 이동하되 너무 앞서나가면 안 돼. 우리가 자기네 머리 위로 날아가는 걸 알면 한옆에 숨어서 우리가 지나갈 때까지 기다릴 거야. 그들이 숨어 있을 만한 지역을 그대로 지나쳐버리지 않게 해야 돼."

그러자 로렌스가 제안했다.

"아무래도 지그재그로 날면서 주변 지역을 살피는 방법이 좋겠다."

그러고는 바닥에 그림을 그려 설명했다. 도둑들이 흔적을 남긴 곳을 중심으로 이동하되, 서쪽으로 날아가다가 방향을 바꿔 북쪽으로 이동하기를 되풀이하면서 마치 비질하듯 호를 그리며 지상을 살피자는 계획이었다.

이스키에르카는 돌기에서 증기를 뿜으며 초조하게 물었다.

"놈들이 발자국을 남겨놓은 곳에서 벗어나 이동했을 가능성을 염두에 두는 것이구나. 그들이 얼마나 멀리까지 벗어나 이동할까? 우리가 지그재그로 날면서 따라가는 동안 놈들이 우리보다 훨씬 앞서서 도망쳐버릴 수도 있잖아. 짐마차는 없더라도 말을 타고 이동할 수도 있을 텐데."

잠시 논의한 끝에 그들은 서쪽과 북쪽으로 각각 8킬로미터씩 번갈아 이동하며 비행하기로 했다. 힘들고 고된 비행이었다. 창백한 색의 작은 덩어리가 보일 때마다 그것이 크림색 바탕에 검은 점이 있는 매끈한 용알인 것만 같아서 테메레르는 가슴이 방망이질을 했다. 그럴 때면 잃어버린 용알을 찾는 것이 얼마나 중차대한 일인지 떠올라 두려울 정도였고, 지상을 뚫어져라 살피며 비행해야 하는 까닭에 머리도 지끈거렸다.

몸에 사람을 많이 태우지 않은 이스키에르카는 지상에서 약간의 움직임만 있어도 곧장 급강하했고 별로 쓸모없는 짐승들, 비쩍 마른 캥거루들, 다리에 힘줄이 잔뜩 박힌 화식조 등을 잡아

올렸다. 이스키에르카는 그것을 테메레르에게 나눠주었고 덕분에 그들은 시간 낭비 없이 계속해서 비행할 수 있었다. 이스키에르카가 지상의 움직임을 감지하는 데 무척 예리하고 민첩하다는 사실을 테메레르는 인정해야 했다.

동행이 있어 테메레르는 마음이 놓였고 추적 중에도 외롭지 않았다. 이스키에르카는 고집불통에다가 임무에 대한 책임감이라곤 없고 교유하기에 즐거운 용은 아니지만, 한마음으로 같은 목표를 향해 나아가는 지금만큼은 소중한 존재였다. 가끔, 아주 가끔, 이스키에르카는 테메레르가 미처 보지 못한 것을 찾아낼 때도 있었다.

"저게 혹시……"

테메레르가 입을 열었을 때 이스키에르카는 이미 급강하했다. 나무들과 거친 관목들 틈에서 테메레르는 작은 움직임을 감지했다. 이스키에르카가 나무들을 향해 불을 뿜었다. 불이 나무에 옮아붙진 않았지만 그 속에 적들이 숨어 있었으면 기겁을 했을 것이다. 이스키에르카는 나무 사이를 헤집다가 다시 불을 뿜어 어린 나무와 덤불 들을 시커멓게 태웠다. 그러고는 그 안에 머리를 들이밀고 발톱으로 땅을 후볐다.

잠시 후 그곳에서 물러나 이륙한 이스키에르카의 앞발에는 질식해 죽은 작은 설치류 몇 마리가 쥐여 있었다. 너무 작아서 한 입거리도 안 되었지만 용들은 그것을 나눠 먹었다. 씻지도 않고 날것으로. 테메레르는 의식도 없이 멍하니 날아다니는 기분이었다. 하지만 지금 이 상황에서 머리로 생각이라는 걸 할 필요는 없었다. 이런저런 생각을 하는 것이 오히려 도둑을 찾는 데는 방해가 되었다. 감성도 필요 없었다. 그저 비행하면서 지상을 샅샅이 살피는 것이 우선이었고, 먹이 사냥도 목숨을 부지할 정도로만 하면 되었다. 여느 짐승과 다름없는 생활을 하게 되었지만 테메레르는 크게 유감스럽지는 않았다. 안락한 생활을 하고 있었다면, 용알을 잃어버린 사실이 계속 떠올라 자책감에 시달렸을 것이다. 몸은 힘들지만 차라리 지금이 마음 편했다.

이스키에르카는 용알을 잃어버린 것에 대해 테메레르를 나무라지 않았다. '용알 하나 제대로 못 지키고 대체 뭘 한 거야?'라고 비난하지도 않았다. 왜 그때 하필 잠을 자고 있었느냐고, 누가 와서 용알을 훔쳐가도 모를 정도로 왜 그렇게 깊이 잠들었느냐고 악다구니를 했을 법도 한데, 이스키에르카는 그러지 않았다. 이스키에르카가 따지고 들었다면 테메레르도 받아치면서 너라도 잘 보고 있지그랬느냐고 소리쳤을 것이다. 그러나 영국에서 이 식민지까지 먼 길을 오는 동안 용알들을 맡은 건 테메레르였지 이스키에르카가 아니었다. 테메레르는 이스키에르카에게 알들을 돌볼 기회도 주지 않았다. 지금 와서 생각하니, 이스키에르카가 알들을 맡아 관리했다면 더 신경 써서 잘하지 않았을까 싶었다. 이스키에르카라면 알을 도둑맞지 않았을지도 모른다.

후회하고 자책하다 보니 차라리 아무 생각도 하지 않는 편이 나을 것 같았다. 테메레르는 앞발로 자그마한 웜뱃들을 잡아 뜯었다. 살은 별로 없지만 입에 넣고 씹으면 뜨끈한 즙이 나와서 기운을 북돋웠다.

복잡한 상념을 떨쳐내며 테메레르가 물었다.

"배 안 고파, 로렌스?"

"별로. 우린 건빵만으로도 충분히 배부르니까 걱정할 거 없어. 그런데 테메레르, 오늘은 그만해야겠다. 해가 저물어서 어두워지고 있어."

그러자 이스키에르카가 "횃불을 만들면 돼"라더니 커다란 유칼립투스 한 그루를 앞발로 움켜잡고 앞뒤로 흔들어 뿌리째 뽑았다. 그리고 나무 윗부분에 불을 붙였다. 톡 쏘는 냄새와 함께 기묘한 약 냄새가 풍기는, 기름기 많은 불이었다.

하지만 횃불을 잘 잡고 지상에 비추기란 말처럼 쉽지 않았다. 이스키에르카가 만들어준 횃불을 건네받은 테메레르는 바람이 배 쪽으로 불어오기라도 하면 가슴에 매단 마지막 용알과 배 쪽 그물에 담긴 죄수들이 다칠까 봐 횃불을 옆으로 돌리며 조심해야 했다.

그 순간, 지상에서 무언가가 횃불을 반사하며 반짝였다. 테메레르가 본능적으로 방향을 틀자 배 쪽 그물에서 비명이 터져나왔고, 얼른 횃불을 옆으로 치웠지만 앞발에 불길이 닿고 말았다. 참을 수 없는 고통에 테메레르는 횃불을 놓쳤다. 하지만 떨어지는 횃불을 잡는 대신 잠시 생각한 끝에 조금 전 반짝거린 물건이 있던 곳으로 곧장 날아갔다. 방금 전에 보았기 때문에 위치를 정확히 기억하고 있었다.

지상에 내려가 보니 그것은 용알이 아니라 돌멩이였다. 발톱으로 헤집자 흙에서 그런 돌멩이가 여러 개 나왔다. 이스키에르카가 날아와 횃불을 비추었다. 붉은색, 초록색, 진주색으로 빛나는 그 돌에는 테메레르의 발톱에 긁힌 자국이 나 있었다.
"오팔이군."
타르케가 말했다. 아름다운 돌이었다. 다른 때 같으면 테메레르도 그런 돌을 발견하고 무척 기뻐했을 것이다. 지금은 아무 느낌도 없었다. 전혀. 가슴을 내리누르는 날카롭고 씁쓸한 패배감과 후회만 밀려들 뿐이었다.
로렌스가 나지막하게 타일렀다.
"안타깝기는 한데, 너무 압박감을 느끼지 않았으면 좋겠구나. 이런 방법으로는 알을 찾기 어려워. 이 지역에서는 밤이 짧아서 금방 날이 밝아올 거다. 그러니 그동안이라도 쉬어야 해. 잠을 좀 자다가 해가 비치는 즉시 일어나자."
테메레르가 떨어뜨린 횃불은 약간 떨어진 곳에서 깜박이며 잦아들고 있었다. 이 근방에서 보이는 빛이라고는, 온통 새까만 밤하늘에 뿌려진 별빛과 꺼져가는 오렌지색 횃불이 전부였다. 이스키에르카는 좌절과 분노를 나지막하게 뱉어내며 횃불을 옆으로 내던지고는 간신히 몸을 진정시킨 후 털썩 드러누워 잠을 청했다.
테메레르의 배 쪽 그물에 타고 있던 죄수들이 지상으로 내려갔다. 장교들이 작은 용알이 담긴 그물을 벗기려 하자 테메레르가 만류했다.
"아니, 용알을 매단 그물이랑 안장은 벗기지 말고 그냥 둬. 이대로도 편하게 잘 수 있어."

밤을 새워서라도 근방을 수색하려면 할 수 있을 것 같았는데 갑자기 피로가 몰려들었다. 테메레르는 마지막 용알을 두 앞발로 감싸며 조심스럽게 엎드렸다. 이런 자세라면 누구든 그를 깨우지 않고서는 용알을 훔치지 못할 것 같았다.

그런데 막상 잠을 청하려던 테메레르는 자신이 몸 위로 오르내리는 사람들에게 익숙해져 있음을 깨달았다. 사람들은 너무나 작고 가벼워서 깊이 잠들었다간 도둑이 접근한다 해도 알아채지 못할 수도 있었다. 그래서 이대로 엎드려 휴식만 취하고 잠은 자지 말아야겠다고 결심했지만, 의지와는 상관없이 잠이 쏟아졌다. 머리가 무겁게 늘어지고 눈꺼풀이 내려왔다. 그러다 바람이 불고 나뭇가지가 날개를 간질이자 테메레르는 움찔하며 잠이 깼다. 전전긍긍하며 작은 용알에 주둥이를 대보니 용알은 무사했다. 그러자 또다시 원수 같은 잠이 밀려들었다.

피곤해서 견딜 수가 없었다. 그때 로렌스가, 사랑하는 로렌스가 테메레르의 앞발에 손을 얹더니 그 위로 기어 올라와 용알 옆에 자리를 잡고 앉았다.

"내가 지킬 테니까 편하게 자. 나는 내일 비행 중에 자면 돼."

"고마워, 로렌스. 이제 안심이 된다."

테메레르는 그제야 제대로 잘 수 있을 것 같았다. 로렌스가 칼을 빼 무릎 위에 올려놓고 예리하게 갈 준비를 했다. 그 빛나는 칼을 보며 테메레르는 마음이 푹 놓여 눈을 감았다. 그리고 깊은 잠에 빠져들었다.

아침이 되자, 속에서 치받던 분노는 어느 정도 가라앉았으나 우울하고 비참한 기분은 그대로였다. 아무리 헛된 고생일지라도 도둑맞은 용알의 행방을 확실히 파악할 때까지는 추적을 멈출 수 없다는 굳은 결심이 패배감과 뒤섞였고, 한편으론 그 용알이 이미 비참한 지경에 이르렀을지 모른다는 불안감도 엄습했다. 테메레르는 마지막으로 남은 작은 용알에 코끝을 가져다대며 마음에 위안을 삼았다. 알은 딱딱해지기 시작한 상태였다. 조만간 새끼 용이 부화하면 이 알마저 도둑맞을 위험성은 사라지는 것이다. 하지만 테메레르의 입맛대로 부화가 빨리 될지는 알 수 없었다.

테메레르는 알에 대고 나지막하게 타일렀다.

"네 몸에 해롭지 않은 선에서 가급적 서두르는 게 좋겠어. 배가 고프다거나, 좀 날아보고 싶다거나 하는 생각이 들면 늑장부리지 말고 나와."

한편 이스키에르카는 보폭을 좁게 한 채 앞뒤로 왔다갔다 서성대고 있었다. 방향을 바꿔 돌아설 때마다 긴 꼬리가 옆으로 말리며 질질 끌렸다. 그러다 갑자기 꼬리 끝을 휙 치켜들며 말했다.

"어서 출발하자고. 날이 밝았잖아."

아직 해가 뜬 것은 아니었다. 하늘이 희붐하게 밝아오면서 지평선을 배경으로 이스키에르카의 윤곽이 검게 드러났고, 돌기에서 뿜어 나오는 수증기가 흰 구름처럼 흐릿하게 피어오르고 있었다. 아직 사람들도 탑승 전이었다. 해가 지평선 가까이 솟아오를 무렵에야 그들은 겨우 이륙할 수 있었다. 그리고 햇빛이 지상에 닿기도 전에 그들이 먼저 햇빛 속으로 날아올랐다.

추적을 재개한 지 얼마 되지 않아 도둑들의 흔적을 다시 발견했다. 타르케가 직접 내려가서 살펴보아야 했기 때문에 수상한 흔적이 있을 때마다 착륙해야 했다. 그렇게 시간이 지연될 때마다 초조해진 테메레르는 피가 바짝바짝 말랐지만 불평하지 않으려 애썼다. 밤에도 계속 추적하자고 자신과 이스키에르카가 우겨댄 바람에 타르케가 도둑들의 흔적을 놓칠 뻔했음을 알기 때문이었다. 테메레르는 비합리적인 언행을 하지 말자고 자신을 제어하는 한편, 네 번째로 착륙했을 때는 이스키에르카에게도 일러두었다.

"도둑들 흔적을 놓치면 알을 되찾을 가능성이 확 줄어. 그러니까 이렇게 착륙해서 흔적을 찾는 일은 시간 낭비가 아니라 오히려 시간을 벌어주는 거야."

"그래, 알아. 그런데 아직 멀었대? 땅바닥을 들여다보기만 하던데 뭐 이렇게 오래 걸려? 여긴 나무는 또 왜 이렇게 많아?"

테메레르의 등에 업힌 시저도 보챘다.

"착륙해 있는 동안 나 좀 내려주면 좋겠어. 너무 덥단 말이야."

하지만 테메레르는 등에 꼼짝 말고 업혀 있으라고 을렀다. 성가시게도, 간밤에 시저는 체중이 35킬로그램은 더 불어난 것 같았다.

이처럼 숲이 우거진 지역에서 도둑들을 찾는 일은 무척 힘이 들었다. 블루 산맥을 넘어왔음에도 사방에 숲이 우거져서 시선이 닿는 곳은 온통 나무뿐이었다. 그 사이로 난 빈 공간은 강이 흐르는 자리였다. 강물은 바다에서 멀리, 내륙을 향해 남쪽과 서쪽 방향으로 흘렀다.

"저 강은 남쪽 해안으로 흐르거나 호수 또는 내해로 흘러가겠군. 그렇다면……."

로렌스는 지상을 내려다본 후 이 대륙의 해안선이 표시된 지도로 시선을 옮기며 우울하게 말을 꺼내다 그만두었다.

그랜비가 소매로 이마를 닦으며 그 말을 받았다.

"그렇다면 기대가 되는데요. 호수를 가로지르는 여정이라면 나쁘지 않을 것 같습니다. 밀수업자 놈들도 가는 길에 어딘가에서 목은 축이지 않겠습니까?"

이동 속도가 끔찍하게 느려서 참기 힘들 정도였다. 나무들이 끝없이 스쳐 지나가고 강물이 굽이치며 저만치 멀어졌다. 이스키에르카는 이렇게 꾸물대며 가는 걸 그만두고 곧장 저만치 앞으로 날아가자고 했다. 테메레르도 그러고 싶은 마음이 굴뚝같았으나 로렌스와 그랜비의 뜻이 워낙 확고했기 때문에 자제하고 이스키에르카를 힘겹게 설득해가며 천천히 조금씩 나아갔다.

테메레르는 최대한 신중하게 속도를 늦추며 날아갔지만, 며칠이 지나도록 아무 흔적도 발견하지 못하자 타르케는 너무 빨리 날아와서 그렇다며 왔던 길을 되돌아가야 한다고 말했다. 엄청나게 천천히 날아왔는데 속도가 너무 빨랐다니 테메레르는 믿을 수가 없었다. 결국 아침이 밝아올 무렵, 다시 이륙하기에 앞서 로렌스는 바닥에 그림을 그려 테메레르에게 보여주면서 도둑들이 최대 속도로 이동했을 때의 이동 거리를 알려주었다. 테메레르는 비행 속도가 너무 빨랐음을 인정할 수밖에 없었다.

그후 사흘 동안 일행은 왔던 길을 되짚어가며 수색을 했다. 타르케는 맨 마지막으로 찾아낸 흔적을 한 번 더 꼼꼼히 살펴본 후에야 다시 앞으로 이동하자고 했다. 단서가 될 만한 것은 건지지 못했다. 그날 오후 잔뜩 절망한 테메레르는 물을 마시기 위해 강가에 착륙했다. 갈증이 나서 물을 마시기는 했지만 자신은 이 물을 마실 자격이 없는 것 같았다.

바닥을 살피던 타르케가 일어서며 말했다.

"로렌스 씨, 잠깐 얘기 좀 합시다."

테메레르는 얼굴 주변의 막을 곤두세웠다. 무슨 얘기를 나누는지 엿듣고 싶었지만 간신히 참았다. 다른 이들이 듣는 걸 원치 않기 때문에 로렌스만 따로 불러서 얘기하는 것이 아니겠는가? 타르케의 얘기를 듣는 로렌스의 표정이 심각해졌다. 그 비밀스러운 대화를 감히 엿들으려는 이는 아무도 없었는데 이스키에르카가 불쑥 나섰다.

"뭐라는지 들리질 않네. 그랜비, 가서 무슨 얘기를 하는지 듣고 와서 말해줘."

그랜비는 단호하게 거절했다.

"안 돼. 너도 가까이 가서 들을 생각 마. 안 그래도 넌 온갖 죄악을 다 저질렀는데, 남의 얘기를 엿듣는 죄악까지 추가되면 안 돼."

그때 로렌스가 테메레르에게 돌아와 나지막하게 말했다.

"테메레르, 내 얘길 듣기 전에 우선 마음 가라앉혀. 이스키에르카한테도 그러라고 좀 해주고……."

로렌스가 말을 맺기도 전에 테메레르는 절망해서 중얼거렸다.
"아…… 아, 타르케가 찾았구나…… 깨진 알의 파편들……."
"아니, 아니야, 테메레르. 오히려 그 반대라고 할 수 있어. 이 주변에 남아 있을 흔적이 없어지면 안 되니까 너랑 이스키에르카더러 얌전히 있으라는 거야. 타르케 얘기로는 어젯밤에 도둑들이 여기 머문 것 같대. 이 야트막한 모래언덕에 용알을 보관했던 흔적이 남은 것 같다고 해. 확신할 수는 없지만……."

듣고 있던 이스키에르카가 뒷다리를 일으켜 세우며 외쳤다.
"놈들이 이 근처에 있다는 거네!"
"가만, 가만히 있어!"

테메레르가 얼른 이스키에르카의 휘감긴 꼬리를 잡아 바닥에 누르며 말을 이었다.

"날개를 퍼덕여 땅에 남은 흔적을 지워버리면 타르케가 놈들 행방을 추정해낼 수가 없어. 그러니까 얌전히 기다려. 타르케, 그들이 어디로 갔는지 짐작이 가?"

테메레르는 흥분해서 날개가 떨릴 지경이었다. 우중충한 절망감이 단박에 씻겨 내려가는 기분이었다. 우리는 실패하지 않았다. 도둑들은 아직 우리 손아귀에서 완전히 도망치지 못한 것이다. 테메레르는 기뻐서 어쩔 줄을 몰랐다.

"오늘 아침에 몇 시간 비행하지 않았지만 수시로 착륙해서 이 정도 단서를 찾은 거잖아. 잘만 하면 오늘 해가 저물기 전에 놈들을 잡을 수 있겠네. 그런데 놈들이 여기 머물렀을 때 용알이 무사했던 건 확실해, 타르케? 놈들이 모닥불 근처에 알을 둔 거 맞아?"

"지금까지 내 입에서 나온 얘기만 가지고도, 넌 그 알이 여기 있었을 거라고 공상에 빠져 있는데 더 무슨 말을 해."

타르케는 무덤덤하게 대답했지만 테메레르는 확신이 없어서가 아니라 원래 말투가 그런 것뿐이라고 단정했다.

이스키에르카는 당장이라도 전속력으로 비행해 근방에 있을 도둑들을 잡자고 했으나 그랜비와 로렌스는 지금까지처럼 지그재그로 천천히 비행하며 샅샅이 수색해야 한다는 주장을 굽히지 않았다. 지금쯤 도둑들도 바짝 추적당한다는 걸 알아챘을 테니 말이다.

테메레르는 안타까워하며 로렌스에게 말했다.

"우리는 이렇게 덩치가 큰데 그놈들은 조그마하니 찾아내기가 힘드네. 아마 놈들은 나무 사이 어딘가에 숨어서 우릴 쳐다보며 고소해하겠지. '여기까지 잘도 쫓아왔네, 하지만 우릴 절대 못 찾을걸!' 이러면서."

"이런 말 하면 기분이 좀 나아질지 모르겠지만, 도둑들이 이 근처 어딘가에 숨어 있다면, 네가 근처의 초목들에 저질러놓은 일을 보고 절대 고소해하거나 웃지는 못할 거다. 그러니 조바심 치지 말고 차분히 있어."

그후 타르케가 착륙을 요청할 때마다 테메레르는 한마디 불평 없이 따랐고 이스키에르카도 마찬가지였다. 대신, 타르케가 땅

바닥의 흙이나 먼지 덩어리를 살펴보는 동안 그의 어깨 너머를 같이 흘끗거렸고, 타르케가 찾아낸 흔적에 대해 나름으로 추측을 해보았다. 타르케가 별다른 특징이 없어 보이는 부분을 가리키며 그것을 발자국이라 부르고 특별할 것 없는 덤불을 가리키며 놈들이 지나간 흔적이라고 말할 때마다, 테메레르는 알아듣는 척 고개를 끄덕였으나 실은 잘 이해할 수가 없었다.

며칠 후, 여전히 기어가듯 느리게 이동하던 일행은 강을 뒤로 하고 탁 트인 벌판으로 나왔다. 강이래야 북서쪽으로 흐르는 개울과 지류 정도지만, 이제 숲을 완전히 벗어나 덤불이 우거진 초원을 비행하게 된 것이다. 날갯짓을 할 때마다 먼지가 말도 못하게 올라와 테메레르는 기침과 재채기를 번갈아 해야 했다. 그러다 밤이 되면 그들은 비행을 멈추고 야영을 했다.

로렌스는 식수 문제로 걱정하고 있었다. 테메레르는 그런 사소한 문제에 신경을 분산시키고 싶지 않았다. 강을 뒤로하고 계속 비행하는 것이 편안한 여정은 아니겠지만, 밀수업자들도 같은 길을 지나가고 있으니 분명 근처에 물이 있을 것이었다.

비행 중에 그들과 함께하던 가느다란 개울이 끊어지며 저만치 사라지자 로렌스가 말했다.

"우리도 밀수업자들처럼 쉽게 물을 찾아 마실 수 있으리란 보장은 없어, 테메레르. 놈들은 소수라서 여러 날 마실 물을 몸에 지니고 이동할 수 있지만, 우린 그럴 수 없다는 것도 염두에 둬야 해."

"그렇지만 이곳엔 숲이 무성하지 않으니 멀리서도 물줄기를 쉽게 찾을 수 있을 거야. 도둑들도 그만큼 쉽게 우리 눈에 띄겠지. 놈들만 잡을 수 있으면 다른 건 걱정할 필요 없어."

그런데 배 쪽 그물에 들어가 있는 잭 텔리가 다른 죄수들에게 떠벌리는 소리가 들려왔다.

"우리 처지에서는 걱정하는 게 당연하단 말이지. 지나가다가 물을 찾는다고 치자. 그게 누구 입에 먼저 들어가겠어? 우리 차례는 오지도 않을걸."

테메레르는 어이가 없어 코웃음을 치며 텔리에게 말했다.

"저 아래 멋진 물웅덩이가 하나 보이거든. 그러니 불평은 그만하시지."

물웅덩이는 쉽게 시야에 들어왔다. 먼지투성이 벌판 위를 흐르는 은빛 물줄기. 그 주변에 늘어선 관목들과 가느다란 나무 몇 그루가 그들을 손짓해 부르는 듯했다. 다들 목을 축인 후, 타르케가 물웅덩이에서 약간 떨어진 곳에 있는 야트막한 언덕으로 일행을 불렀다. 그 언덕 정상에 도둑들이 잠시 머물며 식사를 한 흔적이 남아 있다고 했다.

타르케는 나뭇가지들이 흩어진 곳을 가리키며 말했다.

"여기서 불을 피우고 식사를 한 것 같습니다."

그곳에 서 있던 타르케가 잠시 옆으로 물러나자 테메레르는 조용히 코를 들이대며 냄새를 맡아보았다. 코로는 냄새를 맡을 수가 없었으나 혀를 내밀자 불에 탄 나무의 맛이 살짝 느껴졌다.

그때 타르케가 말했다.

"……여기다 그 알을 놓아두었군요."

테메레르의 눈에도 그 흔적은 확연히 보였다. 가느다란 나뭇가지로 틀을 만들고 나뭇잎과 풀잎을 긁어모아 만든 둥지였다. 안쪽이 매끈한 곡선을 그리며 비어 있는 그 둥지의 크기며 모양새는 리퍼의 알을 담기에 딱 알맞았다. 테메레르가 그 도둑이었어도 용알을 보관하기 위해 만들었을 법한 둥지였다.

로렌스가 타르케의 공로를 칭찬했다.

"사십 제곱킬로미터에 달하는 넓이의 숲과 들판에서 놈들 흔적을 찾아내 우릴 이곳까지 이끌다니 정말 대단합니다."

타르케는 고개를 저었다.

"칭찬은 놈들을 잡고 나서 해도 늦지 않을 겁니다. 내 눈에는 아직 놈들이 보이지 않는데, 로렌스 씨 눈에는 보입니까?"

테메레르는 하늘로 날아올라 주변을 살폈다. 사방을 둘러봐도 누군가 걸어가는 모습은 보이지 않았다. 몇몇 언덕에서 작은 먼지구름이 일어나기는 했는데 그것은 달음박질치는 화식조들이었고 저 멀리 들개 몇 마리가 보일 뿐이었다. 그래도 테메레르는 기운찬 목소리로 말하며 착륙했다.

"놈들이 최근에 여기서 식사를 했다면 우리도 꽤 가까이까지 접근한 거야."

타르케가 로렌스에게 말했다.

"낙담시키고 싶진 않습니다만, 그놈들은 이 지역을 상당히 잘 아는 것 같습니다. 길을 잘못 드는 법도 없고 머뭇거린 흔적도 없어요. 식사도 재빨리 해치운 걸 보면 음식을 가지고 다니거나 어디서 먹을거리를 찾아야 할지 안다는 뜻인데. 그들은 이곳에 물이 있다는 걸 알고서 이리로 왔고 야영을 했습니다. 우리처럼 공중에서 지상을 내려다볼 수 있는 것도 아닌데, 물이 있는 위치를 정확히 파악하고 온 거란 말입니다."

"지나치게 낙관적인지는 몰라도 나는 오히려 좀더 자신감을 갖게 됐습니다. 그들이 길을 잘 아는 건 맞지만, 그 길에서 벗어나 다른 길로 돌아가지 못하는 걸 보면 이 지역을 아주 잘 아는 것 같지는 않아서요. 우리는 공중에서 멀리까지 내다볼 수 있으니 유리한 점도 있다고 봅니다."

테메레르가 나섰다.

"그럼 그 유리한 점을 최대한 이용해야지. 다들 어서 탑승하라고 해."

죄수들은 마지못해 나무 그늘에서 나와 배 쪽 그물로 올랐고, 시저도 칭얼거리며 테메레르의 등에 업혔다. 그런데 포싱이 말했다.

"이 빌어먹을 텔리는 어디로 간 거지?"

잭 텔리의 모습이 보이지 않았다.

테메레르는 심드렁하게 말했다.

"갈 데가 어디 있다고."

여기서 반경 수 킬로미터까지는 아무것도 없는 허허벌판이었다. 죄수들 무리에서 탈출했다 해도 마땅히 갈 곳도 없었다. 그들은 그날 아침 야영지를 출발해 엄청나게 느린 속도로 지그재그 비행을 하며 15킬로미터 정도 이동했는데 이 지역은 죄수가 도망쳐서 숨어 살 만한 곳이 아니었다.

텔리의 모습을 마지막으로 본 사람 얘기를 들어보니 텔리는 물을 마신다며 물통을 들고 물웅덩이로 갔다고 했다. 다른 죄수 한 명도 텔리가 물통을 들고 가는 모습을 봤다고 했다.

랜킨은 더 들을 필요도 없다는 듯 결론을 내렸다.

"그러니까 도망쳐서 야생 지역으로 들어갔다는 얘긴데, 중국까지 육로로 이어져 있다는 멍청한 소리를 믿고 그런 게야. 놈이 물통 하나만 훔쳐서 달아난 걸 다행으로 여겨야지. 아마 덤불에 숨어서 우리가 얼른 떠나줬으면 할 텐데, 우리가 그놈을 찾느라 한 시간을 허비해야 할까? 스스로 어리석은 선택을 한 멍청이를 도로 데려오기보다는 우릴 여기까지 오게 한 소중한 용알을 찾는 일을 서두르는 게 더 가치 있지 않을까 싶군."

"우리에겐 시간이 별로 없어."

테메레르는 이렇게 말하며 걱정스러운 눈으로 로렌스를 바라보았다.

로렌스가 말했다.

"그래도 시간을 내야지. 방금 전에 지나온 지역만이라도 공중에서 살피면서 이름이라도 불러봐야 해. 그는 우리 책임이고 우리가 데려온 일행 중 한 명이니까. 그가 탈출했다고 치자. 이 부근에 문명의 흔적이라곤 없는데 이런 데서 탈출한다는 건 누가 봐도 이상한 일이야. 더위를 먹었거나 비행 멀미로 방향 감각을 잃고 헤매다가 관목 숲으로 들어가 길을 잃었다면 몰라도."

이스키에르카가 끼어들었다.

"자기가 멍청해서 들판을 헤매다가 못 돌아왔는데 왜 우리가 신경을 써야 하지? 그자가 알에 들어 있어서 남의 손에 이리저리 끌려 다니는 것도 아니고 제 몸을 스스로 챙기지 못하는 것도 아닌데 말이야."

테메레르는 로렌스와 언쟁할 생각은 없었으나 이스키에르카의 생각에 동조하고 있었다. 결국 로렌스의 지시로 테메레르는 공중에서 맴을 돌아야 했다. 그런데 배 쪽 그물에 탄 죄수들은 잭 텔리를 소리쳐 부르기는커녕 자기네끼리 떠들고 있었다. 그중 한 명이 "그 자식은 제대로 탈출을 한 모양이야. 중국까지 절반은 왔으니 이제 나머지 절반만 가면 되겠지. 그런데 우리 신세는 이게 뭐냐. 괴물의 배에 매달려 뒷골목 싸구려 창녀처럼 이리저리 흔들리고 있으니"라고 말하는 소리를 듣고 테메레르는 역시 이스키에르카가 맞았구나 싶었다. 잭 텔리는 사고가 아니라 탈출한 게 맞는 듯했다. 아무리 불러도 대답도 없고, 덤불 밖으로 나와 손을 흔들지도 않았다.

테메레르가 말했다.

"계속 숨어 있기로 작정한 모양이야, 로렌스. 엄청 큰 소리로 계속 이름을 불렀는데 못 들었을 리 없어."

그리고 비난조로 덧붙였다.

"덕분에 도둑들도 우리가 온 걸 알고 몸을 사리면서 꽁꽁 숨겠지."

시드니를 출발하기 전부터 텔리가 골칫거리였다는 말을 덧붙이려다 말았다. 사실 텔리는 끝없이 불평만 늘어놓고 도움이 되는 일이라고는 하지 않았다. 텔리가 더는 여정을 함께하지 않는다 해도 테메레르는 별로 아쉬울 게 없다고 생각했다.

로렌스가 말했다.

"이해가 되지 않아. 배 쪽 그물로 내려가서 잭 텔리의 죄목과 형량, 예전 직업이 무엇이었는지 물어보고 와, 디마니."

디마니는 테메레르의 옆구리를 타고 내려가 배 쪽 그물에 있는 죄수들과 얘기를 나눈 후 민첩하게 등으로 올라와 보고했다. 텔리는 한때 목수 기술을 배워서 자칭 목수로 통했다고 했다. 열여섯 살 때 2파운드 5실링 7펜스의 빚을 졌고 그 빚을 갚기 위해 남의 집을 털었는데, 그게 목수 일보다 수입이 짭짤해서 남에게 존경받는 인사가 되겠다는 희망을 포기하고 본격적인 밤도둑이 되었다. 그러다가 체포되어 20년 유배형과 중노동형을 선고받았다고 했다.

"그런 자가 이 황무지에서 뭘 하겠다고 도망을 쳤을까?"

로렌스가 중얼거리자 랜킨이 나섰다.

"아무리 봐도 고의로 도망친 것 같은데 왜 그렇게 못 믿어줘서 안달인지 모르겠군. 그자는 모든 게 잘되리라 생각하고 탈출했을 텐데 말이오. 남한테 손가락질받을 일 없는 목수라는 직업을 가졌던 자가 분수에 넘치는 빚을 지고 도둑이 되어 남의 집에 침입했고, 결국 체포돼서 유배형을 온 거잖소. 그런 삶을 살아온 사람의 행동을 과연 이성적으로 유추할 수 있을지 의문이오."

그러고는 냉정하게 덧붙였다.

"게다가 그자는 사회에 아무런 보탬이 되지 않는 자란 말이오.

그러니 도둑맞은 용알을 찾는 게 더 중요하단 거지. 댁의 저 중국인 친구도 용알을 훔쳐간 자들이 프랑스 스파이들일지 모른다고 의심하는 것 같던데. 계속 그렇게 잭 텔리를 찾아다니자고 고집을 피우다간 도둑들을 놓치고 말 거요. 그렇게 되면 나로선 정부에 이 사안을 보고할 때 댁에 대해, 그리고 댁의 뜻에 동조한 그랜비 대령의 그릇된 판단에 대해 긍정적으로 말하지는 못할 거요."

랜킨이 로렌스에게 공격적인 발언을 하고 있음에도, 텔리를 그만 찾고 용알을 찾으러 가자는 뜻에는 동의할 수밖에 없어서 테메레르는 찝찝한 기분이었다. 속으로는 랜킨 당신도 사회에 아무런 보탬이 되지 않는 자이긴 마찬가지라고 생각하고 있었다. 그러나 용알을 찾는 것이 급선무라는 주장에는 이론의 여지가 없었다. 테메레르가 고개를 돌려 로렌스에게 말을 하려는데, 이스키에르카가 그들 쪽으로 돌아섰다. 그리고 그랜비가 다급히 말했다.

"로렌스, 정말 미안한데 그 친구는 어디 가서 목이 부러져 죽은 게 아니라면 발견되고 싶어하지 않는 것 같습니다. 그리고 이스키에르카가 더는 못 참겠다는데요."

로렌스는 잠시 생각한 후 결정을 내렸다.

"그래, 용알을 계속 쫓기로 하지."

아침부터 해온 지그재그 비행을 이스키에르카와 함께 재개한 테메레르는 목덜미에 앉은 로렌스에게 말했다.

"텔리 때문에 너무 괴로워하지는 마, 로렌스."

이스키에르카가 약간 위쪽에서 날았고, 두 용은 방향을 교차해가며 비행했다. 어느 한 부분이라도 놓치는 일이 없도록 같은 곳을 두 번씩 살피기 위해서였다.

로렌스가 대답했다.

"아니, 괴로울 건 없어. 이상하다는 생각이 들어서 그래. 군대에서 탈영하는 자들을 자주 봐서 아는데, 당장 도망쳐서 얻을 게 있다거나 근처에 항구가 있을 때 탈영을 한단 말이야. 보통은 여자와 함께 살려고 그런 짓을 하지. 텔리가 물통 하나가 아니라 럼주 한 상자를 훔쳐 달아났다면 작정하고 도망쳤구나 하는 생각이 들었을 거야. 아무래도 그랜비의 예상이 맞는 것 같아. 그 불쌍한 놈이 길을 잘못 들어서 큰 바위의 갈라진 틈새로 떨어지고 말았겠지. 밤에 울어대던 들개들이 그에게 달려들거나 아니면 갈증으로 서서히 죽어갈 거야. 여긴 녹록한 땅이 아닌데 그런 곳에 버리고 와서인지 마음이 좋지가 않구나."

그날 오후에도 그날 저녁에도 그들은 밀수업자들을 찾아내지 못했다. 그들은 깊어지는 땅거미 속에서 비행을 계속했다. 어둠은 벌판을 물들이던 색깔을 걷어냈고, 아주 작은 모닥불이라도 찾아내기 위해 폭을 더욱 좁히며 지그재그로 날았으나 성과가 없었다.

황혼이 짙어지면서 지상에도 어둠이 빠르게 드리워졌다. 관목들이 작고 까만 덩어리로 뭉치며 바닥에 들러붙은 듯 눈에 잘 들어오지 않았다. 색 바랜 하늘을 배경으로 검은 막대기처럼 서 있는 나무들은 묘목처럼 가늘고 긴 몸통에 작게 뭉친 잔가지들, 그리고 그 위에 얹혀 있는 나뭇잎들 때문에 마치 펠로우스가 안장 죔쇠나 카라비너를 문질러 닦을 때 쓰는 솔 같았다. 하늘의 별들은 맑고 밝았다. 차갑게 반짝이는 별빛들과, 진주알처럼 길게 흩뿌려진 은하수.

마침내 그들은 추적을 중단하고 가라앉은 기분으로 야영 준비를 했다.

"배고파."

이스키에르카가 짜증스럽게 내뱉었다. 그날 사냥감을 별로 잡지 못해 충분히 먹지 못한 터였다.

그렇지만 테메레르는 어제만큼 기분이 가라앉지는 않았다.

"어쨌든 오늘은 두 번이나 놈들을 잡을 뻔했잖아. 오늘 놈들이 머문 자리를 확인했으니까 내일은 더 가까이 접근할 수 있겠지. 알이 무사하다는 걸 알았으니 그것만으로도 힘들게 여기까지 온 보람이 있어."

"그래, 아직 알이 산산조각 난 게 아니니까 무사하다고 말할 수도 있겠지."

이스키에르카는 기운 빼는 소리를 내뱉고는 몸을 둘둘 말고 잠을 청했다.

여기는 마실 물이 없었다. 낮에 비행하면서 본 마지막 물줄기는 12킬로미터는 되돌아가야 찾을 수 있었고, 추적선상에서도 4킬로미터는 벗어나 있었다. 장교들은 한 잔씩 물을 따라 마시고 죄수들에게도 같은 양을 배급했다. 그리고 그보다 적은 양의 럼주를 나눠주고 건빵을 돌렸다.

그런데 식사 중에 오디가 큰 소리로 괴상한 말을 지껄여 테메레르는 당황스러웠다.

"이 낯선 땅에 잭 텔리를 버려두고 왔으니 용알 도둑인지 뭔지 찾는 건 글러먹었어. 텔리는 굶어 죽거나 들개 먹이가 되겠지. 안 그래? 텔리의 몸뚱이는 저 뒤에서 썩어가겠지만 그의 영혼은 원한 맺힌 유령이 되어 우릴 쫓아올 거란 말이야. 텔리의 저주가 내렸으니 우린 용알 도둑을 절대 못 잡아. 외롭게 죽어간 텔리는 동반자를, 동료를 원해. 그러니 우린 늙어 꼬부라질 때까지 죽기 살기로 헤매고 돌아다녀봤자 영영 산 사람을 못 만날 거다."

그 얘기를 주워들은 테메레르는 몹시 불안해하며 말했다.

"로렌스, 로렌스. 오디의 말이 정말일까? 텔리를 버리고 떠날 때 저런 생각은 못 했어. 텔리가 우릴 저주해서 용알을 찾지 못하게 방해할 줄 알았으면, 빨리 그곳을 떠나자고 재촉하지 않았을 텐데."

"네가 그토록 미신에 얽매일 줄 몰랐는데 놀랍구나, 놀라워, 테메레르."

하지만 그 말은 테메레르에게 그나지 위안이 되지 않았다. 로렌스는 성령의 존재를 확고하게 믿는 사람이니, 분명 유령의 존재도 믿을 것이다. 성령은 믿으면서 유령은 믿지 않는다는 건 논리적으로도 말이 되지 않으니까.

로렌스가 내일 일정을 의논하러 타르케와 그랜비에게 간 동안 테메레르는 롤랜드를 조용히 불러 물어보았다. 롤랜드가 대답했다.

"글쎄, 난 유령 같은 건 믿지 않아."

옆에서 칼을 점검하던 디마니의 대답은 달랐다.

"난 믿어. 일행이 죽어가는 나를 버려놓고 떠나면, 나는 유령이 돼서 끝까지 따라다닐 거야."

그러자 롤랜드가 말했다.

"텔리의 영혼이 우릴 따라다닐 수도 있겠지. 하지만 우릴 따라다니며 괴롭힐 능력이 있다면, 애초에 우리가 자길 찾을 수 있게 도움을 줬어야 하지 않을까."

"이제 와서 그런 말 해봤자 소용없어. 유령은 육신이 있을 때와는 다른 존재거든."

디마니는 네가 뭘 알겠느냐는 투로 말했고, 롤랜드는 대꾸할 말을 찾지 못했다.

"아닌 말로 우리가 주변을 전혀 찾아보지 않은 것도 아니고, 텔리를 일부러 버려두고 온 것도 아니잖아."

롤랜드는 이렇게 말했지만 사람들은 여전히 불안해하는 분위기였다.

그때 메이너드가 럼주에 취해 혀 꼬인 소리로 주절거렸다.

"잭 텔리 그 녀석은 늘 시끄럽게 투덜댔지. 높은 자리에 있는 어떤 분은 우릴 이 오지에 처박아놓고도, 텔리가 이러쿵저러쿵 불만을 얘기하면 싫어했어. 그리고 여기 있는 어떤 이들은 서둘러 출발해야 한다고 재촉하면서, 불쌍한 텔리를 위해서는 눈물 한 방울 흘리지 않았더랬어."

작은 목소리가 아니어서 주변에 다 들릴 정도였다. 이 말을 하면서 메이너드는 시저와 얘기하며 서 있는 랜킨을 의미심장하게 쏘아보았다.

평소에 메이너드는 다른 죄수들을 꼬드겨 럼주 내기를 하고 남의 럼주를 싹쓸이해서 마시곤 했다. 마른 체격인 여느 죄수들에 비해 몸집이 두 배는 컸으나 일은 다른 죄수들 절반도 채 하지 못했다. 그렇지만 그는 듣기 좋은 바리톤 음색으로 끝없이 노래를 부르거나 즐거운 얘기를 들려줘서 흥을 돋우는 편이었다. 평소에 불평하는 일이 거의 없는 메이너드였기에 그가 쏟아내는 비난은 한층 설득력 있게 받아들여졌다. 테메레르는 죄책감을 쉽게 떨칠 수 없었으나, 한편으로는 잠시나마 속으로 자신의 행동을 정당화했다. 늘 불평만 해대는 텔리를 계속 데리고 다녔으면 더 큰 고역이었을 거라고.

테메레르가 말했다.

"어쨌든 우리가 일부러 버리고 온 건 아니었어. 텔리한테 혼자 멀리 가서 구덩이 같은 데 떨어지라고 말한 사람도 없었어. 그리고 잠깐 동인이지만 그를 찾아나녔잖아."

그러나 잭 텔리가 이 주장을 순순히 받아들일지 확신할 수도 없거니와 앞으로 그들 일행을 따라다닐지 말지도 전적으로 그의 유령이 결정할 일인지라, 테메레르는 달리 마음의 안정을 찾을 길이 없었다. 사악한 영혼이 마지막 남은 용알 안에 스며들지 못

하도록, 엎드린 채 용알을 최대한 가까이 품는 것만이 테메레르가 할 수 있는 유일한 일이었다.

8

더는 운이 따라주지 않는 걸 보면, 잭 텔리가 정말로 일행에게 저주를 내린 것 같다는 생각이 테메레르의 뇌리를 스쳤다. 지상을 살피고 또 살폈으나 항상 도둑들보다 한발 늦거나 아니면 너무 앞서나갔다. 놈들은 걸어서 이동하는 만큼, 남겨놓은 흔적도 달팽이가 기어가는 것만큼이나 느릿하게 이어졌다. 오늘은 도자기 파편 하나, 내일은 용알을 놓아둔 둥지. 이런 작은 흔적들을 따라가자니 곧 붙잡을 수 있을 것 같아 감질이 나고 애가 탔다.

불안한 밤을 보낸 테메레르는 새벽이 밝아오기도 전에 편치 않은 기분으로 눈을 떴다. 고개를 들고 주변을 살펴보니 모두 잠들어 있었고, 저 멀리 지평선의 윤곽이 점차 뚜렷해지고 있었다. 지평선이 아득히 멀게 느껴졌다. 어젯밤에 비행하는 동안 숲 사이에 빈 공간이 있어 주목했으나, 땅에 거꾸로 세워놓은 빗자루 같은 덤불들과 야트막한 언덕이 전부였다.

새벽의 회색 기운이 지상을 덮으며,

검은 땅을 배경으로 뒤엉킨 풀들과 어두운 관목들을 서서히 드러냈다. 이어서 거대한 사발 같은 하늘에는 태양의 등장에 앞서 푸른색이 퍼져나갔고 점차 세상이 색색으로 물들기 시작했다. 그러나 그것은 끔찍하고 기이한 색이었다. 테메레르와 일행들이 누워 있는 땅은 벽돌의 깨진 단면처럼 선명한 붉은색을 띤 모래로 뒤덮여 있었다. 마치 모래 위에 붉은 페인트를 칠해놓은 것 같았다. 풀들은 죄다 건초처럼 누렇게 시들었고, 푸른 풀잎은 단 하나도 없었다.

그들 일행의 야영지 한옆에 자란 덤불들은 그나마 덜 괴상했는데, 그 덤불들의 잎사귀만 암녹색을 띠며 아침 이슬에 빛나고 있었다. 그러나 그 덤불들과 지평선 사이의 나무들은 불에 탄 것처럼 검었다. 나무껍질마다 온통 시커멓게 그을음이 끼어 있었는데, 아래쪽 가지에는 불에 타 쭈글쭈글하게 말려 올라간 잎사귀들이 붙어 있는 반면 위쪽 가지 끄트머리에는 싱싱한 푸른 잎이 돋아나 한층 괴이한 분위기를 자아냈다.

하늘에는 구름 한 점 없고 땅에는 물 한 방울 없었다. 근처에 살아 움직이는 생명체라곤 보이지 않았다. 이토록 기묘한 곳은 처음이었다. 텅 비고 황량하며 춥기만 하고 별 쓸모도 없는 타클라마칸 사막을 지날 때도 지금처럼 뭔가 잘못된 곳에 있는 듯한 기분은 느끼지 않았다. 타클라마칸 사막의 오아시스에는 포플러도 자라고 누워 쉴 만한 풀밭도 있었다. 오아시스를 제외하면 온통 모래이고 식물도 자라지 않았지만 그래도 여기처럼 괴이한 분위기는 아니었다.

초조해진 테메레르는 로렌스를 슬쩍 밀었다.

"로렌스."

로렌스는 테메레르의 앞발에 기대어, 작은 용알 옆에 앉아 졸고 있었다.

"로렌스, 좀 일어나봐."

"어, 왜?"

로렌스는 잠에 취한 목소리로 얼굴을 손으로 비볐다.

"겁이 나는 건 아니야. 일행들을 걱정하게 만들고 싶지도 않고. 그렇지만 아무래도 우리가 저승에 온 것 같아. 달리 이 분위기를 설명할 수가 없어."

"……무슨 말을 하는 거냐?"

로렌스는 눈을 뜨고 일어서서 주변을 둘러보았고 더는 말을 잇지 못했다.

테메레르가 말했다.

"어젯밤에 여기서 쉬지 말고 계속 비행할걸 그랬나 봐. 어쩌면 잭 텔리의 유령이……."

"여긴 저승이 아니야!"

그러나 잠에서 깬 다른 이들도 테메레르와 같은 생각을 하는 듯했다. 건빵으로 아침을 때우면서 어느 멍청한 죄수가 중얼거렸다.

"이렇게 더운 내륙으로 들어오면 더는 건빵을 안 먹어도 될 줄 알았어. 어쨌든 우린 중국에 있는 거잖아. 너도나도 오고 싶어하던 중국인데 뭐 이러냐."

다른 죄수들도 동의하는 분위기였다. 그들은 여기가 중국이라고 확신했다. 격분한 테메레르가 "여긴 중국 아니거든. 여기서 바다를 건너가야 중국이 나와. 그곳은 여기와는 달리 아주 멋진 곳이야. 용들이 수만 마리 살고 있어"라고 말했지만 죄수들은 우스꽝스러운 확신을 버리지 않았다.

오디는 이 상황이 재미있다는 듯 다른 죄수들에게 말했다.

"바로 그거야. 여긴 중국 안에서도 아주 외딴 곳이겠지. 이제 아침이 되면 저기 서쪽에서 용들이 떼 지어 날아와 우릴 집어삼키겠구나. 그럼 우린 악마의 땅으로 끌려가겠지."

그 말이 어찌나 한심한지 테메레르는 얼굴 주변의 막을 축 늘어뜨렸다.

도싯은 막대기 끝으로 땅바닥을 이리저리 긁어보고 선명한 붉은색 흙을 자세히 살펴보더니 말했다.

"토양에 함유된 미네랄 성분 때문에 이런 색깔을 띠는 것 같습니다."

타르케는 눈 위에 손을 대고 사방을 살피며 말했다.

"다시 길을 되짚어가야겠습니다. 놈들보다 너무 앞서 와버렸어요."

"내 생각에도 그놈들이 이쪽으로는 오지 않았을 것 같네요."

그랜비는 타르케의 말에 동의하며 주변을 다시 한 번 둘러보더니 손으로 팔을 문질렀다. 다른 이들도 대부분 그랜비처럼 초조하게 주변을 둘러보고 있어서 테메레르도 한 번 더 사방을 살폈다. 붉은 흙으로 뒤덮인 괴상한 땅 한가운데에 있으니 기분이 묘했다.

테메레르가 말했다.

"우울한 곳이야. 여기서 안락하게 살 수 있는 사람은 아무도 없을걸. 어젯밤에 본 그 물웅덩이 쪽으로 돌아갈 거지? 죄수들이 인상 찌푸리면서 투덜거리기 전에 목을 축이게 해줘야겠어."

마침내 이륙한 그들은 끝없이 지그재그를 그리며 시선은 땅에 고정한 채 5킬로미터 정도를 비행했다. 얼마 되지 않는 거리인데도 두 시간이나 걸렸다. 그때 갑자기 이스키에르카의 등에 타고 있던 타르케가 몸을 앞으로 숙였다. 테메레르는 이스키에르카를 따라 지상으로 내려갔다. 이스키에르카의 등에서 세 번 만에 훌쩍 모래 위로 뛰어내린 타르케는 허리를 굽히며 붉은 모래더미를 살펴보았다. 둥글게 움푹 팬 부분이 리퍼의 알이 놓였던 자리임을 짐작할 수 있었다. 그리고 그 옆에 튀어나온 검붉은 바위에는 얼마 전에 찍힌 듯한 연한 황토색 손자국이 햇빛을 받아 삭막하게 빛나고 있었다.

한 시간 후 이스키에르카는 그랜비를 태우고 시드니로 돌아갔다. 물론 곱게 돌아가진 않았고 상당한 언쟁과 감정 소모가 있었다. 이스키에르카는 일행을 두고 떠나지 않으려 했고 그랜비도 마찬가지였지만 다른 도리가 없었다. 용알을 훔친 자들이 밀수업자들이라면 밀무역에 이용하는 지정된 항구를 향해 가겠지만, 원주민들이라면 내륙 어디로든 갈 수 있고 어쩌면 같은 자리에서 맴돌 수도 있었다.

그랜비가 말했다.

"좋습니다. 밀수업자들 짓이 아니라고 치죠. 그런데 원주민들이 용알을 가져다가 어디에 쓴답니까? 원주민들은 우리에게 특별히 호의를 보이지 않고 있고, 영국인들이 이 땅에 발을 디디기 전까지는 용이라곤 본 적도 없을 겁니다. 그런 원주민들이 우리와 같이 다니는 테메레르나 이스키에르카나 시저를 보고도, 과연 그 옆에 있는 용알을 훔쳐다가 직접 부화시킬 마음이 들었을까 의문이네요. 한마디로 미친 짓이잖아요."

그랜비의 새로운 지적에 모두 할 말을 잃었다. 황토색 손자국 말고도 묵직한 붉은 모래 위에는 맨발로 디딘 발자국들이 찍혀 있었다. 타르케는 도둑들이 식사 후에 남긴 찌꺼기도 발견했다. 구워서 알맹이만 먹고 내버린 콩꼬투리, 근처 덤불에서 뜯어낸 산딸기 줄기. 원주민이 남긴 흔적이 분명했다. 백인 밀수업자라면 독에 감염될지도 모르는데 들판에서 아무 식물이나 뜯어 먹을 리 없었다.

타르케는 어깨를 살짝 으쓱하며 말했다.

"왜 용알을 훔쳤는지는 확실히 파악할 수 없지만, 지금까지 이동한 경로가 깔끔한 걸 보면 몇 가지 의문에 대한 답을 내릴 수 있을 것 같습니다. 밀수업자라면 해안 쪽으로 방향을 틀었을 법도 한데 계속해서 내륙 깊숙이 이동하는 게 이상하다는 생각은 이미 하고 있었습니다. 게다가 프랑스가 백 년간 이곳을 식민지로 삼았다고 가정하더라도, 원주민이 아닌 이상 이만큼 길을 잘 알고 수월하게 이동하는 건 불가능합니다."

그러자 랜킨이 나서서 성급하게 결론을 내렸다.

"원주민 녀석들은 우리가 그 용알을 소중히 여기는 것 같으니까 훔친 거요. 우리가 그걸 보물이나 되는 양 단단히 싸놓았잖소. 무슨 설명이 더 필요할까 싶소만. 아마 놈들은 자기네가 훔친 물건에서 새끼 용이 나올 줄은 생각도 못 하고, 보석의 한 종류인 줄로만 알 거요."

로렌스의 생각은 달랐다. 예전 같으면 그도 원주민들의 힘은 유럽에 대적할 정도로 강할 리 없으며, 조직력과 군사력도 유럽과는 비교할 수 없는 미미한 수준이라고 여겼을 것이다. 이 황량한 풍경을 둘러보노라면, 아프리카의 무성한 나무숲 한가운데 숨겨져 있던 거대한 츠와나 왕국처럼 이곳에도 대단한 원주민 왕국이 숨겨져 있으리라고는 믿기 어려웠다. 그럼에도 원주민들의 힘을 우습게 여기는 추측은 함부로 할 수가 없었다.

"우리가 쉴새없이, 있는 힘을 다해 수일에 걸쳐 수색했는데도 그들은 우리 손아귀를 잘 빠져나갔습니다. 그러니 그들의 능력을 인정하고 좀더 신중하게 접근해야 합니다. 이곳에도 새와 뱀이 있습니다. 원주민들도 새알과 뱀알을 보았을 테고 자기네가 훔친 것이 알의 일종이라는 것을 유추해냈을 겁니다. 우리가 테메레르, 이스키에르카, 시저와 함께 이동하는 것을 보고는 그 물건이 용의 알이라고 짐작했겠죠. 원주민들로선, 뉴사우스웨일스로 들어온 자들이 땅을 강탈해 농사짓고 사는 모습이 좋게 보일 리 없을 겁니다. 백인들에게 저항할 수 있게, 힘의 균형을 이루게 해주는 것이 있다면 수중에 넣고 싶겠죠."

로렌스의 말에 랜킨은 어깨를 으쓱하며 비꼬았다.

"좋소. 그렇다면 야만스러운 원주민 수천 명이 우리에 대한 증오를 품고서 밤중에 습격할 수도 있으니 두려움에 떨어야겠군. 아주 멋진 생각이에요."

지금보다 더 깊숙이 내륙으로 들어가 장기간 힘들게 수색을 해야 할지 모르는 상황이었다. 그러니 이제 이스키에르카를 시드니로 보내야 했다.

로렌스가 그랜비에게 말했다.

"용알 도둑들이 우리를 피해 계속 숨어서 이동하게 두고 그 뒤를 밟아 그들의 이동 경로를 파악할 생각이네. 이미 수주일이 지났는데 우리 쪽에서 아무 소식도 받지 못했으니 라일리 함장은 무척 초조할 걸세. 산맥을 넘어 여기까지 오는 길을 찾는 데만 이미 시간을 너무 많이 썼어. 지금쯤 라일리는 우리가 돌아오기만 매일같이 기다리고 있겠지."

"앞으로도 추적을 계속하실 것 아닙니까. 이런 사막 한가운데에 로렌스 씨를 남겨놓고 떠나자니 내키지가 않습니다."

"그래, 편한 길을 가고 있는 것은 아니지. 원주민들이 우리와 우호적인 사이는 아니지만 프랑스인은 아니니 그나마 안심일세. 그들이 훔쳐간 용알에서 새끼 용이 부화한다 해도, 우리 쪽에 테메레르가 있는 한 미들급 용 한 마리로는 뉴사우스웨일스에 별다른 해를 끼칠 수 없어."

그러나 그랜비는 일행을 두고 시드니로 돌아갈 수는 없다고 버텼고, 이스키에르카도 마찬가지였다. 이스키에르카는 더 들을 필요도 없다는 듯 말을 잘랐다.

"용알을 되찾기 전에는 어디에도 안 갈 거야. 그러니 더 왈가왈부할 것도 없어. 라일리가 좀더 기다려주면 돼."

그러나 라일리로서는 마냥 기다릴 수만은 없을 것이다. 원래 일주일 안에 시드니로 복귀하기로 한 탐험대가 거의 3주째 아무 연락도 없이 돌아오지 않고 있었다. 헤비급 용 두 마리와 30명의 인원으로 구성된 탐험대에 불행한 사태가 발생했다고 여길 수밖에 없으리라. 그러나 뉴사우스웨일스 식민지에는 구조대로 보낼 인력도 용도 없었다. 로렌스 일행을 낯선 땅에서 실종된 것으로 처리하고 라일리는 이미 재앙과도 같은 그 소식을 영국에 전하기 위해 시드니 항구를 떠났는지도 몰랐다.

테메레르도 이번만큼은 이스키에르카를 시드니로 보내자는 로렌스의 의견에 동조하지 않았다.

"이스키에르카랑 다니는 게 좋아서 그러는 건 아니고, 나 혼자서 용알을 되찾지 못할 것도 없지만, 그래도 이렇게 돌려보내는 건 아니다 싶어. 이스키에르카를 동행할 가치도 없는 용으로 취급하는 것 같잖아. 이스키에르카가 사냥은 꽤 잘한다는 건 부정할 수 없는 사실이기도 하고."

"오늘 낮에 비행하면서 느꼈지만 이 지역에는 사냥감이 많지 않아. 앞으로 내륙 깊숙이 들어가면 사냥감이 더 적어질 텐데, 그땐 이스키에르카를 돌려보내길 잘했다는 생각이 들 거다. 같은 구역 내에서 너희 둘 모두 배불리 먹을 만큼 사냥감을 넉넉하게 구하기 어려울 테니까. 그보다는 이스키에르카와 그랜비가 이번 일 때문에 오랫동안 이 대륙에 갇혀 지내게 될까 봐 더 걱정이야. 라일리가 이미 항구를 출발해 영국으로 떠났다면 그 둘은 여기서 꼼짝없이 수년간 머무를 수밖에 없어."

"글쎄, 그 문제라면 나도 할 말이 좀 있는데, 이스키에르카는 영국으로 돌아가도 된다면서 왜 나만 이 식민지에 발목 잡혀 있어야 하는지 모르겠어. 이스키에르카가 정부에 나보다 더 충성하는 것도 아니잖아. 물론 나도 앞으로의 상황은 예상이 돼. 용 알을 도둑맞는 게 늘 있는 일은 아니니까, 이번에 잃어버린 용알을 되찾으면 이스키에르카는 여기 머무는 걸 다시 지긋지긋해하겠지. 여하튼 내륙에 먹잇감이 별로 없어서 이스키에르카를 돌려보내는 거라면, 시저도 같이 보내는 게 좋지 않을까?"

테메레르는 은근히 시저를 시드니로 보내고 싶어했지만, 로렌스가 판단하기에 그건 바람직하지 않았다. 시저와 랜킨이 뉴사우스웨일스 식민지의 갈등 상황에 개입하지 않게 막는 것은 이제 더는 긴급한 사안이 아니지만, 그렇다고 개입을 부추길 필요는 없었다. 더군다나 시저는 이스키에르카와 달리 얼리전스 호를 타고 영국으로 떠나게 되어 있는 것도 아니었.

그랜비는 마지못해 말했다.

"시드니로 일단 갔다가 돌아오겠습니다. 가는 길마다 우리가 보고 찾아올 수 있게 표시를 남겨주세요. 도보로 이동하는 자들을 추적하니까 이동 속도는 빠르지 않겠네요. 도둑들이 아무리 빨리 걷는대도 하루에 오십 킬로미터가 한계일 테니까요. 라일리 함장이 우리에게 시간을 더 주기로 결정하는 즉시, 다시 돌아오겠습니다. 내륙에 있는 큰 나무를 가져다가 돛대를 새로 만들어서 달자고 하면 라일리 함장도 찬성할 것 같으니, 그걸 핑계 삼아 우릴 보내줘도 좋고요. 우리가 내륙을 가로질러 이 도둑들을 추적해서 시드니 반대편 해안에 다다르는 동안, 라일리 함장은 얼리전스 호를 타고 그 지점으로 와서 우리와 합류하면 될 겁니다."

그들은 간단히 결정을 내리지 못했다. 이스키에르카가 시드니로 돌아가는 것을 계속 거부하고 있었고, 이대로 죄수들을 동반하는 것도 문제였다. 죄수들을 전부 돌려보내든지, 아니면 어디 안락한 골짜기에라도 보내 임시로 머물게 해야 했다. 하지만 그랜비는 노동력을 제공해줄 사람들도 없이 로렌스를 남겨놓고 갈 수는 없다고 했다.

"믿을 만한 자들은 아니지만 데리고 있으면서 인부로라도 쓰세요. 용알을 훔쳐간 자들을 찾아내서 그 용알을 도로 빼앗아오려면 로렌스 씨와 테메레르의 능력만으로는 모자랄 겁니다. 새끼 용이 부화하는 중이라면, 테메레르 하나쯤은 별로 힘들이지 않고 꼼짝 못하게 만들 수 있어요. 아무리 어린애라도 돌멩이를 들고서 용알을 내리치겠다고 위협하면, 테메레르는 훈련을 잘 받은 사냥개처럼 순종하지 않고는 못 배길 테니까요. 게다가……."

그랜비는 목소리를 낮추고 덧붙였다.

"랜킨은 좋은 동료도 아니고, 못 믿을 인간이죠. 물론 공정하게 평가하자면 겁쟁이는 아니지만요."

랜킨은 당장 거취를 결정하지 않았다. 랜킨이 시저와 한옆에서 따로 조용히 의논하는 것을 보고 로렌스는 약간 놀랐다. 용의 의견 따위는 무시하고도 남을 인사가 용과 의논을 하다니 의외였다. 그러나 물어보나마나 시저는 랜킨과 뜻을 함께하고 있었다. 그렇기에 지금까지 궁핍한 생활을 견디며 여기까지 온 것이다. 게다가 지금까지의 언행으로 보아, 시저는 지혜롭지는 않아도 상당히 교활한 편이었다.

잠시 후 그랜비 곁으로 다가온 랜킨이 말했다.

"나는 돌아가지 않을 걸세. 자네가 여길 떠나면 탐험대의 지휘권은 내가 갖게 되겠지. 도둑맞은 용알을 회수하는 것이 급선무이니만큼 이대로 돌아갈 수는 없네."

지금 시드니로 돌아가면 또다시 블라이에게 괴롭힘을 당할 테니 여기 남는 편이 낫겠다고 판단한 모양이었다. 랜킨이 말을 이었다.

"그리고 죄수들은 자네가 전부 데리고 가게. 우리에게 별로 도움이 될 것 같지가 않아."

그때 오디가 로렌스에게 말했다.

"저기, 분란을 일으키려는 건 아닌데, 우리는 산맥 너머로 길을 닦는 대가로 자유를 보장받았습니다. 이대로 돌아가면 자유민이 되지 못합니다."

로렌스는 결단을 내렸다.

"남고 싶은 사람만 남아서 임무를 계속 수행하고, 안전한 식민지로 돌아가고 싶은 사람은 그랜비와 함께 돌아가도록. 내키지 않아하는데 억지로 붙잡을 생각은 없어."

그랜비는 이스키에르카를 간곡히 설득했다. 최대한 빨리 테메레르 곁으로 돌아오기로 약속한 후에야 이스키에르카는 말을 들었다.

잠시 후, 이스키에르카가 날아가는 모습을 보며 테메레르는 살짝 한숨을 쉬었다.

"전속력으로 비행하는구나. 우리처럼 지그재그로 움직이는 게 아니라, 직선코스로 가네. 타르케가 지금보다 더 자세히 도둑들 흔적을 찾아내진 못할 것 같은데, 그러니까 지금까지 발견한 흔적으로 내린 결론은 용알을 훔쳐간 게 밀수업자가 아니라 원주민들이라는 거잖아. 그럼 이제 더는 광범위하게 찾아다니지 않아도 되는 거지?"

"우선 물부터 찾자."

그러나 물을 찾는 일은 쉽지 않았다. 나무들이 자라는 곳에 가봐도 물은 없었다. 푸른 잎사귀가 달린 나무들이 있는 곳이면 오아시스가 있을 법도 한데 예상은 번번이 빗나갔다.

로렌스가 나름의 해석을 내놓았다.

"선인장 같은 다육식물인가. 여름 가뭄에 대비해 몸 안에 수분을 비축해놓고 있을지도 모르겠구나."

테메레르는 나무 하나를 뿌리째 뽑아보았다. 비쩍 마른 나무지만 뿌리가 복잡하게 얽혀 있어 뽑는 데 애를 먹었다. 그런데 나무줄기 안쪽도 바짝 말라 있어서, 한 사람이 목을 축일 만큼의 수분도 나오지 않았다.

반짝이는 가느다란 물줄기를 찾기 위해, 무엇보다 도둑들이 지나간 또 다른 흔적을 찾기 위해 그들은 지그재그 비행을 계속했다. 도둑들이 어느 방향으로 갔는지 알 수가 없었다. 로렌스가 펼쳐놓은 지도를 같이 들여다보고 있으면 테메레르는 속이 답답해졌다. 그 지도의 거대한 대륙에는 어떤 표시도 되어 있지 않았다. 이 지도를 만든 이가 조사한 곳은 해안선뿐이었고, 지금 테메레르는 아무런 표시도 되어 있지 않은 미지의 내륙 한가운데에 들어와 있었다. 이스키에르카가 없으니 테메레르는 타르케가 보기 힘든 지상의 자그마한 움직임이나 작은 흔적을 놓치지 않으려 더 바짝 신경을 썼다.

이제 시저는 테메레르의 등에 업히지 않고 옆에서 나란히 비행했다. 로렌스는 테메레르에게 시저의 속도에 맞춰 날라고 했고, 그 속도는 느렸지만 그래도 인간의 발걸음보다는 훨씬 빨랐기에 테메레르는 초조해하지 않으려 애썼다. 그러나 이내 짜증이 치솟았다. 시저의 속도에 맞춰 느리게 나는 것도 답답해 죽겠는데, 그걸 기회로 시저는 도둑맞은 알에 대한 테메레르의 집착이나 지상을 뚫어지게 쳐다보며 살피는 노력에 대해 온갖 쓸데없는 소리를 지껄여댔다.

"바람에 모래가 일어날 때마다 깜짝상자에서 튀어나오는 인형처럼 헐레벌떡 내려갔다가 올라오던데, 왜 그렇게까지 하지? 그러다간 체력이 떨어져서, 먹이를 잡아도 혼자 더 많이 먹고 물도 더 많이 마실 거 아니야. 우리 둘이 같이 먹어야 하는데."

"시끄럽고. 내가 어떤 짐승을 잡든 먹고 싶은 만큼 실컷 먹을 거다. 그러니 그만 투덜거리고 지상이나 잘 살펴."

시저는 날카롭게 받아쳤다.

"그래, 저 아래 용알이 보이거나 살펴볼 만한 게 나타나면 알려줄게. 내가 알려줄 때마다 네가 좋아할지는 모르겠지만. '아, 저기 봐, 뭐가 보이는데'라고 하면 넌 허겁지겁 지상으로 내려가겠지? 그럼 난 '아, 미안해. 내가 잘못 봤어. 그냥 덤불이었네'라고 할 거야."

단거리를 이동했을 뿐인데 테메레르는 허기가 졌다. 저 아래 붉은 털의 몸집 큰 캥거루들이 보였다. 놀라울 정도로 움직임이 빨랐고 깡충깡충 뛰어다녀서 어디로 튈지 방향을 짐작하기 어려웠다. 더구나 가슴팍에 그물로 매어둔 작은 용알이 상할까 봐 격하게 움직일 수가 없어서, 테메레르는 오후 내내 겨우 두 마리밖에 잡지 못했다.

저녁이 가까워졌을 무렵 롤랜드가 말했다.

"저쪽에 캥거루 떼가 깡충거리며 달아나고 있어, 테메레르."

비행 진로에서 많이 벗어나는 방향이었지만 테메레르는 당장 쫓아가고 싶었다. 그러나 좁은 개울을 겨우 찾아냈고 모두 몹시 갈증이 난 터라 마음대로 캥거루를 잡으러 갈 수는 없었다.

로렌스가 달랬다.

"심하게 허기진 거 아니면 여기서 착륙하는 게 좋겠어. 해가 저무는데, 지금 캥거루를 쫓아갔다가는 다시 이 개울을 찾아 돌아오기가 쉽지 않을 거야."

테메레르는 땅바닥에 혹시 남아 있을지도 모를 도둑들의 흔적이 지워지지 않게 극도로 조심하며 착륙했다.

"있잖아, 타르케. 원주민들, 그러니까 애버리진들이 여길 지나가지 않았을까? 아침나절 이후로 우리 눈에 처음 띈 개울이잖아."

테메레르가 묻자 타르케는 시큰둥하게 대답했다.

"얼마 전까지 캥거루들이 여기 잔뜩 몰려왔었다는 건 확실해."

그건 누구라도 짐작할 만한 정보였다. 테메레르는 낙담하지 않으려고 애썼다. 로렌스는 사람들을 지휘해 개울 한옆에 구덩이를 파서 물이 한곳에 모이게 했다. 구덩이에 고인 물을 마신 후 테메레르는 고개를 들고 실망스러운 눈으로 탁 트인 벌판을 둘러보았다. 야트막한 모래언덕들이 사방에 솟아 있고 작은 개울을 따라 커다란 바위 언덕, 덤불들, 나무들이 늘어서 있었다. 개울은 중간 중간 끊어질 듯 가늘게 이어지며 멀리까지 흐르고 있었다. 방향을 구분할 특징적인 지형물이라곤 없었다.

테메레르는 한숨을 쉬며 눈을 감고 잠시 쉬었다. 그동안 사람들은 연기 자욱한 작은 모닥불을 피우고, 소금에 절인 돼지고기 약간을 불에 구워 건빵과 함께 먹은 후, 잘 준비를 했다. 기분 좋게 시원한 밤공기가 밀려들었다. 테메레르는 혹시라도 캥거루떼가 이쪽으로 올 가능성에 대비해 귀를 쫑긋 세우고 있다가 이내 꾸벅꾸벅 졸았다. 캥거루는 깡충깡충 뛰어다니니 소리로 알 수 있을 것이다. 그런데 갑자기 짧고 높은 비명이 들려와 기겁한 테메레르는 눈을 크게 뜨고 사방을 둘러보았다.

아직 동트기 전이었지만 하늘은 창백하게 변해가고 있었다.

일행들 모두 일어나 앉아 있었고, 그들에게서 드리워진 흐릿한 잿빛 그림자들은 꼼짝도 하지 않았다.

비명은 시작될 때만큼이나 갑작스럽게 사라졌다. 로렌스는 일어나 죄수들 사이를 걸어 다니며 머릿수를 헤아렸다. 그런데 모닥불에서 가까운 자리에 주인 없는 신발 한 켤레만 놓여 있고 자고 있어야 할 사람은 보이지 않았다.

오디가 주절거렸다.

"그놈들이…… 어둠 속에서 기다리다가 한밤중에 우릴 한 명씩 잡아가는 거라고. 용알은 우릴 이 깊숙한 내륙에서 몰살하기 위한 미끼에 불과했어. 놈들 의도대로 이 깊은 곳까지 끌려오는 게 아니었는데……."

또 다른 죄수가 작지 않은 목소리로 말했다.

"주술을 부린 게 아닐까."

모두 당장 이륙 준비를 했다. 불쌍한 조너스 그린을 찾아야 하니 곧장 출발하지 말고 주변을 찾아보자고 말하는 이가 이번에는 단 한 명도 없었다. 다들 급히 짐을 쌌고, 장교와 죄수 들은 사방을 경계하며 각자의 물통을 채웠다. 타르케는 로렌스에게 따로 조용히 말했다.

"개울가에 낯선 발자국이 좀 있기는 한데, 건장한 남자 하나를 산 채로든 죽여서든 끌고 간 흔적은 없습니다. 그린을 잡아끌고 갔으면 분명 자국이 남았을 텐데 깨끗합니다."

"여긴 참으로 괴상한 땅이군요."

로렌스는 당황스러운 투로 나지막하게 말하고는 서둘러 탑승했다.

테메레르는 얼른 이곳을 떠나 용알 찾는 일을 계속할 수 있어 다행이다 싶었다. 불가사의한 납치범들이 승무원 중 하나를 잡아갈까 봐 더럭 겁이 났는데 로렌스를 비롯한 일행을 데리고 안전하게 그곳을 빠져나오니 안심이 되었다. 그런데 이륙한 지 얼마 되지 않아, 적당한 고도에 이르기도 전에 테메레르는 개울가 바위 언덕의 바람을 막아주는 쪽을 향해 쏜살같이 강하했다.

시저가 투덜거리며 따라왔다.

"아, 아침도 먹기 전인데 또 시작이네."

테메레르의 귀에 그런 말은 들어오지도 않았다. 바위 언덕 아래, 덤불에 반쯤 가려진 움푹 팬 자리로 코를 들이밀고는 덤불을 치워냈다. 흙 속에 도자기 파편들이 조그맣게 쌓여 있었다. 유약을 발라 구운 밝은 붉은색 바탕의 도자기였다. 레몬색, 두부색, 노란색으로 새들을 그려 넣은 그 도자기는 산산조각이 나 있었다.

9

"우리가 쫓는 목표가 밀수업자인지 원주민인지 용알인지 확실히 해줬으면 좋겠어. 그리고 먹을 것 좀 찾으러 가면 안 될까?"

시저가 테메레르에게 물었다.

"미련하게 굴지 좀 마. 우린 그 셋을 전부 쫓고 있어. 그 셋은 따로 놓고 생각할 수 없는 거라고. 그리고 타르케가 놈들 흔적을 조사해서 어느 방향으로 가야 할지 알려준 후에야 우리는 그 방향에 맞춰 먹을 것을 찾으러 갈 수 있어."

테메레르는 밀수업자가 곧 원주민이자 용알 도둑이라고 확신했다. 그러나 랜킨은 테메레르의 주장을 완전히 무시했고, 로렌스도 미심쩍어하며 타르케에게 묻고 있었다.

"원주민들이 정말 중국 상품을 밀수하고 있을까요? 프랑스인들이 어디 먼 항구에서 원주민들에게 밀수품을 공급할 수는 있겠지만……."

"프랑스로선 원주민들의 노동력을 동원한다면 밀무역에 꽤 도움이 될 겁니다. 이 광활한 내륙을 가로질러 시드니 시장으로 대량의 밀수품을 옮기는 작업을 하면서 원주민들이 어떤 이익을 얻는지는 모르겠지만요."

테메레르가 물었다.

"원주민들도 그 밀수품을 갖고 싶어하지 않을까? 굉장히 훌륭한 도자기들이잖아. 밀수하는 자들이 부주의하게 다뤄서 깨지긴 했지만."

깨지지 않고 멀쩡한 상태인 도자기를 보면 누구든 탐낼 것이라고 생각하며 테메레르는 말을 이었다.

"그 멋진 도자기들이 깨지길 바란 건 아니지만, 어차피 깨졌으니까 하는 말인데, 놈들이 이동 중에 몇 개 더 깨뜨려주면 우리가 추적하기에 용이하겠지. 아마 더 깨뜨려놨을 것 같긴 해. 그런데 어느 쪽으로 갔을까?"

이 상황에서 매우 중요하고 실질적인 질문이었다.

그러나 타르케는 도자기 파편들이 지난번 비가 내렸을 때부터 이곳에 있었다는 실망스러운 결론을 내렸다. 지난주에는 비가 내리지 않았으니 그보다 더 전에 깨졌다는 의미인데, 그 정도면 시일이 너무 오래되었다. 타르케의 단언에 테메레르는 살짝 한숨을 쉬었다. 그래도 이 흔적이 영 쓸모없지는 않았다. 예전에 이 길로 다녔다면 이번에도 이리로 지나갔을 가능성이 있고, 아직 여길 통과하지 않았다면 얼마 후에 지나갈 수도 있기 때문이었다.

로렌스와 테메레르는 조금 전에 사냥을 나가서 아침식사용으로 캥거루 몇 마리를 잡아왔다. 주린 배를 채우느라 캥거루 고기를 열심히 잡아 뜯으며 테메레르는 로렌스에게 말했다.

"잘됐네. 이 방향으로 계속 날아가서 기다리면 놈들이 우리 쪽으로 올 거 아냐. 놈들은 프랑스인이 아니니까 훔친 용알을 해안에 정박한 배로 가져갈 일도 없고, 우리 손이 미치지 않는 바다로 싣고 가지도 않을 거잖아."

그후로 비행하면서 테메레르는 도자기 파편을 더 찾기 위해 지상을 유심히 살폈다. 땅 색깔이 이토록 밝지 않았으면 찾기가 좀더 수월했을 것이다. 물론 이물질을 식별하기 좋은 구역도 없지는 않았지만 대부분 흙 색깔이 밝아서 도자기 파편이 있어도 눈에 잘 띄지 않았다. 나무와 덤불이 별로 없거나 불에 시커멓게 탄 곳, 땅바닥에 들러붙을 정도로 키 작은 풀이 자라는 곳은 바닥을 살피기가 좋아 반갑기까지 했다. 그런데 오후 무렵, 바짝 마른 개울 위를 지나갈 때쯤 다시 암녹색 덤불을 비롯한 초목이 무성하게 자라는 곳이 나왔다. 밀짚처럼 누렇고 대걸레 머리 부분처럼 텁수룩한 풀숲, 연푸른색의 부드러운 잎이 달린 관목들, 잎사귀가 삐죽삐죽한 나무들이 들어찬 곳이었다.

시저는 도무지 도움이 되지 않았다. 이런 곳에선 사냥하기가 힘들다는 둥, 도둑들 흔적을 놓치고 말 거라는 둥, 애버리진들은 다른 곳으로 갈 거라는 둥 김빠지는 소리만 계속 해댔다. 게다가 비행 내내 뜨거운 먼지바람이 테메레르의 콧구멍과 눈으로 불어 닥쳤다. 날갯짓을 할 때마다 붉은 모래가 가죽에 들러붙었고 몸에 매단 작은 주머니 사이사이로 모래가 끼어 몸이 근질거렸다.

배 쪽 그물에 탄 죄수들은 나지막하고 뚱한 목소리로 고향에 돌아가고 싶다는 타령들을 하더니, "그로그주라도 좀 마십시다. 이런 더위에 계속 여기 가둬두다니 이건 인간이 할 짓이 아니잖아요"라면서 착륙해서 좀 쉬자고 아우성을 쳤다.

열기와 바람에 가려 목소리가 뚜렷하게 들리지는 않았으나 시저도 불만조로 투덜거렸다. 이륙한 지 한 시간쯤 지났을까, 시저가 갑자기 소리쳤다.

"엇, 저 아래 뭔가 있어!"

테메레르는 그 자리에서 멈춰 정지비행을 하며 고개를 돌렸다.

"저 아래에서 뭔가 본 것 같아."

테메레르는 공중에서 앞뒤로 왔다갔다 움직이며 지상을 살폈으나, 덤불과 나무 사이에서 반짝거리는 이질적인 색깔의 물건이라든가 사람이나 짐승이 지나다닌 길 혹은 야영지로 사용했을 법한 공터는 전혀 보이지 않았다. 의견을 구하는 눈빛으로 쳐다보는 테메레르에게 타르케는 고개를 저었다.

테메레르가 땅바닥을 내려다보는 동안 시저는 그 주변에서 느긋하게 맴을 돌았다. 테메레르가 자세히 말해보라며 추궁하자 시저는 짐짓 생각에 잠긴 표정으로 대답했다.

"글쎄, 딱히 어떤 색깔을 본 건 아니고, 뭔가 움직이는 게 보이는 것 같아서 말이야. 내가 뭔가 있다고 소리치니까 그 움직임이 딱 멈추더라고. 위치가 어디였는지 딱 짚어서 말은 못 하겠어. 워낙 사방이 비슷비슷한 풍경이잖아. 움직임이 있는 걸 알아챈 것 자체가 대단하지."

"참 잘났다. 넌 뭘 봤는지 말을 않고 너 말고는 본 사람도 없으니, 진짜 보기는 한 건지 모르겠구나."

시저는 어깨를 쭉 펴고 붉은 줄무늬가 새겨진 가슴팍을 내밀며 우쭐거렸다.

"내 노력을 인정해주지 않으니 다음엔 뭘 봐도 굳이 말할 필요 없겠네. 난 분명 뭔가를 본 것 같은데 네 눈에 띄지 않는다고 해서 그게 다 내 탓이라는 거구나. 내 생각이 궁금하다면 말해줄게. 저 풀숲에 애버리진이 백 명쯤 숨어 있다 해도 넌 어차피 알아채지 못할 테니, 차라리 아무 데나 다른 곳으로 날아가서 대충 착륙하고 쉬자고."

"나는 정오가 되기도 전에 휴식을 취하는 게으름뱅이가 아니거든. 네가 뭘 봤다고 하는 바람에 이미 여기서 충분히 시간을 낭비했어."

시저의 등에 탑승한 랜킨이 일어서서 등 뒤를 살피며 말했다.

"최대 한 시간 안에 어디 가서 착륙해야 해. 뇌우가 오고 있어."

비스듬히 날아 원래 항로로 돌아오며 테메레르는 로렌스에게 물었다.

"무슨 근거로 뇌우가 온다는 거지?"

뒤를 돌아봐도 푸른빛의 자그마한 구름 덩어리 하나가 있을 뿐 하늘은 맑게 개어 있었다. 그 구름 덩어리가 빠른 속도로 다가오는 것도 아니었다.

시저가 속도를 맞추기 위해 테메레르 곁으로 다가가자 랜킨이 차가운 말투로 설명했다.

"나는 열두 살 때부터 우편배달 용을 타며 임무를 수행했기 때문에 폭풍우 냄새를 잘 알아."

20분쯤 후, 테메레르는 랜킨이 옳았음을 인정해야만 했다. 그들 쪽으로 불어오던 바람이 변덕스럽게 잦아들더니 공기가 묵직해졌다. 등 뒤의 짙은 뭉게구름이 점점 길쭉하게 늘어나면서 색깔이 어두워지고, 해초 같은 초록색과 환한 회색 빛깔의 구름 덩어리에 푸른 줄무늬가 살짝 새겨졌다. 그 아래 서 있는 나무들의 가지가 창백할 정도로 하얗게 변하면서 그 뒤의 햇빛을 받아 빛을 냈다.

테메레르는 침울한 목소리로 로렌스에게 물었다.

"비가 쏟아지면 놈들 흔적이 다 지워질 텐데 어떻게 하지? 차라리 폭풍우보다 앞서서 계속 비행하는 게 좋지 않을까?"

시저는 불안한 눈초리로 등 뒤의 하늘을 살피며 말했다.

"나는 폭풍우 속에서 비행하기 싫어."

때마침 구름 속에서 삼지창 모양의 번개가 소리 없이 지상으로 떨어지고, 번쩍이는 빛이 거미줄처럼 퍼져나가며 어둠 속에 일순간 불을 밝혔다. 그리고 잠시 후, 요란한 천둥소리가 길게 이어졌다. 구름 끝자락에서 빗줄기가 쏟아지며 하늘에 얇고 성긴 회색 커튼이 드리워졌다.

로렌스가 긴장한 목소리로 지시했다.

"비행을 멈추는 편이 좋겠어. 그리고 넌 덩치가 크니까 높은 지대 쪽에는 착륙하면 안 돼."

그들은 붉은 흙과 누런 풀이 자라는 작은 공터를 찾아냈다. 주변에는 치솟아 오르는 바람을 막아줄 큰 모래언덕들도 있었다. 어느새 구름이 그들 가까이 밀려와 거센 빗줄기를 뿌렸다. 장교와 죄수 가릴 것 없이 모두 열심히 팔을 뻗어 물통과 컵에 물을 받으려 했지만 빗물은 흙과 먼지로 범벅된 그들의 옷에 얼룩덜룩한 자국만 남기고 바짝 마른 풀잎 위로 요란하게 떨어졌다. 비가 오는데도 여전히 숨 막히게 더웠다. 천천히 다가오던 먹구름은 어느새 머리 위를 덮었고 태양을 완전히 가렸다.

훤히 트인 지평선을 배경으로 훨씬 거대한 번개가 기다란 혀를 날름거렸다. 구름의 이쪽 면에서 다른 쪽 면을 향해 천둥이 굉음을 쏟아내고 신음을 흘렸다. 마치 의미 있는 말이라도 하는 것 같아 테메레르는 그 소리에 귀를 기울였다. 색다른 종류의 언어를 갓 익히기 시작했을 때처럼, 새로운 발음을 계속 듣다 보면 익숙한 단어 한두 개쯤은 집어낼 수 있을 것 같았다.

바람의 방향이 바뀌며 사람들 얼굴로 돌풍이 밀어닥쳤다. 불쾌한 느낌의 빗물이 눈과 콧구멍으로 흘러들고 주변에 먼지바람이 휘몰아쳐서, 테메레르는 눈을 깜박이고 고개를 휘저으며 콧바람을 내뿜었다. 무언가 불타는지 흐릿한 연기 냄새가 혀에 와 닿더니, 보라색과 오렌지색 안개가 하늘로 퍼져나가는 것이 보였다. 테메레르는 작은 알이 바람에 상하지 않게 날개를 약간 앞으로 뻗어 감쌌다.

시저는 궁둥이를 바닥에 대고 앉아 불안해하는 목소리로 말했다.

"저쪽 하늘은 색깔이 좀 이상한걸."

그동안 몸집이 많이 커져서, 허리를 쭉 펴고 앉아 있는 지금 시저는 머리가 테메레르의 어깨에 거의 닿을 정도였다. 시저의 말대로 하늘 색깔이 좀 이상하기는 했다. 지평선을 따라 누군가 붉은 줄이라도 그어놓은 것처럼 선명한 붉은빛이 나타나 하늘 색깔을 바꿔놓고 있었다. 암갈색이 구름에 섞여들면서, 조금 전 푸른색을 띠던 구름은 다홍색으로 변했고 그 구름을 배경으로 번개가 번쩍이면서 더는 색깔을 판별하기 어려워졌다.

"나를 어깨 위로 좀 올려줘."

로렌스의 말에 테메레르는 로렌스를 들어 올렸다. 로렌스는 망원경을 꺼내 들고 테메레르의 어깨에 서서 구름층을 살핀 후 말했다.

"랜킨 대령, 포싱 대위, 아무래도 다시 이륙해야겠습니다."

구름 아래 불길이 번져나가고 있었다. 불길은 무시무시한 속도로 그들을 향해 다가왔다. 천둥과 건조한 바람의 굉음 아래, 나지막하게 쉿쉿 소리를 내면서 거대한 악의와 굶주림을 속삭임에 담아 토해내는 불길. 로렌스는 그 소음에 묻히지 않게 큰 소리로 외쳤다.

"그건 버리고 와, 젠장!"

죄수 한 명이 조금 전 착륙했을 때 몰래 빼돌려 숨겨둔 럼주 상자를 질질 끌며 덤불과 피어오르는 잿빛 연기 사이로 미적미적 걸어오고 있었다. 다른 죄수들이 야유를 퍼부으며 고함을 질렀다.

"얼른 가져와, 메이너드! 이륙하면 아주 메뚜기처럼 신 나게 마셔보자. 그걸 독차지할 생각이었나 본데, 그렇게는 안 될 거다, 이 늙어빠진 개자식아!"

메이너드는 럼주 상자를 어깨에 짊어지려고 걸음을 멈추고 허리를 굽혔다. 불길과는 아직 거리가 있었지만, 광범위하게 퍼져나간 연기 벽 너머에서 오렌지색 화염이 위협적으로 타오르고 있었다. 메이너드의 등 뒤로 보이는 모래언덕 위에서 누런 풀잎 끝에 불이 붙으며 붉은빛이 뿜어져 나왔고, 열기의 파도가 슬그머니 다가와 테메레르의 얼굴에 와닿으며 숨결을 빼앗아갔다.

메이너드는 비틀거리며 테메레르 쪽으로 걸어왔다. 어깨에 짊어진 상자에서 럼주가 줄줄 흘러내렸다. 럼주 방울이 땅바닥의 마른 풀잎으로 떨어지면서 푸른 불꽃이 확 타올랐고 발치의 잡목으로 불이 옮아붙었다. 옅은 연기가 줄줄이 기둥을 이루며 피어올라 마치 회색 커튼을 펼쳐놓은 것 같았다. 테메레르의 눈앞으로 화염이 한결 가까이 다가와, 모래언덕 너머 세상을 온통 뒤덮는 듯했다. 두껍고 매캐한 연기 기둥이 하늘로 치솟으며 테메레르 주변을 감쌌다.

메이너드는 드디어 럼주 상자를 포기하고 바닥에 던진 후, 기침을 뱉어내며 느릿느릿 달려오기 시작했다. 테메레르는 기분이 이상했다. 머리가 멍해지고 혼란스러워지면서 날개가 납덩이처럼 무겁게 느껴졌다. 깊이 숨을 들이마시자 기침이 연달아 터져 나왔다. 누군가 사슬로 온몸을 결박하고 팽팽하게 잡아당기는 것처럼 목과 가슴이 답답하게 죄어들었다. 로렌스가 고함을 질렀다.

"이륙해! 테메레르, 이륙해!"

하지만 테메레르는 메이너드를 기다려야 한다고 생각했다. 다음 순간 피곤함이 밀려들었고, 갑자기 무언가가 궁둥이를 날카롭게 찌르는 느낌이 나서 깜짝 놀라 눈을 떴다. 언제 눈이 감겼는지 기억도 나지 않았다.

뒤에서 랜킨이 소리쳤다.

"네 가슴에 매단 용알을 지켜야지, 빌어먹을 짐승아!"

그래, 용알, 용알을 지켜야 한다. 테메레르는 힘껏 몸을 들어 올리며 날개를 펼쳤다. 뜨거운 바람이 밀려들어 역풍처럼 몰아쳐서 양 날개가 부르르 떨렸다. 배 쪽 그물을 잡고 매달린 메이너드를 다른 죄수들이 그물 안으로 끌어들이고 있었다. 메이너드가 버리고 온 럼주 상자는 자욱한 연기에 둘러싸인 채 잠시 청백색 횃불로 타올랐다. 테메레르는 궁둥이에 계속 통증을 느꼈다. 멍하게 정신을 놓은 테메레르를 자극하려고 시저가 발톱을 세워 찌른 것이었다. 하늘로 날아오르는 동안 테메레르의 궁둥이에서 나온 피가 다리를 타고 흘러내렸다. 날개가 뜻대로 움직여주지 않았다.

앞장선 시저가 날개를 길게 뻗고 위아래로 움직이며 전속력으로 날아갔다. 테메레르도 시저의 회색 몸통에 시선을 고정한 채 최선을 다해 그 뒤를 따라갔다.

그들 뒤로 연기가 계속해서 치솟았다. 수북이 자라난 초목이 불타면서 덩굴처럼 구불구불 올라온 연기가 수많은 기둥을 이루었고, 시트처럼 펼쳐지며 더욱 짙어졌다. 매번 힘들게 숨을 쉬는 테메레르의 목에서는 고통스럽게 쌕쌕대는 소리가 났다. 어느새 바로 머리 위까지 떠밀려 온 거대한 구름에서 돌연 천둥이 울렸다. 테메레르는 본능적으로 방향을 틀었으나 소용없었다. 테메레르와 시저가 있는 곳에서 4백 미터 정도 거리에 번개가 떨어지면서, 붉은색과 금색 흙으로 덮인 언덕 위에서 나무 한 그루가 횃불처럼 타올랐다.

잠시 차가운 공기가 몸통과 목구멍 안으로 밀려들자 좀 살 것 같았다. 그러나 바람은 이내 테메레르의 좌우에서 몰아쳤고, 머리 위로 거대한 돌풍이 밀어닥쳤다. 열기가 지나간 자리에 축축하고 소름끼치는 냉기가 밀려들면서 시저가 균형을 잃고 추락하기 시작했다. 왼쪽 날개와 어깨가 밑으로 처지고 오른쪽 날개가 돌풍에 휘말리고 만 것이다. 테메레르는 폭발적으로 속도를 내어 시저의 몸 아래를 받치면서 균형을 잡아주었다. 그 와중에 허우적대는 시저의 발톱이 테메레르의 가죽에 상처를 입혀 예리한 통증이 느껴졌다.

시저는 다시 중심을 잡았고, 이내 돌풍이 밀려들어 두 용을 갈라놓았다. 별안간 15미터 정도 위로 떠밀려 올라간 테메레르는 양 날개가 등 쪽으로 접히려는 걸 간신히 막아냈다.

"로렌스, 로렌스!"

테메레르가 소리쳤다. 로렌스가 시저의 발톱에 다치지는 않았는지, 다친 승무원은 없는지 확인해야 했다. 분명 입으로 소리를 낸 것 같은데 귀에는 들리지 않았다. 바로 옆과 머리 위에서 대포가 연달아 발사된 것처럼 천둥이 울렸기 때문이다. 이어서 번개가 치면서 엄청난 분량의 화약이 폭발한 듯 하늘이 온통 번쩍였다. 그 틈에 하늘 높이 치솟는 구름들이 보였는데, 움푹한 구멍이 여러 개 뚫린 산맥처럼 보여 그 구멍으로 숨어들면 안전할 것 같은 착각을 불러일으켰다. 구름 가장자리가 부풀면서 크게 굽이치는 것이 마치 거대한 생물이 알이라도 품은 듯한 형상이었다.

가슴팍에 매단 작은 용알을 확인하기 위해 테메레르는 고개를 아프도록 꺾었다. 지금으로선 그 용알만이 유일한 위안이었다. 용알을 감싼 방수포가 비에 젖어 번들거렸다. 문득 안장이 단단히 죄어지지 않은 것 같아 불안감이 들었다. 그 순간, 거센 바람이 불어닥치면서 몸이 빙글 돌았고, 머리가 앞다리 사이로 거의 들어갈 뻔했다. 맹렬한 오렌지색 불길이 하늘을 뒤덮고 지상에 깔린 푸른 연기가 아가리를 벌렸다. 몸이 몇 바퀴 더 돌면서 눈앞이 흐려졌다. 날개를 펼칠 수가 없었다.

테메레르는 입을 크게 벌려 최대한 공기를 들이마셨다. 추락하는 와중에 바람이 잠시 멎었고, 땅에서 열기가 치솟았다. 가슴속에 공기가 들어차면서 몸이 가벼워졌다. 테메레르는 옆으로 방향을 튼 다음 날개를 곧게 펼쳐 위아래로 움직였다. 비스듬히 몸을 기울인 끝에 간신히 추락을 멈추고, 검푸른 폭풍우 구름 꼭대기를 향해 솟아오르는 상승기류를 탈 수 있었다. 가슴팍의 작은 용알을 확인하기 위해 테메레르는 앞발의 관절 부분으로 부드럽고 조심스럽게 쓰다듬어보았다. 용알은 그 자리에 잘 매달려 있었다.

"용알이 담긴 그물의 밧줄이 헐거워지지 않았는지 확인해봐, 롤랜드."

포싱이 지시하는 소리가 들려왔다. 그들을 쫓는 화염이 괴성을 내지르는 가운데, 테메레르는 로렌스의 목소리를 들은 것 같기도 했다. 확실히 들었는지는 알 수 없었지만 고개를 돌려 확인할 시간이 없었다. 지상에는 불길이 번져나가고 하늘에는 폭풍우가 몰아쳤다. 사방으로 맹렬히 번져나가는 흉포한 기운은 그 한계가 어디까지인지 짐작조차 할 수 없었다. 시저는 어디로 갔는지 보이지도 않았다. 연기와 뇌운(雷雲)에 휘감긴 하늘은 너무나 어둡고 검어서 보는 이를 불안하게 했다. 저기 어딘가 햇빛이 숨어 있겠지만, 지금은 빗줄기 하나 볼 수 없었고 방향마저 짐작할 수 없었다.

테메레르는 그저 고개를 숙이고 날갯짓을 계속할 뿐이었다.

롤랜드가 작은 컵에 물을 담아 내밀었다. 로렌스는 고개를 끄덕여 보인 후, 씁쓸하고 매캐한 맛이 도는 그 물을 들이켰다. 바짝 말라 있던 개울 바닥에 물이 세차게 흘렀고, 불에 바짝 구워진 평평한 땅에 깊은 물웅덩이가 생겨났다. 그러나 물에 재와 흙이 잔뜩 섞여 있어 손수건으로 걸러야 그나마 마실 만했다.

풍경이 완전히 달라졌다. 불에 탄 나무들은 앙상하고 검은 잔가지만 남고, 무성하던 풀들은 수증기와 재가 되어 사라졌다. 땅

바닥에 남은 시커멓게 탄 자국들 중 일부에서는 여전히 가느다란 연기가 피어올랐다. 잎사귀가 두꺼운 암녹색 덤불들은 무사히 살아남았는데, 화염이 그 옆으로 아슬아슬하게 지나갔기 때문이다. 그 덤불들이 자라는 곳 맞은편에도 초목 일부가 거센 불길에 휩싸이지 않고 남았으나, 여전히 저 앞에서는 불길이 치솟으면서 하늘에 두꺼운 검은 얼룩을 만들고 있었다.

잠든 테메레르의 숨소리는 나지막했으나 걱정스러울 정도로 거칠었다. 조금 전 이 개울가에 착륙하자마자 테메레르는 세차게 흐르는 물에 주둥이를 집어넣고 한참 동안 깊게 들이마셨다. 재와 흙이 잔뜩 섞여 있었으나 아랑곳하지 않았다. 갈증을 해소한 후에는 기절하듯 잠이 들었다. 도싯은 테메레르의 가슴과 목을 살피더니 고개를 절레절레 흔들었다.

30분쯤 후에 시저가 비틀거리며 날아와 일행에 합류했다. 비바람에 시달려 온몸에서 물이 뚝뚝 떨어지고 지쳐 있었지만 테메레르만큼 비참한 몰골은 아니었다. 랜킨은 불길이 번져나가지 않은 서쪽으로 방향을 틀어, 구름 아래 쏟아지는 빗속으로 시저를 데려갔었다고 했다. 야영지에 내려선 시저의 회색 몸통에는 검은 그을음이 줄무늬에 반점을 그리며 더덕더덕 붙어 있었다. 시저는 앞발에 머리를 얹고 꾸벅꾸벅 졸면서 중얼거렸다.

"뭐라도 좀 먹으면 좋겠어."

화재를 피해 날아오느라 지쳐서 그렇지 고기를 구하는 것은 어렵지 않았다. 사막의 덤불 속에 숨어 살던 수많은 짐승이 집을 잃고 쫓겨나 불길에 목숨마저 빼앗겼다. 근처에만도 죽은 캥거루가 열두 마리나 쓰러져 있었다. 털은 이미 불에 타 없어졌고 살의 일부는 잘 익어 있었다. 장교들은 피곤한 몸을 이끌고 캥거루들을 개울가로 끌고 와 꿍쑤의 지휘 아래 알맞게 칼로 잘랐다. 로렌스는 죄수들이 그로그주를 배급받은 후 얌전히 있어주는 것이 다행스러웠다. 메이너드는 동료 죄수들에게 면목이 없는지 야영지 저 끝에 혼자 앉아 그로그주를 마셨다.

"안장을 다 수리하기 전에는 다시 이륙하면 안 될 것 같습니다."

수리용 가죽 조각을 든 채 테메레르의 옆구리를 타고 내려온 펠로우스가 로렌스에게 보고했다. 그리고 연점토처럼 길게 늘어나 모양이 변형된 죔쇠를 보여주었다.

"이것뿐만이 아닙니다. 죔쇠가 죄다 비틀어졌어요. 열기 때문에 부드러워진 상태에서, 비행 시 우리가 방향을 세차게 이리저리 트는 바람에 비틀어진 것 같습니다."

"현재 갖고 있는 장비들로 최선을 다해 수리해주게, 펠로우스. 아무래도 내일이나 되어야 이륙할 수 있을 것 같네."

로렌스는 소매로 이마를 닦으며 지친 목소리로 대답했다. 테메레르에겐 휴식이 필요했고, 추적이 아예 불가능해진 상황도 아니니 추적을 잠시 연기하기로 결심했다.

"포싱, 로링, 야영지를 정리해야 하니 몇 가지 지시를 하겠네. 모닥불을 두 개 만들어 피우고 불에 탄 잔해들을 치우게. 그리고 죄수들을 동원해 개울 옆에 구덩이를 파고 수로로 연결하게. 그래야 그나마 깨끗한 물을 마실 수 있을 테니까."

"예, 알겠습니다."

포싱은 이렇게 대답하고는 죄수들 중 얼굴이 덜 창백한 자들을 골라 삽을 들고 따라오게 했다. 그제야 로렌스는 자신이 아직도 대령인 것처럼 지시를 내렸고, 장교들이 순순히 복종했음을 깨달았다. 지금이 위기 상황인 데다, 자신과 장교들은 지시를 내리고 복종하는 것이 습관이 되어 그런 모양이었다.

조각조각 남은 폭풍우 구름과 희뿌연 연기 너머로 해가 저물고 있었다. 자주색과 진홍색, 보라색 섞인 분홍색, 금색 구름이 하늘을 온통 뒤덮었고, 구름 사이사이로 저녁 햇살이 봉화처럼 타올랐다. 장교들이나 죄수들이나 힘이 많이 빠진 상태라, 연기가 피어오르고 고약한 냄새를 풍기는 덩어리들만 대충 삽으로 떠서 치워버리고, 개울 한옆으로 구덩이를 파 그 안에 물이 조금씩 걸러지며 들어차게 해놓는 정도로 작업을 마무리했다.

그리고 아무 맛도 향도 없고 씹기에도 고역스러운 건빵과 고기로 끼니를 때웠다.

"저 캥거루들을 씹게 좋게 스튜로 끓여주겠나?"

로렌스는 테메레르에게 주기 위해 한옆에 놓아둔 캥거루 세 마리를 가리키며 꿍쑤에게 물었다. 꿍쑤는 고개를 끄덕이면서 대답했다.

"그런데 지금 말고 내일 아침에 먹이는 편이 나을 겁니다."

그 말에 동의하며 로렌스는 테메레르를 계속 자게 두었.

그들은 장교 네 명을 보초로 세워두고 불안하게 잠을 갔다. 벌판에 떨어진 유성들이 금색으로 빛나듯, 사방에 꺼지지 않고 남은 불씨들이 깜박였다. 태양이 조용히 저물지 않고 지평선에 툭 떨어져 불꽃을 퍼뜨려놓은 것처럼, 서쪽에 걸린 연기 덩어리에 뿌연 오렌지색 빛이 스며들었다. 격하게 흐르던 개울도 차츰 진정되었다. 테메레르가 발작적으로 기침을 하면서 온몸을 부르르 떨고 고개를 숙이는 바람에 로렌스는 자다가 두 번 눈을 떴다. 몸을 떨고 회색 줄무늬가 진 가래를 뱉으면서도 테메레르는 여전히 잠에서 깨지 않았다.

다음 날 아침, 먹기 좋게 조그맣게 잘라 끓인 캥거루 스튜를 먹은 후에도 목소리가 돌아오지 않아서 테메레르는 개구리처럼 꺽꺽거리며 말했다.

"아니야, 난 괜찮아. 멀쩡해. 추적을 계속하자. 흔적을 다시 찾아내야 해."

로렌스는 양심에 가책이 느껴졌지만 어쩔 수 없이 조용히 설득했다.

"테메레르, 네 기분은 이해하지만 현실적으로 판단해서 행동해야 할 때야. 지금은 우리에게 있는 그 작은 용알을 우선적으로 생각해야 해. 잃어버린 용알보다는 그 작은 용알의 안전이 우선이야. 이 낯선 땅에서 우린 안내자도 없이 이동하고 있으니 또 어떤 어려움이 닥칠지 몰라. 이번에도 호되게 당했고, 몇 명은 몹시 불행한 처지가 되고 말았어. 지금 바로 이동하면 마지막 남은 용알마저 위험에 빠뜨리고 말 거다. 또다시 이번 같은 재앙이 닥친다면, 넌 이 알을 지키기 위해 있는 힘을 다 짜내야 하겠지. 그런데 솔직히 이 상태로 비행을 계속한다면, 또 이런 일이 생겼을 때 이번처럼 알을 지켜낼 수 있을까?"

테메레르는 대답할 말을 찾지 못하고 고개를 푹 숙여 작은 알만 바라보았다. 테메레르의 마음에 상처를 주는 말을 하고 있자니 가슴이 아팠다. 마지막 용알에 대한 테메레르의 감정을 이용해 당장의 이륙을 막는 것은 어떻게 보면 부정직하고 부당한 방법이었다. 그러나 비겁한 줄 알면서도 로렌스는 물러설 수 없었다. 테메레르의 건강을 위해 지금은 무조건 쉬어야 했다. 당장 테메레르가 나서지 않으면 용알 천 개가 모래 위에서 깨지는 상황이라 해도 어쩔 수 없었다.

"네 건강이 회복되고 들판에 번져나간 불길이 잦아들면 다시 용알 도둑들 흔적을 찾을 수 있을 거야. 게다가 불이 나면서 나무들이 싹 탔기 때문에 오히려 추적이 쉬워질 수도 있어."

로렌스의 말에 테메레르는 우울하게 대꾸했다.

"불길에 도둑들이 남긴 흔적도 사라져버렸잖아. 멍청한 소리인지 몰라도, 여기서 죽치고 앉아 있으면 어떻게 다시 놈들 흔적을 찾을 수 있겠어. 흔적은 사라졌고, 다시 찾아낼 길은 없고. 아! 영국으로 돌아갈 수 없는 처지라 차라리 다행인 것 같아, 로렌스. 칸타렐라의 알을 잃어버렸으니, 영국에 있는 칸타렐라의 얼굴을 볼 면목이 없어."

그후 테메레르는 날개 속에 머리를 묻고 입을 다물어버렸다. 로렌스는 테메레르의 주둥이에 손을 얹고 말없이 공감대를 형성하며 위로해주었다. 그러고는 필기구를 들고 그 옆에 앉았다. 날개의 막 아래 드리운 희미한 그림자 속에 앉아 있자니 반투명한 막으로 청회색 빛이 스며들었다. 로렌스는 군에 복무하던 시절부터 일지를 쓰는 것이 습관이 되었다. 지금 그는 일지에 다음과 같은 부가 설명을 적어 넣었다.

현재 위치는 불확실하다. 우리는 기존의 항로에서 완전히 벗어난 상태다. 광범위하게 사방을 뒤덮은 연기 때문에 태양이 가려져서, 정오에 뿌옇게나마 하늘에 빛이 비치기 전까지는 시간이 몇 시쯤인지도 알 수 없다. 개울가에서 야영 중이긴 하나 이 개울은 하루나 이틀 사이에 바짝 말라붙을지 모르기 때문에 지도에는 표시하지 않기로 했다. 조만간 온 길을 되짚어 시드니로 돌아갈 수 있기를 바라고 있다. 그것도 테메레르의 체력이 그만한 활동을 감당할 만큼 회복되었다고 도싯이 진단을 내려야 가능하겠지만.

그리고 따로 종이 한 장을 꺼내 제인에게 편지를 썼다. 예전에 써놓은 편지와 함께 보낼 생각이었다. 용알 도난에 관한 그다지 유쾌하지 않은 보고를 그랜비에게 떠넘길 수는 없었다. 도둑맞은 리퍼의 알은 영국 내에서는 그다지 가치 있는 것으로 평가받지 못하지만, 이곳에서는 무척 중요하게 여겨졌다. 장기간의 항해를 거쳐야만 추가분의 용알들을 받을 수 있기 때문이다. 제인이 현재 스페인에서 벌어지는 전투에 신경을 곤두세운 만큼, 뉴사우스웨일스에 조성할 계획인 사육장으로 용알들을 더 실어 보낼 여력이 없을 수도 있었다.

이따금 들려오는 기침 소리 외에 야영지는 조용했다. 로렌스는 그로그주를 컵에 담아 조금씩 마셨다. 칼칼한 목구멍을 달래는 데 화끈한 술이 도움이 되었다. 팔다리가 무겁고 기운이 없었다. 걸어가서 주워오기만 하면 되니 사냥 고기를 얻기가 더없이 쉬웠지만, 물에 적신 건빵 조금 말고는 목구멍으로 부드럽게 넘길 수가 없으니 구태여 고기를 씹어 삼키고 싶은 생각이 들지 않았다.

모두 식욕이 별로 없었다. 공군들은 식사 시간을 딱히 정해놓지 않고 아무 때나 배고플 때 먹는 편인데 최근에는 물 부족으로 식사 시간이 더욱 불규칙해져, 죄수들 중 상당수가 배고프다며 항의를 했다. 그러나 오늘은 아무도 배고프다는 말을 하지 않았다. 태양이 또렷하게 모습을 드러내지는 않았지만 희미하게 구름 사이로 비치고 있어 정오가 지났음을 알 수 있었다. 기운을 회복하는 속도가 빠른 어린 공군들만 주변 환경에 관심을 보이며 돌아다녔다. 디마니가 사냥 고기를 찾아 들고 오자, 롤랜드는 시포와 폴 와이드너에게 고기를 손질하게 했다. 랜킨의 신호 담당 소위인 와이드너는 불안정하고 조바심치는 성격의 소년이었다. 그와 시포는 고기를 잘라 말린 후 소금을 잔뜩 뿌려 절였고, 커다란 도마뱀들은 꼬챙이에 꿰어 불에 구워 바로 먹을 음식으로 준비했다. 디마니는 연기와 천둥에 놀라 멍하게 늘어져 있는 도마뱀들을 손으로 잡았다고 했다.

"꽤 맛있어요."

롤랜드는 이렇게 말하며 도마뱀 고기를 로렌스에게 내밀었다.

연기 때문에 후각이 무뎌지긴 했지만 도마뱀 고기 냄새는 로렌스의 사라진 식욕을 동하게 할 만큼 좋지는 않았다.

이미 그들에게는 시드니로 돌아가는 길에 충분히 먹고도 남을 만큼의 고기가 모였지만, 디마니는 풍부한 먹을거리를 버려두고 올 수 없는지 또다시 주변을 돌아다녔다. 30분도 지나지 않아 푸짐한 크기의 캥거루 한 마리를 들고 돌아온 디마니는 불에 살짝 그슬린 캥거루를 테메레르의 날개 밑으로 밀어 넣어주었다.

고개를 들고 쳐다보는 로렌스에게 디마니가 말했다.

"저기 저 언덕 너머에 사람들이 있던데요."

죄수들은 당장 언덕을 넘어가 선제공격을 하자고 주장했다. 죄수 대표로 나선 오디가 살벌한 얼굴로 로렌스와 랜킨에게 그 뜻을 전했다.

"놈들이 슬며시 자취를 감추고 숨어 있다가 밤중에 또 우리 중 누군가를 납치해 가기 전에 먼저 손을 씁시다. 저 작은 용만 데려가도 충분할 것 같은데……."

작은 용이란 시저를 말하는 것이었다.

랜킨은 냉담하게 대꾸했다.

"그만하면 충분히 알아들었다, 오디. 네 의견이 필요하다는 생각이 들면 그때 가서 다시 물어보겠다."

죄수들은 크게 반발하며 웅성거렸다. 문제는 그들이 굳이 목소리를 낮추지 않았다는 점이었다. 랜킨은 죄수들의 의견이 일고의 가치도 없다며 무시했지만 로렌스는 걱정스럽게 고개를 저었다. 예전에 경험한 바에 따르면, 당장 죽음의 위협이 닥쳐오지 않은 상황에서도 사람들은 반란을 일으켰다. 테메레르와 시저가 몸이 좋지 않아 비실대고 있으니 죄수들이 로렌스나 랜킨, 혹은 테메레르가 아끼는 승무원 하나를 인질로 잡고 반란을 일으킬 소지가 있었다.

디마니가 목청을 높이며 다급히 나섰다.

"언덕 너머에 있는 사람들이 한 짓이 아니에요. 그들은 용알을 갖고 있지 않았어요."

몸이 편치 않아 선잠을 자던 테메레르가 움찔하며 고개를 들었다. 상황을 전해 들은 테메레르는 표정이 밝아지며 말했다.

"용알을 가진 자들이 어디로 갔는지 알지도 모르겠네……."

그러고는 죄수들을 바라보며 물었다.

"그들하고 말 통하는 사람 있어?"

오디가 대꾸했다.

"그놈들하고 얘기해봤자 소용없어. 우리가 원하는 건 빠른 선제공격이라니까. 우리가 여기 있는 걸 알아차리면 또 잽싸게 숨어버릴 테고 밤이 되면 우릴 납치하려고……."

디마니가 나섰다.

"우리가 여기 있는 거 벌써 알아요. 내가 캥거루를 끌고 오는데 쳐다보더라고요."

또 다른 죄수가 말했다.

"흠, 이 꼬마도 피부가 검으니까, 그 원주민들이랑 동족일지도 모르겠구먼."

디마니의 피부색이 흑담비처럼 어둡기는 했으나, 아프리카 남부 출신인 디마니가 이곳 원주민과 동족일 리 없었다. 그렇지만 외모가 너무 달라 이질감을 주는 나머지 일행들과 달리 피부색이라도 비슷하니 경계심을 누그러뜨리는 효과는 있지 않을까, 하는 생각을 로렌스도 전혀 하지 않은 것은 아니었다.

"원주민 언어를 할 줄 아는 사람 있나?"

로렌스가 묻자 오디가 잠시 머뭇거리더니 조금은 가능하다고 대답했다. 스물한 살도 안 된 어린 죄수 리처드 시플리도 나서며 "럼주나 단추를 교환하는 데 필요한 말 정도지만…… 약간은, 음, 원주민들과 얘기를 나눠본 적 있어요"라고는 얼굴을 붉혔다.

테메레르는 걱정스러워했다.

"여기서는 통하지 않을 수도 있어. 내가 가서 어떻게든 말을 건네보는 게 좋겠는데. 원주민들이 다른 언어를 알 수도 있으니까 나도 같이 가."

"그랬다간 저들이 우릴 절대 우호적으로 대해주지 않을 거다."

로렌스는 테메레르를 만류하면서 작지만 치명적인 권총들을 무기로 챙겼다.

로렌스와 타르케, 포싱은 두 죄수를 어설프나마 통역으로 대동하고 길을 나섰다. 디마니는 야영지에서 1.5킬로미터쯤 떨어진, 불에 시커멓게 탄 언덕 너머로 그들을 안내했다. 언덕은 바싹 탔지만 그 아래까지 불길이 미치지는 않았는지 초목이 온전히 남아 있었다. 애버리진 사냥꾼들은 필요한 사냥 고기를 이미 다 모아 끈으로 묶은 후, 불이 붙지 않은 곳 근처에 서서 의논을 하고 있었다. 성인 남자 넷, 디마니보다 몇 살 많아 보이는 소년 하나가 전부였다. 가까이 다가가면서 로렌스는 깜짝 놀랐다. 애버리진들이 서 있는 곳 앞쪽에는 아직 불씨가 꺼지지 않은 상태였고, 애버리진들의 행동도 특이했다. 애버리진들은 눈을 가늘게 뜨고 주의 깊게 불씨를 살피다가 자기네들 쪽으로 불길이 날름거리면 발로 밟아 끄고 있었다.

로렌스 일행을 경계하지 않는 건 아니었지만 그렇다고 적대적인 태도를 취하지도 않았다. 시플리와 오디는 머뭇거리며 입을 열고는 경청하다가 몇 마디 대답을 했다. 그러나 곧 통역의 한계가 드러나고 말았다. 시플리가 말했다.

"발음이 좀 다른데요. 단어 한두 개밖에 못 알아듣겠어요."

결국 로렌스가 나서서 손짓발짓과 그림으로 의사소통을 시도했다. 불에 타 검은 재가 씌워진 땅바닥을 화폭 삼아 막대기로 그었더니 속에 있는 붉은 모래가 드러나 그림을 그린 것처럼 되었다. 로렌스는 커다란 알, 그것을 들고 가는 무표정한 얼굴의 작은 인간들을 그린 후 도자기 파편을 보여주었다.

말하려는 뜻이 전달되었는지 애버리진들은 고개를 끄덕였고, 그중 한 명이 투창기를 내밀었다. 투창기의 한쪽 끝은 도자기 소재의 붉은 구슬과 푸른 구슬로, 다른 쪽 끝은 옥과 진주로 장식되어 있었다. 뜻밖의 호화로움에 로렌스는 내심 놀랐다. 투창기를 내민 자가 로렌스의 허리춤에 채워진 권총을 가리키기에 로렌스는 고개를 저으며 "아니, 이건 안 됩니다"라고 말했다. 사막한가운데서 권총과 투창기를 교환하자는 제안을 받으니 어리둥

절했다. 애버리진 사냥꾼은 거절의 뜻을 담담히 받아들였다. 로렌스가 지도를 꺼내 펼치자 애버리진들은 기꺼이 지도를 들여다보았다.

하지만 그 의미가 제대로 전달된 것 같지는 않았다. 애버리진들은 손가락으로 종이를 만져보며 감탄했고 색깔 있는 잉크로 그어진 줄을 손으로 훑었다. 지도를 거꾸로 뒤집어 보고 뒷면을 구경하기도 했다. 로렌스는 최근에 가로지른 개울, 염전, 언덕이 표시된 부분을 가리켰다. 지도상에 표시된 것이기는 하지만 이 애버리진들에게 익숙한 지형지물이니 알아볼 것 같아서였다. 하지만 이들은 지도를 그리는 문화가 없어서인지 지도의 의미를 이해하지 못했다.

그때 시플리가 애버리진이 찬 목걸이를 가리키며 '어디서?'라는 뜻의 단어를 말한 후, 나침반을 꺼내 각 방향을 가리켰다. 애버리진들은 "피찬차차라 족", "라라키아 족"이라고 대답하며 북서쪽을 가리켰고 팔을 앞으로 쭉쭉 뻗으며 또 다른 단어를 말했다. 시플리가 "멀리, 멀리"라고 통역해주면서 "이 뜻인 게 확실한 것 같네요"라고 말했다.

오디가 "그럼 납치당한 우리 쪽 사람들은 어떻게 됐습니까?"라고 물으며 바닥의 모래에 선을 쭉쭉 그어 사람 형체들을 그린 후 그 옆에 조너스 그린이 실종된 물웅덩이와 바위 언덕을 표시했다. 그다음, 사람 형체들 중 하나를 줄을 그어 지웠다. 애버리진들은 놀라는 기색 없이 고개를 끄덕이며 "버닙"이라 말하고는 세차게 고개를 흔들었다.

애버리진들은 '버닙'이라는 단어를 되풀이하며 줄이 그어진 사람 형체를 더 세게 문질러 완전히 지워버렸다. 이어서 이런저런 말들을 늘어놓았는데, 알아들을 수만 있으면 훌륭한 조언이 되었을 테지만 로렌스 일행은 전혀 알아듣지 못했다. 그러자 애버리진들 중 제일 나이 어린 소년이 입가에 양손을 갖다 붙이고 발톱을 세우듯 손가락을 세우고는, 불규칙하게 쉬익쉬익 소리를 내며 으르렁거렸다. 마치 어린아이들이 무서워하는 부기맨을 묘사하는 것 같았다. 로렌스는 소년이 설명하려는 괴물이 정말 존재하는지 의심스러웠다. 야영지 주변에서 배회하는 괴물 따윈 본 적이 없었다.

그러나 오디는 버닙의 짓이라는 소년의 설명에 수긍하면서 애버리진들에 대한 화를 누그러뜨렸다. 그러고는 몇 되지 않는 아는 단어들을 총동원한 끝에 서로 의미가 통하는 단어 몇 개를 찾아냈다. 오디가 바닥에 큰 알을 그린 다음 그 알에서 용이 나와 날개를 펼치는 모습을 그리자, 애버리진들은 계속 북서쪽을 가리켰다. 잠시 후 그들 중 제일 연장자가 애버리진 소년의 어깨를 손으로 두드려 주의를 모은 후 낮고 걸걸하지만 깊게 울리는 목소리로 노래를 시작했다. 나머지 애버리진들은 부드럽게 박수를 치며 그 노래에 리듬을 실었다.

오디가 돌아서며 말했다.

"노래 내용을 이해하려고 할 필요 없어요. 누가 방향을 물어보면 애버리진들은 이런 식으로 뜬금없이 노래를 부르는데 그 내용은 자기네들에 대한 이야기예요. 괴물과 신, 세상이 만들어진 과정에 대한 이야기요. 별 의미는 없어요."

노래가 끝나고 바닥에 남은 불씨들도 사그라지자, 애버리진들은 끈으로 묶은 사냥 고기들을 들고 초원의 다른 구역으로 이동했다. 애버리진 소년은 방금 전에 불이 옮아붙은 곳으로 들어가, 끄트머리에 불이 붙어 소리 없이 타고 있는 나뭇가지 하나를 집어 들었다. 로렌스는 이들에게서 좀더 많은 정보를 얻어내고 싶었다. 제도공처럼 그림을 잘 그리는 도싯을 데려와 더 나은 그림으로 더 정확한 질문을 던지고 싶었다. 그러나 애버리진 사냥꾼들은 자기들에게 별로 이득이 되지 않는 대화에 흥미를 잃은 표정이었고, 그들을 더 붙잡고 늘어지다가는 싸움이 벌어질 수도 있었다.

야영지로 돌아가는 동안 오디는 괴상한 만족감을 나타내며 시플리에게 말했다.

"버닙. 버닙이라…… 사람을 잡아먹는 괴물이라는 거지. 그 시커먼 애버리진 녀석들이 버닙이라는 단어에 몸서리치는 거 봤어? 신이시여, 잭 텔리와 가엾은 조너스 그린의 영혼에 안식을 주소서. 버닙의 배 속에서 생을 마감하다니 비참하기도 하지. 버닙은 호랑이 같은 존재인 게 분명해."

일행이 돌아온 후 버닙 이야기는 야영지 전체에 퍼져나갔다. 애버리진들과 마찬가지로 죄수들도 사람 잡아먹는 괴물에게 각자의 공포심을 투영했다. 자신들이 생각보다 훨씬 끔찍한 위험에 처해 있다는 생각에 어쩐지 뿌듯해하는 것 같기도 했다. 한숨을 쉬며 피곤한 다리를 이끌고 모래언덕을 오른 로렌스는 테메레르를 안심시키려 손을 흔들어 보였다. 그런데 언덕 꼭대기에 서서 보니 테메레르는 작은 용알을 쳐다보느라 고개를 들 생각도 하지 않았고, 펠로우스는 서둘러 방수포에서 용알을 꺼내고 있었다.

랜킨이 냉정하게 잘라 말했다.

"더는 부적절한 간섭을 하지 않으면 고맙겠소, 로렌스 씨. 당신은 계급과 지위를 박탈당한 사람인 데다, 이 일에 의견을 낼 만큼 공군으로서 제대로 훈련을 받지도 않았으니 말이오. 드루모어 대위, 이 임무를 수행할 준비가 됐겠지? 블링컨 대위, 드루모어가 새끼 용과 교감하는 데 실패한다면 서열상 자네가 다음 차례니 준비하도록."

"예, 알겠습니다."

잠시 머뭇거리던 드루모어가 대답했다. 머뭇거린 것은 기분이 언짢아서가 아니라, 용 비행사가 될 기회가 생겼다는 사실이 실감나지 않아서였다. 마흔 살인 드루모어는 심신이 굼뜬 편이었고, 로렌스가 알기로 진취적인 모습을 보여준 적이 없었다. 성품이 쾌활하고 공군으로서 기본적인 업무를 수행할 수 있다는 점 외에 딱히 눈여겨볼 부분도 없었다. 유명하고 두루 호감을 산 용 비행사의 아들이라는 점 외에는 내세울 만한 점이 없었지만, 미들급 용에 탑승하면서 자연스럽게 대위로 진급했다. 그러나 전염병이 한창 유행할 때 그 용이 사망하면서 지상요원으로 복무하게 되었고 그후로 비행 승무원의 지위를 회복하지 못했다.

블링컨은 나이와 서열 면에서 드루모어 바로 아래였고, 마찬가지로 시원찮은 자였다. 로렌스가 보기엔 둘 다 이 마지막 용알을 차지하기에 턱없이 자격이 부족했다. 반면, 포싱은 다른 장교들에 비해 월등한 실력을 보여주고 있었으나 가문이 그리 대단한 편이 못 되어서 랜킨의 눈에 들지 못했다.

로렌스가 어렸을 때부터 몸담은 해군은 가문이 진급을 좌지우지하는 곳이었다. 그러나 공군은 분위기가 사뭇 달랐고, 이제 로렌스도 가문을 중시하지 않는 공군의 풍토에 적응해 있었다. 대단한 가문 출신인 자는 애초에 공군에 들어오지 않았다. 로렌스가 지금껏 공군에 복무하면서 본 유일한 예외가 랜킨, 그리고 예전에 부하로 데리고 있던 페리스 대위였다. 재능 있는 자는 그 재능을 발휘할 기회만 오면 공군 내에서 진급할 기회를 얻을 수가 있었다. 윗선에 개인적으로 충성을 함으로써 용 비행사 후보로 낙점될 수도 있지만, 드루모어와 블링컨은 랜킨과 딱히 친분을 쌓지도 않았고 랜킨에게 애정도 없었다. 랜킨이 그 두 사람과 만난 건 한 달도 채 되지 않았다.

나서봐야 소용없다는 걸 알면서도 로렌스는 한마디하지 않을 수 없어 나지막하게 입을 열었다.

"이 작은 용알의 비행사를 누구로 할지에 대해 그랜비 대령이 따로 생각해둔 바가 있는 걸로 압니다만."

랜킨은 불쾌할 정도로 싸늘하게, 굳이 목소리를 낮추지도 않고 로렌스의 말을 받았다.

"당신처럼 원칙을 내팽개치고 불건전한 행동을 하는 공군이 이 식민지의 기지를 쥐락펴락하게 둘 생각 없소."

"그런 면에서 말하자면, 포싱은 나 같은 부류의 공군이 아닙니다."

"당신이 공군이었을 때 보여준 행동들을 보면, 제대로 훈련받고 믿을 만한 가문 출신인 자가 용 비행사가 되어야 한다는 사실을 새삼 깨닫게 되거든. 용들에 대해 제대로 알고 자신의 의무가 무엇인지를 잘 아는 자가 용 비행사가 되어야 한단 말이오."

초조해하며 용알을 바라보던 테메레르가 고개를 들고는 랜킨에게 말했다.

"흠, 이 용알에서 나온 새끼 용이 포싱을 마음에 들어하면 포싱이 용 비행사가 되는 거지. 댁이 뭐라 하든 말든 나는 이 새끼 용한테 그렇게 말할 거야. 나는 포싱이 믿을 만한 가문 출신인지 아닌지 따윈 관심 없어."

랜킨이 고개를 돌려 테메레르를 노려보는데 용알이 달그락거리며 움직이더니 별안간 중간 부위에 금이 갔다. 모두의 시선이 그리로 쏠렸다. 알은 옆으로 폭 쓰러졌으나 껍데기가 분리되지는 않았다. 안에서 새끼 용이 기를 쓰며 알 윗부분을 천천히 밀어내자, 불에 탄 재가 쌓인 모래 위에 고랑이 만들어졌다. 잠시 후 새끼 용이 힘겹게 알에서 기어 나왔다.

새끼 용이 고개를 드는 순간, 모두 당황하여 정적이 흘렀다.

외모가 괴상하고 기형적인 수컷 새끼 용이었다. 로렌스가 지금까지 본 새끼 용들은 갓 부화했을 때 유연하면서도 치명적일 만큼 우아한 아름다움을 갖고 있었다. 그런데 이 용은 뼈에 가죽만 발라놓은 듯 앙상하고 길쭉한 체격에 가죽은 전체적으로 갈색과 회색이 뒤섞여 얼룩덜룩했다. 어깨를 따라 짧고 뻣뻣한 털이 나 있고, 등에는 모계인 체커드 네틀의 꼬리에 있는 것과 같은 미늘처럼 예리한 돌기들이 돋아나 있었다. 제 살을 파고들 정도로 기다란 발톱은 부계인 파르나소스에게서 물려받은 것이었다.

뭉뚝한 양 날개는 잔뜩 구겨진 채로 옆구리에 붙어 있었다. 새끼 용이 퍼덕이며 날개를 펴자 옆구리가 드러났다. 옆구리의 뼈대는 몸 안쪽으로 움푹 들어가 있고, 어깨와 고관절을 따라 가죽에 주름이 가득 잡혀 있었다. 흉곽이 잔뜩 오그라들어서 가죽이 축 늘어진 모양새였다.

어찌나 말랐는지 어깨뼈와 엉덩이뼈가 눈에 띄게 불거져 보기에 안쓰러울 정도였다. 좁은 알 속에서 길고 마른 몸을 여러 겹으로 접고 있었던 까닭에 알에서 나온 후에도 새끼 용은 힘들어했다. 중풍에라도 걸린 것처럼 떨면서 아주 천천히 접힌 몸을 풀어냈다. 몸이 다 펴진 새끼 용을 보고 로렌스는 움찔했다. 먹이를 제대로 먹지 못해 바짝 야윈 사냥개 정도의 크기밖에 되지 않았다.

"아, 배고파요."

새끼 용이 목청을 쥐어짜며 말했다. 좁은 파이프를 타고 올라오는 듯한 그 목소리는 갈대 피리를 불어 내는 소리와 흡사했다.

장교들 중 앞으로 나서는 이는 없었다. 드루모어와 블링컨은 초조해하며 포싱을 쳐다보았으나, 포싱은 이미 한 발 뒤로 물러서 있었다. 드루모어와 블링컨도 뒤로 물러섰다. 불안한 침묵이 다시 그들을 에워쌌다.

이윽고 랜킨이 입을 열었다.

"흠, 유감스러운 일이군. 제군들 생각도 모두 나와 같으리라 보는데, 어떤가? 이 용에게 안장을 채울 장교는 없는 것이지? 도싯, 자네 생각은 어때?"

새끼 용 주변을 서성이며 살펴보던 도싯은 고개를 저었다.

"해부해보기 전까지는 기형의 원인과 결과를 정확히 말하기 어렵겠습니다. 호흡을 힘들어하는 것을 보면 폐가 제 기능을 못하는 듯 보입니다. 아주 흥미로운 사례네요."

아무도 입을 놀리지 않았다. 로렌스는 이 분위기가 이해되지 않았다. 테메레르도 마찬가지인 듯했다. 그때 랜킨이 고개를 돌리며 지시했다.

"펠로우스, 여기서는 자네가 유일한 지상요원 지휘관이니 이 임무를 맡아줘야겠어. 라이플총이 없으니까 큰 망치나 권총을 쓰게."

이윽고 눈치를 챈 로렌스가 날카롭게 막아섰다.

"그건 안 됩니다, 랜킨 대령. 그런 말을 하고도 스스로 기독교인이라 할 수 있는지 의문이군요. 펠로우스, 큰 망치든 권총이든 쓸 일 없네."

랜킨은 고개를 돌려 로렌스를 쳐다보며 응수했다.

"이런 식이니 당신이 공군의 원칙에 무지하고, 그나마 아는 원칙마저 무시한다는 소릴 듣는 거요. 게다가 뻔뻔하게도 여전히 공군 지위를 가진 것처럼 나서기까지 하니……. 아무런 노력도 없이 갑자기 용알을 얻어 용 비행사가 된 당신이 평생 용 비행사가 될 기회가 오기만 기다리며 사는 공군의 심정을 어떻게 이해하겠소? 복무에 적합한 새끼 용에게 안장을 채우는 것만큼이나 복무에 부적합한 용을 처리하는 것 또한 우리가 해야 하는 의무란 말이오. 이 용의 생존을 위해 우리가 해줄 수 있는 일은 아무것도 없소."

"공군에 쓸모는 없을지 몰라도 신의 섭리에 따라 만들어진 생물입니다. 죽이게 내버려두진 않겠습니다."

"여기 버려두고 가면 천천히 고통스럽게 죽을 텐데, 그걸 원하는 거요? 정상적인 상태라면 알에서 나온 새끼 용은 스스로 생존할 수 있소. 안장을 채울 수도 없는 용이니 여기 버리고 갈 수밖에 없는데, 혼자 살아남을 수 있을 것 같소?"

잔뜩 구겨진 몸을 푸느라 여념이 없던 새끼 용이 머뭇거리며 경계하는 눈초리로 그들을 돌아보았다. 긴 발톱이 달린 앞발과 꼬리를 버둥거리며 날개를 마저 펴려고 안간힘을 쓰고 있었다. 마침내 날개를 파닥이며 약간의 먼지를 일으켰지만, 힘이 드는지 도로 주저앉아 숨을 헐떡였다.

테메레르가 안타까워하며 새끼 용에게 물었다.

"아, 날 수가 없는 거니?"

새끼 용은 가냘픈 목소리로 대답했다.

"곧 날 수 있을 거예요. 지금은 몸이 너무 뻐근하고 배가 고파서 그래요."

랜킨은 냉정하게 손짓을 하며 단언했다.

"저 용은 오래 못 살아."

로렌스가 나섰다.

"이 녀석이 자연스럽게 마지막을 맞이할 때까지, 우리가 이 가여운 녀석에게 먹을 것을 주고 편안하게 돌봐주어야 합니다. 마지막이 금방 닥쳐올지 시일이 좀더 걸릴지는 알 수 없지만 인간적으로 그 정도 도리는 해야죠."

"그래서 누구를 시켜 저 용에게 먹이를 주게 할 거요? 장교들 중에는 용 비행사가 될 기회 한 번을 날려가면서까지 저 용에게 먹이를 주고 귀찮은 일에 엮이려는 자가 없을 텐데. 당신이 저급한 죄수에게 지시해 먹이를 주게 하고 용 비행사 행세를 하게 둔다면, 그 꼴은 내가 가만히 두고 보지……."

"내가 직접 하겠습니다."

로렌스의 말에 깜짝 놀란 테메레르가 고개를 홱 돌리며 사납게 물었다.

"뭐라고?"

테메레르의 반응에 로렌스는 놀랐다.

"당신이 먹이를 주겠다는 거야……?"

테메레르의 목소리가 부들부들 떨렸다. 불쾌하고 분해서 신의 바람이라도 뿜어낼 듯했다.

랜킨이 다급히 나섰다.

"됐소. 당신은 저 용에게 먹이를 줄 수 없어. 저 새끼 용도 분별력이라는 게 있다면 당신 손에서 먹이를 받아먹지 않을 거요. 저 용도 당신이 테메레르의 비행사라는 걸 알고 있고, 당신한테서 먹이를 받아먹었다간 테메레르에게 죽음을 당하리란 걸 예상하고 있을 거요. 그렇게 되면 우리로선 골칫거리를 치우게 되는 셈이니 편리하겠지만."

로렌스는 경멸 어린 눈빛으로 랜킨을 쏘아보았다. 테메레르로서는 로렌스가 직접 새끼 용에게 먹이를 주는 게 달갑지 않을 것이다. 하지만 그렇다고 이 작고 힘없는 용을 죽이게 내버려둔다는 건 로렌스의 상식으로는 이해되지 않았다. 로렌스는 설득에 나섰다.

"테메레르, 넌 내 소중한 용이야. 이게 얼마나 말도 안 되는 상황인지 너도 잘 알 거다. 내가 너를 버리고 다른 용을 택할 리가 없잖아."

테메레르도 곤혹스러울 게 분명하기에 로렌스는 이렇게 덧붙였다.

"나는 현실적으로 판단해서 말한 것뿐인데, 내가 직접 나서는 게 싫다면 너라도 먹이를 주는 건 어떨까?"

그제야 테메레르는 빳빳이 세웠던 얼굴 주변의 막을 살짝 늘어뜨렸다.

"아, 음, 흠. 그래도 될 것 같기도 하고, 그런데 로렌스……."

망설이던 테메레르는 고개를 숙이고 목소리를 낮춰 속삭였다.

"있잖아, 아직 잘 모르나 본데…… 저 용은 날 수가 없어."

로렌스는 큰 충격을 받았다. 머릿속이 하얘지면서 아무 말도 떠오르지 않았다.

랜킨이 로렌스에게 말했다.

"아무것도 아닌 일에 쓸데없이 나서서 소란을 피우더니, 이제 상황 파악이 되셨나?"

테메레르는 랜킨의 말에 콧방귀를 뀌었다.

"난 댁이 왜 그렇게 불쾌한 말만 골라 하는지 이해가 안 돼. 있잖아 로렌스, 당신 뜻이 정 그러면, 내가 먹이를 줄게. 그렇게 하는 게 이상하긴 하지만."

시저가 냉큼 끼어들었다.

"이상한 정도가 아니지. 네가 근처에 없을 때 저 용이 배고파 하면 어쩔 건데? 우린 아직 이 사막을 벗어나지 못했고 일주일 내내 고기 몇 점밖에 못 먹었어. 근처에 먹을 게 좀 있다고는 해도 소들이 있는 데까지는 한참 가야 한단 말이야. 분별력이라는 게 있으면 생각을 좀 해봐."

"저 용은 날 수 있을지도 몰라. 지금은 너무 피곤해서 못 하는 걸 거야. 알 속에 들어 있을 때도 워낙에 많이 흔들려서…… 어떻게든…… 안정된 곳에 편안하게 두었어야 했는데……."

그렇게 말을 하면서도 설득력 있게 들리지 않아 테메레르는 말끝을 흐렸다. 로렌스도 자신이 내린 판단에 확신이 서지 않았다. 방향을 가늠할 수 없는 해류를 타고 계류장에서 이리저리 흔들리는 것처럼, 마음이 불안정했고 어째야 좋을지 알 수가 없었다. 저 용이 이대로 조금 더 목숨을 부지한다 해도, 기형인 데다

무력하고 자립할 능력도 없으니 결국 공군은 물론 공군 소속의 용들에게도 버림받을 것이다…….

그렇지만 달리 대안이 없는 상황에서 이대로 새끼 용을 죽게 할 수는 없었다. 차라리 테메레르에게 지시해 먹이를 주게 하는 것이 그보다는 덜 야만스럽고 덜 잔인할 터였다.

"테메레르, 저 용에게 먹이를 주면 고맙겠구나."

그때 요란스럽게 먹이를 먹는 소리가 들려 돌아보니, 새끼 용이 앞에 놓인 캥거루에 달려들어 내장을 뜯어 먹고 있었다. 느릿하게 만찬을 즐기는 분위기였다. 가만히 보니 새끼 용의 목에는 안장 대신 허리띠가 느슨하게 걸려 있었다. 디마니가 고개를 들며 말했다.

"앞으로 이 용의 이름은 '쿠링길레'예요."

테메레르가 시저에게 설명했다.

"쿠링길레는 '만사형통'이라는 뜻이야. 승무원인 디마니를 그 용에게 빼앗긴 건 난데 왜 네녀석이 투덜거리는지 모르겠다. 알이 부화할 때마다 왜 내가 장교나 지상요원을 한 명씩 빼앗겨야 하는지. 진짜 이건 말도 안 돼."

상황이 이렇다 보니 테메레르는 도둑맞은 용알을 찾으러 갈 마음이 나지 않았다. 들판에 화재가 났을 때 폐에 부상을 입어서인지 예전처럼 기운차게 비행할 수도 없었다. 로렌스와 타르케가 애버리진 사냥꾼들에게서 얻어온 정보도 그다지 도움이 되지 않았다.

승무원들이 다른 새끼 용들의 비행사로 가는 것은 그 새끼 용들 잘못이 아니었다. 애버리진 사냥꾼들이 구체적이지는 않지만 대략적인 방향이라도 알려주었으니 테메레르는 그것만으로도 다행이라 여기자고 마음먹었다. 그렇지만 몸 상태가 좋지 않다 보니, 며칠만 더 쉬면서 고기 스튜를 먹었으면 하는 바람이 있었다. 큰 소리로 투덜댈 생각은 없지만 목구멍이 계속 아프고 편치 않았다. 승무원인 디마니를 빼앗긴 치욕을 감내하며 아픈 몸으로 고생스럽게 나서야 하는 것도 견디기 힘들었다. 테메레르는 한숨을 푹 쉬었다.

로렌스가 랜킨에게 말했다.

"알다시피, 디마니는 내 하인이 아니라 정식 장교입니다. 거의 2년간 내 밑에서 일했고 아르카디의 임시 비행사로도 복무한 적 있으며……."

랜킨이 말허리를 잘랐다.

"그건 제어가 불가능한 야생용이었으니 얘기할 것도 없소. 내가 이 일에 대해 해군본부에 정식으로 보고할 거라고 생각했다면 큰 착각이오. 댁의 하인인 그 흑인 아이는 새끼 용을 애완동물로 삼은 것에 불과하고, 내가 알기로 그 흑인 아이와 새끼 용은 영국 공군과 아무 관계도 없소. 영국 내에서 그 아이가 인정받을 수도 있다고 생각한다면 어디 저 용과 함께 배에 태워서 영국으로 보내보든가. 저 용이 그 긴 여정을 견디고 살아남을 리 없으니 그것도 쓸데없는 짓일 테지만."

옆에서 듣고 있던 시저가 못마땅한 투로 끼어들었다.

"좋은 건 혼자 다 먹어치울 때까지 살아 있겠지."

테메레르가 보기에도 쿠링길레의 먹성은 좀 심했다. 먹는 속도가 빠른 것은 아니지만 알에서 나온 후로 계속 캥거루를 뜯어 먹고 있었고, 지금은 숫제 내장 안쪽에 얼굴을 파묻다시피 한 상태였다.

보다 못한 테메레르가 말려보았다.

"그 캥거루는 네 몸집보다 큰데 그걸 지금 다 먹어치울 작정인가 보네. 내일 먹을 것도 남겨둬야지."

쿠링길레는 캥거루의 내장에서 머리를 빼내고는 입에 문 작고 신선한 고깃덩어리를 고개를 젖혀 꿀꺽 삼켰다. 야윈 목 안쪽으로 밀려 내려가는 고깃덩어리의 윤곽이 보였다. 쿠링길레가 몇 번 숨을 헐떡이자, 괴상한 모양새의 옆구리가 안팎으로 들썩였다.

"하지만 아직 배가 고파요. 이건 내 비행사가 나를 위해 가져온 고기니까 내 거예요. 지금 먹을래요."

쿠링길레는 가늘고 힘없는 목소리로 말하고는 다시 캥거루의 배 속으로 머리를 묻었다.

테메레르는 한숨을 쉬었다. 새끼 용이 먹이를 먹지 못하게 하는 것은 비열한 짓이라 내키지 않았다. 용으로서 비행을 할 수 없으니 어린것이 얼마나 괴로울까 싶었다. 쿠링길레를 예리하게 살펴보자니, 괴상할 정도로 불룩하게 늘어진 저 옆구리가 문제인 듯했다. 테메레르는 그 옆구리 쪽에 다리를 포개고 앉아 나팔형 청진기로 가슴 소리를 듣고 있는 도싯에게 물었다.

"설마 옆구리를 절개하고 다시 꿰맬 생각은 아니겠지?"
"좀 조용히 해줄래."

도싯은 담담하게 대꾸하고는 디마니에게 말했다.

"이 녀석이 먹는 걸 잠시라도 멈추면 진찰하는 데 도움이 되겠구나. 소화기관에서 나는 소리 때문에 폐가 활동하는 소리가 묻혀서 들리질 않아."

"허기를 면하고 나면 잠을 잘 거예요."

디마니는 이렇게 대답하면서 자기 것임을 과시하듯 새끼 용의 목을 쓰다듬었다. 그러고는 의기양양한 표정으로 에밀리 롤랜드를 쳐다보았다. 그러나 롤랜드가 아무렇지 않은 표정으로 돌아서서 야영지 저편으로 가버리자 디마니의 얼굴에서 뽐내던 기색이 사라졌다. 롤랜드는 이륙할 때를 대비해 장비를 챙겨놓느라 바삐 움직였다.

잠시 후 쿠링길레가 잠들자 디마니는 롤랜드에게 다가가 말했다.

"네가 이렇게 질투에 불탈 줄은 몰랐네."

롤랜드는 뒤도 돌아보지 않고 대꾸했다.

"그래, 퍽이나 질투난다. 이 멍청아. 앞으로 칠 년쯤 후에 어머니가 비행을 그만두시게 되면 나는 엑시디움을 물려받을 거야."

옆에서 그 말을 주워들은 테메레르는 기분이 좋지 않았지만 입을 열지는 않았다.

"그렇지만……."

반박하려 드는 디마니를 롤랜드가 몰아세웠다.

"이렇게 잘난 척이나 하려고 저 불쌍한 용에게 먹이를 줘서 살려낸 거니? 여기 있는 공군들 중 절반은 타고 다니던 용들이 죽어서 지상요원으로 근무하는 사람들이야. 호흡도 제대로 못 해서 힘들어하는 저 용을 보면서 그들이 무슨 생각을 할 것 같아? 앞으로 일주일 안에 저 새끼 용은 폐가 감당할 수 없을 정도로 몸집이 커져서……."

"그건 모르는 일이잖아! 로렌스 대령님은 쿠링길레가 죽지 않을 수도 있다고 하셨어."

야영지 저쪽에 누워 잠든 쿠링길레가 옆구리를 들썩이며 힘겹게 헐떡이는 숨소리가 여기까지 들려왔다. 롤랜드는 여전히 못마땅한 표정이었다.

"그분이야 물론 그러시겠지. 그건 우리 모두가 바라는 일이기도 해. 하지만 내 얘기 잘 들어! 대령님은 너처럼 자기 과시욕으로 저 용을 구하러 나서신 게 아니야. 알겠니? 원래 옳다고 믿는 일엔 물불 가리지 않는 분이야. 신앙심도 깊으시고. 하지만 넌 그렇지 않잖아. 넌 이기적인 짐승처럼 굴고 있을 뿐이야."

말을 마친 롤랜드는 돌아서서 성큼성큼 가버렸다.

"아니거든!"

디마니는 이렇게 소리치고는 테메레르를 올려다보며 말했다.

"쿠링길레는 죽지 않아."

"흠, 나도 그 녀석이 죽진 않을 거라고 봐. 다만, 스스로 사냥을 해서 먹고살아야 할 텐데 그게 가능할지 모르겠어."

테메레르도 새끼 용이 죽는 모습은 보고 싶지 않았다. 너무도 괴로운 일일 것이다.

"내가 사냥해서 먹이면 돼."

"몸집이 작으니까 어쩌면 많이 먹지 않을지도 모르지."

이렇게 말하며 용기를 북돋워주던 테메레르는 문득 좋은 생각이 떠올라 덧붙였다.

"어쩌면 학자가 될 수도 있겠다. 그럼 굳이 비행을 할 필요가 없지. 아니면 시인이 된다든가."

디마니는 그리 유쾌한 표정이 아니었다. 누가 앉아서 책을 좀 보게 하려 해도 디마니는 따르는 법이 없었고, 동생인 시포가 책만 붙들고 있는 것도 무척 불만스러워했다.

그렇지만 테메레르는 이상적인 해결책을 찾은 것 같아서 로렌스에게 말했다.

"사람들은 갓 부화한 알에게 스스로 사냥해서 먹을 것을 찾으라고 하지 않잖아. 캐서린 하코트 대령의 알이 태어나서 하는 일이라곤 누워서 팔을 버둥거리며 우는 게 전부던데, 쿠링길레는 말도 할 줄 알고 누군가 조금씩 입에 먹이를 넣어주지 않아도 혼자서도 잘 먹어."

학자나 시인으로 만들면 되겠다는 계획을 세운 테메레르는 쿠링길레가 잠에서 깨자마자 글자를 가르치기 시작했다. 그러나 쿠링길레는 숨을 씨근거리며 칭얼댔다.

"하지만 난 배가 고픈걸요."

"먹은 지 두 시간도 안 됐는데 또 배고프다는 게 말이 되냐."

쿠링길레는 애처롭게 되풀이했다.

"배고파요."

테메레르는 한숨을 쉬며 제안했다.

"그래, 그럼 글자 다섯 개만 배워보자. 이것만 배우고 나면 도마뱀 고기를 먹어도 좋아."

쿠링길레는 테메레르가 바닥에 써놓은 글자를 내려다보더니 고개를 들고 말했다.

"다 배웠어요."

"아직 아니야."

테메레르는 발톱의 부드럽게 굴곡진 부분으로 글자들을 지운 후 말했다.

"어디 여기에 대고 그대로 써봐."

쿠링길레는 발톱이 너무 길어서 흙바닥에 대고 제대로 글씨를 쓸 수가 없었다. 테메레르는 하는 수 없이 포기해야 했다.

허락이 떨어지자 쿠링길레는 미리 잘라서 보관해둔 커다란 도마뱀 고기 두세 덩이를 게걸스럽게 먹어치웠다. 시저는 그 모습을 못마땅한 눈으로 쳐다보았고, 테메레르도 고기가 줄어드는 것이 마냥 기분 좋지만은 않았다.

테메레르도 도마뱀 고기의 향이 무척 좋았지만, 부드럽지 않은 고기를 삼키면 목구멍이 아려서 실컷 먹을 수가 없었다. 물도 작은 구멍으로 흘러들게 해 걸러서 마셨지만 재가 섞여 있어 씁쓸한 맛이 났다. 꿍쑤가 어떤 고기로 스튜를 끓여줘도 탄내가 섞일 수밖에 없었다. 그래도 굶을 수는 없기에 심한 허기만 면할 정도로 고기를 씹어 삼켰다. 배 속이 차지 않아 식사 후에도 속이 허전했다. 언젠가 다시 편하게 먹을 수 있을 때 좀더 맛있는 고기를 먹으면 기쁠 것 같았다. 그런데 이대로라면 다른 이는 한 입 먹어볼 새도 없이 쿠링길레가 소금에 절인 고기를 전부 먹어 치우고 말 것이다.

테메레르는 몸 상태가 계속 좋지 않았지만, 로렌스가 비행해도 괜찮겠느냐고 물었을 때 그렇다고 대답했다.

"당장 날아오를 준비가 돼 있어."

서두르지 않으면 도둑맞은 용알을 찾지 못할 것 같은 예감이 들었다. 다른 걱정거리가 없다 보니, 자신이 지금 해야 하는 일이 무엇인지도 명확해졌다. 그리고 아, 하루빨리 실수를 만회하고 싶었다. 로렌스가 쿠링길레에게 먹이를 주겠다고 나섰을 때, 일순간이지만 테메레르는 아찔했었다…….

그렇지만 견딜 수 없을 만큼은 아니었다. 로렌스는 테메레르를 안심시키기 위해 할 수 있는 말을 다 해주었고, 결과적으로 쿠링길레에게 먹이를 주지도 않았다. 로렌스의 설명은 전부 합당한 것이었다. 자신보다 쿠링길레를 더 선호할 사람은 없을 것이라 테메레르는 굳게 믿었다. 쿠링길레는 죽지 않고 살아남더라도 몸집이 아주 작을 테니까. 그렇지만 테메레르는 자신이 로렌스에게 재산상의 손해를 입혔고 군인의 지위를 잃게 했으며 고향에서 쫓겨나게 만들었다는 사실을 떠올리지 않을 수 없었다. 게다가 용알까지 잃어버렸으니…….

테메레르는 힘주어 말했다.

"이제 완전하게 회복됐어, 로렌스. 목소리가 아직은 거칠지만, 그건 목구멍에 연기가 좀 남아 있어서 그래. 당장 출발하자."

 테메레르의 목소리는 정상이 아니었고, 예전에 하한선이라 여겼던 속도보다도 한층 줄어든 속도로 날고 있었다. 전에는 시저와 속도를 맞추기 위해 한 시간에 열두 번은 더 속도를 늦추라고 지시해야 했지만, 지금은 그럴 필요가 없었다. 쿠링길레는 테메레르의 등에 납작하게 붙은 채 밧줄로 묶여 있었다. 쿠링길레 옆에 앉은 디마니에게 장교들의 냉담하고 마땅찮아하는 시선이 쏟아졌다. 그럴수록 디마니는 굴하지 않겠다는 뜻으로 고개를 더욱 꼿꼿이 들었다. 보다 못한 로렌스가 장교들에게 일침을 가하기 위해 한마디했다.

 "블링컨, 쿠링길레에게 말린 고기를 좀 가져다줘."

 쿠링길레는 말린 고기를 받자마자 그 자리에서 먹어치웠고, 더 먹고 싶어서 아쉬움의 한숨을 쉬었다. 이륙한 지 30분밖에 되지 않았는데 그들은 비행 중에 두 번이나 쿠링길레에게 먹이를 주어야 했다. 마침내 지상에 물웅덩이가 보였고, 테메레르는 휴식을 취하기 위해 그 옆에 착륙했다. 누가 내려가서 쉬자는 말을 하지도 않았는데 테메레르가 알아서 내려가자 로렌스는 걱정이 되었다.

 풍경은 살벌할 정도로 황량했다. 물웅덩이 주변에는 푸른 덤불이 무성하게 자라 있어 방화대 구실을 해준 듯했고, 주변의 척박한 맨땅에는 풀 한 포기 돋아 있지 않아 불이 옮아붙지 않은 듯했다. 물웅덩이는 표면에 재가 얇게 덮여 있을 뿐, 물이 온전하게 남아 있었다. 공군들과 죄수들은 컵과 들통을 이용해 재를 걷어냈다. 물이 깊지 않아서 일단 물항아리와 물통을 채운 후, 당장의 갈증을 해소할 정도로만 물을 떠마셨다.

사람들이 물러서자 테메레르가 다가가 물을 마시고 또 마셨다. 이내 웅덩이가 바닥을 드러내서 테메레르는 뒤로 물러났는데 다시 물이 나와 웅덩이를 채우기 시작했다. 이대로라면 한낮의 더위가 가실 때까지 여기서 좀더 쉬어도 될 것 같았다.

"그렇게 오래 쉬어도 돼?"

테메레르가 로렌스에게 기대에 찬 목소리로 물었다.

"힘을 비축해둬야지. 아직 네 몸이 정상으로 돌아오지 않았잖아. 이 더위에 무리하지 않았으면 좋겠어. 여긴 빈약하지만 그늘도 좀 있고, 쿠링길레도 뜨거운 햇빛에 너무 오래 노출되지 않는 편이 좋아."

그런데 쿠링길레는 뜨거운 태양 따윈 아무래도 상관없고 오직 먹을 것에만 눈이 벌게 있었다. 디마니가 사냥을 나간 동안 쿠링길레는 야영지 가장자리의 공터에서 몸을 바들바들 떨며 기다렸다. 한참 후 디마니가 고기를 짊어지고 터덜터덜 돌아오자 쿠링길레는 곧장 먹이에 달려들었다.

눈 깜짝할 사이에 죄다 먹어치운 후에도 쿠링길레는 더 먹고 싶어서 아쉬워했다. 디마니는 남은 찌꺼기를 내려다보았다. 작은 짐승 네 마리를 잡아왔는데 껍질만 조금 남아 있을 뿐이었다. 몹시 더운 날씨임에도 디마니는 다시 먹을거리를 구하기 위해 일어섰다. 로렌스가 고개를 들고 한마디했다.

"앞으로 휴식은 한 시간 남았다."

태양이 정점을 지나 약해지기 시작했으니, 곧 다시 이륙해야 할 것이다.

디마니는 불에 탄 수풀에서 도마뱀 두 마리와 작은 캥거루 한 마리를 찾아냈다. 새들이 약간 쪼아 먹은 흔적이 있었으나, 쿠링길레는 그것들을 게걸스럽게 먹어치웠다. 디마니는 물웅덩이 가장자리에 무릎을 꿇고 앉아 맨손으로 물을 떠마셨다. 피로가 몰려들면서 팔이 떨리고 숨이 가빴다. 덤불 아래 쓰러지듯 누운 디마니는 곧 잠이 들었다. 먹이를 전부 해치운 쿠링길레는 턱과 주둥이, 발톱에 묻은 피를 세심하게 혀로 핥아 깨끗이 닦아내고는 주변을 둘러보았다. 그러고는 그늘 아래 잠든 디마니 옆으로 가서 누워, 발작적으로 씨근대면서 잠에 빠져들었다.

시포는 불쾌해하며 그 광경을 바라보았다. 형에 비해 나이가 어리고 순한 성격인 시포는 변화무쌍한 자신의 삶에 별 갈등 없이 적응했고, 새로이 살게 된 지역을 고향으로 받아들였다. 반면 천성적으로 그리고 경험상으로 경계심이 많은 디마니는 여전히 변화된 환경에 거리를 두고 있었다. 작년에 시포는 형이 지나치게 자신을 챙기고 과도한 관심을 쏟는 게 부담스러워서 질식할 것 같았는데, 이제 그 애정이 새로운 대상에게 옮아갔음에도 마냥 기쁘지만은 않았다. 하지만 형의 애정을 놓고 쿠링길레와 경쟁하는 모습을 보이는 건 자존심이 허락하지 않았다. 시포는 무심한 척하려고 일부러 테메레르의 몸에서 드리워진 진한 그늘에 앉아 책을 펴들었다. 중국어로 된 책이었다.

잠든 쿠렁길레를 진찰한 후 일어서는 도싯에게 로렌스가 나지막이 물었다.

"좀 어떤가?"

"과학 연구의 관점에서 보자면 안타까운 일이죠."

"살아남기 어렵다고 보는군."

"그 반댑니다. 지금까지 이만큼 버텼으니 조금 더 살지도 모르겠어요."

근처 그늘 아래 침울하게 누워 쉬던 장교 몇 명이 그 말에 고개를 들었다. 도싯이 말을 이었다.

"이런 속도로 성장한다면, 나중에는 해부를 해도 별로 건질 게 없을 겁니다. 지금 해부해야 많은 정보를 얻을 수 있는데 말이죠. 이 용이 한 달 더 버티다가 죽으면, 그때는 해부해봤자 최초의 기형적 형태를 연구하기 힘들어요."

로렌스는 잠시 입을 굳게 다물고 있다가 나무랐다.

"그런 한탄을 쏟아놓기 전에 환자인 용의 기분을 배려하는 차원에서 말조심을 하는 게 마땅하다고 보네. 이 용이 비행을 하지 못하는 요인은 무엇이라 보는가?"

"확실히 기낭의 모양이 기형적입니다. 안쪽에서 짜부라진 기낭이 폐를 짓누르는 것 같아요. 몸집에 비해 알이 너무 작아서 기낭의 발달이 저해된 것으로 보입니다. 이 말은 비정하게 들리지 않았으면 좋겠네요."

말은 이렇게 해도 로렌스의 질책을 크게 의식하지는 않는 투였다. 도싯은 계속해서 말했다.

"기낭과 그 사이의 혈관들이 지탱해주지 못한다면, 앞으로 몸집이 자라면서 나머지 기관들도 무게에 짓눌려 망가질 가능성이 큽니다. 성장을 멈추고 지금처럼 왜소한 체격으로 남아 있지 않는 한 그렇게 될 겁니다. 하지만 성장 속도를 보면 이대로 멈출 것 같지가 않습니다. 체중은 어느 정도 늘었는지 확실히 모르겠지만, 몸길이는 이미 삼 미터나 늘었습니다."

쿠링길레가 당장 죽지는 않을 것이라는 말에 자극을 받은 랜킨이 대화에 끼어들었다.

"도싯, 내 눈엔 저 새끼 용이 오랫동안 버티진 못할 거로 보이는데, 비행 역시 불가능하지 않겠나?"

랜킨으로서는 쿠링길레가 죽어야 디마니에 대해서도 더는 신경 쓰지 않을 수 있을 텐데, 당장 죽지 않는다니 성가시게 된 것이다.

도싯은 어깨를 으쓱하며 대답했다.

"혈관들이 어느 정도 기능을 해주고 있습니다. 그게 아니었으면 골격의 무게가 벌써 나머지 기관들을 못 쓰게 만들었겠죠. 그러니 앞으로 더 생존할 가능성이 없지는 않습니다."

이 진단은 공군들 사이에 상당한 파장과 수군거림을 불러일으켰다. 테메레르는 낙관적이고 만족한 표정으로 로렌스에게 말했다.

"가능성이 없지는 않다니, 도싯이 그렇게 말해줘서 정말 다행이야. 나 역시 쿠링길레가 먹성이 너무 좋기는 하지만 생존하지 못할 이유는 없다고 봐. 비행만 할 수 있게 된다면 좋겠는데."

"너무 큰 기대는 하지 않는 게 좋아. 확실한 게 아니잖아. 도싯도 큰 기대는 하지 않는 것 같고. 그나저나 출발하기 전에 조금만 더 먹지그래?"

로렌스는 나지막한 목소리로 이렇게 말하고는 디마니 쪽을 걱정스러운 눈으로 바라보았다. 디마니는 쿠링길레의 어깨에 한 팔을 두른 채 잠들어 있었다. 자신의 용에 대한 큰 애정, 그리고 그 용을 꼭 살리고 말겠다는 굳은 의지로 디마니는 틈만 나면 사냥에 나서며 고단한 생활을 감내하고 있었다.

"아, 먹이는 더 못 먹을 것 같고, 물은 좀더 마실게."

그러면서 테메레르는 물을 마셨다. 잠시 후 마지못해 그늘에서 일어선 공군들과 죄수들이 테메레르의 몸에 짐을 싣고 탑승하는 고된 작업을 시작했다. 보관해둔 고기를 실컷 먹은 죄수들을 몸에 태우고, 부근에서 사냥한 고기들까지 몸에 잔뜩 실은 후 작열하는 태양 아래 척박한 사막을 비행해야 한다는 생각에 테메레르는 울적해졌다. 안내자도 없고 용알 회수에 성공하리라는 보장도 없이, 잘못 알아들었을지도 모를 애버리진 사냥꾼들의 말에 의지해 앞으로 나아가야 하는 것이다. 누군가 중얼대는 소리가 들렸다.

"시드니의 마을 하나를 지키는 데는 용 세 마리면 충분하니, 잃어버린 용알을 굳이 찾으러 가지 않아도 될 텐데 말이야."

테메레르의 건강이 눈에 띄게 좋지 않은 상황이라 로렌스도 열정적으로 비행을 이끌 마음이 나지 않았다. 테메레르는 목소리가 잔뜩 쉬었고, 삶은 고기를 주어도 삼키기 버거워해서 조금

밖에 먹지 못했다. 쿠링길레가 부화하기 전에는 용알을 위해서라도 좀 쉬자고 말을 해볼 수 있었는데, 이제는 그런 핑계도 댈 수 없으니 도둑맞은 용알의 부화 예정 시기까지 최대한 쉬지 않고 찾아 헤매는 일밖에 남지 않았다.

테메레르가 울적해하며 말했다.

"리퍼의 알이 우리가 구하러 올 거라 믿고 기다려주면 좋겠어. 지금쯤 무척 초조할 거야. 내가 찾으러 갈 때까지 못 기다린다고 해도 그 용알을 탓할 수는 없겠지. 있잖아, 로렌스. 애버리진 사냥꾼들이 한 말을 조금이라도 좋으니 발음해봐. 몇 마디라도 알아들을 수 있지 않을까 해서 그래."

"난 못 해. 오디나 시플리도 그럴 거야. 네가 언어에 뛰어난 재능이 있다는 건 알지만, 한 음절도 제대로 들어본 적 없는 언어를 단박에 알아듣기란 불가능해."

"흠, 전에 그 언어로 된 노래를 들은 적이 있거든. 혹시나 해서."

테메레르는 한숨을 푹 쉬었고 더는 조르지 않았다.

한동안 휴식을 취한 후 테메레르는 억지로 몸을 일으켰다. 다시 배 쪽 그물을 몸에 채울 시간이었다. 그런데 죄수 몇 명이 잠시 용변을 보고 오겠다거나 물통에 물을 새로 채우겠다는 등의 핑계를 대며 탑승을 미루었다. 로렌스는 죄수들 일부를 모아 탑승케 한 후 끝까지 뒤처진 자들을 데려오기 위해 물웅덩이 쪽으로 향했다. 그곳에 모인 몇 안 되는 죄수들은 번갈아가며 물통을 채우면서 곧 가겠다고만 대답했고, 웅덩이가 다 마를 때까지 물을 마셔댈 작정인 듯했다. 이대로 뜨거운 햇빛을 받으며 몇 시간을 배 쪽 그물에 앉아 이동해야 하는 상황이니, 물이라도 한 방울 더 마시겠다고 버티는 그들을 차마 냉정하게 데려올 수가 없었다.

"다들 그만하면 됐고, 물통은 이쪽으로 와서 채워. 그리고 꾀병은 그만 피워, 블랙웰. 벌써 세 시간이나 쉬었는데 계속 이렇게 꾸물거리면 내일은 물 한 방울 마시지 못한 채 갈증 속에서 비행해야 할 거다. 이런 식이면 우리도 채찍의 힘을 빌릴 수밖에 없어."

로렌스는 평소보다 날카롭게 말했다. 계속 늑장을 부려 테메레르를 힘들게 하는 자들에게 더는 동정심이 일지 않았다.

"예, 그러죠."

블랙웰은 굽실거리며 대답한 후, 물웅덩이 이쪽 편으로 가로질러 왔다. 그런데 덤불 앞에서 그의 모습이 갑자기 사라져버렸다. 굉장히 빠른 속도로 붉은 주둥이와 발톱이 스쳐 지나는가 싶더니 블랙웰이 땅 밑으로 쑥 꺼져버렸다. 덤불에서 바스락대는 소리가 잠깐 나더니 이내 잠잠했다.

로렌스는 그 광경을 보았다. 죄수인 젬슨과 카터도 보았다. 도무지 현실 같지가 않았다. 젬슨과 카터는 재빨리 도망쳐 테메레르 쪽으로 달려갔다. 손에 들린 물통들이 마구 흔들리면서 물이 쏟아졌다.

로렌스가 외쳤다.

"테메레르! 테메레르!"

테메레르는 단박에 모래언덕을 넘어왔다. 앞발에 짓눌려 언덕 절반이 물웅덩이로 무너져 내렸다. 테메레르는 로렌스가 가리키는 덤불을 발톱으로 잡아 뜯어내며 물었다.

"정체가 뭐야? 이해가 안 되네. 어디서 갑자기 나타난 거래?"

"덤불 아래 숨어 있었던 것 같아. 동작이 어찌나 빠른지 제대로 보지도 못했어."

포싱이 서둘러 장교들을 지휘해 공격 태세를 갖췄다. 테메레르가 덤불들을 하나씩 잡아 뽑는 동안 장교들은 권총과 칼을 빼 들고 사방을 경계했다. 거미처럼 기다란 덤불 뿌리에 붉은 흙덩어리가 매달려 있었다.

물가의 덤불을 거의 다 뽑았지만 아무것도 없었다. 흙과 풀, 바위뿐이었다. 함께 목격한 젬슨과 카터가 아니었으면 로렌스는 자신이 헛것을 보았다고 생각했을 것이다. 젬슨은 "난 못 봤어. 블랙웰이 거기 있다가 갑자기 사라졌어"라고 말했고, 카터는 "집채만 한 놈이 블랙웰을 한입에 집어삼키고는 흔적도 없이 사라졌다니까"라고 증언했다.

테메레르는 언덕에 궁둥이를 대고 앉았다. 뻣뻣한 덤불에 긁혀 찰과상을 입은 발톱 중 하나에 코끝을 갖다 대며 테메레르가 중얼거렸다.

"유령처럼 사라졌다는 거네? 우리가 지금까지 추적하면서 놈들 모습을 한 번도 보지 못한 것도 유령이기 때문인 건가."

로렌스가 반박했다.

"아니, 놈의 정체가 무엇이든 형체를 가진 존재인 건 분명해. 놈은 확실히 블랙웰을 잡아채갔어. 어쩌면 땅속에 굴을 파놓지 않았을까?"

테메레르는 덤불 아래 흙을 발톱으로 헤집었다. 흙과 나뭇가지가 엮여 있고 그 위에 풀이 엉겨 붙은 너저분한 흙덩어리가 발톱에 걸려 올라왔다. 그 덩어리를 치우자 지하로 이어지는 구멍이 드러났다. 성긴 모래를 파서 만든 그 굴은 좁고 가장자리가 거칠었다.

굴 양옆에는 돌을 쌓아 단단하게 벽을 만들었고 연두색 물질을 물에 개어서 바르고 나뭇잎과 풀을 덕지덕지 붙여놓아, 마치 뿌리 덮개로 덮은 것처럼 굴로 이어지는 벽이 어느 정도의 압력을 버틸 수 있게 해놓았다. 그런데 테메레르가 그 밑으로 파고 내려가자마자 벽이 힘없이 무너져 내렸다. 시저도 나서서 돕기 시작했다. 두 용은 빠른 속도로 굴을 파내려갔으나 벽이 계속 무너져서 깊게 들어갈 수가 없었다. 한참 파다 보니 겨우 교차 지점인 듯한 곳까지 이르렀다. 로렌스가 굴 가장자리에 웅크리고 앉아 들여다보니 나뭇가지처럼 사방으로 뻗어나간 통로가 언뜻 보였다. 그러나 그 순간 또 벽면이 안쪽으로 무너지면서 흙이 쏟아져 내렸다. 시저는 흙에 파묻힐 뻔했으나 재빨리 물러나 무사할 수 있었다.

"이 굴로 블랙웰을 끌고 간 게 분명해. 버닙의 짓이야. 버닙이 이 굴 안으로 모습을 감춘 거라면 은신처로 연결되는 다른 입구가 있을지도 모르겠다."

로렌스는 이렇게 말하며 무릎까지 차오른 묵직한 모래를 몸에서 털어냈다. 그들은 삽으로 혹은 발톱으로 물웅덩이 주변의 모래를 퍼내기 시작했다.

잠시 후 롤랜드가 삽을 땅속 깊이 찔러 넣으며 말했다.

"은신처 하나를 찾은 것 같습니다."

물웅덩이에서 약간 뒤쪽, 테메레르의 발톱이 닿지 않은 덤불 아래 구역이었다. 그런데 가만히 보니 그곳은 흙이며 덤불을 파헤칠 필요가 없었다. 테메레르가 흙에 발톱을 박아 넣고 들어 올리자 덤불과 흙이 한데 딸려 올라왔다. 덤불 뿌리가 흙덩어리를 파고들어 자라고 있었다. 꽤나 영리하게 만들어진 덫이었다.

그러나 조금 더 안쪽으로 파고 들어가자 이 굴의 통로 역시 무너져 내렸다. 통로 벽의 강도가 버닙의 움직임에 맞춰져 있어, 발톱으로 흙을 퍼내는 용이나 삽질하는 사람들의 무게를 견딜 만큼은 되지 않는 듯했다. 어쩌면 임시로 만든 통로라서 이렇게 허술한지도 몰랐다.

굴 안쪽에 견고한 은신처가 더 있다 해도 계속 흙만 대충 파헤쳐서는 발견하기 어려울 것이었다. 지상에서 용과 사람 들이 떠드는 소리를 듣고, 블랙웰을 납치한 버닙이 멀리 깊숙한 곳으로 도망쳤을 수도 있었다. 발톱에 묻은 흙을 꼼꼼히 털어내며 시저가 물었다.

"휴, 언제까지 여길 파고 있어야 해? 출발 안 할 거야? 잡혀간 죄수는 안됐지만, 이런 식으로는 아무것도 못 찾아. 버닙은 땅속에서 계속 굴을 파면서 도망칠 거라고. 우리가 여길 파고 있는 동안 버닙은 사막을 절반쯤 가로질러 가고 있을걸."
 말투는 퉁명스럽지만 논리는 타당했다. 로렌스도 블랙웰이 지금까지 살아 있을 것 같지가 않았다. 버닙에게 붙들려가면서 블랙웰은 어떤 소리도 내지 않았다. 살아 있다면 끌려가는 동안 비명이라도 내질렀을 것이다. 버닙의 엄청난 속도와 고요한 공격 방식은 너무나도 비현실적이었고, 바로 옆에서 누가 잡혀가도 알아채지 못할 정도였다. 아마도 먹이를 잡자마자 죽여서, 멀찌감치 안전한 곳으로 끌고 가 소리 없이 먹어치우는 것이리라.
 사람들이 좀더 고민하는 동안, 테메레르는 내키지 않는 동작으로 앞발을 놀리며 지하의 굴로 이어지는 구멍을 계속 파헤쳤다. 더 깊숙한 데 있는 은신처를 혹시 찾아낼 수 있을지 몰랐다. 그러나 안쪽 깊숙이 파고 들어가기도 전에 또 통로가 무너졌다. 실종된 죄수를 찾기 위해 파헤친 흙은 모래언덕을 이루었고, 뿌리째 뽑힌 덤불들이 여기저기 쌓였다. 테메레르가 열심히 죄수를 찾아 헤맨 흔적이 깊은 골짜기를 이루었다. 이제 그들은 이 참담한 풍경을 뒤로하고 떠날 수밖에 없었다.
 로렌스가 소매로 얼굴의 땀을 닦으며 말했다.
 "더 파봤자 소용없겠다."
 흙을 열심히 파헤치는 동안 테메레르의 배 쪽 그물에 모래가 잔뜩 흘러들었다. 모래를 깨끗이 닦아낼 여유가 없기에 테메레르는 몸을 흔들어 덩어리진 모래만 대충 털어냈다. 사람들은 조용히 그리고 민첩하게 탑승했다. 목숨을 부지하고 이곳을 떠날 수 있어 다행이라는 표정들이 역력했다.

11

해가 거의 저물어가고 있었다. 보랏빛과 황금빛으로 하늘을 화려하게 물들이는 석양, 북쪽 지평선에 피어오르는 불길의 희뿌연 연기 사이로 테메레르는 날갯짓을 이어갔다. 들판에 퍼져나가는 불길이 붉은 석양이 깔린 하늘을 오렌지색으로 물들였다. 로렌스 일행은 불길이 한차례 휩쓸고 지나가면서 시커멓게 탄 지역을 막 벗어나는 참이었다. 일부에는 아직까지 불씨가 남아 있었으나, 검은 물감에 붓을 찍어 길게 그어놓은 것처럼 까맣게 탄 작은 관목들은 이내 저만치 멀어져갔다.

"놈들 흔적을 찾으려면 물가 쪽으로 가야 할 것 같습니다."

타르케가 나지막한 목소리로 조언하자 로렌스는 굳은 표정으로 대답했다.

"물가에는 버닙들이 있겠군요."

타르케는 고개를 끄덕이며 담담하게 말했다.

"물가에서 조금 떨어진 곳이라든지 바위 위에서 야영을 하면 될 겁니다. 좀더 일찍 버닙들에 대해 알고 야영을 했으면 좋았을걸 그랬습니다."

테메레르가 끼어들었다.

"이제라도 알게 되었으니까 착륙해서는 아주 녀석들을 싹 쓸어버리겠어. 덤불 아래 숨어서 뭐 하는 짓들인지. 놈들이 멋대로 야영지로 쑤시고 들어와 내 승무원이나 죄수 들을 잡아가게 두지 않을 거야. 숨어서 공격하는 걸 보면 겁쟁이인 게 분명해."

또 다른 물웅덩이를 찾아냈을 무렵, 등 뒤의 하늘은 이미 차가운 물처럼 푸르게 변해 있었다. 테메레르와 시저는 사람들을 몸에 태운 채 깊게 물을 들이켜 건조한 목을 축였다. 디마니만 카라비너를 풀고 내려와 사냥을 하러 달려갔다. 로렌스가 소리쳐 부르려 했지만 이미 목소리가 들리지 않을 만큼 멀찌감치 뛰어간 후였다.

테메레르는 주둥이에서 물을 뚝뚝 떨어뜨리며 머리를 흔들어 비행 중에 얼굴 주변의 막과 이마에 들러붙은 먼지와 모래를 털어냈다.

"물이 정말 상쾌하다. 이제 이 부근에 버닙들이 있는지 한번 찾아봐야겠어."

테메레르는 이렇게 말하며 덤불을 잡아 들어 올렸다. 그 아래가 뻥 뚫려 있었다. 지하의 굴로 통하는 입구였다. 시저도 입구를 찾아내 뚜껑을 옆으로 밀어낸 후 안쪽으로 주둥이를 넣었다가 빼내며 말했다.

"음, 안에 아무도 없어. 다 도망쳤나 봐."

테메레르는 굴 입구를 막고 있던 뚜껑을 옆으로 내던지며 말했다.

"사람들을 지상에 내려놓기 전에 이런 뚜껑이 또 있는지 찾아보자."

그러고는 흙과 뒤엉키며 덩어리를 이룬 풀들을 발톱으로 찍어 뜯어냈다.

몇 발자국 더 가지도 않았는데 굴 입구를 하나 더 찾아낼 수 있었다. 그런 식으로 하나씩 찾아내 정리하다 보니 물웅덩이 주변을 온통 파헤쳐 풀과 덤불을 한옆에 쌓아둔 모양새가 되었다. 지하로 연결되는 구멍들이 시커멓게 주둥이를 벌렸다. 이 오아시스 주변에는 이런 굴들이 벌집처럼 자리 잡고 있었다. 개밋둑을 보는 듯 기묘하고 소름끼쳤다. 버닙들은 코빼기도 보이지 않았지만 그들이 존재한다는 증거는 사방에 놓여 있었다. 놈들은 목마른 이들을 유혹하는 물웅덩이를 중심으로 그 주변의 땅에 거대하고 교활한 덫을 숨겨놓았다. 그리고 로렌스 일행은 지금 그 덫에 발을 들여놓은 것이다.

물가에서 꽤 떨어진 데 있는 굴들은 최근엔 사용하지 않았는지 반쯤 무너져 있고 수리도 되어 있지 않았다. 어떤 굴은 입구를 덮은 흙과 풀 더미가 바짝 말라서 시저와 테메레르가 앞발을 가져다 대자마자 힘없이 풀썩 무너지기도 했다. 어떤 뚜껑은 만든 지 얼마 되지 않았는지 억세서 테메레르는 꽤 힘을 들여 뜯어냈다. 결과적으로 이곳은 버려진 덫이 아니었다.

로렌스가 중얼거렸다.

"이만한 시설을 지어놓다니 대체 놈들이 몇 마리나 되는 거지?"

전에 언뜻 보았던 버닙이 떼를 지어 덤벼드는 모습이 상상되어 로렌스는 간담이 서늘해졌다. 이런 사막에서도 끈질기게 생존하는 놈들인데 뉴사우스웨일스 식민지 근처의 야생 지역에도 들어와 살고 있지 않을까 하는 생각이 들었다.

테메레르는 고개를 옆으로 돌리고 지친 기침을 뱉어냈다. 흙과 그 흙에 질기게 붙어 있는 식물 뿌리들을 떼어내는 동안 먼지가 올라와 숨이 막힐 지경이었다. 시저도 하던 일을 멈추고 물을 들이켜며 말했다.

"이 짓을 더는 할 필요가 없다고 봐. 지금까지 발견한 굴들에만 일단 흙을 채워 막아버리고, 물웅덩이 이쪽 편에 모여서 좀 쉬자고. 이미 어두워지고 있으니 이대로는 굴을 더 찾아내기 힘들어."

공군들과 죄수들은 사방을 경계하며 조심스럽게 지상에 발을 디딘 후 용들의 몸에 실은 짐을 내렸다. 테메레르는 뒷다리에 힘을 주고 일어서서 한옆에 솟아 있는 모래언덕의 옆 부분을 발톱으로 찍어 무너뜨렸다. 모래와 작은 나무들이 비스듬히 폭포처럼 쏟아져 내리며 물가에 시커멓게 뚫린 굴들을 메웠다. 굴마다 검붉은 흙이 들어차자 사람들은 삽의 등 부분으로 흙을 두드리고 발로 밟아 단단히 눌렀다. 누가 딱히 지시하지도 않았는데 그들은 근처에서 커다란 돌들과 쓰러진 나무줄기들을 찾아 굴려 와서는 야영지 주변에 보루를 쌓았다.

그리고 권총을 든 네 명을 보초로 세웠다. 로렌스가 생각하기에는 지난번에 보았던 버닙의 민첩한 몸동작을 감안할 때 보초를 세워도 별로 도움이 될 것 같지 않았다. 아주 운이 좋지 않고서는 제대로 총을 쏘아볼 기회도 없을 테니까. 그래도 보초를 세우니 어느 정도 안심은 되었다. 사람들이 두세 명씩 조를 이루어 물웅덩이로 가서 항아리를 채우는 동안 로렌스는 권총 두 자루를 빼들고 물가에 서서 엄호했다. 언덕마루를 넘어 야영지로 돌아오는 디마니를 보고 로렌스가 말했다.

"앞으로는 허락도 없이 혼자 멀리 가지 마라. 버닙들이 물웅덩이에서 얼마나 먼 곳까지 이동 가능한지 우린 아직 파악하지 못했어."

"그렇지만 저는 사냥을 해야 해요. 안 그러면 쿠링길레가 우리 식량을 바닥내버릴 거예요. 그저께 소금에 절인 고기를 찾아서 줬더니 벌써 절반이나 먹었더라고요."

비행 중에 디마니가 쿠링길레에게 먹이를 추가로 공급했다는 사실은 로렌스도 모르고 있었는데 얼마 전에 식량 재고분을 점검하면서 알게 되었다.

옆에서 시저가 못마땅해하며 말했다.

"그런 걸 탐욕이라고 하는 거야. 낭비라고도 부르지. 온갖 힘든 일을 도맡아하는 우리는 뭘 먹으라고 그렇게 먹어대?"

디마니가 발끈했다.

"소금에 절인 고기는 내가 찾아낸 거니까 누구한테 주든 내 맘이야."

로렌스가 타일렀다.

"그만해, 디마니. 식량 재고분은 다 같이 공유하는 거야. 앞으로는 식량 배급 시에 그 점을 명심해. 오늘 너무 많이 먹이면, 내일 먹을거리를 얻기 힘든 곳에 머물 경우 쿠링길레가 굶주릴 수밖에 없어."

디마니는 그제야 수긍하고 화를 가라앉히며 방금 전에 모아온 사냥 고기를 모두 함께 먹을 수 있게 내놓았다. 테메레르는 자신이 받은 몫에 대해 불평하지 않았는데, 목이 아파 식욕이 떨어져서란 것을 알기에 로렌스는 마냥 기분이 좋지만은 않았다. 꿍쑤가 땅에 조리용 구덩이를 파고 방수포를 두른 후 물과 찻잎을 넣고 끓여 주자 테메레르는 뜨끈한 차를 열심히 마셨다. 이제 남은 찻잎도 얼마 없었고, 먹을 것도 거의 남아 있지 않았다.

"너무 걱정하지 마. 곧 나을 거야. 종일 날씨가 너무 건조해서 그래."

테메레르가 계속 기침을 하자 꿍쑤가 말했다.

"수프를 만들겠습니다. 밤새 끓이면 고기의 좋은 성분이 우러나와 먹을 만할 겁니다."

그날 밤 로렌스는 자다가 세 번 정도 잠이 깼는데, 그때마다 꿍쑤가 모닥불 속에서 달궈진 뜨거운 돌을 들어 올려 물이 채워진 조리용 구덩이에 집어넣는 모습을 보았다. 돌이 물속으로 들어가면서 부드럽게 치이익 소리가 나고, 방수포 안에서 끓고 있는 수프에서 맛있는 수증기가 피어올랐다. 디마니는 쿠링길레의 목에 팔을 두르고 잠들어 있었는데, 쿠링길레는 가느다란 목 위에 붙어 있는 작은 머리를 들고 방수포를 유심히 쳐다보며 고기 냄새를 콧속 깊이 들이마셨다.

다음 날 아침, 꿍쑤가 방수포를 덮은 뚜껑을 열었다. 솥 대용인 방수포 안에는 육즙이 뿌옇게 배어나와 있고 골수가 모조리 빠져나왔으며 하얗게 변한 뼈들이 잘게 부서져 있었다. 지표면을 비스듬히 비추는 이른 아침 햇살이 수프 위에 점점이 떠 있는 하얀 기름 막에 반짝이는 빛을 비추었다. 테메레르는 수프를 쭉 들이켜 마신 후 만족스럽게 잘 먹었다고 말했다. 방수포 바닥에 고깃덩어리들과 국물이 좀 남아 있었지만 꺼내기가 불편해서 테메레르는 먹지 않고 고개를 돌렸다. 그러자 옆에서 기다리던 쿠링길레가 냉큼 달려들어 방수포 안으로 몸을 집어넣다시피 하고는 남은 고기와 국물을 샅샅이 핥아 먹었다.

쿠링길레는 그것으론 양이 차지 않는 얼굴이었지만 더는 먹을 것이 없었다. 디마니가 다시 사냥을 가려고 하자 로렌스가 고개를 저으며 저지했다.

"이따가 정오에 휴식을 취할 거니까 그때 사냥을 해. 오전 시간은 그나마 덜 더우니까 비행에 시간을 할애해야 해."

테메레르가 고생을 덜 하게 하려면 그 수밖에 없었다.

도싯이 다가와 테메레르에게 머리를 뒤로 젖혀 태양 쪽으로 향하게 하라고 했다. 그리고는 촛불을 켜들고 목구멍 안쪽까지 기어 들어가서 목 상태를 살폈다.

"목 안의 조직이 벌겋게 화가 나 있구먼. 흐음."

도싯의 목소리가 괴상하게 울려 퍼졌다. "흐음" 하는 소리가 어쩐지 길고 공허하게 들려서 테메레르가 웅얼대며 물었다.

"어어어?"

"목구멍 안으로 불에 탄 재가 들어왔나 봐. 목 안쪽의 살이 부분적으로 화상을 입었어."

도싯은 이렇게 대답하며 상처 부위에 손을 가져다 댔다.

"어억!"

테메레르는 악을 쓰더니, 급기야 입 밖으로 기어 나오는 도싯에게 따지고 들었다.

"안쪽에서 만지니까 기분이 아주 나빠. 앞으로 또 그렇게 아프게 할 거면 목 안을 안 보여줄 거야."

"아, 그래, 그래."

도싯은 아무렇게나 대답하고는 로렌스에게 보고했다.

"목 안에 일부 심한 상처가 나 있습니다. 고함을 지르는 건 절대 못 하게 하고, 먹이도 차가운 상태로만 먹이세요. 얼음이 있으면 좋을 텐데 아쉽네요."

태양이 정점을 향해 오르고 있었다. 곧 기온이 38도까지 오를 것이라 생각하니, 벌써부터 아찔했다.

공군들은 테메레르의 등에 방수포로 임시 지붕을 설치했다. 그렇게 해놓으면 등에 탑승한 이들은 물론이고 테메레르도 공중에서 어느 정도 더위를 피할 수 있을 것 같아서였다. 이륙한 후 공군들은 밀수업자들이 남긴 흔적이나 표시가 있는지 살펴볼 때, 혹은 뜨끈해진 물통에 든 물을 마실 때를 제외하고는 임시 지붕 밖으로 몸을 내밀지 않았다. 지나가는 길에 물웅덩이가 하나 보여서 그들은 근처의 바위 주변을 살펴보았다. 모래가 아니라 바위 지대인 만큼 버닙들의 공격을 피해 안전하게 쉼터로 삼을 만한 곳인 듯했으나, 애버리진들이 남겨놓은 흔적은 보이지 않았다. 그들은 다시 이륙해 비행을 계속했다.

테메레르의 등 뒤쪽에 업힌 채 줄로 묶여 있는 쿠링길레가 가느다란 목소리로 보챘다.

"계속 배가 고파요."

로렌스는 한숨을 쉬며 지시했다.

"디마니, 쿠링길레한테 조금만 더 참으라고 해."

"예, 알겠습니다."

디마니가 가서 달랬지만, 30분이 지났음을 알리는 종이 울리자마자 쿠링길레는 안달하며 디마니에게 "뭐라도 좀 먹으면 안 될까?"라고 물었고, 그다음 종이 울렸을 때도 마찬가지였다. 듣다 못한 로렌스가 먹을 것을 내주라고 허락하자 디마니는 배 쪽 그물로 내려가 소금에 절인 고기를 약간 꺼내 가지고 올라왔다. 그러나 그 정도로는 쿠링길레의 비참한 아우성을 오랫동안 잠재울 수 없었다. 모두 신경이 곤두서서 참기 어려운 지경에 이르렀다. 어느 정도 시간이 흐르자 쿠링길레는 칭얼거림을 멈추고 자포자기해 입을 다물었다. 그런데 잠시 후 디마니가 소리쳤다.

"안 돼! 그건 씹으면 안 되는 거야……."

로렌스가 돌아보니 쿠링길레는 안장을 잘근잘근 씹고 있었다.

"일부러 그런 건 아니고 배가 너무 고프니까 속이 쓰려서."

쿠링길레는 작고 애처로운 목소리로 대답하고는 안장 씹는 걸 그만두고 주린 배를 들어쥐며 몸을 바짝 웅크렸다.

쿠링길레가 가엾기도 하고 안장이 망가졌을까 봐 화가 나기도 해서 로렌스는 지시를 내렸다.

"테메레르, 사냥감이 보이면 잠깐 착륙해서 쉬고 가자."

아침이라 아직 시원해서 캥거루들이 활기차게 돌아다니고 있었다. 그러나 테메레르는 전처럼 쉽게 캥거루들을 낚아챌 수가 없었다. 테메레르가 수차례 헛발질을 하는 동안 시저는 두 마리를 연달아 잡았는데 자기가 잡은 먹이를 절대 나누려고 하지 않았다.

임시 야영지에 불편한 침묵이 감돌았다. 그런데도 랜킨은 시저에게 먹이를 나눠주라고 지시하지 않았다. 시저가 주절거렸다.

"자기 몫을 해낸 용한테는 나도 기꺼이 먹이를 나눠주겠지만, 지금은 줘봤자 버리는 것과 다름없으니 안 줄래."

테메레르는 기침을 하며 구시렁댔다.

"아! 시저 저놈은 뭘 했다고 저는 먹이를 먹을 자격이 있다고 생각하는지 모르겠네. 나도 저놈이 잡아온 것 따위 먹고 싶지 않아. 살도 없고 맛도 없어 보여. 저런 캥거루라면 두 마리는 먹어야 그나마 좀 먹은 것 같을걸."

옆에서 쿠링길레가 뭔가를 우물우물 씹으며 말했다.

"나는 저런 캥거루 한 마리만 먹어도 좋겠어요."

로렌스는 옆을 돌아보며 디마니에게 물었다.

"쿠링길레한테 뭘 먹이는 거냐?"

디마니는 지친 목소리로 대답했다.

"뱀이랑 쥐 두 마리요. 다른 건 찾을 수가 없더라고요."

테메레르는 억지로 기운을 내서 다시 한 번 날아올라, 저만치 도망치는 소규모 캥거루 떼를 쫓아갔다. 이번에는 한두 마리를 낚아채는 방법을 쓰지 않고 깡충거리며 도망치는 캥거루 떼 위에 털썩 내려앉았다. 그러고는 몸 아래 깔려 죽은 캥거루 여덟 마리를 모아 들고 야영지로 돌아왔다. 한자리에서 다 먹기에는 양이 많았다. 심하게 뭉개진 캥거루들을 보고 시저는 콧방귀를 뀌었고, 테메레르는 자신의 어설픈 사냥 방법이 창피해서 고개를 돌려버렸다.

로렌스가 테메레르에게 말했다.

"지금 최대한 많이 먹어둬. 다음 물가에 도착해서 쉬는 동안 꿍쑤가 남은 고기를 스튜로 끓이면 그걸 통에 담아가지고 다니자. 쿠링길레에게 줄 먹이가 내일분까지 확보되었으니 이제 편하게 비행할 수 있겠구나."

쿠링길레는 테메레르가 잡은 캥거루 한 마리를 독차지한 채 뜯어 먹고 있었다. 제일 작은 크기의 캥거루도 아닌데 혼자서 어떻게 다 먹으려는 것인지 알 수 없었다. 테메레르는 목의 통증 때문에 식욕이 떨어져서, 몸이 지쳐 힘든데도 많이 먹을 수가 없었다. 공군들은 남은 캥거루 고기를 물에 씻어 자루에 담아 배쪽 그물 아래 매달았다.

테메레르가 목소리를 약간 낮추며 말했다.

"장시간 비행한 것도 아닌데 왜 이렇게 지치는지 모르겠어. 숨을 제대로 쉬기가 힘들어서 그런가. 숨을 크게 쉬기라도 하면 목이 아파."

테메레르는 지상에 발을 댄 채 날개를 쭉 뻗고 몇 번 퍼덕여보았다. 로렌스가 조금 더 쉬자고 했지만 테메레르는 완강했다.

"아니. 이미 너무 오래 쉬었어. 어서 전원 탑승시켜줘."

어깨와 목에 햇빛이 비스듬히 비쳤다. 몸의 절반만 뜨끈해져서 편치 않았지만 테메레르는 비행을 멈추지 않았다. 끝없이 지루한 비행을 하던 테메레르가 중얼거렸다.

"아직 정오 안 되었나."

괜히 그런 말을 한 것은 아니었다. 로렌스의 제안으로 모두 정오 무렵에 더위를 피해 휴식을 취하기로 한 것이다. 그러나 아직 오전 11시밖에 되지 않았다.

다음번 날갯짓을 언제 할 것인가를 제외하고는 아무 생각도 하지 않고, 테메레르는 고개를 숙인 채 계속해서 날아갔다.

"여기서 좀 쉬었다 가자, 테메레르."

로렌스의 목소리에 테메레르는 고개를 들고 눈앞을 바라보았다. 흰색과 푸른색이 어우러진 반짝이는 호수가 북쪽으로 길게 뻗어나가 있었다.

공중에서 보니 하얀 물질이 호숫가를 뒤덮은 것 같았다. 푸른 물은 얕은 편이었고 물 가장자리엔 새하얀 모래가 깔려 있었다. 착륙해서 보니 그것은 모래가 아니라 소금이었다. 소금이 얇은 막을 이루며 호숫가를 뒤덮었고, 호수 안에는 물고기가 가득했다. 물고기들은 크기가 너무 작아서 용들의 배를 채우기엔 어림도 없었다. 테메레르는 아쉬워했지만 사람들은 배불리 먹을 수 있었다. 그래도 호수의 제일 깊은 곳까지 들어가 몸을 담그고 나오니 테메레르는 기분이 좋아졌다.

파릇파릇한 풀들이 잔뜩 자라고 있었지만 나무나 덤불은 별로 없었다. 그늘이 드리우지는 않아도 풀이 듬성듬성 돋은 호숫가에 앉아 있으니 차츰 심신이 상쾌해졌다. 사막에 깔린 붉은 모래와 바위가 더는 시야에 들어오지 않아 좋았고, 무엇보다 버닙이 잠복해 있을 만한 덤불이 없으니 이 휴식이 더욱 완벽하게 느껴졌다. 잠시 후 주변을 살피러 나갔던 타르케가 푸른색 비단 조각을 손에 들고 돌아왔다. 호숫가 저 아래 바위 근처에 반쯤 묻혀 있었다고 했다.

"꽤 오래 묻혀 있었던 것 같습니다. 최근에 밀수업자들이 여길 지나갔다는 표시는 되지 않겠지만, 이 길이 그들의 이동 경로의 일부라는 뜻은 될 겁니다."

타르케는 이렇게 말하며 누더기와 다를 바 없는 천 조각을 펼쳐 보였다. 햇빛에 노출된 부분은 하얗게 색이 빠져 있고, 땅에 묻혀 있던 부분은 모래를 털어내자 고운 감청색을 드러냈다.

테메레르는 기뻐하며 말했다.

"그럼 이 길이 결국 그들의 본거지로 이어지겠구나. 용알 도둑들이 사막을 빠져나와 지나갈 때까지 기다리면 되겠어. 아니면 누구든 이 길로 지나가는 이를 붙잡고 도둑들이 어느 쪽으로 갔는지 물어봐도 될 거야."

마음이 놓인 테메레르는 다시 한 번 호수로 들어가 시원한 물을 한껏 들이마셨다. 약간 짭짤한 맛이 났지만 개의치 않았다. 목구멍으로 넘어갈 때 느낌도 괜찮은 편이었다.

어느덧 휴식 시간이 끝났다. 이곳을 떠나기가 테메레르는 못내 아쉬웠다. 오랜 여정 끝에 처음으로 만난 제대로 된 오아시스였다. 그들은 나중에 이스키에르카가 보고 따라올 수 있게 이정표 대용으로 돌무덤을 만들었다. 로렌스는 돌 밑에 그랜비에게 쓴 메모를 넣어두었다. 반짝이는 드넓은 호수를 바라보며 테메레르는 조그맣게 한숨을 쉬었다.

그 마음을 눈치 챘는지 시저가 목소리를 낮추며 은밀하게 말했다.

"여기서 좀더 있다가 가면 좋겠지, 응?"

그러자 테메레르는 오히려 엄격하게 결심을 다지며 고결하게 굴었다.

"아니, 저 앞 어딘가 용알이 있을 텐데 어서 찾으러 가야지."

이륙 준비를 마친 테메레르는 단번에 도약해 은빛 호수 위로 날아올랐다.

편하게 쉰 덕분인지 빠른 속도로 비행할 수 있었다. 테메레르는 전보다 호흡이 덜 거칠어진 것 같다고 생각했다. 실제로 숨 쉬기가 약간 편해졌다. 아직 기침이 나기는 했지만 전처럼 목 안쪽이 아리지 않아서 그럭저럭 견딜 만했다.

타르케는 호수를 곧장 가로지르지 말고 가장자리를 따라 이동하는 게 좋겠다고 조언했다. 호수 주변은 들쭉날쭉하고 선이 고르지 않았다. 길게 돌출된 땅이 수 킬로미터 안쪽으로 깊게 밀고 들어간 곳도 있었다. 그런 곳을 가로지를 땐 잠시 착륙해 주변에 있는 돌들을 모아 이정표로 돌무덤을 만들었다. 장시간 비행했지만 밀수업자들의 모습이나 흔적은 보이지 않았다. 이따금 사냥감이 눈에 띄어 테메레르는 공중에서 캥거루 한두 마리를 깔끔하게 사냥할 수 있었다.

밤이 되자 야영을 하기 위해 또 다른 물웅덩이 주변에 착륙했다. 나무와 덤불이 맑은 물웅덩이 주변에 자라고 있었다. 호수에서 약간 떨어진 곳이라 바닥에는 여전히 희뿌연 소금이 깔려 있었다. 테메레르는 캥거루들을 물에 깨끗이 씻었다. 사막을 마저 지나는 동안 고기가 상하지 않게 하려면 소금에 절여야 한다며 꿍쑤는 사람들을 지휘해 소금을 긁어모으게 했다. 그동안 테메레르는 버닙들이 숨을 만한 곳을 찾아내기 위해 주변 풀숲을 열심히 파헤쳤다.

테메레르는 이 작업을 하면서 또 다른 만족감을 맛보았다. 테메레르와 시저가 풀숲을 파헤치자 수많은 설치류와 새가 보금자리에서 도망쳐 나왔는데, 그 앞에 앉은 쿠링길레가 앞발로 낚아채서 그것들을 잡은 것이다.

테메레르는 기뻐하며 시저에게 말했다.

"저것 좀 봐. 쿠링길레가 날지는 못해도 사냥은 잘한다니까. 그러니 이젠 함부로 비웃는 일 없게 하라고."

시저는 고개를 돌리고 관목을 잡아 뽑으며 대꾸했다.

"그게 무슨 사냥이야. 우리가 몰아다주는 동물들을 앉아서 잡는 건데. 그렇게 치면 바로 앞에 있는 웅덩이에서 물을 마시는 것도 사냥이라고 해야겠지."

테메레르는 콧방귀를 뀌었다. 물은 제자리에 고여 있거나 흐를 뿐 도망치지 않으므로 이것과는 비교할 수 없었다. 테메레르는 덤불 더미를 잡고 쓰러뜨리며 쿠링길레에게 제안했다.

"그럼 이제 한 번 더 비행 연습을 해봐."

쿠링길레는 날개를 흔들고 숨을 깊이 들이마신 후 궁둥이를 들고 일어섰다. 그러나 날개를 약간 퍼덕이면서 젤리처럼 물렁한 옆구리를 파르르 떨더니, 얕은 숨을 헐떡이며 도로 주저앉고 말았다.

"내일은 할 수 있을 거예요."

테메레르는 한숨을 쉬었다.

디마니도 이 휴식을 기쁘게 맞이하고 있었다. 정오의 사냥을 나간 디마니는 잠시 후 풍부한 사냥감을 갖고 돌아왔다. 아직 야영지가 만들어지지 않은 터라 디마니는 사냥한 짐승들을 내려놓은 후 비교적 안전한 바위에 자리를 잡고는 나무 그늘 아래 쓰러지듯 누워 잠이 들었다. 지쳐 잠든 디마니를 보며 테메레르는 언젠가 기회를 잡아 쿠링길레와 따로 얘기를 해야겠다고 생각했다. 테메레르가 보기에 쿠링길레는 비행사인 디마니를 잘 돌봐주지 못하고 있었다. 아무리 배가 고파도 비행사를 돌보는 일을 소홀히 해서는 안 되었다.

테메레르와 시저는 주변 덤불들을 정리하고 버닙들이 만든 굴마다 흙을 채워 넣었다. 굴의 수가 상당히 많았다. 왜 이런 짓을 해놓았는지 테메레르는 이해가 되지 않았다. 로렌스에게 듣기로 버닙들은 동작이 굉장히 민첩하다는데, 그렇다면 아무런 의심 없이 물웅덩이로 다가오는 이들을 땅 밑에 숨어 있다가 몰래 덮쳐 잡아먹는 짓을 하기보다는 정정당당하게 사냥하는 편이 나을 것이다. 굴을 파놓은 것은 매우 부자연스럽고 불쾌한 짓이었다. 테메레르와 시저가 주변의 굴들을 전부 묻어버리고 야영지를 안전하게 확보하자 공군들과 죄수들이 그 안으로 들어왔다. 하지만 디마니는 바위 위에서 꼼짝도 않고 계속 자고 있었다.

시포는 냉정하게 말했다.

"먹지도 않고 잠만 자겠다는데 하고 싶은 대로 내버려둬. 형이 왜 또 사냥하러 안 나가는지 모르겠어. 쿠링글레가 또 배고프다고 난리치면 어쩌려고 저래?"

테메레르가 말했다.

"왜 일부러 이름을 틀리게 말하고 그러냐. 쿠링글레가 아니라 쿠링길레잖아."

"그깟 이름 따위 누가 신경이나 쓴다고."

시포는 투덜거리며 고집스럽게 책만 내려다보았다.

하지만 롤랜드는 물을 마시고 잠시 쉰 후 자리에서 일어나 디마니에게 다가갔다. 디마니를 흔들어 깨우고 물통을 내밀자, 디마니는 다리를 포개고 힘겹게 일어나 앉아 물통에 든 물을 정신없이 들이켰다. 기운이 쭉 빠진 채 롤랜드를 따라 야영지로 들어온 디마니는 공군들이 심신의 안정과 요리를 위해 피워놓은 작은 모닥불에서 최대한 멀리 떨어진 데 자리를 잡고 다시 잠이 들었다. 쿠링길레가 다가가 걱정스러운 표정으로 디마니의 어깨에 코끝을 가져다 대자, 디마니는 눈을 감은 채 손을 뻗어 쿠링길레를 쓰다듬어준 후 다시 축 늘어졌다.

쿠링길레는 디마니가 무사한 걸 확인하고 마음이 놓이는지 한숨을 쉬었다. 그리고 테메레르를 올려다보며 가느다란 목소리로 물었다.

"캥거루 한 마리만 더 먹어도 돼요?"

그러자 시저가 끼어들어 잔소리를 늘어놓았다.

"그 많은 쥐를 죄다 잡아먹었잖아. 그만하면 배가 부르고도 남겠다."

그러나 시저가 전에 캥거루 두 마리를 잡아 저 혼자 다 먹은 일로 테메레르는 아직 화가 나 있었다. 그래서 일부러 시저에게 들으라는 듯이 점잖게 말했다.

"그럼. 먹어도 되고말고. 나는 누구처럼 쩨쩨한 용이 아니거든."

쿠링길레가 캥거루를 받아 들고 몹시 고마워하자 테메레르는 무척 뿌듯한 마음이 들었다.

시저는 테메레르를 비난했다.

"저 녀석이 계속 체중이 늘어 결국 질식사하면 네 탓도 있는 거야. 체중 증가를 부추기는 걸 친절로 착각하지 마."

테메레르가 듣기에 이는 비열한 독설에 불과했다. 쿠링길레가 허겁지겁 캥거루를 먹다가 중간에 가쁜 숨을 고르느라 헐떡이긴 했지만 말이다. 캥거루를 다 먹어치운 쿠링길레는 디마니 옆에 쓰러져 잠이 들었는데 가만히 들어보니 숨소리가 약간 더 나빠진 것 같기도 했다.

쿠링길레 옆에 서서 몸길이를 잰 도싯이 매듭진 노끈을 도로 감아올리며 말했다.

"또 삼 미터가 늘었군. 성장 속도가 아주 빨라. 사육 일지에 기록해서 나중에 왕립학회에 보고해야겠어."

"그럼 언제쯤 날 수 있을 것 같아?"

테메레르가 물었지만 도싯은 속 시원한 대답을 해주지 않았다.

쿠링길레의 일이 약간 신경 쓰이기는 했지만 그 외에는 대체로 만족스러운 기분이었다. 목도 훨씬 덜 아팠다. 꿍쑤가 또 수프를 끓이고 있으니, 내일 아침이면 맛있게 먹을 수 있으리라. 이번에 꿍쑤는 테메레르가 뜯어낸 덤불에서 작고 노란 열매를 떼어다가 수프에 넣었다. 타르케는 그것이 예전에 원주민들이 재배했던 것인 듯하다고 했다. 수프에 넣기 전에 맛을 보았는데 나쁘지 않았다. 모양은 건포도와 비슷한데 약간 달달한 맛에, 토마토 비슷한 향이 강하게 났다.

로렌스가 테메레르에게 물었다.

"자기 전에 좀 먹는 게 좋지 않을까? 목으로 넘기기 편하게 캥거루를 조그맣게 잘라서 줄게. 장시간 비행하느라 체력을 고갈시키면서 잘 먹지도 않으면 목이 빨리 낫지 않을 거야."

"알았어."

테메레르는 조만간 목이 다 나을 것 같은 기분이 들었다. 캥거루 한 마리를 먹되 살코기만 먹었다. 뼈는 수프에 넣어 끓이면 먹이를 낭비하지 않아도 되니까. 다 먹은 후 모래 위에 누웠는데 목에서 심한 통증은 느껴지지 않았다.

편안하게 잘 수 있게 로렌스가 책을 읽어주었다. 하지만 수도 없이 읽어준 내용이라 아무래도 재미가 없어서 로렌스는 곧 책을 내려놓았다.

테메레르가 말했다.

"전에 지나온 그 계곡에 대해 생각해봤어, 로렌스. 나중에 추적을 마치고 돌아갈 때, 이 사막에 있는 붉은 암석을 일부 가져다가 그 골짜기에 누각을 짓는 데 쓰면 좋겠어. 저기 있는 노란 바위랑 섞어 쓰면 멋진 무늬가 나오지 않을까?"

로렌스는 붉은 흙을 바라보았다.

"네 취향이니 내가 뭐라고 말하겠냐. 그 많은 돌을 골짜기로 가져가는 게 쉽지는 않겠지만, 우리에겐 여유 시간이 꽤 많을 테니 문제 될 거 없겠지."

테메레르는 잠시 침묵했다. 밤이 깊어가고 있었다. 맑은 밤하늘에 달이 빛나고 있었다. 태양의 열기가 사그라지면서 공기가 시원하고 쾌적해졌다. 하늘 아래 사막에는 촘촘히 붙어 자라는 풀과 가느다란 관목들의 그림자가 끝없이 드리워졌고, 모래언덕들이 아득히 이어졌다. 물웅덩이는 달빛을 반사하며 은색으로 빛나고 있었다. 조용하기에 잠든 줄 알았는데 잠시 후 로렌스의 부드러운 목소리가 들렸다.

"사막을 건너오기 전까지는 여기가 얼마나 광대한 땅인지 실감하지 못했어. 얼마나 기묘한 땅인지도."

테메레르는 잠시 숨을 고르고 조심스럽게 물어보았다.

"로렌스, 영국으로 돌아갈 수 없어서 마음 아프지?"

"조국이 어찌 될지 걱정되고 조국에 남은 동료들이 염려돼. 그들이 지금 얼마나 어려운 상황에 처해 있는지 여기서는 정확히 알 수가 없으니까. 여기서는 우리가 도울 방법이 없으니, 영국에 있었으면 좀더 쓸모가 있을 텐데 하는 생각도 들고. 하지만 개인적으로는 큰 미련 없어. 친구들과도 오랫동안 서신 왕래로 우정을 유지해왔어. 뱃사람은 원래 그렇게 살아."

로렌스는 잠시 뜸을 들이다 목소리를 낮추며 말을 이었다.

"여기서 더 오래 머문다면 나보다는 네가 더 답답해할 텐데 걱정이다. 타르케의 제안을 아직 잊지 않고 있으니……."

테메레르는 아쉬워하는 마음을 숨기지 못했다.

"흠, 사냥포 일이라면 무척 멋질 것 같아. 그렇지만 로렌스, 난 당신이 그 일을 그다지 하고 싶어하지 않는다는 걸 알아. 당신이 흡족해하지 않는 일이라면 나도 굳이 하고 싶지 않아. 그냥 혹시 당신이 전쟁을 그리워하는 건 아닌가 싶어서."

"전쟁을 그리워하느냐고? 아니. 전쟁에서 쓸모 있는 자원이 되고 싶으냐고 묻는다면 그렇다고 답하겠지. 그렇지만 전쟁 자체는 무분별한 짓이야. 그리고 이런 말 해서 미안한데 테메레르, 나는 우리가 사면될 거란 기대는 하지 않고 있어."

"그래도 우리가 여기서 영 할 일이 없는 건 아니야. 우리만의 골짜기를 찾았으니까."

"그래, 무언가를 파괴하는 게 아니라 건설하는 것도 멋진 일이지."

 마음이 다소 놓인 테메레르는 머리를 바닥에 대고 누웠다. 그리고 잠들기 전에 즐거운 공상에 잠겼다. 로렌스의 마음에 남은 애석함을 달래줄 수 있는, 붉은 돌과 금으로 장식된 꽤나 호화로운 용 누각을 머릿속으로 설계해보았다.

 입가에 깔끄러운 모래가 닿는 느낌을 제외하면 적당히 시원하고 안락한 분위기였다. 천천히 잠에서 깨어난 테메레르는 고개를 들고 입에 들어간 모래를 뱉어내다가 깜짝 놀라 눈을 떴다. 몸이 옆으로 비딱하게 기울어져 있고, 궁둥이와 발이 모래 아래 파묻혀 있었다. 배의 갑판에 타고 있다가 파도의 골 안으로 별안간 거꾸로 처박힌 기분이었다.

 "바닥이 왜 이러지?"

 일어서려 했지만 뜻대로 되지 않았다. 바닥이 단단하지 않아 딛고 일어설 수가 없었고 앞발과 뒷발도 잘 움직여지지 않았다. 모든 것이 밑으로 푹 꺼진 느낌이었다.

 "로렌스?"

 달이 졌으나 해는 아직 뜨지 않았다. 야영지 내에 피워둔 모닥불에서 남은 불씨가 조그맣게 빛날 뿐, 저 멀리 비쭉 튀어나온 바위의 윤곽만 흐릿하게 보였다.

 테메레르의 등에서 자고 있던 로렌스가 잠에 취한 목소리로 물었다.

 "어, 무슨 일이야?"

그러나 아래를 내려다보고는 깜짝 놀라서 목소리를 높였다.

"포싱! 횃불 가져와!"

공군들이 횃불을 들고 뛰어왔다. 하지만 장화를 신은 발이 모래 안으로 쏙 빠져 들어가자 일제히 소리를 지르며 재빨리 뒤로 물러섰다. 그들이 발을 빼며 물러서는데 마치 진창에서 빠져나오는 것처럼 질척한 소리가 났다. 부글부글 끓는 포리지 죽에 발을 담갔다가 꺼내는 듯했다. 테메레르는 횃불에 의지해 주변을 살펴보았다. 가슴뼈까지 모래에 묻혀 있었다. 접힌 날개도 모래 안에 깊게 파묻혔고 꼬리는 반쯤 묻혀 있었으며 앞발과 뒷발은 보이지도 않았다.

"난 그냥 자고 있었는데."

테메레르는 투덜거리며 모래를 밀고 나오려 했지만 아무리 힘을 써도 앞발을 모래 밖으로 꺼낼 수가 없었다. 그러다 겨우 앞발 하나를 들어 올려 빼냈는데, 젖은 모래가 뚝뚝 떨어졌다. 다른 쪽 앞발도 꺼내려 했지만 점점 힘이 들어서 할 수가 없었다. 결국 지친 채 가만히 있으니까 몸이 앞으로 더 가라앉았다.

숨을 헐떡였더니 몸이 15센티가량 떠밀려 올라오는 걸 느낄 수 있었다. 물에 빠졌을 때 몸을 꿈틀거리면 위로 약간 올라갈 수 있는 것과 비슷했다. 하지만 모래에서 빠져나갈 수가 없었다. 다시 한 번 더욱 격하게 발을 휘저어보았다. 발을 수평 방향으로 움직이는 것은 별로 도움이 되지 않았다. 지켜보던 로렌스가 날카롭게 소리쳤다.

"테메레르, 그만둬! 더 깊이 빠지고 있어……."

젖은 모래가 가슴 위쪽까지 차오르고 등 가장자리에 와닿았다.

테메레르는 로렌스의 위치를 확인하려고 고개를 돌려 등을 살피며 말했다.

"로렌스, 일단 저기 다른 승무원들 있는 데 가 있어. 내가 목을 뻗으면 저쪽까지 닿으니까 목을 밟고 건너가."

"됐어."

웅크리고 앉아 모래 구덩이를 관찰하던 타르케는 부러진 나뭇가지를 꽂아서 구덩이의 가장자리를 표시하며 테메레르에게 조언했다.

"움직이지 말고, 모래에 파묻힐 수 있으니 목을 아래로 내리지도 마. 네 몸이 이만큼 가라앉을 정도면 이 유사(流砂)는 보통 깊은 게 아니야."

로렌스가 말했다.

"여기가 유사 지역이라는 걸 어젯밤에 우리가 못 알아챘을 리 없습니다. 잠들기 전에 테메레르와 여기 한 시간쯤 앉아 있었는데 어제는 땅이 아주 단단했어요."

테메레르가 말했다.

"왜 이 모래가 나를 내보내주지 않으려는지 모르겠어."

테메레르는 앞발을 빼내고 싶어서 천천히 조심스럽게, 한 번에 아주 조금씩 움직여보았다. 하지만 젖은 모래는 그것을 허락하지 않았고 결국 지친 테메레르는 움직임을 멈추었다. 가만히 있었더니 앞발은 이내 조금 더 밑으로 천천히 가라앉았다.

마음대로 움직일 수 없다는 점만 빼면 딱히 불편하지는 않았다. 젖은 모래라서 기분 좋을 만큼 시원했다. 로렌스가 어떠냐고 묻자 테메레르는 용감하게 대답했다.

"아, 모래 자체는 기분 나쁘지 않은데 그래도 빠져나가고 싶어."

몸에 끈적끈적하게 들러붙는 젖은 모래에서 벗어나기란 말처럼 쉽지 않았다. 모래에 파묻힌 가죽이 근질거렸고, 뜻대로 빠져나갈 수 없다는 점 때문에 약간 두렵기도 했다. 물에서 수영할 때와는 달랐다. 물은 벗을 수 없는 사슬처럼 온몸을 옥죄며 밑으로 끌어당기지는 않으니까.

그때 잠이 깬 시저가 이른 아침의 하늘을 배경으로 입을 쩌억 벌리고 하품하며 중얼거렸다.

"음, 처음에 뭔가 이상하다는 느낌이 들었을 때 얼른 빠져나오지그랬어."

시저는 아직 어린 용이라 잠이 많은 편이었다.

테메레르는 약간 짜증이 났다.

"자고 있었으니 몰랐지. 잠이 깨서야 이렇게 된 걸 알았다니까. 사실, 알아채지 못한 것도 무리는 아니야. 멀쩡한 땅이 갑자기 이렇게 변할지 누가 예상할 수 있겠어. 그런데 여길 어제저녁 상태로 변하게 하려면 어떻게 해야 하지?"

타르케가 잠시 생각하다가 대답했다.

"해가 뜨면 그 열기로 물기가 마를 테니 그땐 빠져나올 수 있을 거다. 지하의 샘이 이곳으로 흘러들면서 단단한 땅을 유사로 만든 것 같아."

그러자 로렌스가 말했다.

"주변의 모래를 퍼내면 네가 좀더 빨리 빠져나올 수 있을 거다. 포싱, 삽 가져와."

그때 죄수 하나가 손가락질을 하며 외쳤다.

"저기 뭔가 있는데요!"

테메레르는 죄수의 손가락이 가리키는 방향으로 눈길을 돌렸다. 모래언덕 마루에 차츰 밝아오는 하늘을 배경으로 좁고 기다란 머리통 하나가 검은 윤곽을 그리며 비쭉 올라와 있었다. 그 머리는 로렌스 일행을 바라보고 있었다.

그 옆으로 머리가 하나 더 올라왔고, 잠시 후에 하나 더 올라왔다. 이내 그곳에는 기다란 코와 둥근 주둥이, 작고 까만 눈을 한 머리통들이 줄지어 자리했다. 로렌스 일행을 바라보는 그 까만 눈알들에 횃불이 반사되어 노랗게 빛났다. 머리통에 자란 머리카락은 괴상할 정도로 무성했다.

"다들 제자리를 지켜."

포싱의 말에 장교들은 그 자리에서 권총을 뽑아 들었다.

하늘이 점점 밝아지고 있었다. 붉은색과 갈색이 섞인 버넙들의 피부색은 이곳의 흙 색깔과 비슷했고 조약돌처럼 단단해 보였다. 머리털은 시든 풀처럼 누랬다. 언덕마루에서 머리를 내밀지 않았으면 주변 환경에 묻혀서 잘 보이지도 않았을 것이다.

테메레르는 분노했다.

"아, 상황이 어떻게 돌아가는지 알겠어. 놈들은 내가 생각한 것보다 훨씬 겁쟁이야. 나를 이 꼴로 만든 것도 저놈들 짓이 분명해. 나랑 정정당당하게 싸워서 자기네 영토를 지킬 생각은 않고 이렇게 비겁한 함정이나 파놓다니."

랜킨이 코웃음을 쳤다.

"저런 도마뱀 떼가 그런 술수를 쓴다는 게 말이 되냐. 콘도르처럼 먹이가 죽기를 기다리는 것뿐일 거다."

로렌스는 랜킨을 유사에 처넣고 싶은 심정이었으나 꾹 눌러 참고 지시를 내렸다.

"포싱, 삽으로 모래를 퍼내. 시저가 여기 있는 한 버닙들도 섣불리 공격하진 못할 거다. 놈들이 언덕을 내려오더라도 테메레르의 입이 닿을 거리까지는 접근 못 해."

언덕마루에서 구경하는 버닙들의 시선은 참기 어려울 만큼 불쾌했다. 번뜩이는 눈동자는 동공이 없이 온통 까만 데다가 움직임도 없어서 사악한 인상을 풍겼다. 로렌스 일행은 테메레르 주변에서 젖은 모래를 퍼내어 옆으로 쌓았다. 시커먼 모래 더미는 어린아이들이 잘못 쌓은 모래성 같았다. 해가 떠서 바짝 마르면 부실한 탑처럼 무너져 내리고 말리라.

해가 점점 더 높이 솟아올랐다.

"로렌스, 괜찮으면 나 물 한 모금만 마시고 싶어."

테메레르의 몸집을 감안하면 한 모금도 상당한 양이었다. 그러나 포싱은 망설임 없이 죄수들을 보내 제일 큰 물항아리들에 물을 길어오게 했고, 권총을 든 공군들을 딸려 보내 엄호하게 했다.

그러나 그들은 빈손으로 돌아왔다.

"물이 한 방울도 없어요. 밤새 죄다 어디로 흘러가버린 모양이에요."

오디가 보고하자 포싱이 말했다.

"어젯밤에 우리가 바닥이 드러날 만큼 많이 마시기는 했지만, 지금쯤은 다시 채워졌어야 하는데."

그 말을 듣고 타르케는 권총을 빼들고 조용히 그 자리를 떠났다. 그리고 잠시 후에 돌아와서 말했다.

"샘물이 더는 웅덩이 쪽으로 흘러들지 않고 있습니다. 지하에서 물의 흐름이 바뀐 것으로 보입니다."

로렌스는 언덕마루에 보초처럼 줄지어 선 버넙들을 올려다보며 물었다.

"텐징 타르케 씨, 그 말은 그게 저들 짓이라는 뜻입니까? 고의로?"

그때 테메레르가 끼어들었다.

"고의로 그런 짓을 하고도 남지. 설마 우리랑 친해지려고 그런 짓을 했겠어? 아! 저놈들에게 어떻게 복수를 해야 할지 고민이네. 나는 이 모래 때문에 여기서 꼼짝달싹 못 하는데, 저놈들은 지독한 겁쟁이들이라 멀리서 숨어 있기만 하니."

타르케가 말했다.

"테메레르 말대로, 저들이 고의로 한 짓일 겁니다. 물을 자연스럽게 흐르는 대로 두기보다 흐름을 이리저리 바꿔가면서 사냥에 편리하게 이용하는 게 낫다는 걸 아는 거예요. 저들이 물길을 틀어 물웅덩이를 마르게 했다면, 테메레르가 누워 있는 곳 아래로 물을 흐르게 해서 유사로 만들어버리는 것도 못 할 이유가 없겠죠."

"테메레르의 몸 전체를 가라앉히려면 유사를 더 깊게 만드는 편이 나았을 텐데요?"

로렌스가 묻자 타르케는 어깨를 으쓱하며 대답했다.

"유사에 빠졌다고 다 죽지는 않습니다. 특히 테메레르는 몸속에 기낭이 있어서 유사가 더 깊다고 해도 이 이상 빠져 들어가지는 않을 겁니다. 밖으로 끌어내는 것이 문제죠."

사람이 이런 유사에 빠져도 끌어내기가 힘든데, 하물며 테메레르 같은 거대한 용을 끌어내기란 엄청나게 힘든 일이었다. 게다가 테메레르는 이미 갈증을 호소하고 있었다.

랜킨이 나섰다.

"이렇게 모래를 퍼내봤자 별 소용이 없소. 그랜비가 돌아오기 전까지는 꺼내기 불가능할 것 같은데. 그렇다고 그랜비가 곧 돌아올 것 같지도 않고."

로렌스는 신랄하게 응수했다.

"더 나은 해결책이 있으면 말해주기 바랍니다, 랜킨 대령. 기꺼이 들을 테니까요."

헛된 희망인 줄 알면서도 로렌스 역시 혹시나 해서 줄곧 동쪽을 살피고 있었다. 그들은 들판의 불과 태풍을 피해 경로를 이탈해서 여기까지 왔고, 그동안 이정표로 만들어둔 돌무덤들도 폭풍우에 휩쓸려 쓰러졌을 터였다. 그러니 그랜비와 이스키에르카가 빠른 시일 내에 이리로 와주길 바라는 것은 아무래도 무리였다.

포싱이 제안했다.

"밧줄로 테메레르를 묶어서 우리가 끌어내보면 어떻겠습니까……."

랜킨은 코웃음을 쳤다. 테메레르 혼자 힘으로도 앞발 하나 제대로 꺼내지 못하는데 서른 명이 들러붙어 밧줄을 당긴다고 가능한 일 같지가 않았다.

로렌스는 굳은 표정으로 말했다.

"우리가 가장자리까지 어떻게든 당겨볼 테니까, 거기서부터는 테메레르 너 혼자 힘으로 나와봐."

로렌스는 밑에서 던져 올린 밧줄을 받아 테메레르의 목 아래쪽에 감아 묶은 후 안장 고리와 연결했다. 테메레르는 지난밤에 안장을 벗지 않고 자서 다행이라고 생각했다. 그러나 아무래도 몸 전체를 끌어당기기엔 안장 끈이며 고리가 부족했다. 대륙을 지나오는 동안 등에 몇 명 태우지 않았고 전투를 치를 가능성도 없다고 여겨서 배 쪽 그물을 지탱하는 데 필요한 정도의 끈과 고리만 안장에 달았던 것이다.

지금 와서 후회한들 별다른 도리가 없었다. 서른 명이 안장과 연결한 밧줄을 손으로 단단히 감아쥔 채 어깨에 걸치고 당기기 시작했다. 테메레르는 최대한 도움이 되고자 발을 버둥거리며 약간 움직여보았다. 가장자리까지는 15미터인데, 아무리 다 같이 힘을 내보아도 아주 약간밖에 움직여지지 않았다.

포싱이 랜킨에게 말했다.

"대령님, 시저에게도 밧줄을 연결해 당기게 해야 할 것 같습니다."

정중하지만 단호한 말투였다. 랜킨은 망설였으나 지금 상황에서 거절할 수도 없는 노릇이었다.

옆에서 보고 있던 쿠링길레가 가느다란 목소리로 "나도 거들게요"라고 말하며 입으로 밧줄을 잡고 당겼다.

"잠깐만 기다려……."

디마니는 쿠링길레를 말리고는 펠로우스에게 부탁했다.

"쿠링길레한테 안장을 입혀주시겠어요?"

그러자 시저가 퉁명스럽게 내뱉었다.

"그 녀석이 퍽이나 도움이 되겠다."

말은 이렇게 하면서도 시저는 자신의 안장에 밧줄을 연결하게 했다. 쿠링길레도 끈 몇 개와 죔쇠로 만든 임시 안장을 몸에 착용한 후 밧줄을 연결했다. 쿠링길레의 몸집은 테메레르나 시저에 비할 바는 못 되지만 웬만한 짐마차 말 정도는 되니 아주 쓸모없지는 않을 듯했다.

펠로우스가 말했다.

"밧줄을 저기 있는 나무나 바위 더미에 감아서 도르래처럼 힘을 받게 해야겠습니다."

그들은 방수포를 꺼내 접어서 돌출된 바위에 감은 후 그 위에 굵은 밧줄 두 개를 둘렀다. 시저와 쿠링길레를 밧줄 끄트머리에 배치하고 그 중간의 밧줄은 사람들이 잡았다. 버넙들은 마치 감독관처럼 작은 눈알을 반들거리며 그 모습을 지켜보았다. 테메레르가 계속 유사에 붙들려 있으면, 시저 혼자서는 일행을 한꺼번에 사막 밖으로 데려갈 수 없으니 남겨진 자들은 버넙들에게 목숨을 잃고 말 것이다.

모두 근육에 힘을 주고 끙끙대며 밧줄을 당겼다. 테메레르는 그 힘이 몸으로 잘 전달되도록 목을 뒤로 젖혔다. 가슴에 매단 펜던트 주변에서 유사가 부걱거리며 천천히 소용돌이쳤다. 마치 푸딩 반죽을 젓듯이 서서히 움직이고 있었다. 그리고 조금씩, 아주 조금씩이지만 테메레르가 움직였다.

포싱이 소리쳤다.

"다들, 영차!"

모두 "영차!" 하고 구호를 외치며 더욱 힘을 내기 시작했다.

테메레르는 발을 휘저으며 조금이라도 더 움직이려 안간힘을 썼다. 젖은 모래 사이로 몸이 조금은 움직이는 것 같았다. 몇 명이 숨을 몰아쉬며 주저앉았지만 밧줄을 손에서 놓는 이는 없었다. 시저가 날카롭게 재촉했다.

"엄살 그만 피워. 다 같이 당겨야 힘을 받잖아. 어서들 일어나."

주저앉았던 이들이 비틀거리며 다시 일어섰다. 포싱이 시포에게 지시해 밧줄 아래쪽부터 차례로 사람들에게 럼주를 한 모금씩 나눠주게 했다. 그것으로 가지고 있던 럼주는 바닥이 났고, 어디서 더 구할 수도 없었다. 그러나 물을 타지 않은 진한 럼주가 몸속에 들어가자 열이 오르며 모두 기운을 냈다. 뜨거운 햇빛이 쏟아지는 현실을 잊고 행복한 기억을 떠올리며 다시 기운차게 밧줄을 당기기 시작한 것이다. 시저도 입으로는 투덜대지만 강한 어깨에 힘을 주며 열심히 밧줄을 당겼다.

쿠링길레도 안간힘을 썼다. 숨을 한껏 들이쉬고 내쉬며 기다란 발톱을 땅에 꽂아 넣고 몸을 바짝 기울였다. 그 순간, 구겨진 채 축 늘어져 있던 옆구리가 별안간 팽창하면서 바람을 머금은 돛처럼 둥글게 부풀어 올랐다. 가늘고 힘없는 신음을 흘리며 쿠링길레는 다시 발톱으로 맹렬하게 바닥을 긁었다. 쿠링길레의 머리 옆에 서서 함께 밧줄을 당기던 디마니가 부풀어 오른 옆구리를 보고 놀라 소리쳤다.

"왜 이래? 도싯! 도싯, 쿠링길레가 이상해요!"

그러나 포싱이 가로막았다.

"이따가 얘기해! 지금은 다 같이 당겨야 한다. 영차!"

완충재로 대놓은 방수포 위로 밧줄이 미끄러지듯 움직였고, 모두 고개를 숙인 채 밧줄을 당기는 데 열중했다. 바닥에 발을 박아 넣고 축축이 젖은 검붉은 모래를 쳐올렸다. 누군가 "고대 영국에서 고귀한 용 두 마리가 왔다네" 하고 노래를 부르기 시작하자 다음 사람이 차례로 그 뒤를 받아 노래했다. 더위에 지치고 갈증에 시달려 목소리가 바짝 말라 갈라졌고 곡조도 엉터리였지만, 노래를 부르며 발 맞춰 움직이자 밧줄이 조금씩 끌려왔고 테메레르도 움직였다.

별안간 누군가 소리쳤다.

"맙소사! 저놈들이 우리 쪽으로 오고 있다!"

그 외침과 함께 밧줄이 바닥으로 떨어졌다. 죄수들은 밧줄을 손에서 놓고 도망치기 시작했고, 언덕 쪽으로 몸을 홱 돌린 시저는 그 밧줄에 뒤엉키고 말았다. 버닙 두 마리가 언덕마루를 빠른 속도로 달려 내려오고 있었다. 몸통은 가늘고 뱀처럼 구불구불했으며, 넓적한 발의 좁은 발톱 사이사이에 물갈퀴가 붙어 있어 모래 위에서도 잘 달릴 수 있었다.

모두 밧줄을 어깨에 걸치고 당기고 있었으나 키가 작은 롤랜드는 밧줄에 손이 닿지 않아 권총을 들고 엄호하던 중이었다. 롤랜드는 언덕을 달려 내려오는 버닙에게 총을 쏘아 허벅지에 첫 총알을 박아 넣었다. 그 버닙은 입을 벌리고 괴상하기 짝이 없는 소리를 내며 주춤 물러섰다. 나지막하게 으르렁대는 신음이었는데, 파충류의 쉭쉭대는 소리라기보다는 하이에나의 기침 소리에 가까웠다. 잠시 후 놈이 다시 달려들었다.

걱정이 된 테메레르가 소리쳤다.

"롤랜드!"

테메레르의 등에 올라탄 로렌스는 칼 손잡이를 움켜잡았으나 당장 도움을 줄 수가 없었다.

"고함이라도 내질러야겠어."

그러나 테메레르는 숨을 들이켜려다가 그만두었다. 여기서 신의 바람을 썼다가는 롤랜드까지 죽일지 몰랐다. 그뿐만 아니라, 모래언덕이 무너지면서 버닙들은 물론 공군들과 죄수들, 다른 용들까지 모래에 파묻힐 텐데, 그렇게 되면 이곳은 거대한 무덤이 되고 마는 것이다. 테메레르는 목을 있는 대로 길게 뺐으나 버닙들에게는 닿지 못했다.

롤랜드는 차분하게 자리를 잡고 서서 손으로는 이미 총알을 재장전하고 있었다. 카트리지를 이로 물어뜯고 총열에 검은 화약을 부은 후 마개를 틀어막고 총알을 세게 쑤셔 넣었다. 화약을 점화하고 조준한 다음 가까이 달려드는 버닙에게 총을 발사했다.

두 번째 총알은 버닙의 목에 명중했다. 놈은 금방이라도 질식할 것처럼 꺽꺽댔고 상처 부위에서 피가 흘러내렸다. 용의 피처럼 검은색에 가까운 피가 뚝뚝 떨어지자 붉은 모래 위에 작은 구멍들이 생기는 것 같았다. 버닙은 몸을 웅크리고 기침을 토해냈다. 와이드너 소위도 작은 권총을 손에 쥐고 발사했다. 그 반동으로 와이드너는 휘청했으나, 총이 발사되는 소리에 두 번째 버닙이 깜짝 놀라 움찔했다. 그 버닙은 도망치는 죄수들을 쫓는 대신 밧줄을 끊으려고 달려들었다.

그런데 모래 위를 달려가는 놈의 움직임이 묘했다. 발을 빠르게 놀리며 잽싸게 달리는 식이었는데, 뒷다리는 작고 앞다리는 거대해서 몸의 균형이 맞지 않았다. 어깨 사이에는 반원형의 괴상한 덩어리 두 개가 솟아 있고 그 사이에 작은 물갈퀴가 붙어 있었다. 홀쭉하고 긴 턱은 먹이를 으스러뜨리고 붙잡기에 알맞게 발달해 있었고, 앞발톱은 짧지만 뿔처럼 단단하고 검으며 윤기가 났다. 놈은 그 발톱으로 밧줄을 움켜잡고 이로 물어뜯기 시작했다.

롤랜드는 총알을 다시 장전하며 도망치는 죄수들에게 소리쳤다.

"이 빌어먹을 겁쟁이들아! 당장 돌아와서 버넙들을 막아. 안 그러면 우릴 하나씩 다 잡아갈 거다!"

포싱도 손에서 밧줄을 놓고 총을 쏘았다. 밧줄 끄트머리 쪽에 서 있던 디마니는 한옆에 놓아둔 로렌스의 소지품을 뒤져 권총을 꺼내 들고 버넙에게 발사했다.

총알들은 대부분 바위에 맞고 튀었으나 한 발이 명중했다. 밧줄을 물어뜯던 두 번째 버넙이 울부짖으며 밧줄을 놓고 주춤주춤 물러났다. 놈은 피를 흘리며 쓰러져 있는 첫 번째 버넙을 코로 밀었다. 그 둘은 비틀거리며 모래언덕을 기어 올라가, 지켜보는 무리에 합류했다. 나머지 놈들은 인내심을 갖고 언덕에서 기회를 엿보는 중이었다.

버넙들과 벌인 싸움이 영 헛되지는 않았지만 로렌스 일행은 손해를 입었다. 죄수들이 도망치면서 밧줄이 느슨해졌는데, 시저가 몸을 이리저리 돌리다가 그 밧줄에 몸이 뒤엉켜 상황이 더 꼬이고 말았다. 게다가 버넙이 물어뜯은 부분에는 밧줄을 이루는 끈 두 가닥이 끊어져 있었다. 포싱은 굳은 표정으로 손상된 밧줄 부위를 살핀 후 죄수들에게 소리쳤다.

"다들 돌아와서 계속 당겨!"

그러고는 롤랜드와 디마니에게 지시해 권총을 들고 엄호하게 했다.

겁을 먹고 도망쳤던 죄수들이 삼삼오오 돌아왔다. 그러나 전부 돌아온 것은 아니고 두 명이 빠져 있었다. 로렌스가 모래언덕을 올려다보니 그곳에 있던 버닙들의 수도 줄어 있었다. 혼란스러운 와중에 죄수 두 명을 잡아서 땅속으로 끌고 들어간 모양이었다.

테메레르는 분노했다.

"내가 반격할 수 없을 때를 골라 공격해 오다니, 공정한 싸움이 아니잖아. 저열하고 비겁한 짓이야. 저놈들은 부끄러운 줄 알아야 해. 저놈들의 물을 마셔버리고 굴을 메워버리길 잘했어. 여기서 풀려나기만 하면 또 그렇게 해주겠어."

그들은 다시 작업을 시작했다. 우선 시저의 몸에 엉킨 밧줄을 풀었다. 펠로우스는 밧줄에서 두 가닥 끊어진 부분을 방수포로 감싸고 밀랍을 바른 실로 꿰매어 최대한 수리했다. 곧 사람들은 손에 침을 뱉고 흙을 바른 후 다시 밧줄을 잡았다.

이제는 아무도 노래를 부르지 않았다. 당겨지는 밧줄을 따라 테메레르는 조금씩 움직였다.

로렌스가 말했다.

"저들이 밧줄을 당길 때 네가 숨을 내뱉으면 모래 속에 공간이 조금 생기니까 움직이기가 나을 거야."

그 방법은 약간 효과가 있었다. 모두 숨을 들이쉬며 밧줄을 단단히 잡았고 숨을 내뱉으며 밧줄을 당겼다. 테메레르는 숨을 내뱉어 부드러운 유사 안에 작은 여유 공간을 만들고, 밧줄의 움직임에 맞춰 그 공간으로 몸을 조금씩 이동시켰다.

그러다 갑자기 테메레르가 소리쳤다.

"아, 당겨! 좀더 세게! 바닥에 단단한 바위가 느껴져……."

이 말에 모두 용기를 얻고 몸을 뒤로 젖히며 힘차게 밧줄을 당겼다. 갑자기 밧줄이 느슨해지며 다들 바닥에 무릎을 대고 주저앉았다. 테메레르가 나지막하게 씩씩대면서 30센티 정도 몸을 들어 올린 것이다.

테메레르는 숨이 차서 더는 움직일 수 없었지만 이제 몸이 가라앉지는 않았다. 모두 한 번 더 힘을 모아 밧줄을 당겼고, 몸에 자꾸만 들러붙는 모래 위로 테메레르의 펜던트가 몇 센티쯤 올라왔다.

로렌스는 테메레르의 어깨 쪽으로 옮아가며 말했다.

"포싱, 삽 하나만 가져와. 지금부터는 몸 주변의 흙을 퍼내야겠어."

밧줄을 잡은 이들 중 다섯 명이 테메레르의 몸 주변의 모래를 퍼내고, 밧줄 팀은 계속해서 밧줄을 당기며 테메레르를 도왔다.

어느덧 저녁이 가까워지고 있었다. 테메레르가 유사에서 천천히 빠져나오자 언덕에서 지켜보던 버닙들이 하나 둘 모습을 감추었다. 막힌 배수관에 맑은 물이 흘러들어간 것처럼, 젖은 모래에서 무언가 부걱거리며 빨아들이는 소리가 들려왔다. 테메레르가 앞발을 빼내자, 버닙들은 완전히 자취를 감추었다. 롤랜드와 디마니는 조심스럽게 모래언덕으로 올라가 그 너머를 살펴보고 와서 로렌스에게 보고했다. 넓게 펼쳐진 사막 어디에도 버닙들 흔적은 보이지 않으며, 놈들은 이번 공격이 실패한 이유를 곱씹고 다음번에 어떻게 공격할지 궁리하기 위해 땅속으로 도망친 것 같다는 내용이었다.

앞다리가 자유로워지니 테메레르는 좀더 수월하게 힘을 내서 움직일 수 있었다. 사람들은 테메레르의 목에 묶었던 밧줄을 앞다리 안쪽, 즉 몸통 중간으로 옮겨 묶었다. 몸통을 조금씩 앞으로 끌어당기는 동시에, 날개 끄트머리 주변의 모래를 파서 날개를 펼칠 수 있게 해주었다. 궁둥이 부분의 모래도 퍼내자 테메레르는 마침내 가장자리까지 힘을 내서 기어 나올 수 있었다. 돌출된 견고한 바위에 기진맥진하여 쓰러진 테메레르의 몸에는 햇빛에 바짝 마른 붉은 모래가 두껍게 붙어 있었다.

"아, 엄청 피곤하다."

테메레르는 이렇게 말하며 눈을 감았다. 모두 목이 타고 배가 고팠으나 엄청난 피로감이 갈증과 허기를 압도하여, 밧줄을 놓고 그대로 드러누웠다.

로렌스도 테메레르 옆구리에 기댄 채 주저앉아 눈을 감았다. 외투 위로 붉은 모래가 떨어져 내렸지만 아랑곳하지 않았다. 잠시 후 눈을 떴을 때, 구름을 뚫고 빠르게 강하하는 이스키에르카가 보였다. 이스키에르카가 소리쳤다.

"대체 뭐 하고 있어? 온통 모래투성이네? 용알은? 지금쯤 찾아냈어야지."

12

그간의 일에 대해 설명을 들은 이스키에르카는 그들 대신 사냥에 나서서 먹을 것을 조달해주었고, 유사 구덩이로 흘러드는 물길이 움푹 팬 바위로 이어지도록 수로를 파는 데도 도움을 주었다. 모두 그 물로 갈증을 달랠 수 있었다. 그런 면에서 이스키에르카가 영 쓸모없는 용은 아니라고 테메레르는 생각했다. 그러나 이스키에르카는 용알 도둑들 흔적을 놓친 점을 두고 계속 잔소리를 늘어놓았다.

듣다 못한 테메레르는 들판에 폭풍처럼 번져나가는 불과 공중에서 몰아치는 태풍 속에서 너 같으면 얼마나 더 잘 할 수 있었겠느냐고 사납게 대꾸했다. 엄밀히 말해 그것은 태풍까지는 아니었지만, 뇌우라기엔 정도가 굉장히 심했다.

"게다가 세 번째 알까지 돌봐야 했다고."

그래도 이스키에르카는 여전히 탐탁잖아했다.

"어차피 그 알은 한눈에 봐도 결코

좋은 알은 아니었어. 그러니 이런 용이 태어났지."

이스키에르카는 쿠링길레를 돌아보며 말했다.

"그만 먹고 이륙할 준비나 해. 우린 널 등에 태우고 가야 하니 서둘러야 한단 말이야. 왜 용을 업고 가야 하는지 나로선 이해가 안 되지만."

사실 천천히 먹는다고 쿠링길레를 나무랄 일은 아니었다. 쿠링길레는 다른 이가 먹다 남긴 것도 배 속이 가득 찰 때까지 모조리 먹어치웠다. 테메레르를 유사 밖으로 끌어내리려 밧줄을 당기는 동안 쿠링길레의 옆구리는 한 번 부풀었다가 다시 괴상한 주름이 잡힌 채 오그라들었고, 그후 또 한 번 부풀었다가 더 심하게 오그라들었다. 디마니는 무척 걱정했지만 테메레르가 보기에 옆구리가 부풀었다가 오그라든 것이 쿠링길레의 몸을 상하게 한 것 같지는 않았다. 나중에 쿠링길레를 면밀히 살핀 도싯도 그다지 부정적인 말은 하지 않았다.

테메레르가 이스키에르카에게 설명했다.

"저 녀석이 아직은 날지 못하지만 결국은 날 수 있을 거야. 나도 신의 바람을 항상 쓸 수 있는 건 아니거든. 어쨌든 로렌스가 원한 일이었고, 나도 저 녀석을 사막에 버린다는 건 비도덕적인 짓이라고 생각해."

"날지도 못하는 용을 업고 다니는 게 도덕성과 무슨 상관인지 모르겠네."

"우리도 혼자 힘으로 대양을 날아서 건너지 못하니까 얼리전스 호를 타고 여기까지 왔잖아. 우리에게 버림받으면 쿠링길레는 혼자 사냥을 할 수도 없으니 굶어 죽겠지. 어쩌면 버닙들에게 잡아먹힐 수도 있고. 알에서 갓 나왔을 땐 몸집이 아주 작았으니까 혼자 됐으면 버닙들한테 잡혀가고도 남았어."

"왜 넌 너랑 별로 관계도 없는 일에까지 나서서 고민을 해대는지, 도대체 이해가 안 돼. 이유를 모르겠단 말이야."

그랜비도 쿠링길레를 데리고 다니는 일에 전적으로 동의하지는 않는 듯해서 테메레르는 심란했다. 그랜비는 당혹스러운 눈으로 쿠링길레를 바라보았다. 테메레르는 그랜비가 포싱에게 "어떤 분위기였는지는 듣지 않아도 알겠어. 랜킨은 제대로 설명하는 게 아니라 짜증을 내면서 저 용을 죽여야 한다고 잔인하게 말했겠지. 내가 좀더 빨리 돌아왔어야 했는데"라고 말하는 걸 우연히 들었다.

그런데 그랜비는 로렌스에게는 대놓고 비난하기보다 오히려 지나치다 싶을 정도로 다정하게 설명했다.

"그게, 이런 경우 무슨 일이 닥칠지는 아무도 모르는 것이니까요. 어쨌든 이동 속도가 너무 지체되어서는 안 될 것 같습니다. 라일리 함장이 폭풍우 때문에 배를 출항시킬 수가 없는 상황이라 우리도 시간을 더 벌기는 했지만. 블라이를 어떻게 할지에 대한 정부의 명령서도 아직 오지 않은 상태라서 다행이기는 한데요……."

그랜비는 어색하게 말끝을 흐리고는 버닙에 대한 얘기로 넘어갔다.

초조한 기분이 들었다. 테메레르는 아직 피로가 가시지 않았고 목도 아팠다. 사방에는 모래뿐이고, 몸을 씻을 물은커녕 마음껏 마실 만한 물도 없었다. 이륙하기 위해 사람들이 탑승하는 동안에도 테메레르는 기분이 별로였다.

테메레르는 로렌스에게 말했다.

"다른 용들이 나더러 유별나다고 하지 않아야 할 텐데. 쿠링길레를 버렸어야 한다는 이스키에르카의 의견을 더 중시하면서 내가 틀렸다고 생각하지 않았으면 좋겠어."

"어떤 반대 의견에 부딪치더라도 다른 이에게 베푸는 자비로움의 가치를 의심하지 마. 이스키에르카 같으면 전염병이 퍼져나갔을 때 프랑스 용들의 앞날을 걱정했을 것 같아?"

"아니."

테메레르는 비스듬히 고개를 돌리며 물었다.

"로렌스, 우리가 옳은 일을 했다고 확신해?"

"물론이지. 생각해봐, 테메레르. 일주일 전만 해도 쿠링길레는 금방 죽을 것 같았는데 지금은 먹이도 잘 먹고 체중도 꾸준히 늘고 있어. 게다가 유사에 빠진 너를 끌어내는 데도 큰 몫을 했고. 내 생각엔 앞으로 상태가 더 좋아질 가능성이 높아."

테메레르가 묻고 싶었던 것은 쿠링길레의 일에 국한된 것이 아니었다. 그래도 프랑스 용들에게 전염병 치료제를 전해준 일과 쿠링길레의 목숨을 구한 일을 로렌스가 '자비로움'이라는 개념과 연결하면서 옳은 일을 했다고 여기고 있음을 알게 되자 테메레르는 기뻤다. 가끔 로렌스가 후회하고 있지는 않을까, 무리한 요구를 한 자신에게 실망하진 않았을까 걱정했었다. 로렌스만 괜찮다고 하면, 쿠링길레를 줄곧 데리고 다니며 평생 업고 다녀야 한대도 상관없었다.

게다가 이대로 쿠링길레를 계속 업고 다닌다면 디마니를 쿠링길레에게 빼앗기는 것이 아니라는 생각이 문득 들었다. 쿠링길레가 테메레르의 승무원 중 하나가 되는 것과 마찬가지가 되리라.

테메레르는 주의 깊게 경청하는 쿠링길레에게 설명했다.

"그래서 말인데, 전투를 치르게 되었을 때 넌 무척 유용할 거야. 네가 내 등에 타고 있으면 적군이 올라타지 못할 테니까. 네가 지금보다 덩치가 아주 많이 커지지 않는 한 말이지."

"음, 노력해볼게요."

그러나 말만 그렇게 하고 쿠링길레는 앞에 놓인 도마뱀 반 토막을 입으로 물고 고개를 뒤로 젖혀 꿀꺽 삼켰다. 가느다란 목을 타고 굵은 고깃덩어리가 위장으로 미끄러져 내려갔다. '내가 얼마나 많이 먹는지 잘 봐둬'라고 말하는 듯했다.

테메레르는 짜증이 나서 중얼거렸다.

"그래가지곤 도움이 안 돼."

비행하는 동안 물을 거의 마실 수가 없었다. 눈에 띄는 물웅덩이마다 한낮의 열기에 거의 바짝 말라 있었는데 자연히 그렇게 된 건 아닌 듯했다. 바위의 홈에 물이 약간 고여 있기는 했으나 얼마 되지 않는 물을 모두와 나눠 마셔야 해서 테메레르는 실컷 마실 수가 없었다.

"우리가 물을 마시지 못하게 하려고 버닙들이 서로 연락해서 물웅덩이를 말라붙게 만드는 것 같아."

투덜거리는 테메레르에게 이스키에르카가 제안했다.

"우리 같이 굴 입구들을 파헤치자. 내가 그 안에 불을 뿜을게. 놈들이 기어 나오면, 다시는 우릴 괴롭히는 짓을 못 하게 본때를 보여주자."

그러나 시저의 생각은 달랐다.

"왜 그렇게 싸움을 못 해서 안달이야. 놈들의 집을 온통 파헤쳐서 망가뜨려놓으면, 놈들이 반격해 와도 우린 할 말이 없게 되잖아. 밤새 자고 일어나니 모래에 목까지 파묻혀 있는 일은 겪고 싶지 않아. 놈들한테 캥거루 한두 마리를 내주고, 살살 달래서 우리한테 물을 내주도록 만드는 게 낫지."

"놈들이 한 짓이 있는데, 선물을 갖다 바치자니 어이가 없네."

테메레르는 곧장 반발했고, 이스키에르카도 웃기는 소리라며 콧방귀를 뀌었다. 그런데 당황스럽게도 로렌스와 그랜비는 시저의 의견을 긍정적으로 받아들였다.

로렌스가 말했다.

"생각해봐, 테메레르. 사막에 광범위하게 퍼져 사는 놈들을 적으로 돌리고 끝없이 싸우며 나아가는 건 너무나도 힘든 일이야. 네 말처럼 놈들이 서로 연락을 취하며 우리 앞길을 방해하고 있다면 더더욱 놈들을 적으로 돌리지 말아야겠지."

그랜비도 말했다.

"우린 버닙 같은 놈들과 싸우려고 여기까지 온 게 아니라 도둑맞은 용알을 찾으러 온 거잖아. 얼른 용알을 회수해서 이 진저리 나는 사막을 벗어나야 해. 버닙들이 여길 삶의 터전으로 삼아 살아가고 있다면 우리가 그걸 방해할 이유는 없어."

기분 더럽게도 랜킨만이 테메레르와 이스키에르카의 편을 들어주었다.

"뇌물을 바쳤다간 놈들은 더 기세등등하게 나올 테고, 결국 인간들을 더 가치 있는 먹이로 인식하게 될 거요. 나는 놈들을 박멸해야 한다고 생각하오."

당장 버닙들의 은신처에 불을 지르자는 제안은 너무 끔찍해서 테메레르도 선뜻 수긍할 수 없었으나, 은신처에 연기를 피워 놈들을 바깥으로 끌어내는 정도라면 괜찮은 전략이다 싶었다. 놈들은 굴속으로 숨어 들어가는 대신 제대로 싸워보려고 덤벼들 테니까. 버닙들에게 캥거루를 바치는 건 상상할 수조차 없었다.

"저 조그만 용에게 내주나 버닙들에게 던져주나 마찬가지지."

시저는 쿠링길레를 염두에 두고 이렇게 중얼거렸지만, 테메레르는 버닙들에게 캥거루 한 마리를 내주느니 쿠링길레에게 스무 마리를 먹으라고 주는 편이 낫다고 생각했다.

"우리가 먼저 놈들 집을 파괴한 거면 우리가 공격받는 것도 당연해. 하지만 우린 먼저 공격하지 않았어. 놈들이 우리 일행들을 납치해서 잡아먹기 전까지 우린 그것들이 물웅덩이 근처에 있는 줄도 몰랐어. 정말 역겨운 짓거리를 하는 놈들이야. 사과하고 선물을 바쳐야 하는 건 우리가 아니라 자기네인데, 오히려 놈들은 물까지 훔쳐가면서 우리한테 싸움을 걸고 있어."

테메레르의 말에 시저가 반박했다.

"애초에 웅덩이에 물을 채운 게 버닙들인데 물길을 좀 돌렸다 해서 훔쳤다고 말할 수는 없잖겠어?"

말도 안 되는 논리였다. 버닙들이 물을 만드는 재주가 있는 것도 아니고 물은 원래 그곳에 있었다. 버닙들은 자기네 편리한 대로 물길을 틀어서 지나가는 이들을 덫에 걸려들게 할 뿐이었다. 결코 정당하다고 인정해줄 수 없는 저열하고 비겁한 수법이었다.

테메레르가 말했다.

"우리가 그 물을 마시는 게 싫었으면 마시지 말라고 의사 표시를 할 수도 있었어. 그런데 놈들은 마치 자기네 것이 아니라는 듯 물웅덩이를 내놓았잖아. 그러니 그 물을 주인이 없는 것으로 여기고 마셨다고 해서 우릴 공격할 수는 없어."

물이 조금이나마 남아 있는 곳이 보일 때마다 착륙해서 찔끔찔끔 마시는 것은 매우 피곤하고 불편한 일이었다. 갈증을 충분히 해소하지 못하니 쉬어도 쉬는 것 같지 않았다. 테메레르는 목이 점점 더 아파왔다. 유사에 파묻혀 장시간 고생을 했더니 앞발과 궁둥이도 묵지근하고 불쾌한 통증이 계속 느껴져 이륙할 때마다 한층 힘이 들었다.

테메레르는 살짝 한숨을 쉬었다. 중국에서 들여온 도자기 파편이나 비단 조각 등이 보이는지 찾기 위해 또다시 지그재그로 천천히 비행해야 했다. 그런 흔적을 찾을 때마다 기쁘기는 했지만, 그저 경로를 짐작하고 직선으로 빠르게 비행할 때가 더 기분 좋은 건 어쩔 수 없었다.

저녁때가 다 되어서야 물이 절반밖에 차 있지 않은 물웅덩이 하나를 발견하고는 착륙하기 위해 지상을 살폈다. 문득 테메레르의 눈에 작은 움직임이 감지되었다. 그림자가 바닥 색깔과 확연히 구분되지 않았지만 테메레르는 그것이 버닙임을 알아챘다. 테메레르가 곧장 앞발을 뻗으며 급강하하자, 버닙은 별안간 모래 위를 재빨리 내달려 한옆의 맨땅으로 향했다. 테메레르가 지상에 거의 다다랐을 때 버닙은 발꿈치로 미친 듯이 모래를 파내며 땅속으로 들어가고 있었다.

동작이 놀라울 정도로 민첩했다. 테메레르는 착륙하자마자 놈이 갓 파놓은 굴 안으로 발톱을 박아 넣었으나 놈을 잡아내지 못했다. 화가 난 테메레르는 궁둥이를 바닥에 대고 앉아 씩씩거렸다.

"이리 나와, 이 재수 없고 비겁한 놈아!"

굴에 대고 악을 쓰던 테메레르는 등 쪽으로 고개를 돌리며 물었다.

"로렌스, 이 안에 연기를 피우는 거 정말 반대야? 이것들이 굴속 깊이 도망치지 못하게 끌어내기만 하면 해치우는 건 문제 없어."

"그랬다간 버닙들도 우릴 계속 따라다니면서 공격할 테고 용알 찾는 일은 더욱 늦어지겠지. 방해받지 않고 이동하는 게 더 중요해, 테메레르."

지상을 내려다보던 도싯도 한마디 거들었다.

"굴을 파고 숨어서 사냥하는 게 이놈들의 본능일 수도 있어. 우린 미지의 땅으로 들어와 모험을 하고 있으니 이런 일은 겪게 마련인 것이고. 게다가 이곳 동물들은 버닙들의 식량인데 네가 그 동물들을 잡아먹고 있잖아. 그러니 버닙들이 우릴 잡아먹는다고 분노하는 건 소들이 우리더러 자기네를 잡아먹는다고 경멸하는 것만큼이나 우스운 거다."

이 논쟁으로 테메레르는 버닙들을 쓸어버리겠다는 고집을 어느 정도 누그러뜨렸다. 지상에 버닙들이 보이더라도 잡아채려고 안간힘 쓰지 않고 비행을 계속하는 쪽으로 마음을 돌렸다. 그날 저녁 테메레르는 꿍쑤가 끓여준 캥거루 스튜를 바라보며 생각에 잠겼다. 스튜에 든 캥거루는 마릿수만 많고 살은 별로 없었다.
"전에는 소의 기분이 어떨지 생각해본 적이 없어. 아마 소들도 우릴 좋아하지 않겠지."
그러자 로렌스가 말했다.
"소는 우둔한 짐승이라 그런 생각은 하지 못할 거다. 어떤 동물이든 제 목숨과 새끼의 목숨을 지키려 애쓰지만, 이성이 있어서 생각이라는 걸 할 줄 아는 생물의 행동과는 차원이 달라."
"어떻게 그렇게 확신하는데? 전에 살콤이라는 자가 그랬지. 용은 지능이 없는 둔한 짐승에 불과하다고. 그런 자야말로 멍청이인 거잖아. 버닙들은 입으로 소리 내서 말하지는 않지만 멍청하진 않아. 오히려 비열하게 생각하고 행동하는 놈들이지. 인정하고 싶진 않지만, 못된 짓거리를 계속 고안해내는 걸 보면 버닙들이 나름의 분별력이 있다고 봐야 해. 소들도 실은 영리한 동물인데 그 사실을 떠들썩하게 알리고 싶지 않은 거 아닐까?"

로렌스는 흥미로워하며 대꾸했다.

"소들이 소란을 떨기 싫어서 잡아먹히는 걸 감내하는 것일지도 모른다니, 재미있구나. 어쨌든 그건 중요한 문제는 아니야."

테메레르는 한숨을 쉬었다.

"자기네가 엄청나게 맛있어서 잡아먹히는 거라고 생각할 수도 있지. 나도 소가 정말 좋아. 불평하려는 건 아닌데 꿍쑤가 다른 고기로도 쇠고기 같은 맛을 내주면 정말 고맙겠어. 캥거루는 살이 너무 없어서."

그날 밤, 그들은 보초를 세웠다. 테메레르와 이스키에르카는 자다가 두 번이나 깨서 위치를 바꾸어야 했다. 용들이 누운 곳을 공군들이 수시로 막대기로 찔러가며 확인했는데, 바닥이 수상하거나 불안정한 조짐을 보일 때마다 용들에게 자리를 옮기게 한 것이다. 시저는 갑자기 땅이 푹 꺼지면서 모래가 폭포처럼 쏟아지는 구덩이로 끌려 들어갈 뻔했다. 시저가 야영지가 떠나가라 악을 쓰는 바람에 공군들은 어둠에 대고 쓸데없이 권총을 쏘았고, 귀중한 탄약을 낭비하고 말았다.

"머리를 위로 치켜들고 있어."

랜킨이 말하며 시저의 목에 손을 얹었다. 구덩이가 움푹 파이자마자 랜킨은 옆으로 민첩하게 뛰어 위기를 모면했고, 이내 다시 시저 곁으로 다가와 진정시키며 공군들에게 지시를 내렸다.

"거기 횃불이랑 삽 가져와. 시저 주변의 모래를 퍼내면 혼자서도 빠져나올 수 있을 거다."

시저를 유사에서 끌어내는 데만 두 시간은 족히 소요되었다. 유사에서 빠져나온 시저는 불편하지만 안전한 바위에 자리를 잡았다. 조용히 편안한 밤을 보낸 이는 아무도 없었다. 다음 날 아침에 보니 꿍쑤가 밤새도록 끓인 스튜도 사라지고 없었다. 버닙들이 조리용 구덩이 밑의 땅마저 불안정하게 만들어 스튜를 빼내간 것이다. 전날 밤 아무것도 먹지 못했는데 아침마저 굶을 수는 없는 노릇이라 테메레르는 스튜가 담겨 있던 방수포 안에 남은 캥거루 고기라도 질겅질겅 씹어 먹어야 했다. 맛있는 성분이 다 빠져나가 싱거웠다. 스튜로 끓인 것이라 질감이 부드러웠지만 입맛을 돋우지는 못했다. 모두 짜증과 갈증을 견뎌야만 했다.

이스키에르카는 적들에게 전면전을 선포하겠다고 난리였다. 놈들 은신처에 불을 지르거나 연기를 채워 넣고 말겠다는 것이다. 그러나 건조한 지역에 불길이 번져나갈 위험성이 있고, 적들의 수가 얼마나 될지 모르는 상황에서 용 네 마리가 과연 그 싸움을 감당할 수 있을지 의문이었다. 네 마리 중 한 마리는 반쯤 자란 새끼 용이고 한 마리는 몸집이 아직 너무 왜소해서 큰 보탬이 되지 않을 터였다. 게다가 식량과 물도 확보되어 있지 않았다. 허기에 지치다 보니 어느 정도 자존심을 접은 테메레르가 좀 더 분별력 있는 판단을 내렸다.

"나도 이 상황이 전혀 마음에 안 들지만, 버닙들을 상대하면서 낭비할 시간 없어. 괜히 들쑤셨다간 용알을 찾으러 가는 내내 우릴 괴롭힐 거야. 일단 용알을 안전하게 회수한 후에 버닙들을 상대하든가, 아니면 놈들에게 행동을 똑바로 할 기회를 줘보든가 하자고."

그날 오후, 그들은 캥거루 여섯 마리를 잡았고 반쯤 물이 마른 웅덩이 하나를 발견해 그곳에 착륙했다. 그리고 물웅덩이 근처에서 버닙들이 만든 덫을 찾아내고는 그 뚜껑 앞에 캥거루 한 마리를 놓아두었다. 이번에는 뚜껑을 부수지 않고 그냥 두었다.

이스키에르카는 험악하게 눈을 번득이며 그 뚜껑을 노려보았다. 쿠링길레도 그쪽을 바라보았으나 눈에는 적대감보다는 그 캥거루마저 차지하고 싶은 식탐이 깃들어 있었다. 그렇지만 이내 고개를 돌리고 자기 몫의 캥거루를 먹기 시작했다. 이스키에르카도 조그맣게 구시렁대면서 캥거루를 먹었다. 테메레르는 배가 너무 고파서 캥거루 고기를 스튜로 만들어달라고 요구할 새도 없었다. 목 통증도 무시하고 살짝 굽기만 한 채로 먹었고, 골수를 빨아 먹기 위해 뼈째 씹었다. 고기를 씹어 삼키며 테메레르는 목이 아파서 움찔거렸다. 그 모습을 바라보며 로렌스는 마음이 아팠다.

갑자기 누군가가 말했다.

"고기를 가져갔어."

그들이 식사에 열중한 동안 뚜껑 앞에 놓아둔 캥거루가 사라졌다. 사방에 퍼져 있을지 모를 버닙들이 재빠르고 소리 없이 움직이는 모습이 상상되어 소름이 끼쳤다. 그날 버닙들은 로렌스 일행을 괴롭히지 않았다. 로렌스 일행이 목숨을 걸고 위험한 짓을 하지 않은 때문이기도 했다. 아무도 풀숲 쪽으로는 가까이 가지 않았고, 웅덩이에 물을 뜨러 갈 때도 엄호를 받으며 이동했다.

그날 저녁에도 그들은 버닙들을 구슬리는 실험을 계속했다. 그들은 맑은 샘물가에 착륙했는데, 암석으로 이루어진 단단하고 넓은 지역이라서 로렌스는 좀더 안전하게 야영을 할 수 있으리라 생각했다. 그 예상대로였는지 아니면 뇌물로 고기를 바쳐서인지, 아무튼 그날 밤은 버닙들의 공격을 받지 않았다. 그래도 테메레르는 또 놈들이 바닥을 유사로 만들어 스튜를 사라지게 할지 모른다며 고기를 불에 굽기만 해서 먹었다.

버닙들이 어떤 방법으로 서로에게 뜻을 전하는지는 알 수 없지만, 어쩌면 비행 속도가 버닙들의 의사 전달 속도보다 빨라서 아직 피해를 입지 않은 게 아닌가 싶기도 했다.

타르케는 밀수업자들이 남긴 흔적을 더는 발견하기 힘들 것이라 했다. 테메레르와 이스키에르카에게도 이제는 눈에 불을 켜고 지상의 흔적을 찾으라고 하지 않았다.

"이 구역에서 그들이 다닐 만한 길은 한정되어 있는데 이곳을 지나가지 않았다면 그들을 잡을 가능성은 없다고 봐야 합니다. 오 년 정도 된 도자기 파편 몇 개와 모래에 반쯤 파묻힌 천 조각 정도로는 흔적을 추적하는 데 충분치가 않아요. 좀더 운이 따라 주길 바라면서 조금이라도 성공 가능성이 있는 일을 하는 편이 낫습니다."

그때부터 용들은 지상을 탐색하는 일보다는 속도를 내는 데 주력했다. 테메레르가 날갯짓을 할 때마다 붉은 모래사막이 수 킬로미터씩 지나갔고, 변함없는 모양으로 오르내리는 모래언덕들도 검은 날개 끝으로 멀어졌다. 바다에 너울이 일듯 모래언덕들은 높이 솟아오르는가 싶으면 곧 가라앉으며 모습을 감추었다. 사막은 끝이 없었다. 사방으로 뻗어나간 평평하고 척박한 땅. 지평선에는 푸른 아지랑이가 구불구불 피어올라 기묘한 분위기를 더했다. 야트막한 모래언덕 사이사이에 간간이 높은 언덕이 솟아 있을 때도 있었다. 뽀얗게 펼쳐진 염전들도 보이고, 졸졸 흐르는 개울이나 한곳에 모인 물웅덩이들도 있었다. 그 모든 풍경은 등 뒤의 지평선 너머로 하나씩 사라져갔다.

지평선 가까이에 덩어리로 붙어 있는 것들이 보여 구름인가 했는데, 가까이 가도 멀어지지 않고 오히려 점점 커졌다. 벽돌처럼 붉은 거대한 암석들이었다. 하늘을 배경으로 놓인 그 암석들은 저물어가는 햇빛에 강렬한 존재감을 드러냈다. 넓은 벌판에 덩그렇게 모여 있는 그 둥그스름한 암석들은 표면에 작은 구멍들이 나 있고 회색 줄무늬가 그려져 있었으며 꼭대기에는 푸르스름한 이끼가 돋아 있었다. 로렌스는 이 기묘한 암석들의 의미를 어떻게 해석해야 할지 알 수 없었다.

암석들이 있는 그 광대한 지역은 전체를 한 번에 아우르기 힘들 정도였고, 각도를 달리해서 보면 완전히 다른 풍경으로 보였다. 해가 저물어감에 따라 강렬한 붉은색이 점차 흐릿해지고, 황혼의 보랏빛이 둥근 암석들을 물들이며 어둠을 끌어들였다. 장대한 돌산에서 야영한다면 버닙들을 피할 수 있겠지만 그들은 암석 지대에 착륙하지 않았다. 오랫동안 보다 보니 녹슨 것처럼 붉은색을 띤 모래사막에 꽤 익숙해졌고, 그간의 고생으로 피로가 겹친 탓인지 낯선 암석 지대에 가까이 가느니 차라리 모래 위에서 야영하는 쪽이 편했다. 거대한 암석들은 주변 풍경을 한층 생경하게 느껴지게 했다.

그들은 암석 지대에서 그리 멀지 않은 모래언덕에 착륙했다. 야영지 옆으로 샘물이 졸졸 흘렀다. 가느다란 물줄기여서 흡족하게 갈증을 해소하기는 어려웠지만 그 물은 버닙들의 관리를 받는 것 같지는 않았다. 버닙들이 관리하는 곳이면 지하에 물이 풍부할 텐데 싶어서 오히려 약간 아쉽기도 했다. 그들은 구덩이를 파고 물줄기를 옆으로 틀어서 물을 받았다. 그동안 로렌스는 테메레르 옆에 서서 비석처럼 솟은 낯선 암석들이 어둠 속으로 흐릿하게 스러져가는 풍경을 바라보았다. 하늘에는 남반구의 별들이 흩뿌려져 있었다.

암석들이 드리운 그림자 속에서 조용히 밤을 보낸 다음 날 아침, 테메레르가 말했다.

"로렌스, 로렌스. 저기 암석 하나가 더 있어. 봐봐."

저 멀리 암석 덩어리 하나가 놓여 있었다. 다른 암석들은 저희끼리 모여 있는데 이 암석은 그 옆에 홀로 서 있었다. 이른 아침 햇살에 그 색깔이 드러났다. 분홍에 연한 오렌지색과 크림색이 섞여 있었다. 가만히 바라보던 테메레르가 머뭇거리며 말했다.

"……그런데 저거, 용이지?"

그 소리에 이스키에르카가 벌떡 일어나 테메레르의 눈길이 향한 쪽을 바라보았다.

시저가 말했다.

"그럼, 저게 용이 아니면 뭐겠어?"

그 암컷 용은 옆에 자리한 암석의 붉은 벽에 그림자를 드리우며 날개를 펼친 채 서 있었다. 날개를 절반밖에 펴지 않았는데도 굉장히 큰 날개임을 짐작할 수 있었다. 그 주변에서 조그맣게 돌아다니는 건 분명 사람들이었다. 일부는 끈으로 묶은 짐짝들과 상자들을 용의 몸에서 바닥으로 내려놓았고, 일부는 그보다는 작은 가방들을 용의 등에 싣는 중이었다.

이스키에르카가 말했다.

"여기 가만히 앉아 있기만 할 거야? 가서 확인해야지. 혹시 저 용이 봤는지도……."

테메레르가 외쳤다.

"아! 저기, 용알이 있어!"

사람들이 천으로 감싼 둥근 덩어리를 조심스럽게 들어 올려 그 용의 가슴께에 매달린 포대에 집어넣고 있었다.

로렌스가 테메레르의 펜던트 사슬을 잡고 몸에 걸쇠를 걸자마자 테메레르는 곧장 폭발적인 속도로 날아올랐다. 이스키에르카도 함께였다. 낯선 용 근처에 모인 사람들은 테메레르와 이스키에르카를 보지 못한 게 분명했다. 눈에 띄게 서두르지도 않고, 방어를 하려는 움직임도 없었다. 마침내 낯선 용은 바닥을 차고 날아올라 날개를 느긋하게 쭉 폈다. 날개 길이가 몸통 길이의 두 배가 넘었다. 힘을 주어 이륙한 후 용은 날개를 한 번, 두 번, 세 번 치더니 그대로 북쪽을 향해 매끄럽게 날아갔다.

테메레르는 더욱 속도를 내며 소리쳤다.

"돌아와! 거기 서!"

그리고 그 자리에서 정지비행을 하며 숨을 들이마셨다. 가슴이 신의 바람으로 채워지고 있었다. 평소 같으면 엄청난 고함이 저 낯선 용에게 닿고도 남을 것이었다.

그러나 로렌스가 막았다.

"테메레르, 테메레르! 고함치면 안 돼! 아직은 목이……."

신의 바람을 준비하는 테메레르 때문에 앞서 나갈 수가 없게 되자 이스키에르카는 초조하게 맴을 돌며 재촉했다.

"빨리 해, 빨리! 저년이 용알을 갖고 멀리 도망치잖아!"

테메레르는 어깨를 젖히고 한 번 더 숨을 크게 들이쉰 후 입을 벌리고 고함을 질렀다. 그러나 고함은 도중에 끊어지고 남은 진동이 가슴 속에서 잦아들며 몸 전체가 부르르 떨렸다. 마치 악기의 현이 끊어지듯 목소리가 잔뜩 갈라져 나왔다. 테메레르는 몸을 웅크리고 기침을 쏟아냈다. 숨을 헐떡이고 몹시 괴로워하며 가슴께에 고개를 묻고는 돌연 모래사막으로 급강하했다.

제3부

13

테메레르와 이스키에르카는 암컷 용을 추적하기 위해 서둘러 죄수들을 배 쪽 그물에 싣고 먼저 출발했다. 쿠링길레와 시저는 그 뒤를 쫓아오기로 했다. 테메레르와 이스키에르카는 한계치까지 속도를 높이며 전속력으로 날아갔다. 거리가 좁혀지면서 로렌스의 쌍안경 안에 암컷 용의 모습도 점점 크게 잡히고 있었다. 그 용은 날개가 어찌나 큰지 망원경 렌즈 안에 다 담기지 않을 정도였다. 작열하는 태양 아래 줄곧 비행하기란 쉽지 않았으나 그들은 시야에서 그 용을 놓치지 않았다. 이윽고 황혼이 지기 시작했다. 비행은 다소 편해졌지만 휴식을 취할 수가 없었다. 그 용이 쉬지 않았으므로 그들도 쉴 수 없었다.

밤이 되고 은빛 달이 하늘에 걸렸다. 로렌스는 지친 눈을 암컷 용에게 줄곧 고정한 채였다. 별들이 점점이 박힌 하늘을 잉크 얼룩처럼 가로지르는 그 용은 도무지 멈출 생각을 하지 않았다. 날개는 거의 움직이지도 않았다. 한두 번 날갯짓을 한 후에는 바람줄기를 타고 유유히 날아갔다. 물수리나 신천옹 같은 거대한 바닷새처럼 평화롭게 비행하면서, 지상에서보다 하늘에서 더 편하게 휴식을 취하는 듯했다.

점점 그 용과 거리가 벌어졌다. 테메레르의 호흡이 한층 거칠어졌고 이스키에르카도 속도가 줄고 있었다. 온종일 비행을 계속한 탓이었다. 비행하면서 작은 짐승을 낚아채 먹을 때, 그리고 개울에서 물을 몇 모금 마실 때를 제외하고는 지상으로 내려가지도 않았다.

"저기 물이 있습니다."

그랜비의 목소리가 허공을 가로질러 작지만 또렷하게 들려왔다. 테메레르와 이스키에르카는 반짝이는 물가에 착륙해 물을 마셨다. 다리가 후들거리고 날개가 바닥으로 축 처졌다.

그랜비는 지상으로 곧장 뛰어내렸고, 로렌스는 조용히 지시를 내렸다.

"포싱, 모두 내려와서 야영을 준비하게 해. 물가에서 좀 떨어진 저 바위 근처가 좋겠군."

"예, 알겠습니다."

패배감이 모두의 어깨를 무겁게 짓눌렀다.

테메레르와 이스키에르카는 한마디도 하지 않았다. 벌컥벌컥 물을 들이켜 갈증을 달래고는, 몸에서 사람들을 내려놓자마자 모래 위에 쓰러져 잠들었다. 포싱이 공군들을 지휘해 권총과 칼을 빼들고 사방을 경계하는 동안, 죄수들은 서둘러 물통과 물항아리를 채웠다. 그리고 다 같이 안전한 바위 근처로 돌아와 건빵과 뜨거운 차로 허기를 달랬다.

"제일 큰 문제는 그 용이 안간힘을 쓰며 달아나는 것 같지가 않다는 겁니다. 우리를 보기는 했는지 모르겠어요."

그랜비가 지친 목소리로 말하며 다리를 한쪽씩 번갈아 폈다. 장장 20시간 동안 비행을 하느라 다리가 굳어져 있었다. 로렌스 역시 몹시 피곤했지만 앉을 엄두가 나지 않았다. 다리가 워낙 지쳐 있어서 이대로 앉았다간 나중에 편하게 일어설 수 없을 것 같았다.

"그래. 그 용의 승무원들은 전부 햇빛을 피해 배 쪽 그물에 들어가 있더군. 망원경으로 보니 그 안에서 자고 있었어. 용은 한 번도 뒤를 돌아보지 않았고."

로렌스는 고개를 흔들며 말을 이었다.

"그 용은 비행하면서 수면을 취하는 것 같았네. 예전에 테메레르가 장시간 비행을 하면서 그렇게 하는 걸 본 적이 있어."

"예. 거의 잠든 채로 비행하는 것 같아 보이긴 했습니다. 그 날개 보셨어요? 마음만 먹으면 세상을 두 바퀴는 너끈히 돌 수 있겠더군요. 그런 용은 본 적이 없습니다. 야생용은 아니고 사육장에서 교배로 만들어진 겁니다. 대체 어떤 품종들을 교배시켰는지 알고 싶은데, 이 대륙에서 다른 용은 한 마리도 본 적이 없으니 짐작조차 되질 않네요."

그때 타르케가 조용히 말했다.

"아마 그 용도 이 땅에서 다른 용을 본 적이 없으니 태평하게 비행을 한 걸 겁니다. 뒤에서 다른 용이 쫓아오리라고는 상상조차 하지 않고 있으니 뒤도 돌아보지 않은 것이죠."

그랜비가 말했다.

"아까 그 사람들이 어디 다른 데서 데려온 걸까요? 자바 섬 근처에 워낙 자잘한 섬이 많으니, 자유로이 비행해서 날아다니기 위해 사육장에서 날개가 큰 용을 만들었을 수도 있겠죠. 하지만 그랬다면 지금껏 우리가 그런 용을 한 번도 못 봤을 리가 없을 텐데요. 아무튼 그런 용의 알이라면 가격이 오십만 파운드는 거뜬히 넘을 겁니다."

"그 이상일 수도 있겠지. 어떻게든 그 용을 잡아야 해."

로렌스는 이렇게 말하며 테메레르를 바라보았다. 몹시 지친 테메레르는 머리를 옆으로 대고 늘어져 자고 있었다. 승무원들이 코에 묻은 붉은 먼지를 씻겨주는데도 테메레르는 잠에서 깨지 않고 있었다.

그러나 암컷 용은 이미 보이지 않을 만큼 멀어져버렸다. 날이 밝자 로렌스와 그랜비는 곧장 출발하지 않고 시저를 기다렸다. 기진맥진한 모습으로 날아온 시저는 몹시 투덜댔다.

"쳇, 그렇게 미친 듯이 따라가더니만 용알을 되찾지 못했구나. 닥치는 대로 먹어대는 저 혹을 달고 종일 날아서 여기까지 오느라 나는 엄청 고생했는데."

시저가 면박을 주거나 말거나 쿠링길레는 제 몫의 캥거루 한 마리를 뜯어 먹느라 정신이 없었다. 시저가 불평하는 것도 무리는 아니었다. 겨우 하루 정도 떨어져 있었을 뿐인데 쿠링길레는 눈에 띄게 자라 있었다. 알을 깨고 나온 후 지금까지 시저의 체중은 8톤가량 늘었는데, 쿠링길레는 하루 만에 1톤은 늘어난 듯하니 여기까지 오는 동안 시저에게 상당히 무거운 짐이 되었으리라.

랜킨이 말했다.

"다시는 시저에게 저 용을 업게 하지 않을 거요. 저 염치없는 용을 업고 다니다간 시저의 몸이 제대로 자라지도 못하겠어."

쿠링길레는 가느다란 목소리로 말했다.

"그래서 미안하다고 했잖아요. 하지만 배가 너무 고파서 어쩔 수가 없었어요. 오늘은 잘하면 비행을 할 수도 있을 것 같아요. 그럼 다른 용의 속도를 더디게 하진 않을 거예요."

그러나 이스키에르카는 웃기는 소리 하지 말라는 투로 말했다.

"오늘도 비행을 못 해서 업혀 왔잖아. 어제도 못 날았고 그저께도 못 날았으면서, 말은 잘도 하지. 하지만 난 불평이나 해대는 용이 아니니까 널 업고 날아줄게."

쿠링길레는 돌기가 잔뜩 돋은 이스키에르카의 옆구리를 쳐다보며 표정이 우울해졌다. 쿠링길레의 몸에도 만만찮게 돌기가 많이 돋아 있고 그 돌기들이 뿔처럼 단단하게 변하는 중이라서 도저히 편하게 업히지 못할 터였다. 이스키에르카의 등에 업힌 쿠링길레가 어떻게든 편하게 자세를 잡아보려고 몸을 꼼지락대자 돌기들이 서로 부딪치는 소리가 요란하게 났다.

이스키에르카가 말했다.

"이만하면 됐어. 이 녀석을 밧줄로 묶어서 단단히 고정시켜줘. 쿠링길레 넌 그만 꼼지락대."

검진을 마친 도싯이 테메레르의 목구멍에서 기어 나오며 로렌스에게 말했다.

"상처에 대해 과장하지 않고 말하겠습니다. 목 안에 혈관들이 잔뜩 터졌어요. 반쯤 나았던 물집도 다시 터져버렸고요. 이러면 안 되는데."

로렌스는 짧게 고개를 끄덕였다. 이미 일어난 일이니 후회해 봤자 소용없었다.

"어떻게 해야 빨리 낫겠나?"

"휴식요. 무조건 쉬게 하고, 소금에 절인 돼지고기를 부드럽게 해서 먹이세요. 지금 같은 상태에서 목에 무리를 주면 절대 안 됩니다. 완전히 낫기 전에 또 고함을 지르면 결과는 저도 책임 못 집니다. 가급적 말도 하지 말게 하세요."

말을 못 하게 하니 테메레르는 갑갑했다. 속으로 생각한 바를 다른 이에게 전달할 수가 없으니 짜증이 났다. 비행 중에 무슨 말을 하려고 고개를 돌리면 도싯이 먼지가 잔뜩 앉은 붉은 테의 동그란 안경 너머로 목공용 송곳처럼 엄하게 노려보았다. 좁고 긴 얼굴로 부루퉁하고 불쾌한 표정을 지으며 못마땅한 눈빛으로 쳐다본다는 뜻이다. 그 기세에 눌려 결국 테메레르는 말하고 싶은 걸 꾹 참아야 했다.

물론 테메레르도 목이 낫기를 바라지만, 사실 말할 때는 그렇게 많이 아프지 않은데 굳이 이렇게까지 단속을 해야 하나 싶기도 했다. 수프와 죽만 먹어야 하는 것도 그렇고 신의 바람을 내지를 수도 없으니 더 괴로웠다. 그렇지만 비행을 못 하는 것만큼 괴롭지는 않으리라. 비행을 못 하는 쿠링길레도 자신의 처지를 비관하지 않는데, 그런 쿠링길레에 대해 불평하는 마음을 가지면 안 되겠다는 생각이 들었다. 셀레스티얼 품종의 특징인 신의 바람은 제외하고라도, 고함지르기는 용의 중요한 특징임을 테메레르는 본능적으로 알고 있었다. 이것이 혹시 죄의 응보가 아닐까 하는 우울한 생각이 들었다. 죄의 응보라는 것이 어디서 비롯된 개념인지는 모르지만 사람들은 복수심에 불타는 신에 대한 얘기를 자주 했다. 그러나 로렌스는 신이 사후에 보상을 해준다거나 벌을 준다는 식의 개념은 인정하지 않았다. 이미 죽어서 보상을 즐길 수도 없고 벌을 받아 괴로울 일도 없는데 죽은 이를 심판하는 게 무슨 소용일까.

자신 때문에 로렌스가 공군 대령 직책을 박탈당하고 재산도 몰수당했으니 그 벌로 신의 바람을 쓰는 능력을 잃어버린 것 같았다. 두렵고 불쾌하지만 그런 생각을 떨칠 수가 없었다. 초조해진 테메레르는 롤랜드에게 조용히 부탁해 밤마다 발톱씌우개를 가져오게 했고, 발톱씌우개의 상태를 매일 점검하면서 롤랜드가 그것을 닦는 모습을 지켜보는 게 습관이 되고 말았다. 낮에 비행하는 동안에는 수차례 펜던트를 내려다보며 마음을 달랬다.

우울하고 갑갑한 상황이지만 한 가지 위안이 되는 점이라면, 어차피 별로 얘기할 거리가 없다는 것이었다. 거대한 날개를 가진 용은 이미 아주 멀리 날아가버렸다. 지상에 떨어진 짐승의 뼈 몇 개, 피 묻은 털 조각을 발견하긴 했지만 그 용과 그 일행이 야영한 흔적은 없었다. 모래 위에 발톱을 펼치고 길게 착륙한 흔적은 있었다. 잠시 내려와 물을 마셨는지 어느 물웅덩이에 용의 발톱 자국과 사람들 발자국이 나 있기도 했다. 그 자국들을 살펴보며 타르케가 말했다.

"여길 지나간 지 네댓새 정도 된 것 같습니다."

로렌스 일행이 암컷 용을 추적한 지가 일주일 되었는데, 그 용은 이미 따라잡을 수 없을 만큼 앞서 날아가고 있었다.

흔적을 따라가다 보니 그 용이 북쪽에서 약간 서쪽 방향으로 직선을 그리며 곧장 날아가고 있음을 알 수 있었다. 로렌스는 지도에 그 항로를 표시하고 곰곰이 생각해보았다. 윤곽선만 있고 아무런 표시가 없는 지도에서 현재 자신들의 위치가 어디쯤인지는 명확히 알 수 없지만, 암컷 용이 기존 항로대로 비행을 한다면 대륙 끄트머리에 있는 만(灣)에 가닿을 터였다. 최근의 해로 탐사 기록에 따르면, 그곳 해안의 만은 배를 대기에 편리하다고 했다.

로렌스가 말했다.

"지도를 보니까 추가 조사를 위해 그 부분에 표시를 해놓았더라고. 자바 섬에 근접해 있으니 선박에 상품을 싣고 군도(群島) 사이를 누비기도 쉽겠지. 중국과 인도까지 거리도 멀지 않고."

목적지가 거의 분명해지자 이제 그곳까지 비행하는 일만 남았다. 상당히 먼 거리를 싫증이 나도록 날아가야 했다. 로렌스는 도둑맞은 용알이 지금쯤 부화했거나 조만간 부화할 가능성이 있다고 말했다. 문제는 그 알을 지금 다른 용이 돌본다는 것이었다.

테메레르가 말했다.

"이제 와서 그냥 돌아갈 수는 없어. 지금까지 우리가 쭉 돌봤는데, 낯선 용이 결투도 하지 않고 알을 훔쳐간 거잖아. 마치 도둑질이 별것 아니라는 듯이."

그때 도싯이 "이제 그만 말해"라고 제지하는 바람에 테메레르는 더 길게 설명할 수가 없었다. 용알을 가져간 용은 못 보던 품종이었다. 그 용에 대해 아는 이도 없고, 그 용이 알을 제대로 돌보는지도 알 수 없었다.

게다가 어떻게 중간에 착륙해서 쉬지도 않고 계속 공중에 떠 있을 수 있는지도 의문이었다. 물론 그다지 흥미롭거나 실용적인 재능은 아닌 것 같지만, 그래도 지도를 보면서 생각해보니 그토록 오래 비행할 수 있다면 바다 건너 다른 육지로도 갈 수 있을 듯했다. 물론 도싯 때문에 소리 내어 말하지 않고 속으로만 생각해야 했다. 아무튼 자바 섬이나 인도네시아까지는 320킬로미터밖에 되지 않았다. 그 용처럼 특별히 거대한 날개가 없더라도 원하기만 하면 누구나 그 정도 비행은 할 수 있을 터였다. 자바 섬이나 인도네시아까지만 가면 그후로 다음 육지까지는 거리가 얼마 되지 않았다. 자바 섬에서 시암(타이의 옛 이름—옮긴이)까지 갈 때도 육지를 시야에 담은 채 비행할 수 있고, 시암에서 중국까지는 아주 가까우니 마음만 먹으면 얼마든지 방문할 수 있을 것이다.

이제는 저녁 시간과 시원하고 어두운 밤에만 비행을 했다. 하늘의 별들이 방향을 알려주었다. 로렌스는 갓을 씌운 랜턴 빛으로 나침반을 확인하고 테메레르의 어깨에 손을 얹으며 조용히 비행 방향을 수정해주곤 했다. 햇볕이 뜨거운 낮에는 잠을 잤다. 그날 오후, 함께 지도를 들여다보던 로렌스가 나지막하게 말했다.

"장거리 비행으로 중국에 가볼 생각이라면 접는 게 좋아."

"케이프요크까지만 가면 가능할 텐데."

이 대륙의 북단에 있는 반도를 말하는 것이었다. 지도상으로는 케이프요크에서 '뉴기니'라고 표시된 큰 섬의 남쪽 해안까지는 거리가 얼마 되지 않았다. 대략 160킬로미터도 되지 않을 듯했다.

로렌스가 달랬다.

"몇몇 보고서를 봤는데, 케이프요크 주변은 통과하기가 거의 불가능할 정도로 밀림이 빽빽하다고 하더라. 케이프요크까지 어떻게든 간다 해도, 뉴기니까지는 도저히 안 돼. 뉴기니의 섬들 중 그나마 좀 큰 섬에 도착하려면 대양을 가로질러 삼백이십 킬로미터를 가야 하고, 케이프요크에서 자바 섬까지도 그 정도 거리야. 이동하는 도중에 큰 위험이 수반될 수 있고, 작은 실수 하나가 재앙을 불러올 수도 있어. 날씨가 갑자기 흐려진다든지 시간의 흐름을 놓친다든지 강한 역풍에 휘말린다든지 하는 일이 얼마든지 일어날 수 있어. 추산이나 계획이 쓸모없게 되어버리니까 육지가 보이지 않는 채로 계속 비행을 해야겠지. 그러다 방향 감각을 잃으면 어떻게 될지 상상해봐. 육지에 착륙하고 싶어도 할 수가 없고, 출발지로 돌아가고 싶어도 갈 수가 없게 되는 거야."

테메레르는 조그맣게 한숨을 쉬었다. 소리 내어 말하지 않았는데도 로렌스는 테메레르의 속을 들여다보고 있었다. 로렌스는 테메레르의 주둥이에 손을 얹고 부드럽게 쓰다듬었다. 테메레르는 살짝 숨을 내쉬고는, 중국까지 가보겠다는 계획을 마음에서 지우려 애썼다. 그러나 속으로는, 맑은 날 출발하면 로렌스의 말처럼 위험한 여정은 아닐지 모른다고 생각했다. 해로가 아닌 육로이긴 했지만 전에도 하루에 320킬로미터 정도는 비행을 했었다.

그러나 이 대륙에서는 하루에 그만한 거리를 날아본 적이 없었다. 지금까지는 너무 더워서 비행이 쉽지 않았고, 짐도 많이 싣고 이동해야 했기 때문이다.

이스키에르카는 자기가 불평이나 해대는 용이 아니라고 잘난 척하며 말했지만 쿠링길레에 대해 불만을 품고 있었다. 테메레르도 그런 불만이 이해되지 않는 것은 아니었다. 누가 핀잔을 주든 말든 쿠링길레는 여전히 엄청나게 먹어댔고 몸집도 계속 커지고 있었다. 테메레르가 목이 아파 일부러 천천히 조금씩 먹고 있는데도 눈치 없이 그 먹이에 달려들기도 해서 테메레르는 저리 가라며 쿠링길레를 슬쩍 밀어내야 했다.

공군 몇 명이 시저에게 옮아가기는 했지만 테메레르의 몸에는 여전히 많은 사람과 짐이 실려 있었다. 시저가 사람들을 태울 수 있을 만큼 몸집이 커지자, 랜킨은 공군 몇 명을 승무원으로 뽑았고 죄수들 중에서 착실한 자 몇 명을 지상요원으로 받아들였다.

테메레르의 예상과 달리, 펠로우스가 추가로 안장 끈을 더 달아줄 때도 시저는 불평을 늘어놓기보다는 무척 자부심을 느끼며 의기양양한 얼굴이 되었다. 시저는 제 승무원들 이름을 전부 외워서는 착륙할 때마다 그 이름을 넣어가며 "내가 데리고 있는 데로 준위가 오늘 일을 참 잘했어. 궁둥이 쪽에 무게가 고루 분배되도록 조절을 잘해주더라"라고 주절거렸다. 혹은 "비공식적인 수행원 한두 명을 데리고 있는 것보다 제대로 된 지상요원을 데리고 있으니까 꽤 좋아. 뭐, 자랑은 아니고 그 정도만 말해둘게. 몸을 문질러 씻을 때도 그렇고 안장 죔쇠를 약간 조절하고 싶을 때도 무척 유용해"라고 말하기도 했다.

그런데 시저는 쿠링길레에 대해서는 끝없이 불평을 해댔다. 쿠링길레가 먹이를 한입 먹을 때마다 마치 제 입에서 빼앗아 먹기라도 하는 것처럼 사납게 굴었다. 자기 몫을 온전히 차지하고 먹고 있으면서도 남들이 제 것을 훔쳐다가 쿠링길레에게 먹이는 것처럼 언짢아했다. 시저의 현재 몸집과 앞으로의 성장 가능성을 염두에 두고 봤을 때, 그렇게 안달복달하는 것이 한편으로는 이해가 되었다. 도싯의 진단 결과에 따르면, 부화한 지 3개월 된 시저는 이미 성장 속도가 느려지고 있었다. 그 얘기를 들으며 테메레르는 새삼 깜짝 놀랐다. 이 여행을 시작한 지가 벌써 그렇게나 되었나?

로렌스는 소매로 이마의 땀을 훔치며 지친 목소리로 답했다.

"삼 개월 조금 더 됐지. 이 속도면 이 주일 후에는 해안에 도착할 수 있을 거다."

그때 그랜비가 목소리를 낮추며 말했다.

"로렌스, 나중에 시드니로 어떻게 돌아갈지 미리 생각해두는 게 좋겠습니다. 악감정 같은 건 없지만, 쿠링길레를 데리고 다니기가 점점 힘들어지고 있어요. 용의 기준으로 보자면 몸집은 토끼 정도지만, 다른 용들은 기낭 안에 공기가 채워져 있으니 몸집보다 무게가 덜 나가는데 쿠링길레는 기낭이 제구실을 못 하고 찌그러져 있으니 온몸이 금덩어리로 된 것처럼 무겁습니다. 쿠링길레보다는 차라리 시저를 업고 다니는 게 이스키에르카에게 부담이 덜 되겠어요. 이런 추세라면 쿠링길레를 어떻게 시드니로 데리고 돌아갈지 난감합니다."

이 얘기를 주워들은 디마니는 다급해진 표정이었다. 테메레르는 디마니가 쿠링길레에게 하는 얘기를 들었다.

"이제는 너무 많이 먹으면 안 돼. 절대로. 오늘은 캥거루 반 마리만 먹겠다고 약속해."

쿠링길레는 울적하게 대답했다.

"덜 먹으려고 노력해볼게. 그런데 절반만 먹고 남기기가 너무 힘들어. 나머지 절반이 눈앞에 있잖아."

먹이를 앞에 두고 참기 어려운 그 마음은 충분히 수긍이 갔다. 그래도 좋은 점은 쿠링길레가 쉴새없이 먹기는 해도 가리는 게 없다는 점이었다. 누가 화식조들을 잡아오면 쿠링길레는 깃털도 떼지 않고 먹었기에 공군들은 굳이 고기를 잘라주는 수고를 하지 않아도 되었다. 테메레르는 화식조의 작은 날개를 수프 형태가 아닌 생으로 하나 맛보려고 한입 물었다가 당황했다. 깃털이 이빨 사이에 꽉 끼어버린 것이다. 게다가 밧줄이나 범포를 씹는 것 같은 맛이 나서 입맛에 맞지 않았다.

하는 수 없이 생으로 먹는 걸 포기하고 꿍쑤에게 내주어 수프를 끓이게 했다. 고개를 절레절레 내젓는 테메레르에게 쿠링길레는 어깨를 으쓱하며 말했다.

"난 그냥 삼켜요."

그러고는 고개를 뒤로 젖혀 화식조의 나머지 부위를 통째로 입에 넣은 뒤 몸을 약간 흔들어 배로 쭉 밀어 보냈다.

그 모습을 보고 시저가 말했다.

"누가 맛이라도 보려고 하기 전에 혼자 차지하고 먹기엔 좋겠구나. 그런 기술이 어디에 소용 있을지 모르겠다만."

테메레르는 말없이 코웃음을 쳤다. 시저는 화식조 두 마리를 먹었는데 그 정도면 충분하다며 더 달라고 하지도 않았다. 다만, 쿠링길레가 먹이를 어떻게 그처럼 맛있게 그리고 빨리 먹을 수 있는지 테메레르도 의문이기는 했다.

날갯짓을 계속하는 동안 테메레르의 상념은 머리 위에서 천천히 맴도는 변함없는 별빛과 함께 이리저리 표류했다. 오후 비행을 하는 동안에도 정적을 깨는 대화 한마디 오가지 않았다. 기억할 만한 일들이 없어 그날이 그날 같았고, 기묘한 풍경도 여전했다. 발아래 모래사막이 지나고, 날갯짓에 맞춰 먼지가 피어올랐다. 뜨거운 바람 속에 휴식을 취하는 동안 테메레르는 머리를 날개 밑에 묻었다.

매일 보이는 부드러운 아지랑이는 그리 싫지 않았다. 아지랑이를 보노라면 걱정으로 짓눌린 마음이 약간이나마 해소되었다.

밤에는 비행하고, 태양이 작열하는 낮에는 힘들게 일하지 않고 누워 잘 수 있는 것도 좋았다. 매일 아침, 정오를 앞두고 그들은 물웅덩이를 찾아 착륙해서 야영을 했다. 테메레르는 로렌스와 승무원 전원을 바위 위에 내려놓고, 위험천만한 버닙들이 기습할 때를 대비해 일부 승무원에게 모래 지역을 순찰하게 한 후, 야영지에 자리를 잡았다. 바닥에 편안하게 몸을 뻗고 누우면 타는 듯이 더운 날씨 속에서도 여러 시간 눈을 붙일 수 있었다.

오늘도 잠시 눈을 붙인 테메레르는 하품을 하며 고개를 들었다. 눈을 가늘게 뜨며 주변 그림자들을 바라보았다. 정오가 조금 지난 시간이라 여전히 무더워서 아직은 비행할 엄두가 나지 않았다. 웅덩이로 다가가 물을 마시고 돌아오던 테메레르는 괴상한 모습으로 자고 있는 쿠링길레를 보고 미간을 찌푸렸다. 웅크린 자세로 자고 있긴 한데 옆구리가 다시 부풀어 있고 몸뚱이가 땅에서 살짝 떠 있는 상태여서, 머리와 네발이 아래로 축 처진 채 매달려 있었다. 테메레르는 고개를 숙여 쿠링길레를 슬쩍 밀어보았다. 쿠링길레는 몸이 홀랑 뒤집히거나 바닥으로 가라앉는 대신 둥실둥실 떠서 옆으로 흘러갔다.

쿠링길레는 고개를 들고 원망조로 눈을 깜박이며 말했다.

"자는 중인데요."

테메레르는 묻지 않을 수 없었다.

"지금 뭐 하는 거야? 날아보려고?"

그 소리에 낮잠을 자던 도싯이 눈을 뜨고는 짜증과 잠에 취한 목소리로 설명했다.

"성장 속도를 감안하면 전혀 뜻밖의 일은 아니야. 공중에서 이리저리 떠다니지 않게 몸통을 밧줄로 묶어서 바닥에 고정해둬."

그러고는 더 자세한 설명 없이 다시 눈을 감았다.

랜킨이 도싯에게 물었다.

"전혀 뜻밖의 일은 아니라니, 무슨 말이지? 구체적인 설명을 해주지 않고 계속 얼버무리기만 하는군, 도싯. 앞으로 저 용이 어떻게 된다는 건가? 용이 저 혼자 둥둥 떠다닌다는 얘긴 들어본 적이 없어. 저 용이 앞으로 더 큰 골칫거리가 될 것 같으면, 미리 얘길 들어야겠네."

도싯은 짜증이 치밀어 날이 선 목소리로 대답했다.

"리갈 코퍼의 새끼들에게서 가끔 보이는 현상이에요. 다 자랐을 때 체중이 최소한 이십사 톤 가까이 나갈 거라는 징후이기도 합니다."

도싯은 햇빛을 싫어했다. 날마다 햇빛에 노출되는 일이 많다 보니, 그늘에 머물지 않는 한 오후가 되면 얼굴에 얼룩덜룩하게 붉은 기가 돌았다.

도싯의 대답에 랜킨은 아무 말도 하지 못했다. 랜킨이 입을 다물거나 말거나 테메레르는 관심 없었지만 다른 이들도 전부 침묵하자 쿠링길레를 미심쩍게 쳐다보지 않을 수 없었다. 확실히 성장이 매우 빠르기는 하지만, 설마 체중이 24톤까지 늘지는 않을 것 같았다. 쿠링길레는 알에서 나왔을 때는 테메레르의 발톱만 했고, 지금은 테메레르 꼬리의 4분의 1만 한 크기에 불과했다.

잠시 후 그랜비도 믿기 힘들다는 투로 물었다.

"도싯, 확실한 건가?"

"잔뜩 구겨져 있던 기낭도 완전히 펴졌고, 아마 헤비급 용으로 자랄 겁니다. 정확한 체중까지 꼭 집어 말할 수는 없지만, 제가 아는 한은 그래요. 체격에 비해 기낭이 극도로 크기 때문에 가능성이 있다는 거죠. 성장 단계의 어느 시점에서 체중이 급격히 늘어나는 새끼 용은 거의 헤비급으로 자라게 됩니다."

다들 아무 말도 못 하고 있는데 롤랜드만 신이 나서 환호하며 디마니의 어깨를 두드려주었다. 디마니는 놀라서 멍해진 얼굴로 신중하게 물었다.

"그럼 죽지 않는다는 거죠?"

테메레르는 마음이 복잡했다. 디마니를 쿠링길레에게 완전히 내주게 생겼으니 안타까우면서도, 한편으로는 쿠링길레를 살리기로 한 자신과 로렌스의 판단이 옳았음이 증명되어 무척 흡족하기도 했다. 용이라면 마땅히 그래야겠지만 테메레르는 비행사인 로렌스를 신뢰했다. 로렌스를 믿고 자비로운 결정을 내렸는데, 그것이 이토록 좋은 결과로 이어진 것이다. 게다가 고소하게도 랜킨은 전혀 기쁜 표정이 아니었고, 시저도 앞으로 저보다 몸집이 더 커질 것으로 예상되는 쿠링길레에 대해 더는 무시하고 불평을 늘어놓지 않을 듯했다.

"얼마나 클지는 두고 봐야 알 일이지."

시저는 도도하게 이렇게 말하면서도, 꿍쑤가 테메레르를 위해 수프를 만들려고 한옆에 놓아둔 화식조 한 마리를 슬쩍하려 했다. 테메레르가 궁둥이를 툭 치며 경고하지 않았으면 분명 훔쳐

먹었을 것이다.

쿠링길레는 이 소식을 덤덤하게 받아들였다.

"난 죽을 생각 없어요. 앞으로는 먹이를 더 먹더라도 눈치 주는 이가 없을 테니 기쁘네요."

기낭이 정상적으로 부풀었는데도 목소리는 여전히 가늘었다. 쿠링길레가 날개를 펴고 살짝 퍼덕이자 놀라울 정도로 빨리 몸이 둥실 떠올랐다. 테메레르는 얼른 앞발을 뻗어 쿠링길레의 꼬리를 잡아 내렸다.

"이것 봐, 디마니. 나 좀 봐."

쿠링길레는 공중에 뜬 채로 이렇게 말하며 한쪽 날개를 퍼덕여 제자리에서 한 바퀴 빙글 돌았다.

그 모습을 보고 이스키에르카가 말했다.

"땅에서만 무겁게 기어 다니는 것보다는 낫구나. 더는 널 업고 다니지 않았으면 좋겠어. 그런데 그렇게 떠 있기만 하는 건 우스꽝스러우니까 그만 내려오든지 제대로 비행을 하든지 해."

잔소리를 들으면서도 쿠링길레는 여전히 기분이 좋아 보였다. 테메레르가 허락하자, 디마니는 쿠링길레를 밧줄로 묶은 후 테메레르의 안장에 연결했다. 근처 바위들은 전부 납작하고 무게가 얼마 나가지 않아 쿠링길레를 고정하는 데 쓸 수가 없었다.

이 상황에 기분이 상한 사람이 한 명 더 있었다. 시포는 시무룩한 표정으로 공부나 하겠다며 책을 파고들었는데, 테메레르는 그게 그리 싫지 않았다. 마침내 《논어》를 큰 소리로 정확하게 읽어주는 사람을 곁에 두게 되어 테메레르는 무척 만족스러워하고 있었다. 시포는 테메레르에게 《논어》를 읽어주다가 잘 모르는 한자가 나오면 바닥에 크게 그려서 보여주었고 그러면 테메레르는 그 뜻을 알려주었다. 예전에는 롤랜드나 로렌스가 《논어》에 나오는 구절을 테메레르가 볼 수 있게 바닥에 크게 그려주었는데, 사실 그들은 《논어》에 별로 관심이 없어서 테메레르는 억지로 그 일을 시키는 것 같아 미안했었다.

디마니는 책을 읽는 시포의 어깨 사이를 쿡 찌르며 못마땅한 투로 말했다.

"그렇게 계속 허리를 굽히고 앉아 있으면 꼽추 된다."

시포는 방해 말라며 신경질적으로 팔을 휘저었다.

"적어도 나는 비행할 수도 있으면서 제 힘으로 사냥할 생각은 않는 뚱뚱한 용의 배를 채우는 데 시간을 다 쏟아붓진 않거든."

공중에 뜰 수 있다지만 쿠링길레는 아직 비행을 한다고 말할 수준은 아니었다. 도싯의 설명에 따르면, 부화해서 지금까지 지상에서만 돌아다니는 데 익숙해 있어서 비행 본능을 제대로 발전시키지 못했으니 기초부터 배워야 했다. 기낭이 공기로 채워져 몸이 가벼워졌으니 수월하게 비행할 수 있을 법도 한데 그러지 못했다. 바닥에서 떠오르는 건 아주 쉽게 해냈지만 가려는 방향과 반대 방향으로 둥둥 떠가기 일쑤였다. 날개를 세게 퍼덕이다가 이리저리 부딪치기도 하고, 그 와중에 나무도 몇 그루 쓰러뜨렸다. 언젠가는 제 힘으로 비행을 하겠다는 열정은 있었지만, 공중에서 사냥감을 발견해도 효과적으로 하강하여 사냥감을 움켜잡을 수가 없으니 아직은 날면서 사냥하기는 무리였다.

디마니는 동생의 귀 언저리를 한 대 쥐어박으며 호되게 말했다.

"거기 앉아 눈만 피곤하게 할 게 아니라 날 도와야지. 왜 그렇게 멍청하게 굴어. 이제 우리만의 용이 생긴 거야. 이게 어떤 의미인지 모르겠어? 쿠링길레는 몸집이 좀더 커지면 사냥도 할 수 있을 것이고 싸움도 할 수 있을 거야. 그럼 아무도 우리한테 나쁜 짓을 못 할 거란 말이야."

"누가 나쁜 짓을 한다는 거야?"

시포가 물었고, 테메레르는 디마니가 버닙을 말한 게 아닐까 추측했다.

디마니는 초조해하며 소리쳤다.

"누구든!"

"우리가 전쟁에 나가 싸우지 않으면, 아무도 우리에게 나쁜 짓을 하지 않아. 형이 말하는 게 그런 뜻이라면 말이야. 거대한 용을 소유한다는 건 전투에 더 많이 나가게 된다는 뜻이고 그만큼 적군에게 부상당할 일도 많아진다는 뜻이야. 그런데 내 눈엔 그런 게 별로 안전해 보이지가 않거든."

"적군을 말하는 게 아니야. 법원에서 우리 대령님을 죄인으로 만들고 재산을 몰수했어. 그들이 대령님한테서 우리마저 빼앗으면 어쩔 거야?"

시포는 형을 생각하는 마음과는 달리 모질게 말했다.

"도망치면 되지. 그래봤자 저 용이 따라올 테니 붙잡히는 건 시간문제겠지만. 어쨌든 그들은 형이 쿠링길레를 계속 차지하게 내버려두지 않을걸. 쿠링길레가 죽지 않고 살아서 아주 큰 용이 된다니, 형 말고 다른 공군에게 그 용을 주고 싶겠지. 그들이 어떻게 하든 나야 알 바 아니지만."

디마니는 동생을 한 번 더 쥐어박고는 터벅터벅 걸어갔다.

그날 오후, 디마니는 롤랜드에게 나지막하게 물었다.

"너도 그들이 내게서 쿠링길레를 빼앗아갈 거라고 생각해?"

권총을 분해해서 닦고 있던 롤랜드는 고개도 들지 않고 무심히 대답했다.

"기회만 있으면 당장 빼앗으려 할 거야. 위들로가 플라워스한테 그런 얘길 하는 걸 들었어."

디마니가 아무런 대꾸도 하지 않자 롤랜드는 고개를 들고 덧붙였다.

"하지만 뺏기는 일은 없을 테니까 쓸데없는 걱정 마. 로렌스 대령님을 내놓고 다른 비행사를 받아들일 수 있는지 테메레르한테 한번 물어봐."

디마니가 묻자 테메레르는 단호하게 대답했다.

"절대 안 해."

그러나 테메레르는 도싯이 듣지 못하게 목소리를 한껏 낮추어 덧붙였다.

"쿠링길레가 변덕이 나서 다른 비행사를 받아들이겠다고 하면, 넌 그냥 나한테 돌아와서 계속 내 승무원으로 일하면 돼. 언제든지 환영이야."

그러자 근처에 있던 도싯이 고개도 들지 않고 잔소리를 했다.

"그만 소곤거리고, 쓸데없는 소리도 그만해. 새끼 용에게 디마니를 뺏겼다고 억울해하지 말고, 다 큰 용답게 감정을 자제할 줄 알아야지. 부끄럽지도 않으냐."

목 안이 특별히 건조할 때라든가 하루 정도 물을 찾아 마시지 못했을 때를 제외하고는 목이 많이 좋아졌는데도 도싯은 여전히 말을 못 하게 했다.

졸고 있던 쿠링길레가 고개를 치켜들고는 미심쩍은 투로 테메레르에게 물었다.

"내 비행사에게 무슨 말 했어요?"

그런데 고개를 들면서 몸이 또 붕 떠서, 디마니와 롤랜드가 모래 위로 넘어지고 말았다.

"별말 안 했어."

테메레르는 이렇게만 대답했다. 도싯이 한 말도 있고 해서, 더는 길게 떠들 수가 없었다. 쿠링길레가 변덕을 부릴 때를 대비해 디마니를 안심시키려고 한 말이니 별로 잘못이라는 생각은 들지 않았다. 쿠링길레가 끝까지 디마니에게 충성한다면 아무도 그 사이를 비집고 들어가지 못할 것이다. 게다가 디마니는 원래 테메레르의 승무원이었으니, 방금 전에 한 말이 그렇게 부끄러워해야 할 말은 아니라고 생각했다.

로렌스는 디마니를 향한 적대적인 시선들을 이미 느끼고 있었다. 아주 대놓고 적의를 드러내면서 몰아세우는 분위기였다. 처음에 공군들은 디마니가 쓸모없는 용을 거둬서 리퍼 용알 회수를 더디게 만든다며 비난하더니, 지금은 디마니가 쿠링길레를 가질 자격도 없고 비행사로서 부적합한 아이라며 쑥덕거렸다. 공군들은 원래 한번 맺어진 비행사와 용의 관계를 갈라놓는 것은 경멸받아 마땅한 짓이라는 생각을 공통적으로 갖고 있었는데, 그 비행사가 용에게 어울리는 자가 아니라면 원칙이 달리 적용될 수도 있는 모양이었다.

로렌스는 혐오감이 일었다. 테메레르와 인연을 맺은 지 얼마 되지 않았을 때, 영국 정부는 공군으로서 실력이 검증된 장교가 테메레르를 맡아야 한다며 그와 테메레르 사이를 갈라놓으려고 추접스러운 시도를 했었다. 테메레르의 감정 따위는 무시하고 뻔한 거짓말까지 서슴지 않았다. 당시 로렌스는 잘 몰라서 거짓에 속아 넘어갔지만 지금은 아니었다. 지금 이곳에서 공군들은 디마니를 부러워하면서, 디마니와 쿠링길레를 갈라놓는 게 마땅하며 그러는 것이 공군의 의무라고 수군거렸다. 그러나 로렌스는 지나가다 그런 대화들을 듣고도 죄인 신분인 까닭에 나서서 꾸짖을 수가 없었다.

디마니는 용을 빼앗으려는 모욕적인 시도를 용납할 만큼 만만한 성격이 아니었다. 필요할 때 분노를 표출할 수 있는 수단도 이미 갖춰둔 상태였다. 디마니는 아직 열다섯 살도 되지 않았고 어렸을 때 잘 먹지 못해 몸집이 작았지만 빠르게 체격을 키워나가고 있었다. 게다가 폭력적인 성향이 있어 칼이며 권총, 라이플 총을 부지런히 수집했다.

로렌스는 디마니에게 말했다.

"무조건 참고 받아들이라는 말이 아니야. 그렇지만 네가 감정을 제어하지 못하는 것처럼 보이는 행동을 한다든지 공군의 규율을 무시하는 언행을 한다면, 너에 대해 좋지 않은 평판이 생길 거야. 그러면 쿠링길레의 비행사로서 공식적으로 인정받기가 더 힘들어질 수 있어. 가만히 있어도 빠른 시일 내에 인정받기는 힘들 거다."

디마니는 분노가 가득 담긴 눈빛으로 말했다.

"처음에 저들은 쿠링길레를 원하지 않았잖아요. 쿠링길레의 머리를 쳐 죽여 사막에 버리려 했고, 나중에는 먹이도 제대로 못 먹게 방해했다고요……"

디마니의 분노는 정당한 것이었지만, 그 분노를 표출하게 부추겨서는 안 되었다.

"그만하면 됐어, 디마니. 저들도 자기네 나름으로 의무를 수행하려다가 그렇게 된 거야. 그들은 잘못된 판단을 했고 넌 옳은 판단을 했어. 자기들은 용을 얻을 기회가 앞으로 몇 번 더 없을 텐데, 나이도 어린 네가 훨씬 앞서서 용 비행사로 진급하는 것을 보게 됐으니 얼마나 속이 쓰리겠니. 그러니 그냥 듣고 넘겨."

"제가 아니고 와이드너였으면 별말 안 했겠죠."

와이드너는 랜킨 밑에서 일하는 불쌍한 신호 담당 소위였다. 로렌스가 엄격한 눈빛으로 바라보자 디마니는 수긍하고 분노를 누그러뜨렸다.

디마니가 나무 그늘로 걸어와 롤랜드 옆에 구부정하게 앉자, 롤랜드는 코웃음을 치며 디마니에게 말했다.

"와이드너는 느림보 멍청이니까 오히려 더 만만하게 보고 용을 빼앗으려 들었을걸. 쓸데없이 뾰족하게 굴지 마. 다들 질투가 나서 그러는 거야. 네가 비행사로서 제 몫을 하는 모습을 보여주면 아무 말도 못 하게 되어 있어."

디마니는 버럭 화를 냈다.

"말이야 쉽지. 너한테는 공군도 아니라고, 아프리카로 돌려보내야 한다고 말하는 사람이 아무도 없잖아."

"대신 네 셔츠 안에 손을 쑥 집어넣는 장교에게 주먹을 날릴 일은 없잖아."

롤랜드가 무심코 하는 말을 듣고 로렌스는 깜짝 놀라 고개를 들었다. 로렌스가 나서기도 전에 디마니가 먼저 누가 그런 짓을 했느냐고 따져 물었다. 롤랜드는 아무렇지 않게 대답했다.

"누군지 말하면 뭐 하게. 술에 취해서 그런 거였고 나중에 미안하다고 사과했어. 족제비처럼 비열한 인간은 아니었던 거지. 족제비 같은 인간이었으면 아예 그런 짓을 할 엄두도 못 냈을 거야. 우리 어머니가 귀족 작위를 받은 공군 대장이잖아. 어쨌든, 그 장교가 많이 취해서 한 짓이니만큼 나도 신경 쓰지 않기로 했어."

디마니가 롤랜드의 일에 대해 쿠링길레의 일만큼이나 심하게 분노하는 모습을 보고 로렌스는 당황스러웠고 새삼 걱정되었다. 지금까지 그는 에밀리 롤랜드를 돌보는 일에 크게 신경을 쓰지 못했다. 공식적으로 더는 부하가 아니지만 그래도 그 아이를 돌봐야 할 책임이 있었다. 그러나 지금까지는 로렌스가 그 역할을 충실히 해냈다고 할 수 없었다. 나이를 감안하건대 어느 정도 자제하도록 주의를 줬어야 했는데, 롤랜드가 다른 소위나 훈련생들과 거리낌 없이 어울리게 내버려두었다. 그렇지만 이대로 방치했다간 부적절한 상황이 전개될 수도 있겠다는 생각이 들었다.

한데 이제 와서 일행 중에 유일한 여성인 롤랜드의 보호자 노릇을 하고 나서기가 쉽지 않았다. 롤랜드도 로렌스가 갑자기 자기 생활을 특별히 감독하고 나서는 걸 달가워하지 않을 것이다.

로렌스가 그런 고민을 털어놓자 그랜비가 말했다.

"뭐 하러요? 롤랜드가 디마니에게든 누구에게든 성적 호감을 느낀다면 일찌감치 자식을 볼 테니 오히려 잘된 거죠. 엑시디움이 앞으로 비행사를 두 세대는 더 받아들이고 복무해줬으면 하는 게 우리 바람이잖습니까. 게다가 엑시디움은 우리 편대가 다른 비행사 열 명을 모아놓은 편대보다 실력이 낮다는 걸 알고 있죠. 캐서린 하코트 대령을 보셔서 아시겠지만, 자식이 딸일지 아들일지는 아무도 모릅니다. 딸을 얻으려면 여섯 번은 더 출산을 해야 할 수도 있어요."

그랜비야 워낙 평판 따위는 무시하고 사는 성격이니 이렇게 말하는 것도 놀라운 일은 아니었으나 로렌스는 절로 한숨이 나왔다. 그랜비가 말을 이었다.

"저도 물론 디마니의 일이 걱정되지 않는 건 아닙니다. 나중에 영국으로 돌아가면 디마니에 대해 최대한 얘기를 잘해볼 생각이에요. 제인 롤랜드 대장도 디마니가 우리 공군 소속이 아니라고는 말하지 않을 겁니다. 문제는 로렌스 씨가 앞으로 일 년 반은 더 여기 머물러야 한다는 겁니다. 빌어먹을 랜킨이 그리 되도록 분위기를 조장하겠죠."

"상황을 봐서 필요하면 테메레르와 함께 전에 봐둔 골짜기로 들어가거나 어디든 지낼 만한 곳을 찾아볼 작정이네."

랜킨이 부추겨서인지는 몰라도, 블링컨이 쿠링길레를 가로채기 위해 나섰다. 원래 자기가 쿠링길레를 받기로 했었으니 지금도 어느 정도 시도해볼 권리는 있다고 여긴 모양이었다. 예전에 소총병으로 복무한 블링컨은 야영 중에 소총 한 자루를 들고 슬쩍 나가더니 갓 잡은 화식조 한 마리를 들고 돌아왔다. 그리고 모두 잠든 틈을 타 바로 쿠링길레에게 가서 화식조를 내밀었다. 쿠링길레는 반색하며 화식조에 덤벼들었는데, 때마침 로렌스가 눈을 뜨고 그 광경을 보았다. 분노한 디마니가 벌떡 일어서서 양손을 허리춤에 얹은 채 블링컨을 노려보고 있었다.

블링컨은 디마니 쪽은 쳐다보지도 않고 쿠링길레의 옆구리를 쓰다듬으려 손을 뻗으며 나지막한 목소리로 설득했다. 너도 제대로 된 공군 계급과 지위를 가진 다른 비행사를 주인으로 맞이하는 게 낫지 않겠느냐면서, 겨우 생고기나 갖다 먹이는 게 아니라 공군에서 정식으로 복무할 기회를 줄 수 있는 사람이 주인이 되는 게 나을 거라는 논리를 펼쳤다.

그러나 쿠링길레는 태연하게 화식조를 씹어 먹으며 말했다.

"아니, 됐어. 디마니가 내 비행사야."

블링컨은 잠시 머뭇거리다가 말했다.

"이건 아주 맛있는 화식조야. 잘 먹어주니 기쁘구나."

그러고는 또다시 손을 뻗어 쿠링길레를 쓰다듬었다.

"그래, 하지만 어제 테메레르가 준 고기가 더 기름기가 많았고, 드루모어 대위가 총으로 쏴서 잡아다준 고기가 향이 더 좋았어."

혼자서는 사냥할 능력이 없으니 여기저기서 먹을 것을 받아먹는 데 익숙해진 쿠링길레는 블링컨의 선물에 그다지 큰 의미를 두지 않았다.

첫 시도가 실패로 돌아가자 블링컨은 물러섰다. 그런데 디마니가 그 앞을 막아섰다. 블링컨보다 머리 하나는 작고 체중도 20킬로그램은 덜 나가지만, 날씬한 체격에 검은 피부를 가진 다부진 사내아이인 디마니는 분노로 부들부들 떨었다.

"당신은 겁쟁이야. 또다시 이런 식으로 쿠링길레를 훔치려 들면……."

디마니는 말을 맺지 못했다. 위협의 말을 하는 게 망설여져서가 아니라, 수위를 어느 정도로 해야 할지 확신이 서지 않아서였다.

그러자 블링컨은 고상을 떨며 거만하게 말했다.

"너도 생각이 있으면 신파극에 빠져 말도 안 되는 기대는 하지 않는 게 좋아, 디마니. 꼬맹이인 네가 헤비급 용의 비행사가 될 수는 없어. 열정은 이해한다만 이건 아니지. 분별력 있게 굴면서 나한테 협조해준다면 장차 좋은 기회를 잡게 해줄 수도 있어. 그러니 좀더 차근차근, 합리적으로 공군 내에서 진급을 하고……."

디마니가 말허리를 끊었다.

"차근차근 진급을 하라니, 거짓말인 거 모르는 줄 아나. 당신이 쿠링길레를 차지하게 도와줄 거라는 멍청한 착각은 그만둬.

알에서 나온 이 녀석 머리를 큰 망치로 쳐서 죽이려 할 때는 언제고, 이제 와서 뱀처럼 거짓말을 나불거리며 접근하다니. 당신 같은 작자를 쿠링길레가 받아줄 줄 아나 본데 어림도 없어. 나는 아직 어리지만, 누구처럼 예전 보직에서 밀려나 여기까지 흘러온 아무짝에도 쓸모없는 놈은 아니⋯⋯."

블링컨이 디마니의 뺨을 갈겼다. 로렌스는 중재하려다 그만두었다. 블링컨이 이곳에 온 이유에 대해 디마니가 영 틀린 말을 한 것은 아니지만 블링컨 입장에서 보자면 뺨을 때린 것이 지나치다고만은 할 수 없었다. 그러나 그 소리는 건조한 공기 속에 요란하게 울려 퍼졌고, 화식조를 먹던 쿠링길레가 휘청거리는 디마니를 보고 말았다.

쿠링길레는 다소 특이한 방법으로 달려들었다. 벌떡 일어나 공격하는 대신, 몸을 공중에 붕 띄워 블링컨의 머리 위로 이동한 후 쉭쉭 소리와 함께 숨을 내뿜었다. 부푼 기낭이 움츠러들면서 쿠링길레의 몸이 밑으로 가라앉았고 그 기세에 압도된 블링컨은 비틀대다가 그 밑에 깔리고 말았다. 분노에 찬 쿠링길레가 날카롭게 악을 썼다.

"디마니를 다치게 하다니! 디마니를 다치게 하다니!"

쿠링길레는 입을 벌려 기낭에 찬 공기를 더 뽑아냈고 그 밑에 짓눌린 블링컨은 기침을 하며 옆으로 빠져나가려 버둥거렸다.

"디마니!"

로렌스가 소리치면서 테메레르를 깨우려고 고개를 돌렸다. 테메레르는 잠에 취한 눈을 살짝 뜨고 쳐다보는 중이었다. 그러나 테메레르가 개입할 필요는 없는 듯했다. 이미 디마니가 쿠링길레의 머리 옆으로 다가와 테메레르의 안장과 연결된 밧줄을 잡아당기고 있었다.

디마니가 다급히 말렸다.

"안 돼. 떨어져. 죽이면 안 돼. 골치 아프게 된단 말이야. 봐봐, 나 멀쩡해. 얼굴에 자국도 안 났어."

"자국이 나지 않은 건 네 살이 이놈처럼 벌겋고 물컹거리는 게 아니라 검어서잖아."

디마니가 붙잡고 말리자 쿠링길레는 마지못해 기낭에 다시 공기를 채우고 물러났다. 블링컨은 비참하게 몸을 웅크린 채 숨을 헐떡였다. 도싯이 진찰하더니 갈비뼈 몇 개가 부러졌다며 붕대로 대충 싸매주었다. 그 일이 있고부터 적어도 디마니가 지켜보는 곳에서는 쿠링길레를 탐내며 다가오는 이가 없었다. 디마니가 쿠링길레 옆에서 단호하게 보초를 서며, 은근슬쩍 비행사가 되어보려는 자들의 시도를 사전에 차단한 때문이기도 했다.

끝없이 이어질 것 같던 여정은 뜻밖에도 갑작스럽게 끝이 났다. 로렌스는 일지에 매일의 여정은 물론, 이동 거리와 위치를 추정해서 적어 넣었다. 누구든 일지를 쓰면 나중에 부차적인 기록으로 유용하게 사용될 텐데, 그랜비와 랜킨을 비롯한 다른 공군들은 일지를 쓰지 않았기에 한동안은 이것이 그들 일행의 유일한 기록이었다. 도싯은 각 식물들의 잎사귀, 열매, 동물의 발 등에 관해 방대한 기록을 했으나 로렌스에게는 쓸모없는 것이었다. 해가 저물고 나면 어느 쪽이 서쪽인지 가늠하기도 어려웠다.

로렌스는 오디에게 시험 삼아 여정을 기록하라고 지시했다. 오디는 몸에 밴 럼주의 기운이 땀으로 다 배출되고 나자 그나마 괜찮은 필체로 글을 쓸 수 있었다. '이교도와 방심한 여행자의 피를 빨아들이는 이 황폐한 진홍색 땅은 더 많은 피를 갈망한다' 처럼 로렌스의 취향이 아닌 현란한 묘사를 구사하기도 하고, '……혐오스러운 생물이 누구를 먹이로 삼는 게 합당한지 고민하는 듯, 오랫동안 곰곰이 우리를 바라보았다. 놈에게 바친 짐승 사체가 도살의 흔적이 선연한 채 피투성이가 되어 놈 앞에 놓여 있었고, 좀더 쉬운 경로를 택한 그놈은 모래 아래로 들어가 캥거루 사체를 게걸스럽게 먹어치웠다. 그러나 놈이 꿈꾸는 것은 이성을 가진 인간을 먹이로 삼아 애처로운 비명을 들어가며 만족스럽게 식사를 하는 것이다'처럼 쓸데없이 극적인 묘사를 할 때도 있지만 그만하면 꽤 잘 기록하는 편이었다.

그들은 거대한 암석들이 서 있는 곳에서 끝없이 펼쳐진 사막을 지나 이곳까지 8백 킬로미터 이상 비행을 했다. 적도에 가까워질수록 땅은 더욱 건조해졌고 기온은 믿을 수 없을 정도로 높아졌다. 머리 위에는 특이한 모양의 구름들이 빠르게 흘러갔고 장대하고 화려한 석양이 펼쳐졌다. 한번은 멀리서 불기둥 두 개가 치솟는 것을 보았고, 바짝 구워진 땅에 폭포처럼 비를 쏟아붓는 뇌우를 여섯 번이나 만났다. 뇌우가 퍼부을 때면 용들은 격렬한 빗물에 휩싸이지 않기 위해 고도를 높여야 했다.

현 위치가 어디쯤인지 정확히 파악하기 어려웠다. 한 번의 답사로 그려진 지도는 그다지 의지할 만한 정보가 되지 못했다. 위치 파악을 위한 지형지물이라든가 방향을 가늠할 수 있는 풍경도 없었다. 그저 꾸준히 해안 쪽으로 가까이 가고 있다는 것 정도만 알 수 있었다. 그러던 어느 날 아침, 그들은 거친 물살이 흐르는 강을 보았다. 강둑을 따라 담녹색의 거대한 숲이 길게 뻗어 나가 있었다.

그 강이 보이는 곳에서 벗어나는 데만 이틀이 걸렸는데, 강 근처라 그런지 땅은 덜 건조했다. 붉은 모래는 서서히 시야에서 사라지고 숲이 점점 조밀해졌으며 마실 물이 풍부해졌다. 그들은 시원한 바람이 부는 밤에 주로 비행을 했다. 로렌스가 반쯤 눈을 감은 채 익숙하고 쾌적한 바람을 맞고 있는데, 테메레르가 갑자기 강하하더니 야트막한 언덕 꼭대기에 착륙했다.

로렌스는 잠이 확 달아났다. 공기 중에 소금기가 함유되어 있고, 저 아래 물 위에 비친 달빛이 은색 줄을 그리고 있었다. 그 가느다란 달빛의 길이 검은 수평선을 향해 아득히 멀어졌다. 비탈 아래로 맑은 파도가 찰싹찰싹 부딪치는 소리가 들렸다. 그 주변에 조명등이 꽤 많이 켜진 것으로 보아 야영지로 쓰이는 곳이 아닐까 싶었다. 그중 위아래로 깐닥거리는 조명등 한두 개는 어부들이 밤낚시를 하기 위해 타고 나온 카누에서 흘러나오는 불빛 같기도 했다.

그랜비가 목소리를 낮추며 제안했다.

"무턱대고 들이닥치기보다는, 여기서 야영하고 아침에 가서 살펴보는 게 좋겠습니다."

로렌스는 고개를 끄덕였다. 테메레르나 이스키에르카를 아예 눈에 띄지 않게 숨길 수는 없지만 한옆에 있는 거대한 돌 더미를 이용하면 될 듯했다. 그 주변에 몸을 감고 누워 있으면 어둠 속에서 언뜻 봐서는 알아채기 힘들 것이다. 용들을 돌 더미 주변에 배치한 후 그들은 옆에 작은 천막들을 세웠다.

차를 마시며 그랜비가 생각에 잠긴 목소리로 말했다.

"우리가 이 넓은 대륙을 가로질러 여기까지 온 건 정말 대단한 일입니다. 하지만 그 용알이 이미 부화했으면 괜한 헛수고만 한 셈이겠네요."

"아직 부화하지 않았다 해도, 대체 어떤 방법으로 그 알이 있는 곳을 찾아내서 빼내올 생각인지 궁금하군. 겨우 여기서 원주민 마을 하나 발견한 걸 갖고 추적이 끝났다고 생각하는 모양이지."

랜킨은 이렇게 비꼬고는 시저 옆으로 걸어갔다.

로렌스가 그랜비에게 말했다.

"그 알을 찾든 못 찾든 이 여정은 끝났다고 봐야겠지. 알은 이미 부화했거나 가까운 시일 내에 부화할 걸세. 우리는 이미 종착역에 도착했으니 여기서 어디로 더 추적을 하러 가겠나."

로렌스는 테메레르를 바라보았다. 곤히 잠든 테메레르의 숨소리가 아직은 거칠었다.

잠시 후 로렌스는 테메레르 곁에 누워 잠이 들었다.

다음 날 아침, 누군가 곁에 다가와 있는 느낌에 로렌스는 잠이 깨어 피곤한 목소리로 물었다.

"무슨 일이지?"

눈을 뜨고 보니 원주민 남자가 내려다보고 있었다. 키가 크고 얼굴에는 살짝 회색빛을 띤 곱슬곱슬한 턱수염을 기른 자였다. 얼굴은 제 나이처럼 보였으나 몸은 젊은이처럼 탄탄한 근육질이었고, 손에는 느긋하게 창 하나를 쥐고 있었다. 꼬아 짠 허리끈에 달린 천으로 국부만 가리고 있을 뿐 다른 옷은 걸치지 않았다. 그 뒤에 좀더 젊은 원주민 남자 둘이 경계하며 서 있었다.

"로렌스, 어쩌면 이 사람이 우리 용알이나 그 암컷 용을 보지 않았을까?"

테메레르가 흥미로운 눈빛으로 내려다보며 말했다. 테메레르의 이빨이 가까이 다가왔는데도 원주민 남자들은 별로 불안해하는 기색이 없었다. 테메레르는 원주민에게 영어로 그 질문을 했고 프랑스어와 중국어로도 같은 질문을 했다.

"손짓발짓으로 물어보거나, 오디와 시플리를 불러 원주민 언어로 물어보든지 해야겠구나."

로렌스는 이렇게 말하며 테메레르의 등으로 올라가 죄수들이 어디쯤 있는지 사방을 살펴보았다.

"오디!"

로렌스가 부르자 언덕마루에 올라가 있던 오디가 고개를 돌리고 쳐다보더니 언덕을 내려왔다. 다른 죄수 몇 명과 함께 바다를 내려다보던 참이었다.

서둘러 언덕을 내려온 오디가 말했다.

"우리가 아무래도 중국에 도착한 것 같은데요."

"그건 아닐세. 여긴 이 대륙의 해안 지대일 뿐이야. 지도를 읽을 줄 아는 자네가 그런 헛소리를 믿을 줄은 몰랐네, 오디."

"그게 말입니다, 물론 제가 지도는 읽을 수 있죠. 그런데 언덕 너머에서 중국인 네 명을 봤거든요."

"뭐라고?"

그때 옆에서 원주민 남자가 테메레르의 질문에 대답하는 소리가 들렸다. 단편적인 단어의 나열이었지만 중국어였다.

테메레르가 고개를 돌리며 로렌스에게 말했다.

"이 남자 이름은 '갈란두'래. 그리고 여기 용 두 마리가 있다는데."

로렌스는 안장 끈을 잡고 테메레르의 등에서 내려가 언덕 꼭대기로 향했다. 그 너머의 항구에는 폭이 좁고 크기가 작은 평저선 한 척이 정박해 있었다. 새벽빛이 밝아오는데도 고물과 이물에 랜턴을 켜놓은 채였다. 해안 저쪽에는 나무와 돌로 지어진 소규모의 개방형 용 누각이 보였다. 지붕 모서리가 전부 하늘을 향해 치켜져 있고, 그 끝에는 웅크린 작은 용 모양의 조각이 새겨져 있었다.

14

 여행의 마무리를 이런 식으로 어색하고 당황스럽게 하게 될 줄 로렌스는 상상도 하지 못했다. 평범하다 못해 장기간 여행하느라 지저분해진 옷을 입은 그에게 잘 차려입은 남자 열두 명이 젖은 모래사장에서 절을 올렸다. 로렌스가 미처 막을 새도 없이 테메레르가 중국어로 "나는 룽티엔샹이고, 이쪽은 황제의 양자인 윌리엄 로렌스다"라고 소개를 했기 때문이었다.
 황제의 양자라는 지위는 영국 측은 물론이고 중국 측도 함부로 대할 수 없는, 유용하면서도 체면을 그럴듯하게 세워주는 외교적인 장치였다. 그러나 그 지위를 사사로이 이용하는 것 같아 로렌스는 부끄럽고 몹시 쑥스러웠다. 셀레스티얼 품종의 용과 황제의 양자 신분인 그에게 이 중국인들은 궁중 예법에 따라 격식을 갖춰 절을 올려야만 했다. 영국인인 로렌스가 그 절을 받는 게 아무리 봐도 어색하고 어울리지 않았지만, 중국인들로서는 합당한 예를 갖추지 않으면 황제에게 무례를 범한 죄로 죽음을 면할 수 없었다.

갈란두와 그 옆의 원주민 남자들은 흥미롭게 그 의식을 구경했다. 해안에는 임시용이 아닌 주거용 목적으로 지은 중국풍 건물들이 늘어서 있었는데, 그 사이로 원주민들이 편안하게 돌아다니고 있었다. 젊은 원주민 사냥꾼 남자들은 잡아온 짐승들을 조리용 구덩이에 넣고 있었고, 용 누각에 딸린 넓은 안뜰에서 일하는 원주민 여자들은 중국인들이 테메레르와 로렌스에게 절을 올리는 모습을 재미있게 구경했다.

중국인들은 이 의식에 대해 불쾌한 감정을 가졌을지도 모르지만 겉으로 드러내지 않았다. 모래사장에서 일어선 그들은 로렌스와 테메레르를 용 누각으로 초대했다. 용 누각의 문지방을 넘어가던 로렌스는 당황해서 걸음을 멈추었다. 부화한 지 일주일 정도 되어 보이는 옐로 리퍼 품종의 암컷 한 마리가 작은 분수 옆의 돌 위에서 편안하게 잠들어 있고, 그 곁에서 원주민 여자 몇 명이 돌멩이를 부지런히 닦고 있었다.

발소리에 눈을 뜬 용이 고개를 들고 말했다.

"아, 드디어 왔군요. 내 이름은 타룬카입니다."

용은 원주민 여자들 중 한 명에게 그들 언어로 무슨 말인가를 하고는 비판조로 덧붙였다.

"나를 쫓아오는 데 참 오래도 걸렸군요."

테메레르는 용 누각 안으로 머리를 들이밀며 말했다.

"어쨌든 무사히 부화했으니 우리 앞에서 불만 늘어놓을 거 없어. 여기 있는 원주민들은 누구고, 이들이 무엇 때문에 널 훔쳐

갔는지 알고 싶은데?"

"이들은 라라키아 족이고, 내가 들어 있는 알을 피찬차차라 족한테서 넘겨받았어요. 피찬차차라 족은 위라주리 족한테서 넘겨받았고요. 내가 절실히 필요해서 데려온 거니까 이들한테 너무 화내지 마세요. 보시다시피, 여기서는 멀리까지 상품을 실어 보내는 일을 하고 있는데 부족마다 언어가 달라서 곤란을 겪고 있어요. 시드니에 있는 사람들 중에 이 부족들 모두와 말이 통하는 이가 하나도 없잖아요. 하지만 나는 알 속에서 이들의 언어를 전부 배웠기 때문에 가능해요. 그리고 지금은 최대한 중국어를 많이 습득하려 노력하고 있어요. 중국인들이 내게 상당히 많은 보석을 선물로 주었거든요."

현재 상황에 만족하는 듯한 타룬카에게 이스키에르카가 물었다.

"보석이라니, 어디?"

타룬카는 옆에 놓인 커다란 바구니에 코를 가져다 댔다. 바구니에는 윤기가 흐르는 반짝이는 오팔들이 가득 채워져 있었다. 그리고 그 주변에 앉은 원주민 여자들은 더 많은 오팔을 손에 쥐고 광을 내고 있었다.

잠시 후, 목이 시원해지는 산뜻한 향의 차를 사발에 담아 마시며 테메레르가 이스키에르카에게 말했다.

"보석들을 바구니에 담아둬봤자 별로 유용하진 않을 텐데. 금실에 꿰어 몸에 걸치면 아주 멋지겠지만. 바구니째 몸에 걸칠 수는 없잖아. 그랬다간 영락없이 멍청이처럼 보일 테니까.”

 “글쎄, 나는 그중 일부라도 갖고 싶더라. 특히 짙은 색 오팔들이 반짝거리는 게 마음에 들었어. 그랜비, 우리도 금을 더 많이 갖고 올걸 그랬나 봐. 근처에 포획할 만한 전리품이 뭐 없을까?”

 그랜비는 단호하게 없다고 대답했다.

 이 소도시의 시장은 ‘지아 전’이라는 서른 살의 중국인이었다. 이 외딴 도시의 책임자 노릇을 하기에는 젊은 나이지만, 넘치는 활기로 곧잘 이끌어나가는 듯했다. 지아 전은 이 용 누각은 용 방문객들의 편의를 위해 건축된 것이라며, 로렌스 일행에게 성실하고 상세한 설명을 해주었다. 용 누각 안뜰 건너편에는 크고 안락한 분위기의 중국풍 건물이 있었는데 숙소로 쓰이는 곳이라고 했다. 그 건물에서는 항구의 풍경이 훤히 내다보였다.

 로렌스는 이곳 중국인들과 마음 편히 어울릴 수가 없었다. 그들은 로렌스가 황제의 양자 신분이니만큼 중국 문화에 조예가 깊을 것이라 생각했는데, 실상은 그렇지 않기 때문이었다. 중국에서 황제의 궁전에 단기간 머무는 동안에도 궁중 예법은 늘 로렌스를 당황하게 만들었고, 시간이 많이 흐른 지금도 익숙해지지 않기는 마찬가지였다. 중국인들이 어떤 목적으로 이곳에 와 있으며 그 목적을 얼마나 달성했는지 궁금했지만, 어떤 식으로 물어봐야 할지 갈피가 잡히지 않았다. 중국인들은 이곳을 식민지로 삼을 생각인 것일까? 그럴 가능성은 별로 없어 보였다. 마땅한 상선단도 보유하고 있지 않았고 항구에는 작은 평저선뿐이었다. 그 평저선을 타고 중국에서 여기까지 왔을 리는 없었다.

만약 그랬다면 바다에 빠져 죽지 않은 것만으로도 엄청난 행운이라 할 수 있었다.

로렌스는 미심쩍어하며 지아에게 말했다.

"여기까지 오는 길이 편안하지는 않았겠군요. 중국에서 해로로 삼천이백 킬로미터가 넘으니 말입니다."

"지루하기는 했습니다. 바다를 건너오는 데 이 주일이나 걸렸으니까요! 어쩔 수 없이 견뎌야 했죠."

단 2주일 만에 중국에서 여기까지 왔다니 믿기지 않았다.

그날 오후, 거대한 날개를 가진 암컷 용이 용 누각 앞에 착륙하여 한껏 하품을 하며 안뜰 분수에서 물을 마시는 모습을 보고서야 로렌스는 의문이 풀렸다.

놀라서 입이 벌어지지 않던 로렌스는 잠시 후 그랜비에게 말했다.

"그래도 중국인들이 용의 힘을 빌려 이곳을 식민지화하는 건 불가능하다고 보네."

중국에서 이곳까지 2주일밖에 걸리지 않는다니! 계절풍을 잘 타고 온다 해도 해로로는 2개월 이상 걸릴 것이다.

그랜비는 거대한 날개를 가진 용을 바라보며 신중하게 말했다.

"아마도 그렇겠죠. 저 용은 정말 대단하지만, 가까이서 보니까 날개만 크지 몸집은 그리 크지 않네요. 일 톤 이상은 짐을 실을 수도 없겠어요."

타르케가 나섰다.

"저도 그 점이 궁금합니다. 일주일에 시드니로 유입되는 밀수품 무게만 수 톤에 달하는데, 중국인들이 저런 용을 잔뜩 데리고 있다면 모를까 불가능한 일입니다."

그러나 테메레르의 설명을 들어보니, 그 암컷 용과 같은 품종의 용은 그리 많지 않다고 했다. 테메레르가 수집해 온 소식은 한편으로는 마음을 불안하게 했다. 그 암컷 용의 이름은 '룽션리'이고, 새로이 만들어진 품종이며 같은 품종의 용은 단 네 마리뿐이라고 했다.

"황태자의 명령으로 장거리를 비행할 수 있는 품종을 개발한 거래. 삼 년에 걸친 연구 끝에 만들어졌다나 봐. 하지만 이렇게까지 비행을 오래 할 수 있는 건 룽션리뿐이고, 같은 해에 태어난 같은 품종의 용들은 한 번에 이삼 일 정도밖에 비행을 못 한대."

"겨우 삼 년 만에 만들었다고?"

그랜비는 감탄해 마지않으며 룽션리를 바라보았다. 룽션리는 햇빛을 받으며 몸을 뻗고 누워 있었다. 호박색으로 빛나는 거대한 날개에는 어두운 색깔의 핏줄과 힘줄이 미세한 가지처럼 퍼져나가 있었다.

"어떻게 그럴 수가 있지. 완전히 새로운 품종의 용을 만드는 작업을 중간 단계까지 진행하는 데만도 이십 년은 족히 걸려. 그래봤자 절반은 장님인 용밖에 못 만든다고."

"아, 그건 비책을 알지 못해서야. 룽션리한테 들었는데, 중국에서는 명 왕조 때부터 용의 교배에 대해 연구했고, 교배 기록도

다 남아 있대."

"그럼 진즉에 저런 용을 만들지 왜 얼마 전에야 만든 거지?"

이번에는 로렌스가 대답했다.

"그럴 마음이 없어서였겠지. 보수파가 허락하지 않았을 거야. 보수파 수장인 용싱 왕자가 죽은 후에야 비로소 황태자가 저런 용을 만들도록 명령을 내린 것이니까."

이 일이 대영제국에 미칠 영향을 생각하느라 모두 침묵했다. 중국은 국외로 세력을 뻗어나가기로 결정했고 이제 필요한 수단까지 갖추었다.

그랜비가 물었다.

"이 도시를 놓고 우리가 중국인들과 싸워야 한다고 보십니까? 이 대륙에서 어느 만큼의 땅이 영국 영역인지 모르겠어서요. 사실 여기가 어디쯤인지도 확실히 모르겠고요."

로렌스는 방바닥에 지도를 펼쳤다. 기존에 알려진 지형지물을 보고 온 것이 아니라서 위치를 파악하기가 쉽지 않았다. 로렌스가 마침내 입을 열었다.

"우리는 동경 백삼십 도 근처에 와 있는 것 같네. 그럼 이곳은 영국이 식민지로 선포한 구역에 속하지 않는 것이지. 쿡 선장은 동경 백삼십오 도 동쪽의 땅을 '뉴사우스웨일스'로 선언했으니까. 네덜란드인들도 일부 땅을 식민지로 삼았단 얘기는 들었는데 어디였는지는 잘 기억나지 않는군."

"흠, 저는 정치 같은 건 잘 모르지만, 이런 정보라면 영국 정부에서도 확보하고 싶어하겠군요. 당장 시드니로 가서 얼리전스 호를 통해 소식을 전한대도 정부에는 십일 개월 후에나 소식이 들어갈 텐데, 그것보다는 빨리 전달받기를 원할 것 같습니다."

그 외에도 이곳 상황에 대해 궁금한 점이 한두 가지가 아니었다. 그날 저녁 타르케는 조용히 방에서 나갔다가 돌아와 상황을 알려주었다. 해안에 딸린 구조물들이 겉보기처럼 단순하지만은 않더라고 했다. 부두에 도르래도 설치되어 있고, 해변을 따라 돌로 포장된 중국식 도로가 깔려 있는데 용들도 통행할 수 있을 정도로 아주 넓다고 했다. 그리고 이렇게 덧붙였다.

"그 주변에 건물 두 채가 있던데, 비관적인 쪽으로 생각하자면 창고나 막사일 가능성도 있습니다."

정치적인 문제들이 뒤엉켜 있기는 하지만, 로렌스는 이곳에 중국인들이 와 있어서 한편으로는 다행이라 생각했다. 중국인들 중에는 신품종인 룽셴리의 건강을 위협할 수 있는 합병증을 미연에 방지하기 위해 일하고 있는 남자 의사가 한 명 있었는데, 그는 깍듯이 예를 갖춰 테메레르의 목 상태에 관해 도싯과 논의하면서 자기네가 보유하고 있는 약재를 이용한 치료 방법을 제안했다. 그리고 지아 전이 식량을 넉넉하게 내준 덕분에, 꿍쑤는 신 나게 솜씨를 발휘해 용들을 먹이고 있었다. 지난 2개월에 비해 지난 일주일간 테메레르는 무척이나 흡족한 식사를 했고, 그 덕분인지 눈에 띌 정도로 몸이 많이 회복되었다.

쿠링길레의 왕성한 식욕을 감당하고도 남을 만큼 이곳에는 먹을 것이 풍부했다. 갓 잡아 올린 물고기들을 제 몸집만큼 쌓아두고 먹으면서 쿠링길레는 처음으로 흡족하게 배가 부르다는 표정이었다. 그리고 그 이유보다는 덜 중요하지만, 오랫동안 고된 여행을 한 끝에 문명화된 항구 도시에서 품위 있는 환대를 받으니 쿠링길레에게는 여기가 천국 비슷한 곳으로 느껴졌다. 이곳이 꼭 낯설게만 느껴지지도 않았다.

그렇지만 로렌스로선 환대에 고마운 마음이 들수록, 이 도시가 야기하게 될 첨예한 갈등 상황을 떠올릴 수밖에 없었다. 가만히 지켜보니 이곳을 드나드는 자는 중국인들, 그리고 중국인들과 협력 관계를 맺고 있는 원주민 라라키아 족뿐만이 아니었다. 로렌스 일행이 도착한 지 이틀 후, 인도네시아 마카사르 족의 프라우선(인도네시아 지방의 쾌속 돛배―옮긴이)이 해삼 채취를 위해 항구로 들어왔다. 프라우선과 함께 들어온 작은 카누들은 함대를 이루어 해안을 출발했고 그 카누에 탄 말레이 족 잠수부들이 근해에 뛰어들었다. 저녁 무렵, 마카사르 족은 잡은 해삼들을 해변에 늘어놓고 수를 헤아리더니 손질할 준비를 했다. 모닥불을 피우고 그 위에 바닷물이 담긴 큰 통을 얹고 해삼을 끓인 다음, 낮 동안 강렬한 햇빛에 건조시키기 위해 그 시커먼 해삼들을 꺼내 틀 위에 늘어놓았다.

마카사르 족은 신선한 해삼 외에 가끔 진주조개도 잡아 올렸다. 그들은 진주를 비롯해 오팔과 말린 향신료를 내주고 중국 상품들을 받아갔다. 이곳 시장은 생긴 지 얼마 되지 않아 규모가 작고 항구 지역에만 국한돼 있었지만, 빠르게 자리를 잡아가는 분위기였다.

지아는 숙소로 쓰이는 건물의 남쪽 별관을 로렌스 일행에게 내주며 편하게 머물라고 했다. 별관에 다 들어가기에는 사람 수가 너무 많아 하급 장교들과 죄수들은 건물 뒤의 부지에 천막을 설치했다. 바닥이 고르지 않아 약간 손을 봐야 했다. 그 건물은 습도가 높은 열대기후에 맞게, 얇은 벽을 통해 시원한 바람이 들어오도록 설계되어 있었다. 로렌스는 이런 식으로 지어진 건물은 처음 보았다.

용알의 생사를 확인했지만 로렌스 일행은 급하게 떠날 수 없는 상황이었다. 일행 중 네 명이 병이 나서 드러누웠고, 로렌스도 이상하게 기운이 쭉 빠졌다. 용알을 되찾아야 한다는 일념으로 죽기 살기로 이곳까지 날아왔는데, 뜻밖의 호사를 누리다 보니 긴장이 풀리면서 그간의 피로가 한꺼번에 몰려왔고, 이 고립된 도시의 독특한 분위기에 사로잡히면서 쉬이 출발하기가 어려워졌다. 지금 출발하면 시드니까지 족히 2개월은 걸릴 것이고, 시드니 항구를 떠나는 배편으로 이곳 상황에 대한 보고서를 보내면 영국 정부에 전해지기까지 또 최소 6개월이 걸릴 터였다. 어차피 그렇게 오래 걸릴 테니 여기서 하루쯤 느긋하게 지낸다 해도 달라질 게 별로 없을 듯했다. 용알을 찾아야 한다는 의무감, 스스로 먹을거리를 찾아야 한다는 중압감에서 벗어나니 하루만 쉬자던 것이 일주일로 늘어났다. 그러다가 겨우 시드니로 출발할 결심을 세웠는데, 지아가 찾아와 초승달이 뜨는 밤에 열리는 연회에 참석해달라고 했다. 앞으로 일주일 후에나 열리는 연회였다.

여기서 후한 대접을 받으며 늘어지게 쉬어놓고 이제 와서 초대를 거절하는 것은 말이 되지 않았다. 초대를 거절하고 시드니로 당장 돌아가겠다고 나선다면 그런 무례도 또 없을 것이라고 로렌스는 생각했다.

랜킨이 말했다.

"그런 야만인들의 연회에 참석하는 게 합당하다고는 생각하지 않소. 저들은 영국의 무역에 손해를 끼치며 우리의 이익을 침해하고 있고 조만간 영국 정부와 대립하게 될 자들이란 말이오. 그래도 당신이 그 자리에 참석해야 한다고 우긴다면 우리야 기다릴 수밖에 없겠지. 게다가 이렇게 초라한 차림으로 연회에 참석하는 것도 퍽이나 보기 좋을 거요."

그러나 그랜비의 생각은 달랐다.

"우리가 지금 누더기와 다름없는 옷을 입고 있기는 하지만, 연회 초대를 거절한 무례한 놈들이 되는 것보다는 이런 차림으로라도 참석하는 게 옳다고 보는데요. 그리고 랜킨 대령, 그동안 저들은 대령에게 식사를 융숭히 대접했고 시저에게 다랑어도 잡아다 줬습니다. 그런데도 정말 거절하실 생각입니까?"

나중에 로렌스는 테메레르에게 따로 얘기를 했다.

"연회에 참석해 친밀하게 대화를 나누다 보면 저들이 무슨 목적으로 여기에 와 있는지 약간이나마 정보를 얻을 수 있을 것 같아. 양국 관계가 어색해질 수도 있는 문제이니만큼……."

"나는 잘 모르겠어, 로렌스. 우린 엄청 먼 거리를 날아서 여기까지 왔잖아. 중국인들이 여기 있는 게 시드니에서 관여할 일인가? 그리고 나중에라도 기회가 생기면 여길 한 번쯤 다시 방문하는 것도 재미있을 것 같아. 지아 전 씨가 그러는데, 내가 시드니에서 이곳으로 편지를 보낼 수 있게 해주겠대. 룽션리를 시드니로 보내 편지를 배달하게 하면 된다더라고. 우리가 머물기로 한 골짜기가 어디쯤인지도 지도를 그려 룽션리한테 보여줬는데, 울루루에서 일주일 거리도 안 될 것 같으니까 이따금 편지 전달을 해주겠다고 했어."

"울루루?"

"거대한 암석으로 이루어진 산 말이야. 우리가 룽션리를 처음 보았던 곳. 이 사람들이 피찬차차라 족에게 중국 상품을 내주는 곳이 바로 거기래. 피찬차차라 족은 그 상품들을 받아서 다른 부족들에게 보내는 일을 하고. 워낙 큰 암석 산이라서 공중에서도 눈에 확 띄잖아. 나중에 룽션리가 시드니로 직접 그 상품들을 가져와도 괜찮을 것 같아."

그러나 그건 영국 정부에서 좋아할 만한 일이 절대 아니었다.

로렌스는 어떻게든 중재에 나서야겠다는 생각이 들었다. 이 도시는 만들어진 지 얼마 되지 않았고 아직까지는 시장 규모도 작아서, 완전히 자리를 잡고 대규모로 상품이 오가지는 않고 있었다. 중국인들이 이곳에 자리 잡은 궁극적인 목적을 알아낸다면, 협의를 통해 타협점을 찾아낼 수도 있을 것이다. 지아가 서신 왕래에 도움을 주겠다고 했으니, 영국 대사로서 베이징에 머물고 있는 아서 해먼드에게 편지를 보낼 수도 있겠다는 생각이 들었다. 해먼드는 일찍이 영국이 테메레르를 계속 보유하도록 중국과 협상을 하고, 유일한 개방 항구인 광둥에서 영국이 유리하게 활동할 수 있는 조약을 이끌어낸 바 있었다.

로렌스는 그랜비에게 말했다.

"배달 도중에 누가 편지를 뜯어서 읽어볼 가능성도 배제할 수 없겠지만, 지아 편에 보내지 않으면 편지를 전하는 데만 일 년 가까이 걸릴 걸세. 우리보다는 정치 감각이 뛰어난 해먼드의 힘을 빌리는 편이 낫지."

"그럼요. 영국 정부보다는 해먼드 씨한테 맡기는 게 낫죠."

그렇게 대답하더니 그랜비는 타르케에게 물었다.

"영국 정부의 멍청함이라면 우리보다 타르케 씨가 잘 아시겠네요?"

타르케는 어깨를 으쓱할 뿐이었다.

그런데 대화를 통해 지아의 의중을 알아내는 것도 쉽지는 않을 듯했다. 어설프지 않게 뜻을 잘 전달하고 잘 알아들어야 하는데, 로렌스는 아는 중국어가 얼마 되지 않고 그나마 반쯤 잊어버려서 테메레르가 통역해줘야 했다. 잘못하면 위협이나 간섭으로 비칠 수 있으니 접근하기도 조심스러웠다. 그들을 극진히 대접해준 지아 전의 감정을 상하게 할 수도 있고 지독한 결례를 범하는 꼴이 될 수도 있었다. 그러나 로렌스는 중국과 영국 모두에 책임감을 느꼈다. 현재 자신의 처지는 중재 일을 하기에 적합하지 않을지도 모르지만, 이곳에 와서 현장을 목격한 만큼 교섭 담당자로 나설 수밖에 없다고 생각했다.

로렌스가 보기에 중국은 원주민들과 외교적 관계를 형성하고 무역 확대로 수익을 늘리려는 것일 뿐, 이곳에 중국인들을 이주시키는 데 중점을 두는 것 같지는 않았다. 그렇지만 이 상황을 알게 되면 영국 정부는 식민지 침해 행위뿐 아니라 영국의 무역에 손해를 끼치는 행위에 대해 중국 측에 항의할 것이다.

중국은 막대한 공군력을 보유하고 있기는 하나, 이곳에는 비행 능력이 뛰어난 라이트급 용 한 마리밖에 보내지 않았다. 룽선리와 같은 품종인 나머지 용 세 마리를 전부 이곳으로 보낸다 해도, 영국의 해군력이나 현대식 무기에 맞서기에는 역부족이었다.

그러나 다음 날 아침, 로렌스의 그 모든 걱정과 계획은 부질없게 되고 말았다. 파도를 타고 소규모 선단이 항구로 들어오고 있었다. 좁고 긴 카누들을 옆에 거느린 마카사르 족의 프라우선이었는데, 잘 익은 열대 과일들이 잔뜩 실려 있었다. 그들은 나무를 깎아 만든 배들을 해변에 조심스럽게 대고, 다른 물건들이 쌓인 곳 옆에 과일들을 내려놓았다. 그들 중 지휘관으로 보이는 자들은 해변에서 환영 의식을 치른 후, 숙소로 쓰이는 건물의 다른 별관으로 안내되었다. 그후 꿍쑤가 대규모 연회가 열릴 거라며 준비 과정을 도우러 가도 되는지 물어왔고, 결국 로렌스는 저녁 연회가 단순히 개인적인 모임이 아님을 알게 되었다.

속속 도착하는 손님들을 상대하느라 지아는 로렌스와 따로 만나 얘기를 나눌 수 있는 상황이 아니었다. 다음 날 아침, 잠에서 깬 로렌스는 부두로 또 다른 배가 들어오는 것을 보았다. 대포 6문이 장착된 작고 깔끔한 슬루프선으로 미국에서 온 배였다. 그날 저녁에는 네덜란드 배도 들어왔다.

항구의 움직임을 유심히 관찰하던 타르케가 말했다.

"시드니로 들어오는 상품들은 얼마 되지 않고 대부분 다른 곳으로 많이 나가는 것 같군요."

연회가 열리기로 한 날 저녁, 포르투갈의 바크형 범선도 부두로 들어와 닻을 내렸다. 스파이 노릇을 할 생각은 없었지만 로렌스는 작고 묵직한 상자 수십 개가 해변으로 내려졌다가 엄중한 감시 속에 용 누각으로 운반되는 것을 목격했다. 그 대가로 비단과 도자기, 찻잎이 가득 든 짐들을 내주는 것을 보고 그 묵직한 상자에 주화가 잔뜩 들어 있음을 짐작할 수 있었다. 그러나 비단과 도자기, 찻잎 들이 어디서 어떻게 온 것인지는 알 수 없었다.

"왜 저들이 공중으로 짐을 나르지 않는지 모르겠어."

테메레르는 멍하게 말했다. 금화와 은화로 가득한 상자들이 용 누각의 한쪽 구석에 놓여 있고, 해변에 마련된 요리용 솥에서 맛있는 냄새가 풍겨오고 있으니 누구든 정신이 산란해질 수밖에 없을 것이다. 아! 참깨를 볶는 고소한 냄새. 여자들이 잘 익은 아름다운 용안 열매들을 용 누각 안으로 가지고 들어와 거대한 사발에 담고 있었다. 구경만 하고 있자니 엄청난 자제심이 요구되었다. 테메레르는 연회가 시작될 때까지 참을 수 있을지 확신이 서지 않았다.

테메레르가 말했다.

"룽션리가 돌아오면 그때 물어볼게. 그런데 로렌스, 당신한테

만 하는 말인데, 아무래도 룽선리는 뭔가 특이한 용인 것 같아. 그 긴 날개로 장시간 비행을 할 수 있는 능력도 대단하고. 무척 유쾌한 성격이라서 그 용에 대해 나쁘게 말하는 이도 없더라. 그런데 아무도 말을 걸지 않으면 몇 시간이고 한마디도 하지 않고 가만히 앉아 있는 거야. 무슨 생각을 하느냐고 물으면, 생각하는 걸 멈추기 위해 노력하는 중이라고 하더라고."

굉장히 화려한 연회가 될 것으로 예상되자 테메레르는 초조해졌다. 지금 자신의 몰골이 말이 아니기 때문이었다. 여기까지 오는 동안 살이 빠지면서 수척해졌고, 바닷물에 몸을 담그고 문질렀지만 가죽 사이사이에 낀 붉은 먼지를 다 씻어내기엔 충분치 않았다. 비늘은 윤기를 잃었고 날개 가장자리도 너저분했다. 펜던트도 여기저기 긁히고 움푹움푹 파여서 수리를 부탁했는데, 펠로우스가 최선을 다해 두드려주었지만 완벽하게 복원되지는 않았다. 솜씨 좋은 대장장이가 있으면 얼마나 좋을까 싶었다.

발톱씌우개라도 있으니 다행이었다. 몸에 윤기가 없다며 고민하는 테메레르에게 타룬카는 건조하고 더울 때 가죽에 바르는 거라며 자기가 쓰던 기름을 나눠주었다. 그 기름을 발라보니, 검은 비늘에 윤기가 나면서 우아한 분위기가 풍겼다.

"이거라도 줄 수 있어서 기뻐요. 나 때문에 이 먼 길을 오게 만들어서 미안하게 생각하고 있어요."

타룬카는 정중하게 사과하며 말을 이었다.

"그렇지만 당신 일행에 합류할 생각은 없어요. 당신의 비행사는 괜찮은 사람이던데, 나머지 장교들 중에는 그런 사람이 없더군요. 당신이랑 함께 온 그 장교들 중에 마음에 드는 이는 하나도 없었어요. 하나같이 자기 말만 옳다고 우겨대니, 동료 의식을 갖고 감정을 나누는 것이 애초에 불가능해 보이더군요. 나만의 비행사는 없지만, 밤낮으로 교유할 이들은 많아요. 이곳의 라라키아 족이라든지 내륙의 다른 부족들과 교유하면 돼요. 난 공군 기지나 선박, 외로운 골짜기에서 잠들고 싶지 않아요."

테메레르는 타룬카가 나름으로 현명한 결정을 내렸음을 알 수 있었다. 리퍼 품종의 용들이 대부분 그렇듯, 타룬카도 두루두루 많은 이와 교제하고 싶어했다. 사실 테메레르가 이곳에서 로렌스 외의 다른 공군들과 폭넓게 교유하지 않는 것은 그들이 변변찮은 작자들인 탓도 있었다. 그런 면에서 타룬카는 그 공군들을 정확히 본 것이다. 그자들은 쓸데없이 수다나 떨고 불평해대는 짓을 그만둬야만 좀더 나은 인간으로 거듭날 것이다.

테메레르는 자신과 로렌스의 현재 모습이 남들 앞에 내세울 만하지 않다는 걸 알고 있었다. 이번 연회는 그들이 이 대륙에 들어와 참석하는 제일 크고 중요한 모임인데, 지금 갖고 있는 옷을 입고 참석한다면 로렌스의 체면이 말이 아닐 것 같았다. 자존심 때문에 갈등했으나 결국 테메레르는 자존심을 버리기로 했다. 그리고 용 누각으로 찾아온 지아 전에게 고개를 살짝 숙이며 쑥스러움을 누르고 그간의 사정 얘기를 시작했다. 오랫동안 이어진 여행, 나폴레옹의 침략 이후 불안정한 영국 분위기, 옷가지를 제대로 챙겨 다닐 상황이 아니었던 점 등을 설명하려는데……

지아 전은 더 길게 말하지 않아도 된다며 더없이 공손하게 말했다.

"그렇지 않아도 이 작고 초라한 도시를 대표해 예복을 선물로 드리고 싶었습니다. 저희가 솜씨가 부족하고 쓸 만한 옷감이 별로 없어서 자칫 무례가 될까 봐 여쭙지 못하고 있었습니다."

테메레르는 무척 고마웠다.

"아, 다행이네요. 이제 로렌스가 체면을 구기지 않아도 되겠어요……."

그런데 막상 지아가 가져온 옷감은 테메레르의 예상보다 훨씬 고급이었다. 재고 중에 진청색 비단이 아직 남아 있었던 모양이었다. 초록색과 노란색 실도 가져왔는데 노란 실로 바느질을 하면 금실처럼 보일 것 같았다. 알아보니 시플리가 예전에 재단사로 일한 적이 있다고 해서 그에게 옷 짓는 일을 맡기기로 했다. 지아 전의 공식 행사용 예복을 보여주고 금화를 조금 쥐여주자 시플리는 신이 나서 엄청난 속도로 옷을 만들기 시작했고, 테메레르의 부탁을 잊지 않고 자수까지 살짝 놓아주었다.

예복이 거의 완성되어갈 때쯤, 타룬카가 찾아와 선의의 선물을 내밀어 테메레르를 더욱 흡족하게 해주었다.

"테메레르, 라라키아 족이 이번 사태에 대해 생각한 끝에 결론을 내렸어요. 위라주리 족이 애초에 당신에게서 내가 들어 있던 용알을 가져온 것은, 그곳이 아무리 위라주리 족의 영토였다 하더라도 법도에 어긋나는 짓이었어요. 내가 누군가의 사냥으로 함부로 옮겨 다닐 용이 아니기도 하고요. 하지만 이제 와서 나를 도로 내줄 수도 없게 되었으니 대신 선물을 드리면 어떻겠느냐고 말하더군요. 그리고 선물로 오팔을 드리자는 건 내 생각이었어요. 그 예복에 장식하면 멋질 것 같아서요. 예복이 정말 곱네요!"

기분이 좋아져서 살짝 흥분한 테메레르가 말했다.

"그것 참 세련된 방식이구나. 나도 네가 사려 깊은 사람들 사이에서 부화해서 기뻐, 타룬카. 라라키아 족에게 용이 한 마리도 없었던 게 그들 잘못은 아니지. 그들이 용을 가질 자격이 없다고 말할 사람은 아무도 없을 거다."

시플리는 타룬카가 가져온 오팔들을 예복 소매와 밑단에 가늘고 고운 실로 꿰매어 붙였다. 완성된 예복을 들고 확인해보니, 흠잡을 곳이 없었다.

옷 가까이 코를 들이밀고 쳐다보던 시저가 "좀 멋지긴 하네"라며 마지못해 인정했다.

이스키에르카는 질투심에 불타 증기를 뿜으며 탄식했다.

"저 배들을 전리품으로 잡으면 좋겠는데, 그랜비는 왜 못 하게 하는지 몰라. 내 보물들을 좀더 많이 이곳으로 가져왔어야 했는데!"

테메레르의 부탁으로 지아 전은 용 누각에서 로렌스에게 예복을 건넸다. 그래야 테메레르가 볼 수 있기 때문이다. 화려한 예복을 받아 든 로렌스는 한동안 아무 말도 하지 못했다. 로렌스가 그 고급스러운 옷을 팔에 걸친 채 내려다보기만 하자 참다못해 테메레르가 재촉했다.

"어서 입어봐, 로렌스. 몸에 딱 맞지 않으면 아직 저녁까지 시간이 있으니까 손보면 돼."

그러나 그런 걱정은 할 필요 없었다. 예복은 몸에 아주 잘 맞았으니까.

"테메레르, 정말 공을 많이 들인 옷이로구나. 배려해줘서 고맙고……."

테메레르는 한결 밝아진 목소리로 말했다.

"별거 아니야, 로렌스. 원래 당신이 마땅히 입었어야 하는 옷이야. 보고 있으니까 기분 정말 좋다! 나 때문에 당신이 재산을 몰수당해서 그동안 마음이 편치 않았는데, 지금 보니 은행에 돈을 쌓아두는 것보다는 이런 예복을 입는 게 훨씬 기쁜 일 같아. 세상 어디서도 이것보다 더 멋진 옷은 살 수 없을 거야."

"그런데…… 연회에 이런 옷을 입고 가도 될지…… 너무 지나친 게 아닌가 싶어서……."

"전혀. 지나치긴 뭐가? 예복을 제안한 게 바로 지아 전 씨인데. 그리고 로렌스 당신은 황제의 아들이잖아. 그러니 제일 화려한 차림을 하는 게 당연해."

그랜비가 말했다.

"이런 맙소사. 우아, 로렌스. 절 쓰레기라고 불러도 상관없지만, 이왕 그렇게 불릴 바엔 정직한 쓰레기라도 돼야겠어요. 이게 거짓말이면 제 금단추와 비단 외투를 삼키고 저에게 내려진 축복도 버리겠습니다. 단언하는데, 바보처럼 안 보입니다."

그랜비는 로렌스의 마음을 진정시키기 위해 덧붙였다.

"마치 당장이라도 '저놈들의 머리를 잘라라!' 하고 명령할 것 같은걸요. 바보 같은 분위기는 절대 아니라는 뜻입니다."

"고맙네."

로렌스는 담담하게 말했으나 이미 바보가 된 기분이었다. 동양의 군주와 흡사한 옷차림을 함으로써 거짓으로 남을 속이는 셈이었다. '황제의 양자'라는 신분은 로렌스에게 아직 낯설고 어떻게 처신해야 할지 당황스럽기만 한데, 이런 차림을 한다는 것은 우스꽝스러운 허세에 지나지 않았다.

그러나 달리 어쩔 수는 없었다. 테메레르가 무척 기뻐하는 데다가 선물을 준 지아 전에게도 예의를 지켜야 했다. 값비싼 재료로 공들여 만든 예복을 격식까지 갖춰 증정하니 어떻게 반발할 수 있겠는가. 그렇지만 로렌스는 자신에게 이 예복은 어울리지 않음을 잘 알고 있었다. 영국인 동료들도 우스꽝스럽다 여길 것이고, 눈치를 챈 중국인들도 배꼽을 잡을 것이다. 자신이 식사하는 동안 그들이 웃다가 졸도하는 일이나 없길 바랄 뿐이었다. 그런 일이 벌어지면 모든 이의 관심이 그에게 쏠릴 텐데, 하필이면 로렌스가 앉아야 할 자리는 상석으로 테메레르 옆자리였다.

숙소용 건물 앞의 널찍한 안뜰에 식탁들이 차려졌다. 용 다섯 마리도 정식으로 초대받아 참석했고 하인들이 그 사이를 누비며 시중을 들고 있어서 안뜰은 다소 혼잡한 분위기였다. 네덜란드와 포르투갈 선원들 중 일부는 이 덩치 크고 이빨이 발달한 용들을 불안한 눈초리로 힐끔거렸으나 큰 소리로 항의하는 이는 없었다. 랜킨은 시저의 간곡한 설득 끝에 황송하게도 연회에 참석해주었다.

시저는 이렇게 말했다.

"외국 손님들도 저렇게 많이 왔는데, 국왕 폐하의 정부를 공식적으로 대표하는 상급 대령인 당신이 불참하면 모양새가 정말 이상할 거야. 게다가 로렌스가 마치 공식적인 대표인 것 같은 잘못된 인상을 줄 수도 있어."

로렌스는 그런 인상을 풍길 의향이 전혀 없었고 다른 이에게 기꺼이 양보하고 싶었으나, 연회장으로 들어가자 다른 자리보다 한 단 높은 곳에 놓인 큰 의자로 안내되었다. 중국에서는 이것이 옥좌 같은 개념이 아닌지 의심스러웠다. 옆자리의 테메레르는 군데군데 검은 페인트로 칠을 하기는 했지만 몸에 윤기가 흘렀고, 로렌스의 옷에 달기에 부적합한 오팔들을 따로 모아 몸을 장식했다. 로렌스의 다른 쪽 옆에는 라라키아 족 추장들 중 한 명이 앉아 있었다. 라라키아 족 가운데 제일 연장자인 그 추장은 로렌스의 복색을 보고 우스운 농담이라도 즐기듯 얼굴에 웃음을 띠었다.

나머지 공군들은 그나마 덜 상한 옷을 골라 입었음에도 오랜 기간 여행을 한 터라 다소 초라하고 지저분한 인상을 풍겼다. 그러나 랜킨만은 대륙을 가로질러 오는 동안에도 공식적인 파티용 옷을 잘 보관한 덕분에 깔끔한 복장이었다. 용맹함을 나타내는 작은 훈장을 옷에 달고 크라바트에 간단한 넥타이핀을 꽂았을 뿐 별다른 장식을 걸치지 않았음에도, 얼룩 하나 없는 긴 양말이며 윤기가 흐르는 죔쇠 달린 신발에 이르기까지 일행 중에 단연 품위가 있어 보였다.

"랜킨은 평범한 차림이네."

테메레르는 흡족해하며 속삭였으나 로렌스는 한숨을 쉬었다.

지아 전은 중국어로 축배사를 하는 것으로 연회를 시작했다. 로렌스는 그 내용을 다 알아듣지는 못했지만 들리는 말만으로도 얼굴이 절로 붉어졌다. 그런데 옆에 앉은 테메레르는 뿌듯해하며 그 말을 곱씹었다. 목소리를 낮추기는 했으나 워낙 덩치가 크다 보니 다른 이들에게도 다 들렸다.

"……하늘의 관대하심으로 이 보잘것없는 소도시를 찾아주신 고귀하신 셀레스티얼 룽티엔샹 님과 황제의 아드님인 라오렌써 님……이라니, 정말 멋진 표현이지, 로렌스? '하늘의 관대하심으로'라는 말이 특히 멋져, 안 그래?"

다행히 그후 로렌스는 더 심한 마음고생은 하지 않아도 되었다. 와인이 돌고 요리가 나오자, 딱딱한 표정으로 앉아 있던 이들의 얼굴이 조금씩 풀렸다. 후한 대접을 받으면서 잔뜩 긴장한 얼굴을 하고 있기가 오히려 더 힘든 법이니까. 사실 워낙 다양한 인종이 모였기 때문에 분위기가 어색할 법도 했다. 라라키아 족의 연장자들, 마카사르 족 어부들, 3개 국가의 상선들을 이끌고 온 선장들과 그들의 일등항해사들은 각기 제일 좋은 옷으로 차려입었고, 연회를 주최한 중국인들도 공식적인 예복을 갖춰 입었다.

그러나 생김새와 행동 양식이 제각각인 이들이 모여 있다 보니 오히려 긴장감이 덜어졌다. 손님들 대부분은 일행이 아닌 이들과 주로 손짓으로 대화를 나누었다. 미소와 고개를 끄덕이는 몸짓은 긍정의 의미로 두루 통했고, 건배를 위해 술잔을 들어 올리는 동작도 의미를 따로 설명할 필요가 없었다. 그렇다 보니 편안하게 술을 한껏 마시는 분위기가 되어서, 두 번째 코스 요리가 나올 때쯤에는 웃음소리가 커지고 목소리도 더욱 활발해졌으며, 예의에 얽매여 딱딱하게 굴지 않게 되었다.

물론 갈등이 생길 소지가 전혀 없지는 않았다. 젊은 라라키아족 남자 양옆에 디마니와 에밀리 롤랜드가 앉아 있었던 것이다. 그 젊은이는 롤랜드가 차고 있는 예식용 칼에 관심을 나타냈다. 칼자루에 정교한 조각이 새겨진 멋진 칼로, 어머니 제인 롤랜드에게 받은 선물이었다. 그 남자는 중국어와 영어를 더듬더듬 섞어가며 그 칼에 대해 찬사를 늘어놓았다. 추기경이 자기 지위를 자랑스러워하듯 그 칼을 자랑스러워하는 롤랜드는 선뜻 그 남자에게 칼을 보여주었다. 그러면서 손으로 자신의 가슴께를 톡 치며 "에밀리"라고 말했다. 그러자 남자도 "라무라"라고 이름을 알려주었다. 서로 안면을 트고 몇 마디 대화를 나눈 후 그 남자는 실을 꼬아 만든 팔찌를 선물이라며 내밀었다. 그러자 그 옆에서 점점 부아가 치미는 표정으로 앉아 있던 디마니가 롤랜드에게 함부로 선물을 받는 건 예의 없는 짓이라며 속삭였다.

그러자 롤랜드가 말했다.

"웃기는 소리 하네. 거절하는 게 오히려 무례한 거지. 이 사람은 친하게 지내고 싶어하는 것뿐이니까 그렇게 인상 구기지 마."

디마니가 반박하려는데 롤랜드는 고개를 돌려버리고는, 갖고 있던 자질구레한 장신구를 라무라에게 보답으로 내주었다. 끈에 유리구슬을 꿰어 만든 것으로 이스탄불에서 얻은 것이었다. 라무라는 그것을 받으며 디마니를 흘끗 쳐다보았는데, 질투에 불타는 디마니는 그 표정을 의기양양해하는 것으로 해석했다.
　디마니의 표정이 심상치 않아 로렌스는 깜짝 놀랐다. 분위기를 어색하게 만들지 않고 조용히 개입할 방법을 궁리하고 있는데 다행히 자연스럽게 해결되었다. 요리를 다 먹은 쿠링길레가 빈 접시를 뒤엎는 바람에 접시에 남아 있던 생선 찌꺼기가 디마니, 라무라, 롤랜드 쪽으로 튀어버린 것이다. 하인들이 와서 그 찌꺼기를 치우는 동안, 롤랜드의 다른 쪽 옆자리에 앉아 있던 포싱이 롤랜드와 자리를 바꿔주었다. 디마니도 시포와 바꿔 앉았다. 미리부터 연회에서 써먹을 생각으로 라라키아 족의 언어를 열심히 배워둔 시포는 제법 어른인 척 우쭐해하며 라무라에게 그들 언어로 몇 마디 말을 걸었다. 디마니는 쿠링길레 옆으로 와서 앉아 그 모습을 쏘아보았다.
　한편 이스키에르카는 두 번째로 높은 자리를 차지했다. 몸에서 이따금 뿜어 나오는 증기가 식탁에 앉은 이들에게 향하지 않게, 맞바람이 부는 쪽의 자리가 이스키에르카에게 배정되었다. 그리고 그랜비는 이스키에르카 바로 옆에 앉아 있었다. 이스키에르카가 접시에 층층이 쌓인 화식조와 게, 과일을 내려다보며 만족스러운 한숨을 내쉬는데, 세 자리 건너에 앉은 미국인 선장이 몸을 앞으로 기울이며 그랜비에게 말을 걸었다.

"찻주전자가 따로 필요 없으시겠습니다. 저 암컷 용 자체가 거대한 찻주전자이니 말입니다. 품종이 뭡니까?"

그랜비는 뿌듯해하며 대답했다.

"카지리크 품종요. 오스만투르크 출신이고 불을 뿜을 줄 압니다."

미국인은 뉴욕에서 온 제이컵 축와라고 자기소개를 했다. 성이 특이한 걸 보면 아메리칸인디언 혈통인 듯했다.

"제 형에게도 용이 한 마리 있는데, 저기 있는 저 용과 비슷합니다."

축와는 이렇게 말하며 엄지로 쿠링길레를 가리켰다.

이 지역 자생 뿌리채소를 구워 속을 채운 후 튀겨낸 다랑어 요리를 하인이 접시에 담아 앞에 놓아주는 동안, 쿠링길레는 목을 길게 빼고 군침을 삼키며 요리를 내려다보고 있었.

그랜비가 말했다.

"미국에 따로 공군이 있다는 얘기는 처음 듣는군요."

"정식 공군은 아니고 민병대입니다. 형은 민병대에 들어가기로 서명을 하고 그 용을 받았습니다. 소집 명령이 내려오면 모이는 식입니다. 그렇다고 무슨 대단한 전투를 하는 건 아니고, 뉴욕과 오지브웨를 오가는 정도죠. 건조한 식품들을 내주고 모피를 받아오는 일을 주로 합니다."

무역상을 겸하는 장교들은 식탁 너머에 앉은 이들과도 스스럼없이 얘기를 나누었다. 로렌스도 공군에서 복무하면서 형식에 얽매이지 않는 분위기에 어느 정도 익숙해 있었으나, 여기서는 격식을 완전히 무시하는 분위기라 처음에는 잘 적응되지 않았다. 그런데 와인이 한 차례 더 돌고 현 상황에 대한 정보를 교환하는 쪽으로 대화가 흘러가자, 로렌스는 그나마 지키고 있던 격식을 집어치우고 앞으로 몸을 기울여 몇 자리 아래쪽에 앉아 있는 포르투갈인 선장에게 포르투갈어로 말을 걸었다.

"포르투갈에 프랑스군이 들어가 있습니까, 무슈?"

몇 마디 대화를 나눈 끝에 로렌스는 그 선장의 이름이 로발도이며 포르투갈의 리스본 태생임을 알게 되었다. 리스본 시의 여관에 머문 적이 있어 로렌스는 그것으로 대화를 좀더 진행시켰고, 전쟁 상황에 대한 논의까지 하기에 이르렀다. 스페인 도시들이 공격받고 있다는 얘기를 들은 적이 있어 그 일에 관해 좀더 자세한 설명을 듣고 싶었다. 영국군이 그쪽으로 진격했다면 로발도도 알고 있을 것 같았다.

"아, 그 개자식. 그 개자식이 말입니다, 로렌스 씨, 무슨 짓을 했는지 아십니까? 그놈이 그들과 동맹을 맺고 공격하는 바람에, 스페인과 프랑스에는 죽어서 묻히지도 못하고 쌓여 있는 시체가 일만 구에 달합니다."

개자식이란 나폴레옹을 말하는 것이었다.

"그런데 제가 그동안 전혀 소식을 듣지 못해서요. 누가 나폴레옹과 동맹을 맺었다는 건지……?"

목을 축이기 위해 들이켠 와인에 취해서인지 로발도는 흥분해서 소리쳤다.

"무어인들이지 누굽니까! 개놈들, 전부 개놈들이에요. 유럽으로는 모자라는지 나폴레옹은 그놈들을 브라질리아로 실어 나르고 있습니다."

그때 맞은편에 앉은 젊은 미국 선원이 영어로 말하며 끼어들었다. 축와의 일등항해사인 데이비드 라이트였다.

"브라질 얘길 하시나 보군요? 리오를 불태운 게 바로 그놈들이죠. 이 주일 전, 칠레에서 온 고래잡이배의 선원들하고 얘길 했는데, 그 선원들이 산티아고에서 소식을 들었다며 전해주더군요."

로렌스가 그 말을 포르투갈어로 통역해주자 로발도는 끄응 소리를 내며 얼굴을 감싸 쥐었다. 브라질 식민지에 꽤 중대한 이해관계가 있는지 로발도는 분노하며 말했다.

"나폴레옹이 양심이 있는 놈이면 그런 짓을 못 하겠지요! 교황이 그놈에게 성유까지 발라주었지만, 놈은 뼛속까지 이교도라니까요. 악마예요, 악마."

그러고는 포르투갈어로 나지막하게 욕을 퍼부었다.

브라질 식민지에 직접적인 이해관계가 없고, 와인을 많이 마시지 않은 라이트가 로렌스에게 한층 쓸모 있는 정보를 제공해주었다. 라이트는 180센티가 조금 넘는 키에 다부진 체격이었다.

"포르투갈에서 영국 군인들이 어떻게 싸우고 있는지는 잘 모릅니다만, 제가 듣기로 나폴레옹과 동맹을 맺은 자들은 아프리카인들이라고 하더군요. 그자들이 아프리카에 있는 노예 항구들을 불태우고 지중해의 도시들로 진격했다고, 지브롤터로도 쳐들어가 영국군과 맞서 싸웠는데 패했다고 들었습니다."

로렌스는 마음이 편치 않았다. 아프리카에서 츠와나 족에게 단기간 붙들려 있는 동안 로렌스는 이미 눈치를 챘다. 츠와나 족이 노예로 팔려간 부족민들을 찾아오기 위해 작정하고 나설 것이며, 유럽의 해안까지 쳐들어갈 작정이라는 것을.

"그럼 스페인의 도시들을 파괴한 게 프랑스군이 아니었던 겁니까?"

"아니었습니다. 아프리카인들은 스페인의 도시들을 파괴한 후 프랑스 툴롱으로 진격했습니다. 그런데 그곳에서 나폴레옹이 아프리카인들과 접촉을 한 듯합니다. 아프리카인들을 일부 붙잡아서 협박을 했거나 뇌물로 회유했겠죠. 어쨌든 나폴레옹은 아프리카인들과 협상을 했고, 그들을 수송선에 실어 대서양 건너 브라질로 보냈습니다. 듣기로는 수송선의 수가 수십 척에 달했다는데, 아프리카인들은 기꺼이 가겠다고 했답니다."

그러자 로발도가 비통한 얼굴로 말했다.

"나폴레옹이 우리 식민지에 아프리카인들을 풀어놓았군요. 어떻게 그런 비인간적인 짓거리를 할 수가 있는지. 문명국가로서 할 짓이 아니잖습니까."

라이트는 로렌스의 통역으로 로발도에게 설명했다.

"흠, 물론 안된 일입니다만, 노예 사업에 대한 얘길 들어보니 흑인들 심정이 이해되더군요. 누가 내 암탕나귀를 훔쳐다가 바다 건너로 끌고 가 멋대로 경매에 내놓고 판다면, 나라도 집에 가만히 앉아 있을 수 없을 테니까요. 그러니 아프리카인들의 행동에 대해 어느 누구도 비판할 자격은 없다고 봅니다."

듣고 있던 테메레르가 끼어들었다.

"내 생각도 그래요. 브라질 사람들도 공격받는 게 싫으면 노예들을 도로 내놓아야죠. 그럼 아무도 그들이 사는 곳에 쳐들어가 다치게 하지 않을걸요."

로렌스는 표정이 굳어지며 말했다.

"문제는 납치당해 노예로 팔려간 사람 대부분이 이미 저세상 사람이 되었다는 겁니다. 대서양을 건너온 츠와나 족이 그 사실을 알게 되면 더욱 분노하겠죠."

라이트가 자신에게 동조해주지 않고 있음을 알아챈 로발도가 말했다.

"아프리카의 괴물들이 해변으로 밀고 올라와 도시들을 약탈한다는데 어떻게 그리 태평한 소리를 한단 말입니까. 미국은 노예가 풍부해서 흑인들까지 잡아다 쓸 필요가 없나 보네요?"

라이트는 부드러운 말로 로발도를 진정시켰다.

"그쪽이 곤경에 처해 있다는 걸 우습게 알고 한 말이 아니니 오해 마세요. 미국에는 노예가 없고, 필요성도 느끼지 못하고 있습니다. 그래서 왜 다른 나라 사람들이 노예 없이는 못 산다고 하는지 사실 잘 이해가 안 됩니다. 그렇지만 오랜 세월 노예를 부리면서 사는 데 익숙한 사람들로서는, 누가 문을 부수고 들어와 그 노예들을 도로 데려간다면 참기 힘들 것 같다는 생각은 듭니다."

그때, 축와가 식탁 앞으로 몸을 기울이며 말했다.

"라이트, 괜찮다면 포르투갈 신사에게 내 말을 좀 전해주게. 로발도 씨, 작년에 이로쿼이 족이 뉴욕에서만 서른두 마리의 용을 부화시켰습니다. 아프리카인들이 싸움을 걸려고 우리 쪽으로 오면 우린 한번 싸워볼 생각입니다. 원하는 사람은 누구나 용을 타고 나가 싸울 수 있으니까요."

그 말에 놀란 그랜비가 새우를 먹다가 목이 메어 기침을 했다. 요리 접시와 술잔에만 시선을 주고 앉아 있던 다른 공군들도 전부 고개를 들고 축와를 쳐다보았다. 축와가 말을 이었다.

"이런, 제 말에 놀라신 모양입니다. 우리 쪽 추장님들이 제대로 된 소 농장을 갖추는 데 주력하신 덕분에 꽤 좋은 성과를 올리고 있습니다. 저도 조만간 그 일을 함께 할 작정입니다. 그런데 요즘은 어째 사람보다 용이 더 많아졌어요. 그래서 공중에서 불안해하지 않고 냉정을 잃지 않는 건실한 남자라면 보통 삼 년 내에 용을 받을 수 있습니다."

놀란 와이드너는 사발에 젓가락을 떨어뜨리는 바람에 옷에 국물이 잔뜩 튀었다.

축와의 말이 이어졌다.

"형에게 들은 얘기로는 앞으로 쭉 이런 식이 될 거라고 했습니다. 우박이 쏟아지든 진눈깨비가 내리든 폭풍우가 치든, 용에 짐을 싣고 가면 보스턴에서 샬럿까지 일주일이면 되니, 용 한 마리에게 일 톤 이상의 짐을 싣지 못해도 별로 상관이 없지 않겠습니까? 저는 이 짐을 곧장 캘리포니아로 가져갈 예정입니다. 추마시 족 용 기수들이 이걸 받아서 로키 산맥 너머로 가져갈 수 있는지 확인해보려고요. 그게 가능하다면 아프리카인들이 쳐들어오더라도 우리에게 승산이 있다고 봅니다."

로렌스는 물론 모든 공군이 미국의 공중 수송 체계의 발달에 큰 관심을 보였다. 로키 산맥을 넘어가는 미지의 여정을 확인하기 위해 대단위의 화물을 이송해보겠다니, 로렌스로선 그 대담한 시도가 놀랍기도 하고 당황스럽기도 했다. 이 자리에 참석한 다른 이들의 생각도 마찬가지일 듯했다.

로렌스가 구체적으로 물어보려는데, 테메레르가 머리를 가까이 기울이며 속삭였다.

"로렌스, 식사가 거의 끝나가니까 하는 말인데, 이쯤에서 당신이 일어나 축배사를 하는 게 예의에 맞아. 내가 표현을 좀 생각해뒀는데 외워서 써."

로렌스는 테메레르가 알려주는 중국어 축배사를 뜻도 제대로 모르고 앵무새처럼 외웠다. 아는 표현도 조금 있었지만 취기가 올라서 그 뜻이 잘 생각나지 않았다. 그래도 로렌스의 축배사에 참석자들은 예의 바르게 박수를 쳐주었다. 설령 그가 참석자들의 가족에 대해 모욕적인 말을 했다고 해도, 황제의 양자 신분이니 모두 아무 말도 못 하고 박수를 쳤을 것이다. 그 생각을 하니 로렌스는 마음이 좋지 않았다.

축배사가 끝나자 하인들이 빈 접시를 내가기 시작했다. 지아전은 전혀 흐트러짐 없는 모습으로 자리에서 일어나, 안뜰 벽 쪽에 마련된 긴 의자로 손님들을 안내했다. 손님들은 그 의자에 편안하게 자리를 잡고 앉았다. 안뜰을 좀더 넓게 쓸 수 있게 하인들이 식탁들을 내가고 나자 조명등이 꺼졌다. 달이 구름에 가려 보이지 않아 하늘은 몹시 어두웠다. 부두에 줄지어 켜진 붉은 랜턴에서 빛이 뿜어져 나왔고 바다 위에 그 빛이 반사되었다.

그런데 특이한 소리가 들리기 시작했다. 모래사장 저 아래에서 라라키아 족 남자 한 명이 거대한 긴 파이프처럼 보이는 악기를 들고 앉아 입으로 불고 있었다. 깊고 낮게 윙윙거리는 소리가 끝없이 퍼져나갔다. 남자는 숨 한번 고르는 기색 없이 연주를 이어갔다. 젊은 중국인 시종 두 명이 부두 끝에 서서 긴 막대 끝에 달린 랜턴들을 바다 위로 내밀었다. 라라키아 족 젊은이들도 그 근처에서 기다리고 있었다.

윙윙거리며 잦아드는 연주 소리에 묻혀 소음이 사라지고, 모두 기대에 부풀며 목소리를 낮추었다. 손님들은 자기 자리에 얽매이지 않고 대화가 가능한 이들끼리 모여 나지막하게 얘기를 나누었다. 해변 깊숙이 바닷물이 들어오고, 부두에 파도가 찰싹찰싹 부딪쳤다.

"하늘의 용에게 육지로 오는 길을 보여주려나 본데."

테메레르는 이렇게 말하며 밤하늘을 올려다보았지만 용이 날아오는 것 같진 않았다. 그때 악기 연주가 그치고 정적이 감돌았다. 만에서 이곳으로 이어지는 비탈을 향해 파도가 쏴아― 밀려드는 소리만 들려왔다. 이윽고 부두 주변에 잔물결이 일면서 다채로운 색깔들이 펼쳐졌다. 금색, 진홍색, 파란색이 위로 솟구치는가 싶더니 램프처럼 번들거리는 커다란 눈의 큰바다뱀이 바다 위로 머리를 내밀었다. 지느러미에서도, 그리고 진주 목걸이처럼 목에 여러 겹으로 감긴 울퉁불퉁한 갈색 해초에서도 바닷물이 줄줄 흘러내렸다.

나지막한 탄성과 함께 손님들은 조용히 박수를 쳤다. 그러나 네덜란드인 한 명은 마카사르 족 선장에게 프랑스어로 이렇게 말했다.

"나는 상관없지만, 보통 선원들 같으면 저런 광경을 보고 피가 차갑게 얼어붙을 겁니다. 아니라면 거짓말이겠죠."

부두에서 기다리던 젊은이들이 큰바다뱀의 벌린 입에 다랑어 한 마리를 던져주었다. 큰바다뱀은 입을 닫고 무척 흡족해하며 먹이를 삼켰다. 젊은이들은 큰바다뱀의 옆구리 쪽으로 손을 뻗었다. 해초 아래 매어진 사슬이 보였다. 큰바다뱀의 지느러미와 옆구리에 금색 고리들이 끼워져 있고 그 고리에 그물망이 연결되어 있었다. 젊은이들은 사슬 끄트머리를 잡아서 부두로 끌어올린 후, 그 아래 연결된 깨끗한 그물망을 캡스턴으로 감아 올렸다. 해군 생활을 한 로렌스에게 캡스턴은 익숙한 것이었다.

스무 명의 젊은이들이 캡스턴의 긴 막대를 잡아 돌린 끝에 그물망에서 운송용기 하나를 들어냈다. 나무를 깎아 만든 알 모양의 용기로, 겉에는 금색 띠를 둘렀으며 크기는 1급함 물탱크 정도였다. 이어서 또 한 무리의 남자들이 다가가 그 운송용기에 도르래 고리를 걸고 끌어당겨 해변으로 가져갔다. 그 광경을 바라보는 큰바다뱀에게 젊은이들은 다랑어 한 마리를 더 던져주었다. 잠시 후 크기가 동일한 운송용기 두 개가 같은 방식으로 바다에서 해변으로 옮겨졌다.

운송용기를 꺼낸 후 젊은이들은 그물망을 도로 바다에 던져 넣었다. 짐을 내놓은 큰바다뱀은 치맛단처럼 가볍게 그물망을 끌며 방향을 돌려 부두에서 멀리 헤엄쳐갔다. 거리가 멀어 로렌스가 미처 보지 못한 또 다른 부두에서 노란 불빛 두 개가 켜지고 종소리가 들렸다. 큰바다뱀의 커다란 머리가 잔물결과 거품 속에서 사라지자, 잠시 후 젊은이들은 붉은 랜턴을 다시 바다 위에 드리웠다. 또 한 번 정적이 돌았고, 두 번째 큰바다뱀이 물 밖으로 머리를 내밀며 큰 눈을 천천히 깜박였다. 그 몸은 반짝이는 해초와 금으로 장식되어 있었다.

15

 항구 가장자리 너머, 깊고 푸른 바다에서 큰바다뱀들은 햇빛을 받으며 저희들끼리 장난을 치고 놀았다. 큰바다뱀들의 빛나는 몸통이 곡선을 그리며 파도 위로 올라왔다가 사라지는 모습은 해변에서도 잘 보였다. 몸에 달린 비늘과 금색 그물망이 눈에 띄게 반짝거렸다. 그들과 대화를 해보려고 날아간 테메레르의 보고에 따르면, 계속 움직이고 있어서 정확한 수를 헤아리기는 어려우나 대략 서른 마리 정도인 것 같고, 딱히 대화를 나눌 의향은 없어 보였다고 했다.

 낙담한 테메레르가 용 누각 앞에 내려서며 말했다.

 "헤엄치는 것과 물고기 말고는 관심이 없어 보였어."

 그러자 시저가 말했다.

 "그럼 달리 뭘 기대해. 나의 대령님이 하신 말씀에 따르면, 저들은 선박에 해를 끼치는 놈들이라는데. 어업용 그물에 몸이 걸리면 그 그물을 잘라버린다고 하더라. 돌아다니다가 그물이 보이면 피하면 되는데 안 그러는 걸 보면 아주 멍청한 놈들일 거야."

 용 누각에 있다 보면 지아 전과 그 밑에서 일하는 중국 관리들, 그리고 여러 나라에서 온 선장들이 다양하고 심도 있는 협상을 벌이는 모습을 볼 수 있었다. 중국 관리들은 거래에 필요한 준비를 하고, 지아 전의 최종 승인을 선장들에게 전하는 역할을 했다. 그들은 해변에 운송용기들을 죽 늘어놓고 뚜껑을 열어 상품 검사를 했는데, 눈부신 선물들을 눈앞에 무더기로 쌓아놓은 듯해서 보고 있으면 테메레르는 기분이 무척 좋아졌다.

 그 상품들이 전부 다른 곳으로 실려 나갈 것을 생각하면 살짝 안타까웠다. 일부는 소장하고 싶었다. 그렇지만 이미 값비싼 선물을 받은 터라 더 바란다면 지나친 탐욕이 될 것이다. 어제저녁 연회에서 로렌스의 예복이 가장 멋지고 돋보였다는 사실은 아무도 부정할 수 없으리라. 테메레르는 승무원들에게 일러 그 아름다운 예복을 방수포로 싸고 비단 보자기로 감아서 자신의 소지품들이 들어 있는 상자에 안전하게 넣어두게 했다. 로렌스에게 맡기면 이 정도로 조심스럽게 보관하지는 않을 것이다.

 테메레르는 큰바다뱀들이 가지고 온 운송용기들 중 하나만이라도 가질 수 있으면 좋을 것 같았다. 빈 통이라도 상관없었다. 중국에서 여기까지 오는 동안 물 한 방울 새어들지 않도록 기발하게 만들어져 있었다. 운송용기 윗부분에 나무로 된 길쭉한 부분이 튀어나와 있고 아랫부분에는 홈이 파여 있어서 서로 완벽하게 맞물렸고, 안쪽에는 연한 크림색 밀랍을 발라 방수 처리를 해놓았다. 여는 것도 쉽지가 않았다. 테메레르는 발톱 끝을 위아래가 맞물리는 부분에 넣고 힘을 줘보았지만 소용없었다. 누군가의 도움을 받아서라도 한번 열어보면 좋을 것 같았다.

운송용기들 중에는 봉인 부분이 망가진 것도 있었다. 그러나 전체 운송용기들 중 봉인이 망가진 것은 세 개뿐이고, 그중 두 개에는 도자기들이 들어 있었다. 도자기들은 바닷물에 젖었지만 망가지지는 않았다. 사람들은 그 도자기들을 일일이 꺼내서 검사하고 말리는 지루한 작업을 수행했다. 물론 용 누각에서 그 모습을 바라보는 테메레르에겐 전혀 지루한 구경이 아니었다.

지금 테메레르는 이스키에르카, 시저, 쿠링길레, 타룬카와 함께 용 누각 가장자리에 앉아, 사람들이 젖은 도자기들을 꺼내 물기를 닦고 깔끔한 풀밭에 놓인 천 위에 늘어놓는 모습을 보고 있었다. 도자기들이 햇빛을 받아 사랑스럽게 빛났다. 그렇게 늘어놓은 도자기는 수백 개에 달했다.

용 누각에서 처음에는 작은 용들끼리 티격태격하며 자리다툼을 했다. 세 마리 중에서는 시저가 아직까지 몸집이 제일 컸으나, 어젯밤 쿠링길레는 시저보다 거의 네 배는 많은 요리를 먹어 치웠다. 시저는 최선을 다해 먹었지만 역부족이어서 쿠링길레에게 몸집 면에서 따라잡힐 날이 멀지 않았다. 한편, 타룬카는 몸집이 무척 작았으나 여기는 자기 땅이고 이 누각도 자기 것이니 자신이 제일 좋은 자리를 차지해야 마땅하다는 주장을 펼쳤다.

듣다못해 이스키에르카가 짜증을 냈다.

"왜 그렇게들 시끄럽게 구는 거냐? 저길 봐. 사람들이 큰 접시들을 꺼내오고 있잖아. 저 접시라면 소 한 마리를 통째로 담을 수도 있겠어."

"아, 아, 정말 멋지구나."

테메레르는 감탄해 마지않았다. 노란색과 초록색의 거대한 불사조가 그려진 접시였다. 저렇게 멋진 접시가 운반 도중에 금이라도 가면 너무나 슬플 것 같았다. 바닷물 때문에 불사조 문양의 색이 약간 흐려져서 상품으로 팔 수 없다는 판단이 들면 중국인들이 그 접시를 한옆으로 치워놓지 않을까, 하는 기대를 가져보기도 했다.

테메레르는 그때까지도 계속 자리다툼 중인 새끼 용들에게 고개를 돌리며 말했다.

"그만들 해. 타룬카, 넌 이리 올라와서 나랑 이스키에르카 사이에 앉아. 쿠링길레는 내 등에 앉되 둥둥 떠다니지는 마."

이스키에르카가 불쑥 끼어들었다.

"떠다니는 거 정말 눈에 거슬리더라. 용답지도 않고 괴상망측해."

테메레르는 하던 얘기를 계속했다.

"공중에 떠 있지 않아도 쿠링길레 너는 아직 무게가 얼마 나가지 않으니까 내 등에 앉아도 별로 표시도 안 나. 그리고 시저, 너는 이스키에르카의 다른 쪽 옆자리에 가서 앉아. 그런 후에 내가 몸을 약간 기울이면 쿠링길레도 도자기 구경을 할 수 있고 이스키에르카도 등을 펴고 앉을 수 있어. 말이 나온 김에 한마디 더 하자, 시저. 쿠링길레가 너보다 덩치가 더 커지지 않을 거란 생각은 이제 그만 좀 해."

조화롭게 자리 배치를 하고 나자, 용들은 눈앞에 펼쳐지는 도자기들의 향연을 한층 즐겁게 구경할 수 있었다. 어떤 접시에는 가장자리에 금테가 둘려 있어서 햇빛을 받아 찬란하게 반짝였다. 그 아름다움에 취한 이스키에르카가 축축한 증기를 뿜으며 감탄의 한숨을 쉬었다. 이번만은 테메레르도 그 심정이 이해되었기에, 증기를 뿜는다고 잔소리하지 않았다.

이스키에르카가 말했다.

"저 접시 한 세트만 갖고 싶다. 매일 저기다 먹이를 담아 먹으면 얼마나 좋을까."

그러자 타룬카가 말했다.

"저렇게 아름다운 접시를 더럽힌다는 건 좀 그렇네요."

테메레르도 같은 생각이었다. 하지만 이스키에르카는 접시를 사용한 후 깨끗이 씻으면 된다고 했다. 요리를 담아 먹은 후 깨끗이 씻어서 쓰면, 매일 그 접시가 깨끗한 물에 씻기는 모습을 볼 수 있어 좋고, 음식을 먹는 동안 접시 바닥이 조금씩 드러나는 것을 보는 것도 행복할 거라고 했다.

테메레르는 그것이 지나치게 쾌락적인 생활이 아닐까 싶었지만, 원래 접시의 용도는 음식을 담아 먹기 위한 것이니 깨지지 않게 조심해가며 사용하는 것이 옳았다.

마침내 바닷물에 젖어 있던 접시들이 전부 마르자 사람들은 그것들을 포장해 평범한 나무 상자에 담았다. 네덜란드로 실려 갈 듯했다. 중국 관리가 장부를 확인하고 몇 번 고개를 젓다가 마침내 네덜란드인 선장과 가격 합의를 마쳤고, 그에 따라 선장이 그 상자들을 배에 선적시킨 것이다. 선장은 자물쇠가 잠긴 채로 용 누각 한쪽에 보관해둔 상자들 중 하나를 열었다. 그 안에는 금괴가 가득했다. 선장은 그중 열 개를 신중하게 헤아려 꺼냈고 중국 관리들은 금괴들을 하나하나 따로 종이로 쌌다. 관리 한 명은 먹물 병과 붓을 들고 금괴를 싼 종이 포장지에 커다랗게 한 자를 써넣었다.

"뭐라고 쓰는 거지?"

이스키에르카가 목을 빼고 그 광경을 내려다보며 중얼거렸다. 그렇지만 이스키에르카는 영어 단어도 읽을 줄 모르니 그렇게 쳐다본다고 알 수 있을 리 없었다.

테메레르가 눈을 가늘게 뜨고 그 글자들을 읽은 후 대답했다.

"이름이야. '징두 가문'. 상인의 이름인 것 같아. 그리고 저 표시는 금괴 열 개 가운데 세 번째 것이라는 뜻이야. 도자기 오백 점에 대한 대금 지불이라고도 적혀 있네."

관리들은 금괴들을 다시 방수포에 겹겹이 싸서 또 다른 운송 용기에 집어넣었다. 금괴들이 든 운송용기는 중국으로 가져갈 모양이었다.

실망스럽게도 사람들은 나머지 도자기들을 전부 펼쳐 늘어놓는 대신, 종이에 싼 채로 살짝 흔들어서 깨졌는지만 확인했다. 깨진 조각이 나오지 않으면 나무 상자에 집어넣었다. 몇몇 도자기에서 파편이 떨어졌는데, 그럴 때면 포장지를 열어 확인하고 파편을 한옆으로 치운 후 장부에 기록해 넣었다. 용들은 깨진 도자기를 보면 구경해서 좋다기보다는 마음이 울적해졌다.

　봉인이 망가진 운송용기 세 개 중 나머지 하나에는 비단 여러 필이 들어 있었는데 안타깝게도 방수포 안쪽까지 물이 스며드는 바람에 복구할 수 없을 정도로 얼룩이 생기고 말았다. 사람들이 그 비단들을 꺼내 햇빛 아래 펼치자 테메레르는 마음이 아파서 움찔하며 고개를 숙였다. 연두색과 진홍색 비단에 하얗게 소금기를 머금은 얼룩이 나 있었다. 중국 관리들은 담담하게 그 비단들을 확인한 후 다른 망가진 상품들과 함께 한옆에 쌓아두었다. 그리고 장부에 표시를 하고 방수포로 싼 다음, 거래 대금으로 받은 금괴들과 함께 치워놓았다.

　시간이 정오에 가까워지면서 상품과 대금을 교환하는 작업이 더욱 활발해졌다. 사람들은 나머지 상품들도 서둘러 꺼내 확인한 후 재포장해서 상자에 담았고, 그 상자들을 실은 작은 배들이 바다에서 대기 중인 선박들을 향해 노를 저어갔다. 대기 중이던 선원들은 상자들을 선박으로 끌어올렸다. 점점 더 많은 대금이 용 누각의 상자에 담겼다. 태양이 정점에 이르기 전, 작은 선박들은 항구를 뒤로하고 떠나갔다. 마카사르 족 어부들은 카누의 노를 저으며 노래를 불렀고 통나무를 파내 만든 그 카누들을 바다에서 대기 중인 프라우선에 실었다. 그리고 작고 흰 돛을 올린 후 노를 저어가며 큰바다뱀들 곁을 지나 대양의 구름 너머로 모습을 감추었다. 사람들은 다른 운송용기에 들어 있던 상품들을 전부 꺼냈다. 한쪽에서는 지난주부터 해변에 보관 중이던 상품들을 각 선박에 가져다가 실었다. 중국인들은 말려서 훈제한 해

삼들, 달콤한 향기가 풍기는 잘 익은 과일들을 각각 종이 포장지로 개별 포장해 운송용기에 담았다.

"과일도 바다로 운반할 모양이지?"

로렌스가 용 누각 쪽으로 걸어오며 물었다.

마침 새로 먹물을 채운 병을 가지러 서둘러 용 누각으로 들어오는 관리에게 테메레르가 물어보았다. 그러자 젊은 관리가 대답했다.

"깊은 물에서 운반하기 때문에 온도가 낮아 괜찮습니다. 절반은 운반 도중에 상해버리지만 나머지 절반은 멀쩡합니다. 물론 전부 황궁으로 들여갈 겁니다."

테메레르가 개당 가격을 묻자 관리는 "은화 여섯 닢"이라고 대답했다.

"세상에."

로렌스가 중얼거렸다.

테메레르도 너무 비싼 값이라 생각했다. 테메레르 같으면 과일 하나를 먹느니 은화 여섯 닢을 소지하는 쪽을 택할 것이다. 은화라면 쉽게 상할 일도 없고 한입 베어 먹어 허탈하게 사라지게 만들 일도 없으니까. 테메레르는 예전에 중국을 방문했을 때 어머니의 안내로 구경했던 황궁의 거대한 보물 창고를 떠올리며 말했다.

"그렇지만 은화가 아무리 많은들 눈앞에 늘어놓고 즐겁게 감상할 수 없다면 차라리 과일 하나를 갖는 편이 나을지도 모르겠어. 그걸 먹으면서, 이게 은화 여섯 닢짜리 맛이다, 라고 생각할 수 있잖아."

바깥의 나무 색깔로 봐서 제일 새것 중 하나인 듯한 운송용기가 눈에 띄었다. 새것인 만큼 바닷물의 누수도 없고 안쪽에는 방수포가 대어져 있었다. 사람들은 그 운송용기에 미국 배에서 하역한 모피 묶음들을 집어넣었다. 금덩어리도 아니고 색깔이 화려한 물건도 아닌데, 사람들이 그 모피들을 조심스럽게 옮겨 담고 있다는 게 처음엔 잘 이해되지 않았다. 그런데 그 묶음 중 하나가 눈앞에 펼쳐진 순간 테메레르는 할 말을 잊었다. 따뜻한 적갈색 모피가 햇빛을 받아 눈부시고 고급스러운 자태를 드러냈다. 로렌스는 그 모피의 질이 매우 좋다는 것을 알아보며 "비버 모피"라고 말했다. 비버 외에 물개와 밍크 모피도 있었다. 겨울 외투로 만들면 무척 따뜻할 것이다.

이스키에르카가 우쭐해하며 말했다.

"저거 한 묶음 가져다가 그랜비한테 외투를 만들어줘야겠어."

로렌스의 예복에 질투가 나서 저런 말을 하나 보다고 테메레르는 생각했다. 로렌스의 예복과는 아름다움에 있어서 비할 바가 못 되지만, 실용적인 측면에서는 나쁘지 않을 듯했다. 다만 이 대륙에서는 모피 외투까지 입어야 할 정도로 추운 날이 없다는 게 문제였다.

모피들을 전부 운송용기에 담지는 않았다. 축와와 로발도가 별도의 모피를 놓고 가격 흥정을 하고 있었다. 마침내 합의에 이른 그들은 모피 한 상자와 금과 은이 든 상자를 교환했다.

드디어, 마지막까지 남아 있던 운송용기들이 개봉되었다. 그 안에서 방수포로 포장된 꾸러미를 꺼냈는데, 방수포를 풀자 좀 더 작은 운송용기가 들어 있고 그 속의 방수포를 걷어내자 밀봉한 나무 상자들이 잔뜩 담겨 있었다. 상자 위쪽에는 각각 은바늘, 하얀 용, 노란 꽃이라는 뜻의 '銀針', '白龍', '黃花'라는 한자들이 찍혀 있었다. 그중 하나를 개봉하자 매혹적인 차 향기가 용누각까지 흘러왔다.

각 선박의 선장들이 찻잎을 사들이고 어마어마한 양의 금괴를 내놓는 모습을 테메레르는 몹시 부러운 눈으로 바라보았다.

로렌스가 타르케에게 물었다.

"물량이 몇 톤이나 되는 것 같습니까?"

"최소한 이십 톤은 될 겁니다."

타르케는 해변 끄트머리에 따로 놓인 상품 더미를 손으로 슬쩍 가리켰다. 아무도 그 물건에는 손대지 않고 있었다. 특별히 하자가 있는 것 같지도 않은데 버려지다시피 놓인 것을 보고 테메레르도 의아해했다.

타르케가 말을 이었다.

"잔여분으로 전부 시드니로 실어가는 게 아닐까 싶은데요."

그러자 타룬카가 고개를 들고 설명했다.

"저건 우리 거예요. 라라키아 족의 영토를 사용한 대가 중 일부죠. 중국인들이 팔지 못하고 남은 건 우리가 차지하거든요. 우린 그중에서 필요한 걸 골라내고 원치 않는 물건들은 피찬차차라 족과 요룽우 족에게 팔아요. 피찬차차라 족은 거기서 원하는 걸 갖고 나머지를 바킨지 족과 위라주리 족에게 넘기고요. 위라주리 족이 최종적으로 시드니로 가서 남은 물건들을 영국인들에게 파는 거예요. 누구나 자기가 원하는 걸 차지할 수 있고, 쓸데없이 먼 거리를 이동하지 않아도 되는 거죠. 자기한테 필요 없는 걸 괜히 갖고 있으면서 낭비할 필요도 없고요."

테메레르가 듣기에는 아주 합리적인 판매 방식인 듯했다.

그러나 로렌스는 그리 밝지 않은 표정으로 타룬카에게 물었다.

"저만한 분량을 몸에 실은 큰바다뱀들이 이곳에 얼마나 자주 오는 거지?"

타룬카는 곧장 대답을 하지 못하고, 용 누각에서 일하는 여자들 중 우두머리 격인 빈먹에게 의논을 했다. 빈먹은 부드럽고 성량이 풍부한 목소리를 가진 여자로, 원주민 여자들 대부분이 그렇듯 조용히 일에만 열중해서 공군들은 처음에 그녀가 수줍음을 타는 성격인 줄 알았다. 그런데 메이너드가 창고에서 럼주를 훔쳐 마시고 용 누각 뒤에서 젊은 원주민 여자에게 수작을 걸었을 때 빈먹은 여자들의 우두머리로서 권위를 제대로 보여주었다.

로렌스가 이곳 여자들에게 수작부리는 짓을 허용하지 않겠다고 했기 때문에, 메이너드는 로렌스의 주의를 끌지 않으려고 젊은 원주민 여자에게 속삭이며 손짓으로 말을 걸었다. 10분쯤 온갖 말과 표정으로 구슬리던 메이너드가 마침내 손을 뻗어 팔을 잡아당기자, 그의 추파를 즐기는 듯하던 젊은 여자가 별안간 움찔하며 물러섰다.

테메레르도 그 광경을 보았으나, 이 여자들은 타룬카의 것이지 자기 것이 아니므로 로렌스에게 말해야 할지 말아야 할지 갈 등하고 있었다. 그런데 빈먹이 모닥불 옆에 놓인 장작 하나를 집어 들고 조용히 일어서더니 메이너드에게 걸어가 그의 등짝을 사정없이 내리쳤다. 메이너드는 모래에 얼굴을 묻으며 널브러졌고 손에 들고 있던 럼주가 바닥에 쏟아졌다. 벌겋게 달아오른 얼굴로, 옷에 럼주를 잔뜩 묻힌 채 일어서는 메이너드를 보며 테메레르는 꼴좋다고 생각했다. 주변의 원주민 여자들은 그의 셔츠에 퍼져나가는 럼주 얼룩을 손가락질하며 소리 내어 웃었다. 그녀들은 몸에 옷을 걸치고 있지 않았으므로 럼주가 옷에 묻어 창피당할 일이 없었다. 빈먹의 냉정하고 단호한 표정, 그리고 그녀의 손에 들린 굵은 장작에 기가 질린 메이너드는 슬금슬금 그 자리를 떴다.

그리고 지금, 타룬카가 로렌스의 질문을 빈먹에게 원주민 언어로 통역하고 있었다.

빈먹은 사려 깊게 귀를 기울이고는 길게 대답했다.

타룬카가 그 말을 통역해주었다.

"이번 물량이 꽤 많긴 한데, 중국인들이 큰바다뱀들을 추가로 훈련하고 있으니 앞으로 물건이 더 많이 들어올 거랍니다. 중국인들은 큰바다뱀이 정해진 항로를 세 번 왕복할 수 있을 때까지는 수송단에 투입시키지 않는다네요. 무척 먼 길이라서, 새로 투입된 큰바다뱀이 변덕을 부리고 다른 곳으로 가버릴 때가 가끔 있는데 그렇게 되면 그 녀석에게 실린 물건들을 전부 잃게 되니까요. 큰바다뱀들은 한 달에 한 번 물건을 싣고 이곳으로 온답니다. 현재 두 무리의 큰바다뱀들이 이곳과 광저우를 오가는 훈련을 받고 있대요. 그중 한 무리는 이 항구에서 광저우로, 또 다른 무리는 광저우에서 이 항구로 출발하는 식으로 항로를 교차해서 지나가게끔 훈련하는 것이죠."

로렌스는 굳은 표정으로 말했다.

"수송 물량이 지금보다 확연히 늘어나는 건 시간문제군."

테메레르도 같은 예상을 했다. 큰바다뱀이 원하는 건 물고기뿐이니, 어느 경로로 다니든 물고기만 받아먹을 수 있으면 그만일 것이다. 그런데 이 항구로 오면 물고기를 실컷 먹을 수 있으니 시키는 대로 짐을 싣고 오가지 않을 이유가 없었다. 라라키아 족은 종일 항구를 지키다가 큰바다뱀들이 종소리를 듣고 물 위로 머리를 내밀면 물고기를 던져주었다.

그랜비가 말했다.

"영국 정부에서 알면 싫어하겠는데요. 이곳 소식이 정부 인사의 귀에 들어가기까지 얼마나 걸릴까요? 오래 걸릴 것 같진 않습니다만."

로렌스는 닻을 내리고 정박해 있는 배들을 가리키며 대꾸했다.

"그래, 그렇겠지. 저들은 모험가야. 처음에는 이곳에서 거래하면 수익을 낼 수 있다는 소문을 듣고 하나 둘 모여들었겠지. 저들은 바다를 돌아다니며 정박하는 항구마다 얘기를 퍼뜨릴 테고, 점차 거래 규모가 커지면서 소문은 정보가 될 걸세. 어쩌면 영국인 선장의 귀에 이미 이곳 얘기가 들어갔을 수도 있어. 이 근처에는 인도인들도 많이 들락거리고 그들은 중국까지도 돌아다니니 영국 정부에서도 조만간 알게 되겠지."

영국이 왜 이 일에 그토록 민감하게 구는지 테메레르는 이해되지 않았다. 그러나 로렌스와 그랜비, 타르케는 이 항구에서 진행되는 무역이 장차 큰 말썽을 일으킬 것이며, 영국의 격노를 사게 되리라 보고 있었다.

로렌스가 설명했다.

"관세가 붙으면서 중국 상품의 가격이 치솟았는데, 이렇게 따로 무역항을 만들어 거래하면 같은 물건인데도 훨씬 싸게 유통될 테고, 이곳으로 들어오는 상품들의 물량이 증가할수록 광동의 항구를 통하는 영국 무역은 타격을 입게 돼. 더군다나 큰바다뱀들은 선박과는 달리 침몰당할 일도 없으니 수송 중에 물건이 망가질 위험성도 그만큼 적지. 큰바다뱀들이 가끔 정해진 항로에서 멋대로 벗어나 다른 곳으로 가버린대도 운송용기 한두 개 잃는 게 고작이야. 상선으로 운반하다가 침몰당하면 선적해 있는 물건을 전부 잃게 된다는 점을 감안할 때, 훨씬 안전한 수송 방법인 것이지. ……우리 입장에서 제일 큰 문제는, 이곳이 밀수업자들 몇 명이 사용하는 작은 만이 아니라는 데 있어. 이곳은 항구 도시로 만들어졌고 중국 정부의 비호를 받으며 점차 성장하고 있거든. 현재 중국은 영국의 적은 아니지만 동맹도 아니야. 이 항구는 인도양 가장자리에 있기 때문에 영국의 해상 운송과 해양 지배에 전략적으로 위협이 되고 말 거다."

테메레르는 영국처럼 작은 나라가 세상을 절반이나 가로질러 이곳까지 와서 바다를 지배하려 드는 건 부당하다는 생각이 들었다. 중국은 영국보다 훨씬 큰 나라이고 이 항구와도 가까우며 큰바다뱀들을 동원해 사람들이 사고 싶어하는 멋진 물건들을 공급하고 있을 뿐인데, 영국이 나서서 불평할 일은 아닌 것 같았다.

"그럼 영국 상선들도 여기 와서 물건들을 싸게 사가면 되잖아."

테메레르의 말에 로렌스가 설명했다.

"중국은 전에도 우리의 은화를 받지 않겠다고 한 적은 없어. 다만 문제가 복잡해지면서 영국이 이윤을 내기 어려워지는 것뿐이야. 그래서 전에도 우리 정부는 그 부분을 시정해달라고 중국 측에 항의를 했었어. 중국 상품들이 싼값에 물밀듯이 밀려들어오면 영국의 무역은 큰 적자를 보게 돼. 중국은 완제품이라든지 영국이 수익을 볼 만한 물건들로 대금을 지불받는 게 아니라 금과 은으로만 대금을 받기 때문에 영국으로선 손해야."

타르케가 냉소적으로 한마디하고 나섰다.

"영국이 이익을 보는 건 아편 무역뿐입니다. 아편은 중국에서 인기가 많으니까. 드러내놓고 검품을 하기 어려운 물품이긴 하지만, 영국이 제 이익을 챙기는 쪽으로는 머리가 기가 막히게 돌아가죠."

로렌스는 말문이 막혔다. 그도 아편을 중국에 파는 일에는 찬성하지 않는 쪽이었다. 다만, 소와 양을 용의 몸에 싣고 갈 때만큼은 아편이 유용했다. 사냥 고기보다는 소와 양의 육질이 훨씬 맛이 좋으니 용의 입맛이 떨어지지 않게 유지할 수 있었다. 테메레르도 시드니를 출발하면서 아편을 좀 챙겨오지 않은 걸 안타까워했었다. 아편이 있었으면 골짜기에서 발견한 소들을 몸에 싣고 이동할 수 있었을 테니 말이다.

한참 말이 없던 로렌스가 마침내 입을 열었다.

"영국 정부의 인사들은 아편 무역으로 얻는 수익만으로는 만족을 못 합니다. 중국 황제의 재량으로 만들어진 이 항구는 장차 프랑스군에게도 개방될 테고, 결국 프랑스군이 우리 선박들을 공격할 여지를 줄 수가 있어요. 어쩌면 중국 황제의 뜻에 의해, 영국 상인들은 물론 타국 상인들까지도 향후 중국과의 거래에서 이윤을 남기지 못하게 될 수도 있습니다."

랜킨의 고집은 말할 것도 없고, 그랜비와 로렌스까지 당장 이 정보를 갖고 시드니로 돌아가야 한다는 데 뜻을 모았다. 테메레르는 그들이 방금 추측한 대로 영국 정부가 이미 이 항구에 대해 알고 있을 가능성이 있으며, 따라서 당장 시드니로 가서 편지를 보내봤자 새로운 소식으로 취급받지도 못할 것이라고 지적했다. 그러나 정보를 확보한 이상 본국에 알리는 것이 의무라는 말에는 반박할 수가 없어 한숨만 쉴 뿐이었다. 결국 이곳을 당장 떠나자는 쪽으로 결론이 났다. 테메레르는 롤랜드와 시포에게 지시해 자신의 보물들을 비롯하여 로렌스의 예복을 잘 싸서 싣게 했다. 다시 이곳에 와서 성대하게 환영을 받고 편안하게 지내려면 한참의 시간이 지나야 되겠구나 하는 생각에 테메레르는 아쉬움을 느꼈다.

물론 그 마음을 입 밖으로 내놓지는 않았다. 수행해야 할 의무가 있는데 계속 여기 머물고 싶어하는 건 형편없는 용이나 하는 짓일 터였다. 다만 굶주림과 더위에 시달리며 황량한 사막을 지나 시드니까지 다시 장기간 여행을 떠나야 한다는 게 선뜻 내키지 않았다. 게다가 쿠링길레가 점점 더 많은 먹이를 소비하고 있기 때문에, 시드니로 돌아가는 길에는 다들 허기를 다스리기가 더 어려워질 수도 있었다. 그리고 힘들게 사막과 산맥을 지나 시드니에 도착해봤자 반란군과 블라이 간의 갈등 상황에 또다시 내던져질 것이다.

로렌스가 테메레르에게 말했다.

"지금쯤은 정부에서 시드니로 답변을 보냈을 거다."

"그들이 블라이를 총독 자리에 복귀시키기로 결정했으면 어떻게 해? 우리 처지가 곤란해지잖아. 블라이는 우릴 못살게 굴 거라고."

"그렇다고 해도 당분간은 견뎌야지."

테메레르는 블라이를 견뎌야 하는 시기가 가급적 늦게 찾아오길 바랐다.

그래도 시드니로 찾아와줄 용들이 있으니 그것을 위안 삼기로 했다. 룽선리는 비행 능력이 뛰어나니 아마 방문이 가능할 것 같고, 타룬카는 언젠가는 시드니로 만나러 가겠다고 이미 약속했다.

타룬카가 말했다.

"그렇게 먼 곳까지 자주 가진 못하겠지만 그래도 한번 방문해 보는 것도 재미있을 것 같아요. 먹을거리와 식수 보급만 잘 해결되면 가능하겠죠. 우리 부족 사람들이 그러는데, 그쪽 일행은 비가 자주 내린 시기에 사막을 건넌 것이라 운이 좋았대요. 이맘때쯤엔 초목이 푸르게 우거져 있지도 않고 물웅덩이도 거의 말라 있다고 하더라고요."

그 말을 듣고 테메레르는 한숨을 푹 쉬었다. 게다가 좀더 수월하게 여행할 수 있는 룽션리를 만나 시드니로 놀러 오라는 말을 하고 싶은데, 좀처럼 만나서 대화를 나눠볼 새가 없었다.

테메레르 일행이 떠나기 직전에야 룽션리는 항구로 돌아왔다. 그런데 뭔가 술렁이는 분위기였다. 룽션리는 용 누각 바깥에 착륙하자마자 날개도 다 접지 않은 채 말했다.

"지아 전, 당장 모두 모아주세요. 황제 폐하께서 라오렌써 씨에게 보내신 서신을 받아왔어요."

지아 전은 잠시 논의한 끝에, 황제의 편지에 절을 하는 데는 용 누각 앞의 안뜰이 가장 적합하다는 판단을 내렸다. 그곳으로 모두 모이라는 명령이 전해지자 다들 하던 일을 당장 중단하고 안뜰로 모여들었다.

테메레르가 설명해주자 로렌스는 당황하며 말했다.

"편지에 대고 절을 한다고?"

"황제의 인장이 찍혀 있으니 황제의 일부가 이곳에 와 있는 것이라는 의미에서 그러는 것 같아. 예복을 다시 차려입고 나가는 게 좋지 않을까?"

"아니, 됐어. 어차피 편지를 읽기 전에 절을 해야 한다면, 적어도 걸어가다가 넘어질 위험은 피하고 싶거든."

시저가 한마디 끼어들었다.

"나의 비행사가 말하기를, 자기는 절대 그따위 짓 안 할 거라는데."

"물론 그렇겠지. 네 비행사가 뭐 그렇게 중요한 인물이라고 황제께서 직접 편지를 써서 보내주시겠냐."

코웃음을 치며 멋지게 받아친 테메레르는 로렌스와 함께 편지를 받으러 갔다. 화려한 붉은 인장이 찍힌 편지를 건네받은 로렌스는 봉인된 부분을 뜯고 편지를 펼쳤으나 읽을 수가 없었다. 로렌스가 문서를 제대로 읽어낼 수 있을 만큼 한자를 충분히 익히지 않았다는 점은 테메레르도 인정했다. 그런데 편지가 너무 작아서 테메레르도 글자를 알아보기 힘들었다.

"시포가 읽어주면 돼. 잘 모르는 글자가 나오면 바닥에 크게 써서 나한테 물어보면 되고."

길지 않은 편지는 친절함이 묻어나는 말들로 채워져 있었다. 황제는 로렌스 가족의 건강을 기원하면서 로렌스에게 결혼을 했는지 물었다. 시포는 이 부분에서 잠시 머뭇거리다가 덧붙였다.

"그리고 말씀하시기를, 아직 결혼하지 않았다면 귀족 가문에 성년이 된 처녀가 있는데 그대와 좋은 배필이 될 것 같구나, 라고 하세요."

그 순간 테메레르는 얼굴 주변의 막을 뒤로 젖혔고 로렌스의 입에서는 "뭐?"라는 말이 튀어나왔다.

테메레르가 말했다.

"황제 폐하의 뜻을 거스르고 싶지는 않지만, 로렌스가 좋아하지도 않는 사람과 결혼하는 건 아니라고 봐. 또 뭐라고 적혀 있어, 시포?"

"영국 정부의 무지몽매하고 도의를 저버린 자들이 타국 용들의 목숨에는 신경조차 쓰지 않고 치료약을 독점하려 했을 적에 그대가 그…… 기침 열병의 치료약을 타국에 전해준 장본인임을 우리도 들어 알고 있다. 훌륭한 행동에 대해 칭찬하는 바이다. 자고로 국가에 대한 충성은 자식으로서 부모를 섬기는 것과 같고 하늘의 뜻을 받들어 지키는 것과 같다고 했다. 어려운 상황에 직면했을 때 그대가 올바른 원칙에 따라 행동했으니 우리도 기쁘기 한량없다."

테메레르가 듣기에 이만한 칭찬이면 자랑스럽게 생각할 법도 한데 로렌스는 그다지 으쓱해하는 얼굴이 아니었다. 그런데 편지를 금 접시에 담아 받들고 온 젊은 관리는 호의가 담긴 황제의 글에 깊은 인상을 받은 것 같았다. 그 관리는 시포가 편지를 읽어 내려가는 동안 거꾸로 그것을 들여다보며 같이 읽고 있었다.

로렌스가 말했다.

"치료약을 전해준 일에 대한 칭찬과 보상이라면 테메레르 네가 받아야지. 그리고 나폴레옹이나 중국 황제가 그 일에 대해 어떻게 생각하는지 나는 별로 관심이 없으니 누가 감사 인사를 한다고 해서 흡족하게 받을 이유 없어. 그것 말고 또 뭐라 적혀 있지?"

시포가 나머지 내용을 읽었다.

"필요한 게 있으면 뭐든 지아 전에게 얘기하길 바란다고 적혀 있어요."

로렌스는 잠시 생각에 잠겼다가 테메레르에게 물었다.

"이 편지가 황제 직통으로 온 것이라고 했지? 그럼 우리가 여기 와 있다는 걸 이미 아신다는 뜻인가?"

테메레르는 룽션리를 쳐다보며 그 질문을 전달했다.

룽션리의 대답은 이러했다.

"여러분이 이곳에 도착했음을 알리는 서신을 황제 폐하께 올리고 광저우에서 기다리다가 답신을 받아가지고 왔으니 별로 시간이 지체되지 않았습니다. 지아 전의 서신을 올린 지 이틀 만에 비취 품종의 용이 광저우로 와 답신을 전해주었으니까요."

테메레르는 이곳에 도착한 후 어머니에게 편지를 써서 룽션리 편에 부쳤고, 이번에 그 답장을 받았다. 테메레르의 어머니인 룽티엔치엔의 편지는 두루마리 양피지에 큰 글씨로 적혀 있었다. 앞으로도 건강하기를 바란다는 내용이 주였다.

네가 그토록 가까운 곳에 와 있다니 마음이 많이 놓이는구나. 간단히 움직여 갈 수 있을 만큼은 아니지만, 그래도 편지를 주고받는 데 오랜 시일이 걸리지는 않으니 다행이다. 네가 작년 8월에 보낸 편지가 얼마 전에야 내게 도착했으니 내 마음이 어떠했겠느냐. 네 친구 해먼드 씨에게서 최근 영국에서 큰 전투가 있었다는 얘기를 전해 듣고 놀라 마음을 진정하기 어려웠는데, 네가 이쪽 지역에 안전하게 잘 도착했다는 소식을 듣게 되어 안심이 되고 무척 기뻤단다.

네가 편지에 쓴 그 골짜기의 풍경에 나 역시 매료되었다. 언젠가는 그 풍경을 직접 보는 날이 오길 고대하고 있으마. 오랫동안 이쪽 지역에 머물 작정이냐? 그럼 나는 무척 행복할 것 같구나. 그동안 네가 공부를 꾸준히 했다면 즐겁게 읽을 수 있을 것 같아서 《초사(楚辭)》 한 권을 동봉해 보낸다.

테메레르는 얼굴이 환해지며 말했다.

"나중에 같이 읽자, 시포. 이렇게 친절하게 책까지 보내주시다니! 시드니로 돌아가는 길에 하루에 한 편씩 아껴서 읽자. 여정이 훨씬 덜 지루하게 느껴질 거야."

답신이 이렇게 빨리 왔다는 사실에 충격을 받은 로렌스는 한동안 말이 없었다. 테메레르는 오히려 영국이 편지 하나 보내는 데 이렇게 오래 걸리는 것이 훨씬 이상하고 당황스럽게 느껴졌다.

테메레르가 말했다.

"영국도 우편배달 용들에게 굳이 대양을 가로질러 비행하게 할 필요 없이, 여기서 가까운 곳까지만 편지를 전해주게 하면 좋을 텐데. 마카사르 족 어부들이 살고 있는 곳으로 편지를 전하면 마카사르 족이 카누를 타고 이 항구에 와서 전해주고, 룽선리가 그걸 받아 시드니에 있는 우리한테 전달해주는 식으로 말이야. 그것도 그렇게 빠른 속도는 아니지만, 지금처럼 영국에서 편지 한 통 받는 데 팔 개월씩이나 걸리지는 않을 거 아냐! 팔 개월 후에나 편지를 받아보면, 그동안 상황이 바뀌어 있으니 그 편지가 무슨 소용이 있겠어? 가령, 편지에 대충 거짓말을 써도 상관없겠지. 아, 내가 이번에 아름다운 진주들로 장식된 가방을 하나 받았어, 라고 편지를 써서 보내는 거야. 그 가방을 한번 보고 싶다는 답장이 일 년 후에 오겠지. 그럼, 일 년 전 일이다 보니 지금은 어디로 없어져버렸어, 라고 대답해도 된단 말이야."

로렌스는 베이징에 머무는 영국 대사 아서 해먼드에게 편지를 쓰기 시작했다.

테메레르는 한때 그에 대한 감정이 별로 좋지 않았다. 해먼드가 중국 측에게서 영국의 무역 활동에 유리한 항구를 보장받고 해양 수송에 유리한 협의 조건을 얻어내기 위해 테메레르를 중국에 내주려 한 적이 있었기 때문이다. 영국에 테메레르가 얼마나 필요한 용인지를 제대로 파악하지 못하고, 테메레르에게도 매우 무례한 짓을 한 것이다.

그러나 결과적으로 해먼드는 빼어난 수완을 발휘해 로렌스를 황제의 양자로 입양시켜 복잡하게 꼬인 문제들을 해결해냈다. 그제야 테메레르도 해먼드에 대한 악감정을 풀 수 있었다. 그래서 테메레르는 해먼드에게 안부를 전해달라는 말을 편지에 넣어 달라고 로렌스에게 부탁했다. 그때 축와가 지아 젠을 찾으러 용 누각으로 들어왔다.

"저녁식사도 하기 전에 이렇게 떠나게 돼서 미안합니다. 여러분 때문이 아니고 우리 자신을 지키기 위해 그런 결정을 내린 겁니다. 프리깃함 한 척이 수평선 너머에서 방금 모습을 드러냈는데, 깃발을 달고 있지 않지만 한눈에 영국 군함인 걸 알 수 있겠더군요. 동료 선원들이 걱정하게 만들고 싶지 않아 서둘러 떠나기로 했습니다. 그러니 기분 나쁘게 생각하지 마세요."

축와는 로렌스에게 살짝 고개를 숙여 인사한 후 덧붙였다.

"하지만 항구 문제에 영국 해군이 부당하게 개입하는 일이 잦아서요. 1776년에도 우리 미국은 그 개입에 맞서 싸운 적이 있는데, 앞으로도 그런 일이 또 생기면 또다시 싸워야겠죠."

테메레르가 로렌스에게 말했다.

"그럼 우린 서둘러 시드니로 출발할 필요가 없는 거네. 영국 해군이 이곳 상황을 전해 듣고 온 것 같으니 말이야."

로렌스의 표정은 긴장으로 굳어져 있었다.

"그래. 그런 것 같구나."

16

석양이 깔리기 전, 프리깃함이 해변에서 볼 수 있을 정도로 가까워졌고 잠시 후 그 뒤를 따르는 슬루프형 포함도 모습을 드러냈다.

로렌스는 망원경으로 뱃머리 쪽을 살피며 말했다.

"네리아이드 호로군. 내가 마지막으로 읽은 관보에는 해병 원정군과 함께 코벗 함장의 지휘하에 일드프랑스 지역으로 떠났다고 나와 있었어."

코벗 함장에 대해서 들은 소문이 있었으나 굳이 언급하고 싶지 않았다. 잔인한 행동을 일삼아 군법회의에 회부된 적도 있는 지독한 함장이라는 소문이었다. 그러나 그후 반년이 지났으니 사람이 변했을 수도 있고 소문이 거짓일 수도 있었다.

그랜비가 마지못해 입을 열었다.

"그럼 우리가……."

"저 배로 건너갈 수 있는 건 시저뿐이야. 이스키에르카나 테메레르는 몸집이 너무 커서 저 배의 갑판에 내려앉을 수가 없고, 쿠링길레를 타고 가면 저들이 비행사인 디마니의 말을 귀담아들을 것 같지가 않으니 말일세. 물론 내 말도 제대로 안 듣겠지. 저 배의 함장도 이미 나에 대해 들었을 테니까."

"우리가 먼저 저 배로 건너가지 않으면 함장이 결국 보트를 내려서 직접 이곳으로 건너오겠군요."

그랜비는 구시렁댔으나 어쩔 수 없는 상황이었다. 영국 군함이 사전 논의도 없이 무작정 이 항구로 접근하게 둘 수는 없었다. 랜킨도 같이 가야 할 것이다. 그런데 랜킨은 로렌스와 그랜비의 의견은 물어보지도 않고 이미 네리아이드 호로 건너가기 위해 옷을 갈아입고 나왔다. 시저는 우쭐한 표정으로 해변에서 대기 중이었다.

막상 네리아이드 호에 올라보니 그 배의 함장은 코벗이 아니라 네스빗 윌러비였다. 아프리카인들에게 빼앗긴 케이프타운을 대신할 항구를 확보하기 위한 노력의 일환으로, 로울리 준장의 지휘 아래 레위니옹 섬을 성공적으로 접수한 공로를 인정받아 윌러비가 코벗을 대신해 이 배의 함장을 맡게 되었다고 했다.

윌러비가 말했다.

"흠, 여러분을 여기서 보게 되니 반갑군요."

윌러비 역시 이전에 다른 배의 함장이었을 때 부하들에게 잔학하게 굴어 군법회의에 회부된 적이 있는 자였다. 이 배의 분위기도 그다지 화기애애하지 않았다. 험악하고 긴장된 표정인 선원들은 시저를 쳐다보며 본능적으로 겁을 먹기보다는 감정을 숨기고 은밀히 경계했다. 이들은 체벌을 두려워했고, 자칫 실수를 해서 체벌 강도가 높아질까 봐 걱정하고 있었다.

"내 생각엔 우리가 별로 어려움을 겪을 것 같지는 않습니다. 중국인들이 무슨 배짱으로 여기 와서 자리를 잡고 살고 있는지 놀라울 뿐이에요. 육천사백 킬로미터 이내에 군함 한 척 없고, 방어 수단이라곤 저 한심한 평저선 한 척과 용 몇 마리뿐이던데. 그래도 저들이 훔쳐간 용알이 한 개뿐이라서 다행입니다. 그런데 그 용알에서 태어난 암컷 용을 다시 우리 편으로 데려올 가능성은 없습니까?"

월러비의 질문에 랜킨이 대답했다.

"안타깝게도, 그 암컷 용은 중국인들에게 완전히 매수당해서 도로 데려오는 건 불가능합니다. 휘하의 장교 몇 명이 접촉을 했지만, 어떤 조건으로 꾀어도 소용이 없더군요. 아무래도 용알 시절에 저들 수중에 너무 오래 있다 보니 그리 된 것 같습니다."

랜킨이 타룬카를 함부로 매도하자 로렌스는 화가 났지만 나설 자리가 아니므로 꾹 눌러 참았다.

월러비는 고개를 끄덕였다.

"흠, 용알을 뺏긴 건 수치스러운 일이지만, 그 암컷 용은 부화한 지 얼마 되지 않았고 정식 훈련도 받지 않았으니 딱히 우리 쪽에서 걱정할 만한 존재는 아닌 것 같고. 항구로 들어가 상황 정리에 나서면 저들에게 곧장 항복을 받아낼 수 있겠네요."

로렌스가 약간 날이 선 말투로 물었다.

"상황 정리라뇨?"

월러비는 경멸해 마지않는 시선으로 로렌스를 쳐다보았다.

"이 일을 논의하는 자리에 당신이 끼어 있는 게 난 별로 마음에 들지 않아. 그러니 입 다물고 있어주면 고맙겠어, 로렌스 씨. 반역죄를 저지른 죄수가 캐묻는 질문에 굳이 대답할 필요는 없겠지."

로렌스는 더는 참고 있을 수가 없었다.

"윌러비 함장, 그쪽이 나에 대해 어떤 감정과 생각을 갖고 있든 상관없습니다. 지금까지 내 결정을 틀리다고 주장했던 더 잘난 분들의 감정과 생각에 대해서도 신경 쓴 적이 없으니까요. 내가 이 회의에 참석한 걸 마땅찮아하시니 나가드리긴 하겠습니다만, 이 말은 해야겠군요. 이렇게 갑작스럽게 찾아와 예의도 갖추지 않고 무작정 저 항구로 들어갈 생각은 접는 게 좋습니다. 나뿐 아니라 저기 있는 이십 톤짜리 셀레스티얼 품종의 용도 가만히 앉아서 두고 보지만은 않을 겁니다."

랜킨은 로렌스의 무례가 심히 부끄럽다는 듯 말없이 옆으로 고개를 돌렸다. 오터 호의 톰킨슨 함장도 입을 가리고는 나지막한 기침으로 불편한 심기를 드러냈다.

그랜비가 어색해진 분위기 속에서 나섰다.

"기왕 얘기가 나왔으니 말인데, 이 항구에서 소란을 피울 작정으로 온 거라면 차라리 우리와 맞닥뜨리지 않는 편이 나았을 겁니다. 테메레르는 여러분이 이곳 주민들을 공격하는 걸 묵과하지 않을 것이고, 다른 용들도 테메레르의 뜻에 따를 테니까요. 랜킨 대령이 우리끼리의 서열에 대해 뭐라고 말했는지 모르지만, 우리가 아무리 서열을 따져봤자 용들은 자기네끼리의 서열에 따라 움직입니다. 용들이 무조건 랜킨 대령의 명령에 따르지는 않을 거란 얘깁니다. 그런데 대체 정부에서 어떤 명령을 받고 온 겁니까?"

윌러비는 미간을 찌푸렸다. 좁은 얼굴형에 머리가 벗어졌고 옷차림도 추레한 그는, 8개월간 항해하며 편하게 먹고 자지 못한 사람 특유의 지저분한 모습이었다. 윌러비는 그랜비에게 단호하게 대답했다.

"이 항구를 접수하라는 명령을 받고 왔습니다. 저들이 순순히 항복하지 않더라도, 포격으로 이곳을 완전히 박살내는 한이 있어도, 끝까지 접수하고야 말 겁니다."

윌러비에게 지휘권이 있다는 말은 거짓이 아니었다. 그가 그랜비에게 보여준 명령서는 확실히 로울리 준장이 써준 것이었고, 내용도 구체적이었다. 소문대로 이곳에 그 항구가 있다면 용인할 수 없으니, 요새화되기 전에 접수하라는 내용이었다. 그 명령을 수행하는 데 필요한 근거라고 제시한 것은 단순한 선언문이었다. 라 페로즈 함대의 여행으로 프랑스가 새로이 발견한 땅을 식민지로 선언했듯, 섭정 왕세자 조지 4세가 플레밍의 주항(周航)에 근거하여 이 대륙의 나머지 부분도 영국 식민지로 선언한다는 내용이었다.

네리아이드 호에서 해변으로 날아서 돌아온 후, 그랜비가 말했다.

"윌러비와 논쟁을 해봤자 소용없겠습니다. 그자는 이를 갈면서 고집을 굽히지 않으려 하고 명령서의 내용도 명확하잖습니까."

윌러비의 논리는 이런 식이었다.

"중국과 당장 전쟁을 하는 것과 일 년 후에 시작하는 것 중에 고르라면 당장 시작하는 게 낫습니다. 일 년 후에는 중국인들이 이곳에 대포들을 설치할 것이고, 프랑스는 우리 영국의 무역 활동을 멋대로 휘젓고 있을 테니까. 지금도 시기가 많이 늦은 느낌입니다. 중국인들이 나폴레옹에게 용을 줄줄이 바쳤다던데. 폭군끼리는 통하는 데가 있는지 원."

그러나 중국에서 테메레르의 알을 나폴레옹에게 보낸 것은 복잡한 국내 정치 상황에서 왕위 계승의 잡음을 없애기 위해서였지 별다른 뜻이 있어서가 아니었다. 또한, 지금 리엔이 프랑스에 가 있는 것도 중국의 의지가 아니었다. 리엔은 황태자를 해칠 수도 있다는 의심을 받아 국외로 추방되었고 테메레르에게 복수하기 위해 나폴레옹과 한편이 된 것이었다.

윌러비가 당장 이 항구를 치려는 것은 단지 그런 이유 때문이 아니었다. 윌러비는 한층 격앙된 어조로 덧붙였다.

"중국인들이 우리 동인도회사의 이익을 갉아먹으면서 우리더러 자기네 말에 순순히 따르라고 하는데, 명예를 지킬 줄 아는 남자라면 총을 뽑아 들어야 마땅합니다! 이제 우리가 놈들 눈에 피멍이 들게 할 때란 말입니다!"

예전에 중국인들이 영국 배 네 척을 멋대로 몰수했다는 얘길 들었을 때 어떤 기분이었는지 로렌스는 기억해냈다. 중국 사절

단은 영국 배들을 몰수하고 그 배에 승선한 후 선원들을 강제로 부리며 영국으로 배를 몰고 가게 했다. 그들은 선원들에게 물물 교환조로 물건을 내주거나 배를 이용하는 데 드는 비용을 지불하지 않고, 협박에 가까운 명령으로 배를 공짜로 이용했다. 그것은 심각한 주권 침해 행위였다. 그 소식을 듣고 로렌스는 다른 해군들과 마찬가지로 몹시 분노했었다. 당시 영국은 중국이 프랑스와 손을 잡는 일이 생길까 봐 전전긍긍하면서 할 말도 제대로 못 하는 처지였는데, 분노한 해군들은 중국 따위는 얼마든지 막아낼 수 있다며 큰소리를 쳤었다.

랜킨이 제시한 항복 요구서를 받아 든 지아 전도 아마 비슷한 분노를 느낀 것 같았다. 테메레르는 중국어로 항복 요구서의 내용을 지아 전에게 전한 후, 구시렁대며 영어로 자신의 생각을 덧붙였다.

"이건 정말 불합리해. 라라키아 족이 수세대에 걸쳐 여기서 살아왔는데, 영국의 섭정 왕세자가 별안간 이 대륙을 영국 식민지라고 선언하는 게 말이 되느냐고. 그럼 나도 영국 런던에 착륙해서 소리치면 되겠네. '나는 런던에 처음으로 착륙한 중국 용으로서, 이곳을 중국 황제의 땅으로 선언한다'라고 말이야. 이게 지금 그런 논리잖아."

랜킨이 말을 잘랐다.

"그만 됐어. 이건 우리가 받은 명령이니, 궁금한 게 있으면 타국의 대리인 앞에서 떠들어대지 말고 따로 질문을 해."

테메레르가 신랄하게 받아쳤다.

"지아 전의 집에서 잠을 자고 그가 베푼 연회에서 실컷 먹어놓고는 이제 와서 말 참 곱게 하시네. 레퀴에스캇이 망나니처럼 굴 때나 하는 짓인데 어쩜 그렇게 똑같지? 게다가 나는 통역 후에 줄곧 영어로 떠들었는데 지아 전이 그걸 알아들었을 것 같으면 애초에 날 통역으로 쓸 필요도 없었어. 따라서 난 지아 전 앞에서 입 다물고 가만히 있을 필요가 없단 말이야."

영국 정부는 베이징 조약 위반이라고 주장하고 있었다. 그것은 해먼드가 중재하여 만든 조약으로, 영국에게 다른 서방 국가들과 같은 조건으로 중국의 개방 항구에 동등하게 접근할 권리를 부여한 것이었다.

그러나 지아 전은 공손하면서도 분명한 말투로 반박했다.

"중국이 자국 상인들에게 좀더 유리한 조건으로 수출 활동을 할 수 있게 해주는 것은 당연한 처사이며 이는 베이징 조약과 관계가 없습니다. 또한, 이 항구는 중국의 것이 아니라 라라키아 족의 것으로서 라라키아 족이 친절하게도 우리가 사용할 수 있게 허락한 것입니다. ……영국 상선들도 얼마든지 이 항구를 이용할 수 있습니다. 봄에 영국의 폼프리 호가 여기 입항했었는데, 그 배의 함장님은 유쾌하고 합리적인 분이더군요. 월러비 함장님도 이곳에 대해 재고해주시기 바랍니다. 영국과 중국이 의견 충돌을 일으키고 다투는 것은 몹시 가슴 아픈 일이고, 우리 황제께서도 슬퍼하실 겁니다."

로렌스는 랜킨의 노려보는 시선을 무시하고 입을 열었다.

"지아 전 씨, 베이징 조약의 조항들이 다소 모호한 면이 있다는 걸 아시리라 생각합니다. 중국이 이 항구를 점유하는 것은 논란의 여지가 있을 수밖에 없어요. 이곳에서 상품 거래를 주도하는 것은 라라키아 족이 아니라 중국이니까요. 양국 정부가 베이징 조약의 내용을 수정하면서 합의점을 찾는 동안, 이 항구에서 당분간 상품 거래를 중단하는 게 어떨까 합니다."

그러나 지아 전은 쉽게 물러서지 않았고, 거기에는 나름의 타당한 이유가 있었다. 지아는 대놓고 제안을 거절하기보다는 차분하게 완곡한 표현을 써가며 자신의 입장을 설명했다. 큰바다뱀들을 관리하기가 쉽지 않은데, 지금 갑자기 상품 거래를 중단하면 그동안 큰바다뱀들을 훈련해온 것이 수포로 돌아가고, 그렇다고 상품 거래 없이 큰바다뱀들의 훈련만 계속하면 먹이 값을 감당할 수 없다고 했다. 그런데 이어지는 지아 전의 말에 로렌스는 당황하고 말았다. 그는 향후 이곳에 창고를 지을 예정이라고 했다.

"황제 폐하의 명령으로 창고를 지을 장인 몇 명이 식솔들을 이끌고 이곳으로 이주해 올 예정입니다. 다음번 비행 때 룽션리가 그들을 싣고 오기로 되어 있습니다."

이는 불에 불쏘시개를 던져 넣은 격이었다. 안 그래도 즉각 포격을 하지 못해 안달이 난 월러비를 더욱 자극할 것이 뻔했다.

중재를 해보려 했으나 아무런 성과를 얻지 못하자, 로렌스는 절망했다. 나중에 그는 타르케를 만나 나지막하게 말했다.

"어떻게 해볼 도리가 없더군요."

"이 말이 위로가 될지 모르겠는데, 로렌스 씨가 중국인들을 설득해 어떤 양보를 얻어낸다고 해도 윌러비는 만족하지 않을 겁니다. 그는 이 항구를 접수하기 위해 왔고 그 명령을 수행하는 것 외에 다른 쪽으로는 생각하지도 않는 것 같던데요. 자기한테 이익이 되는 쪽으로 상황을 돌려 생각할 줄 아는 정치적인 인물 같지도 않습니다."

그러자 테메레르가 불만조로 말했다.

"아주 먹통 같은 소리만 늘어놓는다니까. 영국이 이 항구를 지었는데 중국인들이 와서 빼앗은 것도 아니잖아. 우리도 시드니에서 여기까지 오는 데 수개월이 걸렸는데, 어떻게 영국 정부가 별안간 나서서 여길 자기네 영토로 선언하느냔 말이야."

이 항구가 전략적으로 중요한 위치에 있어서 중국이 이곳에서 세력을 키운다면 영국의 해상무역과 인도양 지배에 악영향을 줄 수 있기 때문이라고 설명했지만, 테메레르는 수긍하지 않았다.

"영국처럼 작은 나라가 어떻게 세상의 모든 바다를 지배하려고 드는 건지 모르겠어. 자기네 나라가 있는 곳에서 반대편에 있는 이 바다까지 차지하지 못해 불만인 게 말이 돼? 게다가 이 바다 건너의 자바 섬은 네덜란드인들과 그곳 부족들이 차지하고 있잖아. 윌러비는 왜 거기 가서 '너희가 차지하고 있는 그 땅은 우리 것이니 다 내놓아라'라고 말하지 않는 거지?"

타르케가 대답했다.

"그들은 현대식 무기와 해군을 갖추고 스스로 방어하고 있으니, 그런 소릴 지껄이며 싸움을 걸었다간 대가를 톡톡히 치르게 되거든."

그랜비를 비롯한 일행은 마지막으로 한 번 더 시저를 타고 네리아이드 호로 건너가 중재를 시도했다. 월러비는 별 관심 없는 표정으로 듣는 둥 마는 둥 하다가 입을 열었다.

"음, 얘기 잘 들었습니다. 그럼 이제 여러분에게 명령을 내리지요, 그랜비 대령, 랜킨 대령. 각자의 용들과 나머지 용들을 모두 데리고 이 항구를 떠나요. 여길 접수하는 데 여러분의 도움은 받지 않을 테니 개입하지 말고 나가주면 고맙겠습니다."

그리고 냉랭하게 덧붙였다.

"이번 사태에 관한 여러분의 견해는 향후에 정부에 확실히 보고하죠. 항구 접수는 우리가 알아서 할 테니, 내가 명령을 수행하는 동안 방해할 생각은 하지 마시기 바랍니다."

테메레르가 말했다.

"월러비는 항구 전체를 대포로 부수고 지아 전을 죽일 작정인 거야. 지아 전은 우리한테 정말 친절하게 잘 대해줬는데. 라라키아 족도 그렇고. 그들이 보여준 엄청난 환대와 관대함을 생각하면…… 아! 저 월러비란 놈은 벌레만도 못해. 랜킨을 마음에 들어하는 것만 봐도 알 수가 있지."

로렌스는 침착했다.

"애초에 우리가 이곳 사람들의 친절을 너무 편하게 받아들인 게 잘못이었어. 영국이 어떤 입장인지 어떤 선택을 하게 될지도 모르는 채로 말이야. 영국 정부가 이곳에 만들어진 항구에 반감을 가질 만하다는 건 우리도 어느 정도 짐작하고 있었어. 전쟁까지 각오하고 있는 줄은 몰랐지만. 어쩌면 이 항구를 본보기로 삼아서 중국이 비슷한 시도를 하지 못하게 차단하려는 의도도 있을 거야."

로렌스는 테메레르를 올려다보며 말을 이었다.

"지금 상황이 마음에 든다는 뜻은 아니야, 테메레르. 그건 절대 아니야. 우리의 적이 아닌 타국에 엄청난 모욕을 가할 수도 있는 윌러비 같은 자에게 항구 접수 명령을 내리다니 어이가 없어. 하지만 그는 이미 그 명령을 수행하기 위한 지휘권을 갖고 있고, 이제 전투는 피할 수 없게 됐어. 윌러비는 적들에게 항복 조건을 제시했지. 내가 그를 잘 모르기는 하지만, 이곳 주민들이 항복해도 절대 자비를 베풀 인간이 아니야. 윌러비가 경고사격을 했을 때 지아 전이 곧장 꼬리를 내리면 더 바랄 게 없겠다. 위로가 될지 모르겠다만, 윌러비가 도착하기 전에 우리가 여길 떠났으면 우린 지금쯤 시드니로 돌아가는 길이었을 테고 여기서 무슨 일이 일어나든 전혀 알지 못했을 거야."

"하지만 우린 떠나지 않았고 이곳 상황을 잘 알고 있으니, 그 말은 별로 위로가 안 되네."

로렌스가 짐을 싸러 간 동안 테메레르는 곰곰이 생각에 잠겼다. 로렌스나 그랜비를 지금보다 더 난처하게 만들고 싶진 않았다. 그렇지만 영국 정부가 이곳에서 전투를 벌이길 원한다고 해서, 저 윌러비란 작자가 용 누각을 파괴하게 내버려두는 것은 분명 잘못된 일이었다. 영국 정부는 테메레르를 이곳으로 유배 보냈고 그가 공군으로 복무하는 걸 더 이상 원하지도 않으니 더는 테메레르의 정부라고 볼 수도 없었다. 반면에 지아 전은 테메레르와 로렌스에게 지극 정성으로 친절하게 대해주었다.

테메레르는 무엇을 어떻게 해야 할지 갈피가 잡히지 않았다. 일행들이 떠날 준비를 하는 동안, 테메레르는 슬쩍 용 누각 뒤로 가서 신의 바람을 써보기 위한 준비 단계로 목청을 가다듬고 심호흡을 했다. 그런데 마침 의료 장비를 들고 지나가던 도싯이 그 모습을 보고는 멈춰 서서 눈살을 찌푸렸다. 테메레르가 이제 목 상태가 신의 바람을 써도 될 정도가 되었느냐고 은근슬쩍 물어보자 도싯은 못마땅해하는 투로 대답했다.

"목을 무리해서 쓰는 건 안 돼. 넌 다 낫지도 않은 상태에서 목을 혹사했고, 그후에도 시키는 대로 입 다물고 조용히 지내지도 않았잖아."

테메레르는 반발했다. 여기까지 오는 동안 얼마나 말없이 지냈는데…… 이를테면 뭔가를 설명해야 한다든가, 로렌스나 승무원 중 한 명에게 말하고 싶은 흥미로운 무언가를 목격했다든가, 비행 방향을 상의해야 한다든가 하는 특별한 경우를 제외하고, 하루에 말한 횟수는 평균 여섯 번도 채 되지 않았다. 이제 목은 많이 좋아져서 통증도 없었다. 말할 때도 아프지 않았고, 점심때 다랑어 두 마리를 통째로 맛있게 구워서 먹을 때도 삼키기 힘들다거나 목 안이 쓰리지 않았다.

이번에는 어떻게든 신의 바람을 유용하게 써볼 생각이었다. 배들을 발톱으로 붙잡고 당길 수도 있지만 네리아이드 호와 오터 호를 동시에 잡고 당길 수는 없었다. 물론 그 배들을 심하게 망가뜨리거나 선원들을 다치게 할 생각도 없었다. 다만 바다 쪽으로 멀리 떠밀려가게 해서 항구로 포격을 못 하게 한다든지, 파도를 높이 치게 만들어 흔들림이 심해 대포를 조준하기 어렵게 하는 방법 정도를 염두에 두고 있었다.

얼리전스 호를 타고 먼 바닷길을 여행해 오는 동안, 테메레르는 신의 바람을 연습했었다. 슈베리니스 전투에서 리엔이 영국의 소함대를 침몰시키는 데 사용했던 '물벽 만들기' 기술을 익히기 위해서였다. 하지만 별로 성과를 거두지 못했다. 리엔이 어떤 식으로 그 기술을 썼는지 어렴풋이는 알 수 있었다. 작은 파도 여러 개를 만들어 차례로 흘려보낸 후, 마지막에 큰 파도를 만들어서 그 작은 파도들과 합쳐지게 만드는 방식이었다. 네댓 개의 작은 파도들을 만들고, 큰 파도 하나를 만드는 기술까지는 성공을 했다. 그 큰 파도는 주변의 여느 파도보다는 확실히 중량감이 있었다. 그런데 너울보다는 3미터짜리 물마루를 만들어 1, 2분 정도 프리깃함을 흔들리게 할 작정이었는데 잘되지가 않았다.

전에 발레리 호에 썼던 기술을 떠올려보았다. 그때는 배에 직접 신의 바람을 썼었다. 그런데 지금 이 항구의 영국 배들은 돛을 접고 닻을 내린 상태인 데다 단단한 떡갈나무 재질이라서 신의 바람으로 휘감을 수가 없었다. 그날 밤, 테메레르는 만 건너편의 모래사장 쪽에 새로 만든 야영지에서 날아올라 바다 쪽으로 향했다. 지금은 꼬맹이 타룬카 혼자서 용 누각에 들어앉아 있었다. 한참 날아간 테메레르는 각 파도의 속도를 계산해가며 다시 물벽 만들기를 연습했다.

"이 부분이 어렵단 말이야. 동일한 거리를 유지하지 못하고 일부 구간이 넓어져버려. 그럼 나중에 큰 파도를 보낼 때 간격이 넓은 곳에서는 힘을 못 쓰고 무너져서 물벽을 못 만들게 돼."

테메레르는 모래 바닥에 발톱으로 계산 수식을 써가며 쿠링길레에게 설명했다. 머릿속으로 척척 암산을 하는 페르사이티아가 곁에 있으면 얼마나 좋을까. 지금 테메레르는 각 너울의 간격을 필요한 만큼 유지하려면 숨을 몇 번 들이쉬어야 하는지 계산하는 중이었다.

쿠링길레는 화식조를 날것으로 또 한입 뜯어 먹고 있었다. 그날 아침에 혼자서 잡아온 것이었다. 이제는 라라키아 족 사냥꾼들이 먹을 것을 잡아다주지 않으니, 스스로 자신의 먹이를 조달해야 했다. 라라키아 족 사냥꾼들은 전처럼 맛있는 고기를 가져다주진 않았지만 어디로 가면 사냥감을 찾을 수 있는지는 알려주었다.

쿠링길레가 가늘고 높은 목소리로 말했다.

"물벽을 만드는 데 그렇게 오래 걸리면 배를 침몰시키지 못할 텐데, 그럼 배들은 흔들림이 사라질 때까지 기다렸다가 대포를 쏘면 되지 않나요?"

배들을 흔들리게만 해도, 즉각적인 포격을 방해할 수 있고 해군들을 혼란스럽게 만들 수는 있을 것이다.

"흠. 계속 흔들리게 하는 건 힘드니까, 신의 바람이 잦아든 틈을 타서 배들이 다시 자리를 잡고 포격을 할 수도 있지. 어떻게 해야 효과적일지 모르겠어."

이스키에르카가 점심거리를 들고 착륙하며 미심쩍어하는 목소리로 물었다.

"무슨 작당을 하고 있어?"

이스키에르카도 모래 위에 적힌 수식들을 보았지만 수학을 모르니 무슨 뜻인지 알 리 없었다. 그래도 테메레르는 비밀이 새어 나가지 않게 얼른 꼬리 끝으로 쓱쓱 비벼서 지웠다.

"몰라도 돼."

테메레르는 잘난 체하며 말했다. 이스키에르카에게 비밀을 털어놓을 생각은 절대 없었다. 현재로서는 오히려 경계해야 할 대상이었다. 이스키에르카가 특별히 귀담아들을 만한 조언을 해줄 것 같지도 않았다. 그랜비는 아직 영국 공군 소속이니, 이제 테메레르와 이스키에르카는 입장이 미묘하게 달랐다.

테메레르는 로렌스에게도 물벽 만들기를 연습한다는 말은 아직 하지 않았다. 그 얘기는 나중에, 큰 파도를 만드는 방법을 알아내고 난 후에 하는 편이 나을 것 같았다. 결과적으로 그 기술을 완전히 습득하지 못한다면 로렌스한테 실없는 소리만 한 셈이 될 것이다. 반면 그 기술에 통달하게 되었을 때 로렌스에게 보여주면, 로렌스를 안심시키고 기쁘게 해줄 수 있으리라. 지금 항구 가까이에 있는 저 영국 배들에게 그 기술을 사용하는 것에 대해 로렌스는 딱히 직접적으로 언급한 적은 없지만, 예전에 그 기술을 연마해두는 게 좋겠다고 격려의 말을 해주었고, 다른 용이 동일한 기술을 쓸 때 어떻게 반격하는 게 좋겠는지 생각해두라는 조언을 해준 적도 있었다. 만약 그 기술을 익혀 저 영국 배들이 보는 앞에서 보란 듯이 선을 보이면, 월러비가 겁을 먹고 알아서 꽁무니를 빼지 않을까 하는 생각이 들었다.

다른 경우, 즉 로렌스가 반대하고 나설 경우에 대해서는 생각하지 않기로 했다. 시간 낭비일 뿐이니까. 그런 고민은 물벽을 만드는 고된 연습을 하는 데 방해가 될 뿐이었다. 지금으로선 일분일초가 아까웠다. 영국 배들은 그날 밤 조류의 방향이 항구 쪽으로 향하기만 기다리고 있을 터였다. 그래야 빠른 속도로 항구로 밀고 들어와 포격을 할 수 있을 테니까.

"난 가서 먹을 거나 좀더 찾아봐야겠다."

테메레르는 이렇게 말하며 바다 쪽으로 날아갔다. 실은 물벽 만들기 기술을 연마하기 위해서였지만 완전히 거짓말을 한 것은 아니었다. 바다에 대고 신의 바람을 쓰다 보면 죽거나 정신이 혼미해진 물고기들이 위로 둥둥 떠올라서 힘들이지 않고 쓸어 모아 먹을 수가 있었다. 처음 그 기술을 연습할 때, 물고기들이 잔뜩 떠올라서 테메레르는 실컷 배를 채웠다. 다 먹지 못하고 남은 것은 큰바다뱀들이 즐겁게 먹어치웠다. 멀리서 큰바다뱀들이 물 위로 머리를 내밀고 쳐다보는 것을 느낄 수 있었다. 큰바다뱀들은 일정한 거리를 두고 구경하면서 가까이 다가오지 않았지만 테메레르가 나타났으니 물고기를 먹을 수 있겠다 싶어 기대하는 눈치였다.

이번에는 파도 사이의 간격을 잘 조절했고 마지막으로 큰 파도를 고함과 함께 만들어 보냈다. 목구멍 안쪽이 뻐근해서 하는 수 없이 멈추고 살짝 기침을 내뱉었다. 그런데 아! 바로 저것인

가. 바다 위로 유리처럼 투명한 언덕이 크게 솟아올랐다. 너울이 치솟으며 앞의 작은 파도들을 전부 잡아먹고 높이, 더 높이 뻗어 올라갔다. 9미터 높이에 달하는 연녹색 물벽이 만들어진 것이다. 이 정도면 중간돛대까지 닿을 높이였다. 테메레르는 물벽 주변을 수차례 맴돌며 기쁨을 만끽했다. 마침내 물벽은 8백 미터쯤 떨어진 곳에 숨겨진 암초에 부딪치면서 천둥처럼 요란하게 부서졌다. 마치 뱃전에서 일제사격을 하는 것처럼 크고 깊은 소리로 포효하며 물벽이 사라졌다.

더 지체할 시간이 없었다. 물벽이 부서진 자리에 생성된 하얀 포말이 석양빛을 받아 분홍색으로 물들었다. 테메레르는 전속력으로 해변을 향해 날아가 천막 옆에 착륙하며 소리쳤다.

"로렌스— 로렌스, 와서 좀 봐—!"

편지를 쓰고 있던 로렌스가 고개를 들었다. 로렌스는 디마니에 관해 편지를 써서 배편에 영국으로 보낼 생각이었다. 하지만 테메레르가 생각하기엔, 이 상황에서 대체 누가 영국 공군 따위가 되고 싶어할지 의문스러웠다. 영국 공군은 로렌스의 가치도 못 알아보고 로렌스를 내쳤다. 그것은 분명 잘못된 판단이었다. 그런데 중국 황제는 로렌스를 훌륭하다 칭찬했고 어머니인 치엔도 마찬가지였다. 혹시라도 지나치게 자랑하는 것으로 생각할까 봐 로렌스에게 말하지는 않았지만, 어머니는 편지에서 로렌스에 대해 언급하면서 대단히 복 있는 자를 동료로 맞이했다며 기뻐했다.

"부탁인데 로렌스, 나랑 같이 잠깐 비행 좀 할 수 있어? 뭘 좀 보여주려고 그래."

로렌스는 해변에 파도가 높게 치는 것을 흘낏 보더니 "비행 장구를 갖고 와야겠다"라고 말했다. 그리고 가죽끈에 카라비너를 끼우며 그랜비와 잠깐 몇 마디를 나누었다.

테메레르는 항구에서 그다지 멀리 떨어지지 않은 곳으로 향했다. 테메레르가 날갯짓을 하는 동안 로렌스가 말했다.

"테메레르, 지금 마음이 얼마나 괴로울지 알고 있어. 중국이 네가 부화한 나라는 아니지만 뿌리를 두고 있는 나라인 만큼, 누가 그 나라에 대해 모욕적인 말을 하면 참기 어렵겠지. 너로서는 신경이 쓰일 수밖에 없을 거다. 나도 이렇게 물러나 방관만 하고 있게 된 게 썩 내키지는 않지만……."

"로렌스, 당신도 이 상황이 마음에 들지 않는 거지, 그렇지? 우릴 융숭하게 대접해준 이곳 사람들한테 윌러비가 못되게 구는 거 당신도 싫은 거잖아."

"그래. 하지만 양국 간의 전쟁이라든지 갈등 상황에 끼어들고 싶진 않아. 영국이 이 대륙에서 뉴사우스웨일스를 식민지로 두고 있다는 건 비밀이 아니야. 중국은 그 사실을 알고 있고, 영국이 인도양 무역에 중요한 비중을 두고 있다는 것도 잘 알아. 시드니로 상품을 실어 보내기까지 했으니 전혀 몰랐다고는 발뺌할 수 없을 거야. 그러니 전략적 요충지인 이곳에 항구를 만들어 무역을 한다는 건 영국에 대한 명백한 도발이라고밖에 해석할 수 없어. 더군다나 이곳은 쿡 선장이 영국 식민지로 선언한 구역의 경계선에서 그리 멀리 떨어져 있지도 않고."

"그렇다고 이 항구를 파괴하고 우리 친구들을 죽여도 되는 건 아니잖아. 쿡 선장이라는 자가 이 대륙의 일부를 영국 식민지라고 선언한 게 뭐 그리 대수인가 싶은데, 백번 양보해서 그가 식민지로 선언한 구역을 인정한다고 쳐. 이 항구는 거기에 속하지도 않잖아. 그러니 꼭 영국에 대한 도발이라고는 볼 수 없지."

테메레르는 정지비행을 하며 덧붙였다.

"그렇지만 여기로 나오자고 한 건 이런 논쟁을 하기 위해서가 아니었어, 로렌스. 멋진 걸 보여주려고 오자고 한 거야."

로렌스는 잠시 침묵하다가 말했다.

"여기서 좀더 멀리 날아가자."

"그게, 윌러비도 보게 하면 효과적일 것 같아서 그래. 여기서 하면 윌러비도 볼 수 있을 테고……"

방향을 돌린 테메레르의 눈에 돛을 올리고 있는 영국 배들의 모습이 들어왔다. 바람을 머금은 흰 돛을 펄럭이며 배들은 항구를 향해 나아가고 있었다. 현창 밖으로 검은 혀를 내민 대포들도 보였다.

테메레르가 소리쳤다.

"조류의 흐름이 아직 완전히 바뀌지도 않았는데!"

로렌스는 테메레르의 목덜미에 손을 대며 진정시켰다.

"테메레르, 우리 좀더 멀리 날아가자. 여기서 굳이 지켜볼 필요 없어."

"그게 아니라, 내가 해냈단 말이야. 리엔처럼 물벽 만드는 방법을 알아냈어……"

로렌스의 손은 여전히 차분하게 테메레르의 목덜미에 닿아 있었다.

긴장된 침묵이 흘렀다.

테메레르는 더듬거리며 말했다.

"아니, 그건 그 뜻이 아니야, 로렌스. 내 말은…… 이건 공격을 하기 위한 용도가 아니고 다만…… 물벽을 만들어서 보여주고 위협하면 영국 배들이 항구를 공격하겠다는 생각을 버리지 않을까 해서."

한참 동안 말이 없던 로렌스가 입을 열었다.

"실제로 공격을 가하지 않고 협박만 한다면 영국 배들은 끄떡도 하지 않아. 게다가 영국 해군에 그런 위협을 가하는 건 내가 허락할 수 없어. 실제로 공격을 했든 위협만 했든, 국왕 폐하의 장교가 의무를 수행하고 명령을 이행하는 것을 막는 행위는 중대한 범죄야. 나는 이미 반역죄를 저질렀지만, 그건 개인적인 분풀이라는 저급한 이유가 아니라 생명 존중이라는 한층 큰 대의명분이 있어서였어. 그러니 이 일은 안 돼. 내 심정을 이해해주었으면 좋겠구나."

로렌스는 비통하고 우울한 목소리로 말을 맺었다. 테메레르는 마음이 괴로워서 몸까지 떨렸다. 그 점은 전혀 생각지 못했다. 전혀…….

"그럼 이렇게 수수방관하는 건 반역죄가 아닌 거야?"

테메레르의 이 말 속에는 현 상황을 받아들일 수 없는 심정이 담겨 있었다. 그리고 이는 로렌스가 아닌 자신에게 하는 말이기도 했다.

테메레르는 공중에서 몸을 움츠리며 말했다.

"아…… 미안해, 로렌스. 용서해줘. 다시는 이런 부탁 하지 않을게. 우리가 반역 죄인이 돼서 겪은 고초가 얼마인데. 그렇지만 내가 이러는 건, 단지 저 용 누각이 아까워서가 아니라, 친구들이 다치는 걸 보고 있어야만 한다는 걸 받아들이기가 어려워서야."

테메레르는 로렌스의 손이 여전히 목덜미에 닿아 있는 것을 느끼며 약간 마음을 놓고 말을 이었다.

"영국 정부는 우리한테서 너무나 많은 걸 빼앗기만 했는데, 저들은 우리한테 정말 친절하게 잘해줬잖아."

"그 말은 꼭, 누가 더 값진 선물을 해줬는지에 따라 네 충성심이 왔다갔다하는 것처럼 들리는구나. 내가 받은 그 예복 때문에 네가 반역죄를 아무렇지 않게 여길 정도로 이곳 사람들에게 애정을 느낄 줄 알았다면, 진즉에 그 예복을 불 속에 던져 넣었을 거다. 네가 괴로워하든 말든 그랬어야 했어."

그리고 로렌스는 한층 격앙된 목소리로 덧붙였다.

"지아 전이 예복을 선물한 것도 애초에 이런 효과를 노린 것 같다는 생각이 드는데."

"꼭 예복 때문만은 아니라니까."

목소리가 기어들어갔다. 하지만 로렌스가 예복을 없애겠단 생각을 했다는 데 큰 충격을 받은 테메레르는 힘주어 덧붙였다.

"예복을 불태우겠다는 무서운 생각은 하지 않았으면 좋겠어.

영국 정부가 늘 우리한테 형편없이 구니까, 내가 이곳 사람들을 더 우호적으로 생각하는 것인지도 몰라. 그게 이 사람들 탓은 아니잖아. 그 예복 탓은 더더욱 아니라고."

테메레르는 가슴 졸이며 용 누각 쪽을 돌아보았다. 작고 민첩한 오터 호가 벌써 한쪽 현을 항구 쪽으로 향하고 있었다. 오터 호에서 발사된 포탄이 높이 솟으며 바다를 가로질러 날아갔다. 테메레르는 움찔했다. 하늘로 치솟은 용 누각 지붕의 한쪽 모서리에 포탄이 떨어지면서, 눈 깜짝할 새에 정교한 용 모양 조각이 부서지고 기와들이 우수수 떨어졌다. 누각을 이루는 나무들이 날카롭게 삐걱댔고, 동쪽 어딘가에서 기묘하게 우는 소리가 들리는 것 같기도 했다. 나무 파편들이 부서지며 먼지가 일었고 그 사이로 붉은 기와들이 쏟아졌다. 우아한 지붕에 흉측한 구멍이 나고 말았다.

테메레르가 비통해하며 소리쳤다.

"아! 로렌스, 어떡해, 저 아래 누가 있었으면……."

테메레르는 누각 쪽으로 다가갔다. 가까이서 보니 더 심하게 망가진 것 같았는데, 자신이 할 수 있는 일은 아무것도 없었다.

"테메레르."

테메레르는 절망했다.

"아니, 개입하지 않을 거니까 걱정 마. 그런데 날아가는 포탄을 떨어뜨리는 것도 하면 안 되는 거지?"

신의 바람으로 그게 가능할지는 알 수 없었다. 하지만……. 로렌스가 무어라 대답을 했는데 그 소리가 들리지 않았다. 세상이 갑자기 빙빙 돌았고 우렁찬 고함이 들렸다. 테메레르는 파도 속으로 곤두박질치고 말았다. 사방에서 초록색 포말이 코와 목으로 밀려들어 숨이 막혔다. 균형을 잡으려 안간힘을 쓰면서 공기를 들이마셨다. 파도를 가르며 물 위로 올라온 후 기침을 쏟으며 테메레르가 외쳤다.

"로렌스!"

숨통이 죄어들면서도 혹시나 싶어 목을 돌려 등을 살폈다. 다행히 로렌스는 파도에 휩쓸려가지 않았다. 온몸이 물에 젖고 장화 한 짝이 없어졌지만 안장을 단단히 붙잡고 제자리로 돌아오고 있었다.

위에서 날개를 퍼덕이며 이스키에르카가 쏘아붙였다.

"내 이럴 줄 알았지. 몰래 계략을 꾸밀 줄 알았어. 똑똑한 척은 혼자 다 하더니만, 교활하게 여기 숨어서 저 배들을 공격할 생각이었던 거야."

"아니거든!"

테메레르는 화가 나서 목청을 높였다. 이스키에르카는 사악한 거짓말을 하고 있었다. 테메레르는 결코 저 배들에게 해를 끼칠 생각이 없었다.

"교활한 거로 치자면 네가 나보다 더하지. 어떻게 경고도 없이 갑자기 위에서 내리 덮칠 수가 있냐."

"그래, 실컷 투덜거려. 하지만 넌 당해도 싸. 너 때문에 우리 그랜비가 공군 내에서 더는 피해를 입는 일이 없게 할 생각이니까. 그랜비는 롤랜드의 어머니처럼 공군 대장도 되고 귀족도 될 거란 말이야."

그때 그랜비가 나서며 확성기를 통해 말했다.

"조용히 해, 이 이기적인 녀석아. 로렌스, 괜찮으세요? 테메레르가 뒤에서 무슨 짓을 할 거라고 이스키에르카가 오해한 모양입니다……."

로렌스는 심하게 기침을 하면서도 그랜비를 안심시키기 위해 말했다.

"물에 처박히긴 했지만…… 멀쩡하네."

이스키에르카가 계속 고집을 부렸다.

"말로는 아니라고 해도 테메레르는 분명 뭔 작당을 했다니까. 난 그걸 막은 거고. 나중에 영국으로 돌아가거든 네 비행사한테라도 이실직고해, 테메레르. 정부 쪽에서 알면 아주 좋아라하겠다."

이스키에르카는 잘난 체를 하며 말을 맺었다.

"아! 내가 애초에 저 배들을 공격할 생각이었으면, 넌 날 막지 못했어."

테메레르는 심호흡을 하며 최대한 옆구리를 부풀리고 날개를 세차게 퍼덕였다. 바다에서 수영하다가 얼리전스 호로 기어 올라올 때처럼 꼬리와 뒷다리를 세차게 휘저었다. 공기의 흐름을 타고 떠오르기 위해서였다.

로렌스가 말렸지만 테메레르는 이스키에르카에게 따끔한 교훈을 줄 생각이었다. 그런데 요란한 총소리가 들려와 영국 배들이 있는 곳으로 고개를 돌렸다. 큰 총은 아니고 소총 사격이었다. 타룬카가 배 쪽 그물에 남자 두 명을 태우고 용 누각에서 날아오고 있었다. 그 남자들은 물이 뚝뚝 떨어지는 큰 자루를 하나씩 잡고 있었다. 먼 거리지만 테메레르는 그 자루에서 풍기는 냄새를 맡을 수 있었다. 잠시 후 그 남자들은 오터 호와 네리아이드 호에 각각 그 자루에 든 내용물을 쏟아부었다.

반쯤 상한 생선과 썩은 해초 들이 타르처럼 시커멓게 덩어리진 채 배 위로 쏟아져 내렸다. 타룬카는 소총의 총알이 닿지 않을 정도로 높이 떠 있었고 자루에서 쏟아진 생선 찌꺼기는 돛을 온통 적셨다. 높은 망대에 올라가 있던 불쌍한 선원들도 그 악취나는 찌꺼기를 뒤집어썼다. 배로 떨어지지 않은 나머지 찌꺼기는 바다로 떨어졌다. 먼저 포격한 걸 생각하면 저런 꼴을 당해도 할 말이 없겠다 싶었지만, 별로 피해는 입지 않은 것 같았다. 함수포와 뒷갑판의 캐로네이드 포에 생선 찌꺼기가 좀 튀었을 뿐, 포열갑판에는 전혀 묻지 않았다.

항구에서 종소리가 들리자 타룬카는 서둘러 해변으로 물러났다. 곧 항구 부근의 바닷물이 요동치며 끓어올랐다. 생선 찌꺼기로 얼룩진 물 위로 큰바다뱀들이 머리를 내밀었고, 이내 두 배의 측면을 움켜잡으며 갑판 위로 올라오기 시작했다. 그들은 썩은 생선과 해초 들이 묻어 있는 돛을 향해 긴 목을 뻗어 올렸다.

큰바다뱀들의 이동 속도는 소름 끼칠 정도로 빨랐다. 그 거대한 짐승들은 재미난 장난감을 먼저 차지하기 위해 경쟁을 하듯 서로를 밀쳐가며 두 배를 향해 몰려들었다. 큰바다뱀들의 무게가 실리며 갑판이 요동을 쳤다. 삭구에 매달려 있다가 생선 찌꺼기를 뒤집어쓴 자들이 제일 먼저 희생되었다. 그들은 서둘러 밧줄을 타고 밑으로 내려오려 했지만 큰바다뱀들은 한입에 낚아채서 삼켜버렸다. 거대한 입이 밧줄을 잘라버리자 돛대들이 크게 기울어지며 바다로 곤두박질쳤다. 돛에 묻어 있던 생선 찌꺼기가 갑판에 있던 사람들의 몸에 쏟아져 내리며 큰바다뱀들의 입맛을 자극했다.

 몸집이 좀 작은 큰바다뱀 한 마리가 네리아이드 호의 갑판 위로 꿈틀거리며 올라왔다. 놈은 긴 꼬리를 난간 밖으로 걸친 채 선원들을 쫓다가 앞쪽 사다리 사이에 큰 머리가 끼고 말았다. 선원들은 도끼를 들고 달려 나왔고, 도끼질과 총성이 난무하는 가운데 테메레르와 이스키에르카는 배들을 향해 다급히 날아갔다. 로렌스는 키 큰 남자 하나가 갑판을 달려가는 모습을 보았다. 그 남자는 사다리 사이에 끼어 있는 큰바다뱀의 머리 바로 아랫부분을 도끼로 찍었다.

 도끼질 두 번 만에 남자는 뼈까지 잘라냈다. 큰바다뱀의 몸뚱이가 사납게 날뛰었고 몸에서 머리가 분리되면서 갑판 전체에 검은 피가 퍼져나갔다. 하얗게 칠해진 배의 난간과 선체를 타고 피는 주홍색이 되어 흘러내렸다. 생선과 해초 썩은 냄새에 피 냄새까지 섞이며 악취는 말로 다 할 수 없을 정도였다.

 급강하한 테메레르는 갑판으로 기어 올라간 큰바다뱀 한 마리의 어깨를 잡고 배에서 떼어냈다. 놈은 몸을 이리저리 뒤틀며 벌린 주둥이로 테메레르를 물어뜯으려 했다. 기다란 몸뚱이를 배

배꼬면서 작은 앞발을 허우적거렸다. 테메레르의 목 너머로 로렌스는 놈의 목구멍까지 들여다볼 수 있었다. 한 남자의 창백한 손 하나가 놈의 식도 안에서 튀어나온 부분을 붙잡고 매달려 있었다. 얼굴은 피투성이였지만 의식을 잃지 않은 그 남자는 공포에 질린 눈으로 로렌스를 올려다보았다. 이내 큰바다뱀이 한 차례 몸을 뒤틀자 남자는 손이 미끄러지면서 놈의 배 속 깊이 사라지고 말았다.

물 밖으로 나온 큰바다뱀은 큰 몸뚱이를 주체하지 못하고 격하게 발톱을 휘둘렀다.

"더는 못 잡고 있겠어."

큰바다뱀을 잡고 끌어당기던 테메레르가 숨을 헐떡이며 말했다. 그러자 이스키에르카가 소리쳤다.

"잠깐 비켜봐!"

이스키에르카는 공중에서 아래로 내리꽂으며 놈의 몸뚱이에 불을 질러 바싹 구웠다. 무시무시한 탄내가 퍼져나갔다. 놈은 높고 가느다란 비명을 지르며 딱정벌레처럼 몸을 비틀었고, 테메레르가 놈을 바다에 던져 넣었다.

"한 놈 처리했고."

이스키에르카가 흡족해하며 말했다.

하지만 그때, 타룬카가 날아와 자루에 담긴 생선 찌꺼기를 네리아이드 호의 갑판에 다시 쏟아부었다. 소총병이 우왕좌왕하고 있어서 이번에는 좀더 배 가까이 내려와 그 찌꺼기를 쏟을 수 있었다. 냄새를 맡은 큰바다뱀들이 미친 듯이 물 밖으로 올라왔다.

수십 마리의 큰바다뱀들이 사방을 부수고 찢어댔다. 그들은 동족도 가리지 않고 야만적인 분노를 쏟아냈다. 선원들이 도끼와 단검으로 살에 상처를 내자, 큰바다뱀들은 피 냄새를 쫓아 상처 입은 동료의 살을 물고 찢었다. 생선 찌꺼기가 뿌려진 곳이면 삭구든 총이든 가리지 않았다. 밧줄이 잘리면서 풀려난 대포가 갑판을 가로질러 요란하게 굴러가 난간을 부수며 바다로 떨어졌다. 그 대포와 함께 남자 여섯 명과 큰바다뱀 한 마리가 바다로 추락했다. 갑판은 피에 젖어 미끈거리고 대포가 요란하게 포효했다. 포탄에 맞은 큰바다뱀들은 살이 찢기며 바다 속으로 가라앉았다.

하지만 더 많은 큰바다뱀이 몰려왔다. 다친 큰바다뱀들은 바짝 약이 올라서 도끼와 칼로 자신들을 찌른 자들에게 무작정 발톱을 휘둘렀다. 잠시 후 월등히 체격이 큰 큰바다뱀 한 마리가 몸의 4분의 1을 물 위로 끌어올리고는 갑판을 가로질러 선체를 몸으로 감기 시작했다. 이 배를 위험한 대상이자 먹이로 인식한 것이다.

예전에 얼리전스 호에 탔을 때 로렌스는 큰바다뱀이 이런 식으로 선체를 감고 공격하는 걸 본 적이 있었다. 얼리전스 호는 네리아이드 호보다 두 배는 더 컸는데도, 선체를 감은 큰바다뱀을 떼어내는 데 무척이나 힘들었던 기억이 났다.

"저놈이 배를 감지 못하게 막아야 해!"

로렌스가 소리치자 테메레르는 강하하여 큰바다뱀의 기다란 몸뚱이에 발톱을 박아 넣었다. 가시가 박혀 있어 면도날처럼 날카로운 지느러미가 척추를 보호하고 있었다.

테메레르는 큰바다뱀을 움켜쥔 채 뒤로 날개를 치며 잡아당겼다. 갑판에서 거의 떼어냈다 싶을 때쯤, 돛대 하나가 부러지면서 그들 쪽으로 쓰러졌다. 돛에 담겨 있던 생선 찌꺼기가 테메레르의 등과 날개로 쏟아지면서 로렌스의 얼굴에도 튀어서 로렌스는 눈을 거의 뜰 수가 없었다. 그런데 눈에서 오물을 닦아내자마자, 톱처럼 날카로운 이빨이 돋은 붉은 주둥이가 눈앞으로 다가오는 것이 보였다. 생선 냄새를 맡고 달려드는 그 큰바다뱀은 칠성장어처럼 큰 입을 벌리고, 깜박이지 않는 오렌지색 눈으로 로렌스를 노려보았다. 그 눈에는 지독한 식탐이 깃들어 있었다.

권총 속의 화약이 물에 젖어 쏠 수가 없어서 로렌스는 놈에게 칼을 휘둘렀다. 달려들던 놈의 아랫입술이 자줏빛으로 갈라지며 깊은 상처가 났다. 놈이 약간 움찔한 틈을 타 테메레르가 이로 물어뜯으려고 고개를 획 돌렸다. 놈은 뒤로 물러서는가 싶더니 머리를 앞으로 뻗으며 테메레르의 날개를 물었다. 날갯죽지를 입에 넣고 마구 흔들며 단단하고 탄력 있는 날개의 막에 구멍을 내려 하고 있었다. 테메레르는 놈에게 고함을 질렀다. 천둥처럼 거대한 신의 바람이 쏟아져 나오면서 그 진동이 목덜미에 앉은 로렌스의 귓속으로 고통스럽게 전달되었다. 결국 놈은 테메레르의 날개를 놓고 날카로운 비명을 지르며 물러났다.

그러나 점점 더 많은 큰바다뱀이 로렌스와 테메레르에게 달려들었고, 테메레르의 발톱에 잡힌 큰바다뱀은 여전히 선체를 감은 몸을 풀지 않았다. 그놈이 선체를 점점 조이면서 포문 쪽 난간이 성냥개비처럼 꺾이고 우현 난간은 순식간에 달아났다. 그 순간 테메레르는 발톱으로 잡고 있던 큰바다뱀을 놓치고 말았다. 놈의 몸뚱이가 갑판 위로 무겁게 떨어졌고, 테메레르는 다시 놈을 붙잡으려고 달려들었다. 그런데 또 다른 큰바다뱀 네 마리가 갑판 위로 머리를 치켜들고는 테메레르를 향해 입을 벌렸다.

테메레르는 얼른 몸을 뒤틀어 놈들의 주둥이를 피했다. 권총에 새로 화약을 채워 넣은 로렌스가 그중 한 놈의 눈알에 대고 총을 쏘았다. 구름처럼 검은 피가 공막에 번져나가며 놈은 비명과 함께 몸을 움츠렸다. 그러나 테메레르는 여전히 곤경에 처해 있었다. 사방에서 물어뜯으려고 달려드는데, 선체를 감고 있는 놈의 몸뚱이가 아직 발톱에 잡히지 않았다. 일단 급한 대로 갑판에 서 있는 선원 한 명을 앞발로 붙잡아 등으로 던져 올렸다. 로렌스가 그 소년을 붙잡았다. 열네 살 정도 된 해군 소위로, 머리카락과 얼굴이 온통 생선 찌꺼기로 뒤덮여 있었다.

소년은 두려움으로 멍해져 있었으나 반사적으로 예의를 차려 로렌스에게 인사했다.

"비행사님과 이 용에게 신의 가호가 있기를 바랍니다."

로렌스가 방법을 가르쳐주자 소년은 부들부들 떨리는 손으로 안장 고리에 허리띠를 연결했고 안장 끈 사이로 팔을 집어넣어 단단히 고정했다. 테메레르는 다시 큰바다뱀들에게 돌진했다.

이번에는 옆구리 쪽을 공략하기로 했다. 꿈틀대는 큰바다뱀들 사이를 지나, 선체를 감은 거대한 놈의 몸뚱이에 다시 발톱을 박았다. 하지만 바닷물이 문제였다. 정지비행을 하며 큰바다뱀을 잡아당기는 동안 꼬리와 날개의 아래쪽 가장자리가 자꾸만 바다에 잠겼다. 갑자기 몸이 옆으로 들어지면서 테메레르는 또 놈을 놓치고 말았다. 또 다른 거대한 몸집의 큰바다뱀이 깊은 바다에서 솟구쳐 올라 갑판을 붙잡고 배 전체를 옆으로 기울인 것이다.

네리아이드 호가 기울어지자 건너편에 있던 큰바다뱀들이 갑판 위로 올라오려고 허우적거렸다. 배는 더 심하게 기울어지고 갑판 아래서 비명이 터져나왔다. 대포가 발사되자 선체를 감고 있던 큰바다뱀이 몸을 더욱 바짝 조여, 갑판 바닥이 쪼개지면서 난간 너머로 흘러 들어온 바닷물이 그 틈새로 쏟아져 들어갔다.

로렌스는 침몰하는 네리아이드 호를 자포자기한 심정으로 바라보았다. 저쪽에서 이스키에르카가 오터 호의 닻을 잡고 해변 쪽의 얕은 물로 끌어당기는 모습이 보였다. 큰바다뱀들도 그곳까지는 쫓아오지 못했다. 몇 마리가 여전히 선체에 붙어 있기는 했으나 오터 호에 타고 있던 자들은 선체 양옆으로 뛰어내려 해변을 향해 달아났다. 시저와 쿠링길레가 오터 호의 선체에 붙은 큰바다뱀들을 힘겹게 떼어내고 있었다. 그런데 뜻밖에도 그들을 돕고 있는 타룬카의 모습이 보였다. 타룬카는 얕은 물로 떨어진 오터 호의 해군들과 선원들을 집어 올려 한 명씩 해변으로 옮겼다. 그리고 라라키아 족은 비틀거리며 걸음을 제대로 못 가누는 생존자들을 부축하여 해변 위쪽으로 데려갔다.

이쯤 되면 선체를 감은 큰바다뱀을 떼어내는 일은 포기해야 했다.

로렌스는 결단을 내렸다.

"테메레르, 네리아이드 호를 끌거나 밀어서 모래톱 쪽으로 가지고 갈 수 있겠어?"

선체를 감고 있는 큰바다뱀의 소름끼치는 몸뚱이를 잡고 함께 끌고 가는 것이다. 쿠링길레가 날아와 테메레르를 도와주었다. 쿠링길레는 기다란 발톱을 큰바다뱀의 살 속에 찔러 넣었고 테메레르와 함께 모래톱 쪽으로 잡아 당겼다. 그러는 동안에도 그 큰바다뱀은 계속 몸통을 조이며 갑판을 쪼개고 있었다.

약탈당한 갑판에는 남은 사람이 거의 없었다. 기울어진 갑판으로 파도가 밀려들면서 남아 있던 생선 찌꺼기를 깨끗이 씻어냈다. 네리아이드 호를 모래톱 쪽으로 끌고 가는 동안에도 바다의 큰바다뱀들은 계속해서 그들을 따라왔고, 수심이 한층 얕아지자 흥분이 덜했던 놈들은 바다로 물러났다. 두 번째로 선체에 들러붙었던 거대한 몸집의 큰바다뱀이 머리를 치켜들고 그들을 노려보았는데, 착각일지 모르지만 로렌스는 그 눈 속에서 냉정하고 진지한 기운을 감지할 수 있었다. 잠시 후 그놈은 배를 내버려두고 뿌옇게 흐려진 물속으로 모습을 감추었다.

잠시 후 그들은 네리아이드 호를 오터 호 가까이에 있는 작은 암초 위에 올려놓을 수 있었다. 테메레르는 선체를 감은 큰바다뱀을 발톱과 산호초를 이용해 떼어냈다. 그놈은 이미 죽어 있었다. 놈의 피가 선체에 흥건했다. 디마니는 갑판 승강구에서 해군 및 선원 들을 구조하는 작업을 하고 있었다. 쿠링길레가 몸속 가득 공기를 채운 채 난간을 잡고 있는 동안, 디마니는 안장에 몸을 묶고 일어서서 쿠링길레의 등으로 사람들을 끌어올렸다.

네리아이드 호를 복구하기란 불가능할 듯했다. 용골이 깨졌고 이음새 부분이 선체를 따라 벌어져 있었다. 어느새 해가 뉘엿뉘엿 넘어가고 있었다. 로렌스는 디마니와 쿠링길레를 먼저 해변으로 돌려보냈다. 나머지 사람들은 테메레르가 정지비행을 하며 구해냈다. 한쪽 눈에 붕대를 감고 한쪽 무릎 아래가 잘려나간 처참한 몰골의 윌러비가 부축을 받으며 갑판 위로 올라왔다. 군의관이 바로 뒤에서 따라 올라왔고, 그을음을 잔뜩 묻힌 대포 담당자들도 기어 나왔다. 그들이 테메레르의 안장 끈을 붙잡자, 테메레르는 천천히 조심스럽게 해변으로 그들을 옮겼다. 일부는 끈을 놓치고 얕은 바다에 떨어졌지만 비틀거리며 일어서서 힘겹게 모래사장으로 올라왔다.

로렌스와 테메레르는 한 번 더 배로 가서 사람들을 구조했고, 세 번째로 사람들을 옮길 때쯤에는 해가 용 누각 뒤로 넘어가면서 옻칠이 된 누각의 지붕을 붉은 석양으로 물들였다. 큰바다뱀들의 사체가 파도에 이리저리 휩쓸렸다. 구조 작업을 마친 테메레르는 크게 숨을 내쉬며 모래 위에 내려앉아, 피곤함을 느끼며 목을 푹 숙였다.

라라키아 족이 그 모습을 지켜보았다. 기진맥진한 생존자들을 부축해 해변 위쪽으로 옮겨주었던 젊은 라라키아 족 남자들은 이제 뒤로 물러나 다시 창을 손에 들었다. 그들은 말없이 해변에 늘어서서 영국인들을 쳐다보았고, 젊은 중국인 남자들도 어설프게 칼을 쥐고는 라라키아 족에게 합류했다.

시저의 목덜미에 앉은 랜킨이 지시했다.

"블링컨 대위, 여기 자리를 잡고 질서를 유지하게. 시저, 부탁한다."

시저는 허리를 꼿꼿이 세우고 폼 나게 자리를 잡고 앉아 가슴을 쭉 펴며 선홍색 줄무늬를 드러냈다.

공군들은 라라키아 족 및 중국인들이 모여선 곳 맞은편에 가서 섰다. 지상으로 내려선 로렌스가 테메레르의 부드러운 주둥이에 손을 가져다 댔다. 숨소리가 거칠어져 있었다. 과도하게 신의 바람을 사용하는 바람에 목 상태가 악화된 게 분명했다. 야영지에 먹을 것이 남아 있긴 하지만 그곳까지 가려면 만을 따라 한참 이동해야 했다. 로렌스가 나지막하게 지시했다.

"롤랜드, 가서 디마니에게 전해. 여기서 전투가 벌어지면 너희 둘은 우리 야영지로 가서 화약과 포탄, 총을 있는 대로 다 가져와."

롤랜드는 고개를 끄덕이고는 쿠링길레의 몸에 타고 있는 디마니에게 달려갔다. 쿠링길레는 많이 지쳤을 법도 한데, 다른 용들에 비해 정신이 맑아 보였고 허기가 져서인지 두 눈이 번들거렸다. 사냥을 나갔던 라라키아 족 남자들 중 일부가 돌아와 작은 캥거루 두 마리를 꼬챙이에 꿰어 굽고 있었다. 쿠링길레의 시선은 온통 그 캥거루에 쏠려 있었다.

기운이 쭉 빠진 선원들은 모래 위에 늘어져 누웠다. 용들보다 더 지치고 기진맥진한 모습들이었다. 방금 전의 무시무시한 싸움은 광포한 힘을 가진 괴물과의 사투였지, 전투라고 부를 수도 없었다. 종소리와 생선 냄새에 이끌려 바다 위로 올라왔던 괴물들은 피에 대한 갈증이 채워지자 신속히 물러갔다. 항구 가장자리 너머에서 큰바다뱀들은 다시 저희끼리 신 나게 놀고 있었다. 조금 전의 싸움 따윈 잊어버리고 어린애들처럼 재밋거리를 찾아 즐기고 있었다.

라라키아 족 남자들은 창을 손에 쥔 채 자기네들끼리 수군거렸다. 연장자들이 주로 얘기를 하고 젊은 남자들이 가끔 한마디씩 하는 식이었다. 라라키아 족도 그렇고 영국군도 섣불리 행동을 취하지 않았다. 바다에서 벌어진 참혹한 폭력의 충격에서 아직 깨어나지 못한 탓이었다.

잠시 후 갈란두가 앞으로 걸어 나와 타룬카에게 손짓해 통역을 부탁했다. 그는 로렌스에게 말했다.

"여러분은 이제 여기서 떠나주시오."

시드니로 돌아가는 길고 지루한 여정 중에 그들은 원주민을 단 한 명도 보지 못했다. 용의 날개 위에서 가을의 절반이 지나갔다. 지상의 사막은 느릿느릿 흘러갔고, 그들은 사방을 경계하며 사냥을 해서 먹을 것을 챙겼다. 아침이면 야영지 주변에서 버닙들의 흔적과 표시를 볼 수 있었다. 밤새 그들을 지켜보았다는 뜻이었다. 그들은 물웅덩이 주변에 오래 머물지 않고 신속하게 물을 마셨고, 이동 중에 사냥한 동물들을 버닙들에게 공물로 바쳤다. 가을이 깊어가면서 사냥감이 점점 적어지고 잡은 동물들도 살이 별로 없었는데, 그나마 버닙들에게 일부를 바치고 나머지를 용 네 마리가 나눠 먹어야 했다. 그중 한 마리는 특히 왕성한 식욕을 가진 용이라서 더 애를 먹었다.

 마침내 여정의 중간에 이르렀음을 알리는 표지물이 저 앞에 보였다. 붉은 사막에 불쑥 솟아 있는 거대한 암석 울루루였다. 그 일대의 식물들은 햇볕에 노랗게 말라 있었다. 그 무렵 용 네 마리는 도싯이 마뜩잖아할 정도로 여위었다. 울루루에서부터 그들은 해변 쪽으로 방향을 돌렸다.

"그래도 조금만 더 가면 소금호수가 있으니까 괜찮아."

피곤에 지친 테메레르가 물웅덩이에서 물을 핥아 마시며 말했다. 웅덩이가 너무 얕아서 주둥이를 깊게 담그고 실컷 마실 수가 없었다.

2주일 동안 그들을 버티게 해준 것은 오직 소금호수였다. 목적지인 시드니까지 아직 절반밖에 오지 못했지만, 처음 이 길을 지나갔을 때보다는 속도가 훨씬 빨랐다. 예전에는 미지의 적을 추적하느라 지그재그로 비행했는데 이제는 뚜렷한 목표 지점을 향해 직선비행을 하고 있기 때문이었다. 게다가 조금만 더 가면 소금호수에서 실컷 물을 마시며 쉴 수 있다는 생각에 그들은 피곤해도 힘을 낼 수 있었다. 마침내 저 멀리 지평선에 곡선을 그리며 뻗어나간 호수가 보였다. 호수는 석양에 물들어 부드럽게 빛나고 있었다. 테메레르의 날갯짓이 한층 빨라졌고 다른 용들도 속도를 높였다. 지평선에 걸린 호수를 본 지 한 시간 만에 그들은 호숫가에 착륙했다. 그런데 예전과 달리 호수에서 물고기 썩은 내가 코를 찔렀다. 호숫가에는 분홍색으로 얼룩진 소금이 덮여 있고, 수심도 훨씬 얕아져 길고 가늘게 물이 담겨 있을 뿐이었다.

호수의 물은 식수로 쓸 수가 없었다. 분홍빛을 띤 그 물은 바닷물보다 더 짰고, 표면에 반쯤 뜯어 먹힌 물고기들이 한 무더기씩 떠 있었다. 새들도 이 호숫가를 버리고 떠났다.

그들은 조금 더 날아가 작은 물웅덩이를 찾아냈다. 용들이 몇 모금 마실 정도는 되었다. 사냥감이 부족하다 보니 갖고 있던 식량 중 상당 부분을 이미 버닙들에게 뇌물로 바쳐서 먹을 것도 얼마 없었다. 호숫가에 오면 먹을 것을 풍부하게 확보할 수 있을 줄 알고, 오는 도중에 사냥에 별로 신경 쓰지 않은 탓도 있었다. 그들은 작은 모닥불을 피워놓고 그 주변에 둘러앉아 얼마 남지 않은 식량을 조용히 먹었다. 단순한 불편함이 아니라 깊은 실망감이 그들의 마음에 자리 잡고 있었다. 이 거친 오지가 그들을 업신여기고 냉대하는 느낌이었다. 그들은 여기서 환영받지 못하는 자들인 것이다.

마침내 시드니에 도착했다. 살이 빠져 여위고 초라한 행색이었지만 그래도 무사히 돌아왔다는 생각을 하며 억지로 기운을 냈다. 그들은 곶으로 날아가 착륙했다. 그들이 자리를 비운 동안 풀과 갈대, 가시덤불이 제멋대로 자라나 있었다. 항구에는 얼리전스 호가 정박해 있고, 해변 가까운 쪽에는 상선이 몇 척 모여 있었다. 저녁이 가까워진 시간이라 수평선에 낮게 걸린 태양이 바다 위로 오렌지색 불길을 쏟아놓는 풍경을 볼 수 있었다. 바다를 향해 열려 있는 항구 입구 쪽에는 반짝이는 가죽을 가진 큰바다뱀 십여 마리가 파도를 타고 오르내리며 놀고 있었다.

"해결할지 말지가 아니라, 어떻게 해결해야 할지가 문제구먼."

블라이의 후임으로 온 매쾌리 총독이 말했다. 그랜비가 사막을 건너는 도중에 시드니에 들렀다가 다시 로렌스가 있는 곳을 향해 출발하고 얼마 후, 매콰리가 이곳 총독으로 부임했다. 로렌스 일행이 떠나 있었던 수개월 동안, 항구가 내다보이는 곳에 있는 돌출된 땅에 우아한 건물이 한 채 지어졌다. 총독관저 건물이었는데, 그곳 총독 사무실에서는 너른 바다가 한눈에 내다보였다. 사무실 바닥에는 작은 깔개가 깔려 있고 가구들도 깔끔하게 배치되어 있었다. 로렌스와 그랜비의 초라한 행색은 이 사무실 분위기와 영 어울리지 않았다. 그나마 신경을 쓴다고 옷을 차려입은 랜킨도 마찬가지였다.

새 옷을 구해 입을 시간도 없이 이곳으로 불려왔기 때문이다. 어젯밤, 그들이 도착했음을 정식으로 알리기 위해 훈련생을 보내기도 전에 총독의 소환 명령이 내려왔다. 동이 트는 즉시 총독관저로 모이라는 명령이었다. 사무실로 들어가니 새로 부임한 매콰리 총독이 서성대며 초조하게 기다리고 있었다.

안내를 받아 들어오는 매카서와 존스턴을 보고 블라이가 일부러 들으라는 듯 큰 소리로 중얼댔다.

"왜 저들까지 여기로 불러 모은 건지 모르겠군."

방을 가로질러 온 매카서가 로렌스와 악수를 나누었다. 매카서는 널찍한 책상에 펼쳐진 먼지투성이에 색 바랜 지도들을 흘끗 쳐다보며 말했다.

"먼 길 다녀오느라 고생 많으셨습니다, 로렌스 씨. 무사히 돌아오셔서 다행입니다."

목소리에 힘이 없었다. 듣자 하니 매카서와 존스턴은 반란죄로 재판을 받기 위해 블라이와 함께 영국으로 갈 예정이라고 했다. 그랜비가 시드니로 돌아왔으니 얼리전스 호는 마침내 영국으로 떠날 수 있게 되었고, 매카서와 존스턴, 블라이는 전부 그 배에 탑승할 것이었다.

사적인 인사는 나중에 하라는 듯 매콰리가 탁자 쪽 의자를 손으로 가리키며 말했다.

"저 큰바다뱀들을 어떻게 처리해야 할지를 우선적으로 결정해야 하네. 자네들한테서 보고를 받기 전부터 이미 큰바다뱀들이 우리 항구에 들어와 불안을 조장하고 있어."

큰바다뱀들만 이 항구에 온 게 아니라, 거대한 날개를 가진 용들도 함께 왔다고 했다. 그런데 얘기를 들어보니 그중에 룽선리는 끼어 있지 않았다. 최근에 그 용들은 이곳에서 50킬로미터도 채 떨어지지 않은 동쪽 해안에서 목격되었는데, 그후 얼마 지나지 않아 큰바다뱀들이 시드니에 출몰했다고 했다. 큰바다뱀들은 여기서 가까운 곳에 새로 지어진 항구에서 훈련을 받는 듯하며, 그래서인지 시드니를 지나면서 가끔 저렇게 이동을 멈추고 저희끼리 장난치며 논다는 것이다. 아직까지는 시드니 항구에서 선적과 하역 작업을 진행하는 동안 별다른 사고는 없었다. 큰바다뱀들도 항구를 공격하지는 않았다. 큰바다뱀들을 관리하는 자들이 먹이를 충분히 공급하며 공격 본능을 억제시키고 있는 듯했다. 그러나 큰바다뱀들이 얼마나 쉽게 항구를 파괴할 수 있는지 직접 목격한 로렌스 등은 매콰리의 설명을 들으면서도 별로 마음이 놓이지 않았다.

"당장 다 죽여 없애야 합니다. 저것들의 근거지인 항구를 찾아내서, 저것들은 물론 저것들을 부리는 자들까지 전부 도륙해야 한단 말입니다."

목발을 앞으로 어색하게 뻗은 채 의자에 앉아 있던 윌러비 함장이 거칠게 내뱉었다. 그가 굳이 고집을 세우며 시드니로 함께 가겠다고 해서 로렌스 일행은 그를 이곳으로 데려올 수밖에 없었다. 심각한 부상 때문에 여전히 혈색이 좋지 않고 이따금 고통으로 얼굴이 일그러졌지만 윌러비는 고집을 꺾지 않았다.

로렌스가 말했다.

"윌러비 함장, 우리는 이미 큰바다뱀들이 지키는 항구를 접수하려다가 호되게 격퇴당한 바 있습니다. 충분한 준비 없이 덤볐다가, 이런 말 해서 죄송합니다만, 저들을 더욱 도발하는 결과만 초래했을 뿐이었죠. 중국이 우리 영국의 해상무역에 제동을 걸 수 있는 수단을 확보하고 있는 상황에서, 섣불리 중국을 적으로 돌리고 전쟁을 해서는 안 된다고 생각합니다. 따로 설명드리지 않아도 아시겠지만, 큰바다뱀들은 예전부터 선원들에게 끝없이 위해를 가했습니다. 그것들은 바람이나 해류의 영향도 받지 않고, 배 밑에서 치고 올라와 기습 공격을 합니다."

블라이가 목청을 높였다.

"그래, 지금 그 큰바다뱀 십여 마리가 우리 항구 바깥에 있네. 중국인들이 자기네 힘을 과시하려고 한 거면, 그래 그 의도는 성공했어. 하지만 자기네를 두려워하게 만들려고 한 거라면, 그 시도는 실패했고 앞으로도 절대 성공할 일 없을 것이네."

"옳소! 옳소!"

윌러비가 장단을 맞추며 로렌스를 쏘아보았다.

대책 없이 열부터 내는 블라이와 윌러비가 한심해서 로렌스는 입술을 지그시 깨물었다. 큰바다뱀들과 싸우던 중에 한쪽 눈과 한쪽 다리를 잃은 윌러비는 분명 용기 있는 자이지만, 상황 판단 능력은 비판받아 마땅한 수준이었다.

매카서가 말했다.

"해군에서 어떻게 생각할지 모르겠지만 이런 생각이 듭니다. 저 큰바다뱀들을 관리하는 자들은 중국에서 이곳 해안까지 한 달 만에 이십 톤에 달하는 물건들을 싣고 올 수 있다는 얘긴데, 그럼 우리가 그들과 협력 관계를 구축해보는 게 어떨까요?"

매카서의 말에 블라이는 분노가 치솟아 금방이라도 뇌졸중으로 쓰러질 것 같은 표정이었다. 블라이가 반박하려는데 매콰리가 한 손을 들어 저지했다.

매콰리는 목소리가 나지막하고, 우락부락한 얼굴이지만 따뜻한 인상을 주는 주름살이 새겨져 있고 움푹한 눈에 짙은 색 눈동자를 가진 남자였다. 그러나 지금 그의 표정은 이 일에 타협의 여지가 없음을 보여주고 있었다.

매콰리는 윌러비에게 고개를 끄덕이며 말했다.

"윌러비 지휘관의 보고에 따르면, 정부가 우리에게 내린 명령은 명백하네. 이 대륙에 대한 타국의 침략을 용인해선 안 돼. 우리가 대륙의 북쪽 항구에서 그들을 몰아내는 데 실패했기 때문에 더욱더, 여기서 저들을 몰아내야 하는 걸세. 저들이 여기서 가까운 곳에 또 다른 항구를 짓기 전에 미리 막아야지."

매콰리는 큰바다뱀들을 박멸하는 쪽으로 결정을 내렸다. 문제는 그 방법이었다.

랜킨이 나섰다.

"저것들을 없애는 데 가장 확실한 방법은 폭탄일 겁니다. 공중에서 투하하는 거죠. 저놈들은 종소리를 듣고 물고기를 받아먹는 훈련이 되어 있으니, 물고기로 꾀어서 죽이면 됩니다."

폭탄을 던져도 큰바다뱀들이 바다 속 깊이 들어가 몸을 피하면 그만이고 몸집이 커서 죽이기가 쉽지 않다는 생각은 들지 않는지, 랜킨의 견해에 매우 긍정적인 반응들이 나왔다. 윌러비는 박수를 쳤고, 매콰리도 찬성했다.

시저 이전에 우편배달 용인 레비타스를 탔던 랜킨보다는 공중전 경험이 많은 그랜비가 미심쩍어하는 투로 말했다.

"우선 한 마리한테 멀리서 시도를 해보고 결정하죠. 그것들을 잘못 건드렸다가 죽이지도 못하고 성질만 돋우면, 항구에 있는 저 선박들에 화풀이를 할 겁니다."

그러자 매카서가 제안했다.

"그렇다면 제일 값비싼 선박들을 우선적으로 항구 밖으로 내보내야겠군요. 우리가 공중에서 폭탄을 떨어뜨리면, 독이 오른 큰바다뱀들이 얼리전스 호의 닻을 연결한 밧줄이라도 물어뜯어 놓을 테니까요."

물론 이 제안에 다른 뜻이 전혀 없는 것은 아니었다. 매카서는 존스턴과 함께 폭탄 제조를 맡겠다고 나섰는데, 그렇게 되면 얼리전스 호는 매카서와 존스턴 없이 시드니 항구를 떠나게 되는 셈이니 매카서로서는 영국으로 귀환하는 날짜를 확실히 연기할 수 있을 것이었다.

예전에 큰바다뱀의 공격으로 얼리전스 호와 함께 바다에 가라앉을 뻔한 경험이 있는 라일리는 또다시 그런 경험을 하고 싶지 않았기에 매카서의 제안에 동의했다. 매콰리 총독도 별다른 반대를 하지 않았다.

공격 방법에 대한 합의까지 이루어지자 그들은 회의를 끝내고 사무실을 나섰다. 사무실을 나가기 전에 로렌스는 밀린 우편물들을 받았다. 제인에게서 온 편지 세 통, 테메레르 앞으로 온 편지 두 통, 나머지 하나는 타르케의 것이었다. 로렌스가 주머니에 편지 묶음을 넣고 사무실 문을 나서는데 매카서가 문 앞에서 말을 걸었다.

"논리적인 말이 통하는 사람들인지 알고 싶습니다. 그…… 중국인들 말입니다. 혹시 그들이 바라는 게 우릴 바다로 모조리 쓸어 넣어 저 괴물들에게 먹이로 주자는 것 아닐까요?"

로렌스는 화가 나서 잠시 예의도 잊고 날카롭게 대꾸했다.

"그건 신병들이나 하는 터무니없는 망상에 불과합니다. 중국인들도 우리와 같은 사람이니 어리석은 면과 악한 면을 갖고 있어요. 하지만 특별히 우리보다 더 어리석거나 더 악하지는 않습니다."

"아, 그럼 우리 다 같이 지옥으로 가봅시다."

매카서는 모자에 손을 살짝 갖다 대며 인사를 했다. 로렌스는 그와 헤어져 테메레르가 앉아 있는 곳으로 올라갔다. 테메레르에게 편지를 전해주고 나서 제인의 편지를 열어보았다. 나폴레옹의 공격이 성공했는지 실패했는지까지는 아니더라도, 공격이 임박했는지 정도는 알고 싶은데 추론을 하기에도 편지의 분량이 너무 짧았다. 내용을 보니 나폴레옹이 츠와나 족과 동맹을 맺었다는 사실은 확인할 수 있었다.

나폴레옹은 보유하고 있는 수송선을 전부 동원해 츠와나 족들을 바다 건너로 실어 보냈어. 용 스물여섯 마리를 리오로 보냈는데, 그중에 아홉 마리는 헤비급이고 두 마리는 불을 뿜는 용이야. 그게 어떤 의미인지 알 테니 굳이 자세히 설명하지 않을게. 괜히 읽느라고 생만 할 테니까.

포르투갈인들이 도와달라고 아우성을 치고 있어. 그들이 자존심을 꺾고 프랑스에 무릎을 굽히기 전에 우린 그들을 위해 최선을 다할 생각이야. 하지만 잉카 족을 설득해 이 사태에 관심을 갖게 만들지 않는 한, 츠와나 족이 식민지를 파괴하지 못하게 막을 방법은 없는 것 같아. 무슨 일이 있어도 이스키에르카를 서둘러 영국으로 복귀시켜야 해. 조만간 물기둥을 만드는 능력이 있는 일본 용 한 마리도 들여올 생각이야.

그런데 가격이 천만 파운드라는 거야. 터무니없지 않아? 지금까지는 츠와나 족이 플랜테이션 농장과 노예에만 신경을 쓰고 있는데 용들처럼 전쟁에 맛을 들이고 더 많은 전투를 하려고 혈안이 될까 봐 걱정이야. 그렇게 되면 나폴레옹이 우리의 전쟁에 그들을 본격적으로 끌어들이려 할 테니까.

로렌스는 우울한 얼굴로 편지를 내려놓았다. 이런 상황에서 츠와나 족보다 더 무시무시한 무기를 갖춘 중국과 해상무역을 놓고 대치하게 생겼으니, 이만저만 절망적인 상황이 아니었다. 로렌스는 시포에게 펜과 종이를 가져오게 해서 예전에 쓴 편지에 내용을 덧붙이기 시작했다. 수개월이 지난 후에야 이 편지를 받을 테니 무슨 소용이 있을까 싶기도 했지만, 그래도 중국과 관련해 이곳에서 벌어지는 상황과 자신이 느끼는 두려움을 제인에게 알려야 한다고 생각했다.

"시드니에서도 진전이 있기는 했네."

소의 숫자가 늘어난 것을 보고 테메레르가 말했다. 힘든 여행을 마치고 온 용들에게 소 두 마리씩을 배급해준 것을 보면 매쾌리 총독은 아주 합리적인 사람인 것 같다는 생각이 들었다. 하지만 가축이 넉넉하지도 않은데 얼리전스 호에 이스키에르카를 위해 소와 양을 너무 많이 실어준 것 같아서 약간 불만이기는 했다. 이스키에르카는 바다에서 물고기를 잡아먹어도 되고, 굳이 소와 양이 아니라도 다른 걸 먹어도 될 것이다. 소와 양 대신 캥거루라든지 회색 화식조를 배에 실어도 될 텐데. 암스테르담 섬에는 물개가 있으니 그걸 잡아먹어도 되고.

테메레르가 나름으로 설득력 있게 주장했지만 이스키에르카는 꿈쩍도 하지 않았다.

이스키에르카는 꼬리로 바닥을 살짝 치며 말했다.

"생각해보니 난 너한테 별로 신세진 것도 없네. 오히려 이번에 장기간 여행을 하면서 내가 이런저런 부상도 많이 입었잖아. 그동안 고생한 걸 생각하면 네가 나한테 알 하나만 낳게 해줘도 좋을 텐데 말이야."

"스스로 고생을 자초한 게 부지기수였지. 처음부터 누가 따라오랬냐."

테메레르는 이렇게 응수했지만 양심이 찔렸다. 사실 이스키에르카가 큰 도움이 되었다는 건 부정할 수 없는 사실이었다. 테메레르는 어색하게 몸을 꼼지락대며 말을 할지 말지 고민했다. 사사로운 이익을 정의로움보다 앞세우는 것은 로렌스도 찬성하지 않으리란 생각이 들었다. 테메레르는 심호흡을 하고 선심을 베풀듯 말했다.

"원한다면 여기 계속 있어도 좋아."

이스키에르카는 콧방귀를 뀌었다.

"먹을 것도 변변찮고, 전투라고 딱 한 번 했을 때는 썩은 냄새 진동하는 생선 찌꺼기나 뒤집어쓴 게 고작인데, 이런 지긋지긋한 나라에 누가 있고 싶대? 됐거든. 얼간이 같은 너나 계속 여기 있어라. 그랜비가 그러는데 우린 영국으로 가는 게 아니고, 마드라스를 거쳐서 리오로 갈 거래. 거기서 아프리카 용들이랑 멋지게 한판 붙을 건가 봐. 예전에 널 몰아냈던 그 아프리카 용들 말이야. 아마 나랑 그랜비는 훨씬 잘 싸울 거야."

테메레르는 화도 나고 부럽기도 해서 얼굴 주변의 막을 세웠다. 마드라스라니. 테메레르는 마드라스는 물론이고 인도의 다른 지역에도 가본 적 없었다. 온갖 멋진 물건들이 다 인도에서 나온다는데. 그리고 선원들 얘기대로라면 브라질은 사방에 금이 깔린 곳이었다. 이 항구에서 벌어질 예정인 전투에는 별로 흥미를 느낄 수가 없었다. 공중에서 폭탄을 떨어뜨리는 게 고작이리라. 비협조적이고 멍청하기만 한 큰바다뱀들을 몰아내기 위해서라는 점만은 마음에 들었지만, 로렌스는 이 전투가 중국과의 전쟁을 의미한다고 여겼다.

하지만 달리 선택의 여지가 없었다. 얼리전스 호와 최근에 도착한 프리깃함까지 시드니 항구를 떠나면, 여기엔 상선 몇 척만 남을 텐데 그 상선들은 홀수선이 너무 깊어서 얕은 물 쪽으로 끌어올 수가 없으니 큰바다뱀들에게 공격당하고 말 것이다.

로렌스는 라일리에게 작별 인사를 건넸다.

"하코트 대령에게…… 아니, 부인에게 안부 전해주기 바라네. 부인의 몸이 많이 회복되고 아이도 건강하길 기원하겠네."

"아들 녀석이 지금쯤은 말을 할 수 있겠네요. 그동안 용의 등에서 떨어지지만 않았으면 말입니다. 이미 그런 일을 당했대도 놀랄 일도 아니겠죠."

라일리는 로렌스가 써온 편지들과, 시포가 테메레르를 위해 대필해준 편지들을 받아 들었다.

테메레르가 말했다.

"라일리 함장, 릴리랑 사이가 별로 안 좋은 건 알지만, 릴리한테 내 안부 좀 전해주세요. 막시무스랑 같이 언제든 여기 놀러 오라고도 전해주시고요."

"어, 그래. 꼭 전하마."

라일리의 표정이 어두워졌다. 테메레르는 릴리가 라일리에게 못되게 굴지 않게 진즉에 말렸어야 했다는 생각이 들었다. 하지만 불쌍한 하코트 대령이 알을 낳느라 모진 고생을 했고 그게 라일리 탓이라는 걸 생각하면 릴리의 심정도 이해가 되었다.

그랜비가 목소리를 낮추며 로렌스에게 말했다.

"로렌스 씨를 여기 계속 두는 건 정말로 어리석은 결정이고 자원 낭비예요. 용도 세 마리밖에 없고, 그중 두 마리는 랜킨의 명령에 복종하기보다 바다에 처넣을 궁리부터 하는 놈들인데, 그런 용들을 모아놓고 공군 기지라고 하는 것도 우습긴 하죠. 그런데 랜킨을 이곳 공군 기지의 지휘관으로 삼다니 더더욱 어이가 없어요."

로렌스는 담담하게 말했다.

"지휘관의 지위를 실컷 즐기라지. 여기서는 진취적으로 일을 주도할 필요도 없고, 랜킨으로서는 다른 곳에 가 있는 것보다는 여기 있는 편이 남에게 해 끼치지 않고 나을 걸세. 여기서 정치 공작이나 실컷 하면 될 테니까. 솔직히 말하자면, 디마니만 정식 비행사로 인정받으면 우린 별로 바랄 것도 없네. 지금까지 매콰리 총독을 보아온 바로는, 영국 출신도 아니고 나이도 어린 디마니가 하는 말에 제대로 귀를 기울여주기나 할는지 모르겠지만."

"디마니는 장교로서 전혀 부족함이 없는 녀석이죠. 어쨌든 랜킨과 함께 지내시려면 고생깨나 하시겠습니다. 로렌스 씨를 랜킨 같은 놈하고 여기서 같이 썩게 두는 건 정말 범죄라니까요. 랜킨은 분명 로렌스 씨를 성가시게 할 텐데. 그러고도 남을 인사 잖습니까."

그랜비는 한층 착잡한 목소리로 말을 이었다.

"얼리전스 호를 출항시키면서 최고의 헤비급 용인 테메레르를 여기 두고 가야 하는 것도 무척 안타깝고요."

북쪽 항구에서 시드니로 돌아오는 동안 쿠링길레의 몸집이 시저보다 약간 더 커졌다. 테메레르는 속으로 은근히 고소하게 생각했다. 그런데 가만 보니 지금 이 추세로 성장을 계속하게 두는 것은 곧, 이곳의 먹이를 대부분 먹어치우게 두는 것과 같았다. 이스키에르카가 떠나게 되어 입 하나는 덜었지만 워낙 많은 양의 소와 양을 얼리전스 호에 실었기 때문에 현재 이곳에 남아 있는 소와 양은 얼마 되지 않았다. 게다가 한 번 사냥을 나가도 캥거루 여섯 마리 정도밖에 잡아오지 못하니 사냥도 점점 지루하고 힘들어졌다. 조만간 캥거루 떼를 찾아 몇 시간이고 날면서 들판을 헤매야 할지도 모를 일이었다.

시드니로 돌아오는 길에 소떼가 노니는 골짜기에 들렀을 때도 쿠링길레는 테메레르와 이스키에르카가 받은 것과 똑같은 크기의 소를 달라고 요구했다. 그때 테메레르는 쿠링길레에게 이렇게 말했다.

"너도 다른 장교들이 얘기하는 거 들었겠지만, 이 식민지에는 헤비급 용이 별로 큰 쓸모는 없어."

테메레르가 은근히 암시를 주었지만 쿠링길레는 아랑곳하지 않고 꿋꿋이 먹으며 몸집을 불려갔다. 두 번째 소가 사라지고, 쿠링길레가 남은 소떼를 지금 또 먹을까 말까 하는 눈빛으로 가만히 응시하는 것을 보면서, 테메레르는 도싯에게 목소리를 낮춰 물었다.

"설마 막시무스보다 커지진 않겠지?"

테메레르는 쿠링길레가 자신보다 커지는 것은 원치 않았으나, 이기적으로 굴고 싶지 않았고 신경 쓰는 듯한 인상을 주고 싶지도 않았다. 쿠링길레가 성장하면서 금색 비늘에 멋진 무늬까지 생기고 있지만, 자신은 셀레스티얼 품종이니 대범해야 했다.

"더 커질걸."

도싯은 사육 일지를 쓰며 대답했다. 그는 쿠링길레의 먹이까지 전부 꼼꼼하게 기록하고 매듭진 노끈을 이용해 몸길이도 수시로 쟀다. 요즘은 쿠링길레가 너무 커져서 발톱 길이를 재는 데만도 시간이 꽤 걸렸다.

도싯이 계속해서 말했다.

"완전히 성장했을 때쯤에는 몸의 발달이 기낭의 발달을 앞서게 되면서, 더 이상 지금처럼 뚱뚱하지는 않게 돼. 그때가 성장이 거의 끝나는 시점이라고 보면 돼."

그러나 테메레르가 그 질문을 하고 일주일 이상이 지났지만 쿠링길레는 여전히 오동통했다. 몸길이는 테메레르가 더 길었지만, 바닥에 비치는 그림자만 놓고 비교하자면 쿠링길레가 테메레르보다 더 작다고 말하기가 애매했다.

그날 오후, 로렌스를 만날 생각으로 곶으로 올라온 매카서도 쿠링길레를 보고 깊은 인상을 받은 듯했다. 마침 로렌스는 라일리와 그랜비를 떠나보내며 마지막으로 함께 식사를 하기 위해 얼리전스 호에 가 있어서 매카서를 맞이하지 못했다. 매카서는 언덕 가장자리에 멈춰 서서 테메레르에게 물었다.

"아 저게 새로 태어났다는 그 용이냐? 알에서 나온 지 몇 개월 되지도 않았다는데 굉장하구나. 이대로라면 얼마 후부터는 너랑 체격이 비슷해지겠어."

테메레르는 욱하는 마음을 자제하며 대꾸했다.

"체중만큼은 나랑 비슷해질지도 모르죠."

"하하."

뭐가 우습다는 건지 매카서가 웃으며 물었다.

"그런데 비행사는 있고?"

벌써 고개를 치켜들고 그들의 대화에 귀를 기울이던 디마니가 공격적인 말투로 나섰다.

"내 용이에요."

방금 전까지 디마니는 롤랜드와 함께 큰바다뱀들에 대한 공격 계획의 내용과 그 장단점에 대해 얘기하고 있었다. 디마니가 랜킨이 제안했다는 이유만으로 그 계획에 반감을 드러내면서 단점만 찾으려 하자, 롤랜드는 신경질을 내며 "그래, 랜킨 대령이 형편없는 성격이긴 해. 그런데 그게 전투랑 무슨 상관이야? 그럼 로렌스 씨가 바다에 뛰어들어서 큰바다뱀들이랑 싸우는 게 좋겠다고 제안하면 넌 그 제안대로 할 거니?"라고 말한 참이었다.

매카서는 아리송해하는 눈빛으로 디마니를 쳐다보다가 알아듣지 못할 언어로 말을 건넸다. 테메레르가 들어보니 이곳 원주민들의 언어와 약간 비슷한데 영국식 발음과 단어가 섞여 괴상했다. 당황한 디마니가 물었다.

"뭐라고요?"

옆에서 책을 읽던 시포가 책에서 시선을 떼지도 않고 내뱉었다.

"형이 여기 원주민인 줄 아는 거야! 우린 아프리카에서 왔고 멍청이도 아니니까 그렇게 어린애 대하듯이 우스꽝스러운 말 쓰지 않아도 돼요."

그러자 매카서가 말했다.

"흠, 그럼 편하게 말해도 되겠구나. 너희처럼 피부색이 어두운 이들은 대부분 영어를 잘 못해서 곤란하더라고."

시포가 그리 작지 않은 목소리로 반박했다.

"그럼 중국인들은 댁이 중국어를 잘 못해서 곤란하겠네요."

"음, 하긴 그게 요즘 신경이 쓰이긴 하더라."

매카서는 이렇게 말하며 또 "하하" 웃고는 디마니에게 물었다.

"그나저나 어떻게 네가 비행사가 되었지? 공군 장교도 아닌 것 같은데."

"공군 장교 맞거든요. 랜킨 대령이 뭐라고 말했든 상관없어요. 랜킨은 쿠링길레가 부화했을 때 죽이려고 했던 사람이니까. 랜킨 말고도 누구든 내가 공군이 아니라고 하는 사람 있으면, 언제든지 반박해줄 테니 와서 말해보라고 해요."

"음, 나한테 그렇게 날 세울 거 없다. 저 용이 널 비행사라고 부른다면 나도 널 비행사로 부르면 되는 거니까. 그래도 분위기는 좀 안 좋겠구나. 다른 공군들이 뭐라고 하지 않아?"

예리한 지적이었지만 디마니는 흔들리지 않았다.

매카서가 말을 이었다.

"이 기지에서는 아무래도 저 덩치 큰 용이랑 편안하게 지내기 힘들 것 같은데. 질투가 난 다른 공군들이 투덜거릴 테니 좀 불편하겠지. 너 혼자서 독립적으로 살 수 있다면 더 좋을 텐데 말이야. 네 땅을 보유하고 네 소를 키워가면서."

소라는 말에 디마니는 깜짝 놀라 나지막하게 숨을 들이켰다. 어린 시절 그가 살았던 곳에서 소보다 귀한 것은 없었다. 소는 생존 수단이기도 하고 화폐이기도 했다. 고아로 가난하게 살면서 디마니는 소 주인이 되기 위해 목숨까지 내놓아가며 온갖 위험한 일을 했었다. 그래서 지금도 디마니의 마음 한구석에서는 소를 보유했는지 여부가 부자의 기준이었다. 하지만 쉽게 얻을 수 있다고 생각하진 않았기에 매카서의 말이 실감나지 않았다. 차라리 보물로 가득한 상자가 있는데 방향을 알려줄 테니 가서 파보라고 했으면 더 실감이 났을 것이다. 디마니는 여전히 경계심을 풀지 않고 별로 관심 없는 듯 심드렁하게 대답했다.

"좋기야 하겠죠."

"그럼 잘 생각해보렴. 급하게 결정할 필요 없어. 그렇게 독립적인 삶이 네 적성에 맞을지도 생각해보고."

매카서는 그제야 로렌스가 어디 있는지 물었다. 저녁 먹으러

나갔다고 하자, 모자에 손을 살짝 갖다 대고 돌아서서 언덕을 내려갔다. 돌아가기 전에 그는 소 두 마리를 선물로 보내겠다고 약속하는 걸 잊지 않았다.

"저기 있는 작은 용이 먹을 한 살배기 소도 같이 챙겨서 보내주마."

시저를 말하는 것이었다. 이어서 그는 테메레르가 품위 없이 새끼 용들과 먹을 것을 놓고 다툴 줄 아는 모양인지 이렇게 덧붙였다.

"그럼 너희가 소 때문에 옥신각신할 일도 없겠지……. 그리고 저 용 이름이 쿠링힐레라고 했었나? 어쨌든 로렌스 씨에게 안부 전해다오."

매카서가 돌아가고 난 후, 디마니는 롤랜드에게 조용히 말했다.

"랜킨 밑에서 이런저런 말을 듣고 있는 것보다는 독립적인 생활을 하는 게 나한테 잘 맞을 것 같긴 해."

롤랜드는 기막혀하며 눈을 위로 굴렸다.

"잘 맞기는 무슨. 멍청하게 굴지 마. 싼값에 널 데려다가 물건들을 실어 나르는 데 쓸 수 있는지 알아보려고 한 말일 뿐이야."

그러자 테메레르가 끼어들었다.

"달리 대안이 없으면, 매카서가 싼값이 아니고 제값 주고 물건 나르는 걸 의뢰할 수도 있지 않을까?"

롤랜드는 비행사로서의 품위는 집어치웠느냐고 콧방귀를 뀌었다.

나중에 테메레르는 디마니와 따로 얘기를 나누면서 "매카서나 다른 누군가가 소로 대금을 치른다고 하면, 우리가 그들이 의뢰하는 일을 맡는대도 뭐라고 할 사람 아무도 없을 것 같은데"라고 말했고 디마니도 같은 생각임을 알게 되었다.

그 문제와 매카서의 방문 건에 대해선 나중에 또 고민해보면 되고, 지금은 바람의 방향이 바뀌면서 다른 생각이 테메레르의 마음을 채웠다. 그리 강하지는 않지만 돛대를 약간 흔들 정도의 이상적인 바람이었다. 저무는 해를 배경으로 얼리전스 호의 갑판에서 한창 이런저런 논의가 진행되고 있었다. 젊은 장교들이 고개를 들고 망대의 선원에게 무언가를 묻고 있었는데, 바람의 방향을 신경 쓰는 것이리라. 머지않아 출항을 결정할 듯했다. 저 아래 거리에서 술집 문들이 열리고 사람들이 식사를 하러 들어갔다. 얼리전스 호는 하늘에 푸른 조명탄을 쏘아 올렸고 승선한 모든 장교를 불러 모으기 위한 푸른색의 작은 사령관기를 돛대에 올렸다.

얼마 후 로렌스가 천천히 언덕을 올라와 테메레르의 옆구리에 손을 가져다 댔다. 얼리전스 호가 시드니 항구에서 떠나고 있었다. 로렌스와 함께 식사했던 이들이 하나 둘씩 난간에 나와 섰다. 선원들이 거대한 캡스턴 두 개에 매달려 막대를 힘차게 돌렸고, 하얀 돛이 바람을 타고 펄럭였다.

"잘 있어! 안녕! 재미있는 일이 일어날 때마다 그랜비한테 말해서 편지 쓸게."

용갑판에서 외치는 이스키에르카의 목소리가 곶까지 울려 퍼졌다.

테메레르는 조그맣게 한숨을 쉬며 앞발에 턱을 갖다 대고 엎드렸다. 얼리전스 호는 느긋하고 장엄하게 바다를 향해 나아가고 있었다. 오렌지색에 분홍색이 섞인 저녁 햇살이 비치는 가운데, 이스키에르카의 돌기에서 뿜어져 나오는 수증기가 앞돛대를 타고 올라가 바람을 머금은 돛에 감기며 천천히 사라졌다. 고함 소리, 구령 소리, 15분마다 울리는 종소리가 멀리서 들려왔다. 얼리전스 호는 밤하늘을 향해 멀어져갔고, 육지의 곡선이 선체를 가로막아 어느덧 돛밖에 보이지 않게 되었다. 얼마 후에는 배의 랜턴에 불이 들어왔다. 테메레르가 일어나 앉아 목을 길게 뻗었으면 그 불빛이 보였을 것이다. 잠시 후에는 그것마저 별빛 속에 서서히 묻혔다. 눈을 한 번 감았다 뜨자 더는 얼리전스 호의 흔적이 보이지 않았다. 아주 사라져버렸다. 이렇게 해변에 앉아 정든 용 수송선을 떠나보내는 건 테메레르에게 처음 있는 일이었다.

얼리전스 호가 빠져나가자 항구는 이상하게 텅 비고 작아진 느낌이었다. 애초에 그렇게 큰 배가 이 항구에 들어와 있었다는 게 실감이 나지 않을 정도로. 얼리전스 호 옆에 있을 땐 작아 보이기만 하던 다른 배들이 이제는 평범하고 부끄럽지 않은 크기로 보였다.

테메레르가 로렌스에게 말했다.

"언젠가 다시 이곳에 올 일이 있을지도 몰라. 결국 배라는 건 어디든 가고 싶은 곳으로 갈 수 있는 거니까. 여기도 한 번 왔었으니, 다른 용들을 싣고 또 올 수도 있어. 그리고 아! 팔 개월간 또 항해를 해야 한다니 정말 지루하겠다. 브라질로 가는 게 아니라면, 이스키에르카도 정말 지루할 거야."

테메레르는 약간 풀이 죽은 목소리로 말을 맺었다. 테메레르는 이스키에르카가 브라질로 가게 될 것이라 확신했다. 이스키에르카처럼 부주의하고 경솔한 용도 브라질에서 보물 더미를 차지하고, 배에서는 소들을 독차지하고, 전투도 실컷 하며 신 나게 사는데 나는 이게 뭐냐 싶어 불공평하다는 생각이 들었다.

하지만 우울해하지 말자고 마음먹었다. 여기 남아 랜킨과 새 총독을 상대해야 하는 로렌스에게 부담을 주고 싶지 않았다. 그러나 매콰리 총독에 대한 감정을 되씹으며 테메레르는 또다시 울적해졌다. 로렌스는 매콰리가 블라이보다 낫다고 여겼고 테메레르도 그 점에는 동의하지만, 매콰리의 행동이 아주 마음에 드는 것은 아니었다. 매콰리는 툭하면 랜킨을 불러 이런저런 상의를 하면서도 로렌스는 부르지 않았고, 큰바다뱀들에 대한 공격 계획을 논의하는 회의에도 몇 번 로렌스를 초대하지 않았다.

대신 랜킨이 회의에서 결정된 사항들을 받아 들고 기지로 와서는 거들먹거리며 공군들에게 설명했다. 로렌스가 어떤 점을 지적하거나 질문을 하면 랜킨은 일부러 그를 "로렌스 씨"라고 부르며 비하했다. 다른 장교들에게는 "블링컨 대위" 하는 식으로 계급을 꼬박꼬박 붙여주고, 하다못해 중위들에게도 "피바디 중위", "도스 중위"라고 불러주면서 로렌스에게만 유독 그런 식이라 테메레르는 더욱 기분이 나빴다.

테메레르가 불쾌함을 드러내자 로렌스가 말했다.

"난 상관없어. 랜킨은 회의에서 들은 얘기를 내게 아예 하지 않을 수도 있고, 전투에 나갈 때도 자기 부하를 네 등에 탑승시켜 지시 사항을 이행하게 할 수도 있어. 이곳 공군 기지의 지휘권을 갖고 있으니까."

"내가 그렇게 하게 내버려둘 줄 아나. 하긴 어림도 없다는 걸 자기도 알겠지. 그럼 나 없이 전투에 나가든지 하라고 해. 내가 안 나가면 쿠링길레도 안 나가는 거야."

자기 이름이 불리자 쿠링길레는 눈을 살짝 뜨고는 졸음이 가득한 목소리로 물었다.

"먹이 먹을 시간이에요?"

언덕을 올라오던 타르케가 대신 대답했다.

"아니, 하지만 오래 기다리지 않아도 될 거다. 도살한 소를 이리로 올려 보내라고 얘기해뒀어."

타르케는 로렌스와 악수를 나누었다. 그가 작별 인사를 하러 온 것임을 알고 테메레르는 당황했다.

"미니버 호의 선장님이 봄베이의 항구로 갈 거라고 해서서 같이 타고 가기로 했습니다. 거기서 이스탄불까지 가는 길은 잘 알고 있습니다. 지금 내가 가져가는 정보가 이스탄불에 도착했을 때쯤엔 옛날 얘기가 될 테지만 그래도 정보를 전해주기로 약속했으니 가야죠."

타르케는 한쪽 입꼬리를 올리며 미소를 지었다.

고작 정보를 전하겠다고 그 먼 길을 가겠다는 타르케를 테메레르는 이해할 수 없었다. 딱히 가고 싶어하는 것 같지도 않은 눈치였다.

테메레르가 타르케에게 말했다.

"지금 가더라도 나중에 또 여기 올 일이 있겠지. 베자이드랑 세헤라자드에게 그들의 알이 안전하게 잘 부화했다고 전해줘. 편지라도 써서 보내야겠다고 생각은 했었는데 못 보냈네. 이스키에르카가 짜증나는 성격인 게 그들 탓도 아닌데."

로렌스가 말했다.

"앞으로 연락이 닿으려면 시간이 많이 흐른 뒤에나 가능하겠군요. 조만간 다시 이쪽으로 오실 일이 생길 것 같지도 않고요."

타르케는 뜸을 들이다 입을 열었다.

"우리가 전에 했던 얘기 말입니다, 여기서 떠나 사나포 일을 해보시라고 했던 거. 지금 답을 들을 수 있으면 좋겠군요."

로렌스는 곧장 대답하지 못하고 잠시 후 말했다.

"아뇨, 말씀은 고맙지만, 그건 내가 할 수 있는 일이 아닌 듯합니다. 물어봐줘서 고맙습니다……."

타르케는 손사래를 쳤다.

"다른 일거리를 찾을 수 있을 겁니다. 일 없다고 가만히 앉아 노실 분도 아니니."

그는 주머니의 상자에서 돋을새김을 한 멋진 명함 한 장을 꺼내며 말을 이었다.

"내가 돌아다니는 곳이 일정치가 않아서요. 혹시 편지 보내실 일 있으면 내 변호사 쪽으로 보내주시면 됩니다. 내가 어디 있는지 모르면 변호사는 편지를 모아둘 테고, 그럼 나중에 연락해서 받으면 되니까요."

그는 로렌스에게 명함을 주었고 그들은 다시 한 번 악수를 했다. 다음 날 함께 식사하기로 하고 타르케는 언덕을 내려갔다.

"타르케가 건강히 잘 지냈으면 좋겠어."

테메레르는 이 말을 하며 살짝 한숨을 쉬었다. 사나포 일은 꽤 멋질 것 같은데, 로렌스가 그 일을 자신이 갈 길이 아니라고 생각하는 게 못내 안타까웠다. 여기선 재미있는 일이 전혀 없을 것 같은데 그와 로렌스만 남겨놓고 다들 떠나는 건 공평치 않았다.

다음 날 오후, 로렌스는 타르케와 저녁을 먹기 위해 마을로 내려갔다. 그런데 저녁 늦게 마을 쪽에서 총성이 들려왔다. 해가 저문 후의 시원한 시간을 즐기기 위해 잠이 깬 테메레르는, 약간의 비행을 감수하고라도 좀더 짙은 그늘이 진 물웅덩이로 가서 시원한 물을 마시는 게 과연 그럴 가치가 있을지 없을지 고민하던 참이었다. 머스켓 총소리가 연달아 들리자 쿠링길레도 눈을 뜨고 일어나 앉았다.

"큰바다뱀이랑 싸우러 갈 시간인가요?"

쿠링길레가 기대에 부푼 목소리로 물었다. 아직 목소리가 낮아지지 않았는데, 공명이 심해서 기묘하게 메아리치는 듯했다. 마치 여러 사람이 동시에 같은 말을 하는 것 같은 느낌이었다.

시저가 언덕 아래를 내려다보며 대답했다.

"당연히 아니지. 큰바다뱀과 싸우기로 했으면 나의 대령님이 벌써 나한테 오셨을걸. 내 승무원들도 왔을 것이고. 저건 그냥 사람들이 주먹다짐하다가 총을 쏜 걸 거야. 아니면 결투를 하는 것이든가."

테메레르가 말했다.

"그건 아니야. 밤에 결투하는 사람은 없어. 게다가 수십 명이 서로를 밀치면서 하는 결투가 어디 있냐. 원래 결투는 새벽에 하는 거야. 그런데 마을이 왜 저렇게 어수선한지 모르겠네. 왜 하필 로렌스는 지금 저 마을에 가 있는 거야. 어디 있는지 보이지도 않잖아. 아! 또 총소리가 나네."

군복을 입은 수많은 남자가 거리에 모여, 총검으로 서로를 밀쳐대며 몸싸움을 하고 있었다. 그들은 라이플총을 막대처럼 쥐고 서로를 내리쳤다. 테메레르는 일어서서 걱정스러운 눈으로 언덕 아래를 내려다보았다. 혹시라도 저 아수라장 속에서 로렌스가 보이지 않을까 싶어서였다. 그러나 햇빛이 비치는 시간에도 로렌스의 갈색 외투는 눈에 잘 띄지 않는데 밤인 지금은 더더욱 보일 리 없었다. 테메레르는 마음이 편치 않았다. 저 아래 로렌스가 보이면 당장 낚아채서 안전한 곳으로 데려갈 텐데.

결국 테메레르는 결심을 했다.

"저기로 내려가봐야겠어. 아니, 롤랜드. 못 기다리겠으니까 말리지 마. 로렌스는 분명 저기 어딘가에 있을 테고, 내가 저들 사이에 내려서면 싸움질을 멈추겠지. 좁기는 하지만 잘만 착륙하면 저쪽에 금방이라도 무너질 것 같은 낮은 건물이랑 그 옆 건물만 부서지고 다른 곳은 멀쩡할 거야."

그때 랜킨이 헐레벌떡 언덕을 올라왔다. 지독히도 평범한 야

회복 차림이었는데 그나마 여기까지 달려오느라 흐트러져 있었다. 랜킨 뒤에서 블링컨 대위와 중위 하나가 따라 올라왔다.

"저 아래로 내려갈 생각 마."

랜킨은 테메레르에게 말하고는 펠로우스에게 지시를 내렸다.

"펠로우스! 당장 시저에게 안장을 채워주게. 반란이 일어났어."

그러고는 다시 테메레르에게 말했다.

"로렌스는 위험할 일 없으니 넌 여기 꼼짝 말고 있어. 반란군은 로렌스가 식사 중인 술집 쪽으로 가는 게 아니라, 총독관저로 가는 중이다."

테메레르는 냉정하게 대꾸했다.

"누가 그 말을 곧이곧대로 믿을 줄 알고. 난 당신 지휘 따윈 받지 않아. 그런데 반란이라니 누가, 왜 반란을 일으켰는데?"

랜킨도 날카롭게 응수했다.

"그건 네가 알 바 아니야. 어슬렁거리고 마을로 들어갔다간 로렌스를 깔아뭉개 죽이고 말 거다. 아무렴, 그렇게 되고말고. 그러니 방해 말고 제자리 지키고 있어. 시저, 안장 잘 찼지? 그런데 펠로우스, 가슴띠 부분이 단단해 보이질 않는데 와서 봐주게."

시저가 가슴을 잔뜩 내밀며 보고했다.

"어깨 쪽의 끈도 약간 헐거운 것 같아."

그때 디마니가 항의하고 나섰다.

"대체 왜 우리만 여기 처박혀 있으라는 건지…… 윽!"

롤랜드가 정강이를 세게 걷어차서 디마니는 허리를 굽히며 정강이를 움켜잡았다. 그 틈에 롤랜드는 디마니의 귀를 잡고 세게 비틀며 말했다.

"멍청한 소리 마. 나한테 소리 지르지도 말고."

쿠링길레가 발끈하며 고개를 들자 롤랜드가 설명했다.

"디마니랑 널 위해서 이러는 거야."

디마니가 씩씩대며 소리쳤다.

"이거 놔!"

하지만 롤랜드는 디마니의 귀를 잡고 흔들었다. 그 손에서 억지로 벗어나려 했다간 다칠 수도 있었다. 디마니가 불만을 터뜨렸다.

"왜 랜킨이 전부 결정하게 내버려둬야 하는데? 이 식민지와 이곳 사람들을 지배하는 건……."

롤랜드는 날카롭게 말했다.

"랜킨 대령이 결정하게 둬야지 어쩔 건데? 넌 일 년에 이만 파운드씩 수입이 들어오는 백작의 아들도 아니고, 귀족들 절반쯤은 마음대로 주무를 수 있는 위치도 아니잖아. 함부로 저 아래로 내려갔다간 누구 총에 맞아 죽을지 몰라, 이 멍청아. 넌 영향력 있는 인물도 아니니, 널 쏴죽인 자는 재판도 받지 않을 거라고. 그리고 랜킨 대령에게 결정권이 없다면, 그럼 그 결정권이 너한테 있다는 거니? 아니잖아. 넌 누가 반란을 일으켰는지, 그 이유가 뭔지도 모르고 있어. 어쩌면 저들은 단순히 술에 취해 난동을 부리는 걸지도 몰라."

테메레르가 나섰다.

"술 취한 사람들은 아니야. 아까 저들은 세 번 일제사격을 했어. 술에 취하지 않은 상태에서도 총을 재장전하는 건 쉬운 일이 아니지. 전에 나랑 같이 전투를 했던 포병대도 대포에 장전하는 걸 힘들어했는데 혼자서 머스켓 총을 장전하긴 얼마나 더 힘들겠어. 대체 누가 반란을 일으킨 건지……."

그때 숨차게 언덕을 달려 올라온 포싱이 답을 주었다.

"뉴사우스웨일스 군대야. 로렌스 씨는 이리로 오고 계셔, 테메레르. 무사하니까 찾으러 내려오지 말라고 하셨어."

"지금 어디 있는데?"

테메레르는 약간 경계심이 들었다. 내륙 여행 후 로렌스는 포싱에 대해 전보다 좋은 인상을 갖게 된 것 같았지만, 테메레르는 포싱이 딱히 대단한 공로를 세운 건 없다고 여겼다. 차라리 예전에 같이 일했던 페리스라든가 마틴 중위가 와주면 좋겠다는 생각이 들었다. 하지만 전염병 치료제를 프랑스에 넘긴 일로 로렌스가 재판을 받은 후 마틴은 그들 일행을 보고도 모르는 척 외면했었다.

밤이 깊어지면서 더욱 상황을 살피기가 어려웠다. 누군가 랜턴을 들고 언덕으로 올라오고 있었다.

"안장이 잘 채워졌습니다!"

시저가 의기양양하게 보고했다. 장교들이 라이플총과 권총을 들고 제 몸에 탑승하는 동안 시저는 테메레르와 쿠링길레에게 으스대며 말했다.

"흠, 제군들, 우리가 가서 순식간에 해치우고 돌아올게. 자네들까지 나서서 고생할 거 없어."

"넌 전투를 하러 가는데 왜 우린 여기 가만히 있어야 하는 거야?"

쿠링길레가 시저에게 물었다. 이 상황에서 매우 적절한 질문이라고 테메레르는 생각했다.

이어서 쿠링길레가 테메레르에게 말했다.

"졸려 죽겠는데 저기서 총소리가 나니까 잠을 못 자겠어요. 그런데 뉴사우스웨일스 군대라면 우리한테 양이랑 암소 들을 가져다준 고마운 사람들 아닌가요?"

이런 상황에서는 공정하게 판단해야 했다. 테메레르는 신중하게 대답했다.

"흐음, 그렇게 따지면 매콰리 총독도 우리한테 소들을 내준 고마운 사람이지. 하지만 지금 매콰리는 대다수의 반대를 무릅쓰고 중국과 전쟁을 할 생각을 하고 있어."

테메레르는 고개를 휙 돌리며 말했다.

"로렌스! 당신 얼굴 보니까 이제 안심이야. 마을로 내려가려는데 포싱이 올라와서 당신 얘길 전해줬어. 지금 우리는 매콰리 총독을 도와야 하느냐, 다시 반란을 일으킨 뉴사우스웨일스 군대를 도와야 하느냐를 놓고 논쟁 중이야."

"그래."

로렌스는 굳은 표정으로 대꾸하고는 지시를 내렸다.

"롤랜드, 망원경 가져와."

반란군과 총독 휘하 해병들과의 전투는, 그걸 전투라고 불러도 될지 모르겠지만 여하튼 총독관저 쪽에서 이루어지고 있었다. 전투 규모도 보잘것없었다. 격한 싸움도 별로 없고, 도망친 소수의 해병들을 제외한 대부분의 군인들이 총독관저로 걸어가는 중이었다. 노랫소리가 들렸다. 수많은 마을 주민이 랜턴을 들고 혹은 크고 작은 술병을 들고 거리로 몰려나오고 있었다. 유리 랜턴에서 새어나오는 불빛들. 주민들은 술을 마시며 환호성을 질렀고 허공에 대고 아무렇게나 권총을 쐈다.

로렌스는 망원경을 접어 롤랜드에게 돌려주었다.

랜킨이 지시했다.

"시저, 나를 등으로 올려."

그때 로렌스가 말했다.

"테메레르, 시저가 이륙 못 하게 막아."

그러고는 랜킨에게 말했다.

"지금 관여하면 안 됩니다. 민간인들이 섞여 있는데 시저에게 그들을 공격하게 할 수는 없어요. 이런 상황에선 민간인들이 피해를 당하는 일이 부지기수라서 하는 말입니다. 여기서 그런 일이 일어나게 두고 보진 않겠습니다."

랜킨은 분노로 얼굴에 핏기가 가셨고 카라비너의 끈을 쥔 손에 힘이 잔뜩 들어갔다.

"로렌스 씨, 지금 감히 방해하고 나서겠다는 거면……"

로렌스는 차분하게 대응했다.

"방해하고 나서는 거 맞습니다."

랜킨은 더 말해봤자 소용없다는 것을 알았다. 지금 당장 힘으로 로렌스를 위협할 수 있는 것도 아니었다. 치밀어 오르는 분노를 억누르느라 얇고 귀족 티가 나는 입술을 살짝 일그러뜨리며 랜킨이 내뱉었다.

"나중에 이 일에 대해 사과해봤자 영원히 용서받지 못할 테니 그리 아시오. 이게 무슨 뜻인지 실감이 안 난다면 말해주지. 매콰리 총독도 당신의 이번 처사를 절대 묵과하지 않을 거요."

"물론 그렇겠죠."

로렌스는 이렇게 말하고 돌아섰다. 랜킨 쪽은 다시 쳐다보지도 않았다.

에필로그

"물론 이건 진짜 반란은 아닙니다."

매카서는 로렌스에게 시원한 실레리 샴페인 한 잔을 따라주었다. 더위가 물러가서인지 가을 공기가 시원하게 느껴졌다. 매카서의 집 정원 가장자리를 따라 심어진 나무들 사이로 작은 박쥐들이 날카롭게 울며 날아다녔다.

매카서가 말을 이었다.

"나는 우리가 미국인들처럼 행동할 이유는 없다고 봅니다. 남을 치려다가 나까지 당하는 건 미련한 짓이죠. 하지만 정부에 소식을 전하거나 받는 데 팔 개월씩 걸리고 그동안은 짐작만으로 움직여야 하는 상황에서 정부에 모든 걸 맡기고 따른다는 것은 불합리합니다. 정부 측 인사들은 우리더러 이길 가능성도 없는 전쟁을 하라고 요구하고 있어요. 우리가 저 괴물들한테 폭탄을 던지며 공격에 들어간다고 칩시다. 중국이 저런 괴물들을 열두 마리 더 보내면 어쩝니까? 우리 정부는 저런 괴물이 존재하는지조차 모를 텐데요. 이쯤 되니 우리가 나설 수밖에요. 하지만 국왕 폐하에 대한 내 충성심이 변한 것은 아닙니다. 절대로요."

로렌스의 귀에는 적어도 앞으로 1년 반 동안, 영국 정부에서 새로운 답신을 보내올 때까지는 국왕에 대한 충성심을 유지하겠다는 뜻으로 들렸다. 매카서는 '오스트레일리아 대표'라는 자리를 만들어 스스로 그 자리에 올랐는데, 향후에 영국의 장관들이 그것을 인정하지 않으면 국왕에 대한 충성심이 변할 수도 있다는 의미였다.

"그건 그렇고, 그 랜킨이라는 자 말입니다. 그는 이 작은 공군 기지의 지휘관 자리를 더는 유지할 수 없게 되었는데……."

"그를 설득해 그 자리를 유지하도록 하는 데 성공하셨다면 그 야말로 놀라운 일이겠죠."

로렌스가 담담하게 말했다. 아마도 랜킨은 이번에 반란군에게 축출된 매콰리와 함께 영국으로 돌아갈 것이다. 매콰리는 블라이처럼 총독 자리에서 쫓겨나고도 이 부근을 맴돌 의향이 없었다. 자신을 이곳으로 태우고 온 프리깃함을 타고 곧장 떠날 계획이었고, 그 배는 출항 준비를 마친 상태였다.

매카서가 말했다.

"그럼 이 말을 들으면 좀 놀라시겠군요. 랜킨이라는 자는 완고하고 다루기 힘든 사람이었지만, 그의 용은 말이 통하는 녀석이었습니다. 그래서 그 용에게 먼저 얘기를 하고 나중에 랜킨과 논의를 했더니 얘기가 술술 진행되더군요. 그렇지만 현 상황에서 랜킨에게 계속 이곳 공군 기지의 지휘를 맡기는 건 무리예요. 그 일에 적합한 건 바로 로렌스 씨 당신입니다. 그래서 말인데 사면서를 써줄 테니까 공군 기지 지휘관을 맡아주세요. 약간 변칙적인 요소가 있기는 합니다만 당분간은 효력이 있을……."

"말씀은 감사합니다만, 그건 약간 변칙적인 정도가 아니라고 보는데요."

매카서는 어색해진 분위기를 걷어내자는 듯 손사래를 치며 말했다.

"여기서는 누구나 다 변칙적으로 살아갑니다. 앞으로도 아주 오랫동안 계속 그럴 겁니다. 내가 보기에는 당신도 영국에서 따로 지시가 내려올 때까지 가만히 죽치고 앉아만 있을 사람으로는 보이지 않는데요. 이 외진 곳에서 썩어갈 인사로는 안 보인다 이겁니다. 왜 쓸데없이 시간 낭비하며 살아야 합니까? 정부에서 당신을 이곳으로 보낸 것은 식민지를 위해 일하라는 뜻도 있습니다. 이곳 공군 기지를 지휘하는 것이 여기서 유배 생활을 해야 한다는 판결에 굳이 위배되지는 않는다 이 말입니다."

반역죄를 저지른 죄인으로서 이곳에서 종신형을 살도록 판결받은 로렌스였다. 그런 그가 초창기 공군 기지의 지휘관 노릇을 하며 공군들을 이끌어나가는 것이 아무 문제가 되지 않는다니, 너무나 뻔뻔스러운 논리였다. 한 번도 아니고 두 번씩이나 쿠데타를 주도한 인물다운 뻔뻔스러움……. 어쩌면 매카서와 나폴레옹은 가진 재주는 다르나 영혼의 뿌리는 같은 자들이 아닐까 하는 생각이 들었다.

매카서가 말했다.

"게다가 중국과의 문제를 해결하는 데 있어서 당신은 쓸모가 많아요. 당신과 당신의 용을 보자마자 중국인들은 태도가 돌변해 납작 엎드리던데."

지난주에 이곳 식민지로 들어온 젊은 중국 관리 두 명을 보고 하는 말이리라. 매카서의 요청으로 테메레르는 예전에 시드니 근처에서 목격된 바 있는 용을 공중에서 가로막아 영토 문제를 논의하자고 제안했다. 그 용의 이름은 '룽션가이'라고 했다. 시드니 주민들은 중국 상품이 대규모로 시드니 시장에 유입되게 하자는 데 다들 찬성하는 분위기였고, 매카서는 그런 주민들의 입장을 대변하고 있었다. 이곳에서는 의견을 낼 줄 아는 사람이면 누구나 '자유무역'을 입에 달고 살았다.

보물이 가득 담긴 통을 큰바다뱀들을 이용해 운반한다는 얘기, 그 통에는 찻잎과 사치품이 가득하다는 얘기는 이미 주민들 사이에 널리 퍼져 있었다. 전부 오디의 입에서 나온 말들이었다. 오디는 밤마다 술집에서 그로그주를 마시며 북부 지역 항구에서 보고 들은 것에 대한 경험담을 풀어놓았고, 그의 얘기는 사람들의 입을 거치면서 점점 더 큰 흥미를 자아냈다.

매카서가 말했다.

"공군 기지의 지휘관 자리가 내키지 않으면 우리 식민지의 외무부 장관 자리라도 맡아주세요. 어쩌면 그쪽이 나을 수도 있겠군요."

"그런 자리라면 테메레르에게 맡기는 편이 나을 겁니다. 물론 테메레르 본인이 그 일을 하고 싶어해야 되겠지만요. 저는 됐습니다. 저를 그 정도로 평가해주신 것은 감사합니다만, 사양하겠습니다."

로렌스는 술잔을 내려놓으며 덧붙였다.

"부인에게 훌륭한 요리였다고 전해주십시오."

테메레르는 매카서의 집 뒤에 있는 들판에서 졸고 있었다. 한 달간 체력을 회복하면서 살이 꽤 올랐고, 요즘 들어 가죽의 비늘도 윤기를 더해가고 있었다. 로렌스의 발소리에 고개를 든 테메레르가 하품을 하며 물었다.

"식사 다 끝났어? 무슨 말 하려고 부른 거래?"

로렌스는 테메레르의 등으로 올라가 카라비너 끈을 안장에 고정했다.

"이곳 공군 기지를 맡아주면 지구를 다 주겠다고, 뭣하면 그 일부라도 주겠다는구나. 이곳 공군대장이 되든지 장관이 되든지 하래. 영국 법정에서 몇 년짜리 유배형을 내렸든 그것도 사면해주겠다고. 아마 이십 년쯤 되려나."

테메레르는 얼굴 주변의 막을 세웠다.

"고마운 말이네. 그런데 정말 장관 자리를 원하지 않는 거 확실해? 전에 당신이 영국 왕을 위해 일하는 장관들에 대해 얘기할 때 '각하'라고 부르던데 그 정도면 귀족이랑 비슷한 거 아니야?"

"그런 자리 원하지 않아."

곳으로 돌아오니, 반란군에게 축출된 매콰리가 와 있었다. 매콰리는 랜킨과 목소리를 낮추고 얘기 중이었고, 약간 뒤쪽에 뉴사우스웨일스 군대 소속의 군인들이 경비를 서고 있었다. 경비라기보다는 감시라고 하는 것이 옳을 것이다.

매콰리는 무겁게 가라앉은 목소리로 로렌스에게 말했다.

"자네가 적극적으로 날 도와주지 않은 건 서운하지만, 반란군의 수괴인 매카서의 제안에 응하지 않았다니 기쁘구먼. 왕실에서는 랜킨 대령과 우리 쪽 장교들을 비롯해 자네들을 당장 이곳에서 빼내고 싶어할 걸세. 나는 곧 프리깃함을 타고 출항할 것인데, 가다가 얼리전스 호를 만나면 이곳으로 돌려보낼 테니 그걸 타고 용과 함께 여길 빠져나오게. 자네의 형기를 인도에서 마저 채우도록 조치를 취해놓을 테니……."

"죄송한 말씀입니다만, 애초에 저희를 유용한 자원으로 쓰실 생각이 없고, 단순히 매카서가 데려다 쓰지 못하게 할 요량으로 바다 건너 인도의 사육장에 박아둘 작정이시라면, 그 제안은 받아들이지 않겠습니다."

매콰리는 이 상황을 쉽게 받아들이지 못했다. 품위에 민감한 사람답게 그는 로렌스를 나무라고, 명령하고, 회유했으나 통하지 않자 마음이 상한 눈치였다. 그러나 매콰리가 마지못해 내미는 회유책에도 로렌스는 흔들리지 않았다.

"영국에 유용한 자원이 되고 싶어 안달이 났군. 그 뜻에 걸맞은 명예로운 일을 찾을 수 있을 걸세……. 아니, 찾게 해주겠네. 그러려면 적법한 사면 절차를 거쳐……."

"지금까지 저희가 받은 임무는 하나같이 명예로운 일과는 거리가 멀었습니다. 제가 속했던 부대 지휘관들의 행태에 대한 제 인내심도 이제 바닥이 났고요."

좌절한 매쾨리는 일행과 함께 곳을 떠났다.

테메레르가 머뭇거리며 말했다.

"로렌스, 나야 이미 영국 정부라든지 그들이 내리는 명령 따위 안중에도 없지만, 당신 정말 정부에서 오라고 요청해도 전쟁터로 돌아가지 않을 생각인 거야?"

로렌스는 한참 동안 말이 없었다. 대답을 해야겠다는 생각은 있었지만 입이 떨어지지 않았다. 어차피 매쾨리의 요청을 받아들여봤자 영국을 지키는 일이나 자유를 수호하는 일 같은 가치 있는 임무에 투입되기보다는, 그저 악의적으로 파괴를 일삼는 임무를 보조하는 데나 투입될 것이다. 로렌스의 마음은 좀더 깨끗한 무언가를 갈망하고 있었다.

로렌스는 마침내 입을 열었다.

"안 돌아가. 국가들, 왕들의 다툼은 이제 신물이 난다. 화려한 제국보다는 우리가 전에 봐뒀던 골짜기에서 사는 걸 택하고 싶구나. 너만 괜찮다면."

테메레르의 표정이 환해졌다.

"아! 그럼, 괜찮고말고! 내일 당장 출발할까? 생각해봤는데 로렌스, 겨울이 오기 전에 거기 용 누각을 짓고 싶어."

지은이의 말

 오랫동안 제 작품의 베타 독자로 활동해준 조지아나 패터슨, 바네사 렌 씨에게 감사드립니다. 이분들은 오스트레일리아의 블루 산맥 곳곳을 발로 누비는 여정에 동참해주었을 뿐 아니라, 시드니에서 점심을 함께하면서 향후 출간될 《테메레르》 7, 8, 9권의 줄거리를 짜는 데도 도움을 주었습니다. 술자리도 곁들였죠, 아마? (이 경험이 제게 얼마나 도움이 되었는지는 앞으로 출간될 작품들을 보시면 알 수 있을 것입니다.)
 또 다른 베타 독자인 메레디스 린, 앨리슨 피니 씨, 그리고 여러 가지로 큰 도움을 준 테리 오버캠퍼 씨에게도 감사드립니다. 이번에도 저는 도미닉 하먼 씨의 멋진 표지 그림에 몹시 감동했습니다! 델 레이 출판사에서 제 소설을 담당하고 있는 출중한 편

집자 베시 미첼 씨, 뛰어난 실력을 지닌 에이전트 신시아 맨스 씨에게도 사랑과 감사의 인사를 전합니다. 아울러 세계 각국에서 필요한 책을 조달해준 레이첼 카인드 씨에게도 특별히 감사 인사를 드리고 싶습니다. 덕분에 책들을 잔뜩 짊어진 제 책장은 레이첼 씨에게 별로 고마워하지 않겠지만 저는 무척 고마워하고 있답니다!

말로 표현할 수 없을 만큼 매일매일 더 큰 기쁨을 주는 남편 찰스에게도 고맙다는 말을 전하고 싶습니다.

나오미 노빅

옮긴이의 말

《테메레르》 시리즈를 관통하는 주제는 새로운 세계로의 탐험이다. 1권에서 5권까지 테메레르와 로렌스는 영국, 중국, 이스탄불, 아프리카를 거쳐 다시 영국으로 돌아왔다. 그리고 6권부터는 또 다른 모험의 시작을 알리며 오스트레일리아에서 벌어지는 흥미로운 이야기들을 들려주고 있다.

오스트레일리아는 해안 지역을 제외하고 내륙은 대부분 사막이라 외지인들에게는 미지의 세계라는 느낌을 강하게 준다. 그곳에는 원주민인 애버리진들이 살고 있고, 널리 알려진 바대로 거대한 암석산인 울루루와 소금호수도 있다. 작가는 이 작품에서 애버리진들을 오스트레일리아 대륙의 진정한 주인으로 설정하고, 소위 문명국들이 이 보물과도 같은 대륙을 놓고 벌이는 이

권 다툼을 묘사하면서 로렌스와 테메레르를 갈등 속에 몰아넣는다. 오직 국가에 대한 충성심으로 똘똘 뭉친 고지식한 캐릭터였던 로렌스는 자유주의사상가적인 면모를 갖춘 테메레르와 함께 세상 곳곳을 누비며 인생관, 세계관의 변화를 겪는데 6권에서 그의 갈등은 최고조에 다다르는 느낌이다. 그래서인지 마지막 부분에 서술된 로렌스의 결단이 더없이 공감이 가고 앞으로 더욱 로렌스와 그의 파트너 테메레르를 응원하고 싶어진다.

이번 권에서 작가는 '버닙'과 '큰바다뱀'을 새로이 해석해 독자들의 호기심을 자극하고 있다. 버닙은 오스트레일리아 전설상의 괴물로, 사람과 비슷한 외모이나 으르렁대는 소리를 내며 식인 습성이 있다. 이 작품에서 버닙들은 그 특성을 여지없이 드러내면서, 로렌스 일행을 위기에 몰아넣고 긴장감을 불어넣는 역할을 톡톡히 하고 있다. 마찬가지로 실존 여부가 불분명하여 전설의 동물이라고 알려져 있는 큰바다뱀은 영국의 해상무역을 위협하는 존재로 등장한다. 이 시리즈에 익숙해지다 보니 내 마음속 테메레르의 세상에서는 '용'은 물론, '버닙'과 '큰바다뱀'도 당연히 존재하는 이들로 여겨진다. 책을 덮고 난 후에도 테메레르의 세상은 사라지지 않고 현실 속에서 함께 숨 쉰다. 이것이 이 시리즈의 진정한 매력이 아닐까 싶다.

널리 알려진 바대로, 나오미 노빅은 컴퓨터 게임의 디자인 및 개발 작업에 참여했던 사람답게 새로운 캐릭터를 선보이는 데 굉장한 힘을 발휘한다. 6권에서 재등장하는 랜킨 대령은 차갑고 잔인한 면모 뒤에 숨겨진 새로운 모습을 보여주고 있다. 1권에서는 레비타스를 냉대한 일로 독자들에게 많은 욕을 먹었는데, 6권에서는 시저와 콤비를 이루어 의외로 재미있는 모습을 보여주니 독자들에게도 새로운 평가를 얻지 않을까 한다. 그리고 이번 권에서 새로이 탄생한 새끼 용 세 마리가 앞으로 남은 7, 8, 9권에서 어떤 활약을 보여줄지 벌써부터 기대가 된다.

  2년 만에 돌아온 테메레르 시리즈 제6권은 밤새워 읽는 판타지의 매력을 다시 한 번 보여줄 것이며 7, 8, 9권으로 이어지는 새로운 모험의 서막을 알리는 작품이 될 것이다.

공보경

✤ 연대표

1808년 4월 ………… 로렌스와 테메레르, 그랜비와 이스키에르카, 타르케는 라일리 함장이 이끄는 얼리전스 호를 타고 영국을 출발해 뉴사우스웨일스 식민지로 향한다. 영국 정부는 그들에게 용알 3개를 내주고 책임지고 부화시키라고 명령한다.

1808년 12월 ………… 로렌스, 그랜비, 타르케는 시드니 항구에서 술을 마시다 그곳 군인들과 패싸움이 붙는다.
얼마 후, 용알 3개 중 하나를 차지하기 위해 랜킨이 비어트리스 호를 타고 시드니에 도착한다. 제일 먼저 알을 깨고 나온 새끼 용은 랜킨을 비행사로 선택하고 자신의 이름을 '시저'라 짓는다. 로렌스와 테메레르, 그랜비와 이스키에르카, 랜킨과 시저, 타르케는 남은 용알 2개와 인부로 쓸 죄수들을 싣고 블루 산맥을 넘어 오지 탐사에 나선다.

1809년 1월~3월 ……… 로렌스 일행은 블루 산맥을 지나 내륙으로 들어간다. 그들은 이동 중에 용알 하나를 도둑맞고 만다. 이제 도둑맞은 용알을 회수하는 것이 주된 목표가 되었다. 그 와중에 용알 하나가 부화하는데 몹시 병약하여 곧 죽을 것 같아 아무도 거들떠보지 않는다. 디마니가 그 새끼 용을 차지하고 '쿠링길레'라 이름 짓는다.

1809년 4월 ………… 로렌스 일행은 북부 해안의 어느 항구 도시로 들어간다. 그곳은 중국인들과 라라키아 족을 중심으로 상거래를 하며 살아가는 곳이다. 도둑맞았던 용알에서 태어난 새끼 용 '타룬카'는 이미 그곳에 적응하여 주민들과 어울려 살고 있다.

1809년 5월 ………… 영국 군함 네리아이드 호와 오터 호가 북부 해안의 항구를 접수하기 위해 쳐들어와 포격하고, 그곳 주민들이 부리는 큰바다뱀들과 한바탕 싸움이 벌어진다.

1809년 7월 ………… 로렌스 일행은 시드니에 도착한다.

테메레르 6 큰바다뱀들의 땅

초판 1쇄 발행 2010년 11월 5일
초판 23쇄 발행 2021년 1월 25일

지은이 나오미 노빅
옮긴이 공보경

발행인 이재진 단행본사업본부장 신동해 편집장 김경림
표지디자인 석운디자인 본문디자인 최미영 교정교열 최미연 독자교정 양은희
마케팅 이현은 문혜원 홍보 최새롬 박현아 권영선 최지은 국제업무 김은정 제작 정석훈

브랜드 노블마인 주소 경기도 파주시 회동길 20 ㈜웅진씽크빅 단행본사업본부
문의전화 031-956-7358(편집) 02-3670-1024(마케팅)
홈페이지 www.wjbooks.co.kr
페이스북 www.facebook.com/wjbook
포스트 post.naver.com/wj_booking

발행처 ㈜웅진씽크빅
출판신고 1980년 3월 29일 제406-2007-000046호

한국어판 출판권 ©웅진씽크빅, 2010
ISBN 978-89-01-11468-2 (04800)
    978-89-01-10688-5 (세트)

노블마인은 ㈜웅진씽크빅 단행본사업본부의 브랜드입니다.
이 책의 한국어판 저작권은 Imprima Korea Agency를 통해 Del Rey, an imprint of Random House,
a division of Penguin Random House, LLC.와의 독점 계약으로 ㈜웅진씽크빅에 있습니다.
저작권법에 의해 한국 내에서 보호를 받는 저작물이므로 무단 전재와 무단 복제를 금합니다.
이 책 내용의 전부 또는 일부를 이용하려면 반드시 저작권자와 ㈜웅진씽크빅의 서면 동의를 받아야 합니다

• 잘못 만들어진 책은 구입하신 곳에서 바꾸어드립니다.
• 책값은 뒤표지에 있습니다.